Un domingo
como otro cualquiera

Liane Moriarty

Un domingo como otro cualquiera

Traducción de
Eva Carballeira
y Jesús de la Torre

Papel certificado por el Forest Stewardship Council®

Título original: *Truly Madly Guilty*
Primera edición: noviembre de 2017

© 2016 Liane Moriarty
© 2017, Penguin Random House Grupo Editorial, S. A. U.
Travessera de Gràcia, 47-49. 08021 Barcelona
© 2017, Eva Carballeira y Jesús de la Torre, por la traducción

Printed in Spain – Impreso en España

ISBN: 978-84-9129-090-2
Depósito legal: B-17175-2017

Compuesto en MT Color & Diseño, S. L.
Impreso en Black Print CPI Ibérica, Sant Andreu de la Barca (Barcelona)

SL 9 0 9 0 2

Penguin
Random House
Grupo Editorial

Para Jaci

«La música es el silencio entre las notas».
Claude Debussy

1

*E*sta historia comienza con una barbacoa —dijo Clementine. El micrófono amplificaba y regulaba su voz, haciéndola más autoritaria, como si la hubiesen trucado—. Una barbacoa en un patio trasero corriente de un barrio corriente.

Bueno, no era precisamente un patio trasero «corriente», pensó Erika. Cruzó las piernas, metió un pie por detrás del tobillo y sorbió con la nariz. Nadie calificaría como corriente el patio trasero de Vid.

Erika estaba sentada en el centro de la última fila de butacas del salón de actos contiguo a aquella biblioteca tan elegantemente reformada de un barrio residencial a *cuarenta y cinco* minutos de la ciudad, no a treinta, que quede claro, como había indicado la persona de la empresa de taxis de la que podría pensarse que era algo así como una experta en el asunto.

Habría quizá unas veinte personas en el público, aunque habían dispuesto sillas plegables para el doble de gente. La mayor parte del público estaba compuesta por ancianos con rostros animados y expectantes. Se trataba de ciudadanos de la tercera edad inteligentes y bien informados que se habían acercado esa mañana de lluvia (otra vez, ¿terminaría en algún momento?) para hacerse con nueva y fascinante información en la «Reunión sobre asuntos comunitarios» de su barrio. «Hoy ha hablado una mujer de lo más interesante», querían contarles a sus hijos y sus nietos.

Antes de llegar, Erika había consultado la página web de la biblioteca para ver qué decía sobre la charla de Clementine. El anuncio era escueto y no daba mucha información: «Ven a escuchar la historia de esta madre y conocida violonchelista de Sídney, Clementine Hart: "Un día como otro cualquiera"».

¿De verdad era Clementine una «conocida» violonchelista? Eso le parecía algo exagerado.

La entrada de cinco dólares para el evento de ese día incluía dos ponentes, un delicioso desayuno casero y la oportunidad de ganar un premio con el número del tique. El orador que intervendría detrás de Clementine iba a hablar sobre el polémico plan de remodelación de la piscina municipal. Erika oía el lejano y leve tintineo de las tazas y platos que estaban colocando para el desayuno. Sostenía en su regazo el endeble tique para el sorteo del premio. No iba a molestarse en meterlo en el bolso para, después, tener que buscarlo cuando hicieran la rifa. Azul, E 24. No tenía aspecto de ser un tique ganador.

La señora que estaba sentada justo delante de Erika tenía su cabeza de pelo canoso y rizado inclinada hacia un lado con gesto concentrado y empático, como si estuviese dispuesta a estar de acuerdo con todo lo que Clementine tuviese que decir. La etiqueta de la blusa le salía por fuera. Talla cuarenta y dos. Almacenes Target. Erika estiró la mano y se la bajó.

La señora giró la cabeza.

—La etiqueta —susurró Erika.

La señora le dio las gracias con una sonrisa y Erika vio cómo la nuca se le volvía de un rosa pálido. Un hombre más joven que estaba sentado a su lado, su hijo quizá, que parecía rondar los cuarenta y tantos años, tenía un código de barras tatuado en la parte posterior de su bronceado cuello, como si fuese un artículo de supermercado. ¿Se suponía que eso era gracioso? ¿Irónico? ¿Simbólico? Erika quiso decirle que, en realidad, resultaba estúpido.

—Era un domingo como otro cualquiera, una tarde corriente —dijo Clementine.

Evidente repetición de la palabra «corriente». Clementine debía de haber decidido que era importante resultar «cercana» para aquellas personas corrientes de aquel barrio corriente. Erika se imaginó a Clementine sentada a la mesa de su pequeño comedor o, quizá, en el antiguo escritorio sin restaurar de Sam, en su desvencijada pero elegante casa adosada de piedra con sus «pequeñas vistas al agua», escribiendo su discurso dirigido a la comunidad mientras mordía el extremo de su bolígrafo y se colocaba su abundante pelo moreno por encima del hombro para acariciarlo de esa forma tan suya, sensual y ligeramente presumida, como si fuese Rapunzel diciéndose a sí misma: «Corriente».

«De verdad, Clementine, ¿cómo vas a conseguir que la gente corriente te comprenda?».

—Era a comienzos del invierno. Un día frío y lúgubre —añadió Clementine.

Pero ¿qué mier...? Erika se removió en su asiento. Había sido un día precioso. Un día «espléndido». Esa era la palabra que Vid había usado.

O posiblemente «glorioso». En fin, algo por el estilo.

—Era un día de auténtico frío —continuó Clementine y, de hecho, se estremeció con un gesto teatral y, desde luego, innecesario, pues aquella sala estaba caldeada, tanto que un hombre que estaba sentado pocas filas delante de la de Erika parecía haberse quedado dormido. Tenía las piernas extendidas hacia delante y las manos cómodamente agarradas por encima de su vientre, la cabeza inclinada hacia atrás como si se estuviera echando una siesta sobre una almohada invisible. Quizá estuviese muerto.

Puede que el día de la barbacoa hiciese frío, pero, desde luego, no era sombrío. Erika sabía que las declaraciones de los testigos no eran de fiar porque la gente pensaba que simplemente tenían que apretar el botón de rebobinado de la pequeña grabadora que tenían instalada en la cabeza cuando, en realidad, construían sus recuerdos. «Creaban sus propios relatos». Y así, cuando Clementine rememoraba la barbacoa, recordaba un día frío y sombrío. Pero Clementine se equivocaba. Erika recordaba (lo recordaba; para nada estaba construyendo el recuerdo) que la mañana de la barbacoa Vid se había inclinado sobre la ventanilla de su coche. «¿No hace un día espléndido?», había dicho.

Erika estaba bien segura de que eso era lo que él había dicho.

O quizá dijese «glorioso».

Pero era una palabra con connotaciones positivas. Estaba segura.

(Ojalá Erika le hubiese respondido: «Sí, Vid, desde luego que hace un día espléndido/glorioso» y hubiera vuelto a poner el pie sobre el acelerador).

—Recuerdo que había abrigado demasiado a mis hijas —continuó Clementine.

Probablemente fue Sam quien vistiera a las niñas, pensó Erika.

Clementine se aclaró la garganta y se agarró a los lados del atril con ambas manos. El micrófono le quedaba muy alto, y parecía como si estuviese de puntillas para tratar de acercar la boca lo suficiente. Tenía el cuello estirado, lo que acentuaba la nueva delgadez de su rostro.

Erika consideró la posibilidad de abrirse paso discretamente por el lateral del salón y acercarse rápidamente para ajustarle el micrófono. Solo tardaría un segundo. Se imaginó a Clementine mirándola con una sonrisa de agradecimiento. «Gracias a Dios que has hecho eso», le diría después mientras tomaban un café. «La verdad es que me has salvado».

Solo que, en realidad, Clementine no quería que Erika estuviese presente ese día. A Erika no se le había pasado por alto la expresión de horror que apareció en el rostro de Clementine cuando sugirió que quería acercarse a oír su charla, aunque Clementine se había recompuesto rápidamente y le había dicho que vale, que qué bien, que qué detalle, que podrían tomar un café después en un restaurante del centro comercial.

—Había sido una invitación de última hora —prosiguió Clementine—. La barbacoa. No conocíamos muy bien a nuestros anfitriones. Eran..., bueno, amigos de amigos. —Bajó la mirada hacia el atril, como si hubiese perdido el hilo. Había llevado un pequeño montón de fichas escritas a mano al subir al atril. Había algo desgarrador en aquellas tarjetas, como si Clementine hubiese recordado aquel pequeño consejo de sus clases de oratoria en el instituto. Debió cortarlas con tijeras. No las del mango nacarado de su abuela. Esas habían desaparecido.

Resultaba extraño ver a Clementine «en escena», por así decir, sin su violonchelo. Tenía un aspecto de lo más convencional, con sus vaqueros azules y su «bonita» camiseta de flores. El atuendo de una madre de barrio residencial. Clementine tenía unas piernas demasiado cortas como para llevar vaqueros y lo parecían aún más con aquellas bailarinas que se había puesto. En fin, las cosas como son. Su aspecto era casi —aunque pareciera una deslealtad usar esa palabra para referirse a Clementine— desaliñado cuando había subido al atril. Cuando actuaba, se levantaba la melena, se ponía tacones y vestía toda de negro: faldas largas de tejidos vaporosos, lo suficientemente anchas como para poder colocarse el violonchelo entre las piernas. Ver a Clementine sentada con la cabeza inclinada tierna y apasionadamente sobre el violonchelo, como si lo estuviese abrazando, con un largo mechón de pelo cayendo casi por encima de las cuerdas, con el brazo flexionado en ese ángulo extraño y geométrico, resultaba siempre muy sensual, muy exótico, muy diferente a Erika. Cada vez que veía actuar a Clementine, incluso después de tantos años, Erika experimentaba de manera inevitable una sensación parecida a la de pérdida, como si deseara conseguir algo inalcanzable. Siempre había supuesto que esa sensación representaba algo más complicado e interesante que la envidia, pues ella no tenía ningún interés en tocar ningún instrumento musical, pero puede que no fuese así. Quizá todo fuera cuestión de envidia.

Ver a Clementine dar esta pequeña, vacilante y, desde luego, inútil charla en este pequeño salón que daba al concurrido aparcamiento del centro comercial en lugar de en las silenciosas salas de conciertos de techos altísimos donde normalmente actuaba provocaba en Erika la misma satisfacción bochornosa que sentía al ver a una estrella de cine en una revista barata sin maquillar: al final, no eres tan especial.

—Estábamos seis adultos ese día —continuó Clementine. Se aclaró la garganta, se balanceó hacia atrás sobre sus talones y, a continuación, volvió a balancearse hacia delante—. Seis adultos y tres niños.

Y un perrito que no paraba de ladrar, pensó Erika. «Guau, guau, guau».

—Como decía, no conocíamos mucho a nuestros anfitriones, pero lo estábamos pasando todos muy bien. Estábamos disfrutando.

Tú estabas disfrutando, pensó Erika. Tú.

Recordó cómo las claras y tintineantes carcajadas de Clementine se elevaban y disminuían al unísono con la risa grave de Vid. Vio cómo los rostros de la gente entraban y salían de las oscuras sombras, sus ojos como pozos negros, con repentinos destellos de los dientes.

Habían tardado demasiado tiempo esa tarde en encender las luces de exterior de aquel absurdo patio trasero.

—Recuerdo que en un momento dado se oyó música —dijo Clementine. Bajó los ojos hacia el atril que tenía delante y, después, los levantó de nuevo, como si hubiese visto algo en el lejano horizonte. Su mirada carecía de expresión. Ya no parecía una madre de barrio residencial—. *Después de un sueño*, del compositor francés Gabriel Fauré. —Por supuesto, lo pronunció con buen acento francés—. Es una hermosa pieza musical. Hay en ella una tristeza exquisita.

Se detuvo. ¿Había notado el ligero movimiento en los asientos, la incomodidad en su público? «Tristeza exquisita» no era la expresión adecuada para aquel público: demasiado excesivo, demasiado afectado. Clementine, querida mía, somos demasiado corrientes para tus intelectualoides referencias a compositores franceses. En fin, también sonó esa noche *November Rain*, de los Guns N' Roses. No tan afectados.

¿No había estado el sonido de *November Rain* relacionado de algún modo con la revelación de Tiffany? ¿O fue antes? ¿Exactamente cuándo contó Tiffany su secreto? ¿Fue cuando la tarde había empezado a licuarse y disolverse?

—Habíamos estado bebiendo —continuó Clementine—. Pero nadie se había emborrachado. Quizá un poco achispados.

Sus ojos miraron a los de Erika, como si todo el tiempo hubiese sabido exactamente dónde estaba sentada y hubiera estado evitando mirarla, pero ahora estuviera tomando la decisión deliberada de buscarla. Erika le devolvió la mirada y trató de sonreír, como una amiga, la mejor amiga de Clementine, la madrina de sus hijas, pero sentía que la cara se le había paralizado, como si hubiese sufrido un derrame cerebral.

—En fin, era la última hora de la tarde y todos estábamos a punto de tomar el postre. Todos nos estábamos riendo —dijo Clementine. Dejó de mirar a Erika para dirigir sus ojos a otra persona del público que estaba en la primera fila y aquello le pareció despectivo, incluso cruel—. Por algo. No recuerdo qué.

Erika se sintió mareada, con una sensación de claustrofobia. Aquella sala se había vuelto insoportablemente sofocante.

De repente, la necesidad de salir se hizo acuciante. Ya estamos, pensó. Ya estamos otra vez. Reacción de lucha o huida. Activación de su sistema nervioso simpático. Un cambio en los componentes químicos de su cerebro. Eso era. Perfectamente natural. Trauma infantil. Había leído todas las publicaciones. Sabía exactamente qué le estaba pasando, pero el saberlo no cambiaba nada. Su cuerpo siguió adelante y la traicionó. El corazón se le aceleró. Las manos le temblaban. Podía *oler* su infancia, un olor denso y real en sus orificios nasales: humedad, moho y vergüenza.

«No combatas el pánico. Afróntalo. Flota por él», le había dicho su psicóloga.

Su psicóloga era excepcional, valía cada céntimo que le pagaba, pero, por el amor de Dios, no se puede flotar cuando no hay espacio por ningún sitio, por encima, por debajo, cuando no se puede dar un paso sin sentir la mullida elasticidad de algo que se pudre bajo tus pies.

Se levantó, se tiró de la falda, que se le había quedado pegada por la parte posterior de las piernas. El tipo del código de barras giró la cabeza hacia ella. La compasiva preocupación de sus ojos le provocó una pequeña conmoción. Fue como mirar los ojos desconcertantemente inteligentes de un simio.

—Lo siento —susurró Erika—. Tengo que... —Señaló hacia su reloj y arrastró los pies de lado mientras pasaba junto a él, intentando no darle en la parte posterior de la cabeza con la chaqueta.

Cuando llegó al fondo de la sala, Clementine dijo:

—Recuerdo que hubo un momento en que mi amiga me llamó gritando. Un sonido tan fuerte que nunca lo olvidaré.

Erika se detuvo con la mano sobre la puerta, de espaldas a la sala. Clementine debía de haberse inclinado sobre el micrófono porque, de repente, su voz inundó la sala:

—Gritó: «¡Clementine!».

Clementine había sido siempre una imitadora excelente. Como intérprete de música, tenía oído para las entonaciones exactas en las voces de las personas. Erika pudo oír el auténtico terror y la aguda urgencia en esa única palabra. «¡Clementine!».

Sabía que ella era la amiga que había gritado el nombre de Clementine esa noche, pero no tenía recuerdo alguno de ello. No había más que un espacio en blanco puro en el lugar donde ese recuerdo debería estar alojado, y, si no podía recordar un momento así, bueno..., era indicativo de un problema, una anomalía, una discrepancia; una discrepancia extremadamente significativa y preocupante. La oleada de pánico llegó a su punto álgido y casi la hizo caer al suelo. Empujó el pomo de la puerta y salió tambaleándose a la incesante lluvia.

2

Así que ha estado en una reunión —dijo el taxista que llevaba a Erika de vuelta a la ciudad. La miró con una sonrisa paternal por el espejo retrovisor, como si le pareciera encantadora la forma como trabajaban ahora las mujeres, vestidas con trajes, casi como si fuesen mujeres de negocios de verdad.

—Sí —respondió Erika. Agitó con fuerza su paraguas sobre el suelo del taxi—. Mantenga los ojos en la carretera.

—¡Sí, señora! —El taxista se golpeó la frente con dos dedos con un fingido saludo militar.

—La lluvia —añadió Erika a la defensiva. Señaló hacia las gotas de lluvia que golpeaban con fuerza contra el parabrisas—. Carreteras resbaladizas.

—Acabo de llevar a un pavo al aeropuerto —dijo el taxista. Dejó de hablar mientras cambiaba de carril, con una mano sobre el volante y el otro brazo colgando con despreocupación por el respaldo del asiento, dejando a Erika con la imagen de un gran pavo de verdad sentado en el asiento de atrás del taxi—. Decía que toda esta lluvia tiene que ver con el cambio climático. Yo le he dicho: Oiga, amigo, no tiene nada que ver con el cambio climático. ¡Es La Niña! ¿Sabe lo que es La Niña? ¿El Niño y La Niña? ¡Fenómenos naturales! Lleva pasando miles de años.

—Cierto —contestó Erika. Deseó que Oliver estuviera allí. Él habría continuado la conversación por ella. ¿Por qué los taxistas se empeñaban tanto en dar lecciones a sus pasajeros?

—Sí. La Niña —repitió el taxista, con cierta entonación mexicana. Estaba claro que le gustaba decir La Niña—. Así que hemos batido el récord, ¿eh? El periodo más largo de días consecutivos lloviendo en Sídney desde 1932. ¡Bravo por nosotros!

—Sí —repuso Erika—. Bravo por nosotros.

Era 1931. Nunca olvidaba un número, pero no había necesidad de corregirle.

—Creo que sabrá usted que fue en 1931 —dijo al fin. No pudo evitarlo. Era un defecto de su carácter. Lo sabía.

—Sí, eso es. 1931 —respondió el taxista como si fuese eso lo que él había dicho desde el principio—. Antes habían sido veinticuatro días en 1893. ¡Veinticuatro días lloviendo sin parar! Esperemos que no superemos también ese récord, ¿eh? ¿Cree que pasará?

—Esperemos que no —contestó Erika. Se pasó un dedo por la frente. ¿Era sudor o lluvia?

Se había calmado mientras esperaba al taxi bajo la lluvia en la puerta de la biblioteca. Su respiración volvía a ser regular, pero el estómago seguía sacudiéndose y agitado y ella se sentía exhausta, agotada, como si hubiese corrido una maratón.

Sacó el teléfono y le escribió a Clementine: «Lo siento, he tenido que salir corriendo, problema en el trabajo, has estado fantástica, hablamos luego. E».

Cambió «fantástica» por «estupenda». Fantástica era exagerado. También inexacto. Pulsó «Enviar».

Había sido un error dedicar un valioso tiempo de su jornada laboral a ir a escuchar la charla de Clementine. Solo había ido para dar su apoyo y porque quería clasificar sus sentimientos sobre lo que había ocurrido de forma ordenada. Era como si su recuerdo de aquella tarde fuese un trozo de una película antigua y alguien hubiese cogido unas tijeras y cortado algunos fotogramas. Ni siquiera eran fotogramas completos. Eran tiras. Finas tiras de tiempo. Ella solo quería rellenar esos huecos sin tener que confesar ante nadie: «No lo recuerdo todo».

Apareció ante ella una imagen de su propio rostro reflejado en el espejo de su baño, sus manos temblando con intensidad mientras trataba de romper por la mitad aquella pastillita amarilla con la uña del pulgar. Sospechaba que las lagunas de su memoria estaban relacionadas con la pastilla que se había tomado esa tarde. Pero se la habían recetado. No era como si se hubiese metido un éxtasis antes de ir a una barbacoa.

Recordó que se sintió rara, un poco distante, antes de que fueran a la barbacoa en la casa de al lado, pero eso seguía sin explicar las lagunas. ¿Demasiado alcohol? Sí. Demasiado alcohol. Reconócelo, Erika. El alcohol te había afectado. Estabas «borracha». A Erika le costaba creer que esa palabra pudiese aplicarse a ella, pero parecía que ese era el caso. No había duda de que se había emborrachado por primera vez en su vida. Entonces, ¿tal vez esos lapsos fueran lagunas provocadas por el alcohol? Como con los padres de Oliver. «No pueden recordar décadas enteras de su vida», dijo una vez Oliver delante de sus padres, y los dos se rieron encantados y levantaron sus copas a pesar de que Oliver no sonreía.

—¿Cómo se gana la vida, si me permite preguntarlo? —quiso saber el taxista.

—Soy contable —respondió Erika.

—¿De verdad? —exclamó el taxista con demasiado interés—. Qué coincidencia, porque justo estaba pensando...

El teléfono de Erika sonó y ella se sobresaltó, como siempre le pasaba cada vez que sonaba su teléfono. («Es un teléfono, Erika», no dejaba de decirle siempre Oliver. «Se supone que funcionan así»). Vio que era su madre, la última persona en el mundo con la que quería hablar en ese momento, pero el taxista se removía en su asiento con la mirada puesta en ella en lugar de en la carretera, prácticamente relamiéndose ante la expectativa de todo el asesoramiento contable gratuito que iba a sacarle. Los taxistas sabían un poco de todo. Él le querría hablar de un increíble vacío legal del que le había informado uno de sus clientes habituales. Erika no era de ese tipo de contables. «Vacío legal» no era una expresión que le gustara. Quizá su madre fuera el menor de los dos males.

—Hola, mamá.

—¡Vaya! ¡Hola! No esperaba que respondieras. —Su madre parecía tan nerviosa como desafiante, lo cual no presagiaba nada bueno—. Estaba preparada para dejar un mensaje de voz —añadió Sylvia con tono acusador.

—Siento haber contestado —repuso Erika. Lo sentía de verdad.

—No tienes que lamentarlo, desde luego. Solo necesito recuperarme de la sorpresa. Te diré lo que haremos. ¿Por qué no te limitas a escuchar mientras yo finjo que te dejo el mensaje que tenía preparado?

—Adelante —respondió Erika. Miró hacia la calle lluviosa, donde una mujer se peleaba con un paraguas que quería ponerse del revés. Erika vio maravillada cómo, de pronto, la mujer perdía los nervios y lanzaba el paraguas a una papelera sin perder el paso y seguía caminando bajo la lluvia. Bien hecho, pensó Erika, eufórica por aquel pequeño espectáculo en vivo. Tíralo sin más. Tira ese maldito trasto.

Oyó en su oído la voz de su madre con más fuerza, como si se hubiese colocado mejor el teléfono.

—Iba a empezar con esto: Erika, cariño. Iba a decir: Erika, cariño, sé que no puedes hablar ahora mismo porque estás en el trabajo, lo cual es una pena, estar encerrada en un despacho en un día tan bonito, no es que sea realmente un día bonito, la verdad, lo cierto es que es un día terrible, un día espantoso, pero normalmente en esta época del año tenemos unos días gloriosos y cuando me despierto y echo un vistazo al cielo azul, pienso: ¡Ay, qué pena, pobrecita Erika, encerrada en su despacho en un día tan bonito! ¡Eso es lo que pienso, pero es el precio que hay que pagar por el éxito empresarial! Ojalá hubieses sido guardabosques o cualquier otra profesión al aire libre. La verdad es que no iba a decir lo de guardabosques, eso se me ha ocurrido sin más, y lo cierto es que sé por qué se me ha ocurrido, porque el hijo de Sally acaba de dejar el instituto y va a ser guardabosques, y cuando ella me lo estaba contando pensé, ya sabes, que qué trabajo tan maravilloso, qué buena idea, en lugar de estar encerrado en un pequeño cubículo como lo estás tú.

—Yo no estoy encerrada en un cubículo —dijo Erika con un suspiro. Su despacho tenía vistas al puerto y flores frescas que cada lunes por la mañana compraba su secretaria. Le encantaba su despacho. Le encantaba su trabajo.

—Ha sido idea de Sally, ¿sabes? Que su hijo sea guardabosques. Qué lista es. No es nada convencional Sally. Tiene una forma de pensar fuera de lo común.

—¿Sally? —se extrañó Erika.

—¡Sally! ¡Mi nueva peluquera! —exclamó su madre con impaciencia, como si Sally llevase varios años en su vida y no un par de meses. Como si Sally fuese a ser su amiga para toda la vida. Ja. Sally seguiría la senda del resto de maravillosos desconocidos que habían pasado por la vida de su madre.

—¿Y qué más ibas a decir en tu mensaje? —preguntó Erika.

—A ver... Después iba a decir, como si tal cosa, como si se me acabara de ocurrir: ¡Ah, oye, cariño, por cierto!

Erika se rio. Su madre siempre sabía cómo fascinarla, incluso en los peores momentos. Justo cuando Erika creía que había terminado, que ya estaba bien, que no aguantaba más, su madre volvía a cautivarla para que siguiera queriéndola.

Su madre también se rio, pero con una risa agitada y chillona.

—Iba a decir: Oye, cariño, me estaba preguntando si tú y Oliver querríais venir a comer a mi casa el domingo.

—No —contestó Erika—. No.

Tomó aire como si lo hiciera a través de una pajita. Notó que los labios se le torcían.

—No, gracias. Iremos a tu casa el día 15. Ese es el día que iremos, mamá. Ningún otro. Ese es el trato.

—Pero, cariño, creo que te sentirías muy orgullosa de mí por...

—No —insistió Erika—. Te veré en cualquier otro sitio. Podemos salir a comer este domingo. A un buen restaurante. O puedes venir tú a nuestra casa. Oliver y yo no tenemos ningún plan. Podemos ir a cualquier otro sitio, pero no vamos a ir a tu casa. —Hizo una pausa y lo repitió, con voz más alta y clara, como si estuviese hablando con alguien que no entendiera bien su idioma—. No vamos a ir a tu casa.

Hubo un silencio.

—Hasta el 15 —añadió Erika—. Está en la agenda. Está en nuestras dos agendas. ¡Y no olvides que tenemos esa cena con los padres de Clementine el jueves por la noche! Así que eso también nos hará ilusión. —Sí, realmente iba a ser muy divertido.

—Tenía una receta nueva que quería probar. He comprado un libro de recetas sin gluten, ¿te lo había dicho?

Fue el tono frívolo lo que lo provocó. Esa vivacidad calculadora y cruel, como si creyera que había una posibilidad de que Erika jugara con ella a lo que siempre habían jugado todos esos años, donde las dos fingían que eran una madre y una hija normales que estaban teniendo una conversación normal, aunque ella sabía que Erika ya no jugaba, aunque las dos habían acordado que el juego se había terminado, aunque su madre había llorado y se había disculpado y había hecho promesas que ambas sabían que nunca podría cumplir, pero ahora quería fingir que ni siquiera había llegado a hacer nunca esas promesas.

—Mamá. Por Dios.

—¿Qué? —Falsa inocencia. Esa exasperante voz de niña.

—¡Me prometiste sobre la tumba de la abuela que no ibas a comprar más libros de recetas! ¡Tú no cocinas! ¡No tienes alergia al gluten! —¿Por qué le temblaba de rabia la voz cuando nunca había esperado que fuera a cumplir esas melodramáticas promesas?

—¡Yo no he prometido tal cosa! —protestó su madre, y dejando la voz de niña tuvo el descaro de responder a la rabia de Erika con la suya propia—. De hecho, últimamente he tenido una terrible hinchazón abdominal. Tengo intolerancia al gluten, que lo sepas. Perdón por preocuparme por mi salud.

No entres. Apártate de ese campo de minas emocional. Para eso estaba invirtiendo miles de dólares en terapia, exactamente para esas situaciones.

—Muy bien. En fin, mamá, me alegra hablar contigo —se apresuró a decir Erika sin dar a su madre la oportunidad de hablar, como si fuese una vendedora telefónica—, pero estoy en el trabajo, así que ahora tengo que colgar. Hablamos luego. —Colgó antes de que su madre pudiese hablar y dejó caer el teléfono sobre su regazo.

Los hombros del taxista estaban visiblemente inmóviles sobre la funda de cuentas de madera del asiento, y solo sus manos se movían por la parte inferior del volante, fingiendo que no había estado escuchando. ¿Qué clase de hija se niega a ir a la casa de su madre? ¿Qué clase de hija le habla a su madre con esa fiereza por haber comprado un libro de recetas?

Ella pestañeó con fuerza.

Su teléfono volvió a sonar y dio tal respingo que casi se le cayó del regazo. Sería su madre otra vez, que llamaba para quejarse por el maltrato.

Pero no se trataba de su madre. Era Oliver.

—Hola —dijo, y casi lloró de alivio al oír su voz—. Acabo de tener una divertida conversación telefónica con mi madre. Quería que fuésemos a comer el domingo.

—No tenemos previsto ir hasta el mes que viene, ¿no? —repuso Oliver.

—No —contestó Erika—. Se estaba saltando los límites.

—¿Estás bien?

—Sí. —Se pasó un dedo por debajo de los ojos—. Estoy bien.

—¿Seguro?

—Sí. Gracias.

—No lo pienses más —dijo Oliver—. Oye, ¿has ido a la charla de Clementine en esa biblioteca de no sé dónde?

Erika echó la cabeza hacia atrás para apoyarla en el asiento y cerró los ojos. Maldita sea. Claro. Por eso llamaba. Clementine. El plan era que hablaría con Clementine después de su charla, mientras tomaban café. Oliver no había mostrado mucho interés por los motivos de Erika para asistir a la charla de Clementine. No comprendía su deseo obsesivo por llenar esos huecos vacíos de su memoria. Le parecía irrelevante, casi estúpido. «Créeme, ya has recordado todo lo que vas a recordar nunca», le había dicho. (Apretó la boca y la miró con dureza al pronunciar la palabra «Créeme». Solo un leve destello de dolor que nunca podía contener y que probablemente negaría estar sintiendo). «Es normal tener lagunas mentales cuando se bebe demasiado». Para ella no era normal. Pero Oliver había visto en aquello la oportunidad perfecta para hablar con Clementine y poder acorralarla por fin.

Debería haber dejado que esa llamada pasara también al buzón de voz.

—Sí que he estado —contestó—. Pero me he ido a la mitad. No me encontraba bien.

—Entonces, ¿no has llegado a hablar con Clementine? —preguntó Oliver. Ella notó que él se esforzaba al máximo por ocultar su frustración.

—Hoy no —respondió—. No te preocupes. Encontraré el momento adecuado. El centro comercial no era de todos modos el mejor lugar.

—Acabo de mirar en mi agenda. Ya han pasado dos meses desde la barbacoa. No creo que resulte ofensivo ni una falta de sensibilidad hacerle la pregunta sin más. Llamarla. No hace falta que sea cara a cara.

—Lo sé. Lo siento.

—No tienes por qué sentirlo —dijo Oliver—. Es difícil. No es culpa tuya.

—Fue culpa mía que fuéramos a la barbacoa, para empezar —repuso ella. Oliver no la absolvería de eso. Era demasiado riguroso. Siempre habían tenido eso en común: la pasión por la rigurosidad.

El taxista pisó el freno.

—¡Maldito conductor idiota! ¡Payaso!

Erika puso la palma de la mano sobre el asiento de delante para mantener el equilibrio mientras Oliver le contestaba:

—Eso no tiene relevancia.

—Para mí la tiene —replicó ella. Oyó un pitido del teléfono que le indicaba que tenía otra llamada. Sería su madre. El hecho de que hubiese tardado un par de minutos en volver a llamar significaba que había optado por las lágrimas en lugar de las quejas. Las lágrimas necesitaban más tiempo.

—No sé qué quieres que diga al respecto, Erika —señaló Oliver con tono de preocupación. Él creía que había una reacción correcta. Una respuesta al final del libro. Creía que había un conjunto de normas secretas de la relación que ella debía conocer, porque era la mujer y las estaba ocultando de forma deliberada—. ¿Vas... a hablar con Clementine?

—Hablaré con Clementine —respondió Erika—. Te veo esta noche.

Puso su teléfono en modo silencio y lo metió en su bolso, a sus pies. El taxista encendió la radio. Debía haber renunciado ya a pedir su consejo como contable; probablemente pensara que, a juzgar por su vida personal, su consejo profesional no era de fiar.

Erika pensó en Clementine, que ya estaría terminando su pequeña charla en la biblioteca, posiblemente recibiendo un respetuoso aplauso del público. No habría ningún «¡bravo!», ni ovaciones con el público en pie ni ramos de flores.

Pobre Clementine, sintiendo que tenía que rebajarse de esa forma.

Oliver tenía razón: la decisión de ir a la barbacoa no tenía relevancia alguna. Era un coste irrecuperable. Echó la cabeza sobre el asiento, cerró los ojos y recordó un coche plateado que se dirigía hacia ella, rodeado de un torbellino de hojas de otoño.

3

El día de la barbacoa

Erika entró con el coche en su calle sin salida y la recibió una extraña y casi hermosa visión: alguien estaba utilizando por fin el BMW plateado que llevaba aparcado en la puerta de la casa de los Richardson desde hacía seis meses, y quienquiera que lo llevara no se había molestado en quitar la capa de hojas rojas y doradas del otoño que se habían acumulado en el capó y el techo del coche, de tal modo que, al avanzar (demasiado rápido para una zona residencial), se formó un torbellino de hojas, como si el coche llevase detrás un minitornado.

Cuando las hojas fueron cayendo, Erika vio a su vecino de al lado, Vid, al final del camino de entrada a su casa, mirando el coche, mientras un único rayo de luz rebotaba en sus gafas de sol, como el destello del flash de una cámara.

Erika frenó a su lado a la vez que abría la ventanilla del asiento del pasajero.

—Buenos días —gritó—. ¡Por fin han movido ese coche!

—Sí, deben de haber terminado su negocio de drogas, ¿sabes? —Vid se inclinó hacia el coche y se subió las gafas de sol a su cabeza de frondosa cabellera canosa—. O puede que fuera la Mafia, ¿sabes?

—¡Ja, ja! —Erika se rio con poca convicción, pues el mismo Vid tenía aspecto de ser un mafioso de éxito.

—Hace un día fenomenal, ¿eh? ¡Mira! ¿No tengo razón? —Vid señaló con satisfacción al cielo, como si él personalmente hubiese comprado ese día y hubiese pagado un precio elevado por él a cambio de recibir el producto de calidad que merecía.

—Es un día precioso —dijo Erika—. ¿Has salido a dar un paseo?

Vid reaccionó con un casi imperceptible gesto de asco ante la idea.

—¿Un paseo? ¿Yo? No. —Le enseñó un cigarro encendido que tenía entre los dedos y el periódico del domingo enrollado y envuelto en plástico en la otra mano—. Solo he bajado a recoger mi periódico, ¿sabes?

Erika se esforzó por no contar el número de veces que Vid decía «¿sabes?». Tomar nota de las muletillas que utiliza alguien en las conversaciones raya casi en el trastorno obsesivo-compulsivo. (Récord actual de Vid: once veces en una diatriba de dos minutos sobre la eliminación de la pizza de panceta ahumada en el menú de la pizzería del barrio. Vid no podría creérselo, es que no se lo podía creer, ¿sabes? Los «¿sabes?» se sucedían con más rapidez cuando se excitaba).

Erika era muy consciente de que algunos de sus comportamientos podrían clasificarse como obsesivos-compulsivos.

«Yo no me dejaría llevar mucho por las etiquetas, Erika», le había dicho su psicóloga con esa sonrisa estreñida que solía poner cuando Erika se «autodiagnosticaba». (Erika se había suscrito a la revista *Psicología Hoy* cuando empezó con la terapia para informarse un poco de cuál sería el proceso y le había resultado todo tan fascinante que recientemente había empezado con la lista de lecturas para el primer año de estudios de ciencias de la psicología y el comportamiento en Cambridge. Solo por informarme, le había dicho a su psicóloga, que no parecía amenazada por esto pero tampoco se mostró precisamente entusiasmada).

—Ese maldito niñato pasa siempre a toda velocidad por la calle y los tira desde su coche como si lanzara una granada en la maldita Siria, ¿sabes? —Vid hizo un gesto como si lanzara una granada con el periódico enrollado—. ¿Y qué haces tú? ¿Has ido a la compra?

Miró el pequeño montón de bolsas de plástico del asiento del pasajero del coche de Erika y dio una fuerte calada a su cigarro para después lanzar un chorro de humo por el lateral de su boca.

—No es exactamente la compra. Solo algunos... eh... chismes que necesitaba.

—Chismes —repitió Vid pronunciando aquella palabra como si nunca antes la hubiese oído. Quizá no. Observó a Erika con su mirada escrutadora y desilusionada, como si hubiese esperado algo más de ella.

—Sí. Para merendar. Van a venir luego Clementine y Sam a merendar con sus hijas. Mis amigos Clementine y Sam, ¿te acuerdas? Los conociste en mi casa. —Sabía de sobra que Vid los recordaba. Le estaba hablando de Clementine para aparentar ser más interesante. Eso era lo único que tenía que ofrecerle a Vid: Clementine.

La cara de Vid se iluminó al instante.

—¡Tu amiga la violonchelista! —exclamó con tono alegre. Prácticamente chasqueó los labios con la palabra «violonchelista»—. Y su marido. ¡Que no tiene oído! Qué desperdicio, ¿no?

—Bueno, a él le gusta decir que no tiene oído —repuso Erika—. Yo creo que técnicamente es...

—¡Un mandamás! Era un..., ¿cómo se dice? Un director de *marketing* de una FMCG, que quiere decir empresa de bienes..., no me lo digas, no me lo digas..., bienes de consumo de alta rotación. Lo que sea que quiera decir eso. Pero ¿has visto? Buena memoria, ¿eh? Mi mente es como una trampa para ratones, es lo que siempre le digo a mi mujer.

—Bueno, lo cierto es que ha cambiado de trabajo. Ahora está en una empresa de bebidas energéticas.

—¿Qué? ¿Bebidas energéticas? ¿Bebidas que te dan energía? En fin, Sam y Clementine. Buena gente. Gente estupenda, ¿sabes? Deberíais venir todos a nuestra casa y hacemos una barbacoa, ¿sabes? ¡Sí, haremos una barbacoa! ¡Disfrutaremos de este tiempo tan increíble! ¿Sabes? Insisto. ¡Tenéis que venir!

—Ah —respondió Erika—. Es un detalle por tu parte.

—Debería haber dicho que no. Era perfectamente capaz de decir que no. No le costaba decirle no a la gente. De hecho, se enorgullecía por su capacidad para hacerlo y Oliver no iba a querer que cambiaran sus planes para ese día. Era demasiado importante. Era un día crucial. Era un día que podía suponer un cambio en sus vidas.

—¡Pondré a asar un cerdo! Al estilo esloveno. Bueno, en realidad, no es al estilo esloveno, sino a mi estilo. Pero no habréis probado nada igual en vuestra vida. Tu amiga, Clementine, recuerdo que le gusta la buena comida. Como a mí. —Se dio una palmada en el estómago.

—Bueno —dijo Erika. Volvió a mirar las bolsas de plástico del asiento del pasajero. Durante todo el trayecto hasta casa desde la tienda no había dejado de mirar sus compras, preocupada por que no hubiese acertado. Debería haber comprado más. ¿Qué le pasaba? ¿Por qué no había comprado para un banquete?

Además, las galletas saladas que había elegido tenían semillas de sésamo y las semillas de sésamo tenían su importancia. ¿A Clementine le encantaban las semillas de sésamo o las odiaba?

—¿Qué me dices? —preguntó Vid—. A Tiffany le encantaría veros.

—¿Sí? —A la mayoría de las mujeres no les gustaría la idea de una barbacoa improvisada, pero la mujer de Vid parecía casi tan sociable como Vid. Erika recordó la vez en que presentó a sus amigos más íntimos a sus extrovertidos vecinos de al lado, cuando ella y Oliver habían dado una copa de Navidad en su casa el año pasado en un ataque de «finjamos que somos la clase de personas a las que les gusta tener invitados y disfrutan de esa locura». Ella y Oliver habían detestado cada segundo. Recibir visitas suponía siempre una situación de tensión para Erika, pues no tenía experiencia con esas cosas y una parte de ella siempre creía que a las visitas había que temerlas y despreciarlas.

—Y tienen dos hijas pequeñas, ¿verdad? —continuó Vid—. A nuestra Dakota le encantará jugar con ellas.

—Sí, pero recuerda que son mucho más pequeñas que Dakota.

—¡Mejor aún! A Dakota le encanta jugar con niñas pequeñas, ¿sabes? Fingir que es la hermana mayor, ¿sabes? Hacerles trenzas, pintarles las uñas, ¿sabes? Todas se van a divertir.

Erika pasó las manos por el volante. Miró a su casa. El pequeño seto que bordeaba el camino hasta la puerta estaba recién podado con una sorprendente y perfecta simetría. Las contraventanas estaban abiertas. Las ventanas estaban limpias y sin manchas en los cristales. Nada que ocultar. Desde la calle se podía ver su roja lámpara de mesa Veronese. Eso era todo. Solo la lámpara. Una lámpara elegante. La simple visión de esa lámpara desde la calle cuando llegaba con el coche a casa proporcionaba a Erika una sensación de orgullo y de paz. Oliver estaba ahora en casa pasando la aspiradora. Erika la había pasado ayer, así que era excesivo. Limpieza excesiva. Vergonzosa.

Cuando Erika se fue de su casa, una de las muchas normas de funcionamiento que le preocupaba de la vida doméstica era tratar de averiguar con qué frecuencia pasaba la gente normal la aspiradora. Fue la madre de Clementine la que le dio una respuesta definitiva: una vez a la semana, Erika. Los domingos por la tarde, por ejemplo. Escoges un momento que te venga bien siempre y lo conviertes en costumbre. Erika había seguido religiosamente las normas de vida hogareña de Pam mientras que Clementine se había empeñado en no hacerles caso.

—Sam y yo incluso nos olvidamos de que existe la aspiradora —le había dicho una vez a Erika—. Pero nos sentimos mejor cuando la pasamos y, entonces, decimos: ¡Hay que pasar la aspiradora con más frecuencia! Más o menos, es parecido a cuando nos acordamos de tener sexo.

Erika se había quedado asombrada, tanto por lo de la aspiradora como por lo del sexo. Sabía que ella y Oliver eran más formales entre sí en público que otras parejas. No se gastaban bromas el uno al otro (les gustaban las cosas claras y que no dieran lugar a malinterpretaciones) pero, Dios mío, jamás se olvidaban de tener sexo.

Una casa a la que se le hubiera pasado la aspiradora no iba a cambiar el resultado de la reunión de ese día más que las semillas de sésamo.

—Un cerdo asado, ¿eh? —le dijo Erika a Vid. Inclinó la cabeza a un lado con un gesto de coquetería, tal y como habría hecho Clementine en una situación así. A veces, tomaba prestados gestos de Clementine, pero solamente cuando Clementine no estaba delante, por si se daba cuenta—. ¿Quieres decir que tienes un cerdo por ahí esperando a que lo asen?

Vid sonrió, encantado con ella, guiñó un ojo y la apuntó con su cigarro. El humo se metió en el coche como si viniera de otro mundo.

—No te preocupes por eso, Erika. —Acentuó la segunda sílaba. E*ri*ka. Aquello hizo que su nombre sonara más exótico—. Lo tendremos todo dispuesto, ¿sabes? ¿A qué hora viene tu amiga la violonchelista? ¿A las dos? ¿A las tres?

—A las tres —contestó Erika. Ya se estaba arrepintiendo de su gesto de coquetería. Ay, Dios. ¿Qué había hecho?

Miró por detrás de Vid y vio a Harry, el anciano que vivía solo al otro lado de la casa de Vid, en su patio delantero, junto a su camelia, con unas tijeras de podar. Se miraron a los ojos y ella levantó la mano para saludarlo, pero él apartó la vista de inmediato y desapareció de su vista por el rincón del jardín.

—¿Está nuestro amigo Harry espiando? —preguntó Vid sin darse la vuelta.

—Sí —contestó Erika—. Ya se ha ido.

—Entonces, ¿a las tres? —preguntó Vid. Golpeteó con fuerza el lateral del coche de ella con los nudillos—. ¿Nos vemos a esa hora?

—De acuerdo —respondió Erika en voz baja.

Vio que Oliver abría la puerta de su casa y salía al porche delantero con una bolsa de basura. Se iba a enfadar mucho con ella.

—Perfecto. ¡Genial! —Vid se incorporó para apartarse del coche y vio a Oliver, que le saludó con una sonrisa.

—¡Luego nos vemos, colega! —gritó Vid—. ¡Barbacoa en nuestra casa!

La sonrisa de Oliver desapareció.

4

Clementine salió del aparcamiento de la biblioteca con cierto pánico, con una mano en el volante y la otra toqueteando el antivaho porque, repentina, cruelmente, su parabrisas se había empañado tanto que prácticamente era opaco por algunas partes. Estaba saliendo veinte minutos más tarde de lo que había planeado.

Después de terminar su charla y tras el habitual, vacilante y débil aplauso, como si la gente no estuviese segura de si era apropiado aplaudir, se había visto atrapada en conversaciones mientras trataba de llegar a la puerta (tan cerca, pero tan lejos) a través del pequeño pero inexpugnable grupo de personas que ahora estaba dando buena cuenta de su obsequioso desayuno casero. Una mujer quiso abrazarla y acariciarle la mejilla. Un hombre, que después vio que tenía un código de barras tatuado en la nuca, quería saber su opinión sobre los planes del ayuntamiento para la reforma de la piscina y no pareció creerla cuando ella respondió que no era de allí y que, por tanto, no podía opinar. Una diminuta señora de pelo blanco quiso que probara un trozo de tarta de zanahoria envuelta en una servilleta de papel rosa.

Se comió la tarta de zanahoria. Era una tarta de zanahoria muy buena. Menos mal.

El parabrisas se aclaró como si se tratara de un pequeño regalo y ella giró a la izquierda para salir del aparcamiento porque, por defecto, ella siempre giraba a la izquierda cuando no tenía ni idea de adónde iba.

—Empieza a hablar —le dijo a su GPS—. Tienes una única obligación. Cúmplela.

Necesitaba que el GPS la guiara rápidamente hacia su casa para poder recoger su violonchelo antes de salir corriendo hacia la casa de su amiga Ainsley, donde iba a tocar sus piezas ante Ainsley y su marido Hu. La audición tendría lugar dentro de dos semanas.

—Entonces, ¿todavía quieres ese trabajo? —le había preguntado su madre la semana pasada con un tono de sorpresa y, posiblemente, juzgándola, pero últimamente Clementine pensaba que todo el mundo la juzgaba, así que podría ser que se lo hubiese imaginado.

—Sí, sigo queriendo ir a la audición —respondió con frialdad, y su madre no dijo nada más.

Conducía despacio, esperando instrucciones, pero su GPS estaba en silencio. Se lo estaba pensando.

—¿Vas a decirme por dónde ir? —le preguntó.

Al parecer, no.

Llegó a un semáforo y giró a la izquierda. No podía seguir girando a la izquierda sin más, porque, de ser así, se pondría a dar vueltas, ¿no? Cuando llegara a casa le contaría esto a Sam. Él se reiría, se burlaría y la compadecería y se ofrecería a comprarle un GPS nuevo.

—Te odio —le dijo Clementine a su mudo GPS—. Te odio y te desprecio.

El GPS no le hizo caso y Clementine miró por la ventanilla a través de la lluvia buscando alguna señal. Empezaba a notar el comienzo de un dolor de cabeza por la fuerza con la que fruncía el ceño.

No debería estar allí, recorriendo todo ese trayecto hasta la otra punta de Sídney bajo la lluvia hasta ese barrio residencial tan soso, gris y desconocido. Debería estar en casa, practicando. Eso era lo que debería estar haciendo.

Cualquiera que fuera el lugar adonde iba o fuera lo que fuera lo que estuviese haciendo, parte de su mente estaba siempre imaginándose una vida hipotética que iba en paralelo a la real, una vida en la que, cuando Erika llamaba y decía: «Vid nos ha invitado a una barbacoa», Clementine respondía: «No, gracias». Dos sencillas palabras. A Vid no le habría importado. Apenas les conocía.

Vid no estaba en la sinfonía la noche anterior. Fue su mente la que le estaba gastando bromas pesadas colocando aquella gran cabeza justo en medio de un mar de rostros.

Al menos, estaba preparada para ver ese día a Erika entre el público aunque, aun así, su estómago le había dado un respingo cuando la vio por primera vez, sentada tan rígida en la fila de atrás, como si estuviese en un funeral, con un atisbo de sonrisa cuando cruzó su mirada con la de Clementine. ¿Por qué le había pedido asistir? Resultaba raro. ¿Se pensaba que iba a ser como ir a ver un concierto de Clementine? Y aunque lo pensara, no era propio de Erika sacar tiempo de su horario laboral y conducir hasta allí desde el norte de Sídney para escuchar cómo Clementine contaba una historia que ya conocía. ¡Y luego se había puesto de pie y se había ido cuando iba por la mitad! Le había enviado un mensaje para decirle que tenía un problema en el trabajo, pero a Clementine no le parecía muy creíble. Seguro que no habría ningún problema de contabilidad que no pudiese esperar veinte minutos.

Había sido un alivio verla marcharse. Le había resultado desconcertante tratar de hablar con aquel pequeño rostro intenso atrayendo su atención como un imán. En un momento dado, se le había cruzado por la cabeza la idea irrelevante y molesta de que el pelo rubio de Erika tenía un corte idéntico al de la madre de Clementine. Un corte estudiado y simétrico a la altura del hombro con un largo flequillo justo por encima de las cejas. Erika tenía idealizada a la madre de Clementine. Era una imitación deliberada o inconsciente pero, desde luego, no era ninguna coincidencia.

Vio una señal que apuntaba hacia la ciudad y enseguida cambió de carril justo cuando el GPS se activó y le indicó «gire a la derecha» con una voz femenina de engolado acento inglés.

—Sí, ya lo he averiguado yo sola. Gracias de todos modos —dijo.

Empezó a llover de nuevo y puso en marcha los limpiaparabrisas.

Un trozo de goma de uno de los limpiaparabrisas se había soltado y a cada tres pasadas chirriaba con fuerza, como una puerta que se abre lentamente en las películas de miedo.

«Ñiiiiiic». Dos. Tres. «Ñiiiiiic». Dos. Tres. Le recordaba a unos muertos vivientes bailando un torpe vals.

Llamaría hoy a Erika. O mañana por la mañana. Le debía una respuesta a Erika. Había pasado suficiente tiempo. Solo había una respuesta, por supuesto, pero Clementine había estado esperando el momento adecuado.

No pienses ahora en eso. Piensa solo en la audición. Tenía que dividir su mente en compartimentos, tal y como sugerían los artículos de Facebook. Se supone que a los hombres se les da bien compartimentar. Dedican toda su atención a lo que sea que estén haciendo aunque lo cierto era que a Sam nunca le había costado hacer varias cosas a la vez. Podía hacer un *risotto* mientras vaciaba el lavavajillas y, al mismo tiempo, jugaba con las niñas a algún juego educativo. Era Clementine la que se dispersaba. Cogía su violonchelo y se olvidaba de que tenía algo en el horno. Era ella la que una vez se había olvidado (para vergüenza suya) de recoger a Holly de una fiesta de cumpleaños, cosa que a Sam nunca le pasaría. «Vuestra madre va por ahí en un permanente aturdimiento», les solía decir Sam a las niñas, pero lo decía con cariño, o eso creía ella. Puede que ella se imaginara lo del cariño. Ya no estaba segura de lo que de verdad pensaban los demás de ella: su madre, su marido, su amiga. Todo parecía ser posible.

Volvió a pensar en el comentario de su madre: «Entonces, ¿todavía quieres ese trabajo?». Nunca había dedicado muchas horas a ensayar para una audición. Ni siquiera antes de que nacieran las niñas. Todo ese gimoteo autocomplaciente que se traía: «¡Soy una madre trabajadora con dos niñas pequeñas! ¡Pobre de mí! ¡No hay suficientes horas en el día!». En realidad, había bastantes horas más si simplemente se dormía menos. Ahora se acostaba a las doce en lugar de a las diez de la noche y se levantaba a las cinco en lugar de a las siete.

La vida con menos horas de sueño le proporcionaba una sensación nada desagradable de cierta sedación. Se sentía apartada de todos los aspectos de su vida. Ya no tenía tiempo para sentir. Todo ese tiempo que malgastaba *sintiendo,* y analizando lo que sentía, como si se tratara de algún asunto de importancia nacional. «¡Clementine se siente extremadamente nerviosa por su próxima audición! Clementine no sabe si es suficientemente buena». Bueno, dejémonos de presiones, analicemos los nervios por las audiciones, hablemos en serio con amigos músicos, busquemos una sensación de confianza constante.

Para. La continua burla de sí misma, de la persona que era antes, tampoco resultaba nada productiva. Dedica el tiempo a centrarte en cuestiones técnicas. Buscó en su mente algún problema técnico que la distrajera. Por ejemplo, la digitación para el primer arpegio de la pieza de Beethoven. Siempre cambiaba de opinión. La opción más complicada podía tener un mejor resultado musical, pero corría el riesgo de cometer un error cuando estuviese bajo presión.

¿Eso de delante era un atasco? No debía llegar tarde. Sus amigos iban a dedicar su tiempo a hacer esto por ella. No sacaban nada de ello. Puro altruismo. Miró los coches detenidos y, de nuevo, estuvo en el coche de Tiffany, atrapada en un mar de luces rojas de freno, el cinturón de seguridad como una contención que se apretaba con fuerza contra su cuello.

El tráfico siguió moviéndose. Bien. Se oyó a sí misma soltar el aire, aunque no había sido consciente de estar conteniendo la respiración.

Le preguntaría esa noche a Sam cuando salieran a cenar si su mente seguía atrapada como la de ella en un absurdo y continuo «¿y si...?». Puede que eso diera lugar a una conversación. A una «conversación sanadora». Ese era el tipo de expresión que su madre utilizaría.

Iban a salir esa noche en plan «cita de pareja». Otra expresión moderna que su madre había elegido. «¡Hijos, lo que necesitáis es una cita de pareja!». Tanto ella como Sam aborrecían la expresión «cita de pareja», pero iban a tener una, en un restaurante sugerido por la madre de Clementine. Su madre cuidaría de las niñas e incluso había hecho la reserva.

—Perdonar es propio de los fuertes. Creo que fue Gandhi quien lo dijo —había comentado su madre. La puerta del frigorífico de su madre estaba llena de citas inspiradoras escritas en pequeños papeles sujetos por imanes de frigorífico. Los imanes tenían también citas.

Puede que esa noche fuera bien. Puede que incluso fuera divertida. Estaba intentando ser positiva. Uno de ellos tenía que serlo. Su coche se acercó a la cuneta y una gigantesca ola de agua chocó con fuerza contra el lateral del coche. Maldijo, con mucha más saña de la necesaria.

Era como si llevara lloviendo desde el día de la barbacoa, aunque sabía que eso no era cierto. Cuando pensaba en su vida antes de la barbacoa esta estaba teñida por una dorada luz del sol. Cielos azules. Suaves brisas. Como si nunca antes hubiese llovido.

—A continuación, gire a la izquierda —dijo el GPS.

—¿Qué? ¿Aquí? —preguntó Clementine—. ¿Estás segura? ¿O quieres decir en la siguiente? Creo que quieres decir en la siguiente.

Siguió adelante.

—Dé la vuelta cuando sea posible —dijo el GPS con un atisbo de suspiro.

—Lo siento —respondió Clementine con tono humilde.

5

El día de la barbacoa

La luz del sol inundaba la cocina, donde Clementine corría en pijama sin moverse de la baldosa mientras su marido Sam le gritaba como si fuera un sargento mayor:

—¡Corre, soldado, corre!

Ruby, su hija de dos años, también en pijama, con el pelo como un enredado nido de pájaro rubio, corría junto a Clementine, balanceándose como una marioneta sujeta por hilos y riéndose. Tenía un trozo blando y pastoso de cruasán en una mano rechoncha y una batidora de mano metálica con mango de madera en la otra, aunque ya nadie consideraba a Batidora como un utensilio de cocina. Ruby daba de comer a Batidora, la/le (el género de Batidora era variable) bañaba y la/le echaba a dormir cariñosamente todas las noches en su caja de zapatos cubierta con pañuelos de papel.

—¿Por qué corro? —jadeaba Clementine—. ¡No me gusta correr!

Esa mañana Sam había anunciado, con una mirada evangélica, que había elaborado un plan infalible para ayudarla a «triunfar en la audición, cariño». Se había quedado levantado hasta tarde la noche anterior para preparar su plan.

Primero, ella tenía que correr durante cinco minutos sin moverse del sitio lo más rápido que pudiera.

—¡No hagas preguntas! ¡Limítate a cumplir mis órdenes! —respondió Sam—. ¡Levanta esas rodillas! Quiero verte jadear.

Clementine trataba de elevar las rodillas.

Él debía de haber buscado en Google «consejos para tu audición en una orquesta» y el consejo número uno era algo tan manido como: «¡Haz ejercicio! Asegúrate de que estás en excelentes condiciones físicas».

Ese era el problema de estar casada con alguien que no era músico. Un músico habría sabido que la forma de ayudarla a prepararse para la audición era «llevarse a las niñas esa mañana para que ella tuviese tiempo de practicar antes de que tuvieran que salir para la casa de Erika». No es tan difícil, soldado.

—¡Dos minutos más! —Sam la observaba. Él estaba sin afeitar, en camiseta y calzoncillos—. Lo cierto es que quizá solo necesites un minuto más. No estás en muy buena forma.

—Voy a parar —dijo Clementine reduciendo la velocidad.

—¡No! No debes parar. Se trata de estimular tus nervios para la audición haciendo que tu ritmo cardiaco aumente. Cuando lo hayas hecho tendrás que ponerte directamente a tocar tus piezas musicales.

—¿Qué? No, ahora no voy a tocar. —Necesitaba un rato para preparar de forma meticulosa esas piezas—. Quiero otro café.

—¡Corre, soldado, corre! —gritó Sam.

—Por el amor de Dios. —Siguió corriendo. No le haría daño hacer un poco de ejercicio, aunque lo cierto era que le empezaba a doler bastante.

Su hija de cinco («y tres cuartos», era importante aclararlo) años, Holly, entró taconeando en la cocina con los pantalones de su pijama, un viejo vestido roto de *Frozen* y un par de zapatos de tacón alto de Clementine. Colocó la mano en su sobresaliente cadera como si estuviese en la alfombra roja y esperó a que la admiraran.

—¡Vaya! Mirad a Holly —dijo Sam obediente—. Quítate esos zapatos antes de que te hagas daño.

—¿Por qué estáis... «corriendo»? —preguntó Holly a su madre y su hermana. Movió los dedos en el aire para dibujar unas exageradas comillas sobre la palabra «corriendo». Era una nueva y sofisticada costumbre suya, solo que pensaba que se podía elegir cualquier palabra al azar y entrecomillarla. Cuantas más palabras, mejor. Frunció el ceño—. Dejadlo ya.

—Tu padre me obliga a correr —contestó Clementine entre jadeos.

Ruby se hartó de repente de correr y se dejó caer de culo. Depositó con cuidado su trozo de cruasán en el suelo para cogerlo después y se chupó con fuerza el dedo pulgar, como un fumador que necesitara dar una calada.

—Papá, deja de obligar a mamá a que siga corriendo —le pidió Holly—. ¡Respira raro!

—Respiro raro —se mostró de acuerdo Clementine.

—Estupendo —respondió Sam—. Necesitamos que se quede sin aliento. ¡Chicas! ¡Venid conmigo! Tenemos una tarea importante. ¡Holly, te he dicho que te quites esos zapatos antes de que te hagas daño!

Levantó a Ruby del suelo y la sostuvo bajo su brazo, como si fuese un balón de fútbol. La niña chillaba encantada mientras él caminaba por el pasillo. Holly corrió detrás, sin hacer caso a la orden sobre los zapatos.

—¡Sigue corriendo hasta que te llamemos! —gritó Sam desde la sala de estar.

Clementine, tan desobediente como Holly, aminoró la velocidad hasta quedarse arrastrando los pies.

—¡Ya estamos listos! —gritó Sam.

Ella entró en la sala de estar, medio riéndose y respirando con dificultad. Se detuvo en la puerta. Habían empujado los muebles hacia los rincones y solo había una silla en medio de la habitación, detrás de su atril.

Su violonchelo estaba apoyado en la silla, con el soporte antideslizante sujeto firmemente al suelo de madera, donde dejaría otro diminuto agujero. (Habían acordado que esos agujeros, antes que suponer un «daño», le daban «carácter» al suelo). Una sábana grande colgaba del techo dividiendo la habitación. Holly, Ruby y Sam estaban sentados detrás de ella. Clementine podía oír cómo se reía Ruby.

Entonces, era por esto por lo que Sam estaba tan excitado. Había preparado la habitación para que pareciera una sala de audición. Se suponía que la sábana blanca tenía que representar la pantalla negra detrás de la cual se sentaría el jurado de la audición como un pelotón de fusilamiento invisible que juzga y condena, sin rostros y en silencio (salvo los ocasionales e intimidantes susurros o toses y la voz fuerte, aburrida y superior que, en cualquier momento, podría interrumpir su actuación con un «Es suficiente, gracias»).

Se sorprendió y casi se sintió avergonzada al ver la reacción automática y visceral de su cuerpo ante aquella silla solitaria. A su mente acudieron rápidamente todas las audiciones a las que había ido en su vida: una cascada de recuerdos. La vez en que había una única sala de precalentamiento para todos, una sala tan increíblemente calurosa, sofocante y ruidosa, tan atestada de músicos, aparentemente de un extraordinario talento, que todo había empezado a dar vueltas como un tiovivo y una violonchelista francesa había extendido una mano lánguida para agarrar el violonchelo de Clementine cuando se le fue de las manos. (Era la campeona de los desmayos).

La vez en la que había hecho una primera ronda de audiciones y había tocado excepcionalmente bien salvo por un humillante fallo en su concierto, ni siquiera en un pasaje complicado; un error que nunca había cometido al tocar y que nunca volvería a cometer. Se quedó tan destrozada que estuvo llorando tres horas seguidas en una cafetería mientras la señora de la mesa de al lado le pasaba pañuelos y su novio de entonces (el oboe con eccema) le decía una y otra vez: «¡Te perdonan si fallas una única nota!». Tenía razón, le perdonaron el fallo de esa única nota. Esa tarde la volvieron a llamar pero, para entonces, estaba tan agotada de tanto llorar que tocó con el brazo del arco tan cansado que le caía sin fuerzas, como un espagueti, y se perdió la ronda final.

—Sam... —empezó a decir. Había sido un detalle por su parte, un verdadero detalle, y le adoraba por haberlo hecho, pero eso no la estaba ayudando.

—¡Hola, mamá! —saludó Ruby con voz clara desde detrás de la sábana.

—Hola, Ruby —respondió Clementine.

—¡Chis! —ordenó Sam—. No habléis.

—¿Por qué no «toca» mamá? —preguntó Holly. No era necesario verla para saber que había hecho lo de las comillas.

—No lo sé —respondió Sam—. A esta aspirante no vamos a darle el puesto si no toca, ¿verdad?

Clementine soltó un suspiro. Tendría que seguir con aquel juego. Fue a sentarse en la silla. Notó el sabor a plátano. Cada vez que iba a una audición se comía un plátano en el coche de camino, porque se supone que los plátanos contienen betabloqueantes naturales que ayudan con los nervios. Ahora no podía comer plátanos nunca porque le recordaban a las audiciones.

Quizá esta vez pudiera probar de nuevo betabloqueantes de verdad, aunque la única vez que lo había hecho no le había gustado esa sensación de algodón en la boca y había notado el cerebro vacío, como si algo hubiese explotado en el centro de su cabeza.

—Mamá ya tiene el puesto —replicó Holly—. Ya «es» violonchelista.

—Es el trabajo de sus sueños —dijo Sam.

—Más o menos —confirmó Clementine.

—¿Qué es eso? —preguntó Sam—. ¿Quién ha sido? No hemos oído hablar a la aspirante, ¿verdad? No habla, solo toca.

—Ha sido mamá —dijo Ruby—. ¡Hola, mamá!

—¡Hola, Ruby! —contestó Clementine mientras ponía resina en el arco.

Lo del «trabajo de sus sueños» quizá fuera excesivo (si estuviese soñando, sería más bien una solista famosa en el mundo entero), pero deseaba con todas sus fuerzas ese trabajo: violonchelista principal de la Real Orquesta de Cámara de Sídney. Un puesto permanente con compañeros de trabajo, vacaciones y un horario. La vida como músico por cuenta propia era flexible y divertida pero improvisada, fragmentada y desesperada, con actuaciones en bodas y eventos empresariales, clases, sustituciones y cualquier otra cosa que pudiera hacer. Ahora que las niñas estaban en el colegio y la guardería, quería retomar su carrera.

Ya conocía a todos los de la sección de cuerda de la Real Orquesta de Cámara de Sídney porque a menudo tocaba para la orquesta de forma esporádica. («Entonces, no debería resultarte difícil conseguir el trabajo, ¿no? ¡Porque ya lo estás haciendo!», le había dicho su madre la noche anterior, alegremente ajena a la fuerte competencia existente en el mundo de Clementine. Los dos hermanos mayores de Clementine trabajaban en el extranjero como ingenieros. Desde la universidad, sus carreras habían avanzado de una forma lógica y continuada. Nunca se quejaban diciendo: «¡Es que creo que hoy no puedo ser ingeniero!»).

Sus mejores amigos de la orquesta, Ainsley y Hu, un matrimonio de violonchelista y contrabajo, que formarían parte del jurado sentado tras la pantalla que iba a decidir su futuro, estaban siendo especialmente alentadores. Racionalmente, Clementine sabía que tenía posibilidades. Era solo su debilitadora fobia a las audiciones lo que impedía que su vida perfecta fuese una realidad. Su terror al terror.

—La solución está en la preparación —le había dicho Sam la noche anterior, como si se tratara del más pionero de los consejos—. Visualización. Tienes que visualizarte ganando la audición.

A ella le parecía desleal pensar que las audiciones para orquesta no se «ganan» y que prepararse para una de ellas no era lo mismo que, por ejemplo, preparar una presentación de Power-Point sobre planes de ventas y *marketing* de un champú anticaspa, como había tenido que hacer Sam para su último trabajo. Puede que fuera lo mismo. No lo sabía. No podía imaginarse qué hacía en realidad la gente en los trabajos de oficina, sentados ante sus ordenadores todo el día. Sam estaba animado ahora. Se iba a trabajar cada día con apariencia de estar más contento porque había conseguido un trabajo nuevo como director de *marketing* en una empresa más grande y «más dinámica» que producía bebidas energéticas. Había muchos jóvenes de veintitantos años en su nueva oficina. A veces, ella notaba el modo de hablar de esos jóvenes arrastrando las palabras reflejado en la voz de Sam. Seguía disfrutando de la etapa de luna de miel. El día antes había dicho algo sobre la «cultura empresarial progresista» y lo había dicho sin ninguna ironía. Solo llevaba una semana. Ella le había concedido un periodo de gracia antes de empezar a gastarle bromas al respecto.

—¿Puedo ir a jugar con el iPad? —preguntó Holly desde detrás de la sábana.

—¡Chis! Tu madre está en una audición —contestó Sam.

—Entonces, ¿puedo comer algo? —preguntó Holly y, a continuación, estalló colérica—: ¡Ruby!

—Ruby, por favor, deja de dar lametones a tu hermana —dijo Sam con un suspiro.

Clementine levantó los ojos y trató de no pensar en cómo había pegado la sábana al techo. No habría clavado chinchetas en su techo ornamentado, ¿no? No. Él era sensato. Cogió el arco y colocó bien su violonchelo.

Las partituras estaban colocadas sobre su atril. No hubo ninguna sorpresa de verdad cuando las repasó el día anterior. La pieza de Brahms saldría bien. La de Beethoven, vale, siempre que interpretara el principio con convicción. *Don Juan*, por supuesto, su némesis, pero solo tenía que dedicarle tiempo. Le alegró ver la pieza de Mahler: quinto movimiento de la Sinfonía número 7. Quizá interpretaría ahora para Sam a Mahler, para contentarle y hacerle creer que aquello le estaba sirviendo de ayuda.

Mientras afinaba, oyó en su cabeza la voz de acento alemán de Marianne dándole su consejo para las audiciones: «¡Lo importante son las primeras impresiones! ¡Incluso cuando estás afinando! Debes afinar rápido, en tono bajo y con calma». Sintió una repentina oleada de pena por su profesora de música, aunque ya habían pasado diez años desde su muerte.

Recordó una vez en la que había empezado a asustarse porque pensaba que estaba dedicando un tiempo excesivamente largo a la afinación y creyó notar la impaciencia que emanaba desde el otro lado de la pantalla. Fue en Perth, y había tenido que transportar su violonchelo perfectamente afinado por un patio interior bajo un calor abrasador para entrar en una sala de conciertos congelada.

Todas las audiciones tenían un punto de pesadilla pero aquella había sido especialmente traumática. El supervisor le había pedido que se quitara los zapatos antes de seguir para que no se oyeran sus tacones por el escenario y revelara así su género. Asimismo sugirió que evitara toser o aclararse la garganta pues eso también revelaría su género. Parecía obsesionado con ello. Mientras subía al escenario, uno de sus pies envuelto en la media se le había resbalado (¡Medias negras! ¡Un día de cuarenta grados!) y ella había soltado un chillido muy revelador de su género. Cuando terminó de afinar el violonchelo, estaba hecha un lío. En lo único en lo que podía pensar mientras temblaba, sudaba y se estremecía era en lo mucho que había gastado en vuelos y alojamiento para una audición que no iba a conseguir.

Dios mío, cómo odiaba las audiciones. Si conseguía ese trabajo, nunca más querría pasar por una audición.

—¡Ruby! ¡Vuelve aquí! ¡No toques!

De repente, la sábana se cayó del techo y se vio a Sam sentado en el sofá con Holly en su regazo y Ruby sentada en el suelo, con aspecto de sentirse tan culpable como emocionada por lo que había hecho, con la sábana caída a su alrededor.

—Ha sido Batidora —dijo Ruby.

—¡No ha sido Batidora! —protestó Holly—. ¡Has sido tú, Ruby!

—Vale, vale —terció Sam—. Tranquilas. —Miró a Clementine y se encogió de hombros en un gesto irónico—. Se me había ocurrido que podríamos tener una audición de mentira cada domingo por la mañana después del desayuno. Creía que sería divertido y que quizá sirviera incluso... de ayuda. Pero puede que haya sido una torpeza, lo siento.

Holly se bajó del regazo de Sam y fue a ponerse la sábana por encima de la cabeza. Ruby se metió por debajo con ella y las dos empezaron a susurrarse.

—No ha sido una torpeza —contestó Clementine. Pensó en su antiguo novio, Dean, un contrabajo que ahora tocaba en la Filarmónica de Nueva York. Recordó haber tocado para él y cómo gritó «¡El siguiente!» y señaló hacia la puerta para indicarle que su interpretación no había estado a la altura, y cómo ella se había echado a llorar. «Joder, esta baja autoestima tuya es un aburrimiento», dijo Dean entre bostezos. Joder, Dean, eras un gilipollas pretencioso. Y no eras tan bueno, chaval.

—Me llevaré a las niñas fuera toda la mañana para que puedas ensayar —dijo Sam.

—Gracias —respondió Clementine.

—No me des las gracias —repuso Sam—. No tienes que sentirte agradecida. En serio. Quita de tu cara esa expresión de agradecimiento.

Puso una expresión exageradamente vacía y Sam se rio, pero sí que se sentía agradecida y ese era el problema, porque sabía que era el primer paso de un complicado viaje que terminaría en resentimiento, un irracional pero sincero resentimiento. Y quizá Sam lo intuía y por eso estaba anticipándose a su gratitud. Ya había pasado antes. Él sabía cómo iba a afectar la audición a sus vidas durante las próximas diez semanas a medida que ella perdía la cabeza por los nervios y el estrés tratando de buscar a toda costa un valioso tiempo para ensayar en medio de una vida con demasiadas ocupaciones. Por mucho tiempo que le diera el pobre Sam, nunca sería suficiente, porque lo que Clementine necesitaba en realidad era que él y las niñas no existieran temporalmente. Necesitaba colarse en otra dimensión en la que ella fuera una persona soltera y sin hijos. Solo entre este momento y la audición. Necesitaba irse a una casa en las montañas (algún lugar con buena acústica) y no vivir ni respirar nada que no fuera música. Dar paseos. Meditar. Comer bien. Hacer todos esos ejercicios de visualización positiva que los músicos jóvenes hacían hoy en día. Tenía la terrible sospecha de que, si convertía esto en realidad, ni siquiera echaría tanto de menos a Sam ni a las niñas y, si los echaba de menos, le resultaría bastante soportable.

—Sé que no soy muy divertida cuando se acerca una audición —se disculpó Clementine.

—¿Qué estás diciendo? Eres adorable cuando tienes cerca una audición —repuso Sam.

Ella fingió darle un puñetazo en el estómago.

—Cállate.

Él la agarró de la muñeca y la atrajo hacia sí para abrazarla con fuerza.

—Lo solucionaremos —dijo él. Ella respiró su olor. Se había vuelto a lavar con el champú antilágrimas de las niñas. El pelo de su pecho estaba suave y esponjoso, como el de un polluelo—. Vamos a conseguirlo.

A ella le encantó que hablara en plural. Siempre hacía lo mismo. Incluso cuando estaba trabajando en algún proyecto de reforma de la casa, un proyecto en el que ella no colaboraba absolutamente en nada más que en quitarse de en medio, él examinaba su obra, se limpiaba la cara sucia y sudorosa y decía: «Ya estamos terminando».

La falta de egoísmo era propia de su carácter. Ella tenía que fingirlo, más o menos.

—Eres un hombre bueno, Samuel —dijo Clementine. Se trataba de algo que decían en un programa de televisión que habían visto años atrás y que se había convertido en su forma de decirle gracias y te quiero.

—Soy un hombre muy bueno —convino Sam soltándola—. Un hombre excelente. Posiblemente, un hombre genial. —Vio las siluetas de las pequeñas Holly y Ruby moviéndose bajo la sábana—. ¿Has visto a Holly y a Ruby? —dijo en voz alta—. Porque yo creía que estaban aquí pero ahora parece que han desaparecido.

—No lo sé. ¿Dónde podrán estar? —preguntó Clementine.

—¡Estamos aquí! —gorjeó Ruby.

—¡Calla! —Holly se tomaba ese tipo de juegos muy en serio.

—Oye, ¿a qué hora es la merienda en casa de Erika? —preguntó Sam—. Quizá deberíamos cancelarla. —Parecía esperanzado—. Para dedicarte todo el día a ensayar.

—No podemos cancelarla —respondió Clementine—. Erika y Oliver quieren que vayamos. ¿Qué fue lo que dijo ella? Quiere que «hablemos de algo».

Sam hizo una mueca.

—Eso suena bastante inquietante. No usarían las palabras «oportunidad de inversión», ¿verdad? ¿Recuerdas cuando Lauren y David nos pidieron que fuésemos a su casa a cenar y todo era una estratagema para tratar de meternos en su maldito negocio de toallitas ecológicas o lo que quiera que fuera eso?

—Si Erika y Oliver nos ofrecieran una oportunidad de inversión, la aprovecharíamos —dijo Clementine—. Lo haríamos sin dudar.

—Tienes razón —convino Sam. Frunció el ceño—. Apuesto a que quieren que participemos con ellos en alguna «maratón». —Utilizó las comillas de Holly en la palabra «maratón»—. Por alguna causa benéfica. Y así nos veremos obligados a ir.

—Les entorpeceríamos demasiado la marcha —dijo Clementine.

—Sí, o más bien tú. Mis capacidades atléticas innatas me servirían. —Sam volvió a fruncir el ceño y se rascó la mejilla pensativo—. Madre mía, ¿y si quieren que nos vayamos de acampada? Dirán que es bueno para las niñas. Que estén al aire libre.

Erika y Oliver habían decidido no tener hijos pero, aunque no tenían interés alguno en tenerlos, sí que mostraban un interés activo y casi de pertenencia con respecto a Holly y Ruby. Era como si resultase bueno para ellos, como si formara parte de una estrategia sistemática que realizaban para ser personas completas y actualizadas. Hacemos ejercicio con regularidad, vamos al teatro, leemos las novelas que hay que leer, no solo la lista de seleccionados de los premios Man Booker, sino también la lista de los candidatos, vemos las exposiciones que hay que ver y mostramos un interés real en la política internacional, los asuntos sociales y los encantadores hijos de nuestros amigos.

Aquello era injusto. Monstruosamente injusto. Su interés en los niños no era solo por aparentar y Clementine sabía que los motivos por los que sometían sus vidas a un control tan riguroso y ordenado no tenían nada que ver con la competitividad.

—Quizá quieran crear fideicomisos para las niñas —dijo Sam. Se quedó pensándolo y se encogió de hombros—. Podría soportarlo. Soy lo bastante hombre.

—No son tan ricos —replicó Clementine riendo.

—No pensarás que alguno de ellos tiene una extraña enfermedad genética, ¿verdad? —preguntó Sam—. Imagínate lo mal que me sentiría. —Hizo una mueca de dolor—. Oliver parecía un poco delgaducho la última vez que los vimos.

—Las maratones les dejan delgaduchos. Estoy segura de que, sea lo que sea, no será malo —dijo Clementine distraída, aunque sí tenía cierta sensación de inquietud por lo de esa tarde, pero era probable que fuese solo por la audición, que ya lo estaba contaminando todo, provocando un trasfondo de miedo sutil durante las próximas diez semanas. No había nada que temer. Solo era una merienda en un precioso día de sol.

6

Un muchacho con un chubasquero negro húmedo y resplandeciente estaba apostado sobre el borde del ferry, con un rollo de cuerda gruesa y pesada alrededor de un brazo. Sam le veía desde su asiento junto a la ventana del ferry. El muchacho entrecerraba los ojos a través de la lluvia torrencial para ver el muelle que aparecía entre la neblina gris. Su rostro joven y terso estaba cubierto de gotas de lluvia. El ferry se balanceó y viró. El aire frío y salado inundó las fosas nasales de Sam. El muchacho levantó el nudo del extremo de la cuerda y lo mantuvo en alto como un vaquero montado a horcajadas sobre un caballo. Lo lanzó y enganchó el bolardo al primer intento. A continuación, saltó del ferry al muelle y tiró con fuerza, como si arrastrara el ferry hacia él.

El muchacho no parecía tener más de quince años y, aun así, estaba atando sin esfuerzo el ferry al muelle. Hizo una especie de señal al capitán y gritó: «¡Circular Quay!» a los pasajeros que esperaban con sus paraguas y chubasqueros y, a continuación, tiró con fuerza de la pasarela desde el ferry hasta el embarcadero con un fuerte golpe metálico. Los pasajeros se apresuraron a subir al ferry con los hombros encogidos y apiñados bajo la lluvia mientras el muchacho permanecía con la cabeza alta e impertérrito.

Ese sí que era un trabajo de verdad. Atrapando muelles con el lazo. Dirigiendo a trabajadores de oficinas que subían y bajaban de los ferrys. No era más que un crío, pero parecía un hombre, allí de pie, bajo la lluvia. Hizo que Sam se sintiese blando y fofo, sentado dócilmente con sus pantalones de lana mojados y su camisa de raya diplomática. Probablemente el muchacho aborreciera la idea de tener que trabajar en una oficina. Diría: «Ni hablar. Me sentiría como una rata atrapada».

Una rata que empuja una palanca para conseguir queso. Como en esos experimentos antiguos. El día anterior Sam se había sentado a su mesa como una rata y había usado el meñique para pulsar la letra «p» de su teclado y el pulgar para pulsar la barra espaciadora, una y otra vez, con un espacio entre cada «p», hasta que la pantalla se llenó solamente de «p p p p p p p p p». Lo estuvo haciendo durante unos veinte minutos. Puede que incluso media hora. No estaba seguro. Aquel había sido su mayor logro en el trabajo durante el día anterior. Una pantalla llena de letras «p».

Vio al grupo de pasajeros subir a bordo del ferry mientras agitaban sus paraguas, con sus caras malhumoradas y agobiadas antes siquiera de que hubiese empezado la jornada. Probablemente, el muchacho no era consciente de que un oficinista podía pasar todo el día en su despacho sin hacer nada, tocándose literalmente los huevos, y, aun así, ser pagado por ello. Sam sintió que le entraba un sudor frío al pensar en lo poco que estaba logrando en su trabajo. Hoy tenía que conseguir *hacer* algo. No podía seguir así mucho más tiempo. Iba a perder su trabajo si no encontraba el modo de concentrarse. Seguía en periodo de prueba. Podrían echarle a la calle sin mucho papeleo ni estrés. Por ahora, se estaba librando por su equipo. Tenía cuatro expertos en tecnología, expertos en todo de veintitantos años que respondían directamente ante él. Todos eran más inteligentes que él. No los estaba dirigiendo él. Se dirigían solos, pero eso no podría seguir así siempre.

Si Sam hubiese tenido un trabajo manual, lo habría perdido varias semanas atrás. Pensó en su padre. El bueno de Stan no habría podido ir a hacer un trabajo de fontanería y quedarse allí sentado mirando al infinito, ¿verdad? No habría podido pasarse veinte minutos golpeando distraídamente una llave contra una tubería. Si Sam hubiese sido fontanero, se habría visto obligado a concentrarse y su mente no habría estado desenmarañándose lentamente, o lo que fuera que le estuviese pasando. ¿No había una tía abuela o algún otro familiar por parte de padre que había sufrido una (voz baja) «crisis nerviosa»? Puede que le estuviera pasando a él. Sus nervios se le estaban desintegrando, desmenuzándose hasta convertirse en polvo como porosa arenisca.

El ferry se puso en marcha tambaleante, atravesando de nuevo el puerto para dejar a todos en sus trabajos, y mientras Sam miraba a los demás pasajeros se le ocurrió que nunca se había sentido involucrado. No era como esas otras personas que trabajan para empresas. Siempre le había gustado bastante su trabajo, pues era un modo relativamente estimulante de pagar las facturas, pero había habido veces en las que había estado delante de la sala con su presentación de PowerPoint, por ejemplo, y se había sentido, por un momento, como si todo aquello fuese una función, una representación elaborada, como si simplemente estuviese fingiendo ser el «hombre de negocios» que su madre siempre había soñado que sería. Ni médico ni abogado, hombre de negocios. Joy no tenía ni idea de lo que de verdad hacía durante todo el día un hombre de negocios, aparte de llevar corbata, nada de monos, y de tener las uñas de las manos limpias, pero si Sam conseguía buenas notas en el colegio, como así fue, la glamurosa vida de los negocios sería su recompensa. Él podría haber insistido en dedicarse a algún oficio como su padre o sus hermanos —pues su madre no era autoritaria, solo entusiasta— pero, en lugar de eso, aquel adolescente lo había aceptado, atolondrado y adormilado, sin pararse a pensar realmente qué era lo que de verdad deseaba, qué le daría satisfacción, y ahora estaba ahí, atrapado en una vida equivocada, en un puesto intermedio medianamente bueno, fingiendo ser un apasionado del *marketing* de las bebidas energéticas.

¿Y qué? A aguantarse. ¿Qué porcentaje de personas de ese ferry sentían pasión por sus trabajos? El hecho de gustarle a uno su trabajo no era un derecho divino. La gente le decía siempre a Clementine: «Tienes suerte de hacer lo que te gusta». Ella no estaba lo suficientemente agradecida por ese privilegio. A veces respondía: «Sí, pero siempre tengo el miedo de no ser lo suficientemente buena». Su neurosis por su música siempre había desconcertado y fastidiado a Sam —toca sin más esa maldita cosa—, pero ahora, por primera vez, comprendía a qué se refería ella cuando decía: «Es que hoy siento que no puedo tocar». Volvió a recordar la pantalla de su ordenador llena de letras «p» y sintió que el pánico aumentaba. No podía permitirse perder su trabajo, no con la hipoteca que tenían. «Tienes una familia. Una familia a la que proteger. Sé un hombre. Cálmate. Lo tenías todo y lo arriesgaste todo. ¿Para qué? Para nada». Miró por la ventana cuando el ferry se adentraba en un oleaje de agua verde grisácea mezclada con espuma blanca y se oyó a sí mismo emitiendo un sonido: un humillante y agudo chillido de angustia, como el de una niña. Tosió, para que la gente pensara que simplemente se estaba aclarando la garganta.

Se sorprendió recordando la mañana de la barbacoa. Era como recordar a otra persona, a un amigo o a alguien al que hubiese visto interpretar el papel de padre en una película. Seguramente habría sido otro, no él, dando una vuelta, pavoneándose por tener una casa soleada, tan seguro de sí mismo y de su lugar en el mundo. ¿Qué pasó esa mañana? Cruasanes para desayunar. Había tratado de montar una falsa audición para Clementine. No había funcionado. ¿Qué pasó después? Había querido llevarse a las niñas para que Clementine pudiese ensayar. No podían encontrar el zapato de Ruby con la suela iluminada. ¿Encontraron en algún momento el maldito zapato?

Si alguien le hubiese preguntado esa mañana qué pensaba de su vida habría dicho que era feliz. Estaba encantado con su nuevo trabajo. De hecho, algo así como enajenado por su nuevo trabajo. Siempre presumía de haber negociado un horario flexible para poder seguir ejerciendo de padre en la práctica, el papá que su propio padre no llegó a ser nunca. ¿Y no se relamía ante los elogios por ser un padre tan implicado y se reía compasivo, pero divertido, por el hecho de que Clementine nunca recibiera ningún elogio por ser una madre implicada?

Quizá tuviese dudas por su papel en el mundo empresarial, pero nunca había dudado de su papel como padre. Clementine decía siempre que sabía cuándo estaba Sam hablando con su padre por teléfono porque su voz bajaba un tono. Sabía que era más probable que le hablara a su padre de algún proyecto de reforma propio de hombres que hubiese terminado que de haber sido ascendido en el trabajo, pero a él no le importó la expresión de perplejidad que puso su padre cuando Clementine le contó lo bien que le había dejado Sam el pelo a Holly para su ballet (mejor que ella) ni cuando se encargaba de cambiar o bañar a Ruby. Sam se sentía cien por cien seguro en su papel como esposo y padre. Pensaba que su propio padre no era consciente de lo que se había perdido.

Si alguien le hubiese preguntado cuáles eran sus sueños la mañana de la barbacoa, él habría dicho que no deseaba gran cosa, pero que no le importaría tener una hipoteca más baja, una casa más ordenada, otro bebé, a ser posible un niño, pero que no habría problema alguno si fuese una niña, un barco jodidamente grande, a ser posible, y más sexo. Se habría reído de lo del sexo. O, al menos, habría sonreído. Una sonrisa triste.

Quizá la sonrisa hubiese estado a medio camino entre la tristeza y la amargura.

Descubrió que en ese instante estaba sonriendo con amargura y una mujer que estaba sentada al otro lado del pasillo lo vio y apartó rápidamente la mirada. Sam dejó de sonreír y se quedó mirando las manos apoyadas en la rodilla y apretadas en un puño. Se obligó a abrirlas. A aparentar normalidad.

Cogió un periódico que alguien se había dejado en el asiento que tenía a su lado. Era del día anterior. «Ya basta», era el titular que había sobre una fotografía de pretensiones artísticas que habían tomado a través de una ventana llena de gotas del horizonte de Sídney bajo la lluvia. Sam trató de leer el artículo. Se esperaba que la presa de Warragamba Dam se desbordara en cualquier momento. Repentinas inundaciones por todo el estado. Las frases empezaron a moverse, como venía ocurriendo últimamente. Quizá debería ir a que le examinaran la vista. Ya no podía leer mucho tiempo seguido sin sentirse nervioso e inquieto. Levantó la mirada con un terror repentino, como si hubiese olvidado algo importante, como si se hubiese quedado dormido.

Levantó los ojos y volvió a cruzar la mirada con la mujer.

«Por Dios, estoy tratando de no mirarte. No estoy intentando ligar contigo. Amo a mi mujer».

¿Amaba todavía a su mujer?

Vio la cara de Tiffany en aquel patio trasero de luz dorada. «Vamos, Músculos». Aquella sonrisa era como una caricia. Giró la cabeza hacia la ventana del ferry, como si apartara la vista de la presencia física de Tiffany, no solo de su pensamiento, y miró hacia las bahías y ensenadas del puerto de Sídney bajo un amenazador cielo gris. Todo tenía un toque apocalíptico.

Había cosas que podía decirle a Clementine. Acusaciones que quería hacer, pero sabía que, en cuanto salieran de su boca, querría volver a ocultarlas, porque él se merecía algo mucho peor. Aun así, aquellas acusaciones le rondaban, no en la punta de la lengua, sino en lo más hondo de su garganta, alojadas allí, como un bocado de comida sin digerir, de tal modo que, a veces, sentía que no podía tragar bien.

Ese día iba a dar ella otra de esas charlas absurdas para la comunidad. En una biblioteca en un lejano barrio residencial. Seguro que no aparecería nadie con ese tiempo. ¿Por qué lo hacía? Rechazaba actuaciones por hacer ese trabajo sin retribuir. A Sam le resultaba incomprensible. ¿Cómo podía *tomar la decisión* de revivir aquella jornada cuando él se pasaba los días haciendo lo posible por que desaparecieran los destellos de aquel vergonzoso recuerdo que resplandecían una y otra vez en su cabeza?

—Perdone.

Sam se sobresaltó. Movió su brazo derecho con fuerza como si fuese a coger algo que se estuviese cayendo.

—¿Dónde? —gritó.

Una mujer con un chubasquero beis estaba de pie en el pasillo, mirándole con grandes ojos de Bambi y las dos manos cruzadas sobre el pecho a modo de protección.

—Lo siento mucho. No pretendía asustarle.

Sam sintió verdadera y absoluta rabia. Se imaginó saltando sobre ella, colocándole las manos alrededor del cuello y agitándola como si fuese una muñeca de trapo.

—Solo quería saber si eso es de usted. Si había terminado. —Señaló con la cabeza hacia el periódico.

—Lo siento —contestó Sam con voz ronca—. Estaba sumido en mis pensamientos. —Le dio el periódico. La mano le temblaba—. No es mío. Aquí tiene.

—Gracias. Y perdone —repitió la mujer.

—No, no.

Ella se alejó. Debía de pensar que estaba loco. Sí que lo estaba. A medida que pasaban los días estaba cada vez más loco.

Sam esperó a que el corazón se le tranquilizara.

Giró la cabeza para mirar de nuevo por la ventana. Vio la Terminal Internacional de Pasajeros y recordó que él y Clementine tenían pensado ir esa noche a un restaurante de allí. Un restaurante sofisticado y caro. Él no quería ir. No tenía nada que decirle a su mujer.

Se le pasó por la mente que debían romper. Romper no, separarse. Esto es un matrimonio, amigo. No rompes sin más como los novios, te separas. Menuda gilipollez. Él y Clementine no iban a separarse. Estaban bien. Pero había algo curiosamente atractivo en aquella palabra: separarse. Parecía una solución. Si pudiese separarse él, apartarse él, eliminarse, sentiría alivio. Como una amputación.

De repente, se puso de pie. Se agarró a los respaldos de los asientos para mantener el equilibrio mientras el ferry se balanceaba y salió a la cubierta desierta. El aire frío y lluvioso le azotó en la cara como una mujer rabiosa y el muchacho del chubasquero le miró con desinterés y, después, fue apartando poco a poco la mirada de él, como si Sam no fuese más que otro elemento del aburrido paisaje gris.

Sam se aferró a la resbaladiza barandilla que recorría el borde del ferry. No quería estar ahí, no quería estar en casa. No quería estar en ningún sitio, salvo en un tiempo anterior, en aquel absurdo patio trasero, en ese momento del crepúsculo brumoso, con las lucecitas parpadeantes titilando por el rabillo de sus ojos cuando esa Tiffany, una mujer que no significaba nada para él, nada en absoluto, se estaba riendo con él, y Sam no miraba las increíbles curvas a lo Jessica Rabbit de su cuerpo, no las miraba, pero era consciente de que estaban ahí, era consciente.

«Vamos, Músculos», había dicho ella.

Justo ahí. Ese era el momento en el que necesitaba pulsar el botón de «pausa».

Lo único que necesitaba eran los cinco minutos que siguieron a eso. Solo una oportunidad más. Si pudiese tener una nueva oportunidad, actuaría como el hombre que siempre había pensado que era.

7

El día de la barbacoa

*V*amos a olvidarlo —dijo Clementine.

Era casi la una. Les esperaban en casa de Erika a las tres y Sam y las niñas aún no habían conseguido salir de casa para concederle el prometido tiempo para ensayar. No iba a ocurrir.

—No —respondió Sam—. No va a poder conmigo un zapatito.

Una de las nuevas y notablemente caras zapatillas de suela luminosa de Ruby se había perdido y, debido a su reciente y repentino crecimiento, eran el único calzado que le cabía por ahora.

—¿Cómo decía ese poema? —preguntó Clementine—. «Por la falta de un clavo, la herradura se perdió, por la falta de una herradura, el caballo se perdió...», y después no sé qué más hasta que el reino se perdió.

—¿Qué? —masculló Sam. Estaba tumbado boca abajo en el suelo buscando la zapatilla debajo del sofá.

—Por la falta de un zapato, mi audición se perdió —murmuró Clementine mientras apartaba los cojines del mismo sofá y aparecían migas, monedas, lápices, horquillas y un sujetador deportivo pero ninguna zapatilla.

—¿Qué? —repitió Sam. Extendió el brazo—. ¡Creo que la veo! —Sacó un calcetín lleno de polvo.

—Eso es un calcetín —dijo Holly.

Sam estornudó.

—Sí, ya sé que es un calcetín. —Volvió a ponerse en cuclillas y se masajeó el hombro—. Pasamos la mitad de nuestras vidas tratando de encontrar cosas. Necesitamos sistemas mejores. Procedimientos. Debe de haber una aplicación para esto. Una aplicación que se llame «¿Dónde están nuestras cosas?».

—¡Zapatilla! ¿Dónde estás? ¡Zapatilla! —gritó Ruby. Caminaba cojeando con una sola, golpeándola de vez en cuando para hacer que las luces de colores se iluminaran.

—Las zapatillas no tienen oídos, Ruby —señaló Holly con desprecio.

—Erika dice que necesitamos un estante para zapatos junto a la puerta. —Clementine volvió a colocar los cojines sobre los desperdicios—. Dice que deberíamos enseñar a nuestras hijas a dejar allí sus zapatos nada más entrar.

—Tiene razón —convino Sam—. Esa mujer siempre tiene razón.

Para tratarse de una persona que no quería hijos, Erika tenía todo un arsenal de conocimientos sobre la paternidad que se sentía obligada a compartir. Y no se le podía preguntar: «¿Cómo lo sabes?», porque ella siempre citaba las fuentes: «Lo he leído en un artículo de una revista de psicología», diría.

—Es como una de esas amistades tóxicas —había comentado una vez Ainsley, la amiga de Clementine—. Deberías deshacerte de ella.

—No es tóxica —le había contestado Clementine—. ¿Tú no tienes amigos que te fastidian? —Ella consideraba que todo el mundo tenía amigos que eran como una obligación. Había una expresión en particular que su madre siempre adoptaba cuando contestaba al teléfono, una mirada estoica de «ya estamos», que significaba que su amiga Lois la estaba llamando.

—No tanto como te incordia a ti esa chica —dijo Ainsley.

Clementine jamás podría ni querría deshacerse de Erika. Era la madrina de Holly. El momento, si es que alguna vez había existido, en que podría haber terminado su amistad había sido mucho tiempo atrás. No se le podía hacer algo así a una persona. ¿Había acaso alguna forma de expresar algo semejante? Erika se quedaría destrozada.

En fin, durante los últimos años, desde que Erika había conocido al encantador y serio Oliver y se había casado con él, su amistad se había vuelto mucho más manejable. Aunque Clementine se había encogido al oír que Ainsley utilizaba aquella palabra, lo cierto era que «tóxica» describía de manera muy acertada lo que Clementine solía pensar a menudo ante la presencia de Erika: la intensa irritación que tanto tenía que esforzarse por controlar y ocultar, la decepción consigo misma porque Erika no era mala, cruel ni estúpida, sino simplemente molesta. Y la reacción de Clementine a esa molestia era tan absolutamente desproporcionada que la avergonzaba y la confundía. Erika quería a Clementine. Haría lo que fuera por ella. Entonces, ¿por qué enervaba tanto a Clementine? Era como si le tuviera alergia. Con el paso de los años había aprendido a limitar el tiempo que pasaban juntas. Como ese día, por ejemplo: cuando Erika había sugerido que comieran juntas, Clementine había respondido de forma automática: «Mejor merendamos». Más corto. Menos tiempo para perder la cabeza.

—Papá, ¿me das una galleta salada, por favor? —preguntó Holly.

—No —respondió Sam—. Ayuda a buscar la zapatilla de tu hermana.

—Niñas, aseguraos de decir por favor y gracias a Erika y Oliver en la merienda de hoy, ¿de acuerdo? —les pidió Clementine a las niñas mientras buscaba la zapatilla perdida detrás de las cortinas—. Con voz alta y clara.

Holly se indignó.

—¡Yo siempre digo por favor y gracias! Acabo de decirle por favor a papá.

—Lo sé —repuso Clementine—. Por eso me he acordado. He pensado: «¡Qué buenos modales!».

Si alguna vez Holly y Ruby se iban a olvidar de decir por favor y gracias, sería con Erika, quien tenía la costumbre de llamar siempre la atención a las niñas por sus modales de una forma que a Clementine le parecía descortés. «¿He oído un gracias?», decía Erika en el momento en que daba un vaso de agua mientras se colocaba la palma de la mano alrededor de la oreja. Y Holly respondía: «No lo has oído», lo que resultaba precoz, aunque estaba comportándose tal cual era.

Holly se quitó los zapatos, se subió al sofá, mantuvo el equilibrio sobre sus calcetines en el lateral con los brazos extendidos como un paracaidista y, después, se dejó caer de bruces sobre los cojines.

—No hagas eso, Holly —la reprendió Sam—. Ya te lo he dicho. Podrías hacerte daño.

—Mamá me deja —respondió Holly con un puchero.

—Pues no debería —repuso Sam. Fulminó a Clementine con la mirada—. Podrías romperte el cuello. Podrías hacerte mucho, mucho daño.

—Vuelve a ponerte los zapatos, Holly —le ordenó Clementine—. No vayas a perderlos también. —A veces, se preguntaba cómo creía Sam que se las arreglaba para mantener con vida a las niñas cuando él no estaba allí para advertir de todos los peligros. Clementine siempre dejaba a Holly hacer esos lanzamientos de bruces desde el lateral del sofá cuando él estaba en el trabajo. En general, a las niñas se les daba bien recordar las diferentes normas que se debían aplicar cuando papá estaba en casa, y no eran normas que alguna vez se hubiesen expresado en voz alta. Se trataba tan solo de una forma tácita de mantener la paz. Ella suponía que había normas distintas en cuanto a las verduras y la limpieza de los dientes cuando mamá no estaba en casa.

Holly se bajó del sofá y se desplomó.

—Me aburro. ¿Por qué no puedo coger una galleta salada? Me muero de hambre.

—Por favor, no lloriquees —le pidió Clementine.

—Pero tengo mucha hambre —protestó Holly mientras Ruby salía al pasillo dando voces.

—¡ZAPATILLA! ¿DÓNDE ESTÁS, QUERIDA ZAPATILLA?

—De verdad que necesito una galleta. Solo una —insistió Holly.

—¡Calla! —gritaron Clementine y Sam a la vez.

—¡Sois los dos muy malos! —Holly se dio la vuelta para salir de la habitación y se dio un golpe en un dedo del pie con la pata del sofá, que Sam había movido para buscar la zapatilla. Gritó con frustración.

—Oh, cariño. —Clementine se agachó de forma automática para abrazarla, olvidándose de que Holly siempre necesitaba un momento para procesar su rabia ante el universo antes de aceptar el consuelo. Holly echó hacia atrás la cabeza y dio a Clementine un doloroso golpe en el mentón.

—¡Ay! —Clementine se agarró el mentón—. ¡Holly!

—¡Maldita sea! —exclamó Sam. Salió de la habitación dando fuertes pisotones.

Ahora Holly quería un abrazo. Se lanzó a los brazos de Clementine y esta la abrazó, aunque deseaba sacudirla, pues el mentón le dolía de verdad. Murmuró palabras de consuelo y meció a Holly mientras miraba con anhelo su violonchelo, apoyado en silencio y solemne contra su falsa silla de audición. Nadie te advierte de que tener hijos te reduce a una versión más pequeña, rudimentaria y primitiva de ti mismo, donde tus talentos, tu formación y tus logros no significan nada.

Clementine recordó cuando Erika, a los dieciséis años, había mencionado como si nada que no quería tener hijos nunca y Clementine se había sentido incómoda al oír aquello. Había tardado un poco en averiguar las razones de su exasperación (durante toda su vida había habido muchas, variadas y complejas razones por las que Erika la exasperaba) y finalmente se había dado cuenta de que era porque deseaba haberlo dicho ella primero. Se suponía que Clementine era la loca, la creativa y la bohemia. Erika era la conservadora. La que seguía las normas. La que siempre se mantenía sobria para poder conducir de vuelta. Erika soñaba con conseguir las notas suficientes como para sacar una licenciatura en Empresariales con una doble especialidad en contabilidad y finanzas. Erika soñaba con tener una vivienda propia, una cartera de acciones y un trabajo en una de las seis compañías de contabilidad más importantes y convertirse rápidamente en socia. El sueño de Clementine era estudiar en el Conservatorio de Música, tocar partituras extraordinarias y experimentar una pasión extraordinaria y, después, claro, sentar un día la cabeza y tener hijos con un hombre bueno, porque ¿no era eso lo que todos querían? Los bebés eran encantadores. Parecía un indicador de un fallo en su imaginación el hecho de que a Clementine nunca se le hubiese ocurrido que uno podía decidir no tener hijos.

Pero eso era lo que pasaba con Erika. Se negaba a que la encasillaran. Cuando tenían diecisiete años, Erika había pasado por una fase gótica. Erika, precisamente. Se había teñido el pelo de negro, llevaba esmalte de uñas negro, pintalabios negro, muñequeras tachonadas y botas de plataforma. «¿Qué?», había dicho a la defensiva la primera vez que Clementine vio su nuevo aspecto. El estilo de estrella de rock de Erika les había dado acceso a las discotecas de moda, donde ella se quedaba en la parte de atrás con el ceño fruncido, bebiendo agua mineral y mirando como si estuviese teniendo oscuros pensamientos góticos cuando probablemente estaba pensando en sus deberes mientras Clementine se emborrachaba, bailaba y besaba a chicos nada convenientes y, después, lloraba durante todo el trayecto de vuelta a casa porque, ya sabes, *la vida.*

Ahora Erika llevaba ropa que nadie distinguía ni recordaba: ropa sencilla, adecuada y cómoda. Tenía un trabajo en una de las más importantes compañías de contabilidad (ahora una de las cuatro más importantes, no de las seis) y una casa de tres dormitorios ordenada y probablemente libre de hipoteca no muy lejos de donde las dos se habían criado. Y ahora, por supuesto, Clementine no se arrepentía de su decisión de tener hijos. Quería a sus niñas con locura, claro que sí. Solo que, a veces, lamentaba la idoneidad del momento. Habría tenido sentido dejar los hijos para el momento en que hubiesen tenido pagada una mayor parte de la casa, hasta que su carrera hubiese estado más afianzada.

Sam quería tener un tercer hijo, lo cual resultaba absurdo, imposible. Ella siempre cambiaba de tema cada vez que él lo sacaba a colación. Un tercer hijo sería como deslizarse por una serpiente en el juego de Serpientes y Escaleras. No podía estar diciéndolo en serio. Clementine esperaba que, al final, él entrara en razón.

Sam volvió a aparecer en la puerta y extendió un paquete de galletas saladas hacia Holly. Esta se apartó de un salto de la rodilla de su madre, curada por arte de magia, a la vez que el teléfono de Clementine, que estaba en una de las estanterías, empezó a sonar.

—Es Erika —le dijo Clementine a Sam a la vez que lo cogía.

—Quizá quiera cancelar la merienda —repuso Sam, esperanzado.

—Ella nunca cancela —replicó Clementine. Se llevó el teléfono a la oreja—. Hola, Erika.

—Soy Erika —dijo Erika con ese tono de queja, como si Clementine ya le hubiese decepcionado.

—Lo sé —contestó Clementine—. Esta tecnología moderna es increíble...

—Sí, muy divertido —la interrumpió Erika—. Oye, en cuanto a lo de hoy, volvía de comprar unas cosas y me he tropezado con Vid. ¿Te acuerdas de Vid, el vecino de al lado?

—Claro que sí. ¿Cómo olvidarme de Vid, el vecino de al lado? —respondió Clementine—. El gran electricista. Como Tony Soprano. Nos encanta Vid, el vecino de al lado. —Erika provocaba a veces en Clementine ese tipo de frivolidad—. Casado con la despampanante Tiffany. —Alargó la palabra «Tiff-an-y»—. A Sam le encanta Tiffany, la vecina de al lado.

Miró a Sam para ver si reconocía el nombre. Sam usó sus manos para dibujar la figura espectacular y memorable de Tiffany y Clementine le respondió levantando el pulgar. Habían visto a los vecinos de Erika solo una vez, en una incómoda copa que dio Erika en su casa la Navidad anterior. Eran como diez años mayores que Clementine y Sam, pero parecían más jóvenes. En opinión de Sam y Clementine, habían salvado la noche.

—En fin —continuó Erika—. Le he dicho a Vid que vais a venir hoy y nos ha invitado a todos a una barbacoa. Tienen una hija, Dakota, de unos diez años y, al parecer, él cree que a ella le gustaría jugar con vuestras hijas.

—Suena estupendo —dijo Clementine, consciente de que su ánimo mejoraba e incluso se elevaba por las nubes. Se acercó a la ventana y miró el cielo azul y brillante. De repente, el día se había vuelto festivo. Una barbacoa. No habría que preparar cena por la noche. Llevaría esa botella de champán que Ainsley le había regalado. Ya buscaría un rato para ensayar mañana. Le gustaba mucho ese aspecto de su personalidad: la forma en que su humor podía pasar de la melancolía a la euforia debido a una brisa, un sabor o una progresión de acordes. Eso significaba que nunca debía sentirse demasiado mal por sentirse mal. «Chica, eres muy rara. Es como si te drogaras», le había dicho una vez su hermano Brian. Siempre recordaba ese comentario. Le hacía sentir orgullosa. Sí, estoy muy loca. Aunque probablemente esa era la prueba de su falta de locura. La gente loca de verdad estaba demasiado ocupada estando loca como para pensar en ello.

—Vid casi me ha obligado a que vayamos a esa barbacoa —se defendió Erika, lo cual resultaba extraño, pues Clementine no había visto nunca a Erika sintiéndose obligada a hacer nada.

—No nos importa —dijo Clementine—. Nos cayeron bien. Será divertido. —Sonrió mientras veía a Holly bailar exultante por la habitación con una galleta salada sostenida en alto como si fuese un trofeo. Holly había heredado el carácter de Clementine, lo cual estaba bien, salvo cuando el humor de las dos no se sincronizaba. Ruby era más parecida a Sam, pragmática y paciente. El día anterior Clementine había entrado en su dormitorio y había encontrado a Ruby sentada en el suelo al lado de Holly, dándole suaves palmadas en el hombro mientras Holly yacía tumbada boca abajo apenada porque su dibujo de un oso panda «no parecía un oso panda». «¡Inténtalo otra vez!», le había dicho Ruby con una expresión de perplejidad en el rostro igual que la de Sam. Una expresión que decía: ¿por qué te complicas tanto la vida?

—Vale, muy bien. Sí, será divertido —dijo Erika. Parecía decepcionada, como si, en realidad, no hubiese planeado que el día fuera divertido—. Es que... Oliver está un poco enfadado conmigo por haber aceptado la invitación de Vid porque..., como te dije, nos encantaría hablaros de esta..., eh..., propuesta que tenemos que haceros y cree que ya no vamos a tener oportunidad. Yo estaba pensando que quizá después de la barbacoa podríais volver a nuestra casa a tomar un café. Si hay tiempo.

—Por supuesto —contestó Clementine—. O incluso antes, si lo prefieres. Lo que quieras. Todo esto resulta muy misterioso, Erika. ¿Me puedes dar una pista?

—Pues... no, la verdad. —Ahora parecía casi inquieta.

—Vale —la tranquilizó Clementine—. Hablaremos de este misterioso lo que sea después de la barbacoa.

—O antes —dijo Erika—. Acabas de decir...

—O antes —confirmó Clementine justo cuando Ruby entraba en la habitación con una diminuta bota de plástico rosa en cada mano encantada consigo misma—. Qué niña más lista, Ruby. Puedes llevar tus botas. Es una gran idea.

—¿Perdona? —dijo Erika, que no soportaba que Clementine hablara con sus niñas cuando estaba al teléfono con ella. Parecía considerarlo una falta de educación.

—Nada. Sí. Hablaremos antes de la barbacoa.

—Entonces, te veo luego —contestó Erika con brusquedad y, después, colgó de esa forma exasperante tan suya, como si Clementine fuese su humilde becaria.

No importaba. Una barbacoa con los encantadores vecinos de Erika ese soleado día de invierno sería divertido. No podría haber nada mejor.

8

La lluvia aflojó un poco aunque, por supuesto, no paró, pues nunca iba a parar, maldita fuera. Así que Tiffany aprovechó la oportunidad para coger un paraguas y arrastrar su cubo de basura para reciclar, traqueteando sin ninguna discreción con botellas de vino y cerveza de la noche anterior por el camino de entrada a la casa.

Iba pensando en Dakota y en la sonrisa que le había brindado a Tiffany cuando la había dejado en el colegio esa mañana: una sonrisa fría y *cortés,* como si Tiffany fuese la madre de otra persona.

Le pasaba algo a Dakota. Era algo sutil. Puede que no fuera nada o que fuese algo. No es que se estuviera comportando mal. En absoluto. Pero había algo espantosamente distante en su forma de actuar. Era como si estuviese metida en una burbuja de cristal invisible.

Por ejemplo, esa mañana en el desayuno, Dakota se había sentado a la mesa con la espalda recta y había dado bocados con remilgo a su tostada, con una mirada inexpresiva e impenetrable. «Sí, por favor». «No, gracias». ¿Por qué se mostraba

tan educada? ¡Resultaba escalofriante! Era como tener aloja-
da con ellos a una estudiante de intercambio extranjera y educada. ¿Desórdenes alimenticios? Pero seguía comiendo bien.
Aunque sin mucho entusiasmo.

Tiffany no podía averiguar qué pasaba, por mucho que
lo intentara y por muchas preguntas que hiciera.

—Estoy bien —decía todo el rato Dakota con voz mecánica.

—Está bien. ¡Deja en paz a la niña! —la reprendió Vid.
Aquello hizo que a Tiffany le entraran ganas de gritar. Dakota
no estaba bien. Tenía diez años. Una niña de diez años no debería sonreír cortésmente a su madre.

Tiffany estaba decidida a atravesar a golpes aquella maldita burbuja de cristal que envolvía a Dakota. Aunque fuese en
su imaginación.

Casi había salido a la calle cuando vio que Oliver estaba
sacando también su cubo de reciclaje, aunque no hacía tanto
ruido como el suyo.

—¡Buenos días, Oliver! —gritó—. ¿Qué tal? ¿No te parece terrible esta lluvia?

Mierda. Cada vez que veía a sus vecinos desde la barbacoa, los músculos del estómago se le tensaban, como si estuviese haciendo abdominales en pilates.

Siempre le había gustado Oliver. Era muy honesto y educado. Con cierta pinta de bobo, con su pelo negro y sus gafas,
como un Harry Potter adulto. Tenía una cabeza muy pequeña, no había podido evitar fijarse en ello. Lo de su cabeza de
guisante no tenía remedio, pero Tiffany debería decirle a Erika
que le comprara a Oliver unas gafas de esas *vintage* de pasta
negra, que transformara a su marido en un guapo *hipster* con
un solo cambio. (Vid tenía una cabeza enorme. No había gorra
de béisbol que le quedara bien. Tampoco es que se la hubiese
puesto nunca).

—¿Qué tal, Tiffany? —respondió Oliver. Detuvo su cubo sin hacer ruido mientras Tiffany soltaba un gruñido al subir el suyo por el bordillo—. ¿Necesitas ayuda?

—No, no. Ya me las apaño. ¡Gracias por el ofrecimiento! ¡Vid nunca lo hace! Uf. ¡Este es el único ejercicio que voy a hacer hoy! —No lo era. Iba a ir al gimnasio más tarde—. ¿Qué haces en casa a estas horas? ¿Estás malito?

Se acercó para poder hablar con más facilidad y notó la mirada aterrorizada que Oliver lanzó a su escote. Clavó los ojos desesperadamente en su frente como si ella le pusiera a prueba. «Sí, amigo, soy una prueba, pero tú siempre la pasas».

—La verdad es que sí. Estoy padeciendo una pequeña gripe. —Oliver se llevó el puño a la boca y tosió.

—¿Cómo está Erika? —preguntó Tiffany—. No la he visto mucho últimamente.

—Está bien —respondió Oliver con sequedad, como si se tratara de una pregunta personal.

Santo Dios. Desde la barbacoa, cualquier conversación con Erika y Oliver parecía tan tensa y complicada que era como si estuviese hablando con un exnovio justo después de la ruptura. Una ruptura que hubiese sido culpa de ella. Una ruptura en la que ella le hubiese engañado.

—Y..., eh..., no os hemos visto mucho desde... —Se interrumpió—. ¿Qué tal están Clementine y Sam?

Oliver tosió.

—Están bien —contestó. Frunció el ceño para mirar a lo lejos, más allá de Tiffany.

—¿Y cómo está...?

—¿Sabes? Parece que Harry lleva ya un tiempo sin sacar el cubo —la interrumpió Oliver. Tiffany se giró y vio el espacio vacío en la calle delante de la casa de Harry. O de la casa del señor Escupitajos, como le llamaba Dakota, por su costumbre de escupir con asco ante cualquier cosa que le causara repulsión, como Dakota. A veces, miraba a la preciosa hija de Tiffany y escupía, como si su existencia misma le molestara.

—No la saca todas las semanas —dijo Tiffany—. No creo que acumule mucha basura.

—Sí, lo sé —repuso Oliver—. Pero es como si llevara varias semanas sin verle. No sé si deberíamos ir a llamar a su puerta.

Tiffany volvió a girarse para mirar a Oliver.

—Es probable que se ponga a insultarte.

—Sí, es probable —convino Oliver con tristeza. Era un buen tipo de verdad—. Es solo que me parece que hace mucho que no nos echa ningún sermón ofensivo.

Tiffany miró hacia la desvencijada casa de ladrillo rojo y dos plantas. Resultaba algo triste observarla: la pintura desconchada de los marcos de las ventanas, las tejas de color rojo desgastado que necesitaban una reparación. Los jardineros iban una vez al mes para segar el césped y recortar los setos, por lo que no parecía abandonada, pero desde que se habían mudado allí y Harry se había acercado para darles la bienvenida al barrio con la exigencia de que hicieran algo con su roble, le había parecido una vieja casa triste y solitaria.

—¿Cuándo le vi por última vez? —se preguntó Tiffany. Buscó en su mente algún incidente desagradable. Unas cuantas veces, Harry había estado en su patio delantero y le había gritado a Dakota, haciéndola llorar, y eso había provocado que Tiffany estallara y le respondiera a Harry con tales chillidos que se había sentido avergonzada después debido a que él era un anciano y probablemente sufría demencia, por lo que ella debería haber mostrado más respeto y autocontrol. ¿Cuándo había sido la última vez que alguno de ellos había hecho enfadar a Harry?

Entonces, se acordó.

—Tienes razón —le dijo despacio a Oliver con la mirada puesta en la casa—. Ha pasado un tiempo desde la última vez que le vi.

De hecho, sabía exactamente cuándo lo había visto por última vez. Había sido la mañana de la barbacoa. Esa maldita pesadilla de barbacoa que, para empezar, nunca había querido celebrar.

9

El día de la barbacoa

Había silencio. Siempre había un silencio especial justo después de que Vid saliera de la habitación. Era como ese momento cuando una banda deja de tocar y el silencio ruge en tus oídos. Tiffany podía oír el tictac del reloj de pared. Nunca oía ese reloj cuando Vid estaba en la habitación.

Tiffany se sentó a la mesa de la cocina para consultar sus e-mails en su ordenador portátil mientras se comía una tostada con pasta de levadura Vegemite. Vid había salido a la puerta a coger el periódico entre murmullos de que todos los días le tocaba salir al jardín a recogerlo y que iba a cancelar la suscripción.

«Léelo por internet como el resto del mundo», le decía siempre Tiffany, pero, aunque Vid se mostraba normalmente muy entusiasta en cuanto a probar cosas nuevas, también era tremendamente leal y su lealtad a ciertas costumbres y rituales personales, productos y personas era inquebrantable.

—¿No hay un silencio especial cuando papá sale de la habitación? —le preguntó Tiffany a Dakota, que estaba tumbada de lado en el largo asiento del ventanal, acurrucada como un gato en un rectángulo de temblorosa luz de sol matutina. Barney, su schnauzer miniatura, estaba tumbado junto a Dakota, con el hocico y las patas apoyadas en el brazo de la niña, sus ojos cerrados de tal modo que lo único que se le veían eran sus grandes y pobladas cejas. Barney era un perro que dormía como los gatos.

Dakota estaba leyendo, por supuesto. Siempre leía, desapareciendo en distintos mundos a los que Tiffany no la podía seguir. Bueno, habría podido seguirla si se hubiera molestado en coger un libro, pero leer ponía nerviosa a Tiffany. Empezaba a sacudir las piernas impaciente después de la primera página. La televisión también la ponía nerviosa pero, al menos, podía doblar la ropa o pagar facturas mientras la veía. A la edad de Dakota, Tiffany nunca había leído por placer. Le gustaban más el maquillaje y la ropa. Hacía unos días, Tiffany se había ofrecido a pintar las uñas de Dakota y esta había respondido con un amable y vago: «Eh..., quizá después, mamá». Era su karma por todas las veces que su dulce y servil madre había sugerido que quizá a Tiffany le gustaría ayudarla a cocinar algo y Tiffany, al parecer, había respondido, según la leyenda familiar: «¿Me vas a pagar?». «Siempre querías que se te compensara», decía su madre.

Bueno, el tiempo es oro.

—Qué silencio, ¿verdad? —insistió Tiffany al ver que Dakota no respondía.

—¿Qué? —preguntó Dakota.

—Querrás decir: ¿perdona? —la corrigió Tiffany.

Hubo un silencio.

—¿Qué? —repitió Dakota mientras pasaba una página.

Tiffany resopló.

Abrió un nuevo correo electrónico. Era del Saint Anastasias, el colegio privado superpijo al que Dakota iba a asistir al año siguiente. Tiffany tampoco podría seguir a su hija a ese mundo nuevo. Las tres hijas de Vid de su primer matrimonio, las tres hermanastras de Dakota, habían asistido al Saint Anastasias, lo cual no era un gran reclamo para Tiffany, pero el colegio tenía una reputación magnífica (maldita sea, ya podía tenerla con lo que costaba) y Vid había querido mandar allí a Dakota desde el jardín de infancia. A Tiffany le había parecido absurdo, cuando había un colegio público estupendo en la misma calle. Habían acordado que en el quinto curso.

Iba a haber una jornada informativa en agosto. Dentro de dos meses. La asistencia era «obligatoria» para todos los estudiantes y «los dos padres». Obligatoria. Tiffany sintió que el vello del cuello se le ponía de punta ante el tono oficioso del correo y lo cerró rápidamente. No iba a encajar en ese lugar. Sentía una verdadera resistencia a asistir a esa jornada informativa e incluso cierto grado de nerviosismo. En cuanto identificó esa sensación con el miedo se enfadó consigo misma. Se puso furiosa. Cerró el portátil con un golpe y se negó incluso a pensar en ello. Era domingo. Tenían el día libre. Tenía una enorme semana por delante.

—¿Es bueno el libro? —le preguntó a Dakota.

—¿Qué? —respondió Dakota—. Quiero decir, ¿perdona?

—Te quiero, Dakota —dijo Tiffany.

Hubo una larga pausa.

—¿Qué?

Se oyó la puerta de la casa abrirse de golpe. Había una marca en la pared de la fuerza con la que Vid la lanzaba al abrirla cada vez que entraba en la casa, como si estuviese haciendo una entrada triunfal tras un viaje épico.

—¿Dónde estáis, chicas? —gritó.

—¡Donde nos dejaste, cacahuete! —le respondió Tiffany también a voces.

—¡Yo no soy ningún cacahuete! ¿Por qué me llamas siempre así? ¡Ni siquiera tiene sentido! Bueno, escucha. ¡Traigo noticias! —Entró balanceando su periódico enrollado como si fuese un bate. Parecía animado—. Acabo de invitar a los vecinos a que vengan a una barbacoa. Me he encontrado con Erika en la calle.

—Vid, Vid, Vid. —Tiffany apoyó la cabeza en la mano—. ¿Por qué lo has hecho?

Erika y Oliver eran bastante agradables pero demasiado tímidos y serios. Iba a resultar todo un esfuerzo. Era mejor invitarlos cuando hubiese otra gente para poder pasárselos cuando te hartaras de tanta seriedad.

—Me habías prometido que tendríamos un domingo de descanso —protestó ella.

Tenía por delante una semana muy ajetreada: una propiedad que se iba a subastar el martes por la noche, una disputa con un ayuntamiento en el Tribunal de Territorio y Medio Ambiente el miércoles, y un pintor, un albañil y un electricista (bueno, Vid) que estaban esperando a que tomara decisiones. Necesitaba un descanso.

—¿Qué dices? ¡Eso es lo que vamos a hacer! ¡Descansar en este bonito día! —protestó Vid con auténtica perplejidad—. ¿Hay algo más relajante que una barbacoa? Voy a llamar a Drago. Para encargar un cerdo. ¡Ah! Y vienen sus amigos. ¿Te acuerdas de la violonchelista? Clementine. Clementine y su marido. ¿Cómo se llamaba?

—Sam —contestó Tiffany, animándose. Le había gustado Sam. Tenía ese aspecto de surfero bajito, rubio y de pecho fuerte que solía ser su tipo antes de Vid. Y era divertido y simpático. Se habían visto solamente esa vez en la que Erika y Oliver invitaron a unas copas por Navidad en su casa el año pasado. Había sido una noche rara. Vid y Tiffany no habían estado nunca en una fiesta así. Toda esa gente de pie, hablando bajito, como si estuviesen en una biblioteca o una iglesia. Incluso había una mujer bebiendo ni más ni menos que una taza de té.

«¿Dónde está la comida?», le preguntaba todo el tiempo Vid entre susurros demasiado altos a Tiffany mientras Oliver y Erika parecían dedicar una excesiva cantidad de tiempo a pasar paños por unas encimeras de la cocina que ya estaban limpias, como para dejar claro a sus invitados que estaban ensuciando pero que ellos controlaban la situación. Había supuesto un gran alivio que les presentaran a Clementine y Sam. Vid, al que le encantaba la música clásica, se emocionó al saber que Clementine era violonchelista. Casi resultó embarazoso pero, a continuación, Tiffany y Sam se pusieron a hablar de política y tuvieron una agradable discusión. (Él era un defensor de causas perdidas, pero ella se lo perdonó). «¿Creéis que podríamos pedir una pizza?», había susurrado Sam en un momento y Vid soltó una carcajada aunque, después, tuvieron que detenerle para que no sacara el móvil y la pidiera de verdad. Clementine encontró una chocolatina en el fondo de su bolso y la repartió a escondidas entre los cuatro mientras los pobres Erika y Oliver se ocupaban de limpiar las encimeras. Era como si todos hubiesen sido abandonados en una isla desierta y estuviesen haciendo lo posible por sobrevivir.

—Tienen dos hijas pequeñas —comentó Vid.

—Recuerdo que dijeron que tenían hijas —contestó Tiffany—. Con nombrecitos cursis.

—No recuerdo sus nombres —repuso Vid—. En fin, Dakota puede jugar con ellas, ¿sabes? ¿Verdad, Dakota? —Miró a Dakota esperanzado.

—Oíd, chicos, hay alguien en la puerta —dijo Dakota sin levantar la vista de su libro mientras Barney, con los ojos alerta, levantaba la cabeza de su brazo y daba un salto hasta el suelo, donde empezó a correr en círculos dando pequeños ladridos de alegría. A Barney le gustaba tener invitados casi tanto como a Vid.

Alguien daba golpes sin parar en la puerta sin hacer uso del timbre.

—No les habrás invitado a venir ahora mismo, ¿verdad? —dijo Tiffany—. Calla, Barney. Vid, ¿lo has hecho?

Vid estaba en la despensa, sacando ingredientes.

—Claro que no —dijo distraído, aunque habría sido perfectamente capaz de hacerlo.

Tiffany fue a abrir la puerta mientras Barney corría en zigzag excitado delante de ella y casi haciendo que tropezara. Vio a Harry, el anciano que vivía al lado, de pie en el porche delantero, mirándola con el ceño fruncido, como siempre, con su habitual atuendo, consistente en unos viejos pantalones grises de vestir (¿tal vez de su antiguo trabajo?) y una camisa blanca que amarilleaba por el cuello. Unos mechones de pelo blanco le sobresalían por encima del botón superior de la camisa. Tenía unas pobladas cejas blancas, igual que Barney.

—Hola, Harry —le saludó Tiffany con la sonrisa más agradable que fue capaz de mostrar mientras pensaba: «¿Y qué demonios hemos hecho hoy para molestarle, mi querido y viejo amigo?»—. ¿Cómo está?

—¡Siempre pasa lo mismo! —gritó Harry—. ¡Es intolerable! —Le dio una carta dirigida a Vid—. Ya lo hemos hablado antes. No quiero su correo. No deberían entregarme a mí su correo. No tiene nada que ver conmigo.

—Es el cartero, Harry —contestó Tiffany—. Lo mete sin querer en el buzón equivocado. Son cosas que pasan.

—¡Ya ha pasado más veces! —protestó Harry con agresividad.

—Sí, creo que pasó una vez —dijo Tiffany.

—¡Pues tiene que hacer algo para que no siga pasando! ¿Es usted estúpida? ¡No es responsabilidad mía!

—Muy bien, Harry.

—¡Harry, amigo! —Vid salió al vestíbulo mientras se metía un puñado de uvas negras en la boca—. ¿Quiere pasarse luego a una barbacoa? ¡Van a venir Erika y Oliver! Ya sabe, los del número siete.

Harry miró a Vid pestañeando. Se metió la mano por debajo de la pechera de la camisa y se rascó.

—¿Qué? No. No quiero venir a ninguna barbacoa.

—Pues es una pena —dijo Vid. Rodeó a Tiffany con un brazo—. Quizá en otra ocasión. Pero, Harry, ya sabe, no quiero oír que llama «estúpida» a mi mujer. ¿De acuerdo, Harry? Eso no está bien. No es de buenos vecinos.

Harry les miró con sus ojos marrones y legañosos.

—No quiero más cartas suyas —murmuró—. No es responsabilidad mía. Tienen que responsabilizarse ustedes.

—Lo haremos —contestó Vid—. No se preocupe por eso.

—¡Alejen a ese perro de mí! —dijo Harry mientras Barney le olisqueaba el zapato fascinado. Barney levantó su carita barbuda, como si se sintiese ofendido.

—Vamos, Barney. —Vid chasqueó los dedos al perro.

—Ya sabe dónde estamos si nos necesita, Harry —dijo Tiffany. De repente, él la miró desolado, como un niño confundido.

—¿Qué? —Harry parecía horrorizado—. ¿Por qué iba yo a necesitarles? Limítense a mantener sus cartas fuera de mi buzón.

Se fue arrastrando los pies, con los hombros caídos y negando con la cabeza entre murmullos.

Vid cerró la puerta. Ya se había olvidado de Harry.

—Muy bien —dijo—. ¿Me apetece hacer un postre? ¡Sí, me apetece! ¿Hago un strudel? ¿Qué te parece? ¿Strudel? Sí. Creo que definitivamente voy a hacer un strudel.

10

$\mathcal{E}$rika había vuelto a la seca comodidad de su despacho. La tarifa de regreso en taxi desde la biblioteca donde Clementine había dado su charla había sido aún más cara que la de ida. Acababa de gastarse ciento treinta y cuatro dólares imposibles de recuperar. No comprendía la decisión que ella misma había tomado. Ir a escuchar a Clementine no había rellenado absolutamente ninguna de las lagunas de su recuerdo. Lo único que había conseguido era provocar todo tipo de sensaciones incómodas y, después, había tenido que atender las llamadas tanto de su marido como de su madre durante el viaje de vuelta en el taxi. Estaba deseando zambullirse en alguna tarea compleja. Eso le aclararía la mente casi tanto como echar una buena carrera con múltiples cuestas a toda velocidad. Por suerte, no tenía un trabajo como el de Clementine, en el que era necesario recurrir constantemente a tus propias emociones. El trabajo debería estar desprovisto de emociones. Eso era lo bueno de trabajar.

Escuchó los mensajes de su buzón de voz mientras veía caer la lluvia al otro lado del grueso cristal de su ventana. El mal tiempo no tenía ninguna importancia cuando se estaba a salvo y cómodamente instalada en un rascacielos de oficinas. Era como si estuviese pasando en otra dimensión.

Mientras miraba su correo electrónico, sonó el teléfono y vio que era Oliver otra vez. Había hablado con él hacía menos de media hora. Seguramente no la llamaba para preguntarle de nuevo si había hablado con Clementine. Debía de tener un buen motivo para llamar.

—Perdona que te moleste otra vez —se apresuró a decir—. Seré rápido. Me preguntaba si últimamente has visto a Harry.

—¿Harry? —preguntó Erika mientras abría un e-mail—. ¿Quién es Harry?

—¡Harry! —respondió Oliver con impaciencia—. ¡Nuestro vecino de al lado!

Por el amor de Dios. Harry ni siquiera era un amigo. Apenas conocían a ese anciano y, en realidad, tampoco era su vecino de al lado. Vivía al otro lado de Vid y Tiffany.

—No sé —dijo Erika—. Creo que no. ¿Por qué?

—He estado hablando con Tiffany cuando he sacado la basura —le explicó Oliver. Hizo una pausa para sonarse la nariz y Erika se puso en tensión al oír el nombre de Tiffany, con la mano en el ratón del ordenador. No había querido tener nada que ver con Tiffany ni Vid desde la barbacoa. De todos modos, no habían tenido nunca una amistad de verdad. Era una cuestión de cercanía. A Tiffany y a Vid les gustaban Clementine y Sam mucho más que ellos. Si Erika no hubiese hablado de Clementine ese día, si hubiese dicho que tenían el día libre, ¿les habría invitado Vid a que fueran a la barbacoa? No era probable.

—La cuestión es que le he mencionado que no he visto a Harry desde hace tiempo —continuó Oliver—. Hemos decidido acercarnos juntos a mirar en su buzón y estaba bastante lleno. Así que hemos cogido las cartas y hemos llamado a su puerta, pero no ha respondido. He intentado mirar por una ventana pero, no sé, tengo la sensación de que pasa algo malo. Tiffany está llamando ahora a Vid para preguntarle si sabe algo.

—Vale —contestó Erika. No tenía ningún interés en nada de aquello—. Puede que se haya ido.

—No creo que Harry se vaya de vacaciones —replicó Oliver—. ¿Cuándo fue la última vez que lo viste?

—No tengo ni idea —contestó Erika. Estaba perdiendo tiempo con esto—. Hace una temporada.

—Me preguntaba si debería llamar a la policía —dijo Oliver con tono de preocupación—. Es decir, no quiero molestarlo si está bien ni tampoco hacer malgastar recursos a la policía, pero...

—Debe de tener una copia de la llave —respondió Erika—. Habrá una debajo de algún macetero o algún sitio cerca de la puerta.

—¿Cómo lo sabes? —preguntó Oliver.

—Simplemente lo sé —respondió Erika—. Es de esa generación. —La abuela de Erika siempre dejaba una llave bajo una maceta de geranios junto a la puerta de su casa mientras que la madre de Erika jamás se habría arriesgado al horror de que alguien entrara en su hogar sin permiso. La puerta principal tenía echado el doble cierre en todo momento. Para proteger el valioso contenido de su casa.

—Bien —dijo Oliver—. Buena idea. Voy a ver.

Colgó con cierta brusquedad y Erika dejó el teléfono con una indeseada y molesta sensación de verse distraída por estar pensando en su anciano vecino. ¿Cuándo lo había visto por última vez? Se le habría estado quejando por algo. No le gustaba que nadie aparcara delante de su casa y siempre estaba lleno de reproches hacia Vid y Tiffany: por el ruido (les gustaba tener invitados y él había llamado a la policía más de una vez), por el perro (Harry decía que le hacía hoyos en el jardín; había presentado una reclamación oficial en el ayuntamiento); por el aspecto general de su casa (parece el maldito Taj Mahal). Parecía sentir verdadero odio por Tiffany y Vid e incluso por Dakota, pero a Erika la toleraba y parecía que Oliver le gustaba.

Se puso de pie y se acercó a la ventana de su despacho. Algunas personas, como su socio gerente, no soportaban estar demasiado cerca de las ventanas de este edificio —por la disposición de las ventanas, daba la sensación de estar de pie en el borde de un precipicio—, pero a Erika le gustaba el nudo que se le formaba en el estómago cuando miraba las calles llenas de tráfico los días de lluvia.

Harry. La última vez que recordaba haberlo visto fue la mañana de la barbacoa. Fue cuando ella salió corriendo a comprar más galletas saladas. Le preocupaban aquellas semillas de sésamo. Mientras salía con el coche, había mirado por el espejo retrovisor y había visto a Harry gritando al perro de Vid y Tiffany. Le había dado una fuerte patada, pero Erika estaba segura de que en realidad no le había dado al perro. Solo lo había hecho para asustarlo. Vid había salido a su terraza delantera, supuestamente para llamar al perro. Eso era todo lo que había visto.

A Erika no le molestaba el carácter malhumorado de Harry. Ese mal humor era menos cansado y requería menos tiempo que el entusiasmo. Harry nunca quería quedarse mucho rato de charla. Se preguntó si le habría ocurrido algo, si quizá estaría enfermo o si estaría bien y el pobre y preocupado Oliver iba a recibir un rapapolvo por entrometerse.

El destello de un relámpago iluminó el horizonte de la ciudad como si fuesen fuegos artificiales y Erika se imaginó cómo la vería alguien desde la calle de abajo si por casualidad levantaba la vista hacia el cielo lluvioso en ese momento y veía la oscura y solitaria figura iluminada junto a la ventana.

Aquella imagen le trajo un recuerdo..., quizá sí, puede que sí..., de unas manos apretadas contra un cristal, un rostro sin facciones aparte de la idea de una boca, una boca abierta. Pero luego el recuerdo se partía, se rompía en mil pedazos diminutos. ¿Era posible que ese día le hubiese provocado algún daño irreparable y catastrófico a su química cerebral?

Se apartó de la ventana y regresó rápidamente a su mesa para abrir una hoja de cálculo, una cualquiera, con tal de que tuviese sentido, y, mientras las reconfortantes cifras invadían la pantalla de su ordenador, cogió el teléfono y marcó el número de su psicóloga para decirle a la secretaria, con voz alegre, como si no le importara: «Supongo que no tendrás ninguna cancelación para mañana». Pero después cambió de parecer y añadió con tono suplicante: «Por favor».

11

Oliver dejó el teléfono tras hablar con Erika y se sonó la nariz con fuerza. Cogió el paraguas. No era lo más adecuado para su salud estar paseándose bajo la lluvia para ir a ver a vecinos ancianos, pero no podía retrasarlo por más tiempo.

Todo aquello le provocaba una terrible sensación. La última vez que recordaba haber visto a Harry fue el día anterior a la barbacoa, antes de que hubiese ningún plan de barbacoa, antes de la sorpresa inesperada de Erika, cuando aún seguía siendo simplemente una merienda con Clementine, Sam y las niñas, *como habían planeado.*

Ese sábado por la tarde, Harry se había acercado a charlar y le había dado a Oliver algunos consejos sobre la forma correcta de sujetar la desbrozadora. A algunas personas no les gustaba que les dieran consejos que no habían pedido, pero Oliver se mostraba siempre encantado de aprender cosas a partir de la experiencia de los demás. Harry se había quejado del perro de Vid y Tiffany. Al parecer, sus ladridos le despertaban por la noche. A Oliver le costaba creerlo. Barney era un perro muy pequeño. Harry había dicho que iba a llamar a la policía, o quizá al ayuntamiento, pero lo cierto era que Oliver no le había hecho mucho caso. Harry siempre presentaba denuncias formales a través de todo tipo de canal oficial que se le pusiera por delante. Para él, presentar quejas era como un pasatiempo. Todo el mundo necesita algo en lo que entretenerse cuando se jubila.

De eso hacía ya dos meses y Oliver no recordaba haber visto a Harry desde entonces.

Abrió la puerta de su casa y dio un salto hacia atrás cuando vio a Tiffany allí, con su paraguas echado sobre los hombros, refugiada al abrigo de su porche delantero, con la mano levantada como si estuviese a punto de llamar a la puerta.

—Perdona —dijo—. Sé que estás enfermo, pero he estado pensando en Harry. La verdad es que creo que deberíamos tratar de entrar en su casa. O llamar a la policía. Vid tampoco recuerda haberle visto desde hace semanas.

—Tampoco Erika —contestó Oliver—. Estaba a punto de ir ahora. —De repente, se sentía agitado. Era como si en ese momento no hubiese un minuto que perder—. Vamos. —Se levantó viento—. Dios mío, esta lluvia.

Mantuvieron los paraguas en alto como si fuesen escudos antidisturbios y se agacharon debajo de ellos mientras corrían por el césped y subían al porche delantero de la casa de Harry.

Tiffany dejó caer su paraguas empapado y empezó a golpear la puerta con el puño cerrado.

—¡Harry! —gritó elevando la voz por encima del ruido de la lluvia. Había cierto tono de pánico en su voz—. ¡Harry! ¡Somos nosotros! ¡Los vecinos!

Oliver levantó un macetero pesado de arenisca. Ninguna llave debajo. Había varios maceteros viejos de plástico verde con plantas podridas y tierra seca. Seguramente, Harry no guardaría ninguna llave debajo. Pero levantó el primer macetero y allí estaba. Una pequeña llave dorada. Harry, viejo amigo, pensó Oliver. Esto no es muy seguro.

—Tiffany. —Oliver levantó la llave para enseñársela.

—Ah —dijo ella. Se quedó atrás mientras Oliver iba a la puerta y metía la llave en la cerradura—. Puede que esté de viaje —añadió con voz temblorosa—. Para ver a su familia. —Pero los dos sabían que no estaba de viaje.

—¡Harry! —gritó Oliver al abrir la puerta.

—Ay, Dios, no, no, no —dijo Tiffany de inmediato. El olor tardó una fracción de segundo más en atravesar las bloqueadas fosas nasales de Oliver y, entonces, fue como si hubiese chocado contra un muro. Un muro de olor. Un olor dulce y podrido. Era como si alguien hubiese rociado un perfume barato sobre una carne pasada. Le dio una arcada. Miró a Tiffany y recordó el día de la barbacoa, cómo en momentos de crisis el rostro de una persona puede quedar reducido de algún modo a algo esencial y universalmente humano: todo tipo de etiquetas como «hermoso», «atractivo» o «vulgar» se vuelven irrelevantes.

—Joder —dijo ella con tristeza.

Oliver empujó la puerta para abrirla del todo y dio un paso hacia el interior de la luz tenue. Nunca antes había entrado. Todas sus conversaciones con Harry habían tenido lugar en los jardines delanteros. En el de Harry. En el suyo.

Había una única luz encendida en el techo. Pudo ver un largo pasillo con una alfombra roja sorprendentemente bonita que desaparecía en la oscuridad. Una escalera con una barandilla de madera curvada.

Al pie de la escalera había un objeto extraño y, por supuesto, él ya sabía que tenía que tratarse del cuerpo de Harry, que había pasado exactamente lo que se había temido, pero aun así, durante unos segundos, se quedó mirando, tratando de identificarlo, como si se tratase de una de esas imágenes de ilusión óptica. No le parecía posible que ese cascarrabias de Harry que daba patadas y escupía fuese ahora esa cosa horrorosa, hinchada, ennegrecida y silenciosa.

Oliver se fijó en algunas cosas: los calcetines de Harry eran distintos. Uno negro. Otro gris. Tenía las gafas incrustadas en la cara, como si se las hubiese apretado una mano invisible contra la carne blanda y suave. Su pelo blanco seguía estando tan peinado como siempre. Unas cuantas moscas emitían su afanoso zumbido.

Oliver sintió repulsión. Retrocedió con piernas temblorosas y cerró la puerta mientras Tiffany vomitaba sobre el macetero de arenisca y la lluvia no dejaba de caer.

12

El día de la barbacoa

*D*akota notó un movimiento por el rabillo del ojo. Miró por la ventana y vio a Barney correr por el césped. La puerta de la calle se abrió con un golpe y oyó gritar a su padre:

—¡No soporto más a ese hombre! ¡Tiffany! ¿Dónde estás? ¡Se ha pasado de la raya! ¡Hay un límite, Tiffany, un límite! ¡Y esta vez ese hombre se ha pasado!

Oyó a su madre que desde algún otro lado de la casa gritaba:

—¿Qué?

«¿Perdona?», pensó Dakota.

—¡Dakota! ¿Dónde está tu madre? ¿Dónde estás tú?

Dakota estaba exactamente en el mismo sitio donde había estado toda la mañana, leyendo su libro en el asiento de la ventana, pero, por supuesto, su padre no se fijaba en detalles como ese.

La casa era tan grande que nunca se encontraban. «Para moverse aquí dentro hace falta un mapa», decía la tía de Dakota cada vez que iba, aunque ya había estado un millón de veces y nunca había necesitado mapa alguno. Incluso sabía exactamente dónde iba cada cosa en los armarios de la cocina, mejor que Dakota.

Dakota no respondió a su padre. Su madre había dicho que podía terminar el capítulo antes de ponerse a ayudar a ordenar la casa para las visitas (como si las visitas fuesen cosa suya). Levantó la vista, pensativa, pues lo cierto era que acababa de empezar un capítulo nuevo, pero volvió a bajar los ojos a la página y el simple hecho de contemplar aquellas palabras fue suficiente para verse de nuevo arrastrada hacia ellas. Experimentaba una sensación de placer físico, como si literalmente estuviese cayendo directamente al mundo de *Los juegos del hambre*, donde Dakota era Katniss y era fuerte, poderosa y habilidosa, pero también guapa. Dakota estaba cien por cien segura de que ella sería como Katniss y que se sacrificaría en los juegos por su encantadora hermanita, si la tuviera. No es que quisiera especialmente tener una hermana (la hermana pequeña de su amiga Ashling estaba siempre allí, alrededor, y la pobre Ashling nunca podía deshacerse de ella), pero si Dakota tuviera una hermana pequeña, moriría por ella, sin duda.

—¿Dónde estás, Dakota? —gritó su madre esta vez.

—Aquí —susurró Dakota. Pasó la página—. Justo aquí.

13

*H*arry está muerto —dijo Oliver casi en el momento en que Erika llegó a casa del trabajo y dejó su maletín y su paraguas. Ella se tocó la nuca. Unas gotas heladas le caían por la espalda. Oliver estaba sentado en el sofá rodeado por un pequeño lago de pañuelos arrugados y usados.

—¿En serio? —preguntó Erika. Tenía la mirada fija en los pañuelos—. ¿Qué ha pasado? —La visión de los pañuelos hizo que el corazón se le acelerara. Una reacción visceral relacionada con un trauma de la infancia. Perfectamente natural. Respiró hondo tres veces. Solo necesitaba deshacerse de esos pañuelos.

—Tiffany y yo encontramos su cuerpo —dijo Oliver mientras Erika se acercaba rápidamente al armario de debajo del fregadero de la cocina en busca de una bolsa de plástico.

—¿Dónde? —preguntó Erika mientras recogía los pañuelos—. ¿En su casa, quieres decir?

Ató las asas de la bolsa de plástico con un nudo fuerte y tranquilizador, la llevó hasta el cubo de basura y la tiró.

—Sí —respondió Oliver—. Tenías razón con lo de la llave. Estaba debajo de una maceta.

—¿Y estaba... muerto? —preguntó Erika delante del fregadero, frotándose las manos. La gente siempre le preguntaba si había trabajado en algo relacionado con la sanidad por el modo en que se lavaba las manos. Cuando estaba en público, trataba de ser menos explícita en su rigor, pero ahora que estaba en casa con Oliver, podía frotar y frotar sin preocuparse de que nadie le diagnosticara un trastorno obsesivo-compulsivo. Oliver nunca la juzgaba.

—Sí, Erika —contestó Oliver. Parecía exasperado—. Estaba muy muerto. Llevaba muerto un tiempo. Varias semanas, diría yo. —La voz se le quebró.

—Ah, entiendo. Dios mío. —Erika se dio la vuelta desde el fregadero. Oliver estaba muy pálido. Tenía las manos apoyadas en las rodillas y permanecía sentado con las espalda recta, los pies apoyados en el suelo, como un niño con terribles remordimientos sentado en la puerta del despacho del director del colegio.

Erika respiró hondo. Su marido estaba alterado. Muy alterado por lo que había visto. Así que probablemente quería y necesitaba «hablar». Las personas con infancias disfuncionales como la de ella no tenían las mejores habilidades comunicativas en lo concerniente a las relaciones. Bueno, eso no era más que un dato real. Nadie había sido un modelo de relación sana para ella. Nadie había sido un modelo de relación sana tampoco para Oliver. Tenían en común sus infancias disfuncionales. Por eso, Erika había invertido casi seis mil dólares hasta la fecha en terapia de calidad. Los ciclos de enfermedades disfuncionales y mentales no tenían que pasar de una generación a otra. Solo había que instruirse.

Erika fue a sentarse en el sofá junto a Oliver y con su lenguaje corporal dio a entender que estaba dispuesta a escuchar. Estableció contacto visual. Le acarició el antebrazo. Utilizaría el desinfectante de manos cuando terminaran de hablar. Lo último que quería era contagiarse de aquel terrible resfriado.

—¿Estaba...? —No quería saber las respuestas de ninguna de las preguntas que sabía que iba a hacer—. ¿Estaba...? ¿Dónde? ¿En la cama? —Pensó en un cadáver con una sonrisa de loco sentado rígido en una cama, con una mano podrida sobre la colcha.

—Estaba al pie de la escalera. En cuanto abrí la puerta lo olimos. —Oliver se estremeció.

—Dios mío —dijo Erika.

El olor era uno de sus problemas. Oliver siempre se reía por su forma de tirar basura al cubo y, al instante, saltar hacia atrás para que el olor no le llegara.

—Solo miré un segundo y, después, yo..., solo... En fin, cerré la puerta de golpe y llamamos a la policía.

—Es espantoso —dijo Erika de forma mecánica—. Terrible para ti. —Notó cómo ella misma se resistía. No quería oírlo, no quería que compartiera con ella aquella experiencia. Quería que dejara de hablar. Quería hablar de la cena. Quería calmarse después del día que había tenido. Se había saltado el almuerzo y se había quedado en el trabajo para recuperar el tiempo que había perdido al ir a la charla de Clementine, así que estaba muerta de hambre, pero está claro que después de que tu marido te cuenta que ha encontrado un cadáver no se puede salir de inmediato con un: «¿Te apetece pasta?». No. Tendría que esperar, al menos, media hora antes de poder mencionar la cena.

—La policía dijo que creen que se pudo caer por las escaleras —le explicó Oliver—. Y yo no dejo de pensar..., no dejo de pensar...

Hizo unos extraños sonidos al respirar. Erika trató de no mostrar en su rostro su irritación. Oliver iba a estornudar. Cada estornudo era una actuación. Esperó. No. No iba a estornudar. Oliver estaba intentando no llorar.

Erika se retrajo. No podía estar con él en esto. Si se permitía sentir tristeza o culpa por Harry, que ni siquiera le había gustado nunca, ¿quién sabía lo que podría pasar? Sería como descorchar una botella de champán que se hubiese agitado con fuerza. Sus emociones saldrían desperdigadas por toda la casa. Un desastre. Necesitaba orden. «Necesito orden», le había dicho a su psicóloga. «Por supuesto que necesitas orden», había respondido su psicóloga. «Anhelas el orden. Es perfectamente comprensible». Su psicóloga era la persona más agradable que había conocido.

Oliver se quitó las gafas y se limpió los ojos.

—No dejo de pensar en si se cayó por las escaleras y no se podía mover y ha estado gritando y pidiendo ayuda pero nadie le oía. Todos nos hemos limitado a seguir con nuestra rutina diaria mientras Harry se moría de hambre. ¿Y si ha pasado eso? Somos como esos vecinos que salen por la televisión y uno piensa: ¿cómo es que no se han enterado? ¿Cómo es que no se han preocupado? ¿Y qué si era un poco cascarrabias?

—Bueno, ya sabes que Vid y Tiffany viven justo al lado de él —replicó Erika. No quería pensar en Harry tirado en el suelo. El sol levantándose y poniéndose. Oyendo los ruidos del vecindario: cortadoras de césped, camiones de basura, los aspiradores de hojas que tanto odiaba.

—Lo sé. Tiffany está también muy alterada. Pero ¿sabes qué? Yo era el único de la calle por el que probablemente sentía aprecio. Me toleraba, al menos. Es decir, teníamos conversaciones civilizadas.

—Lo sé —dijo Erika—. Como esa vez que los dos estabais tan enfadados por aquel coche abandonado en la puerta de los Richardson.

—Debería haberme dado cuenta de que no se le veía por ahí —insistió Oliver. Cogió un pañuelo de la caja y se sonó la nariz de forma ruidosa—. Sí que pensé que llevaba un tiempo sin aparecer, puede que hace una semana o así, pero después me olvidé.

—No habrá muerto de hambre —reflexionó Erika—. Debe de haber sido la falta de agua lo que lo ha matado. La deshidratación.

—¡Erika! —Oliver se estremeció. Dejó caer su pañuelo de papel arrugado sobre el sofá a su lado y sacó otro de la caja.

—¿Qué? Solo digo que no ha estado ahí tirado varias semanas. —Hizo una pausa—. Debería haber tenido una de esas cosas que se cuelgan en el cuello para llamadas de emergencia.

—Bueno, pues no la tenía —contestó Oliver con brusquedad. Volvió a sonarse la nariz.

—Y supongo que no conservaba familia. Ni amigos —continuó Erika. Porque era un viejo cabrón de lo más desagradable y rencoroso. No iba a permitir que Oliver la arrastrara a ese mar de culpabilidad en el que se estaba hundiendo. Que se hundiera Tiffany con él. Erika ya vivía con una permanente sensación de culpa.

—Imagino que no —repuso Oliver—. Y, si los tenía, nunca vimos que le visitaran. Por eso es por lo que nos correspondía a nosotros estar pendientes de él. Son estas las personas que se cuelan por las grietas de la sociedad. O sea, como comunidad, tenemos la obligación moral de...

Sonó el teléfono fijo y Erika se puso en pie de un salto como si hubiese ganado un premio.

—Yo lo cojo.

Descolgó el teléfono.

—¿Sí?

—Erika, cariño. Soy Pam.

La voz educada y bien proyectada. La voz de la sensatez y de los buenos modales.

—Pam —dijo Erika—. Hola. —Notó un reblandecimiento instantáneo y una cosquilleante sensación de lágrimas inminentes. Le sucedía siempre que hablaba con la madre de Clementine. Aquella antigua adoración infantil, la vertiginosa y magnífica sensación de alivio, como si la hubiesen rescatado en medio del mar.

—Estoy cuidando a las niñas en casa de Clementine y Sam —dijo Pam—. Acaban de marcharse. Van a cenar a ese restaurante nuevo de la Terminal Internacional de Pasajeros del que todo el mundo habla. Yo les he hecho la reserva. Tiene tres estrellas. Puede que incluso cinco. No lo sé. Muchas estrellas. Esperemos que lo pasen tan bien como cabe esperar, aunque ojalá no estuviese lloviendo. Crucemos los dedos. Lo necesitan, pobrecitos. Si te soy sincera, me preocupa su matrimonio. Me estoy yendo de la lengua, lo sé. Pero, en fin, tú eres su mejor amiga, así que probablemente lo sepas mejor que yo.

—Bueno, yo no sé nada de eso —contestó Erika. Lo cierto era que Erika no tenía ni idea de los problemas matrimoniales de Clementine. Seguramente Pam sabía que la etiqueta de «mejores amigas» la había creado ella y durante todos esos años Erika se había aferrado a ella mientras que Clementine se había limitado a tolerarla.

—En fin, Erika, cariño, sé que te vamos a ver pronto en la cena especial en nuestra casa. Estoy deseándolo. Pero escucha, la razón por la que he pensado llamarte esta noche... —Erika notó la vacilación en la voz de Pam y apretó la mandíbula—. Bueno, tenía que ir hoy al vivero, lo que implicaba tener que pasar con el coche junto a la casa de tu madre —continuó Pam—. No me detuve. —Hizo una pausa—. Quizá debería haberlo hecho, pero tu madre me ha tomado mucha antipatía en los últimos años, ¿verdad? —No esperó respuesta—. Erika, sé que eres muy rígida con tu agenda de visitas y pienso que es lo más sensato para tu salud mental, pero creo que quizá necesites adelantar la visita de este mes.

Erika soltó un largo y fino chorro de aire como si estuviese inflando un globo. Miró a Oliver. Él había cerrado los ojos y había dejado caer la cabeza contra el sofá, cubriéndose la frente con una mano.

—¿Es grave? —le preguntó a Pam.

—Me temo que bastante, cariño. Bastante grave.

14

Cómo ha ido..., eh..., lo tuyo de hoy en la biblioteca? Tu..., eh..., ¿cómo se llama? ¿Charla? —preguntó Sam con voz entrecortada, como si le estuviesen sacando la pregunta a la fuerza.

—Ha ido bien... —empezó a contestarle Clementine.

—¿Mucha gente? —la interrumpió Sam. Tamborileaba con los dedos sobre el mantel blanco y observaba el restaurante con atención, como si hubiese alguien o algo que necesitase—. ¿Cuántas personas dirías? ¿Veinte? ¿Treinta?

—Menos de veinte —respondió Clementine—. Una de ellas era Erika.

Esperó una reacción y, como no parecía haber ninguna, continuó.

—La verdad es que no entiendo por qué quería ir.

—Bueno, Erika es tu mayor admiradora —dijo Sam con una leve sonrisa.

Fue una especie de broma. Que él hiciese una broma le daba a ella esperanzas para esa noche. Sam había sido el primer hombre con el que había salido que captó de inmediato y de forma instintiva las complejidades de su amistad con Erika. Nunca había reaccionado con impaciencia ni incomprensión. Nunca había dicho: «No lo entiendo. ¡Si no te gusta, no quedes con ella!». Simplemente aceptaba a Erika como parte del paquete de Clementine, como si se tratase de una hermana difícil.

—Eso es verdad —contestó Clementine. Y soltó una carcajada demasiado fuerte—. Aunque se fue a la mitad.

Sam no dijo nada. Miró a la parte derecha de la cabeza de ella, como si estuviese pasando algo interesante detrás.

—¿Qué tal hoy en el trabajo? —preguntó Clementine.

—Bien —respondió Sam con frialdad—. Lo mismo de siempre.

(«Tu matrimonio está siendo sometido a una prueba, cariño, pero después de lo peor llega lo mejor. ¡El perdón y la comunicación es el único camino!». La madre de Clementine había dicho todo esto en un susurro dramático y vehemente, como si estuviese dando unos consejos urgentes antes de que su hija partiera hacia una gesta. Estaban juntas en la puerta de la casa esperando a Sam, que había elegido ese momento para sentarse ante el ordenador y responder a un correo que al parecer era cuestión de vida o muerte, mientras el sonido chirriante de una conocida película de princesas retumbaba en la televisión. Pam había hecho algún arreglo diminuto e innecesario en la cintura del vestido de Clementine. «¡Vosotros dos tenéis que hablar! ¡Suéltalo! ¡Dile lo que sientes!»).

—¿Y cómo te va con lo de la «cultura empresarial progresista»? —preguntó Clementine.

Antiguamente podría haber pronunciado esas palabras y hacerle reír, pero ahora había cierto tono de maldad en su voz. Dos músicos podían tocar las mismas notas y sonar completamente diferentes. La entonación lo era todo.

—A mí me está resultando estupendamente. —Sam la miró con algo parecido al odio. Clementine bajó la mirada. A veces, cuando le miraba, sentía como si hubiese una serpiente dormida enroscada fuertemente dentro de su pecho, una serpiente que algún día se despertaría y mordería con consecuencias inimaginables e imperdonables.

Cambió de tema.

—Debo confesar que la verdad es que no me gustan estas charlas —dijo. Cada vez se sentía más nerviosa, pero se trataba de un tipo de ansiedad completamente distinta a la que sentía antes de una actuación o, incluso, una audición. Su público siempre aplaudía, pero se trataba de un aplauso apagado y, a menudo, notaba un trasfondo de desaprobación.

Miró por el cristal lleno de gotas de lluvia del ventanal que mostraba una borrosa vista del Puerto de Sídney con las velas blancas de la Ópera, donde había actuado tan solo dos noches con anterioridad.

—Casi lo odio.

Volvió a mirar a su marido. En el rostro de Sam apareció una expresión de intensa exasperación. Prácticamente le hizo estremecerse.

—Pues déjalo —dijo—. Déjalo. ¿Por qué las sigues dando? ¡Estás obsesionada! Ya tienes bastantes preocupaciones. Deberías estar preparándote para tu audición. De hecho, ¿piensas presentarte a la audición?

—¡Claro que me voy a presentar! —contestó Clementine. ¿Por qué todos le preguntaban siempre lo mismo?—. ¡Me he estado levantando todos los días a las cinco de la mañana para ensayar! —¿Es que no se había dado cuenta? Sabía que él había estado teniendo dificultades para dormir. Se había despertado a veces en mitad de la noche y había oído sus pasos por el pasillo o el sonido apagado de la televisión de abajo—. ¿No me has oído?

—Supongo que sí te he oído —respondió Sam incómodo—. Supongo que no he sumado dos más dos. No me había dado cuenta de que estabas ensayando.

¿Qué creía que había estado haciendo? ¿El sonido de fondo del violonchelo no le decía nada? ¿O es que le importaba tan poco que ni siquiera se lo había planteado?

Consiguió que en su voz no apareciera la rabia que estaba sintiendo.

—Y hoy he ido a casa de Ainsley para tocar delante de ella y Hu.

—Ah —dijo Sam. Parecía realmente sorprendido—. Pues estupendo, claro. ¿Cómo ha ido?

—Bien. Ha ido bien.

No había ido bien. Había sido raro y espantoso. Hu y Ainsley habían discutido con bastante vehemencia por su ejecución del primer movimiento del concierto.

«¡Maravilloso!», había exclamado Hu nada más terminar. «Bravo. Dale el puesto a esta mujer». Había mirado expectante a su esposa, pero Ainsley no estaba sonriendo.

«Bueno», había dicho ella incómoda. «Es obvio que te has estado esforzando mucho. Técnicamente ha sido perfecto. Solo que..., no sé. No parecías tú. Si estuviese detrás de la cortina, nunca habría imaginado que eras tú».

«¿Y qué?», había preguntado Hu.

«Ha sido muy preciso. Cada nota exactamente donde debería estar. Habría supuesto que se trataba de algún arrogante niño prodigio de veintitantos años que acaba de salir del conservatorio».

«Repito: ¿y qué? Si hubiese tocado así, habría pasado sin duda a la siguiente ronda», había replicado Hu. «Yo la haría pasar, desde luego. Tú también. Sé que lo harías».

«Puede ser, pero no creo que pasara la segunda ronda. Sonaba casi..., y no te lo tomes a mal, Clementine..., pero sonaba casi robótico».

«¿Y cómo no se lo va a tomar a mal?», había protestado Hu.

«Estamos aquí para ser sinceros», había respondido Ainsley. «No amables». Después, había mirado a Clementine y había dicho de repente—: «¿Estás segura de que todavía lo quieres? ¿Después de... todo?».

«Claro que lo sigue queriendo», había contestado Hu. «¿Qué te pasa?».

Entonces, había sonado el teléfono de la casa y Clementine no llegó a responder nunca lo que debería haber sido una pregunta directa.

—¿Qué tal están Ainsley y Hu? —preguntó Sam. Ella pudo ver lo mucho que le costaba hacer una simple pregunta de cortesía. Fue como observarle hacer flexiones en barra—. Hace tiempo que no los veo.

Pero lo estaba intentando, así que ella lo intentó también.

—Bien. Están bien. ¡Oye, le he contado a Hu que me habías puesto a hacer ejercicio antes de practicar mis piezas y ha dicho que él tuvo un profesor que le obligaba a hacer lo mismo! —Sam la miró sin entusiasmo. Cualquiera diría que no había sido él quien había colgado la sábana al techo tantas semanas atrás y había gritado: «¡Corre, soldado, corre!». Ella continuó—. Su profesor también le decía que se levantara a ensayar en mitad de la noche, cuando aún estaba medio dormido, y que tocara después de haber tomado unas copas. Y hablando de copas... Ah, bien, ya viene alguien.

Un camarero joven se acercó a su mesa y se detuvo un poco demasiado apartado.

—¿Quieren que les diga cuáles son las sugerencias del día? —Cuadró los hombros a la manera heroica de alguien que se ofrece voluntario para hacer algo peligroso.

—Sí, pero la verdad es que queríamos saber qué pasa con nuestras bebidas. Hemos pedido dos copas de vino..., eh..., hace un rato. —Hace un millón de años.

Clementine trató de suavizar sus palabras con una sonrisa. El camarero era tremendamente joven y tenía un aspecto famélico. Podría haber sido perfectamente elegido para interpretar a un niño pobre de la calle en *Los Miserables*.

—¿No les han traído la bebida todavía? —El camarero parecía alarmado, como si nunca hubiese oído nada igual.

Clementine señaló a la mesa para indicarlo: no había copas. Solo sus dos teléfonos móviles colocados en un ángulo preciso delante de ellos, listos para ser cogidos en caso de crisis, porque así era como vivían ahora, preparados para la crisis.

—Puede que se les haya olvidado —sugirió Clementine.

—Puede ser —contestó el camarero. Miró temeroso hacia atrás, hacia la barra del restaurante, donde una guapa camarera limpiaba distraída unas copas de vino.

—¿Puedes ir a preguntar? —dijo Clementine. Por el amor de Dios. ¿Por qué contrataban a niños en ese restaurante tan pijo? A niños hambrientos. Dadles de comer y mandadlos a sus casas.

—Por supuesto, sí. Eran dos copas de...

—De shiraz Pepper Tree —respondió Clementine.

Notó en su voz un tono agudo de verdulera.

—Bien. Eh..., ¿quieren que les diga antes las sugerencias?

—No —respondió Clementine.

—Claro, muchacho —dijo a la vez Sam. Sonrió al camarero—. Oigamos esas sugerencias.

Él siempre se guardaba el papel de poli bueno.

El camarero respiró hondo, juntó las manos en plan cantante de coro y recitó:

—Como entrante tenemos un confit de salmón con cilantro, naranja y menta.

Se detuvo. Movió los labios en silencio. Clementine apretó la yema del dedo sobre el teléfono. Se iluminó. Ninguna llamada. Todo iba bien.

Sam se removió en la silla e hizo al camarero una pequeña señal de «vamos, tú puedes» para animarlo, como si fuese un padre cariñoso sentado entre el público de un recital de poesía.

Mirando a su marido —la exasperante humanidad de aquel hombre—, Clementine sintió una inesperada sacudida de amor, como una nota perfecta y pura. Un aterciopelado mi bemol. Pero en cuanto fue consciente de la sensación, ya había desaparecido y no sintió más que una ansiosa irritabilidad mientras el camarero avanzaba vacilante con la lista de sugerencias más larga de la historia de los restaurantes de lujo.

—Un *prosciutto* con *pepperoni*..., no, espere, *pepperoni* no. Un *prosciutto* y..., eh..., un *prosciutto* con... —Se inclinó hacia delante y se contempló los zapatos con los labios apretados. Clementine miró a Sam a los ojos. Antes, Clementine solo habría tenido que abrir mínimamente los ojos para que Sam perdiera la compostura y, en su desesperación por no herir los sentimientos del camarero, su cara se habría vuelto roja mientras los ojos se le llenaban de lágrimas de la risa.

Pero ahora solo se miraban fijamente y, después, apartaban de nuevo la mirada, como si la frivolidad incumpliera las normas de la vida por la que con tanto cuidado caminaban, en la que comprobaban y volvían a comprobar, en la que sabían que era mejor no relajarse, ni siquiera un momento.

El camarero continuó con su tortura y Clementine se distrajo tocando la pieza de Brahms de memoria mientras usaba su antebrazo como improvisado diapasón bajo el mantel. La pieza de Brahms tenía montones de minifrases enlazadas en una prolongada línea. Requería ese hermoso estilo lírico. ¿Tenía razón Ainsley? ¿Se estaba centrando demasiado en la perfección técnica? «Si te concentras en la música, los problemas técnicos se resuelven solos a menudo», solía decirle Marianne, pero Clementine había llegado a creer que se había tomado aquel consejo demasiado a pecho en todos los aspectos de su vida. Necesitaba estar concentrada, ser disciplinada, limpiar a medida que ensuciaba, pagar las facturas a tiempo, cumplir las normas y madurar de una puta vez.

—¡... con paté de ternera y queso de cabra! —El camarero terminó su perorata con la jubilosa velocidad de un niño que logra recitar de un tirón las tablas de multiplicar.

—Suena todo delicioso —dijo Sam.

—¿Quieren que les repita algo? —preguntó el camarero.

—Desde luego que no —respondió Sam, y Clementine casi soltó una carcajada. A él siempre se le había dado bien ofrecer una respuesta seca e imperturbable.

—Bien. Entonces, piénsenlo y, mientras tanto, voy a por su... —El camarero miró a Clementine.

—Vino —apuntó Clementine—. Un shiraz Pepper Tree.

—Muy fácil. —El camarero chasqueó los dedos contento y aliviado tras haber enumerado las sugerencias.

—Bueno —dijo Sam después de que el camarero se hubiese marchado.

—Bueno —dijo Clementine.

—¿Qué vas a pedir? —Sam levantó el menú por delante de él como un periódico.

—No estoy segura —respondió Clementine a la vez que cogía su propia carta—. Todo parece bueno.

Necesitaba hacer una broma. Una broma sobre el camarero. Las sugerencias. La no llegada de la bebida. La chica que estaba detrás de la barra y que seguía distraída sacando brillo a las copas. Había mucho material en potencia. Por un momento, era como si todo dependiera de aquello. Si era capaz de hacer la broma adecuada podría salvar la noche, salvar su matrimonio. ¿Algo sobre la forma budista con que la chica se enfrentaba a su trabajo? ¿Que limpiaba copas de vino desde la conciencia plena? ¿Que ojalá les sirviera sus copas también desde la conciencia plena? Dios mío, ¿cuándo se había convertido en ese tipo de personas que ensayan mentalmente sus comentarios frívolos?

Se oyó una risa en el restaurante. Una carcajada de hombre. Una carcajada profunda y propia de un barítono.

El corazón de Clementine dio una sacudida. Sam levantó la cabeza desde su menú.

Vid no. Aquí no. Esta noche no.

15

$\mathcal{A}$ hí estaba otra vez. Demasiado fuerte e inapropiada para este lugar de mullidas alfombras.

Clementine giró la cabeza y vio a tres hombres que atravesaban el restaurante. Los tres guardaban un parecido superficial con Vid: grandes cabezas de bola de billar, espaldas gigantes, vientres protuberantes y esa forma europea de caminar sin contonearse.

Pero ninguno de ellos era Vid.

Clementine soltó el aire. El hombre volvió a reírse, pero su risa no tenía el tono ni la profundidad tan particulares de la risa de Vid.

Volvió a mirar a Sam. Había cerrado su menú y lo había dejado caer sobre su pecho.

—Creía que era Vid —dijo—. Ha sonado exactamente como él.

—Lo sé —respondió Clementine—. Yo también he creído que era él.

—Menos mal. No quería verle. —Cogió la carta y la volvió a dejar en la mesa. Se llevó la mano hacia el cuello—. Casi me da un infarto.

—Lo sé —repitió Clementine—. A mí también.

Sam se inclinó hacia delante con los codos sobre la mesa.

—Me ha hecho recordar todo. —Parecía a punto de llorar—. Solo ver su cara...

—¡El shiraz Margaret River!

Su joven camarero les presentó triunfante la botella, como si fuese un premio.

Era otro vino, pero Clementine no habría podido soportar ver su rostro descomponerse.

—¡Ese mismo! —dijo con un tono de «¡bien hecho!».

El camarero les sirvió unas generosas copas de vino con una mano en la espalda. Unas gotas rojas mancharon el mantel limpio y blanco. Quizá habría sido mejor que usara las dos manos.

—¿Quieren pedir ya? —El camarero les sonreía, resplandeciente por su éxito.

—Solo unos minutos más —respondió Clementine.

—¡Por supuesto! ¡Eso es fácil! —El camarero se retiró.

Sam levantó su copa. La mano le temblaba.

—Me pareció ver a Vid entre el público de la orquesta sinfónica la otra noche —dijo Clementine—. Me sorprendió tanto que me olvidé de entrar. Por suerte, Ainsley era mi compañera de atril.

Sam dio un gran sorbo de vino. Se pasó el dorso de la mano por los labios.

—¿Y no querías verle? —preguntó con brusquedad.

—Pues claro que no quería verle. Habría sido... —A Clementine no se le ocurría la palabra adecuada. Levantó su copa. Su mano no temblaba. Había aprendido a controlar el temblor en el brazo del arco sin betabloqueantes, incluso cuando el corazón se le aceleraba con un intenso miedo escénico.

Sam resopló. Volvió a abrir su menú, pero ella estaba segura de que no lo estaba leyendo. Estaba tratando de recomponerse, suavizar su expresión, volver a ser afable.

Clementine no pudo soportarlo. Quería que volviera a desmoronarse.

—Aunque lo cierto es que Erika me dijo el otro día que Vid está deseando vernos —añadió. No quería otra conversación trivial sobre las vistas, el menú y el tiempo. Una conversación como la música de los ascensores.

Sam levantó la vista hacia ella, pero su rostro era inexpresivo y sus ojos unas ventanas cerradas. Ella esperó. Hubo una extraña y pequeña pausa antes de que respondiera. Fue como un fallo mecánico. Nadie aparte de ella parecía notar que la cadencia de Sam al hablar no era normal últimamente.

—Bueno, estoy seguro de que nos lo encontraremos en algún momento —repuso. Volvió a dirigir la mirada al menú—. Creo que voy a pedir el *risotto* de pollo.

Ella no pudo soportarlo.

—La verdad es que la palabra que usó Erika fue «desesperado» —dijo.

Sam retorció la boca.

—Sí, supongo que es probable que esté desesperado por verte a ti.

—Creo que es inevitable que volvamos a verles, ¿no?

—No veo por qué —respondió Sam.

—Cuando vayamos a ver a Erika y Oliver. No podremos evitar pasar de nuevo por su calle.

Aunque quizá era esa la intención de Sam. Quizá era también la intención de ella. Podían seguir viendo a Erika y Oliver sin acercarse por su casa. Solo sería cuestión de poner las excusas adecuadas, evitar hábilmente las invitaciones de Erika. Para empezar, nunca habían mostrado demasiado entusiasmo por ellas.

Clementine recordó la primera vez que vio la casa nueva de Erika y Oliver. «Estamos un poco eclipsados por nuestros vecinos», había dicho Erika con una dudosa mueca en dirección a la mansión en forma de castillo con sus espirales y florituras. Era especialmente extravagante en comparación con la sencilla casa de color beis de Erika y Oliver: una casa sólida y sin personalidad que tan propia de ellos resultaba. Pero ya no podían reírse así de Erika y Oliver, ¿no? Su relación había cambiado ese día para siempre. El equilibrio de poder había cambiado. Clementine y Sam no podrían volver a hacer sus comentarios en plan «nosotros somos muy fáciles de tratar y ellos muy estirados».

Sam dejó con cuidado la carta sobre el borde de la mesa. Ajustó la colocación de su teléfono móvil.

—Hablemos de algo más agradable —dijo con la sonrisa cortés de un desconocido.

—Bueno, no fue culpa de ellos —replicó ella. Su voz estaba inundada de una emoción poco apropiada. Vio que él se crispaba. Su rubor se intensificó.

—Hablemos de otra cosa —repitió Sam—. ¿Qué vas a pedir?

—La verdad es que no tengo mucha hambre —respondió Clementine.

—Bien. Yo tampoco. —Parecía serio—. ¿Y si nos vamos?

Clementine dejó su carta sobre la de él y cuadró las esquinas.

—Vale.

Levantó su copa.

—Hasta aquí la cita de pareja.

—Hasta aquí la cita de pareja —convino Sam con desprecio.

Clementine vio cómo hacía girar el vino de su copa. ¿La odiaba? ¿La odiaba de verdad?

Apartó la mirada de él y la dirigió hacia la costosa vista bajo la lluvia. Siguió con su mirada el agua picada hacia el horizonte. Desde aquí dentro no se podía oír la lluvia. Las luces relucían y parpadeaban en los rascacielos. Romántico. Ojalá hubiese conseguido hacer la broma acertada. Ojalá ese maldito hombre no se hubiese reído como Vid.

—¿Alguna vez has pensado...? —empezó a decir ella con cuidado, sin mirar a Sam, con la mirada puesta en un solitario barco que se balanceaba con el viento tirando con fuerza de su vela. ¿A quién se le ocurría salir a navegar con ese tiempo?—. ¿Y si no hubiésemos ido? ¿Y si alguna de nuestras hijas se hubiese puesto enferma, o yo hubiese tenido que trabajar, o tú hubieses tenido que trabajar, o lo que sea? ¿Y si no hubiésemos ido a la barbacoa? ¿Alguna vez lo piensas?

Mantuvo la mirada en el loco del barco.

La pausa que siguió fue demasiado larga.

Ella quería que él dijera: «Claro que lo pienso. Lo pienso todos los días».

—Pero fuimos —respondió Sam. Su voz sonaba intensa y fría. No iba a considerar opciones para su vida diferentes a la que estaban viviendo—. Sí que fuimos, ¿no?

16

El día de la barbacoa

Erika miró la hora. Clementine y Sam deberían haber llegado hacía diez minutos, pero era normal en ellos. Parecían pensar que cualquier momento entre la hora acordada y media hora después era aceptable.

Con el paso de los años, Oliver había llegado a aceptar su costumbre de llegar tarde y ya no le pedía a Erika que llamara para preguntar si habían tenido algún accidente. Ahora mismo caminaba por el pasillo y, a cada rato, hacía un insoportable sonido al chuparse el labio inferior con los dientes superiores.

Erika fue al baño, cerró la puerta con pestillo, comprobó dos y tres veces que lo había echado y sacó una caja de pastillas de la parte de atrás del armario del baño. No es que las escondiera de Oliver. Estaban allí, en el armario del baño, y él podía verlas si quería, y Oliver se mostraría comprensivo con su necesidad de alguna clase de medicación contra la ansiedad. Pero era muy paranoico con todo lo que metía en su cuerpo: alcohol, pastillas, comida que se había pasado de fecha. (Erika compartía su obsesión con las fechas de caducidad. Según Clementine, para Sam las fechas de caducidad no eran más que simples «sugerencias»).

Su psicóloga le había recetado aquella medicación para los días en que supiera que le iba a costar controlar los síntomas de la ansiedad (corazón disparado, manos temblorosas, abrumadora sensación de pánico y peligro inminente, etcétera, etcétera).

—Prueba un poco. Empieza con una dosis baja —le había dicho su psicóloga—. Puede que veas que incluso un cuarto de pastilla es suficiente para superarlo.

Sacó una pastilla del blíster y trató de romperla por la mitad con la uña del dedo pulgar. Había una muesca profunda en medio de la pastilla, como si fuera por ahí por donde había que romperla, pero no daba resultado. Era imposible romperla en dos. Su medicación contra la ansiedad la estaba poniendo ansiosa. Había en todo aquello algún tipo de broma no especialmente divertida.

Erika había pensado hacer uso de la medicación solamente cuando visitara a su madre. Sí que se sentía nerviosa por la conversación de hoy con Clementine, por supuesto, pero se trataba simplemente de una ansiedad normal que cualquiera sentiría en una situación así.

Sin embargo, eso fue hasta que atravesó la puerta tras su conversación con Vid en el camino de entrada de la casa y vio a su marido mirándola con incredulidad, con un plumero colgando absurdamente a su lado. (Clementine no podía creer que tuvieran un plumero. «¿Dónde tienes el plumero?», le había preguntado Erika una vez que fue a visitarla y Clementine se había echado a reír y Erika había tenido esa familiar sensación de nauseabunda humillación. Los plumeros eran divertidos. ¿Quién podía saberlo? ¿Cómo lo iba a saber? ¿Es que no eran muy útiles?).

—¿Por qué lo has hecho? —había preguntado Oliver—. ¿Por qué has dicho sí a una barbacoa con los vecinos, precisamente hoy? ¡Lo teníamos todo planeado! ¡Llevamos semanas planeándolo! —No gritaba cuando se enfadaba. Ni siquiera levantaba la voz. Simplemente hablaba con el mismo tono de cortés incredulidad que pondría al llamar a su compañía de internet para quejarse de algo «inaceptable». Los ojos le brillaban tras las gafas y los tenía ligeramente enrojecidos. A ella no le gustaba mucho cuando él se enfadaba, pero quizá a nadie le gustaba su pareja cuando se enfadaba y, por tanto, resultaba normal.

«Erika, tienes que sacarte de la cabeza la idea de que existe un nivel objetivo de normalidad», le decía siempre su psicóloga. «¡Esa persona "normal" de la que hablas no existe!».

—¿Nos estás *saboteando* de forma deliberada? —le había preguntado Oliver, con una repentina intensidad, como si se hubiese encontrado con algo parecido a un error en una factura, como si hubiese descubierto que su compañía de internet le estaba cobrando el doble.

—¡Claro que no! —había respondido ella, ofendida ante aquella sugerencia.

Oliver había tratado de convencerla de que fuese directamente a la casa de los vecinos y le dijera a Vid que, al final, no podrían ir a la barbacoa. Había dicho que él mismo lo haría. Estaba saliendo por la puerta y ella le había agarrado del brazo para detenerlo y, durante unos segundos, los dos habían forcejeado y, de hecho, él la había arrastrado por el suelo de la cocina mientras trataba de seguir caminando. Había resultado chabacano y poco digno, impropio de ellos. A veces, Clementine y Sam tenían ese tipo de rifirrafes en público, y a Erika y Oliver les producía siempre vergüenza ajena. Se enorgullecían de que ellos *no* se comportaban así. Por eso fue por lo que Oliver se detuvo. Levantó las manos a modo de rendición.

—Bien —dijo—. Olvidémoslo todo. Hablaremos otro día con Clementine y Sam. Vamos a la barbacoa y pasémoslo bien.

—Ni hablar. Seguimos con el plan. Va a ser mejor así —le contestó Erika—. Les hacemos la pregunta. Y ya está. Les decimos que no tienen por qué contestarnos enseguida. Y después decimos: vale, vamos a la barbacoa. Así tenemos una excusa para acabar. De otro modo, tendríamos una conversación incómoda.

Y ahora les esperaban en cualquier momento. Todo estaba listo. La mesa de manualidades para las niñas. El plato de galletitas saladas y las salsas.

Pero el corazón de Erika vibraba como un coche de carreras en su pecho y las manos le temblaban de forma descontrolada.

Maldijo a la estúpida y diminuta pastilla. No se rompía.

Sonó el timbre de la puerta. El sonido fue como una patada rápida y fuerte en el estómago. Se quedó sin aire en los pulmones. La pastilla se le cayó de sus torpes dedos.

«Temor al timbre», lo llamaba su psicóloga, casi con satisfacción, porque Erika estaba cumpliendo con todos los síntomas. «Es muy común. Por supuesto que le temes al timbre de la puerta, porque durante toda tu infancia temías lo que podías encontrar».

Erika se agachó y sintió las baldosas del baño frías y duras bajo sus rodillas. El suelo estaba limpio. La pastilla amarilla estaba en el centro de una baldosa. Apretó la yema del dedo contra ella y la miró. Volvió a sonar el timbre. Se puso la pastilla entera en la lengua y se la tragó.

Todo dependía de la conversación que estaba a punto de tener. Por el amor de Dios, claro que estaba ansiosa. Notaba que su respiración era superficial, dando pequeñas y rápidas bocanadas de aire, así que se puso la mano en el abdomen y respiró hondo, tal y como le había enseñado su psicóloga (hincha el abdomen, no el pecho). Después, salió del baño y fue al vestíbulo mientras Clementine, Sam, Holly y Ruby entraban por la puerta de la calle, con un borbotón de ruidos, movimientos y distintas fragancias, como si fuesen diez y no solo cuatro.

—He traído una botella de champán para llevarla a casa de los vecinos. —Clementine levantó en el aire una botella mientras Erika la saludaba con un beso—. Y para vosotros no he traído nada. ¿Es una grosería? Ah, espera, tengo ese libro que te prometí, Oliver. —Buscó el libro en su gran bolso de rayas—. Se me derramó un poco de chocolate caliente encima, lo siento. Pero puede leerse a través de las manchas de chocolate. ¿Estás bien, Erika? Pareces un poco pálida.

—Estoy bien —contestó Erika con rigidez—. Hola, chicas.

Las niñas iban vestidas con tutús de ballet, mallas y sudaderas con capuchas. Llevaban unas relucientes alas de hada atadas a la espalda con complejas sujeciones elásticas. Ambas niñas necesitaban que les cepillaran el pelo y les lavaran la cara. (¡Había tiempo para colocarse las alas de hada pero no para darse un lavado rápido en el baño!). El simple hecho de mirarlas le producía a Erika el mismo dolor que experimentaba al ver actuar a Clementine.

—Holly, saluda a Erika. Y no masculles —le ordenó Clementine. Parecía como si Erika fuera una tía anciana que exigía buenos modales—. Mírala a los ojos y dile hola. ¿Vas a darle a Erika un abrazo, Ruby? Y tú también, Holly. Muy bien.

Erika se inclinó cuando las dos niñas le pasaron los brazos por el cuello. Olían a crema de cacahuete y a chocolate.

Ruby, con el pulgar dentro de la boca, levantó expectante su batidora de cocina.

—Hola, Batidora —dijo Erika—. ¿Qué tal estás?

Ruby sonrió alrededor de su pulgar. Aunque Erika se mostraba siempre educada con Batidora, no creía que Clementine y Sam debieran estimular la personificación de un objeto ni el fuerte encariñamiento que Ruby sentía por él. Erika lo habría cortado de raíz hacía mucho tiempo. Pensaba que su psicóloga estaba de acuerdo con ella, aunque se mostrara ambigua al respecto.

Erika vio que Holly llevaba colgado al hombro el bolso de lentejuelas azul eléctrico que le había regalado hacía dos Navidades. El éxtasis en el rostro de Holly cuando abrió su regalo y vio el bolso había hecho que la cara de Erika se retorciera con una sensación tan intensa que había tenido que apartar rápidamente la mirada.

Holly usaba ahora ese bolso para llevar su cada vez mayor colección de piedras. Erika sentía cierta preocupación por la colección de piedras de Holly, pues se estaba volviendo obsesiva y podría conducir claramente a todo tipo de problemas, pero su psicóloga era bastante categórica al decir que la colección de piedras de Holly no era motivo de preocupación, que era perfectamente normal y que probablemente no fuera una buena idea decirle a Clementine que la vigilara, pero, aun así, Erika le había dicho a Clementine que la vigilara y Clementine le había respondido que lo haría, con esa mirada amable y condescendiente con la que la miraba a veces, como si Erika tuviera demencia.

Oliver se agachó junto a Holly.

—El otro día me encontré esto —dijo levantando en el aire una piedra azul y plana de forma ovalada—. Tiene unos puntos brillantes. —Apuntó con el dedo—. He pensado que te gustaría.

Erika contuvo la respiración. En primer lugar, ¿por qué Oliver animaba a Holly con su colección de piedras cuando ella le había contado sus preocupaciones? Y, en segundo lugar, y más importante, ¿estaba Holly a punto de rechazarlo con esa forma tan dolorosa y sincera con la que actúan los niños? Clementine le había contado a Erika que a Holly le gustaba buscar ella misma sus piedras (la mayoría parecían ser simples piedras de jardín sucias) y, al parecer, había mostrado un absoluto desinterés cuando el encantador padre de Clementine había tratado de convertir la afición de Holly en una oportunidad para aprender y le había regalado una pequeña piedra semipreciosa junto a una tarjeta con información sobre sus propiedades geológicas.

Holly cogió la piedra y la examinó con los ojos entrecerrados.

—Es una buena piedra —declaró a la vez que abría su bolso para añadirla a la colección.

Erika soltó el aire.

Oliver se incorporó y se tiró del pantalón, exultante.

—¿Qué se dice? —preguntó Clementine a la misma vez que Holly decía «Gracias, Oliver» y, después, miraba a su madre con hostilidad.

—Le estaba diciendo gracias.

Lo cierto era que Clementine le debería haber dado a Holly la oportunidad de hablar antes de que ella interviniera.

Erika dio una palmada.

—Os tengo preparada para las dos una mesa de manualidades —anunció.

—Qué emocionante suena eso, ¿verdad, niñas? —dijo Clementine con fingido tono alegre, como si Erika hubiese sugerido, en realidad, algo aburrido o inapropiado para niños, como el croché.

—¿Viste el partido anoche? —le preguntó Sam a Oliver.

—Claro —respondió Oliver con expresión de un hombre que está a punto de someterse a un examen para el que lleva tiempo estudiando. De hecho, había visto «el partido» la noche anterior específicamente para poder responder a esa pregunta de Sam, como si fingir interés por el deporte afectara al resultado de ese día.

Sam parecía encantado. Normalmente, el deporte suponía un callejón sin salida en las conversaciones con Oliver.

—¿Qué me dices del placaje de la primera mitad?, ¿eh?

—¡Venga ya! ¡Nadie quiere hablar de fútbol americano! —le interrumpió Clementine—. Sacadnos de nuestro sufrimiento. ¿Qué es esa cosa misteriosa de la que tenemos que hablar?

Erika vio cómo Oliver entraba en pánico. Seguían estando en la entrada. No era así como se suponía que tenía que pasar.

—No vamos a decir nada hasta que todos estemos sentados tranquilos en el lugar que nos corresponda —respondió Erika. Puede que la pastilla le estuviese haciendo efecto. La velocidad del corazón parecía haberse normalizado.

—Es una *herrschsüchtige Frau* —dijo Clementine.

—¿Eso qué es? —preguntó Holly.

—Significa «mujer mandona» en alemán —contestó Erika—. Me sorprende que tu madre recuerde una palabra tan larga. ¿Le pedimos que la deletree?

Cuando tenían trece años, Erika y Clementine habían estudiado alemán en el colegio y se habían aficionado a los insultos en ese idioma. Les gustaba el fuerte chasquido de aquellas sílabas alemanas. A veces, se empujaban la una a la otra al mismo tiempo: lo suficiente para hacer que la otra casi perdiera el equilibrio, pero no del todo.

Era una de las pocas pasiones que compartían.

—Y esto porque ella sacaba mejor nota que yo —dijo Clementine poniendo los ojos en blanco.

—Solo veinte puntos más o así —replicó Erika—. *Dummkopf.*

(Había sacado exactamente veintidós puntos más que Clementine).

Clementine se rio, aparentemente con cariño, y Erika se relajó. Tenía que recordar ser siempre así: algo frívola y fresca, no tan intensa. O podía ser intensa pero divertida y cariñosa a la vez, no tan fastidiosa.

En pocos minutos, todos estaban organizados: las niñas estaban contentas usando sus barras de pegamento rosa sobre cartones. Erika vio con orgullo justificado que la mesa de manualidades había sido un éxito. Por supuesto que lo era. A las niñas les encantan las manualidades. La madre de Clementine solía disponer una mesa de manualidades como esa para ella cuando era pequeña. Erika adoraba esa mesa de manualidades: los botecitos de estrellas adhesivas doradas, los tarritos de pegamento. Seguro que a Clementine le había gustado esa mesa tanto como a Erika. Entonces, ¿por qué no tenía una igual para sus hijas? Erika sabía que era mejor no sugerirlo. Con frecuencia, veía que su interés por las niñas era malinterpretado como una crítica.

—Me encantan estas galletitas con semillas de sésamo —dijo Clementine cuando se sentaron una frente a otra en la sala de estar. Se inclinó hacia delante para coger una galleta y Erika le vio el escote. Sujetador blanco. El colgante de esmeralda que Erika le había regalado por su treinta cumpleaños le colgaba del cuello. La mesita estaba demasiado lejos del sofá, así que Clementine se puso elegantemente de rodillas, como una geisha.

Llevaba una rebeca turquesa sobre una camiseta blanca, una falda larga de un tejido estampado con grandes margaritas blancas sobre un fondo amarillo. La falda quedó extendida a su alrededor sobre el suelo. Era un derroche de color en medio de la sala de estar beis de Erika.

—He recordado que o te encantan o las odias —repuso Erika.

Clementine volvió a reírse.

—Siempre soy muy apasionada con mis galletitas.

—Es el monstruo de las galletitas —comentó Sam mientras Clementine, sin preguntar, le cortaba un trozo de queso, lo colocaba sobre una galletita y se lo daba.

—Chiste de padre —dijo Clementine torciendo el gesto mientras volvía a hundirse en el sofá.

—Te has hecho la manicura, ¿no, colega? —le preguntó Oliver a Sam mientras Erika pensaba: «¿Qué está diciendo? ¿Está tratando de hacerse el simpático en plan "soy un tipo australiano igual que tú" y le está saliendo mal?».

Pero Sam levantó la mano para enseñar que tenía las uñas pintadas de rosa coral.

—Sí. Lo ha hecho Holly —explicó—. He tenido que pagar por el privilegio.

—No lo hace mal —apuntó Clementine—. Solo que tenemos que acordarnos de quitárselo antes de que se vaya mañana a trabajar para que nadie cuestione su hombría.

—¡Nadie podría cuestionar mi hombría! —Sam se dio un golpe en el pecho y Oliver se rio, quizá con demasiado entusiasmo, pero lo cierto era que no había estado mal. El tono había sido el correcto.

—Bueno —dijo Oliver. Se aclaró la garganta. Erika vio cómo sacudía la rodilla. Se colocó una mano sobre ella para detenerla.

—En fin, para comentaros un poco el contexto... —empezó a decir Erika.

—Debe de ser algo serio —observó Clementine levantando una ceja—. «Contexto».

—Los dos últimos años hemos estado tratando de quedarnos embarazados sin éxito —continuó Erika. Suéltalo sin más. Sigue.

Clementine apartó de su boca la galletita que estaba a punto de morder y la sostuvo delante de ella.

—¿Que habéis qué?

—Hemos pasado once rondas de fecundación *in vitro* —explicó Oliver.

—¿Qué? —repitió Clementine.

—Lo siento —dijo Sam en voz baja.

—Pero vosotros nunca... —Clementine los miraba estupefacta—. Creía que no queríais hijos. Siempre has dicho que no querías hijos.

—Sí que queremos hijos —contestó Oliver. Levantó el mentón.

—Eso fue cuando era más joven —explicó Erika—. He cambiado de idea.

—Pero yo suponía que Oliver pensaba igual —insistió Clementine. Miró a Oliver con expresión acusatoria, como si esperara que diera marcha atrás, que admitiera que ella tenía razón y dijera: «Perdona, claro que tienes razón. No queremos hijos. ¿En qué estábamos pensando?».

—Yo siempre he deseado tener hijos —dijo Oliver—. Siempre. —La voz se le trabó y se aclaró la garganta.

—Pero ¿once fecundaciones *in vitro*? —le preguntó Clementine a Erika—. ¿Y nunca me lo has contado? ¿Has pasado por todo eso sin decir nada? ¿Has guardado el secreto durante estos dos años? ¿Por qué no me lo has contado?

—Decidimos no contarlo —respondió Erika, vacilante. Clementine parecía herida. Casi enfadada. Erika sintió que todo se estaba dando la vuelta.

Espera..., ¿es que era malo? Nunca se le había ocurrido que ella tenía el poder de hacer daño a Clementine, pero ahora Erika veía que, una vez más, se había equivocado. Clementine era su mejor amiga y se supone que a las amigas se les cuentan las cosas: los problemas, los secretos... Por supuesto que sí. Dios mío, todo el mundo lo sabe. Las mujeres son famosas por contárselo todo.

El problema era que Oliver había insistido mucho en que no se lo contaran a nadie y, para ser justos, Erika no había puesto ninguna objeción. No tenía deseo alguno de compartirlo. No quería contárselo a nadie. Había fantaseado con llamar a Clementine para darle la buena noticia. La buena noticia que nunca llegó.

Y, al fin y al cabo, tenía mucha experiencia en lo de guardar secretos.

—Lo siento —dijo.

—¡No, no! —exclamó Clementine. Aún no se había comido la galletita. Tenía la cara enrojecida—. Yo lo siento. Dios, esto no tiene nada que ver conmigo. Por supuesto que es normal que no quisieras hablar de ello. Respeto tu intimidad. Solo que ojalá hubiese estado a tu lado. Probablemente, ha habido veces en las que me he quejado de las niñas y tú habrás pensado: «Por el amor de Dios, cállate, Clementine. ¿No sabes lo afortunada que eres?». —Parecía estar a punto de llorar.

Había habido ocasiones así.

—Por supuesto que nunca he pensado eso —repuso Erika.

—En fin, ahora lo sabemos —intervino Sam. Posó su mano en la mano de Clementine—. Así que, por supuesto, cualquier cosa que necesitéis...

Parecía receloso. Quizá pensaba que necesitaban dinero.

Por un momento, hubo un silencio.

—Pues el motivo por el que queríamos hablar hoy con vosotros... —empezó a decir Oliver. Miró a Erika. Aquel era su pie para hablar. Pero no salió bien. Ella estaba atascada. Si hubiese sido como una amiga «normal» durante todo ese proceso, si se lo hubiese contado a Clementine, desde el principio, nada más empezar con la FIV, esta conversación tendría una base sólida y adecuada. Cada decepción, cada fracaso en los últimos dos años habría sido como un depósito de empatía. Podrían haber acudido a ese depósito. Pero ahora, Erika estaba sentada frente a una amiga confundida y herida y no había nada en el banco que pudieran retirar.

Erika sintió en su estómago cómo se formaba una repulsión hacia sí misma como si fuesen náuseas. Nunca lo hacía bien. Por mucho que se esforzara, siempre había algo que hacía mal.

—Mi médico ha dicho que la única opción que nos queda es buscar un donante de óvulos —explicó—. Porque los míos son de muy mala calidad. Inútiles, de hecho. —Trataba de hacer más ligera la conversación, igual que en la entrada, pero, por la expresión de todos, estuvo segura de que no estaba funcionando.

Clementine asintió. Erika se dio cuenta de que no tenía ni idea de lo que venía a continuación.

Le vino a la memoria un recuerdo de la rubia y guapa Diana Dixon acercándose a Clementine en el patio del colegio y mirando a Erika con una mueca de asco, el tipo de mueca que se pone al ver una cucaracha. «¿Por qué juegas con ella?», preguntó Diana. Y Erika nunca olvidó ni el rápido destello de humillación de Clementine ni su forma de levantar el mentón al decirle a Diana: «Es mi amiga».

—Pues nos preguntábamos... —apuntó Oliver. Esperó a Erika. Claramente, le correspondía a ella hacer la pregunta. Clementine era su amiga.

Pero Erika no podía hablar. Tenía la boca seca y vacía. La pastilla, quizá. Probablemente fuese un efecto secundario. Querría haber leído el pequeño prospecto con los efectos secundarios. Fijó la mirada en las margaritas de la falda de Clementine y empezó a contarlas.

Oliver habló, como un actor que salva el espectáculo al pronunciar las palabras de otro en el guion. Había en su voz un leve tono de histeria.

—Clementine —dijo—. Te pedimos..., la razón por la que queríamos hablar con vosotros hoy..., en fin, nos preguntábamos si te pensarías ser la donante de óvulos.

Erika levantó los ojos de las margaritas hacia la cara de Clementine y vio que la atravesaba una expresión de absoluta repugnancia tan rápida como el flash de una cámara. Apareció y desapareció con tanta rapidez que podría haber decidido creer que lo había imaginado, pero no se lo había imaginado porque interpretar expresiones era una de sus cualidades. Era el legado tras haber pasado una infancia interpretando el rostro de su madre, supervisando, analizando, tratando de modificar su comportamiento a tiempo, solo que esa cualidad rara vez le permitía hacer las cosas bien. Solo significaba que siempre sabía que las hacía mal.

No importaba lo que Clementine dijera o hiciera a continuación. Erika sabía exactamente cómo se sentía en realidad.

El rostro de Clementine estaba sereno y muy quieto. Era la mirada de concentración que ponía cuando estaba a punto de actuar, como si se transportara a otro plano, un nivel trascendente de conciencia que Erika nunca podría alcanzar. Se retiró un mechón suelto de pelo tras la oreja. Era el mismo mechón rizado que le caía sobre el violonchelo cuando tocaba pero que nunca rozaba las cuerdas.

—Ah —dijo con voz templada—. Ya entiendo.

17

El día de la barbacoa

Lo que os pedimos es mucho y, desde luego, no esperamos una respuesta inmediata —dijo Oliver. Se inclinó hacia delante con los codos apoyados en las rodillas y las manos entrelazadas. Recordaba a un agente hipotecario que acaba de dar una prolongada explicación sobre un complejo contrato de préstamo.

Miró con seriedad a Clementine y señaló hacia una carpeta de papel manila color crema que había sobre la mesita delante de él.

—Os hemos preparado algo de material informativo. —Pronunció las dos palabras relamiéndose de satisfacción. Era el tipo de términos que tanto a Oliver como a Erika les resultaban tranquilizadores. Como «documentación». Como «procedimiento»—. Explica con precisión lo que implicaría. Las preguntas más frecuentes. La clínica nos lo dio para que os lo pasáramos, pero, si preferís no cogerlo ahora, no pasa nada. No queremos agobiaros, porque en este momento nosotros, en fin..., solo lo estamos dejando caer. Supongo que es la mejor forma de describirlo.

Se reclinó en el sofá y miró a Erika que, curiosamente, había elegido ese momento para arrodillarse junto a la mesita y cortar un trozo del (diminuto; Clementine no sabía que los fabricaran así de pequeños) queso brie.

Oliver apartó la mirada de su mujer y volvió a dirigirla a Clementine.

—Lo único que os preguntamos hoy es: ¿estáis dispuestos a considerarlo? Como he dicho, no necesitamos ninguna respuesta ahora. Y, por cierto, si al final decís que lo vais a pensar, hay un plazo obligatorio de prueba de tres meses. Y os podéis retirar en cualquier momento. En cualquiera. Por muy lejos que hayamos llegado. Bueno, no en cualquier momento. ¡No una vez que Erika se quede embarazada, claro! —Se rio nervioso, se ajustó las gafas y frunció el ceño—. En realidad, os podéis retirar hasta el momento en que se inseminen los óvulos pero, a partir de entonces, se convierten legalmente en propiedad nuestra... Eh... —Vaciló—. Lo siento. Es demasiada información para una fase tan inicial. Estoy nervioso. ¡Los dos estamos un poco nerviosos!

A Clementine se le encogió el corazón. Normalmente, Oliver evitaba los temas de conversación arriesgados —cualquier asunto político, sexual o demasiado emocional—, pero aquí estaba, avanzando a solas por la más incómoda de las conversaciones por su fuerte deseo de ser padre. ¿Había algo más atractivo que un hombre que deseaba tener hijos?

Sam se aclaró la garganta. Colocó la mano sobre la rodilla de Clementine.

—Bueno, amigo, y para tenerlo todo claro. Sería tu...

—Sería mi esperma —contestó Oliver. Se puso colorado—. Sé que todo esto suena un poco...

—No, no —le interrumpió Sam—. Por supuesto que no.

Un buen amigo mío se sometió a FIV y en cierto modo estoy..., ya sabes... metido en el tema.

Metido en el tema.

Clementine pensaba burlarse de él más adelante por esta desafortunada elección de palabras. Sabía que Sam hablaba de su amigo Paul y que, en realidad, ignoraba por completo el «proceso», salvo por la alegría del resultado: el niño de Paul y Emma. A Sam le encantaban los bebés (según la experiencia de Clementine, no había ningún hombre al que le gustaran más los bebés; Sam era el primero que se prestaba para acunar a un recién nacido y para coger de los brazos de sus padres a los más mayores), pero no había querido oír a Paul y Emma hablar de «extracciones de óvulos» ni de «traspaso de embriones».

Erika levantó una galletita entre sus dedos.

—¿Más queso, Sam?

Todos se quedaron mirándola.

—No, gracias, Erika —contestó Sam—. Estoy bien.

Claramente, le tocaba a Clementine decir algo, pero tenía en el pecho una sensación de presión que parecía impedirle hablar. Deseó que una de sus hijas la llamara a gritos pero, como era de esperar, estaban tranquilas y comportándose bien la única vez que ella deseaba que la interrumpieran.

Parecía que les encantaba la mesa de manualidades de Erika.

Erika sería una madre excelente, una madre de las que preparan mesas de manualidades, están siempre alerta con los buenos modales y llevan desinfectante de manos en el bolso. Oliver sería también un buen padre. Clementine podía imaginárselo haciendo algo anticuado y laborioso con un niño encantador y atento, como fabricando maquetas de aviones.

Con su propio hijo, pensó Clementine con desesperación. Serían buenos padres con su hijo. No con el mío.

«No sería tu hijo, Clementine». Pero sí que lo sería. «Técnicamente», como diría Holly, sería de ella. Su ADN.

La gente hace estas cosas por desconocidos, se dijo. Donan óvulos por bondad, por generosidad. A gente a la que no conocen. Y Erika era su amiga. Su «mejor amiga». Entonces, ¿por qué en su cabeza sonaba con tanta fuerza la palabra «¡No!»?

—Bueno —dijo finalmente con torpeza—. Hay muchas cosas en las que pensar.

—Desde luego —convino Oliver. Volvió a mirar a Erika pero ella seguía sin ser de ninguna ayuda para su pobre marido. Había dispuesto una fila de galletitas y estaba colocando una fina capa de queso en cada una. ¿Quién creía que iba a comérselas? Oliver parpadeó y sonrió a Clementine con expresión de disculpa—. Por favor, no pienses que este es el final del camino para nosotros si decides no hacerlo. Habrá otras opciones. Es solo que tú eres la primera en quien hemos pensado, porque eres la mejor amiga de Erika, tienes la edad adecuada y ya no vas a tener más hijos...

—¿Que no va a tener más hijos? —preguntó Sam. Apretó la mano sobre la rodilla de Clementine—. No es algo que hayamos descartado.

—Ah —dijo Oliver—. Lo siento. Dios. Creía..., o sea, Erika tenía la impresión...

—Dijiste que preferías que te sacaran los ojos antes que tener otro bebé —le dijo Erika a Clementine con la agresividad que solía emplear cuando podía rebatir algo con datos—. Te lo pregunté. Fue el septiembre pasado. Estábamos tomando un té. Yo te pregunté: «¿No vas a tener más hijos?». Tú contestaste: «Prefiero que me saquen...».

—Estaba de broma —la interrumpió Clementine—. Era una broma, por supuesto.

No estaba de broma. Ay, Dios, pero ¿era esa ahora su única salida? ¿Tendría que dar a luz para escapar de esa situación?

—Bueno, aun así, puedes donar óvulos aunque quieras tener más hijos —intervino Oliver. En su frente se formaron tres profundas arrugas, como un personaje de dibujos animados cuando frunce el ceño—. La clínica prefiere donantes conocidas que hayan dejado de tener hijos, pero..., eh..., está todo en el material informativo.

—¿Dijiste que preferirías que te sacaran los ojos antes que tener otro hijo? —le preguntó Sam a Clementine—. ¿De verdad lo dijiste?

—¡Estaba de broma! —repitió Clementine—. Probablemente habría tenido un mal día con las niñas.

Desde luego, ella siempre había sabido que eso suponía un problema. Se había estado engañando con la esperanza de que él simplemente se olvidara. Cada vez que las niñas se portaban mal o cuando la casa parecía demasiado pequeña para los cuatro y no paraban de perder cosas o cuando estaban preocupados por su situación económica, ella esperaba en secreto que las esperanzas de Sam de tener otro bebé se fueran diluyendo poco a poco, por sensatez.

Nunca debió decirle a Erika que no pensaba tener más hijos. Fue un comentario frívolo. La frivolidad cautelosa era su posición por defecto respecto a Erika. Debería haber contado con que Sam no pensaría lo mismo, porque siempre había existido el riesgo de que surgiera en una conversación, como hoy.

Rara vez compartía con Erika información de ese tipo. Se la guardaba de forma deliberada. Con otras amigas no se lo pensaba dos veces y hablaba de lo primero que se le pasaba por la cabeza, porque sabía que, probablemente, se olvidarían de la mitad de las cosas que decía. No había ninguna otra persona en el mundo, ni su madre ni su marido, que escuchara con tanta voracidad lo que ella tuviera que decir, como si cada palabra importara y fuera merecedora de ser guardada para futuras referencias.

De niñas, siempre que Erika iba a jugar con ella, realizaba primero una peculiar supervisión de la habitación de Clementine. Abría todos los cajones y examinaba con atención su contenido. Incluso se ponía de rodillas para mirar bajo la cama de Clementine mientras esta se quedaba de pie, en un silencio enfurecido pero, por petición de su madre, portándose «con amabilidad» y «educación». Todo el mundo es diferente, Clementine.

Obviamente, Erika había aprendido algunas formalidades sociales como adulta y ya no revisaba los armarios, pero Clementine seguía notando ese resplandor avaricioso en los ojos de Erika cuando mantenían una conversación. Era como si el deseo de Erika de mirar debajo de la cama siguiera ahí, al igual que la muda indignación de Clementine.

Pero lo que de verdad resultaba irónico era que ahora parecía que Erika ejercía la misma política de no contar las cosas importantes. Había mantenido este enorme secreto durante los últimos dos años y la primera reacción de Clementine había sido sentirse herida ante la revelación. Oh, sí, a Clementine le parecía muy bien tratar con prepotencia a Erika desde su alto pedestal de la amistad, concediéndole regalos con gentileza: ¡claro, Erika, puedes ser la madrina de mi primera hija!

Vale, muy bien. No pasaba nada si su amistad era una ilusión y carecía de entidad, por parte de las dos, pero ahora Erika le estaba pidiendo algo que solo se le pide a una gran amiga.

Bajó la mirada hacia la galletita que tenía en la mano y no supo qué hacer con ella. La sala se quedó en silencio, salvo por el suave balbuceo en la habitación de al lado de Holly y Ruby, que estaban haciendo sus manualidades como angelitos, como si se tratase de un reproche a Clementine. «Mira qué encantadoras somos. Dale a papá otro bebé. Ayuda a tu amiga a tener un hijo». Sé buena, Clementine, sé buena. ¿Por qué estás siendo tan desagradable?

Una loca y compleja sinfonía de sentimientos se alzó en su pecho. Quería montar una rabieta como Ruby, tirarse al suelo y hacer estallar su frustración golpeando la frente contra la alfombra. Ruby siempre se aseguraba de que hubiese una alfombra antes de dar golpes con la cabeza.

Sam apartó la mano de su pierna y se alejó ligeramente de ella. Había dejado un trozo de galletita de forma triangular sobre el inmaculado sofá de piel blanco de Erika. Oliver se quitó las gafas y sus ojos parecían amoratados y tiernos, como los de un animalito que despierta de la hibernación. Las limpió con el borde de su camiseta. Erika permanecía sentada, inmóvil y erguida, como si estuviese en un funeral, con sus ojos fijos en algo que había por detrás de la cabeza de Clementine.

—Esa es Dakota —dijo.

—¿Dakota? —preguntó Clementine.

—Dakota —repitió Erika—. La niña de al lado. Vid debe de estar impaciente. La ha enviado para recogernos y llevarnos a la barbacoa.

Sonó el timbre de la puerta. Erika se sobresaltó con fuerza.

Sam se puso de pie de un salto, como un hombre al que por fin hubiesen llamado tras una tediosa espera en una institución burocrática.

—Vámonos de barbacoa.

18

Cuando Sam y Clementine regresaron del restaurante y entraron por la puerta, agitando los paraguas, de vuelta en casa tras su «cita de pareja» menos de dos horas después de que se fueran, la madre de Clementine se mostró horrorizada.

—¿Qué ha pasado? —Apagó la televisión y se llevó una mano al cuello, como si se preparara para una terrible noticia—. ¿Por qué estáis ya de vuelta?

—Lo sentimos mucho, Pam —contestó Sam—. El servicio del restaurante era lento y, al final, simplemente..., hemos decidido que no estábamos de humor para salir a cenar.

—Pero las críticas eran muy buenas —dijo Pam. El restaurante había sido recomendación de ella. Los miraba expectante, como si esperara poder convencerles de que se dieran la vuelta, regresaran a la ciudad y le dieran otra oportunidad.

Clementine vio que su madre había doblado una cesta de colada limpia formando ordenados montones sobre el sofá y que se había recompensado con una taza de té y una sola galleta de jengibre sobre un platillo, probablemente para disfrutar de ello mientras veía la serie *Los asesinatos de Midso-*

mer. Clementine sintió una punzada de arrepentimiento. Parecía que ese iba a ser su estado por defecto ahora: el de arrepentida. Era solo el grado de arrepentimiento lo que cambiaba.

—Lo siento, mamá —repuso—. Sé que tú... —«Sé que tú creías que una cena romántica podría salvar nuestro matrimonio». Miró a Sam y él le devolvió una mirada tan pasiva como la de un desconocido en un autobús—. Supongo que los dos estamos un poco cansados.

Pam dejó caer los hombros.

—Ay, cariño —dijo—. Siento haberos presionado. Quizá era demasiado pronto. Simplemente creí que sería bueno que los dos salierais. —Se recuperó visiblemente—. Bueno, ¿qué os parece si os preparo una taza de té? Me acabo de hacer una. El agua sigue aún caliente.

—Para mí no —contestó Sam—. Quizá me... —Miró por la habitación en busca de inspiración—. Quizá me... vaya a dar un paseo con el coche.

—¿Un paseo con el coche adónde? —preguntó Clementine. No iba a ayudarle. No iba a fingir que irse a «dar un paseo en coche» bajo la lluvia para huir de una taza de té con tu suegra y tu esposa fuera razonable.

Pero, por supuesto, su madre estaba dispuesta a dejar que Sam se alejara de cualquier anzuelo.

—Claro que te puedes ir a dar una vuelta —dijo—. A veces, uno solo necesita salir con el coche. Es bueno para meditar. Ahora mismo, los dos necesitáis ser amables el uno con el otro.

Sam miró a Pam con una sonrisa de agradecimiento, no hizo caso a Clementine y se marchó, cerrando la puerta sin hacer ruido al salir.

—Tienes la casa muy limpia y ordenada —comentó Pam cuando las dos estuvieron sentadas con sus tazas de té y sus galletas de jengibre. La miró con curiosidad, casi con inquietud—. Lo único que he visto que podía hacer era doblar ese montoncito de ropa. ¡Es como si tuvieras una asistenta o algo así!

—Simplemente estamos tratando de ser más organizados —contestó Clementine. Ella y Sam se habían vuelto maniáticos de las tareas de la casa desde la barbacoa, como si estuvieran siendo supervisados por alguna presencia invisible—. Aunque todavía se nos pierden cosas y somos incapaces de encontrarlas.

—Bueno, supongo que está muy bien. Pero no hay necesidad de que os matéis. Si te soy sincera, los dos parecéis agotados. —Miró a Clementine por encima de su taza de té—. Supongo, entonces, que la noche no ha ido bien.

—Siento que te hayas quedado a cuidar de las niñas para nada —dijo Clementine.

—¡Bah! —Pam movió una mano en el aire—. Para mí es un placer. Ya lo sabes. A tu padre y a mí también nos viene bien pasar una noche separados. El espacio es bueno para el matrimonio. Uno debe tener sus propios intereses. —Frunció el ceño—. Siempre que no te obsesiones con ellos, claro.

El padre de Pam, el abuelo de Clementine, había sido un maestro de escuela que había pasado todo su tiempo libre trabajando en la gran novela australiana. Le dedicó más de quince años antes de morir a los cincuenta y tantos por complicaciones provocadas por una neumonía. La abuela de Clementine, al parecer, estaba tan enfadada, afligida y resentida por todo el tiempo que él había perdido en aquel «estúpido y maldito libro» que lanzó el manuscrito a la papelera sin leer una sola palabra. «¿Cómo pudo no leerlo? ¿Y si de verdad era la gran novela australiana?», preguntaba siempre Clementine, pero Pam decía que Clementine no estaba entendiendo lo más importante. ¡Lo más importante era que el libro había echado a perder aquel matrimonio! Como consecuencia de eso, Pam mostraba un apasionado y posiblemente fanático interés por controlar la calidad de su propio matrimonio. Leía libros con títulos como *Siete secretos de siete segundos para sobrealimentar tu matrimonio*. El afable y lacónico padre de Clementine padecía, tolerante, «retiros matrimoniales» de fin de semana. Aceptaba, o aparentaba aceptar, todo lo que Pam sugería y, al parecer, les había funcionado, porque no cabía duda de que se tenían cariño el uno al otro.

Pam se mostraba igual de alerta con la calidad de los matrimonios de los demás que con el suyo, aunque era consciente de que los demás no siempre agradecían esa vigilancia.

—Supongo que no habéis pensado acudir a un consejero matrimonial, ¿no? —le preguntaba ahora a Clementine—. Solo por hablar de algunas cosas.

—Pues no. No creo que lo hagamos —respondió Clementine—. La verdad es que no hay nada de lo que hablar, ¿no?

—Sospecho que hay muchas cosas de las que hablar —repuso Pam. Le dio un bocado a su galleta con sus fuertes dientes blancos—. En fin, ¿qué tal ha ido el día? ¿Algún... evento?

Incluso después de tantos años, seguía pronunciando la palabra «evento» con vergüenza, igual que decía siempre *croissant* con la adecuada pronunciación francesa, pero con una mirada de disculpa y de crítica hacia sí misma para compensar su afectación.

—He tenido una de mis charlas —contestó Clementine.

Si el rostro de Sam mostraba un espasmo de irritación cuando ella mencionaba las charlas, la cara de su madre mostraba un espasmo de placer.

—¡Claro! Se me había olvidado que tenías programada una para hoy. ¿Cómo ha ido? Me siento muy orgullosa de tu valentía, Clementine. De verdad. ¿Cómo ha estado?

—Erika ha venido a verme —dijo Clementine—. Ha sido un poco rocambolesco.

—¡De rocambolesco nada! Probablemente solo quería apoyarte.

—Nunca antes había notado que Erika tiene exactamente el mismo corte de pelo que tú —comentó Clementine.

—Supongo que ayuda el hecho de que vayamos a la misma peluquería —contestó Pam—. Puede que la vieja Dee solo sepa hacer un tipo de corte.

—No sabía que las dos ibais a la misma peluquería —señaló Clementine—. ¿Cómo es eso?

—No tengo ni idea —se apresuró a contestar Pam. Siempre se aseguraba de hablar rápido a la hora de detallar exactamente cuánto tiempo pasaba con Erika, como si eso pudiera dar envidia a Clementine o le hiciera sentirse desplazada. Ya era demasiado mayor para esas cosas, aunque aún sentía el persistente recuerdo de sus inseguridades de la infancia. «Ella es mi madre, que lo sepas».

—Y hablando de Erika, la he llamado esta noche mientras estabais fuera para informarle sobre la situación de Sylvia, que..., en fin, digamos que las cosas no mejoran a medida que va envejeciendo..., pero, bueno, Erika me ha dicho algo un poco inquietante. —Pam se quedó pensativa—. Aunque ella no parecía tan preocupada. —Usó el lado de la mano para juntar inconscientemente algunas migas que había en la mesita hasta formar un montón microscópico—. Al parecer, Oliver ha encontrado un cadáver. ¡Pobre muchacho!

—¿Qué quieres decir con que ha encontrado un cadáver? —Por alguna razón, Clementine sintió que estaba sufriendo un destello de rabia dirigido hacia su pobre madre. Le parecía algo disparatado—. ¿Se ha tropezado con un cadáver? ¿Simplemente ha salido a correr y se ha dado de bruces con un muerto?

Pam la miró fijamente.

—Sí, Clementine. Oliver ha encontrado un cadáver. Era uno de sus vecinos.

Clementine se quedó inmóvil. Fue en Vid en quien pensó primero. Los hombres grandullones como Vid eran propensos a morir de pronto por un ataque al corazón. No quería volver a ver a Vid, pero no deseaba su muerte.

—El anciano que vivía dos casas más allá de la suya —le aclaró Pam.

Clementine sintió que algo se aflojaba.

—Harry —dijo.

—Ese. ¿Le conocías? —preguntó Pam.

—La verdad es que no —contestó Clementine—. De lejos. No le gustaba que aparcaran cerca de su casa. Una vez había un camión de reparto en el camino de entrada de Erika cuando estábamos allí de visita y tuvimos que aparcar en la calle, al lado de su entrada. De repente, salió de detrás de su azalea gritando improperios. Sam le dijo que los límites de su propiedad no llegaban hasta la calle. Fue educado, claro está, pero ¿sabes lo que hizo ese hombre horrible? Nos escupió. Holly y Ruby se quedaron aterradas. Estuvimos varios días recordando aquello. El hombre de los escupitajos.

—Probablemente estuviera solo —repuso Pam—. Un infeliz. Pobre viejo. —Inclinó la cabeza para escuchar la lluvia—. La verdad es que da una sensación de permanencia esta lluvia, ¿verdad? Como si no fuese a acabar nunca.

—Hace que todo parezca endemoniadamente complicado —dijo Clementine.

—¿Sabes? Me alegra mucho que Erika siga viendo a esa encantadora psicóloga —comentó Pam con los ojos resplandecientes ante aquel repentino y agradable pensamiento. Le encantaba todo lo que tuviera que ver con la salud mental—. Eso quiere decir que va a tener las herramientas que necesita para tratar a su madre.

—Puede que no esté contándole a la psicóloga nada de lo de la acumulación compulsiva —dijo Clementine—. Quizá esté hablándole de su infertilidad.

—¿Infertilidad? —Pam dejó de pronto su taza de té—. ¿De qué estás hablando?

Así que Erika tampoco le había contado nada a Pam, a pesar de todo el tiempo transcurrido. ¿Qué significaba eso?

—¡Pero si Oliver y ella no quieren hijos! ¡Erika siempre ha dejado muy claro que no quiere hijos!

—Quiere que yo le done mis óvulos —dijo Clementine sin más. Había estado aplazando el contarle a su madre lo de la petición de Erika, pues no quería que las opiniones sinceras de Pam dificultaran aún más sus ya complicados pensamientos, pero ahora era consciente de un deseo infantil de que su madre entendiera del todo el precio que continuamente había que pagar por ser amiga de Erika. «Mira lo que me has pedido, mamá. Incluso después de tantos años, mira lo buena que soy, mamá. Sigo siendo muy BUENA».

Pero ¿a quién quería engañar? La donación de óvulos era el tipo de acto puramente filantrópico por el que su madre habría matado por poder realizar. Clementine solía decirle a su padre que, si alguna vez tenía un accidente de tráfico, comprobara bien que estaba muerta de verdad antes de que su madre empezara a repartir alegremente los órganos de Clementine.

—¿Que le dones tus óvulos? —preguntó Pam. Agitó un poco la cabeza, como para volver a colocarlo todo en su sitio—. ¿Y qué opinas tú de eso? ¿Cuándo te lo ha pedido?

—El día de la barbacoa —respondió Clementine—. Antes de ir a la casa de sus vecinos. —Pensó en Erika y Oliver sentados con la espalda rígida y tensa en su sofá de piel blanco (solo una pareja sin hijos podría tener un sofá de piel blanco). Los dos tenían sus cabecitas muy ordenadas. Las gafas de Oliver estaban muy limpias. Los dos parecían adorables tan formales. Y luego, aquella sensación instantánea de desagrado ante la palabra ginecológica de «óvulos» y la sensación irracional de violación, como si Erika estuviese proponiendo extender la mano y hacerse con una parte de Clementine —una parte profundamente íntima de ella que nunca recuperaría— seguida a continuación por esa vieja y conocida sensación de vergüenza porque una amiga de verdad no se lo pensaría dos veces.

Había creído que nunca más sentiría esa terrible sensación de vergüenza, porque Erika ya estaba bien, «en una buena posición», como solía decir la gente, y ya no pedía más de lo que Clementine podía darle.

—Dios mío —exclamó Pam—. ¿Y qué contestaste?

—No dije nada en ese momento —respondió Clementine—. Y no hemos hablado desde entonces. Creo que Erika está esperando a que yo saque el tema pronto y, por supuesto, lo haré. Solo quiero escoger el momento adecuado. O lo estoy posponiendo. Puede que lo esté posponiendo.

Sintió que algo subía por su interior. Una creciente furia. Una melodía de su infancia. Miró el rostro familiar de su madre: el flequillo gris en esa inquebrantable línea recta por encima de sus protuberantes ojos marrones, la nariz grande y definida, las orejas grandes y útiles, para oír, no para llevar pendientes. Su madre era toda fuerza y seguridad. Nunca un momento de duda por una araña, un aparcamiento pequeño o un dilema moral.

«Esa niña necesita una amiga», le había dicho a Clementine la primera vez que vio a Erika en el patio del colegio. La niña diferente. La niña de aspecto desagradable que estaba sentada con las piernas cruzadas sobre el asfalto jugando con hojas marrones y hormigas. La niña de pelo rubio y grasiento aplastado sobre su cabeza, de piel pálida y cadavérica y con costras que punteaban sus brazos. (Mordeduras de pulga, había sabido Clementine muchos años después). Clementine había mirado a la niña, había vuelto a mirar a su madre y había sentido una enorme palabra que se atascaba en su garganta: «No».

Pero nadie le decía no a Pam, sobre todo cuando usaba ese tono de voz.

Así que Clementine fue a sentarse frente a Erika en el patio del colegio y le dijo: «¿Qué haces?». Y había mirado a su madre para ver su señal de aprobación porque Clementine estaba siendo buena y la bondad era «lo más importante de todo», solo que Clementine no se sentía buena. No quería tener nada que ver con aquella niña de aspecto sucio. Su egoísmo era un feo secreto que tenía que ocultar a toda costa, porque Clementine era una privilegiada.

Pam era una mujer adelantada a su tiempo a la hora de utilizar la palabra «privilegio». Clementine aprendió a sentirse mal por su privilegio de ser blanca y de clase media mucho antes de que se convirtiera en una moda. Su madre era trabajadora social y, al contrario que muchas de sus agotadas, hastiadas y amargadas compañeras, Pam nunca perdió la pasión de su vocación. Trabajaba media jornada mientras criaba a tres hijos y le encantaba contar historias certeras sobre lo que de verdad pasaba en el mundo.

La familia de Clementine no era especialmente acaudalada, pero el privilegio se medía sobre una balanza distinta cuando veías lo que hacía Pam. La vida era una lotería y Clementine supo desde muy temprana edad que, al parecer, a ella le había tocado.

—¿Qué vas a decirle a Erika? —preguntó Pam.

—¿Qué opciones tengo? —repuso Clementine.

—Por supuesto que tienes opciones, Clementine. Va a ser tu hijo biológico. Es una petición muy importante. No vas a...

—Mamá —la interrumpió Clementine—. Piénsalo. —Por una vez, era ella la que no dudaba. Su madre no había estado en la barbacoa. Su madre no tenía esas imágenes espantosas que se habían grabado para siempre en su recuerdo.

Vio cómo su madre se quedaba pensando y llegaba a la misma conclusión.

—Entiendo a qué te refieres —respondió con inquietud.

—Voy a hacerlo —dijo Clementine rápidamente, antes de que su madre pudiera hablar—. Voy a decir que sí. Tengo que decir que sí.

19

¿Estás bien? ¿Sigues disgustada por lo de nuestro amigo Harry? —preguntó Vid, tumbado al lado de Tiffany en el sombrío dormitorio, mientras la lluvia continuaba con su incesante banda sonora.

Gracias a las cortinas «de oscurecimiento total» de terciopelo rojo, Tiffany no podía ver nada, salvo negrura. Normalmente, la oscuridad le parecía un lujo y le hacía sentirse como si estuviera en una habitación de hotel, pero esa noche le resultaba asfixiante. Como la muerte. Últimamente, pensaba demasiado en la muerte.

Aunque no podía ver a Vid en la gran cama de matrimonio, sabía que estaría tumbado de espaldas, con las manos cruzadas detrás de la cabeza, como si estuviera tomando el sol. Dormía toda la noche así, sin cambiar de posición. A Tiffany todavía le hacía gracia, después de tantos años. Lo cierto era que aquella forma de dormir le parecía tremendamente despreocupada, confiada y aristocrática. Como si Vid estuviera diciendo: «Sueño, ven a mí». Típico de él.

—No era amigo nuestro —replicó Tiffany—. Esa es la cuestión. Era nuestro vecino, pero no nuestro amigo.

—No quería ser nuestro amigo, ya lo sabes —comentó Vid.

Era verdad que, si Harry hubiera tenido interés en forjar una amistad con ellos, lo habría conseguido. Vid estaba abierto a entablar amistad con cualquiera que formara parte de su vida diaria: baristas, abogados, empleados de gasolinera y violonchelistas.

Sobre todo violonchelistas.

Si Harry hubiera sido otro tipo de anciano, lo habrían invitado a menudo y se habrían percatado de su ausencia mucho antes.

¿Lo suficiente como para haberle salvado la vida? Ese mismo día, la policía les había dicho a Oliver y a Tiffany que lo más probable era que Harry se hubiera caído por las escaleras. O que le había dado un ictus o un infarto y que tal vez por eso se había caído. Iban a hacerle la autopsia. Aunque aquello parecía un mero formalismo. La policía seguía su procedimiento, descartando opciones. El agente le había dicho a Tiffany que seguramente había muerto en el acto. Pero ¿qué sabría él? Ni que fuera médico. Solo lo decía para que ella se sintiera mejor.

De todos modos, había que ser realistas. Aunque Harry hubiera sido su amigo, no lo habrían visitado cada cinco minutos. Probablemente, seguiría estando muerto, pero no tan muerto como ahora. Se había ido muriendo más y más durante las semanas que habían pasado hasta que lo habían descubierto. Tiffany sintió náuseas al recordar aquel olor dulzón y empalagoso. Nunca antes le había hecho vomitar ningún olor. Aunque tampoco había olido la muerte hasta entonces.

Oliver era contable. Seguramente, él tampoco había olido la muerte pero, mientras ella vomitaba en el tiesto de arenisca de Harry (algo que a este le habría enfurecido), había hecho tranquilamente las llamadas necesarias con el rostro blanquecino, al tiempo que le acariciaba la espalda y le ofrecía un pañuelo blanco de papel meticulosamente doblado que llevaba en el bolsillo. Le aseguró que estaba sin usar. Oliver era la persona ideal para los momentos de crisis. Un hombre con sentido común y pañuelos de papel. Aquel tío era un puñetero héroe.

—Oliver es un puñetero héroe —dijo Tiffany en voz alta, aunque sabía que, probablemente, lo último que Vid necesitaba era volver a oír hablar del puñetero heroísmo de Oliver.

—Es buena gente —repuso Vid con estoicismo, antes de bostezar—. Deberíamos invitarlos a casa —añadió automáticamente, aunque, a continuación, debió de quedarse pensando en la última vez que habían estado allí.

—¡Tienes razón! ¡Vamos a invitarlos a una barbacoa! —exclamó Tiffany—. ¡Buena idea! Por cierto, ¿no tenían unos amigos increíbles? ¿Una de ellos no era violonchelista?

—Eso no tiene ninguna gracia —replicó Vid, y su voz sonó profundamente triste—. Ni la más mínima.

—Lo siento —se excusó Tiffany—. Humor negro.

—¿Les invitamos a un café? —preguntó Vid abatido—. Podríamos invitar a Erika y a Oliver a un café, ¿no?

—Duérmete —dijo Tiffany.

—Vale, jefa —contestó Vid y, en cuestión de segundos, su respiración se ralentizó. Era capaz de dormirse en un instante, incluso en las noches en que ella sabía que estaba disgustado, enfadado o preocupado por algo. No había nada que afectara al sueño o al apetito de ese hombre.

—Despierta —susurró Tiffany, aunque sabía que si lo despertaba él seguiría hablando, y se había levantado a las cinco de la mañana por lo del proyecto del parque acuático. Uno de sus chicos estaba enfermo y le preocupaba que no se lo adjudicaran. El pobre necesitaba dormir.

Ella se puso de lado e intentó ordenar con calma todos los pensamientos que se arremolinaban en su cabeza.

El primero era haberse encontrado el cadáver de Harry ese mismo día. No había sido agradable, pero lo superaría. Seguramente, Harry se alegraba de estar muerto. No tenía pinta de querer seguir viviendo. Así que, a otra cosa, mariposa.

El segundo era Dakota. Todo el mundo (Vid, la profesora de Dakota, las hermanas de Tiffany) decía que Dakota estaba bien. Que todo eran imaginaciones suyas. Tal vez tenían razón. Pero seguiría ojo avizor.

El número tres era la jornada informativa que tenían al día siguiente en el nuevo colegio de Dakota. Sentía cierto resquemor (¿qué era aquello de enviarle correos electrónicos recordándole que la ASISTENCIA ERA OBLIGATORIA? ¿Cómo se atrevían a hablarle en mayúsculas?), probablemente relacionado con un complejo inconsciente de inferioridad por culpa de ese colegio tan cursi y de los otros padres. Debía superarlo. Lo importante no era ella, sino Dakota.

El número cuatro, aunque tal vez se solapara con todos los demás, eran sus sentimientos de culpa y de angustia por lo que había pasado en la barbacoa. Era como el recuerdo de una pesadilla que no se podía quitar de la cabeza. Vale, sí, Tiffany, ya lo pillamos, fue todo muy estresante, piensas en ello una y otra vez y no llegas a ninguna conclusión, así que deja de darle vueltas, no puedes cambiar lo que hiciste o lo que dejaste de hacer, lo que debiste o no debiste haber hecho.

El problema era que todos los puntos de la lista eran muy imprecisos. No lograba acorralarlos. Recordaba la época en que todos sus problemas estaban relacionados con el dinero y las soluciones eran cuestiones de cálculo.

Para sentirse mejor y distraerse, realizó una estimación conservadora de su actual patrimonio neto. Propiedades. Acciones. El fondo autogestionado para la pensión de jubilación. El fideicomiso familiar. Los depósitos a plazo fijo. La cuenta corriente. Hacer eso siempre la tranquilizaba. Era como imaginarse las paredes protectoras de una fortaleza impenetrable. Estaba a salvo. Daba igual lo que pasara. Aunque su matrimonio se desmoronara (su matrimonio nunca se desmoronaría), aunque la bolsa o el mercado inmobiliario quebraran, aunque Vid o ella murieran, o uno de ellos contrajera una rara enfermedad que requiriera infinidad de gastos médicos, la familia estaría a salvo. Ella misma había construido aquella fortaleza, con ayuda de Vid, por supuesto, pero era sobre todo su fortaleza, y estaba orgullosa de ella.

Podía dormir tranquila en la fortaleza financiera que había construido sobre una transgresión y que todavía se mantenía en pie.

Tiffany cerró los ojos y volvió a abrirlos de inmediato. Estaba cansada, pero totalmente despierta. Tenía los ojos como platos, como si hubiera esnifado coca. Así que aquello era el insomnio. Nunca creyó que fuera de ese tipo de personas.

De pronto, sintió la necesidad de ir a ver cómo estaba Dakota. Aunque tampoco era propio de ella. Nunca había sido de esas madres que van a comprobar que su bebé durmiente sigue respirando. Aunque había sorprendido a Vid haciéndolo algunas veces y él se había sentido un poco avergonzado. Con lo que presumía de ser un padre moderno y despreocupado después de haber tenido cuatro hijos.

Tiffany se levantó de la cama, estiró los brazos y, con destreza, fue arrastrando los pies hasta el quicio de la puerta, que siempre aparecía antes de lo esperado. Le resultó mucho más fácil ver cuando llegó al rellano, porque siempre dejaban una tenue luz encendida por si Dakota se despertaba por la noche. Abrió la puerta de la niña y se quedó allí de pie un instante, mientras sus ojos se adaptaban.

La lluvia le impedía oír nada. Quería escuchar el sonido regular de la respiración de Dakota. Avanzó de puntillas, pasó por delante de la abarrotada estantería y se detuvo al lado de la cama para observar a su hija, intentando distinguir la forma de su cuerpo. Parecía que estaba tumbada de espaldas, como su padre, aunque solía dormir acurrucada de lado.

—¿Qué pasa, mamá? —preguntó la niña con voz clara, como si estuviera completamente despierta, justo en el momento en que ella vio sus ojos brillantes, observándola. Tiffany se sobresaltó y dio un grito.

—Creía que estabas dormida —exclamó, llevándose una mano al pecho—. Me has dado un susto de muerte.

—No estoy dormida —repuso Dakota.

—¿No puedes dormir? ¿Por qué estás ahí tumbada, despierta? ¿Qué pasa?

—Nada —dijo la niña—. Solo estoy despierta.

—¿Estás preocupada por algo? Hazme un sitio —le pidió Tiffany. Dakota se movió y su madre se metió en la cama con ella, sintiendo un bienestar instantáneo que no sabía que anhelaba—. ¿Estás triste por lo de Harry? —dijo Tiffany. Dakota había reaccionado a la noticia de la muerte de Harry con la misma impasibilidad con la que últimamente respondía a todo.

—La verdad es que no —respondió Dakota, sin emoción—. No mucho.

—No. Bueno. No lo conocíamos mucho y no era...

—Muy simpático —añadió Dakota, acabando por ella la frase.

—No, es verdad. ¿Se trata de alguna otra cosa? —preguntó Tiffany—. ¿Tienes algo en la cabeza?

—No tengo nada en la cabeza —aseguró la niña—. Nada de nada —dijo con absoluta seguridad. Y Dakota nunca había sido capaz de mentir.

—¿No estás nerviosa por ir al Saint Anastasias mañana?

—No —respondió Dakota.

—Será interesante —dijo Tiffany con vaguedad. Notaba cómo el sueño le arrebataba la conciencia como una droga. Tal vez no fuera nada. Cosas de preadolescentes. Las hormonas. El crecimiento—. ¿Puedo quedarme aquí hasta que te duermas? —preguntó Tiffany.

—Como quieras —repuso Dakota con frialdad.

La madre de Dakota se quedó profundamente dormida a su lado. No exactamente roncando, pero sí emitiendo un silbido prolongado y agudo cada vez que exhalaba.

Los largos mechones de pelo de Tiffany flotaban sobre la cara de Dakota y le hacían cosquillas en la nariz. Además, había puesto una pierna sobre una de las de Dakota para acercarse más, como si la tuviera esposada.

Aguantando la respiración, la niña liberó su pierna. Echó hacia atrás las sábanas, se puso de rodillas y se pegó a la pared del cuarto como Spiderman. Se deslizó por la pared hasta el final de la cama. Era una misión secreta. Se estaba escapando de su captora. ¡Sí! ¡Lo había conseguido! Cruzó el cuarto de puntillas, evitando las minas que había en la alfombra.

Qué tontería. No debía pensar en bobadas de niños cuando había guerras de verdad librándose en ese momento, refugiados reales en barquitos en medio del océano y gente de verdad pisando minas. ¿Acaso te gustaría pisar una mina? Dakota se sentó en el asiento acolchado de la ventana y se abrazó las rodillas contra el pecho. Intentó sentirse agradecida por el asiento de la ventana, pero le daba absolutamente igual. En lugar de ello, tuvo un pensamiento terriblemente descortés e ingrato: «Me importa una mierda el asiento de la ventana».

Dakota no había entendido hasta hacía poco que su cerebro era un espacio privado solo para ella. El día anterior había mirado a su profesora y había gritado una palabrota en su cabeza. No había pasado nada. Nadie se había dado cuenta de que lo había hecho. Y nadie lo sabría jamás.

Probablemente, el resto del mundo se percataba de aquello ya a los tres años, pero para Dakota había sido toda una revelación. El hecho de pensar en ello le hacía sentirse como si estuviera sola en una habitación circular: circular porque su cabeza también era redonda, con dos ventanitas redondas que eran sus ojos, y la gente intentaba mirar dentro de ella para entenderla, mirando a través de sus ojos, pero no podían ver el interior. No veían lo que había de verdad. Y allí estaba ella, en su habitación circular, sola. Podía decirle a su madre: «Me encanta mi asiento de la ventana», y si lo decía de la forma adecuada, sin demasiado entusiasmo, para que no resultara sospechoso, su madre creería que lo decía en serio y nunca sabría la verdad.

Así que, si Dakota podía hacer eso, si Dakota podía tener pensamientos ofensivos, relativamente desagradables, pensamientos fuertes del tipo «me importan una mierda los asientos de la ventana», entonces seguro que los adultos también tenían pensamientos ofensivos y desagradables, probablemente mucho peores que los suyos, porque ellos podían ver películas para adultos.

Por ejemplo, su madre podía decir: «Buenas noches, Dakota, te quiero, Dakota», pero en la habitación circular de su cerebro estar pensando: «No puedo creer que seas mi hija, Dakota, no puedo creer que tenga una hija capaz de hacer lo que has hecho tú».

Su madre seguramente creía que la razón por la que Dakota la había decepcionado tanto era porque «se estaba criando con dinero», aunque curiosamente ella no tenía nada de dinero, salvo un poco en una cuenta del banco con lo que le regalaban por sus cumpleaños que no le dejaban tocar.

La madre de Dakota no se había «criado con dinero» (ni su padre, pero él no le daba la tabarra con eso, simplemente ahora disfrutaba gastándolo).

Cuando la madre de Dakota tenía su edad, se había ido a una fiesta a casa de «unos niños ricos» y se había enamorado de ella. Decía que era como un castillo. Todavía era capaz de describirla con todo lujo de aburridos detalles. Sobre todo, le habían encantado los asientos de las ventanas. Estaba obsesionada con los asientos de las ventanas. Eran «el colmo del lujo». Durante años y años su madre había soñado con una casa de dos pisos con baños de mármol y ventanas con miradores y asientos. Era un sueño arquitectónico de lo más específico. Hasta lo había dibujado. Así que, cuando ella y el padre de Dakota habían hablado con los constructores sobre la casa, les habían dicho: «Con asientos en las ventanas, por favor. Cuantos más, mejor».

Lo curioso era que Dakota le había comentado algo en alguna ocasión a su tía Louise, una de las hermanas mayores de su madre, sobre el hecho de que se habían criado siendo «pobres», y a su tía le había dado un ataque de risa y le había respondido: «No éramos pobres. Simplemente, no éramos ricos. Nos íbamos de vacaciones, teníamos juguetes y una vida maravillosa. Solo que tu madre creía que no encajaba allí, en los barrios periféricos de clase obrera». Luego había ido a contárselo al resto de sus tías, que se burlaron de su madre, pero a su madre le importó un comino. Se limitó a reírse y a decir: «Paso de vosotras», como si fuera una adolescente de una serie americana.

En cualquier caso, Dakota seguía intentando por todos los medios querer y apreciar sus asientos de la ventana, aunque no estaba teniendo mucho éxito. Solo había conseguido un uno sobre diez de aprecio, más o menos.

La cortina estaba echada y no quería arriesgarse a abrirla y despertar a su madre, así que se la puso sobre la cabeza como un toldo.

Fuera estaba lloviendo, así que no se veía nada. La casa de Harry no era más que una silueta borrosa y espeluznante.

Se preguntó si el fantasma de Harry estaría allí, murmurando enfadado, dándole patadas a las cosas con la punta del pie y, de vez en cuando, girando la cabeza hacia un lado para escupir, contrariado. «¿Por qué habéis tardado tanto en encontrar mi cadáver? ¿Sois tontos, o qué?».

Dakota no se alegraba de que hubiera muerto, pero tampoco estaba triste. No sentía nada. En lo que a Harry se refería, solo había un enorme vacío en su mente.

No le había mentido a su madre al decirle que no tenía nada en la cabeza. Estaba intentando que su cerebro fuera como una hoja de papel en blanco.

Y solo quería escribir en ella cosas del colegio.

Nada más. Nada de pensamientos tristes, alegres o siniestros. Solo datos sobre la cultura indígena australiana, el calentamiento global y las fracciones.

Estaría bien ir a ese nuevo colegio el próximo año. Tenía un buen nivel. Así que esperaba que le llenaran el cerebro con más datos para que no le quedara sitio para pensar en lo que había hecho. Antes se había sentido un poco nerviosa por empezar en un sitio nuevo, pero eso ya le daba igual. Recordar que antes le preocupaba hacer amigos era como recordar algo de cuando era muy, pero que muy pequeña, aunque la barbacoa había sido a finales del segundo trimestre.

Sus padres aún la querían. De eso estaba segura. Seguramente no estaban enfadados en secreto.

Recordó a su padre al día siguiente, de pie en el jardín, agitando aquella gran barra de hierro una y otra vez, como si fuera un bate de béisbol, con la cara roja como un tomate. Había sido aterrador. Luego había entrado y había ido a darse una ducha sin decir palabra, con lo que a su padre le gustaba hablar. La cosa tenía que ser grave para que su padre no hablara.

Pero después de aquello, poco a poco, su madre y su padre habían vuelto a la normalidad. La querían demasiado como para no perdonarla. Sabían que ella entendía la envergadura de lo que había hecho. No la habían castigado. Así de importante había sido el tema. No había sido una cosa de niños, como cuando te castigan sin ver la tele hasta que ordenas el cuarto. En realidad, Dakota nunca había sufrido demasiados castigos o «consecuencias». Otros niños hacían montones de cosas malas todos los días de su vida. Dakota se las guardó todas e hizo una sola cosa mala enorme.

El castigo se lo impondría ella.

Había pensado en hacerse cortes. Había leído sobre ello en un libro para adolescentes para el que la bibliotecaria le había dicho que era demasiado joven, pero que había conseguido que su madre le comprara de todos modos. (Su madre le compraba todos los libros que quería). Lo hacían los adolescentes y se llamaba «autolesionarse». Se le había ocurrido probarlo, aunque odiaba la sangre con todas sus fuerzas. En un momento en que sus padres estaban ocupados delante de sus ordenadores, se había metido en el baño, había cogido una cuchilla y se había sentado en el borde de la bañera durante siglos intentando reunir el coraje suficiente para apretarla contra la piel, pero no había sido capaz de hacerlo. Era demasiado débil. Demasiado cobarde. En lugar de ello, se golpeó lo más fuerte que pudo la parte superior de los muslos con los puños cerrados. Más tarde le salieron moretones, así que fue un trabajo bien hecho. Pero luego había descubierto un castigo mejor: algo que dolía más que los cortes. Algo que afectaba a su día a día sin que nadie notara la diferencia.

Le hacía sentir menos culpable pero, al mismo tiempo, desolada. «Desolada» era la palabra más bonita para reflejar su estado de ánimo. A veces la repetía una y otra vez, como si fuera una canción: «Desolada, desolada, desolada».

Por un momento, se preguntó si Harry se sentía desolado y por eso estaba tan enfadado con todos. Recordaba que aquella tarde estaba sentada en ese mismo asiento de la ventana, leyendo. Había levantado la vista y había visto una luz en una habitación del segundo piso de la casa de Harry y se había preguntado qué estaría haciendo allí arriba, y para qué querría una casa con tantas habitaciones, si vivía solo.

Ahora Harry estaba muerto y Dakota no sentía nada al respecto, nada en absoluto.

20

El día de la barbacoa

Ahí vienen —le gritó Tiffany a Vid, que estaba en la cocina, mientras se levantaba para ir a la puerta principal y ver cómo Dakota avanzaba por el camino de entrada de la mano de las hijas de Clementine, que iban saltando a su lado envueltas en tul rosa. Mientras Tiffany las miraba, la más pequeña se cayó a cámara lenta, como suelen hacer los niños pequeños, y Dakota intentó cogerla en brazos. La niña medía aproximadamente la mitad que Dakota, así que las piernas le arrastraban y Dakota se inclinó hacia un lado, tambaleándose bajo el peso de la pequeña—. ¡Dakota sería una hermana maravillosa! —dijo Tiffany, mientras Vid aparecía en la puerta delantera con su mandil de rayas, oliendo intensamente a ajo y a limón de las gambas que estaba marinando.

—Ni se te ocurra —replicó Vid.

Hacía quince años, al declararse, mientras Tiffany todavía miraba embobada el anillo de compromiso (de Tiffany para Tiffany, por supuesto), Vid le había dicho: «Antes de que te lo pongas, quiero que hablemos de los niños, ¿vale?». Vid ya tenía tres hijas adolescentes volubles y malhumoradas y no quería tener más hijos, pero Tiffany era una mujer joven, así que seguramente, como era natural, querría tener descendencia. Vid lo entendía y se comprometió, para cerrar el trato, a tener un solo bebé. La política del hijo único. Como en China. Ni uno más. Su corazón y su cuenta bancaria no lo soportarían. Dijo que entendería que un bebé no fuera suficiente para ella, pero que para él no era negociable. Que o lo tomaba o lo dejaba. Añadió además que, si decidía irse, podía quedarse con el anillo y que él siempre la querría.

Tiffany aceptó el trato. Entonces los bebés eran lo último que tenía en mente y lo cierto era que odiaba las estrías.

Nunca se había arrepentido, salvo en ocasiones puntuales como esa, en las que sentía cierto remordimiento. Dakota habría sido una hermana mayor cariñosa y responsable, igual que las hermanas mayores de Tiffany. No le parecía bien negarle eso, sobre todo cuando Dakota nunca exigía nada salvo más libros de la biblioteca.

—A lo mejor deberíamos renegociar el trato —comentó Tiffany.

—No lo digas ni en broma —replicó Vid—. No me estoy riendo. Mira qué cara —señaló, haciendo una mueca lastimera—. Estoy muy serio. Estas cuatro bodas me llevarán a la bancarrota. Harán que me muera. Será como esa película, ¿sabes? *Cuatro bodas y un funeral.* Mi funeral —exclamó Vid, encantado consigo mismo—. Cuatro bodas y mi funeral. ¿Lo pillas? Las bodas de cuatro hijas y el funeral de Vid.

—Lo pillo, Vid —dijo su mujer, segura de que tendría que oír ese chiste durante meses, o incluso años.

Tiffany vio que Erika, Oliver, Clementine y Sam venían hacia la casa, detrás de los niños. Había algo extraño en aquella formación. Iban todos demasiado separados, como si no fueran dos parejas que se conocían bien, sino cuatro individuos que no se habían visto en la vida y que casualmente llegaban al mismo tiempo.

—¡Hola! —exclamó Erika antes de tiempo. Todavía estaba demasiado lejos y el camino de entrada era muy largo.

—¡Hola! —respondió Tiffany, mientras bajaba las escaleras para recibirlos.

A medida que se acercaban, vio que todos traían la misma sonrisa extraviada, como si acabaran de meterse en el mundo de la droga, en alguna secta o en una estafa piramidal. Tiffany se sintió ligeramente inquieta. ¿Cómo acabaría la tarde?

Vid pasó por delante de ella sin detenerse para recibir a los invitados con los brazos extendidos. «Por favor, Vid, pedazo de cacahuete. Ni que fueran parientes cercanos que volvieran de un largo viaje al extranjero».

Barney también pensó que los invitados eran parientes suyos y fue corriendo a olisquear eufórico sus zapatos, como si tuviera que olerlos a todos en el menor tiempo posible.

—¡Bienvenidos, bienvenidos! —exclamó Vid—. ¡Qué niñas tan guapas! ¡Hola! Espero que no os haya importado que enviara a Dakota a buscaros. No quería que se me pasara la carne. Barney, tranquilo, perro loco —dijo el marido de Tiffany, antes de darle dos besos a Clementine—. Creo recordar que eres amante de la buena comida, como yo, ¿verdad? ¡Los dos adoramos la buena comida! La última vez que nos vimos en casa de Erika hablamos de comida, ¿sabes?

—Ah, ¿sí? —repuso Erika con recelo, como si ella tuviera que haber dado el visto bueno a todos los temas de conversación—. No me acuerdo —añadió, mientras le daba a Tiffany un tarro lleno de frutos secos bañados en chocolate—. Espero que no seas alérgica, son frutos secos cubiertos de chocolate.

—En absoluto —respondió Tiffany—. La verdad es que me encanta —aseguró. Y no lo decía solo por ser amable. Le hacían sentir nostalgia. Su abuelo se los compraba todas las Navidades.

—¿De verdad? —inquirió Erika, no muy convencida—. Vaya, me alegro.

Esa chica era más rara que un perro verde, como diría Karen, la hermana de Tiffany.

Clementine había perdido la expresión extraviada y miraba a Vid como si fuera la solución a todos sus problemas.

—Mamá, esta es Ruby y esta es Holly. ¿Las puedo subir a mi cuarto? —le preguntó Dakota a Tiffany, con los ojos brillantes, mientras le presentaba a aquellos duendecillos de pelo enredado, que llevaban alas de hada y parecía que acababan de vaciarse encima un bote de purpurina cada una.

—Si a sus padres les parece bien —contestó Tiffany.

—Dakota es muy responsable, ¿sabéis? —comentó Vid—. Las cuidará de maravilla.

—Claro que nos parece bien —dijo Sam, antes de darle un beso en la mejilla a Tiffany y echarle un vistazo rápido de australianito bien educado a su cuerpazo: ¡Arriba, abajo y listo!—. Me alegro de volver a verte, Tiffany —aseguró con un pequeño suspiro, como si se sintiera aliviado de estar allí. Era como si él y Clementine acabaran de llegar de un funeral y estuvieran deseando aflojarse la corbata, olvidarse de la tensión, y comer y beber hasta no poder más para recordarse a sí mismos que estaban vivos. Se agachó para acariciarle las orejas a Barney y este reaccionó sin ningún tipo de dignidad, tirándose al suelo y ofreciéndole la barriga para que se la rascara, como si nunca antes le hubieran prestado atención.

—Gracias por vuestra hospitalidad —dijo Oliver, estrechando la mano de Vid antes de besar de una forma muy rara a Tiffany, como si le hubieran retado a evitar que cualquier parte de su cuerpo tocara el de ella.

—¡Pasad, pasad! —exclamó Vid, mientras hacía entrar al grupo—. Vamos a tomar algo dentro antes de salir a la barbacoa.

—Siento que las niñas estén dejando purpurina por todas partes —comentó Erika, mientras veía cómo Dakota se llevaba a las pequeñas arriba. Barney las siguió en un estado de excitación maniaca.

Tiffany vio cómo un gesto de contrariedad cruzaba la cara de Clementine, presumiblemente porque otra mujer se estuviera disculpando por algo que hacían sus hijas.

—Bah, no pasa nada.

—Les puse una mesa para que hicieran manualidades —explicó Erika—. Pero en vez de eso...

—Lo pusieron todo perdido —dijo Clementine, aunque tanto ella como Erika estaban sonriendo, como si fuera algo divertido. Tiffany creía tener muy buen ojo para la gente y para los problemas. Normalmente, su instinto daba en el clavo, pero en ese momento aquellos cuatro la tenían desconcertada. ¿Eran amigos o enemigos?—. Hemos traído champán —comentó Clementine, levantando una botella de Moët con el orgullo entusiasta de alguien que no compra Moët muy a menudo. (Vid tenía tres cajas en la bodega).

—¡Gracias! ¡No era necesario! —exclamó Vid, cogiendo la botella de champán con la mano manchada de carne, como si fuera un surtidor de gasolina—. Pero la cuestión más importante, Clementine, es si has traído el violonchelo.

—Por supuesto —respondió Clementine, dándole unas palmaditas a su bolso—. Nunca voy a ningún sitio sin él. Está aquí dentro. Tengo uno nuevo plegable, supermoderno.

Vid se quedó mirando perplejo su bolso durante una fracción de segundo y luego profirió una carcajada de entusiasmo. Tampoco era para tanto, pensó Tiffany. Vid señaló a Clementine con la botella de champán como si fuera un arma.

—¡Me has pillado! ¡Me has pillado!

«Sí, te ha pillado pero bien», pensó Tiffany, mientras iba diligentemente a buscar unas copas de champán al aparador, porque Vid estaba a punto de abrir aquella botella con su jubiloso estilo habitual.

No le importaba que Vid estuviera loco por Clementine. Tiffany lo entendía, en cierto modo hasta le gustaba, y, a juzgar por la forma en que Clementine se estaba tocando el pelo en ese momento, a ella tampoco le desagradaba en absoluto. Era solo sexo. El sexo era fácil. A quien Tiffany no entendía era a las otras tres personas que había en aquella habitación, porque cuando Vid descorchó la botella con un predecible «¡hala!» y Clementine le arrebató dos copas a Tiffany y se puso a dar saltos, riéndose, intentando pescar la espuma del champán que estaba rebosando, Oliver, Erika y Sam se quedaron mirándola con una expresión que Tiffany no habría sabido decir si era de profundo afecto o de desprecio absoluto.

21

Clementine posó el libro boca abajo sobre el regazo, en el círculo de luz que la lámpara proyectaba en el edredón. Mientras escuchaba el sonido de la lluvia, observó el lado oscuro y vacío de la cama de matrimonio.

Cuando Sam volvió de su «paseo en coche», después de que la madre de Clementine se fuera a casa («En otro momento», había dicho Pam con firmeza. «Volveremos a intentarlo en otro momento»), no hablaron sobre aquel desastre de noche. Se comportaron de forma educada y distante el uno con el otro, como compañeros de piso que no tenían por qué mantener una relación de amistad. —Hay un poco de pasta que ha sobrado en la nevera.

—Vale, puede que tome un poco.

—Yo me voy a la cama.

—Buenas noches.

—Buenas noches.

Sam se había ido a su estudio a dormir en el sofá cama que destrozaba la zona lumbar de todo el que dormía en él. («¡He dormido bien, de verdad!», aseguraban siempre sus invitados a la mañana siguiente, masajeándose discretamente la parte baja de la espalda).

Parecía que el estudio se había convertido en el nuevo cuarto de Sam. Ni siquiera fingían empezar a dormir en la misma cama, para luego uno de los dos escabullirse en plena noche, con la almohada bajo el brazo. «Ahora dormimos en habitaciones separadas». A Clementine se le revolvió el estómago al permitir que aquel pensamiento cobrara forma.

La última vez que ella y Sam habían dormido una noche entera y normal, como era debido, en su cama, sin pesadillas, sin rechinar de dientes y sin dar vueltas sin parar, había sido la noche antes de la barbacoa.

Ahora le parecía extraordinario imaginarse juntos en la cama, durmiendo toda la noche y levantándose juntos por la mañana. ¿Cómo había sido aquella extraordinaria última noche normal? No recordaba nada de ella, salvo que eran unas personas muy diferentes a las que eran ahora, solo ocho semanas después.

¿Habían practicado sexo? Probablemente no. Raras veces encontraban el momento para ello. Por eso estaban tan susceptibles aquella noche. Por el sexo.

Seguramente, la madre de Clementine esperaba que la cena de esa noche en aquel restaurante tan elegante lograra que volvieran a casa e «hicieran el amor». Si hubieran vuelto tarde a casa, si hubieran entrado por la puerta de la mano, Pam se habría escabullido rápidamente con una sonrisa y un guiño de complicidad, y habría llamado al día siguiente para decir algo terriblemente inapropiado, como: «Espero que no estuvierais demasiado cansados para hacer el amor, cariño, una vida sexual sana es fundamental para un matrimonio sano».

Y aquello habría hecho que Clementine deseara meterse los dedos en los oídos y ponerse a cantar «la, la, la», como solía hacer cuando su madre les daba charlas de educación sexual mientras las llevaba a ella y a Erika a alguna fiesta. Erika, que prácticamente tomaba notas cada vez que la madre de Clementine abría la boca, solía escuchar atentamente las charlas y hacer preguntas prácticas y específicas. «¿Cuándo se pone exactamente el condón?». «Cuando el pene del chico...». «¡LA, LA, LA!», gritaba Clementine.

Su madre siempre había sido demasiado abierta y desenfadada con el tema del sexo, como si fuera algo sano, como el aquaeróbic. Solía tener *El goce de amar* sobre la mesilla de noche, sin complejo alguno, como si fuera una bonita novela. Lo que más recordaba ella de aquel libro era la cantidad de vello que había.

Clementine quería que el sexo fuera algo sutil y secreto. Con las luces apagadas. Misterioso. Sin vello. Le vino una imagen a la cabeza de Tiffany en aquella locura de jardín, antes de que todas las lucecitas se encendieran: su reluciente camiseta blanca bajo la luz difusa. Un dulce sabor llenó la boca de Clementine. El sabor del postre de Vid. Y ahora el sabor de la vergüenza.

Dos o tres noches después de la barbacoa, Clementine había soñado que practicaba sexo en el escenario de la sala de conciertos de la Ópera con alguien que no era Sam. Holly y Ruby estaban entre el público, viendo cómo su madre practicaba sexo con otro hombre. Justo allí, en primera fila, con las piernas colgando, mientras Clementine gemía y suspiraba de la forma más depravada. Al principio simplemente observaban, concentradas y absortas, como si estuvieran viendo *Dora, la exploradora,* pero luego empezaban a llorar y Clementine les gritaba: «¡Un momento!», como si le faltara poco para acabar de lavar los platos y no para llegar al orgasmo, y entonces sus padres y los padres de Sam, los cuatro, llegaban corriendo por el pasillo de la sala de conciertos, indignados, y la madre de Clementine gritaba: «¿Cómo has podido, Clementine, cómo has podido?».

No era un sueño difícil de interpretar. En la mente de Clementine, lo que había pasado estaría para siempre ligado al sexo. A un sexo vulgar y sórdido.

Varios fragmentos de ese asqueroso sueño la habían acompañado durante días, como si fuera un recuerdo real. Tenía que estar tranquilizándose a sí misma constantemente: «No pasa nada, Clementine. Nunca has participado en un espectáculo sexual en la Ópera con tus hijas entre el público».

Aun así, le seguía pareciendo más un recuerdo que un sueño.

Los dos habían tenido pesadillas la semana después de la barbacoa. Amanecían con las sábanas enredadas y las almohadas empapadas en sudor. Los gritos de Sam la despertaban violentamente, como si alguien la cogiera por la pechera de la camisa y la obligara a incorporarse hasta quedar sentada, mientras el corazón se le salía del pecho. Entonces lo veía a él sentado a su lado, confuso y tartamudeante, e, instintivamente, su primera reacción hacia él era de pura rabia, nunca de compasión.

Sam había empezado a rechinar los dientes mientras dormía. Una melodía insoportable en un perfecto compás de tres por cuatro: clic, dos, tres; clic, dos, tres. Ella se quedaba tumbada, con los ojos abiertos en la oscuridad, contando lo que le parecían horas.

Al parecer, Clementine había empezado a hablar en sueños. Una vez se había despertado y se había encontrado a Sam inclinado sobre ella, gritando (él aseguró que no había gritado, pero sí lo había hecho): «¡Cállate, cállate, cállate!».

El que se sentía más frustrado de los dos se iba a dormir o a leer al estudio. Desde entonces, el sofá cama estaba siempre preparado. Tendrían que acabar hablando de ello. No podían seguir así para siempre, ¿no?

Pero en ese momento no quería pensar en ello. Tenía cosas más importantes de las que preocuparse. Por ejemplo, de que al día siguiente tenía que llamar a Erika y quedar con ella para tomar algo después del trabajo. Quería decirle que, por supuesto, le donaría sus óvulos. Que sería un placer, un honor.

Por alguna razón, le vino a la cabeza un recuerdo de la primera y única vez que había visto por dentro la casa donde se había criado Erika.

Hacía seis meses que eran amigas y Clementine siempre estaba invitando a Erika a casa a jugar (sobre todo por la insistencia de su madre), pero ella nunca le devolvía la invitación y Clementine, que tenía un sentido infantil de la justicia bien desarrollado, empezaba a estar harta. Era divertido ir a las casas de los demás. Normalmente, recibías atenciones especiales que no te dispensaban en tu casa. Entonces, ¿por qué Erika se comportaba de forma tan rara, misteriosa y, francamente, egoísta?

Un día en que la madre de Clementine las llevaba a un pícnic del colegio, pararon en casa de Erika para coger rápidamente algo que ella había olvidado. ¿Un sombrero? Clementine no se acordaba. Lo que sí recordaba era que había saltado del coche tras ella, para comunicarle a Erika que mamá había dicho que cogiera también algo de abrigo, porque estaba refrescando, y que se había quedado parada en el recibidor de la casa, perpleja. La puerta principal no se abría del todo. Erika debía de haberse deslizado de perfil, porque estaba bloqueada por una torre de cajas de cartón que llegaba hasta el techo.

«¡Vete! ¿Qué estás haciendo aquí?», le había gritado Erika, apareciendo de pronto en el vestíbulo con una aterradora y grotesca cara de ira. Clementine había retrocedido de un salto, pero nunca había olvidado aquella imagen del vestíbulo.

Era como si, en lugar de haber entrado en una casa de un barrio residencial, hubiera entrado en un barrio de chabolas. Había rascacielos de periódicos viejos, marañas de perchas, abrigos y zapatos, una sartén llena de collares de cuentas y montañas de voluminosas bolsas de plástico atadas. Era como si la vida de alguien hubiera explotado.

Por no hablar del olor. Olía a podrido, a moho y a descomposición.

La madre de Erika, Sylvia, era enfermera y se suponía que de las competentes. Había trabajado en una residencia de ancianos durante años, antes de jubilarse. A Clementine no le entraba en la cabeza que alguien que vivía así pudiera trabajar en la rama sanitaria, donde aspectos como la limpieza, la higiene y el orden eran fundamentales. Según Erika, que ya era capaz de hablar abiertamente del síndrome de acumulación compulsiva de su madre, no se trataba de algo tan fuera de lo normal; de hecho, era bastante común que los que lo padecían se dedicaran a la sanidad. «Dicen que tiene algo que ver con el hecho de que, al ocuparse de cuidar a otras personas, dejan de cuidar de sí mismas», le había explicado Erika. «Y de sus hijos», había añadido.

Durante años, los problemas de la madre de Erika habían sido un tema del que hablaban de refilón y con suma delicadeza, incluso cuando empezaron a echar en la tele esos programas que de repente le pusieron nombre a aquel horror: «síndrome de acumulación compulsiva». La madre de Erika tenía «síndrome de acumulación compulsiva». Era un problema. Una enfermedad. Aunque hasta que Erika no había empezado a ir a su «maravillosa psicóloga», hacía alrededor de un año, no se había atrevido a decir en voz alta «síndrome de acumulación compulsiva», ni a hablar de lo que aquello implicaba psicológicamente, de esa forma extraña, nueva y entrecortada, como si nunca en la vida hubiera sido un profundo y oscuro secreto.

¿Cómo iba a querer Clementine compartir con Erika su hogar y su vida, después de lo que había visto? Era imposible y, sin embargo, lo había hecho.

Lo mismo que ahora. No se había convertido en una buena persona. Seguía sin sentirse bien ante la idea de ayudarla a hacer realidad su mayor deseo. De hecho, seguía sintiendo la misma aversión abrumadora que había sentido cuando le habían pedido por primera vez que les donara sus óvulos, pero la diferencia era que ahora se regodeaba en esa aversión. Quería que los médicos la abrieran en canal. Quería que le quitaran una parte de ella y se la dieran a Erika. «Aquí tienes. Vamos a equilibrar la balanza».

Clementine apagó la luz y rodó hacia el centro de la cama, intentando no pensar en nada. En nada en absoluto, salvo en aquel día. En aquel supuesto «día como otro cualquiera».

22

El día de la barbacoa

Erika observó cómo Clementine intentaba rescatar el Moët que rebosaba espumeante y burbujeante de la botella, mientras Vid permanecía de pie en medio de su cocina gigante, con el champán en alto entre las manos, sonriendo tontamente como un campeón de Fórmula 1 posando para una foto.

Clementine se reía como si fuera divertidísimo, como si no importara derrochar aquel champán tan caro. No debería haber gastado tanto dinero. No era necesario aparecer en una barbacoa casera con champán francés. Ella y Sam siempre vivían por encima de sus posibilidades. ¡Como con la hipoteca de su casita húmeda y moderna! Erika y Oliver no podían creerlo cuando se enteraron de cuánto dinero habían pedido prestado. ¡Y el año anterior se habían llevado a las niñas de vacaciones a Italia! Un despropósito financiero. Habían pagado el viaje con la tarjeta de crédito, aunque las niñas habrían estado igual de contentas con un viaje de una hora en coche a la Costa Central, pero a Sam y Clementine solo les valía la Toscana.

Por eso Clementine necesitaba trabajar a jornada completa con la orquesta. Siempre estaba alterada por alguna audición que, de pronto, la hacía dudar de sí misma. Erika no podía imaginarse en un trabajo que la hiciera dudar de sus capacidades. En el mundo de Erika, o estabas cualificado para un trabajo, o no lo estabas.

Puede que Erika hubiera malinterpretado la expresión de la cara de Clementine. No era que no quisiera ayudarla donando sus óvulos, sino que en aquel momento tenía un montón de cosas en la cabeza. Deberían haber esperado a después de la audición para pedírselo. Pero aún quedaban meses para eso. Si se lo daban, estaría empezando un nuevo trabajo. Y si no, estaría desolada. Era ahora o nunca.

Tal vez nunca.

¿Le estaría afectando la pastilla que había tomado? No, claro que no. Estaba bien.

—¡Toma! —le dijo Clementine, pasándole una copa sin mirarla a los ojos.

—Yo también quiero una —pidió Oliver. Su decepción por cómo había ido la «reunión» le tiraba de las comisuras de los labios y parecía un payaso triste. Tenía tantas esperanzas puestas en ese día. «¿Crees que dirá que sí?», le había preguntado a Erika de repente la noche anterior, mientras veían la tele. Ella apenas pudo soportar el anhelo de su voz, y el miedo le hizo responder bruscamente: «¿Y yo qué sé?».

—Sí, yo también tomaré una copa —dijo Sam. Parecía que todos se estaban muriendo de sed. Erika había servido agua mineral con gas en su casa, con limón. Bebió un gran trago de champán. No le gustaba demasiado. ¿Todo el mundo fingía que le gustaba el champán?

—Bueno, sé que no es muy elegante, pero yo tomaré una cerveza —comentó Tiffany, mientras iba hacia la enorme nevera de acero inoxidable y se quedaba allí de pie, con la cadera inclinada hacia un lado. Llevaba unos vaqueros gastados, casi blancos, rotos en las rodillas (eran desgarrones plausibles, Erika casi podía perdonárselos) y una sencilla camiseta blanca. Su larga melena rubia tenía ese aspecto de recién salida de la playa que tanto les gustaba a las famosas. El mero hecho de mirar a Tiffany hacía que Erika pensara en el sexo, así que Dios sabía qué efecto estaría causando sobre los hombres. Aunque cuando miró a su propio marido, vio que Oliver estaba mirando por la ventana, con los ojos clavados en la nada, soñando con bebés. El marido perfecto. Solo le faltaba la mujer perfecta.

—Creo que yo también tomaré una cerveza, ahora que lo dices —replicó Sam, dejando la copa de champán sobre la encimera de la isla.

—Tengo un *struklji* en el horno, solo le faltan cinco minutos —dijo Vid, antes de abrir el horno y echar un vistazo dentro—. Es un pastel de queso salado muy rico. Es esloveno, una antigua receta familiar. Bueno, en realidad la he sacado de internet —confesó, soltando una carcajada—. Mi tía solía hacerlo y le pregunté a mi madre la receta, pero ella no tenía ni idea. Mi madre no cocina. Pero yo soy un gran cocinero.

—De verdad es un gran cocinero. Y muy humilde, también —declaró Tiffany, echando hacia atrás la cabeza y dándole un largo trago a la cerveza, con la espalda arqueada y el pecho hacia adelante, como una chica de un anuncio de fútbol sexista. Erika no podía apartar la vista de ella. ¿Lo hacía aposta? Era extraordinario. La mirada de Erika se cruzó con la de Clementine, y Clementine le devolvió la mirada arqueando una ceja. Erika hizo un esfuerzo para no reírse y todo lo que Erika adoraba de su amistad quedó encapsulado en ese secreto, en aquel movimiento de ceja solo para ella.

—Me encantaría tener un marido que cocinara —le comentó Clementine a Tiffany—. ¿De dónde lo has sacado?

—Eso es un secreto —respondió Tiffany, con picardía.

Ese era el tipo de conversación que Erika no entendía. ¿No era un tanto inapropiada e insinuante? Además, Clementine y Tiffany se estaban comportando con tanta familiaridad la una con la otra, que parecía que ellas dos eran las viejas amigas y que acababan de conocer a Erika.

—¡Eh, yo sí que cocino! —protestó Sam, dándole un golpecito en el hombro a Clementine.

—Ay —se quejó Clementine—. La verdad es que los dos cocinamos, pero a ninguno se nos da demasiado bien —les explicó a Tiffany y a Vid.

—¿Qué? —protestó Sam, fingiendo estar enfadado—. ¿Y mi plato estrella?

—Tu pastel de carne con puré de patatas es increíble. Delicioso. Sigues las instrucciones del paquete al pie de la letra —comentó Clementine, rodeándole la cintura con un brazo.

Lo que faltaba. No lo entendía. ¿Cómo podían estar bromeando cariñosamente después de la tensión que había habido en casa de Erika? Una tensión que ella misma había causado, pero, en serio, Clementine y Sam deberían haber estado de acuerdo en algo tan importante como si iban a tener o no un tercer hijo. Deberían haber dejado las cosas claras, deberían haberlo discutido. Para empezar, Clementine no debería haber ido por ahí pregonando que antes preferiría arrancarse los ojos, haciendo que la gente lo tomara por una información fiable.

¿Aquel despliegue de tonteo era en honor a Vid y Tiffany? Ella y Oliver no tonteaban así delante de otras parejas casadas. Oliver le hablaba de forma cariñosa pero educada a Erika en público, más bien como si fuera su tía favorita y no su mujer. Seguramente la gente creía que su matrimonio era un horror.

—Deja que te la rellene —le dijo Tiffany a Erika, levantando la botella de champán.

—Madre mía, sí que ha bajado rápido —repuso Erika, mirando desconcertada la copa vacía.

—Tal vez debería ir a echarles un ojo a las niñas —comentó Sam, levantando la vista hacia el techo—. Hay un silencio sospechoso ahí arriba.

—Tranquilo, no te preocupes, están bien con Dakota —le aseguró Vid.

—Sam se preocupa por todo —terció Clementine.

—Sí, Clementine es más despreocupada —replicó Sam—. No hace falta vigilarlas en el centro comercial, ya se encargará de eso algún guardia de seguridad.

—Sam, eso solo pasó una vez —protestó Clementine—. Le di la espalda a Holly un segundo en JB Hi-Fi —les explicó a Vid y a Tiffany, aunque Erika no recordaba haber oído nunca esa historia—, y salió corriendo para buscar un DVD de Barbie, o algo así, se desorientó y se fue de la tienda. Me dio un susto de muerte.

—¿Lo ves? Por eso no puedes despistarte —señaló Sam.

—Vale, Don Nunca He Cometido Un Error En Mi Vida —replicó Clementine torciendo la mirada.

—Nunca he cometido ese tipo de error —aseguró Sam.

—Eso no es nada. Una vez, yo perdí a Dakota en la playa —confesó Vid.

Erika y Oliver se miraron. ¿Aquellos padres estaban compitiendo para ver quién era más irresponsable e incompetente? Cuando ellos tuvieran un hijo, no lo perderían de vista nunca. Jamás. Evaluarían el riesgo de cada situación. Le prestarían toda la atención que sus propios padres no les habían prestado. Harían bien todo lo que sus padres habían hecho mal.

—Nunca en mi vida he pasado tanto miedo como ese día en la playa —dijo Tiffany—. Tenía ganas de matarlo. Para mis adentros, pensaba que si le pasaba algo a Dakota lo mataría, literalmente lo mataría, nunca se lo perdonaría.

—¡Pero ya veis, sigo vivo! Al final la encontramos. Todo acabó bien —comentó Vid—. A veces los niños se pierden. Forma parte de la vida.

«De eso nada», pensó Erika.

—De eso nada —dijo Tiffany, verbalizando los pensamientos de Erika—. No es algo inevitable.

—Estoy de acuerdo —declaró Sam, entrechocando su botella de cerveza con la de Tiffany—. Madre mía. Qué parejas tan inútiles tenemos.

—Tú y yo somos los inútiles —le dijo Vid a Clementine, haciendo que «inútiles» sonara a algo maravilloso.

—Somos despreocupados —explicó Clementine—. De todos modos, solo pasó una vez y ahora las vigilo como un halcón.

—¿Y vosotros dos qué? —les dijo Vid a Erika y Oliver, tal vez dándose cuenta de que sus vecinos estaban siendo excluidos de la conversación.

—Yo también vigilo a Erika como un halcón —respondió Oliver inesperadamente—. No la he perdido ni una sola vez.

Todo el mundo se rio, lo que hizo que Oliver se sintiera triunfante. Las respuestas ingeniosas no solían ser lo suyo. «No lo eches a perder, cielo», pensó Erika al ver que Oliver abría la boca, como preparándose para volver a hablar. «Déjalo así. No intentes volver a decir lo mismo de otra forma para conseguir hacerles reír más».

—Me refiero a los niños —insistió Vid—. ¿Planeáis tener hijos?

Se produjo una breve pausa. El ambiente se estrechó, contrayéndose, como si todo el mundo hubiera dejado de respirar.

—Vid —le reprendió Tiffany—. No puedes preguntar eso a la gente. Es personal.

—¿Qué? ¿Por qué no? ¿Qué tienen de personal los hijos? —preguntó Vid, desconcertado.

—Sí, nos gustaría tener hijos —dijo Oliver, y su cara se arrugó como un globo pinchado. Pobre Oliver. Qué poco había disfrutado de su pequeño triunfo social.

—Algún día —añadió Erika. Parecía que todos se esforzaban en no mirarla, tal y como solía hacer la gente cuando tenías comida en los dientes y no querían decírtelo, así que seguían intentando no verlo. Con la uña, se cercioró de que no le había quedado entre los dientes alguna semilla de sésamo de las galletitas saladas. Había intentado que sus palabras sonaran desenfadadas y positivas—. Algún día, pronto.

—Pues no esperéis demasiado —dijo Vid.

—¡Por el amor de Dios, Vid! —exclamó Tiffany.

Un grito desgarrador llegó desde el piso de arriba.

23

Soy Clementine.

La lluvia era tan intensa en ese momento que Erika apenas distinguía la voz de su amiga al teléfono.

—Hable más alto.

—Perdona. Soy Clementine. ¡Buenos días! ¿Cómo estás?

—Ah, hola, ¿qué tal? —respondió Erika, mientras cambiaba de oreja el teléfono móvil y lo sujetaba con el hombro para poder seguir sacando cosas de casa por el garaje para meterlas en el coche.

—¿Te apetece quedar para tomar algo después de trabajar? —le preguntó Clementine—. Hoy. U otro día.

—Hoy no voy a trabajar —dijo Erika—. Me voy a tomar el día libre. Tengo que ir a casa de mi madre.

Al llamar a la oficina, le había pedido a su secretaria que le dijera a quien preguntara por ella que se había tomado el día libre porque su madre estaba enferma, lo que, estrictamente hablando, era verdad.

Se hizo un silencio.

—Ah —repuso Clementine, cambiando el tono de voz, como solía hacer siempre que hablaban de la madre de Erika. Su discurso se volvió cauto y amable, como si estuviera hablando con un enfermo terminal—. Mamá me comentó que te había llamado anoche.

—Sí —confirmó Erika, sintiendo un pequeño estallido de ira al imaginarse a Clementine y a su madre chismorreando sobre ella, la pobre Erika, como seguramente llevaban haciendo desde que era niña—. ¿Qué tal la cena? —le preguntó a Clementine.

—Genial —respondió su amiga, lo que significaba que había sido al revés, porque si no Clementine se habría puesto a ensalzar el delicioso sabor de esto y lo otro. Vale, que no le hablara de ello si no quería. Le importaba un bledo que su matrimonio se estuviera desmoronando, que su vida perfecta últimamente ya no lo fuera tanto. Así aprendería cómo vivían los demás—. Entonces, vas a ir a casa de tu madre —dijo Clementine—. A ayudarla a limpiar.

—En la medida de lo posible —replicó Erika, cogiendo la garrafa de tres litros de desinfectante y volviéndola a posar. Pesaba demasiado para llevarla mientras intentaba hablar por teléfono. En lugar de eso, cogió las dos fregonas, cruzó la puerta que daba al garaje y encendió la luz. Su garaje estaba inmaculado. Como si fuera una sala de exposiciones para su Statesman azul impoluto.

—¿Oliver también se ha tomado el día libre? —preguntó Clementine. Sabía que Oliver siempre iba con ella. Erika recordaba cuando le había hablado a Clementine de la primera vez que Oliver la había ayudado con la casa de su madre y lo genial que había estado, limitándose a trabajar sin quejarse ni una sola vez, y cómo Clementine se emocionó y se le llenaron los ojos de lágrimas cuando lo oyó. Por alguna razón, su emoción molestó a Erika. Ella ya sabía lo afortunada que era al contar con la ayuda de Oliver, se lo agradecía y se sentía querida. Pero la reacción de Clementine la sorprendió; era como si Erika no se lo mereciera, como si él estuviera haciendo más de lo que cabría esperar de un marido.

—Oliver tampoco ha ido a trabajar, pero está enfermo —dijo Erika, abriendo el maletero del coche para meter dentro las fregonas.

—Vaya. ¿Quieres que te acompañe? —preguntó Clementine—. Podría ir contigo. Toco en una boda por la mañana, pero luego estaré libre hasta la salida del colegio.

Erika cerró los ojos. Podía apreciar un tono de esperanza y también de temor en la voz de Clementine. Pensó en ella de niña, el día en que había descubierto la forma en que Erika vivía: la dulce y pequeña Clementine, con su piel de porcelana, su mirada azul celeste y su vida agradable y limpia, de pie en la puerta de la casa de Erika, con sus grandes ojos abiertos de par en par.

—Te picarían las pulgas —respondió Erika, sin rodeos. La piel de porcelana de Clementine tenía un aspecto tan suculento que siempre se llevaba el primer picotazo de los mosquitos.

—¡Me pondré repelente! —exclamó Clementine con entusiasmo. Casi parecía que quería ir.

—No —repuso Erika—. No hace falta. Gracias. Deberías ensayar para la audición.

—Sí —dijo Clementine e hizo un sonido semejante a un suspiro—. Supongo que tienes razón.

—¿Quién se casa un miércoles por la mañana? —inquirió Erika, principalmente para cambiar de tema, pero también porque en parte no le apetecía oír lo que creía que se avecinaba—. Los invitados tienen que pedir el día libre en el trabajo.

—Gente que quiere ahorrar dinero —respondió Clementine, vagamente—. Además, es en el exterior. Obviamente, no conocían la previsión del tiempo. En fin, oye, no quería hacer esto por teléfono, pero... —Ahí venía. La oferta. Era solo cuestión de tiempo. Erika volvió a entrar y analizó la enorme botella de desinfectante—. Sé que seguramente no has querido volver a sacar el tema por lo de la barbacoa. Siento haber tardado tanto en hablar contigo —se excusó Clementine. Aquello sonaba inadecuadamente formal—. Pero no quería que pensaras que era solo porque... —Se le quebró la voz—. Y, como es lógico, Sam y yo no hemos vuelto a pensar con claridad...

—Clementine —dijo Erika—. No tienes por qué...

—Pero quiero hacerlo —la interrumpió Clementine—. Quiero donar mis óvulos. Quiero ayudarte a tener un bebé. Me encantaría ayudarte. Estoy dispuesta a activar el engranaje, ya me entiendes. —Se aclaró la garganta con timidez, como si la expresión «activar el engranaje» perteneciera a un idioma extranjero que aún no dominaba—. Me apetece hacerlo —aseguró Clementine. Erika no dijo nada. Apoyó la botella de desinfectante en la cadera, como si fuera un bebé obeso. Luego volvió tambaleándose al garaje—. Quiero que sepas que mi decisión no tiene nada que ver con lo que pasó. Habría dicho que sí de todos modos.

Erika gruñó mientras abría la puerta del copiloto del coche y dejaba el desinfectante sobre el asiento.

—Vamos, Clementine —replicó Erika, y se dio cuenta de la repentina franqueza de su voz, como si, hasta ese momento, hubiera estado hablando con una voz que no le correspondía. Su verdadera voz resonó en el garaje. Era la voz que usaba con Oliver en plena noche cuando compartían los secretos más vergonzosos de su vergonzosa niñez—. Las dos sabemos que eso es mentira.

24

El día de la barbacoa

Creo que ha sido Holly —dijo Sam, dejando la botella de cerveza—. Ya voy yo.

—Cielo santo —susurró Tiffany—. Te enseñaré dónde están.

—¡Mamá! —aulló Holly desde el piso de arriba—. ¡Mamá, mamá, mamá!

—Parece que me necesitan a mí también —dijo Clementine, claramente aliviada.

Erika también quería ir a ver si Holly estaba bien, pero con los dos progenitores allí obviamente no resultaba apropiado. Clementine consideraría que se estaba pasando de la raya y Erika se ganaría un suspiro de exasperación por parte de su amiga. Así que Erika, Oliver y Vid se quedaron solos en la cocina. Inmediatamente quedó claro que esa particular combinación social no funcionaba, aunque Vid, por supuesto, puso toda la carne en el asador.

Oliver observaba taciturno su copa de champán, mientras Vid abría la puerta del horno para vigilar lo que estaba horneando y volvía a cerrarla.

Erika miró a su alrededor, en busca de inspiración. Había un cuenco de cristal enorme en medio de la isla de la cocina, llena de pedazos de vidrio de diferentes tamaños y colores.

—Qué bonito —comentó, mientras lo acercaba hacia ella para examinar el contenido.

—Es de Tiffany —dijo Vid—. Lo llama «vidrio marino». Yo lo llamo «basura» —añadió, mientras cogía un trozo largo y ovalado de vidrio verde oscuro—. ¡Mira esto! ¡Ya le dije que era de una botella rota de Heineken! ¡Un borracho la deja en la playa y luego va ella y se trae a casa esta porquería! Pero ella no para de dar la tabarra con que están pulidos por el mar y no sé qué.

—Supongo que es un adorno bonito —dijo Erika, aunque estaba de acuerdo con él. Era un cuenco lleno de basura.

—Mi mujer tiene síndrome de acumulación —señaló Vid—. Si no fuera por mí, sería como una de esas personas que salen en la tele, ¿sabes? Esas que tienen tanta mierda que no pueden salir por la puerta.

—Tiffany no tiene síndrome de acumulación —dijo Erika.

Oliver se aclaró la garganta a modo de aviso.

—¡Claro que sí! —insistió Vid—. Deberías ver su armario. Y sus zapatos. Esta mujer es Imelda Marcos.

—Pero no tiene síndrome de acumulación —insistió Erika, evitando mirar a Oliver—. Mi madre sí que tiene síndrome de acumulación.

Oliver levantó la mano con la palma hacia abajo delante de Erika, como si quisiera impedir que un camarero le rellenara la copa, solo que en lugar de «basta de vino», quería decir «basta de confidencias». En el mundo de Oliver no se le contaba nada a nadie. La familia era algo privado. La familia era algo de lo que avergonzarse. Era lo que ambos tenían en común, salvo que Erika ya no quería seguir sintiéndose avergonzada.

—¿En serio? —inquirió Vid, con interés—. ¿Como los de los programas de la tele?

Los programas de la tele. Erika recordó la primera vez que había encendido la televisión y había visto el pasillo de su madre, allí, para que todo el mundo lo viera en todo su asqueroso esplendor, y cómo había retrocedido de un salto, con ambas manos sobre el pecho, como si le hubieran disparado. Era como una pesadilla. Algún enemigo había filmado su sucio secreto y lo había retransmitido. Su mente racional tardó unos segundos en procesar aquello. Claro que aquel no era el pasillo de su madre. Pertenecía a un anciano galés del otro lado del mundo, pero aun así Erika no podía evitar sentirse expuesta y públicamente humillada, así que apagó la tele sacudiendo enfadada el mando, como si le estuviera dando un bofetón a alguien. Nunca había visto uno de aquellos programas entero. No soportaba su lenguaje superficial y condescendiente.

—Sí, en serio —confirmó Erika—. Como los de los programas de la tele.

—Vaya —exclamó Vid.

—Tiene un apego compulsivo a los objetos inanimados —dijo Erika. Oliver suspiró—. Acumula cosas para aislarse del mundo —continuó explicando. No podía parar.

Durante gran parte de su vida había evitado analizar el «hábito» de su madre e incluso pensar demasiado en él, a no ser que fuera estrictamente necesario. Era como si su madre tuviera una obsesión no aceptada socialmente. Cuando se fue de casa, logró desvincularse aún más, pero entonces, una noche, hacía como un año, Erika había tecleado «síndrome de acumulación compulsiva» en Google y de pronto empezó a desarrollar un apetito voraz de información. Leía ensayos, artículos periodísticos e informes sobre casos prácticos, al principio con el corazón desbocado, como si estuviera haciendo algo ilegal, pero, a medida que acumulaba hechos, estadísticas y terminología como «apego compulsivo a los objetos inanimados», su corazón se fue ralentizando. No estaba sola. No era tan especial. Hasta había una página web de hijos de personas con síndrome de acumulación donde gente como Erika compartía sus historias, todas igualmente frustrantes. La infancia de Erika, que en su día le parecía única por aquel sucio secreto que la avergonzaba, no era más que una categoría, una clase, una casilla que marcar.

Fue su labor de investigación lo que la animó a pedir ayuda. «Mi madre tiene síndrome de acumulación compulsiva», le había dicho a la psicóloga en la primera sesión, nada más sentarse, de forma tan desapasionada que parecía que le estuviera diciendo al médico de cabecera que tenía una tos horrorosa. Había sido reconfortante, como si tuviera miedo a las alturas y lograra tirarse en paracaídas. Estaba hablando de ello. Iba a aprender trucos y técnicas. Iban a arreglarla, como si fuera un electrodoméstico roto. Quedaría como nueva. Adiós a la ansiedad por visitar a su madre. No más ataques de pánico cuando algún olor, palabra o pensamiento le recordara a su infancia. Iba a solucionarlo.

La euforia disminuyó un poco cuando supo que el proceso de reparación no era tan rápido o sistemático como ella esperaba, pero seguía siendo optimista y seguía creyendo que era un signo de su buena salud mental el ser capaz de hablar del problema de su madre sin tapujos. «No es un signo de salud mental», le había dicho un día Oliver, inusitadamente susceptible, cuando Erika había empezado a contarle a una anciana en la cola del supermercado por qué necesitaba comprar tantas bolsas de basura gigantes. «Más bien te hace parecer una lunática». Oliver no entendía que Erika experimentaba un extraño y asombroso placer al hablar de su madre. No pienso seguir guardando tus secretos, mamá. Se los estoy contando a esta agradable ancianita en el centro comercial y se los contaré a todo aquel que quiera escucharlos.

Vid parecía intrigado y fascinado.

—Vaya —comentó—. Simplemente, no es capaz de tirar nada, ¿no? Recuerdo uno de los programas que vi, había un viejo que guardaba periódicos. Tenía montones de ellos y yo pensé: «Tío, pero ¿qué haces? Si no los vas a leer, ¡tíralos a la basura!».

—Bueno —dijo Erika.

—¿Qué hay que tirar a la basura? —preguntó Tiffany, reapareciendo con Dakota (que parecía realmente insulsa y corriente al lado de su vibrante madre) y Holly, que parecía contentísima después de tanto grito. Iba a ser una reina del drama.

—¿Todo en orden? —se interesó Erika.

—Sí, todo bien —respondió Tiffany—. Holly se ha hecho un chichón jugando al tenis con la Wii.

—¿Te ha dado una pelota en la nariz? —le preguntó Oliver a Holly. Parecía que la forma y la expresión de su cara cambiaban cuando hablaba con los niños, como si dejara de apretar los dientes, o algo así.

—Oliver, las pelotas de tenis no son «de verdad» —le explicó Holly, mientras levantaba dos dedos de cada mano para entrecomillar las palabras «de verdad».

Oliver se dio una palmada en un lado de la cabeza.

—Qué tonto.

—La cabeza de Ruby hizo ¡pum! contra mi nariz —señaló Holly, frotándose la nariz con resentimiento al recordarlo—. Tiene la cabeza superdura.

—Ay —repuso Oliver.

—Dakota va a enseñarle a Holly la casita donde duerme Barney —anunció Tiffany.

—Quiero un perrito por mi cumpleaños —dijo Holly—. Igualito a Barney.

—¡Te regalaremos a Barney! —exclamó Vid—. Es muy travieso.

—¿De verdad? —preguntó Holly—. ¿Puedo quedármelo?

—No —respondió Dakota—. Mi padre lo dice de broma.

—Ah —dijo Holly, antes de dedicarle a Vid una mirada siniestra.

Erika pensó que podría regalarle un perrito por su cumpleaños. Le ataría un lazo rojo alrededor del cuello, Holly la abrazaría y Clementine sonreiría con indulgencia y cariño. (¿Estaba borracha? Sus pensamientos salían disparados como locos en todas direcciones).

—¡Bueno, cariño, eso ya es cosa de tus papás! —dijo Tiffany. Luego se levantó la camiseta y se rascó la barriga plana y bronceada—. Y ahora deberíamos salir todos al cenador, ¿no crees, Vid? Hace muy buen tiempo para estar dentro. ¿Está ya listo el strudel?

—¿Qué están haciendo Clementine y Sam? —preguntó Erika.

—Ruby quería que jugaran al tenis con ella en la Wii —respondió Tiffany—. En realidad aún es demasiado pequeña, pero creo que se han olvidado de Ruby y se han picado el uno con el otro.

—A Ruby hay que cambiarle el pañal —le confió Holly a Erika, agitando una mano delante de la nariz.

—Entonces necesitarán la bolsa —dijo Erika, mientras cogía la bolsa de los pañales de Clementine. Era típico de Clementine y Sam ponerse a jugar a algún videojuego en vez de cambiar a su hija. Encima que estaban de visita. A veces parecían adolescentes—. Voy a subírsela.

—Es la habitación que hay al final del pasillo —le indicó Tiffany—. ¡Cuidado con el mármol! —gritó la mujer, con un tono de voz súbitamente áspero, haciendo que Vid se volviera hacia los fogones justo cuando iba a dejar caer la bandeja caliente del horno sobre la isla de la cocina.

Erika se echó la bolsa al hombro y subió las escaleras curvas suavemente enmoquetadas. Al final de estas había un enorme rellano sin muebles, como un enorme campo de moqueta. Erika se detuvo para permitir que su «yo» de cinco años disfrutara de aquella sensación de espacio. Extendió los brazos hacia los lados. Había un enorme cuadro de un ojo en una pared, con una cama con dosel reflejada en la pupila (¡qué absurdo!), iluminado por una única lámpara de techo baja que parecía una botella de leche del revés. Era como una sala de una galería de arte moderno. ¿Cuánto tardaría su madre en echar a perder un espacio como ese con sus mierdas?

Avanzó por el pasillo hacia el murmullo de voces de la habitación del fondo. La alfombra era tan mullida que rebotaba como un astronauta. De repente perdió ligeramente el equilibrio y rozó la pared con el hombro.

—Debería habérmelo preguntado en privado —dijo Clementine, en voz baja, pero perfectamente audible—. No delante de todos. Con queso y galletitas saladas, por el amor de Dios. Con ese apestoso pedacito de queso. Fue tan raro. ¿No te pareció raro?

Erika se detuvo en seco. Estaba lo suficientemente cerca de la habitación como para ver sus sombras. Se quedó pegada a la pared, lejos de la puerta.

—Seguramente lo hizo porque nos afectaba a los cuatro.

—Supongo —convino Clementine.

—¿Quieres hacerlo? —le preguntó Sam.

—No. Claro que no quiero hacerlo. Es decir, instintivamente, esa es mi primera respuesta. Simplemente, no. No quiero hacerlo. Esto suena fatal, pero... No puedo ni imaginármelo. Me resulta casi... repulsivo. Dios, no quería decir eso, pero no pienso hacerlo.

Repulsivo.

Erika cerró los ojos. Daba igual cuánta terapia hiciera o cuántas duchas calientes largas se diera, nunca estaría lo suficientemente limpia. Seguía siendo aquella niña sucia, picada por las pulgas.

—Bueno, nadie te obliga a hacerlo —rebatió Sam—. Solo te han pedido que te lo pienses, no hace falta que te pongas así.

—¡Pero no tiene a nadie más! Solo me tiene a mí. Siempre he sido la única. No tiene más amigos. Es como si siempre necesitara un pedazo más de mí —comentó Clementine, alzando la voz.

—¡Chis! —dijo Sam.

—No pueden oírnos —respondió Clementine. Pero bajó de nuevo la voz y Erika tuvo que aguzar el oído—. Creo que me sentiría como si fuera mi bebé. Me sentiría como si se hubieran quedado con mi bebé. ¿Y si se pareciera a Holly o a Ruby?

—Eso no debería preocuparte, ya que preferirías arrancarte los ojos antes que...

—Era una broma. Erika no puede habérselo creído, no quería decir... —repuso Clementine, volviendo a subir el tono de voz.

—Sí, ya, claro. Mejor lo olvidamos y ya hablaremos de ello al llegar a casa.

—¡Papá! —exclamó Ruby, con su vocecilla—. ¡Otra vez! Venga, venga, venga.

—Ya está bien, Ruby, tenemos que bajar —dijo Clementine.

—Lo que hay que hacer es cambiarla —replicó Sam—. ¿Dónde está la bolsa de los pañales?

—¿Dónde va a estar? Abajo, no la llevo colgada de la muñeca.

—Oye, ahora no la tomes conmigo. Voy a buscarla —contestó Sam, antes de salir de la habitación y frenar en seco—. ¡Erika! —exclamó, y la forma en que retrocedió con los ojos aterrorizados y abiertos de par en par, como si ella fuera una intrusa, casi resultó graciosa.

25

Tiffany estaba buscando en el cajón de abajo de la cómoda de Dakota una chaqueta blanca de punto de Alannah Hill con diminutas perlas blancas en los hombros que, de repente, parecía justo el tipo de prenda que llevaría una madre de colegio privado a una jornada informativa «obligatoria».

Estaba segura de que aquella era la chaqueta que había sacado de la bolsa y había obligado a Dakota a ponerse para el bautizo del hijo de un primo de Vid hacía unas semanas, porque de repente había hecho frío. A Dakota le quedaba ancha en las muñecas, pero a su hija nunca le había importado demasiado lo que se ponía. Conociéndola, la habría tirado en uno de los cajones al llegar a casa. Seguramente haría falta lavarla, pero Tiffany estaba obsesionada con encontrarla, como si fuera la única solución a un problema mucho más complejo.

Sacó todo lo que había en el cajón de abajo y lo dejó en el suelo, a su lado. Había un libro escondido al fondo. Lo iba a poner en el suelo cuando vio que se trataba tan solo de medio libro. Le faltaba la cubierta y estaba partido por la mitad. Casi todas las páginas habían sido garabateadas con rabia con un rotulador negro, en algunos casos de forma tan violenta que había agujeros en el papel.

Tiffany se sentó sobre las pantorrillas y lo observó mientras respiraba con agitación. En la parte superior de la página estaba el título. *Los juegos del hambre.* ¿No era aquel el libro para el que, según su hermana Karen, Dakota aún era demasiado pequeña? «Tienes que controlar lo que lee», le había dicho Karen, en plan sargento. «¿No sabes que ese libro es muy violento?». Pero Tiffany creía que no debía censurar lo que Dakota leía. Al fin y al cabo, tampoco era pornografía. Era un libro para adolescentes. Tiffany sabía de qué iba el libro (había visto el tráiler de la película en YouTube) y hasta los cuentos de hadas eran violentos. ¡Como *Hansel y Gretel!* A Dakota siempre le habían encantado los cuentos de hadas macabros.

¿Aquel libro había tenido un impacto tan profundamente terrible sobre Dakota que había sentido la necesidad de destruirlo? Parecía que lo había mutilado sin piedad. Tiffany siguió sacando ropa y encontró el resto del libro.

Dakota adoraba sus libros y siempre los cuidaba con esmero. Su librería estaba maravillosamente ordenada. Ni siquiera doblaba las hojas. ¡Usaba marcapáginas! ¿Y ahora le había dado por romper un libro y esconderlo? No tenía sentido. Leer era su mayor placer.

Tiffany levantó la vista hacia el techo. Aunque ¿leía Dakota tanto como antes? Tenía que leer para hacer los deberes, claro, y se sentaba concienzudamente en su escritorio para hacer las tareas de clase sin que nadie se lo pidiera, sin que Tiffany la tuviera que vigilar para nada. Pero ¿y lo de leer por placer?

¿Cuándo había sido la última vez que se la había encontrado leyendo en la cama o en el asiento de la ventana? Ni se acordaba. Madre mía, ¿la habría angustiado tanto ese libro que ya no quería leer más? La negligencia de Tiffany era asombrosa.

Era una madre espantosa. Una vecina espantosa. Una mujer espantosa.

—Vid, ¿has acabado de limpiar los zapatos? —gritó —. ¡Vamos a llegar tarde! ¡Habrá muchísimo tráfico por la lluvia!

Tiffany volvió a meter todo en el cajón, libro incluido. Evidentemente, no iba a decirle nada a Dakota en ese momento, cuando estaban a punto de salir para ir a la jornada informativa.

Lo dejaría para más tarde.

26

El día de la barbacoa

Cuando Sam exclamó: «¡Erika!», Clementine se tapó la boca con la mano como para retener sus palabras y luego la bajó rápidamente como prueba de su culpa. Su estupidez e inconsciencia eran increíbles.

—¡Ay, hola! ¡Gracias! —dijo, mientras Erika entraba en la habitación y le daba la bolsa de los pañales—. ¿Cómo sabías que la necesitábamos? ¿Holly está bien?

Mientras farfullaba, rebobinó desesperadamente la conversación. ¿Cuánto habría oído Erika? ¿Un poco? ¿Todo? Dios, esperaba que la parte de la repulsión no. Aunque lo peor había sido el tono de desprecio.

La mujer siguió hablando y hablando, como si pudiera borrar de alguna forma lo que había dicho con capas de una nueva conversación.

—Dakota se la ha llevado a ver la caseta del perro, o algo así. Quiere un perrito por su cumpleaños. Ni se te ocurra regalarle uno, ¿me oyes? Es broma, sé que nunca lo harías. Esta casa es increíble, ¿verdad? ¡Seguro que hasta la caseta del perro es espectacular!

Detrás de Erika, Sam abrió los ojos de par en par y se pasó un dedo por la garganta.

—Tiffany quiere que salgamos todos al cenador —dijo Erika. Su voz sonó seca y fría, como siempre. A lo mejor no había oído nada.

—Voy a volver abajo, a ver cómo está Holly —comentó Sam—. ¿Te las apañas con Ruby?

—Claro que me las apaño con Ruby —replicó Clementine. Siempre lo hacía cuando él la dejaba con una de las niñas, o con las dos. Ni que necesitara confirmar que se acordaría de cuidar a sus propias hijas.

—¿Dónde la vas a cambiar? —preguntó Erika, mirando a su alrededor.

Aquello era lo que la gente rica llamaba una «sala multimedia». Había unos sofás de cuero delante de una pantalla exageradamente grande instalada en la pared. Sam se había vuelto loco de envidia nada más verla.

—Ay, Dios. No lo sé. En el suelo, supongo —contestó Clementine, mientras empezaba a sacar el cambiador y las toallitas—. Todo parece carísimo, ¿verdad?

—Huelo mal —dijo Ruby, e inclinó seductoramente la cabeza, como si oler mal fuera algo que mereciera un premio.

—Pues sí —repuso Clementine.

—¿A su edad Holly no iba ya al baño? —preguntó Erika, mientras Clementine cambiaba a Ruby.

—Lo hemos ido posponiendo —admitió su amiga. En otra situación le habría molestado la crítica que implicaba la pregunta de Erika, pero ahora estaba ansiosa por admitir humildemente su error, como si eso pudiera absolverla de alguna manera por las vilezas que había dicho. Santo Dios, si hasta se había quejado del tamaño del queso—. Cuando empiezas tienes que comprometerte y quedarte encerrado en casa, no puedes ir a ningún sitio. Bueno, puedes, pero es complicado... Y, bueno, ya estamos preparados, tenemos sus braguitas de niña mayor listas, ¿verdad, Ruby? Y hemos pensado que una vez que pase mi audición, la fiesta de cumpleaños de Holly y las bodas de rubí de los padres de Sam, nos pondremos con ello.

Cállate, cállate, cállate. No podía parar de hablar.

—Ya —respondió Erika, inexpresivamente. En circunstancias normales, habría tenido su propia y fastidiosa opinión sobre el tema. Desde que Ruby y Holly eran bebés, Erika leía artículos para padres con hijos de su edad y le daba consejos a Clementine sobre los momentos cruciales. Su amiga siempre había relacionado aquello con el interés obsesivo, casi enfermizo, de Erika por su vida, no con su deseo de tener hijos. Qué egocéntrica había sido.

—¡Arriba! —pidió Ruby en cuanto Clementine acabó de cambiarla. La niña levantó los brazos hacia Erika y esta la levantó y se la apoyó en la cadera—. ¡Allí! —exclamó la niña, mientras inclinaba el cuerpo hacia donde quería que fuera Erika, como si fuera a lomos de un caballo obstinado.

—Eres un bichito mandón —le dijo Erika, mientras acercaba a Ruby a la librería, donde Clementine vio una muñeca de porcelana que Ruby ansiaba tener entre sus manos—. ¡Así que eso es lo que quieres! Creo que no podemos dejar que la toques —añadió, mientras se giraba para que las manos extendidas de Ruby no pudieran coger la muñeca.

Las miradas de Erika y Clementine se encontraron por encima de la cabeza de Ruby. Erika la estaba mirando de forma un tanto desenfocada y rara, pero no parecía dolida ni enfadada. Seguramente no había oído nada. No iba a estar agazapada al lado de la puerta, espiando. No era su estilo. Había irrumpido directamente en la sala para darles la bolsa de los pañales, para dejarles en evidencia y demostrarles que ella lo habría hecho mucho mejor.

Clementine observó cómo Erika inclinaba la frente con ternura hacia Ruby y se sintió culpable por su falta de generosidad.

Pero, aun así, no podía hacer —ni haría— lo que le había pedido.

«No quiero hacerlo. No quiero hacerlo», se dijo. Clementine se inclinó para volver a guardar el cambiador en la bolsa de los pañales y se dio cuenta de que no estaba hablando mentalmente con Erika, sino con su madre: «He sido amable, he sido buena, pero ya basta, no me hagas hacer esto también».

27

liver? —dijo Erika en voz baja, por si su marido aún seguía durmiendo. Se encontraba a los pies de la cama, mirándolo. Tenía un brazo fuera de las mantas, doblado en un atractivo ángulo que permitía apreciar su espectacular tríceps. Era delgado, casi flaco, pero fuerte. (Un día, al principio de su relación, habían ido a la playa con Clementine, Sam y Holly, que todavía era un bebé, y Clementine le había susurrado a Erika: «Caray, tu nuevo novio está cuadrado», algo que había agradado a Erika más de lo que le gustaría admitir).

—¿Mmmm? —masculló Oliver, poniéndose boca arriba y abriendo los ojos.

—Me voy a casa de mi madre —dijo Erika.

Oliver bostezó, se frotó los ojos y cogió las gafas que tenía sobre la mesilla de noche. Acto seguido, observó la lluvia que caía al otro lado de la ventana.

—Deberías esperar a que pare de diluviar.

—Me pasaría el día esperando —repuso Erika, y se quedó mirando la cama y las sábanas blancas y frescas como la nieve. Oliver hacía la cama todos los días con rigurosidad hospitalaria. Le sorprendió hasta qué punto deseaba quitarse la ropa, volverse a meter en la cama con él y olvidarse de todo. No era de esas personas dormilonas—. ¿Cómo te encuentras? —le preguntó.

—Creo que podría estar mejor —respondió él, preocupado, antes de incorporarse en la cama y palparse debajo de los ojos la zona de los senos nasales—. ¡Ah, no! ¡Estoy bien! Debería haber ido a trabajar —exclamó. Cada vez que estaba enfermo y no iba a trabajar, se pasaba el rato comprobando obsesivamente su estado de salud, por si había abusado de la baja por enfermedad—. O puedo ir a ayudarte a casa de tu madre —propuso, mientras se sentaba y ponía los pies en el suelo—. Puedo cambiarlo por un día de asuntos propios.

—Necesitas descansar un día más —dijo Erika—. Y no vas a ir a casa de mi madre estando enfermo.

—La verdad es que estoy un poco mareado —confesó Oliver, aliviado—. Sí, definitivamente estoy mareado. No puedo organizar así la reunión del cierre de la auditoría. Imposible.

—No puedes organizar así la reunión del cierre de la auditoría. Vuelve a acostarte. Te haré un té y unas tostadas antes de irme.

—Eres maravillosa —dijo Oliver. Era patético lo agradecido que se sentía siempre por cualquier cuidado recibido cuando estaba enfermo. Había tenido que pedir él mismo las citas médicas desde que tenía diez años. Normal que fuera hipocondriaco. Erika tampoco había recibido demasiados cuidados, aunque su madre era enfermera. Y mucho menos cuando estaba resfriada. (Nada de caldo de pollo caliente en una bandeja, como Pam le llevaba a Clementine). Aunque las pocas veces que Erika había estado realmente enferma en su vida, su madre la había cuidado y muy bien, como si por fin le interesara.

—¿Has estado hablando con alguien por teléfono? —preguntó Oliver, cuando ella estaba a punto de salir de la habitación.

—Con Clementine —respondió Erika. Luego vaciló. No quería decirle que había dicho que sí. No quería ver cómo se sentaba de un salto en la cama, recuperando el color de las mejillas.

Oliver ni abrió los ojos.

—¿Alguna noticia?

—No —repuso Erika—. Aún no.

Necesitaba reflexionar. Luego tendría esa sesión «de emergencia» con su psicóloga. Puede que eso le aclarara las ideas. ¡Había demasiados temas que abordar! Tendría que llevar una agenda, aunque eso no era propio de una personalidad «tipo A». Aunque a Erika eso le traía sin cuidado. ¿Por qué iba a querer tener ella otro tipo de personalidad?

Mientras le preparaba a Oliver el té y las tostadas, pensó en la primera vez que la doctora le había dicho que tendría que renunciar a sus óvulos.

—Podemos pagar a una donante, ¿no? —había preguntado Erika. A ella no le importaba. De hecho, casi se sentía aliviada, porque así podría olvidarse de su temor secreto a perpetuar sus numerosas lacras genéticas. Nunca había sentido ningún tipo de placer al imaginarse a un hijo con sus ojos, su pelo o su personalidad. ¿Quién iba a querer tener aquel pelo lacio tan soso? ¿Y aquellas piernas huesudas y torcidas? ¿Y si el niño tenía síndrome de acumulación compulsiva? Le parecía perfecto que el hijo no fuera biológicamente suyo. Lo superó casi al instante.

Oliver, sin embargo, parecía realmente afligido. Aquello sí que era raro. Conmovedor, pero desconcertante. Ella sabía que la quería. De hecho, aquello había sido una de las sorpresas más maravillosas de su vida. Pero ¿tanto como para querer un hijo que se pareciera a Erika, que se comportara como Erika y que compartiera sus atributos físicos y mentales? Venga ya. Eso era ir demasiado lejos.

Además, tenían dinero. Podían comprar los óvulos de alguien. Y acabarían con aquello de una vez por todas.

Pero, al parecer, no era tan fácil.

—La verdad es que no. Aquí eso es ilegal —había respondido la doctora. Su médica era estadounidense—. Está permitido pagar a la donante los gastos médicos y una cantidad simbólica a cambio de su tiempo, pero eso es todo. No es como en mi país, donde las estudiantes universitarias donan sus óvulos por dinero. En Australia hay poquísimas donantes de óvulos —explicó la ginecóloga, mirándolos con tristeza y resignación. Era evidente que había repetido el mismo discurso un montón de veces antes—. Lo que necesitan es una donante altruista. Hay mujeres que están dispuestas a donar sus óvulos a desconocidas, pero son difíciles de encontrar. La opción más fácil y menos complicada, la que yo les recomendaría, es que buscaran a una buena amiga o pariente que pudiera ayudarles.

—Vale, perfecto. De todos modos, no queremos los óvulos de una desconocida —dijo Oliver de inmediato, y Erika pensó: «Ah, ¿no? ¿Por qué?»—. No queremos crear un bebé a partir de piezas sobrantes —añadió su marido. La médica escuchó a Oliver con una profesional cara de póquer. Al fin y al cabo, a eso se dedicaba ella: a crear bebés—. Queremos que nuestro hijo sea fruto del amor —declaró Oliver, con la voz trémula por la emoción. Erika se ruborizó, literalmente. Pero ¿de qué iba? A ella no le importaba hablar de ovulación, de ciclos menstruales y de folículos delante de la especialista en FIV, pero lo del amor era otra cosa. Eso era algo muy personal.

Oliver había sido quien había sugerido a Clementine mientras volvían a casa en coche y Erika se había negado de inmediato, instintivamente. No. Ni hablar. A Clementine no le gustaban las agujas. Clementine estaba muy ocupada intentando compaginar su familia con su trabajo. A Erika no le gustaba pedirle favores a Clementine, prefería hacerle favores a Clementine.

Pero entonces pensó en Holly y en Ruby, y de pronto se sintió abrumada por un anhelo extraordinario. Podría tener a su propia Holly o Ruby. De pronto, aquella idea abstracta sobre la que tanto había fantaseado se hizo realidad. Los preciosos ojos azules de gato de Ruby y el pelo negro de Oliver. Los labios de rubí de Holly y la nariz de Oliver. Por primera vez, desde que había empezado con el proceso de FIV, deseaba con desesperación tener un bebé. Tener a ese bebé. Lo deseaba tanto como Oliver. Casi parecía que deseaba con mucha más intensidad tener el bebé de Clementine de lo que jamás había anhelado tener el suyo propio.

La tetera empezó a hervir y Erika recordó el momento en que había recorrido aquel mullido pasillo suavemente alfombrado de la casa de Tiffany y Vid, encapsulada en aquella extraña burbuja donde nada parecía real, salvo por lo que le había oído decir claramente a Clementine: «Me resulta casi... repulsivo. Dios, no quería decir eso, pero no pienso hacerlo».

¿Por qué recordaba con tanta nitidez aquella parte del día? Habría sido mejor que las palabras de Clementine se borraran de su memoria, pero se acordaba de aquel momento de la tarde claramente, mucho mejor que de cualquier otro recuerdo normal, como si la pastilla y la primera copa de champán hubieran producido una reacción química que hubiese agudizado su memoria antes de nublarla.

Erika había oído claramente decir a Clementine: «¿Y si se pareciera a Holly o a Ruby?».

Aún después de tantas semanas, le ardían las mejillas al recordarlo. Clementine había verbalizado el secreto de Erika y sus más preciados anhelos en voz alta y con tono de desdén.

Recordó la cara de horror de Clementine cuando ella había entrado en la habitación. Le aterrorizaba que Erika la hubiera oído.

Recordó cómo se había llevado en brazos a Ruby abajo, mientras la rabia y el dolor recorrían su torrente sanguíneo como bacterias. Rabia y dolor por Oliver, que feliz e inocentemente había dado por hecho que, si le pedían a Clementine que donara sus óvulos, su bebé sería «fruto del amor». Fruto del amor. Qué despropósito.

Habían salido al absurdo patio trasero y Tiffany le había ofrecido vino, un vino buenísimo, y ella se lo había bebido más rápido de lo que jamás se había bebido una copa de vino, y cada vez que Erika veía a Clementine reírse, charlar y pasárselo en grande, ella gritaba en silencio para sus adentros: «¡Puedes quedarte tus malditos óvulos!».

Y a partir de entonces, lo que pasó exactamente aquella tarde empezó a volverse borroso, a fragmentarse y a desmigajarse.

28

El día de la barbacoa

*E*sto sí que es un patio trasero —dijo Sam.

—Es increíble —declaró Clementine.

La casa de Vid y de Tiffany era impresionante. Principalmente por las obras de arte, pero el profuso trabajo de paisajismo de aquel patio trasero, con sus surtidores tintineantes, sus fuentes y sus urnas, sus estatuas de mármol blanco y su cenador lujosamente decorado e iluminado con velas, alcanzaba un nivel de exuberancia inusitado. La fragancia de la carne asada flotaba en el aire y Clementine estaba tan encantada que tenía ganas de reírse a carcajadas, como un niño en Disneylandia. Estaba embelesada por toda aquella opulencia que tenía un punto muy hedonista y generoso, sobre todo después de haber estado en la casa rigurosamente minimalista de la pobre Erika.

Aunque, por supuesto, entendía las razones por las que Erika estaba obsesionada con el minimalismo, no era tan insensible.

—Sí, el patio trasero es de Vid. Le va la sobriedad —bromeó Tiffany, mientras le hacía un gesto a Clementine para que se sentara, le rellenaba la copa de champán y le ofrecía la bandeja con el strudel recién horneado de Vid.

Clementine se preguntó si Tiffany tendría experiencia en el sector de la hostelería. Solo le faltaba doblar un brazo detrás de la espalda mientras se inclinaba para servir las bebidas.

Desde donde Clementine estaba sentada, en el cenador alargado y bajo, podía ver a sus hijas jugando sobre un largo rectángulo de hierba que había al lado de un pabellón con columnas ornamentadas y una cúpula de hierro forjado. Le estaban lanzando una pelota de tenis al perrito. Ruby tenía la bola en aquel momento y la estaba levantando sobre la cabeza, mientras el perro, alterado y nervioso por lo que se avecinaba, permanecía sentado delante de ella, preparado para saltar.

—Tienes que decirle a Dakota que nos avise cuando se canse de cuidar a las niñas —le dijo Clementine a Tiffany, aunque esperaba que aquello no sucediera pronto.

—Se lo está pasando de maravilla con ellas —le aseguró Tiffany—. Tú relájate y disfruta de la Fontana di Trevi —añadió, mientras señalaba con la cabeza la fuente más grande y extravagante de todas, una creación monolítica similar a una tarta nupcial con ángeles alados que tenían las manos levantadas como para cantar, solo que en lugar de ello escupían por la boca enormes arcos de agua que se entrecruzaban—. Así es como la llaman mis hermanas.

—Sus hermanas se equivocan de país —comentó Vid—. Me inspiré en los jardines de Versalles, en Francia, ¿sabes? Conseguí libros y fotografías para estudiarlos. Todo esto lo he diseñado yo, ¿sabes? Yo hice los planos del pabellón, de la fuente, ¡de todo! Luego traje a unos amigos para que lo construyeran. Conozco a un montón de profesionales de la construcción. ¡Pero sus hermanas! —exclamó, mientras señalaba con el pulgar a Tiffany—. Cuando vieron el patio se echaron a reír sin parar, casi se mean encima —aseguró Vid, antes de encogerse de hombros, tranquilamente—. ¡Les dije que no era problema mío que mi arte les hiciera gracia!

—A mí me parece increíble —declaró Clementine.

—¿No hay piscina? —preguntó Sam, que se había criado chapoteando en una piscina elevada en el patio, con sus hermanos y su hermana—. Hay espacio de sobra.

El marido de Clementine echó un vistazo al patio, como si planeara rediseñarlo. Ella sabía exactamente lo que estaba pensando. A veces hablaba melancólicamente de vender la casa y mudarse a una buena propiedad como las de antes, de mil metros cuadrados, en el extrarradio, donde hubiera sitio para una piscina y un trampolín, una casucha, un corral y un huerto, un hogar donde sus hijas pudieran tener el tipo de infancia que él había tenido, aunque ya nadie tenía infancias como esa, y aunque Sam era más urbanita que ella, y le encantaba poder ir andando a los restaurantes, a los bares y coger el ferry para ir a la ciudad.

Clementine se estremeció al pensar en tener a su tercer hijo en ese sueño suyo de extrarradio. Ahora no podía parar de pensar en ello, gracias a la petición de Erika. Dios santo, puede que hasta hubiera un cuarto hijo correteando por aquel patio imaginario.

—¡No, no hay piscina! No soy fan del cloro. Es antinatural —manifestó Vid, como si hubiera algo de natural en todo aquel lustroso mármol y cemento.

—Es increíble —repitió Clementine, por si el comentario de Sam pudiera haberse interpretado como una crítica—. ¿Aquello de la esquina es un laberinto? ¿Como lugar de encuentro para los amantes?

No sabía por qué había dicho «lugar de encuentro para los amantes». Qué cosa. ¿Habría dicho aquello en voz alta alguna vez en su vida? ¿Habría sonado muy raro?

—Sí y para cazar huevos de Pascua con los primos de Dakota —dijo Tiffany.

—Las podas ornamentales deben de exigir mucha dedicación —comentó Oliver, observando las esculturas de setos.

—Tengo un amigo que se ocupa de eso, ¿sabes? —explicó Vid, mientras hacía unos movimientos gigantes con las manos, como si estuviera cortando algo, para indicar que eran otros los que se ocupaban de podar los setos.

El sol del atardecer se coló en el cenador y dibujó un arcoíris sobre la nube de agua pulverizada que salía de la fuente maravillosamente absurda. De pronto, a Clementine la invadió una sensación de optimismo. Seguro que Erika no había oído lo que ella había dicho y, aunque lo hubiera hecho, lo solucionaría, como había hecho muchas otras veces, y encontraría alguna excusa amable para explicarle por qué no podía donar sus óvulos. Una donante anónima sería más apropiada para todos los involucrados. ¡Las había! ¿No? Las mujeres se quedaban embarazadas todo el rato con óvulos donados. Al menos las famosas.

Y, en realidad, Sam no quería tener otro bebé, como tampoco quería ser un trabajador especializado, como su padre. A veces decía que necesitaba hacer algo con las manos. Tras un día frustrante en el trabajo, empezaba a divagar sobre que no estaba hecho para el mundo empresarial, pero al instante siguiente se mostraba emocionado con un anuncio de televisión que estaba rodando. Todo el mundo tenía otro tipo de vida en la recámara que podría haberle hecho feliz. Vale, Sam podría haber sido fontanero y podía haberse casado con una mujer entregada al hogar que tuviera la casa siempre perfectamente ordenada y haber tenido cinco fornidos hijos que jugaran al fútbol, pero entonces seguramente soñaría con tener un trabajo divertido en una oficina y con vivir en un barrio residencial de moda al lado del puerto con una violonchelista y dos preciosas hijas, sin ir más lejos.

Clementine probó un trocito del strudel de Vid. Sam, que ya iba por la mitad del suyo, la miró, riéndose.

—Sabía que pondrías los ojos en blanco cuando lo probaras.

—Está espectacular —dijo Clementine.

—Ya, no está mal, ¿eh? —comentó Vid—. ¿No apreciáis el regusto a algo? Es un ligero toque, ¿sabéis? Una pincelada de sabor difícil de identificar.

—Es salvia —observó Clementine.

—¡Es salvia! —exclamó Vid.

—Qué «salvia» es mi mujer —señaló Sam. Tiffany se rio y Clementine vio reflejado en el rostro de su marido el placer por haber hecho reír a la tía buena.

—No alientes los chistes malos de papá, Tiffany —advirtió Clementine.

—Lo siento —se excusó Tiffany, sonriéndole.

Clementine le devolvió la sonrisa y sus ojos se sintieron irresistiblemente atraídos por el escote de aquella mujer. Parecía sacado de un anuncio de Wonderbra. ¿Esos pechos serían de verdad? Seguramente podía permitirse lo mejor. Su amiga Emmeline lo sabría. Emmeline tenía olfato y ojo clínico para las tetas falsas. Ese glorioso canalillo tenía que ser tan poco natural como aquel patio. Tiffany se ajustó la camiseta. Dios santo, se había pasado de mirona. Clementine apartó la vista rápidamente y la volvió a dirigir a las niñas.

—Este strudel está muy bueno —dijo Oliver, con la prudencia y la educación que lo caracterizaban, mientras se limpiaba una miga de masa que tenía en la comisura de los labios.

—Sí, está delicioso —afirmó Erika.

Clementine se volvió hacia ella. Erika había arrastrado un poco la palabra «delicioso». De hecho, si se hubiera tratado de otra persona, Clementine no habría usado el verbo «arrastrar», pero Erika tenía una forma muy correcta de hablar. Siempre pronunciaba todas las vocales a la perfección. ¿Estaba su amiga un poco achispada? Si lo estaba, sería la primera vez. No soportaba la idea de perder el control. Y Oliver tampoco. Claramente, esa era una de las razones por las que se sentían atraídos el uno por el otro.

—Pues ahora que habéis pasado esta prueba, vamos con la segunda —dijo Vid.

—Esta la ganaré yo —anunció Sam—. Venga. ¿Es un juego de preguntas deportivas? ¿El limbo? El limbo se me da genial.

—Es sorprendentemente bueno bailando el limbo —comentó Clementine.

—Oh, yo también —exclamó Tiffany—. O lo era. Ya no soy tan flexible como antes.

Dicho lo cual, dejó lo que estaba bebiendo y se dobló hacia atrás hasta tal punto que se le levantó la camiseta. Luego, echó la pelvis hacia delante. ¿Era un tatuaje lo que se veía justo bajo la cinturilla de los vaqueros? Clementine se esforzó en descubrirlo. Tiffany avanzó un par de pasos, mientras tarareaba la música del limbo y se agachaba para pasar bajo un listón invisible.

Se enderezó y se puso una mano sobre la parte baja de la espalda.

—Ay. Me estoy haciendo vieja.

—Madre mía —dijo Sam, con un rastro de excitación en la voz—. Sí que serías una dura competidora. —Clementine reprimió una risilla. «Y que lo digas, cariño», pensó—. ¿Dónde están las niñas? —preguntó Sam de pronto, como volviendo a la realidad.

—Están ahí —contestó Clementine, señalando el pabellón donde Dakota y las niñas seguían jugando con el perro—. Las estoy vigilando.

—¿Haces yoga? —le preguntó Oliver a Tiffany—. Tienes mucha flexibilidad.

—Muchísima flexibilidad —señaló Sam. Clementine se echó hacia delante y le dio un discreto pellizco en la rodilla con todas sus fuerzas.

—Ay —exclamó Sam, mientras le agarraba la mano para detenerla.

—¿De qué se trata, compañero? —preguntó Oliver.

—¡Bah! ¡No es una competición de limbo! —dijo Vid—. Es una competición musical. Es mi obra favorita de música clásica. A ver, seré sincero con vosotros. No tengo ni idea de música clásica. No sé nada. ¡Soy electricista! ¡Un simple electricista! ¿Qué voy a saber yo de música clásica? Vengo de una familia de campesinos. ¡Éramos campesinos! ¡Simples campesinos!

—Ya empieza con lo de los simples campesinos —comentó Tiffany, torciendo el gesto.

—Pero me gusta la música clásica —continuó Vid, ignorándola—. Me gusta. ¡Compro CD todo el rato! ¡Sin saber lo que compro! ¡Los cojo al azar de la estantería! Ya sé que nadie sigue comprando CD, pero yo sí, y un día compré uno en el centro comercial y de camino a casa lo puse en el coche, y cuando empezó a sonar eso tuve que hacerme a un lado y parar el coche a la orilla de la carretera, porque fue como si me estuviera ahogando. La emoción me abrumaba. Y me puse a llorar, ¿sabéis? Como un niño. Apuesto a que la violonchelista sabe a qué me refiero.

—Claro —dijo Clementine.

—A ver si sabes cómo se llama, ¿vale? ¡A lo mejor ni siquiera es buena música! ¿Cómo puedo saberlo?

Se puso a trastear con el móvil. Naturalmente, el cenador tenía un sistema de sonido integrado conectado a su teléfono.

—¿Y por qué solo la violonchelista puede participar en el concurso? —quiso saber Sam. Clementine lo oyó imitar la forma de hablar de Vid sin darse cuenta siquiera de que lo estaba haciendo. Le daba muchísima vergüenza cuando hacía eso.

Se le pegaban los acentos de los camareros de los restaurantes y se convertía en indio o en chino—. ¿Qué hay del jefe de *marketing*?

—¿Y del contable? —preguntó Oliver, siguiendo la broma con torpe jovialidad.

Erika no dijo nada. Se quedó allí sentada, con los antebrazos totalmente inmóviles sobre los reposabrazos de la silla, mirando al infinito. Resultaba extraño que Erika se mantuviera al margen de una conversación como aquella. Normalmente, escuchaba las charlas intrascendentes como si luego le fueran a hacer un examen.

—¡Podéis participar todos! —gritó Vid—. Silencio.

El hombre levantó el móvil como si fuera la batuta de un director de orquesta y luego lo bajó con un dramático movimiento del brazo. Pero no pasó nada.

Empezó a maldecir, pulsando la pantalla.

—Trae —dijo Tiffany, mientras le arrebataba el teléfono para pulsar unas cuantas teclas. Inmediatamente, las exuberantes notas de apertura de *Después de un sueño* de Fauré invadieron como un torrente el cenador, con perfecta claridad.

Clementine se enderezó. Parecía imposible que, de todas las piezas musicales que podía haber seleccionado, hubiera elegido esa. Entendía perfectamente a qué se refería cuando había dicho que la emoción lo abrumaba. Ella había sentido lo mismo a los quince años, mientras estaba sentada con sus aburridos padres (su padre no paraba de dar cabezadas, a punto de quedarse dormido) en la Ópera: esa extraordinaria sensación de inmersión, como si estuviera empapada de algo exquisito.

—¡Más alto! —gritó Vid—. Hay que ponerlo alto.

Tiffany subió el volumen.

A su lado, Sam automáticamente corrigió su postura y puso su cara estoica y respetuosa de «estoy escuchando música clásica y espero que acabe pronto». Tiffany rellenó las copas, aparentemente ajena a la música, mientras Erika seguía mirando al infinito y Oliver fruncía el entrecejo, concentrado. Era posible que Oliver supiera el nombre del compositor. Era uno de esos chicos de colegio privado bien educados que sabía un montón sobre un montón de cosas, pero que no era capaz de sentir la música. Clementine y Vid eran los únicos que la sentían.

Vid miró a Clementine a los ojos, levantó la copa en un saludo secreto y le guiñó el ojo como diciendo: «Sí, lo sé».

29

*V*id estaba sentado en la mesa de hierro forjado del porche delantero con varias hojas de periódico extendidas, limpiando los zapatos del colegio de Dakota para que le dieran un aspecto elegante en la jornada informativa del Saint Anastasias. Recordó cómo solía limpiar los zapatos de sus hijas mayores cuando todas estaban estudiando. Tres pequeños pares de zapatos negros, de tamaño escalonado. Ahora sus hijas iban por ahí tambaleándose sobre puntiagudos tacones de aguja.

Esa mañana había algo que le hacía sentirse especialmente triste; no sabía exactamente qué era y eso le irritaba. Puede que tuviera algo que ver con el clima. Había oído una entrevista en la radio sobre cómo la falta de sol estaba teniendo efectos psicológicos nocivos sobre los habitantes de Sídney. Los niveles de serotonina estaban bajando y eso hacía que aumentaran los casos de depresión. Un inglés había llamado y había dicho que todo eso le parecía una memez. Que aquello no era nada y que los australianitos eran unos flojos. Que si querían ver lluvia de verdad, que fueran a Inglaterra.

Vid no se consideraba tan flojo como para que le afectara un poco de lluvia.

Oyó el sonido de un coche en la calle sin salida y levantó la vista. Era Erika, la vecina de al lado, que se iba en su Statesman azul.

Se preguntó si Erika habría visto a Clementine últimamente.

Vid metió el cepillo en el betún negro y empezó a extenderlo en círculos.

No le había contado absolutamente a nadie que había ido a ver tocar a Clementine la noche anterior. Como si aquello fuera un secreto, cuando no había razón alguna para que lo fuera. Tal vez pareciera un poco raro, pero vamos, ¿por qué iba a serlo? Estaban en un país libre. Cualquiera podía ir a verla actuar.

—¿A que sí, Barney? —le preguntó al perro, que estaba sentado a sus pies muy erguido y alerta, como si lo estuviera protegiendo de algo—. ¿A que este es un país libre?

Barney lo miró con preocupación y luego, de repente, echó a correr, como si hubiera llegado a la conclusión de que Vid ya no tenía remedio y que era mejor prestar sus servicios a algún otro miembro de la familia.

Vid abrillantó con cuidado el lateral del zapato. A las mujeres no se les daba bien limpiar zapatos. Eran demasiado impacientes y rápidas. Nunca los dejaban bien.

¿Clementine sabría abrillantar zapatos? Ojalá pudiera preguntárselo. Le gustaría oír su respuesta. ¿Seguiría siendo su amiga? ¿Por qué no le devolvía las llamadas? Solo quería saludarla, ponerse en contacto con ella. Hasta le había dejado algún mensaje, algo que no le gustaba nada hacer. Prefería que la gente viera su llamada perdida y que se la devolviera. A esas alturas tendría su número guardado en el teléfono, ¿no? Aquello le dolía mucho. Nunca nadie se había negado a devolverle las llamadas. Ni siquiera su exmujer.

Vid levantó el zapato y lo examinó, recordando la música del día anterior. Había estado extraordinaria. Arrebatadora.

Había sido una decisión impulsiva. Estaba en el embarcadero. Había quedado con un buen amigo en el café de la Ópera, pero la madre de su amigo, ya mayor, se había puesto enferma y su amigo había tenido que cancelar la cita en el último momento, así que Vid se dirigió a la Ópera, donde tuvo una larga y agradable conversación con la chica de la taquilla. Le había dicho que quería ir al concierto sinfónico y resultó que no había ningún problema, que quedaba mucho sitio libre para *Así habló Zaratustra*. Él no tenía ni idea de lo que era aquello, pero la chica le dijo que le sonaría parte de la música por *2001: Una odisea del espacio* y tenía razón, claro que le sonaba.

No esperaba que Clementine tocara. Sabía que no trabajaba en la orquesta a tiempo completo. Solo tocaba con ellos cuando la necesitaban. Era una trabajadora temporal. Además, sabía que tenía una audición para un puesto de jornada completa que anhelaba muchísimo, y Erika le había confirmado que la audición aún no había tenido lugar.

Así que sabía que la posibilidad de verla tocar era muy remota, aunque él siempre había tenido suerte. Era una persona afortunada. Algunas personas tenían suerte y otras no, y él la tenía, siempre la había tenido. (A excepción, claro, de lo que había pasado en la barbacoa, aunque aquello no había sido más que una pequeña desviación del camino de su afortunada vida). Pero la otra noche había tenido suerte, porque ella estaba allí, en medio del escenario, con un vestido largo y negro, charlando con la compañera que estaba a su lado, tan tranquila como si estuviera esperando el autobús y con aquel precioso y brillante instrumento apoyado en el hombro, como si fuera un niño pequeño cansado.

Cuando encontró su asiento, Vid entabló conversación con el hombre que estaba a su lado, que era croata, se llamaba

Ezra y estaba allí con su esposa, porque ambos eran abonados. (Ahora Vid era también abonado). Vid le dijo que nunca había ido a ver a la sinfónica, pero que le encantaba la música clásica, y que conocía a la violonchelista que estaba sentada allí mismo, y que pensaba aplaudirle muy fuerte, y Ezra le dijo que el público normalmente no aplaudía entre movimiento y movimiento, así que tendría que esperar a que aplaudiera el resto de la gente, y la mujer de Ezra, Ursula, se inclinó hacia delante y dijo: «Aplauda cuando quiera». (Vid pensaba invitar a Ezra y a Ursula a cenar en cuanto pudiera. Había guardado el número de Ezra en su móvil. Buena gente. Muy buena gente).

Había dado por hecho que ver a la sinfónica sería como ver un espectáculo cualquiera o una película, que sería con las luces apagadas. Pero las dejaron encendidas, así que no perdió de vista a Clementine ni un segundo. Hubo un momento en el que incluso le pareció que lo había mirado, pero no estaba seguro.

Ella era, claramente, la mejor intérprete de toda la orquesta. Cualquier idiota podría verlo. Le había fascinado la forma en que su mano vibraba con rapidez sobre el cuello del violonchelo, la forma en que su arco se movía al unísono con los arcos de los otros músicos, la forma en que inclinaba hacia atrás la cabeza, mostrando su cuello.

En realidad, le había fascinado toda la experiencia.

(Ezra tenía razón, nadie aplaudía cuando Vid creía que debían aplaudir. Tosían. Cada vez que la orquesta dejaba de tocar, se oía una pequeña sinfonía de toses y carraspeos. A Vid le recordaba a la iglesia).

Tuvo que irse en el intermedio porque Tiffany lo estaba esperando, pero Ezra y Ursula le dijeron que, de todos modos, la primera parte siempre era la mejor.

Mientras conducía de vuelta a casa desde la ciudad, seguía sintiendo la música, como si se hubiera tomado alguna droga alucinógena. La emoción le oprimía el pecho de tal modo que tuvo que respirar hondo hasta que aquella sensación empezó a remitir.

Quería llamarla, decirle a Clementine que era con diferencia la mejor intérprete que había en el escenario, pero entonces recordó su cara la última vez que la había visto en su patio trasero, y entendió que no querría que le recordaran aquel día. Él tampoco, pero aun así necesitaba algo. No era a ella, exactamente, en realidad no deseaba a Clementine, no sexualmente, pero le faltaba algo y tenía la sensación de que ella era la única que podía dárselo.

Un coche de policía estaba entrando en el camino de acceso de la casa de Harry cuando Vid, Tiffany y Dakota se pusieron en marcha para asistir a la jornada informativa.

—A lo mejor deberíamos parar —comentó Tiffany. «Y afrontar las consecuencias. He dejado que mi hija lea *Los juegos del hambre,* agente. No me di cuenta de que mi vecino había muerto. Creo que me he comportado de forma infame».

Vid pisó el acelerador.

—¿Qué? No —repuso su marido, mientras el Lexus ronroneaba para seguir circulando obedientemente por la calle—. Ya has hablado con la policía. Les has dicho todo lo que sabes. No hay nada más que añadir. Simplemente están acabando de redactar el informe, ¿sabes? Gastando el dinero de los contribuyentes.

—Debería haberle llevado comida a Harry —se lamentó Tiffany—. Eso es lo que una buena vecina habría hecho. ¿Por qué nunca le llevé nada de comer?

—¿Crees que es eso lo que la policía quiere preguntarte? «¿Por qué nunca le llevó comida, pésima vecina?». Podrías decirles: «Le diré por qué, señor agente: porque me la habría tirado a la cara, ¿sabe? ¡Como una tarta de nata!».

—No solo hay que ser agradable con la gente agradable —insistió Tiffany, mientras observaba las enormes casas que iban dejando atrás, construcciones bonitas y cómodas con paredes dobles de ladrillo y jardines cuidados bajo las elevadas copas de los árboles. ¿Se había convertido en una de esas personas soberbias? ¿Encantadas consigo mismas? ¿En una mujer demasiado ocupada como para preocuparse por los demás?

—¡Pues claro que solo hay que ser amable con la gente amable! —exclamó Vid, mientras miraba a Dakota por el espejo retrovisor—. ¿Me has oído, Dakota? ¡No pierdas el tiempo con gente desagradable!

Tiffany se volvió para mirar a Dakota, que iba sentada muy erguida y pálida con su actual uniforme escolar (luego la dejarían en el colegio), con el cuerpo estrujado contra el lateral del coche, como si estuviera dejando sitio para otros pasajeros. «¿Por qué has roto ese libro, Dakota?».

—Una vez mamá le llevó a Harry una quiche —comentó la niña, sin mirar a su madre—. Lo recuerdo bien. Era una quiche de champiñones.

—Ah, ¿sí? Es verdad que se la llevé, ¿no? —exclamó Tiffany, encantada de que se lo hubiera recordado. Había sido después de una fiesta de Navidad que habían dado—. Dijo que odiaba los champiñones.

Vid se rio.

—Ahí lo tienes.

—¡No era culpa suya que no le gustaran los champiñones! —lo excusó Tiffany—. Debería haberlo intentado otra vez.

—Pero fue muy grosero, ¿verdad? —dijo Vid.

Harry había sido muy grosero con lo de la quiche. Había cerrado la puerta de golpe tan rápido que Tiffany había tenido que retroceder de un salto para que no le pillara los dedos. Aun así, ella sabía que su mujer y su hijo habían muerto hacía años.

Era un hombre triste y solitario. Debería haberlo intentado con más ahínco.

—¿Tú no te sientes mal? —le preguntó a Vid—. ¿Ni un poco?

Vid se encogió de hombros. Conducía tocando apenas con los dedos la parte inferior del volante.

—Me da pena que haya muerto solo, pero ¿sabes? Lo hecho, hecho está. ¡Y, además, ese hombre le escupió a nuestra preciosa Dakota!

—No me escupió a mí —puntualizó Dakota—. Escupió en el suelo cuando me vio. Le entraron ganas de escupir al verme.

—Pues a mí me entran ganas de matarlo —replicó Vid, apretando con fuerza el volante.

—Ya está más que muerto —señaló Tiffany, mientras recordaba el hedor que le había llegado cuando Oliver había abierto la puerta. Se había dado cuenta de inmediato—. Es que siento...

—Sientes remordimientos —dijo Dakota inexpresivamente, desde el asiento de atrás.

Tiffany volvió a girarse rápidamente. Aquel era el tipo de comentario que Dakota solía hacer constantemente para poner a prueba su vocabulario y sus ideas, para intentar descifrar cómo funcionaba exactamente el mundo.

—Pues sí, siento remordimientos —reconoció Tiffany, ansiosa por charlar con Dakota, por tener con ella una de aquellas conversaciones que solían tener constantemente, en las que las observaciones poco convencionales e inteligentes de su hija la dejaban boquiabierta y maravillada, pero Dakota se limitó a seguir mirando por la ventana, con la boca cerrada, casi como si estuviera enfadada, y al cabo de un rato Tiffany se dio por vencida y miró hacia otro lado.

Vid se pasó charlando el resto del camino, hablando de un nuevo restaurante japonés que le habían mencionado unos clientes suyos y que tenía la mejor tempura de Sídney, del mundo y probablemente del universo.

—¡Hemos llegado! —dijo Vid, mientras se acercaban a unas enormes puertas de hierro—. ¡Mira tu nuevo colegio, Dakota!

Tiffany se volvió para sonreírle a su hija, pero la niña tenía los ojos cerrados y estaba dejando que la frente golpeara con bastante fuerza la ventanilla, como si estuviera muerta.

—¡Dakota! —dijo Tiffany, bruscamente.

—¿Qué? —respondió la niña, abriendo los ojos.

—¡Mira! —exclamó Tiffany, señalando con la mano a su alrededor—. ¿Qué te parece?

—Está bien —contestó Dakota.

—¿Bien? —exclamó Tiffany. «¿Bien?». Observó los campos verdes y fértiles. Los imponentes edificios. Había un pabellón polideportivo gigante a lo lejos que parecía el mismísimo Coliseo—. Si parece la puñetera Downton Abbey.

Vid bajó un poco la ventanilla.

—¿Oléis eso?

—¿Qué? —preguntó Tiffany, olisqueando. ¿Olía a algún tipo de fertilizante? ¿A hierba húmeda?

—Es el olor del dinero —declaró Vid, mientras se frotaba las yemas de los dedos unas con otras. Tenía la misma mirada de satisfacción que cuando entraba en la recepción de un opulento hotel. Para él solo era pura diversión. Él tenía dinero. Podía permitirse lo mejor. Así que compraba lo mejor y lo disfrutaba. Su relación con el dinero no podía ser menos complicada.

Tiffany pensó en su instituto: una jungla de cemento alegre y llena de grafitis situada al oeste, en la periferia. ¿Aquí las chicas fumarían «pitis» en los lavabos? A lo mejor se metían rayas de coca de primera en los baños de mármol.

Vid dejó el coche en un aparcamiento que se estaba llenando rápidamente de relucientes vehículos de lujo. Automáticamente, Tiffany miró con desprecio todos aquellos coches. Era una costumbre de la infancia. En su familia solían resoplar cuando veían a alguien rico, como si fuera algo despreciable e inmoral. Ella seguía haciéndolo, aunque su coche era igual de lujoso y aunque había sido ella quien lo había comprado con el sudor de su frente.

Aquella sensación no disminuyó mientras conducían a los padres y a sus hijas hacia un suntuoso salón de actos. El olor a perfume y colonia de buena calidad flotaba en el aire mientras los padres, de traje y corbata, y las madres, con modelitos primaverales despreocupadamente informales y sofisticados, que obviamente tenían hijas mayores en el colegio porque se conocían entre ellas, intercambiaban los típicos comentarios amistosos, familiares y pretenciosos de los ricos. «¿Qué tal en Japón?», «¡Genial! ¿Qué tal en Aspen?», «Los niños nunca habían estado en Atenas, así que...».

—¡Gemelas! —exclamó una mujer de mediana edad de cabello oscuro y rizado, mientras se sentaba al lado de Tiffany y señalaba su falda de seda de Stella McCartney, que era igual que la de ella. Además, la mujer llevaba una chaqueta blanca exactamente igual a la que Tiffany había estado buscando en la cómoda de Dakota—. Yo me la compré en las rebajas —comentó la mujer, tapándose la boca con la mano e inclinándose hacia delante—. Cuarenta por ciento de descuento.

—Cincuenta por ciento —le susurró Tiffany. Una mentira como una catedral. Ella la había comprado a precio normal, pero la vida era una competición y sabía que a las esposas no trabajadoras de los hombres ricos les encantaba hablar de cuánto habían ahorrado al comprar ropa de diseño a precio de ganga. Era su aportación a la economía doméstica.

—¡Maldición! —exclamó la mujer, y sonrió amablemente, lo que hizo que Tiffany deseara haberle dicho la verdad—. Soy Lisa —añadió—. ¿Eres nueva en el colegio?

—Mis hijastras han estudiado aquí —respondió Tiffany, mientras pensaba que sus hijastras preferirían estar muertas antes de que ella las llamara así. Habían decidido, hacía muchos años, que la mejor forma de demostrar lealtad a su madre era hacer todo lo posible para ignorar a Tiffany, y estaban en su derecho. Solían sobresaltarse cuando ella decía algo, como si el macetero hubiera intentado unirse a la conversación. Sin embargo, adoraban a Dakota, y eso era lo único que importaba.

—Mis dos hijas mayores estudian aquí —dijo Lisa—. Cara es la pequeña —añadió la mujer, señalando a una niñita que estaba sentada a su lado, balanceando las piernas y mascando chicle—. ¡Por Dios, Cara, te dije que tiraras eso antes de entrar! Qué vergüenza. Y este es mi marido, Andrew.

El marido se inclinó hacia delante para hacer un pequeño gesto con la mano a modo de saludo. Tenía cincuenta y muchos, un montón de pelo gris (seguro que estaba orgulloso de él, como Vid del suyo) y ese aire distinguido y confiado, como de estadista, que se adquiere por medio del éxito profesional en el campo de la Medicina o del Derecho.

Tenía los ojos de un peculiar avellana claro, con un anillo más oscuro alrededor del iris. A Tiffany le dio un vuelco el corazón, como si hubiera tropezado en sueños.

—Hola, Andrew —dijo.

30

El día de la barbacoa

*B*ueno, ya tenemos el estómago lleno —dijo Vid, dándose unas palmadas en la barriga.

Tiffany sabía que lo que quería decir era: «Tengo el estómago lleno y quiero fumarme un cigarrillo, como hacía antes la gente en el mundo civilizado».

—¿Alguien quiere repetir? —preguntó Tiffany—. ¿O «tripitir»? —añadió, mientras echaba un vistazo a la mesa y veía a la gente apartar sus platos con suspiros de satisfacción y murmullos de halago.

Vid, que estaba sentado en la cabecera de la mesa, se recostó en la silla y tamborileó con los dedos en el reposabrazos, como un rey observando con benevolencia a sus leales súbditos, salvo que en ese caso el rey había hecho la cena y sus súbditos lo habían elogiado hasta la saciedad: por lo tierna que estaba la carne, etcétera, etcétera. Sobre todo Clementine, que no había escatimado en halagos.

Vid y Clementine habían congeniado a las mil maravillas.

Un rato antes, se habían pasado diez minutos seguidos hablando de cebollas caramelizadas. Tiffany se había vengado hablando de fútbol con el marido de Clementine.

—De verdad te gusta el deporte, ¿no, Tiffany? —dijo Sam—. No estarás fingiendo por ser amable.

—Yo nunca finjo —aseguró Tiffany.

—¿Por qué iba a hacerlo? —terció Vid, antes de levantar las manos como para poner de relieve su maravilloso físico.

Todos se rieron, salvo Oliver y Erika, que sonrieron incómodos. Tiffany decidió que sería mejor intentar evitar las bromas arriesgadas al ver a sus vecinos lanzar miradas incisivas hacia las niñas, aunque era imposible que estas los oyeran. Dakota estaba sentada en el sillón colgante en forma de huevo que había al fondo del cenador, con una niña pequeña a cada lado, y les estaba enseñando algo en su iPad. Las niñas estaban encantadas acurrucadas contra Dakota, como las hermanas pequeñas de ensueño que nunca tendría (un trato era un trato, pero ¿cómo no arrepentirse viendo aquello?), y fascinadas con lo que fuera que ella les estuviera enseñando. Tiffany esperaba que no tuviera nada que ver con cabezas de personas explotando. Barney estaba fuera, en un rincón lejano del patio, entregado con satisfacción a algún tipo de operación ilícita de cavado de hoyos que ella estaba fingiendo no ver. De vez en cuando, el perro miraba hacia atrás para asegurarse de que no lo pillaban.

—El pobre Oliver finge que le interesan los deportes cuando está con nosotros —explicó Clementine—. Cuando Sam le pregunta si ha visto el partido de la noche anterior, Oliver no tiene ni idea de a qué se refiere.

—No me importa ver el tenis —comentó Oliver.

—Oliver hace deporte —dijo Sam—. Esa es la diferencia entre él y yo. Yo mantengo el ritmo cardiaco alto gritándole a la pantalla.

—De hecho, Oliver y Erika se conocieron en la pista de squash —reveló Clementine—. Los dos son muy deportistas.

El tono de Clementine era demasiado entusiasta, como si tuviera la necesidad de defender a la pareja, como si la acabaran de nombrar su publicista.

—¿Jugabais el uno contra el otro? —preguntó Tiffany, mientras volvía a rellenarle la copa a Erika. Tiffany nunca habría pensado que bebiera tanto, aunque tampoco era de su incumbencia. De todos modos, Erika no tenía que coger el coche para volver a casa, solo tenía que ir andando hasta la puerta de al lado.

—Trabajábamos en la misma empresa de contabilidad —dijo Erika—. Algunos de los empleados empezaron a jugar al squash los jueves por la noche y Oliver y yo nos presentamos voluntarios para hacer las tablas.

—Tenemos en común el amor hacia las hojas de cálculo —comentó Oliver, y le sonrió a Erika, como si aludiera a algún recuerdo secreto relacionado con aquello.

—Yo tampoco le hago ascos a una buena hoja de cálculo —dijo Tiffany.

—Ah, ¿no? —preguntó Clementine, girando la cabeza—. ¿Y tú para qué las usas? —añadió, poniendo un ligero énfasis en la palabra «tú».

—Para mi trabajo —respondió Tiffany, poniendo exactamente el mismo énfasis en la palabra «trabajo».

—¡Ah! —exclamó Clementine—. No sabía... ¿A qué te dedicas?

—Compro propiedades sin restaurar, las reformo y las vendo —dijo Tiffany.

—Les das una vuelta —comentó Sam.

—Sí —dijo Tiffany—. Les doy una vuelta. Como a las tortitas.

—¡No solo les da una vuelta! —declaró Vid—. ¡Es una promotora inmobiliaria de éxito!

—De eso nada —negó Tiffany—. Acabo de meterme en algo un poco más grande. Estoy haciendo un pequeño bloque de apartamentos. Seis apartamentos de dos habitaciones.

—¡Es como Donald Trump! Mi mujer está montada en el dólar. ¿Creéis que he comprado esta jodida mansión con mi dinero, y perdón por la expresión? ¿Creéis que todas las obras de arte que hay ahí dentro, todas esas obras maestras, las he comprado con mi dinero?

Santo Dios, Vid. Ya iba a soltar aquello de que él era un simple electricista.

—¡Yo solo soy un simple electricista! —exclamó el marido de Tiffany—. He dado un braguetazo.

«Un simple electricista con treinta empleados», pensó Tiffany. «Pero tú mismo, Vid. Me apuntaré yo sola el tanto de nuestro dinero».

—No son obras maestras, por cierto —puntualizó Tiffany.

—¿Y cómo os conocisteis? —preguntó Oliver, con la cortesía y educación que le caracterizaban. A Tiffany le recordaba a un cura dándoles conversación a los feligreses después de la misa del domingo.

—En una subasta inmobiliaria —contestó Tiffany, antes de que Vid pudiera hacerlo—. De un estudio en la ciudad. Mi primera inversión.

—Pero no era la primera vez que la veía —explicó Vid, con el tono ansioso de alguien que está contando su chiste verde preferido.

—Vid —le advirtió Tiffany, mirándolo a los ojos desde el otro lado de la mesa. Por Dios. No tenía remedio. Era porque le caían bien Clementine y Sam, y cuando alguien le caía muy bien sentía la necesidad de contarles aquella historia. Era como un niño grande desesperado por presumir ante sus amigos diciendo la palabra más obscena que conocía. Si solo estuvieran los vecinos, jamás lo contaría.

Vid volvió a mirar a Tiffany, contrariado. Se encogió ligeramente de hombros y levantó las manos, derrotado.

—Aunque mejor esa historia la dejamos para otro día.

—Todo esto es muy misterioso —comentó Clementine.

—¿Estabais pujando el uno contra el otro en la subasta? —preguntó Sam.

—Yo dejé de pujar cuando vi hasta qué punto le interesaba a ella —explicó Vid.

—Mentira —dijo Tiffany—. Sobrepasé su puja con todas las de la ley.

Había ganado doscientos mil dólares con aquella propiedad, en menos de seis meses. Fue su primer éxito. Su primer negocio lucrativo.

O tal vez no. Quizá el segundo.

—Pero ¿no nos podéis decir de qué os conocíais antes? —preguntó Clementine.

—Mi mujer tiene una mente inquisitiva —comentó Sam—. Lo que es la forma amable de decir que es una fisgona.

—No finjas que tú no quieres saberlo —dijo Clementine—. Él es mucho más cotilla que yo —aseguró, mirando a Tiffany—. Pero dejaré de preguntar. Lo siento. Es que estaba intrigada.

A la mierda.

—La historia es la siguiente —dijo Tiffany, bajando la voz, y todo el mundo se inclinó hacia delante.

31

$\mathcal{E}$rika se quedó en la acera bajo la intensa lluvia, delante de la casa de su infancia, con el paraguas en una mano y un cubo de productos de limpieza en la otra. Permanecía inmóvil, solo sus ojos se movían mientras calculaba con destreza la cantidad de tiempo, de trabajo, de discusiones, de súplicas, de ruegos y de tira y afloja que necesitaría.

La madre de Clementine no había exagerado cuando le había dicho por teléfono que pintaba «bastante mal». Cuando Erika era pequeña, las pertenencias de su madre nunca habían ido más allá de la puerta principal. La casa siempre tenía un aspecto lúgubre y furtivo con las persianas cerradas y el jardín sediento y marchito. Pero no era una casa que la gente se quedara mirando al pasar. Todos sus secretos estaban en el interior, más allá de la puerta principal que nunca podía abrirse del todo. Su mayor temor era que alguien llamara al timbre. La madre de Erika reaccionaba al instante, como ante el ataque de un francotirador. Tenías que agacharte para que los ojos de los espías no te vieran por la ventana. Tenías que quedarte quieta y en silencio, y esperar, con el corazón desbocado, hasta que esa persona entrometida y maleducada que osaba llamar finalmente entrara en razón y se escabullera sin ver y sin descubrir la asquerosa verdad sobre cómo vivían Erika y su madre.

Hacía pocos años que las pertenencias de su madre habían rebasado la puerta de entrada, proliferando como las setas o como las células de un virus mortal. Ante ella había un palé de ladrillos, un ventilador de pie que le hacía compañía a un maltrecho árbol de Navidad artificial de su misma altura, una montaña de abultadas bolsas de basura, infinidad de cajas de embalar sin abrir que la lluvia que estaba cayendo había mojado, convirtiendo el cartón en una pasta blanda, un montón de pósteres enmarcados que parecían salidos de la habitación de un adolescente (y que no eran de Erika), y decenas de prendas de vestir femeninas con las mangas y las perneras extendidas en ángulos terroríficos, como si acabara de producirse una masacre.

El problema era que ahora su madre tenía demasiado tiempo y demasiado dinero. Cuando Erika era pequeña, su madre trabajaba de enfermera a jornada completa y contaba también con los cheques que el padre de Erika enviaba de vez en cuando desde su nuevo hogar en Reino Unido, donde vivía con su familia de repuesto, una versión mejorada de la anterior. Así que, aunque no les faltaba dinero, la cantidad de cosas nuevas que su madre podía acumular tenía un límite, aunque Sylvia lo exprimía al máximo. Sin embargo, cuando la abuela de Erika murió y su madre heredó una importante suma de dinero, su síndrome de acumulación compulsiva recibió un considerable empujón financiero. Gracias, abuela.

Y claro, además ahora existían también las compras por internet. Su madre había aprendido a usar el ordenador y lo tenía siempre conectado y a mano, y como Erika le había domiciliado todos los pagos, nunca le cortaban la luz como cuando Erika era pequeña y las facturas de papel se perdían en el abismo.

Si el jardín delantero estaba así, el interior de la casa debía de ser algo monstruoso. Se le aceleró el corazón. Era como si recayera únicamente sobre ella la responsabilidad de rescatar a alguien, y para hacerlo tuviera que levantar algo disparatada e inusitadamente pesado, como un tren o un edificio. Era imposible hacerlo. Sobre todo sola. Con aquella lluvia. Y sin Oliver a su lado, una persona metódica e impasible, resolutiva y que le hablaba a su madre con aquella voz sensata de «vamos a ponernos manos a la obra».

Oliver no se tomaba cada objeto como algo personal, como hacía Erika. Para ella, cada trasto era algo que su madre prefería antes que a ella. Su madre amaba más un objeto cutre cualquiera que a su propia hija. Tenía que ser así, porque peleaba por ellos, gritaba por ellos y estaba completamente dispuesta a enterrar a su única hija en ellos, así que, cada vez que Erika cogía alguna cosa, lo hacía con un grito mudo de desesperación: «¡Prefieres esto antes que a mí!». Debería haber esperado a que Oliver estuviera mejor. O, como mínimo, debería haberse tomado la medicación para la ansiedad. Para eso le habían recetado las pastillas, para que le ayudaran a superar exactamente ese tipo de momentos. Pero no había vuelto a tomar ninguna desde el día de la barbacoa. Ni siquiera había mirado la caja. No podía arriesgarse a volver a tener más lagunas mentales aterradoras.

—¡Erika! ¡Qué alegría verte! ¡Vaya, siento haberte asustado!

Era la vecina de su madre. Vivía allí desde hacía cinco años. La madre de Erika había adorado a aquella mujer durante mucho tiempo, o al menos lo que en su caso podía considerarse mucho tiempo, tal vez seis meses, antes de que su vecina, como era de prever, cometiera algún pecado y pasara de ser «una persona realmente extraordinaria» a ser «esa mujer».

—Hola —dijo Erika. No recordaba el nombre de la vecina. No quería recordar su nombre. Eso no haría más que aumentar su sentido de la responsabilidad.

—Hace un tiempo horrible —comentó la mujer—. ¡Llueve a cántaros!

¿Por qué la gente sentía la necesidad de hablar de la lluvia cuando no tenían absolutamente nada valioso que añadir a una conversación?

—Literalmente a cántaros —contestó Erika—. ¡Caen chuzos de punta!

—Pues sí. Aun así, me alegro de verte —dijo la mujer. Sostenía con fuerza un pequeño paraguas transparente de niño sobre la cabeza. El resto de su cuerpo se estaba mojando. La vecina miró afligida hacia el jardín de la madre de Erika—. Solo quería decirte que vamos a poner la casa en venta.

—Ah —dijo Erika, y le crujió la mandíbula mientras apretaba las muelas. Sería mucho más fácil si fuera uno de esos vecinos horribles, como la pareja que tenía el cartel de «Jesús te ama» en la ventana, que se quejaba periódicamente del estado de la casa de Sylvia al Departamento de Servicios Comunitarios, o los arrogantes del otro lado de la calle, que la amenazaban legalmente y con agresividad. Aquella mujer era muy agradable y nada beligerante. Michelle. Mierda. Había recordado su nombre sin querer.

Michelle juntó las manos como para rezar.

—Sé que tu madre tiene... dificultades. Por favor, quiero que sepas que lo entiendo, tengo un familiar cercano con problemas mentales, bueno, espero no haberte ofendido, pero es que...

Erika respiró hondo.

—No pasa nada —repuso—. Lo entiendo. Me está diciendo que el estado de la casa de mi madre disminuirá el valor de su propiedad.

—Puede que en cien mil dólares —declaró Michelle, suplicante—. Eso dice el agente.

El agente estaba siendo conservador. Por los cálculos de Erika, la pérdida podría ser mucho mayor. Nadie quiere comprar una casa en un agradable barrio de clase media al lado de un basurero.

—Lo solucionaré —le aseguró Erika.

«Tú no eres responsable de las condiciones de vida de tus padres». Eso les decían a los hijos de los acumuladores compulsivos, pero ¿cómo no iba a sentirse responsable cuando era la única esperanza de aquella pobre mujer? El balance financiero de una persona dependía del progreso de Erika, y ella se tomaba muy en serio los balances financieros. Claro que era la responsable. Vio que una de las persianas de la ventana de su madre se movía. Debía de estar allí dentro, espiando, murmurando para sus adentros.

—Sé que es duro —manifestó Michelle—. Sé que es una enfermedad. Lo he visto en los programas de la tele.

Por el amor de Dios. En los programas de la tele. Siempre con los programas de la tele. Todo el mundo era un experto después de media hora de televisión meticulosamente empaquetada: el drama de la basura asquerosa, el consejero inteligente, la limpieza, la feliz protagonista viendo el suelo de su casa por primera vez en años, ¡y listo! Todos acababan viviendo felices y comiendo perdices, cuando en realidad limpiar la basura no curaba la enfermedad: únicamente aliviaba los síntomas.

Hacía unos años, Erika todavía tenía la esperanza de que su madre se curara. Solo tenía que lograr que fuera a ver a un profesional. Para eso estaba la medicación. Para eso estaba la terapia cognitiva conductual. Y el psicoanálisis. Ojalá Sylvia pudiera hablar con alguien del día en que el padre de Erika se había marchado y de cómo aquello había desencadenado algún tipo de locura latente. Sylvia siempre había sido una compradora compulsiva con una personalidad radiante, maravillosa y chiflada, todo un personaje, una juerguista, pero había vivido en la cara sana de la locura hasta el día en que leyó aquella notita en la nevera con tres palabras escritas: «Lo siento, Sylvia». De Erika no decía nada. Para él nunca había sido particularmente importante. Entonces fue cuando todo empezó. Ese mismo día Sylvia se había ido de compras y había vuelto a casa cargada de bolsas. En Navidad, la alfombra morada de flores de la sala ya había desaparecido bajo la primera capa de cosas y Erika no había vuelto a verla jamás. A veces atisbaba el borde de uno de los pétalos y era como toparse con una antigua reliquia. Y pensar que una vez había vivido en una casa normal.

Ahora aceptaba que no tenía cura. Aquello no acabaría hasta el día en que Sylvia muriera. Mientras tanto, Erika seguiría luchando contra los síntomas.

—Tengo que... —dijo Erika, señalando la casa con las fregonas.

—Cuando nos mudamos, me llevaba bien con tu madre —comentó Michelle—. Pero luego fue como si la hubiera ofendido. Nunca supe exactamente qué había hecho.

—No es culpa suya —contestó Erika—. Es cosa de mi madre. Forma parte de su enfermedad.

—Ya —repuso Michelle—. Bueno..., gracias —añadió, disculpándose con una sonrisa y agitando los dedos para decirle adiós a Erika, derrochando amabilidad, por la cuenta que le traía.

En cuanto Erika llegó al porche de su madre, la puerta principal se abrió.

—¡Rápido, entra! —exclamó su madre con ojos desorbitados, como si las estuvieran atacando—. ¿Para qué has hablado con ella?

Erika se puso de lado para entrar. A veces, cuando iba a casa de otras personas, automáticamente se ponía de lado para entrar por la puerta principal, como si se le olvidara que las puertas de la mayoría de la gente se abrían de par en par.

Fue avanzando centímetro a centímetro entre las torres de revistas, libros y periódicos, entre las cajas de cartón abiertas llenas de trastos inservibles, la estantería llena de piezas de vajillas, la lavadora desenchufada con la tapa levantada, las omnipresentes y orondas bolsas de plástico llenas de basura, los cachivaches, los jarrones, los zapatos y las escobas. Siempre le había resultado irónico lo de las escobas, porque no había ningún suelo que barrer.

—¿Qué haces aquí? —le preguntó su madre—. Creía que esto iba en contra de las «normas» —añadió la mujer, entrecomillando con los dedos la palabra «normas». Erika se acordó de Holly.

—Mamá, ¿qué llevas puesto? —preguntó Erika, con un suspiro. No sabía si reír o llorar.

Su madre llevaba un vestido azul estilo años veinte con lentejuelas que parecía recién estrenado, demasiado grande para su delgada figura, y una banda con plumas en la cabeza que le caía sobre la frente, de manera que tenía que levantar la barbilla para evitar que le tapara los ojos. Posaba como una estrella en la alfombra roja, con una mano en la cadera inclinada hacia un lado.

—¿A que es precioso? Lo he comprado por internet. Estarías orgullosa de mí, ¡estaba de oferta! Me han invitado a una fiesta. ¡A una fiesta de *El gran Gatsby!*

—¿Qué fiesta es esa? —preguntó Erika, mientras iba por el pasillo hacia el salón, estudiando la casa. No estaba peor de lo habitual. Los riesgos habituales de incendio por todas partes, pero nada olía a podredumbre ni a putrefacción. ¿Y si se concentraba en el jardín delantero, si la lluvia amainaba?

—Es una fiesta de sesenta cumpleaños —respondió su madre—. ¡Estoy deseando ir! ¿Cómo estás, cariño? Tienes mala cara. No deberías haber venido con todo el equipo, como si yo fuera un trabajo que tuvieras que hacer.

—Eres un trabajo que tengo que hacer —replicó Erika.

—No digas tonterías. Mejor charlamos un rato y me cuentas cómo te va la vida. De haber sabido que ibas a venir habría horneado un bizcocho de ese libro de recetas nuevo, del que te estaba hablando el otro día cuando te pusiste a refunfuñar...

—Sí, pero ¿quién cumple sesenta años? —preguntó Erika. Era muy raro que hubieran invitado a su madre a una fiesta. Desde que se había jubilado y ya no trabajaba en la residencia de ancianos, había perdido el contacto con sus amigos, hasta con los más constantes y pacientes, o ella misma los había apartado. Su madre no acumulaba amigos.

Erika entró en la cocina y se le cayó el alma a los pies. El jardín delantero iba a tener que esperar. Tendría que dedicarse a la cocina. Había platos de papel sobre los fogones. Recipientes de comida con restos mohosos. No le tocaba volver hasta dentro de dos semanas y de no haber sido por el problema con el jardín delantero no habría visto aquello, pero ahora que lo había visto era imposible irse sin más. Era un riesgo para la salud. Una afrenta a la decencia humana. Erika posó los cubos y sacó el paquete de guantes desechables.

—Felicity Hogan va a cumplir sesenta años —contestó su madre con un suspiro, abriendo ligeramente las fosas nasales al decir «Felicity», como si Erika le estuviera quitando la ilusión por la fiesta al recordarle quién era la anfitriona—. Hala, ya te estás poniendo los guantes, como si fueras a operar a alguien.

—Mamá —dijo Erika—, Felicity cumplió sesenta el año pasado. No, hace dos, en realidad. Y no fuiste a la fiesta. Recuerdo que dijiste que era una horterada hacer una fiesta temática sobre *El gran Gatsby*.

—¿Qué? —exclamó su madre, desilusionada. Luego se subió la banda de la frente, que le levantó el pelo alrededor, dándole un aspecto de jugador de tenis trastornado—. ¡Te crees muy lista, pero te equivocas, Erika! —gritó su madre, con una voz estridente teñida de decepción. Aquella aspereza siempre estaba allí, bajo la esponjosa manta del amor maternal—. ¡Te enseñaré la invitación! ¿Por qué iba a tener una invitación de una fiesta de hace dos años? A ver, contéstame, listilla.

Erika rio amargamente.

—¿Me tomas el pelo? ¿Lo dices en serio? ¡Porque tú nunca tiras nada, mamá!

Su madre rompió la banda de la cabeza y la tiró al suelo. Su tono de voz cambió.

—Soy consciente de que tengo un problema, Erika, ¿crees que no lo sé? No soy tonta. ¿Crees que no me gustaría tener una casa más grande y más bonita con suficiente espacio de almacenaje, armarios para la ropa blanca y todo eso, para poder acabar con esto? Si tu padre no nos hubiera abandonado, podría haberme quedado aquí todo el día haciendo de ama de casa como Pam, la madre de tu querida Clementine, doña Madre Perfecta, con su marido rico y su casa ideal.

—Pam también trabajaba —replicó Erika, mientras cogía una de las bolsas de basura del rollo y empezaba a tirar recipientes de plástico dentro—. Era asistente social, ¿no te acuerdas?

—Asistente social a media jornada. Claro que me acuerdo. ¿Cómo iba a olvidarlo? Tú eras su pequeño proyecto social fuera del trabajo. Le obligó a Clementine a ser tu amiga. Seguro que le daba una pegatinita de una estrella dorada cada vez que ibas a jugar con ella.

Aquello ni siquiera le dolió. ¿Creía acaso su madre que estaba haciendo la gran revelación del siglo?

—Sí —dijo Erika—. Pam sabía que mi situación en casa no era la ideal.

—¿Que tu situación en casa no era «la ideal»? No te pongas melodramática. ¡Lo hice lo mejor que pude! ¡Tenías comida para alimentarte y ropa para vestirte!

—Estuvimos un año sin agua caliente —dijo Erika—. No porque no pudiéramos pagarla, sino porque te daba demasiada vergüenza que alguien entrara aquí para arreglar el calentador.

—¡No me daba vergüenza! —gritó su madre con tal fuerza que se le marcaron los tendones del cuello y la cara se le puso roja como un tomate.

—Pues debería —respondió Erika, con calma. En momentos como aquel se sentía siniestramente tranquila. Pero al cabo de unas horas, o incluso de varios días, cuando estaba sola, en el coche o en la ducha, de repente se encontraba gritándole alguna respuesta.

—Admito que a veces estaba un poquito paranoica por si te apartaban de mi lado —dijo su madre, parpadeando lastimera mientras miraba a Erika—. Siempre creí que a Pam se le metería en esa cabeza de santurrona e izquierdista denunciarme al Departamento de Servicios Sociales por no sacar brillo a los rodapiés, o algo así.

—¿Sacar brillo a los rodapiés? ¿Cuándo has visto tú los rodapiés de esta casa? —exclamó Erika.

Su madre se rio alegremente como si todo aquello fuera divertidísimo. Era una risa preciosa, como la de una niña en un baile.

(La primera vez que Oliver había sido testigo de la extraordinaria capacidad de la madre de Erika para cambiar de estado de ánimo, como si encendiera y apagara un interruptor, le había preguntado a su mujer si era bipolar. Pero Erika le había dicho que sospechaba que la gente con trastornos bipolares no tenía capacidad de decisión sobre su estado de ánimo. Su madre estaba loca, claro que lo estaba, pero elegía cuidadosamente cuándo y cómo estarlo).

—Había ratas —dijo Erika—. A nadie le preocupaba si los rodapiés estaban limpios.

—¿Ratas? —exclamó su madre—. Venga ya. Aquí nunca ha habido ratas. Puede que algún ratón. Un ratoncito pequeñito.

Sí que había ratas. O algún tipo de roedor, eso daba igual. Se morían y el hedor era terrible, insoportable, pero no lograban encontrarlos entre las montañas de cosas que atiborraban las habitaciones. No podían hacer otra cosa que esperar. El hedor alcanzaba su punto máximo y luego, finalmente, se iba. Solo que nunca desaparecía del todo. Aquel hedor se filtraba dentro de Erika.

—Y el padre de Clementine no era rico —le dijo a su madre—. Era un padre normal con un trabajo normal.

—Tenía algo que ver con la construcción, ¿no? —comentó Sylvia, con el locuaz encanto de una invitada en un cóctel.

—Trabajaba para una empresa de ingeniería —contestó Erika. En realidad no tenía muy claro cuál era la labor del padre de Clementine en su trabajo. Ya estaba jubilado y al parecer le había dado por la cocina francesa y lo hacía muy bien.

Una vez, cuando Erika tenía catorce años y su madre estaba trabajando, el padre de Clementine la había llevado a casa y había instalado una cerradura en la puerta de su cuarto para que su madre no pudiera meter cosas dentro. Había sido idea suya. No había dicho ni una sola palabra sobre el estado de la casa de Erika. Al terminar el trabajo, había cogido la caja de herramientas, le había entregado la preciosa llave y le había puesto fugazmente una mano en el hombro. Su silencio había sido toda una revelación para Erika, que se había criado rodeada no solo de objetos físicos, sino de palabras: de un turbulento aluvión de palabras crueles, amables, cariñosas y estridentes.

Aquella era la experiencia que tenía Erika de la paternidad: el peso sólido y silencioso de la mano del padre de otra persona sobre su hombro. Oliver sería un padre de esos. Demostraría su amor con actos sencillos y prácticos, no con palabras.

—Bueno, puede que no fuera rico, pero Pam tampoco era madre soltera, ¿verdad? ¡Tenía ayuda! Yo no tenía ayuda. Estaba sola. Tú no tienes ni idea. ¡Ya verás cuando tengas hijos!

Erika siguió llenando mecánicamente la bolsa de basura, pero sintió que un silencio alarmante se cernía sobre ella, como si fuera un animal y notara la presencia de un depredador. Hacía años, cuando le había dicho a su madre que no pensaba tener hijos nunca, su madre había respondido con frívola crueldad: «La verdad es que no te veo como madre».

Por supuesto, no le había hablado de sus esfuerzos por quedarse embarazada. Ni se le había pasado por la cabeza.

—Ay, es verdad, tú no piensas tener hijos, ¿no? —Su madre le lanzó una mirada triunfante—. ¡No quieres tener hijos porque estás demasiado ocupada con tu importante trabajo! He tenido mala suerte. Nunca seré abuela. —Fue como si aquel pensamiento se le acabara de ocurrir y, ya que había sucedido, necesitaba regodearse en aquella tremenda injusticia—. Me toca aguantarme, ¿no? Todo el mundo tiene nietos, pero yo no, mi hija es una mujer trabajadora tan importante y tiene un trabajo tan importante en la ciudad que... ¡Eh! ¿Qué estás haciendo? ¡No tires eso! —gritó su madre, agarrándola del brazo.

—¿Qué? —preguntó Erika, y miró la basura que tenía en la mano enguantada. Una piel de plátano, un sándwich de atún a medio comer y una servilleta de papel mojada.

Su madre le quitó un pedacito de papel lleno de grasa de la mano.

—¡Esto de aquí! ¡Había escrito algo importante! Era el nombre de un libro, creo, o tal vez de un DVD. Estaba escuchando la radio y lo apunté —explicó la mujer, acercando el papel a la luz para examinarlo—. ¡Mira lo que has hecho, ahora no puedo leerlo! —se quejó. Erika no dijo nada. Había adoptado la estrategia de la resistencia pasiva. No había vuelto a discutir con ella desde el día en que se había visto envuelta en un tira y afloja de diez minutos por una raqueta de tenis que tenía las cuerdas rotas, mientras su madre gritaba que iba a venderla en eBay. Al final perdió, claro. La raqueta de tenis se quedó y nunca se puso a la venta en eBay. Su madre no tenía ni idea de cómo poner algo en venta en eBay. Sylvia blandió el trozo de papel, mirándola—. ¡Eres una sabelotodo, llegas aquí avasallando y empiezas a trastear con mis cosas, creyendo que me haces un gran favor, pero no haces más que empeorarlo todo! ¡Menos mal que no quieres tener hijos! ¡Les tirarías todos los juguetes! ¡Cogerías sus preciadas cositas y las tirarías a la basura! ¡Serías una madre maravillosa!

Erika le dio la espalda. Levantó la abultada bolsa de basura por los extremos y la golpeó contra el suelo. Ató los extremos con un nudo doble y llevó la bolsa a la puerta de atrás.

Le vino a la cabeza la llamada de Clementine: «Quiero ayudarte a tener un bebé». Aquel extraño tono de voz. La cuestión era que ahora Clementine de verdad quería ayudarla a tener un bebé. A eso se debía su tono de voz poco habitual. Deseaba hacerlo con todas sus fuerzas. Aquella era su oportunidad para redimirse al instante. Pensó en cómo la esperanza transformaría la cara de Oliver cuando se lo contara. ¿Debía aceptar la caridad de Clementine, aunque se la ofreciera por la razón equivocada? ¿El fin justificaba los medios, y todo ese rollo?

¿Y ella? ¿Aún quería tener un hijo?

Erika cambió la bolsa de basura a la mano izquierda para poder abrir la puerta de atrás, y en ese momento la bolsa se rompió y dejó caer su contenido en un aluvión denso, interminable e inexorable.

Su madre se dio una palmada en la rodilla y empezó a desternillarse con su bonita risa.

32

El día de la barbacoa

akota miró hacia la mesa donde estaban sentados los mayores y vio que su madre deslizaba los ojos hacia ella antes de inclinarse hacia delante, como si fuera a compartir un secreto.

Holly y Ruby estaban incrustadas en la silla colgante en forma de huevo, una a cada lado de ella, mientras les enseñaba la aplicación de *Duck Song Game.* A las dos les encantaba. Las niñas eran monísimas y le caían muy bien, pero ya estaba un poco harta de ellas. Le apetecía volver a su habitación para seguir leyendo.

Ahora los mayores emitían risitas nerviosas y habían bajado la voz, como si fueran adolescentes contando chistes verdes. A Dakota aquello le molestaba muchísimo.

Solían hacerlo de vez en cuando. Ella había logrado captar los fragmentos suficientes como para saber que aquella tontería tan vulgar tenía que ver con cómo sus padres se habían conocido, aunque cuando ella se lo preguntaba siempre le decían que pujando los dos por la misma casa, y luego intercambiaban unas miradas centelleantes que creían que ella era demasiado estúpida para captar.

Sus hermanastras mayores decían que conocían el secreto, que su padre había tenido una aventura con su madre cuando aún estaba casado con Angelina. Angelina era la primera mujer de su padre y a Dakota le resultaba muy difícil, casi imposible, imaginarse aquello, aunque tenía una imaginación excelente.

Además, su madre le había dicho que no había tenido ningún tipo de aventura con su padre cuando este aún estaba casado con otra y Dakota la había creído.

Era frustrante que ella no le contara el secreto, porque Dakota era lo suficientemente mayor como para gestionar lo que quiera que fuera. Vale, era cierto que nunca había visto una película para adultos, pero veía las noticias y oía hablar de sexo, de asesinatos, del ISIS y de los pedófilos. ¿De qué otra cosa importante podría tratarse?

Además, resultaba obvio que ella era mucho más madura que sus padres en lo que se refería al sexo. Había habido una charla de educación sexual en el colegio a la que los padres también habían tenido que asistir, y la mujer que daba la charla había dicho: «Algunas cosas os van a hacer reír, es normal, podéis reíros un poco, pero luego seguiremos adelante».

Se lo había dicho a los niños, pero habían sido los adultos los que no habían sabido comportarse. Su padre, que no estaba acostumbrado a permanecer callado durante tanto tiempo (solo dejaba de hablar cuando dormía y a veces cuando escuchaba su música clásica; resultaba imposible ver una película con él), no había parado de hacerle comentarios entre dientes al padre de su amiga Ashok. Al final los dos habían acabado resoplando tan fuerte que habían tenido que irse. Y, aun así, se siguieron oyendo sus carcajadas en el pasillo.

Holly y Ruby empezaron a discutir por el iPad de Dakota.

—¡Me toca a mí!

—¡No, me toca a mí!

—Jugad sin pelearos —dijo Dakota, y, cuando se oyó hablar, pensó que parecía una persona de cuarenta años. En serio.

33

A Andrew se le habían acentuado las arrugas alrededor de los ojos pero, por lo demás, estaba exactamente igual. Tiffany vio un brillo en sus pálidos ojos que indicaba, sin duda, que la había reconocido, aunque le dedicara la sonrisa adecuada y cortés propia de un padre en un acto del colegio.

¿Vio también miedo? ¿Hilaridad? ¿Confusión? Seguramente estaba intentando ubicarla. Estaba fuera de contexto. Estaba muy, pero que muy fuera de contexto.

Tiffany no tuvo oportunidad de presentarse porque, en ese momento, una mujer de pelo gris, vestida con un elegante traje, apareció en el escenario y su presencia hizo que toda la sala se quedara en silencio de inmediato. La directora del colegio. Robyn Byrne. Escribía una columna semanal en el periódico local sobre cómo educar a las niñas.

—Buenos días, damas y caballeros. Niñas —dijo la directora. Estaba claro que esperaba una respuesta, así que todos le contestaron, automáticamente y con el sonsonete habitual en estos casos: «Buenos días, señora Byrne». A la respuesta le siguió un leve coro de risas cuando los directivos de empresas, los abogados y los otorrinos se dieron cuenta de que les habían engañado para que se comportaran con sumisión estudiantil.

Tiffany miró hacia la izquierda, a Vid, que había bajado la vista hacia Dakota y le estaba dedicando una sonrisa bobalicona, como si fuera un bebé en un concierto infantil. Pero su hija seguía allí sentada, inmóvil, con aquella horrible mirada catatónica en la cara.

—Mi más cálida bienvenida a Saint Anastasias —continuó la directora.

Mi más cálida bienvenida a las descomunales tarifas escolares.

—¡Gracias por aventurarse a salir con este tiempo tan espantoso! —prosiguió la señora Byrne, levantando ambos brazos como si fuera una bailarina, para señalar al cielo. Todos alzaron la vista hacia los altísimos techos que los protegían de la lluvia.

Tiffany se arriesgó a volver a mirar rápidamente a Andrew. Él no había levantado la vista. Seguía mirando directamente a la directora del colegio con las piernas cruzadas y con la mano del Rolex posada con languidez sobre una rodilla, en un gesto casi femenino.

Era un hombre agradable. Sus inquietantes ojos inducían a error. Los recordaba en un gesto risueño.

—Sus hijas saldrán de este colegio como jovencitas seguras de sí mismas y resilientes —aseguró la señora Byrne, soltándoles el típico rollo de colegio privado. Resiliencia. Menuda patraña. Ningún niño iba al colegio en un lugar que parecía el puñetero Buckingham Palace y salía de él siendo resiliente. Debería ser honesta: «Su hija saldrá de este colegio con una actitud de lo más arrogante, algo que le resultará muy útil en la vida, sobre todo en las carreteras de Sídney».

Tiffany volvió a mirar a Dakota, que seguía observando fijamente el escenario con la mirada vacía mientras Vid, a su lado, sacaba el móvil del bolsillo y leía los mensajes de texto despreocupadamente, deslizando su robusto pulgar por la pantalla. ¡Menudos modales! ¿Qué pensaría la gente? Sí, Tiffany, ¿qué pensaría la gente si Andrew le contara a su esposa que te conoce? Aunque ¿por qué iba a hacerlo? «Cariño, no te lo vas a creer, pero la mujer que estaba sentada a tu lado esta mañana es una vieja amiga mía, ¿a que es genial?».

Vaya que si era una vieja amiga.

¿Y si se lo contaba a su mujer? ¿Y si su mujer se lo contaba a las otras madres, o solo a una madre, que no podría resistirse a contárselo a otra madre, hasta que al final acabaran enterándose las hijas? ¿Cómo afectaría eso a la posición social de Dakota en ese colegio? ¿La ayudaría aquello a convertirse en una jovencita resiliente? Sí, claro. Nada como un poco de ostracismo social para endurecerse.

Tiffany cerró los ojos un instante.

Tenía que serenarse. Pensó en sus hermanas diciéndole, hacía tantos años: «¿Cómo has podido, Tiffany?». Pero a ella nunca le había dado vergüenza, nunca se había sentido avergonzada por aquello, así que ¿por qué estaba allí sentada, sin dejar de darle vueltas?

Sabía por qué. Lo sabía perfectamente. Era porque todo se había desequilibrado desde la barbacoa. Ellos eran los anfitriones. Era su casa. Había sucedido en su casa y no solo eso: su comportamiento había contribuido a ello. Negligencia contributiva. No podía reivindicar su inocencia. Y Vid tampoco.

Así que ¿por qué no asumía su responsabilidad por todo lo que había pasado?

Por Harry tendido en el suelo de su casa, pidiendo con voz queda una ayuda que nunca llegó.

Por los ojos de Clementine brillando bajo el crepúsculo, porque todo había sido pura diversión, no pretendían hacer daño a nadie. El hecho de que fueran padres no quería decir que no fueran personas.

Por las líneas que había cruzado una vez. Solo una.

La directora del colegio alzó la voz mientras entrechocaba las yemas de los dedos, en su versión refinada de aplauso, para dar la bienvenida al escenario a tres niñas vestidas con el uniforme de la escuela. Cada una de ellas llevaba un instrumento musical.

Tiffany observó la lustrosa madera dorada de los instrumentos, los lazos rojos del colegio en las perfectas coletas de caballo, el corte elegante y la calidad de las chaquetas del uniforme escolar y vio con claridad meridiana lo que sucedería si Andrew le contaba a su esposa cómo había conocido a Tiffany. Nunca dirían en voz alta nada desagradable o cruel, pero las niñas de chaquetas verdes y lazos rojos destruirían a Dakota con risitas ahogadas y cuchicheos en voz baja, con sonrisas falsas y crípticas, con comentarios en las redes sociales. Dakota lo pagaría.

Las niñas levantaron los arcos al unísono. La música llenó la sala. La música de otro mundo. Del mundo de Clementine. No el ritmo del bajo del mundo de Tiffany.

Tiffany miró hacia un lado, a tiempo para captar una expresión de infinita tristeza que cruzó fugazmente el hermoso y joven perfil de Dakota. Era como si su hija estuviera agobiada por algún terrible pesar. Como si todo lo que Tiffany había anticipado se hubiera hecho por fin realidad.

—Mamá —dijo Dakota de repente, volviéndose hacia ella—. Creo que voy a vomitar.

A Tiffany la invadió un sentimiento de gratitud y de amor maternal. No era aflicción, eran náuseas. Eso podía arreglarlo. Era fácil.

—Vamos —le susurró a Dakota, mientras se ponía en pie haciéndole un gesto a Vid para que se diera prisa. Para salir, tuvo que pasar por delante de su nueva amiga, la de la falda de Stella McCartney, de su hija y de Andrew, que inclinó la cabeza educadamente, tal vez con los labios un poco más apretados, aunque tal vez fueran imaginaciones suyas. Una vez fuera, Dakota dijo que no quería buscar un baño, que solo quería que hicieran el favor de llevarla a casa de inmediato. Estaba pálida.

Vid, con su inimitable estilo, localizó a una mujer que llevaba una placa con su nombre, le explicó la situación, recibió una carpeta con toda la información y se fue con una sonrisa comprensiva de regalo. Se sentía cómodo en cualquier situación social: en una fiesta en el jardín o en un combate de lucha libre. Para Vid todo era lo mismo, todo le resultaba interesante.

¿Y su relación con Andrew, le resultaría interesante?

Dakota saltó a la parte de atrás del coche.

—¿Quieres ir delante? —balbuceó Tiffany. Dakota negó con la cabeza, sin hablar—. Al menos siéntate en el medio —insistió su madre—. Así podrás ver la carretera. Es lo mejor para el estómago.

Dakota se deslizó hacia el centro, Vid y Tiffany se subieron delante, y salieron del recinto del colegio para ir hacia casa. Al cabo de un rato, cuando quedó claro que Dakota no iba a vomitar, Vid encendió un cigarro y empezó a hablar.

—Un colegio muy bueno, ¿no? ¿Qué te parece? Las niñas tocaban bien, ¿verdad? ¡A lo mejor podrías tocar el violonchelo, Dakota! Como Clementine. Ella podría darte clases.

—Vid —dijo Tiffany. Por el amor de Dios. ¿No se enteraba de nada? ¿De verdad creía que Clementine querría volver a verlos después de lo que había pasado? Encontraría todas las excusas del mundo para no darle clases a Dakota. Además, su ubicación no era la ideal, precisamente. Si Dakota de verdad quería aprender a tocar un instrumento, encontrarían a alguien en el barrio—. Clementine no querría darle clases a Dakota.

Desde el asiento de atrás llegó un extraño sonido.

—¿Tienes ganas de vomitar, cielo? —preguntó Tiffany, mirando hacia atrás.

Dakota miró fijamente a su madre. Era como si estuviera atrapada dentro de su propio cuerpo, suplicándole desesperadamente a Tiffany que la ayudara.

—¿Puedes respirar? —dijo Tiffany—. Dakota, ¿puedes respirar? ¿Te estás ahogando?

—¿Dakota? —exclamó Vid, antes de tirar el cigarro por la ventanilla, dar un volantazo hacia la izquierda y detenerse a la orilla de la carretera con un chirrido de frenos y el aullido iracundo de un claxon detrás de él. Tiffany y Vid abrieron las puertas delanteras del coche y salieron disparados bajo la lluvia. Luego abrieron las traseras y se sentaron de un salto uno a cada lado de Dakota.

—¿Qué pasa? ¿Qué pasa? —preguntó Tiffany.

—Es que... Es que... —dijo la niña, jadeando. Las lágrimas brotaron de sus ojos y rodaron por su cara.

Tiffany tenía el corazón desbocado. ¿Qué le habría pasado? ¿Qué podía ser tan terrible? Abusos sexuales. Seguro. Alguien la había tocado. Alguien le había hecho daño.

—Dakota —dijo Vid—. Dakota, mi amor, respira hondo, ¿vale? —le pidió su padre aterrorizado, con la voz temblorosa, como si su mente estuviera yendo por un camino parecido—. Y luego nos cuentas qué pasa.

Dakota inspiró hondo, entrecortadamente.

—Clementine —susurró finalmente.

—¿Clementine? —repitió Tiffany.

—Me odia —sollozó Dakota.

—¡Eso no es cierto! —respondió Tiffany instintivamente y de inmediato, reaccionando ante el verbo «odiar»—. Me refería a que no querría darte clases porque me dio la impresión de que no le gustaba especialmente la enseñanza y además va a empezar a trabajar a jornada completa con...

—¡Sí que me odia! —le espetó Dakota y para Tiffany fue un alivio escuchar de nuevo el mal genio habitual de una niña de diez años.

—¿Por qué crees que Clementine te odia? —preguntó Vid.

Dakota se recostó sobre su padre. Él la rodeó con los brazos y su mirada desconcertada se topó con la de Tiffany por encima de la cabeza de la niña.

—Ay, Dakota. Cariño. No. No —dijo su madre, inclinándose hacia delante para apoyar la mejilla sobre la espalda estrecha y encorvada de su hija y posar la mano sobre aquella columna huesuda, con el corazón roto por ella, porque sabía perfectamente lo que Dakota iba a decir.

34

*P*or suerte, el lugar donde se celebraba la boda de esa mañana quedaba solo a diez minutos en coche de la casa de Clementine y ella sabía perfectamente cómo llegar, así que no se perdería. Esa era la peor parte de ser autónoma, el tener que ir conduciendo a lugares que no conocía.

Nunca había llegado tarde a una actuación (tocaba madera) porque siempre salía con tiempo suficiente en previsión de las inevitables equivocaciones.

La boda era en un parque resguardado, en una pequeña ensenada marítima donde había unas higueras autóctonas enormes y un viejo quiosco de música. A Clementine no le gustaba tocar en el exterior: tener que arrastrar el violonchelo y el atril por los parques intentando encontrar el lugar adecuado, con las partituras volando al viento, a pesar de las pinzas de la ropa que usaba para sujetarlas, los días fríos en los que no sentía los dedos, los días calurosos en los que el maquillaje le escurría por la cara, y la falta de acústica que hacía que el sonido se disipara inútilmente en el ambiente. Pero, por alguna razón, aquel sitio en concreto siempre se había portado bien con ellos; el sonido de su música flotaba sobre los destellos azules del puerto y las novias, puntuales, escribían resplandecientes alabanzas en internet después de sus lunas de miel.

Pero ese día no sería así. Ese día iba a ser horrible. No tenía sentido estar en un puerto con una bonita vista si no se veía nada. Clementine observó la densa franja de nubes grises que oprimía el horizonte de Sídney. El mundo parecía más pequeño. La gente caminaba un tanto encorvada, agachándose bajo el cielo. Había estado lloviendo sin parar toda la mañana y, aunque la lluvia se había transformado en una suave llovizna, podía volver en cualquier momento.

—¿Siguen adelante con la celebración en el exterior, entonces? —le había preguntado Clementine por teléfono a Kim, la primera violinista y directora de Passing Notes.

—Han alquilado una carpa provisional para nosotras —dijo Kim—. Los invitados tendrán que arreglárselas con paraguas. La novia estaba llorando esta mañana. No creía que la lluvia durara tanto. Cuando nos contrató, le pregunté cuál era su plan en caso de que hiciera mal tiempo. Y ella respondió: «No va a llover». ¿Por qué siempre dicen eso? ¿Por qué las novias son siempre tan ingenuas?

Kim estaba en medio de un desagradable divorcio.

Clementine se preguntó si ella estaría al principio de un desagradable divorcio. Esa mañana, cuando Sam salía a coger el ferry, ella le había deseado un buen día en el trabajo y estaba segura de haberle visto poner los ojos en blanco, como si no hubiera oído jamás una tontería semejante, o como si ella fuera la última persona del mundo que él quisiera que le deseara un buen día en el trabajo. Aquello le había dolido. Había notado una punzada aguda y repentina, como si la hubieran regañado, como cuando la cuerda del do se había roto por la mañana, justo cuando había agachado la cabeza, y le había dado en la mejilla. Nunca antes le había pasado. Ni siquiera sabía que fuera posible. Había demasiada tensión en su forma de tocar. Demasiada tensión en su cuerpo. Demasiada tensión en su casa. Clementine se había tomado el latigazo de la cuerda como algo personal y se había quedado allí sentada, en la penumbra del amanecer, sin permitirse apretar los dedos contra la mejilla.

Aparcó el coche cerca de la entrada del parque. Había llegado veinte minutos antes, porque había adelantado igualmente veinte minutos la hora de salida por si acaso. Bostezó y analizó el clima. Tal vez la lluvia parara un rato, lo justo para la ceremonia. Si la novia tenía suerte.

Apoyó la cabeza contra el asiento y cerró los ojos.

Se había levantado a las cinco de la mañana y había ensayado con el metrónomo la pieza de Beethoven. «Siente el ritmo interior», solía decirle Marianne, aunque acto seguido solía gritar de repente: «¡Demasiado picado! ¡Demasiado picado!».

Clementine se masajeó el hombro dolorido. Su primer profesor de violonchelo, el señor Winterbottom (a quien sus hermanos mayores y su padre solían llamar señor Winterzángano), siempre decía que a todo el mundo le dolía algo al tocar cuando Clementine se quejaba de algún dolor. A la madre de Clementine aquello no le había gustado nada. Pam había investigado sobre la técnica Alexander y, de hecho, aquellos ejercicios seguían ayudándole cuando Clementine se acordaba de hacerlos.

El señor Winterbottom solía darle golpecitos en la rodilla con el arco y decía: «Hay que practicar más, señorita, no puedes confiar en tu talento, porque puedo asegurarte que con el que tienes te hace mucha falta». También le decía: «Te resulta difícil aportar sentimiento a la música porque eres demasiado joven, en realidad nunca has sentido nada. Necesitas que te rompan el corazón». A los dieciséis años, la había mandado a una audición para la Joven Orquesta de Sídney, pero le había dicho que no creyera que iba a entrar porque, sencillamente, no era lo bastante buena. Pero que, aun así, sería una buena experiencia. No había pantalla, solo el jurado de la audición que sonreía alentadoramente, pero, cuando Clementine se sentó con el violonchelo, ni siquiera fue capaz de acercar el arco a las cuerdas de lo aterrorizada que estaba. Era como si fuera presa de una terrible enfermedad. Se levantó y se fue del escenario sin haber tocado ni una sola nota. Simplemente, no parecía haber ninguna otra opción. El señor Winterbottom le dijo que nunca un alumno lo había avergonzado tanto en todo el tiempo que llevaba dando clases. Y eso que tenía muchos alumnos. De su casa no paraban de entrar y salir niños arrastrando fundas de violonchelos durante todo el día: una cadena de producción de violonchelistas aprendiendo a odiarse a sí mismos.

Tras la debacle de la audición, su madre le había buscado una nueva profesora y su querida Marianne le había dicho el primer día que las audiciones eran algo antinatural y terrorífico, que incluso ella las odiaba y que nunca enviaría a Clementine a una si creía que no estaba adecuadamente preparada.

¿Por qué el cáncer había señalado con su cruel y aleatorio dedo a la hermosa Marianne y no a Don Horrible Winterzángano, que seguía vivito y coleando, y produciendo en masa músicos neuróticos?

Clementine abrió los ojos y suspiró, mientras unas finas gotas de agua caían sobre el parabrisas. Era la lluvia, que estaba calentando motores antes de hacer su entrada triunfal. Encendió la radio y oyó a un locutor que decía: «Mientras continúen las lluvias torrenciales en Sídney, se recomienda a la gente que se mantenga alejada de los desagües y arroyos de las aguas pluviales».

El teléfono sonó en el asiento de al lado y Clementine se apresuró a cogerlo para mirar la pantalla. No salía ningún nombre, pero reconoció aquella particular combinación de números.

Vid.

La había llamado tantas veces desde lo de la barbacoa que ya reconocía su número, pero no se había molestado en guardarlo en la memoria del móvil porque no era un amigo, sino un conocido, el vecino de una amiga al que no quería volver a ver. Erika no tenía derecho a darle su número. Vid y Tiffany deberían comunicarse con ella a través de Erika. ¿Qué quería Vid de ella?

Clementine sostuvo el teléfono delante de ella, mientras miraba fijamente la pantalla e intentaba imaginárselo sujetando el teléfono con su enorme mano. Se acordó de cuando había dicho: «Tú y yo somos los inútiles». Los inútiles. Clementine cerró los ojos y sintió un retortijón en el estómago. Se preguntó si acabaría pagando todo aquello con una úlcera estomacal. ¿Eran ese tipo de cosas las causantes de las úlceras de estómago? ¿La bilis del arrepentimiento?

El teléfono dejó de sonar y Clementine esperó el mensaje de texto que le decía que otra vez Vid no le había dejado ningún mensaje. Solo en dos ocasiones se había rendido y había dicho algo, claramente en contra de su voluntad: «¿Clementine? Soy Vid. ¿Qué tal estás? Ya te volveré a llamar». Era una de aquellas personas a las que no les gustaba dejar mensajes y que lo único que querían era que les cogieran el maldito teléfono. Su padre era igual.

El teléfono volvió a sonar inmediatamente. Clementine creyó que era otra vez Vid, pero no. No reconocía el número. No intentaría engañarla para que contestara llamándola desde otro número, ¿no? No era Vid. Era de la clínica de FIV de Erika. Llamaban porque Clementine había pedido una cita con la consejera para hablar de la donación de óvulos.

Erika le había dado el número de la clínica esa misma mañana, con irritación e impaciencia, como si en realidad no esperara que Clementine siguiera adelante e hiciera aquella llamada.

Sacó la agenda del bolso y se la puso en el regazo mientras le daban una cita para el día anterior a la audición. La clínica estaba en la ciudad. Le daría tiempo a volver para la clase con la pequeña Wendy Chang (que tenía nueve años y ya estaba en quinto de primaria), cuyo talento resultaba escalofriante. La señora que le dio la cita era encantadora. Fue muy amable con Clementine mientras le explicaba que tenía que hacerse un análisis de sangre, que podía hacerlo ahora o más tarde, como ella deseara. Clementine pensó que, seguramente, aquella mujer creía que ella era una persona amable y altruista, y que hacía aquello porque tenía buen corazón, no por la necesidad de librarse del peso de un compromiso.

Pensó en la voz de resignación que Erika tenía esa mañana: «Vamos, Clementine, las dos sabemos que eso es mentira». Pero luego le había dado el número de la clínica de inmediato, como si no le importara que estuviera mintiendo. Le daban igual las motivaciones de Clementine, quería los óvulos y punto.

¿Qué esperaba? ¿Gratitud y alegría? ¿Que le dijera: «Gracias, Clementine, eres una amiga maravillosa»?

Alguien golpeó la ventanilla del conductor y Clementine se sobresaltó. Era Kim, con la funda de su violín en la mano. Se protegía con un paraguas gigante y parecía desolada.

Clementine bajó la ventanilla.

—Qué divertido, ¿eh? —dijo su compañera, inexpresivamente.

La carpa provisional no inspiraba ninguna confianza. Parecía barata, como si la hubieran comprado en un todo a cien.

—No creo que aguante —dijo Nancy, la que tocaba la viola, mientras analizaba la tela blanca de aspecto endeble. De hecho, ya se estaba hundiendo en zonas donde se empezaba a acumular agua. Clementine vio las siluetas oscuras de las hojas flotando en los charquitos que se habían formado sobre sus cabezas.

—Está totalmente seca. Por ahora —dijo Kim, preocupada. En su contrato especificaba que tenían que darles de comer y asegurar que sus instrumentos no se mojaran. Tenían derecho a guardar todo e irse si llovía, pero por el momento nunca habían tenido que hacerlo.

—Seguro que todo irá bien —dijo la segunda violinista, Indira, que siempre asumía el papel de la optimista, además del de asegurarse de que les dieran de comer. Era típico de ella dejar el violín en medio de una pieza para abordar a algún camarero si veía algo delicioso, lo que resultaba muy violento.

—¿Qué tal las prácticas? —preguntó Nancy, mientras afinaban.

Clementine suspiró para sus adentros. Ya empezaba.

—Muy bien —respondió.

—¿Cómo se las arreglará el pobre Sam para ir a recoger a las niñas al colegio y todo eso cuando estés de gira? —dijo Nancy.

—Nancy, no me lo van a dar —contestó Clementine.

—¡Pues yo creo que tienes muchas posibilidades de que sí! —replicó Nancy.

Ella no quería que consiguiera aquel trabajo. Fingía que era porque no quería que Clementine dejara el cuarteto, pero a esta siempre le recordaba aquella cita de Gore Vidal: «Cada vez que un amigo triunfa, muero un poco».

Nancy era de esas amigas que siempre señalaban a las mujeres delgadas. «Mira qué cinturita/piernas tan largas/culo tan duro. ¿No te encantaría ser así? ¿No la odias? Hace que te deprimas, ¿verdad?». (Si no te deprime, ¡bien que debería!).

—Bueno, si no te lo dan, no tendrás que lidiar con todo el rollo de la orquesta —continuó Nancy—. Es como formar parte de una gran empresa. Reuniones. Políticas. Personalmente, yo no lo soportaría, pero hablo por mí.

—Te encantará, Clementine. ¡La camaradería, los viajes, el dinero! —comentó Indira.

—¿Crees que a Sam le importará socializar con todos esos músicos? —dijo Nancy, que adoraba mencionar cada vez que tenía la oportunidad el hecho de que Sam no era músico. Era como si creyera que aquello podía ser un punto débil, así que no paraba de meter el dedo en la llaga. Una vez le había dicho a Clementine: «Yo no podría casarme con alguien que no fuera músico, pero hablo por mí».

—Se lleva bien con casi todo el mundo —se limitó a responder Clementine.

—Creí que se sentiría fuera de lugar —insistió Nancy—. Es más un tipo rudo, de aire libre, ¿no?

—Sam no es de aire libre —bufó Clementine. Cállate, Nancy. Su amiga era la princesa soberbia de los barrios residenciales de la zona este por excelencia. Su padre era juez.

—Una vez comentaste que no tenía oído —señaló Nancy.

—Finge que no tiene oído —replicó Clementine—. Cree que es divertido decir eso.

—Le gusta el rock de los años ochenta —dijo Kim, con cariño.

—Madre mía, esos pantalones te hacen unas piernas increíbles, Kim —comentó Nancy—. ¿No la odias, Clementine?

—La verdad es que me cae bastante bien —respondió Clementine.

—¡Por cierto! ¡Casi se me olvida decíroslo! He oído que Remi Beauchamp se está presentando a las audiciones —dijo Nancy, sacándose el as que tenía en la manga.

—Creía que estaba en Chicago —repuso Clementine, sintiendo una especie de resignación vacía. Conocía a Remi desde hacía años y siempre le había maravillado su entonación perfecta. Aunque ella pasara la primera ronda, al final la orquesta lo elegiría a él.

—Ha vuelto —dijo Nancy, e intentó bajar las comisuras de los labios para poner cara de tristeza. El resultado fue un tanto aterrador. Parecía el Joker de Batman—. Pero estoy segura de que todavía tienes muchas oportunidades.

—Los primeros invitados están llegando —dijo Kim—. ¿Empezamos con Vivaldi?

Seleccionaron la partitura en el atril y colocaron en posición los instrumentos. Kim puso el violín bajo la barbilla, asintió y empezó a tocar. Miró a Clementine a los ojos y retrocedió para hacerle la peineta a Nancy por detrás de la cabeza en un movimiento rápido y sutil que cualquiera interpretaría como un movimiento más de sus dedos sobre las cuerdas.

Mientras tocaban, Clementine dejó la mente a la deriva. No necesitaba pensar. Llevaban tocando juntas desde antes de que Holly fuera un bebé y se habían acostumbrado unas a otras. Nancy solía adelantarse, aunque no lo admitía, y creía que las demás se retrasaban. Ahora, simplemente, le seguían el ritmo.

Cambiaron a *Aria para la cuerda de sol,* y Clementine observó cómo los pobres invitados a la boda daban vueltas con los paraguas en alto sobre sus tristes rostros y los tacones altos enterrándose en la hierba mojada, deseando que aquello acabara.

—¡Ha llegado la novia! —exclamó una señora que llevaba un sombrero diminuto, acercándose de repente. A Clementine le recordó a Mr. Potato—. ¡Toquen la marcha nupcial, vamos, vamos! —les instó la mujer haciendo un gesto con ambas manos, en su versión de directora de orquesta. Parecía que ya le había dado al champán.

Kim siempre buscaba a alguien para encomendarle la labor oficial de hacerles una señal para empezar con la música de la entrada de la novia, pero algunas invitadas (eran siempre mujeres) asumían el cargo por iniciativa propia, y a menudo eran las responsables de hacerles empezar demasiado pronto. Una vez llegaron a tocar el tema de entrada hasta diez veces antes de que finalmente llegara la novia.

—¡Huy, perdón! ¡Falsa alarma! —exclamó la señora con cabeza de patata, con un gesto exagerado de disculpa.

Las novias casi nunca llegaban pronto. Habían tocado en una boda en la que la novia había llegado una hora tarde y habían tenido que irse porque tenían otro evento.

Erika había llegado temprano a su propia boda. «No podemos llegar antes de tiempo, los invitados aún estarán llegando», le había dicho Clementine, su única dama de honor. «Oliver estará allí ya y él es el único que me importa», había replicado Erika. Llevaba el pelo retirado de la frente y los ojos ahumados. Parecía una persona totalmente distinta. Aquella fue una de las pocas veces en las que Erika había sido la que estaba dispuesta a romper una norma de etiqueta.

Clementine había sentido algo parecido a la envidia, porque veía que a Erika en realidad solo le interesaba su matrimonio, no la boda. No le había dado demasiada importancia al vestido, al pelo, a la música, ni siquiera a los invitados; lo único que le importaba era Oliver. Sin embargo, cuando Clementine se había casado, sí se había preocupado de todas esas cuestiones secundarias. (Por ejemplo, su peluquera había metido la pata y Clementine parecía Morticia el día de su boda). Ella y Sam apenas se habían visto durante la celebración, porque estaban demasiado ocupados poniéndose al día con los amigos y familiares que habían venido del extranjero y de otros estados, mientras que Erika y Oliver solo tenían ojos el uno para el otro. Daban asco. Y a la vez era precioso.

Ahora se preguntaba si las señales siempre habían estado allí. Desde luego, ella y Sam se hacían reír el uno al otro, eran apasionados (al menos antes de tener a las niñas), se lo pasaban bien, pero su relación no había sido lo suficientemente sólida como para resistir la primera prueba de verdad. Era un matrimonio débil. Un matrimonio de pacotilla. Un matrimonio del todo a cien.

La carpa se tambaleó. Clementine notó algo húmedo en la cara. ¿Estaba llorando? ¿O era la lluvia?

—Está goteando —dijo Nancy, mirando hacia arriba—. Está goteando mucho.

De pronto, empezó a llover con más fuerza.

—Esto tiene muy mala pinta —comentó Indira, que en ese momento llevaba el instrumento más caro. Era un préstamo de un violinista retirado.

—Nos vamos de aquí —anunció Kim, bajando el violín—. Recoged.

Clementine ya estaba de nuevo en el coche, con la mano sobre las llaves puestas en el contacto, cuando sonó el teléfono. Al cogerlo, vio una única palabra en la pantalla: «Colegio».

—¿Helen? —dijo para ahorrar tiempo en las formalidades, porque solía ser Helen, la secretaria del colegio, la que hacía las llamadas.

Le dio un vuelco el corazón. Últimamente, las desgracias estaban a la orden del día.

—No pasa nada, Clementine —dijo Helen de inmediato—. Solo que Holly insiste en que vuelve a dolerle la barriga. Lo hemos intentado todo para distraerla, pero me temo que no ha servido de nada. No sabemos qué hacer, está entorpeciendo el ritmo de la clase y lo cierto es que parece que dice la verdad. No queremos que esto sea como lo de *Pedro y el lobo*.

Clementine suspiró. La semana anterior había sucedido lo mismo y, al llegar a casa, a Holly se le había pasado el dolor de estómago como por arte de magia.

—¿Sabes qué tal se ha portado hoy? —le preguntó Clementine a Helen.

Según la encantadora y un tanto despistada profesora de la guardería de Holly, la señorita Trent, Holly estaba teniendo «ciertos problemas de autocontrol» en clase y, como consecuencia, no siempre tomaba «las mejores decisiones». Desde luego, en casa no era ninguna santa. Estaba pasando por una fase rebelde y llorona, y últimamente había perfeccionado un nuevo graznido similar al de una gaviota que usaba en lugar de decir «no». Sacaba a Clementine de sus casillas.

—No muy mal, creo —respondió Helen, con cautela—. La lluvia tampoco ayuda. Los niños están fuera de sí. Y nosotras también, la verdad. Lo peor es que dicen que seguirá así una semana más, ¿te lo puedes creer?

Clementine se centró en la boda que se estaba celebrando en el parque. Los novios estaban frente a frente, agarrados de las manos, mientras otras personas sostenían unos paraguas sobre sus cabezas. La novia se estaba riendo tanto que apenas se tenía en pie y el novio la sostenía, también riéndose. Parecía que les daba igual que su cuarteto de cuerda se hubiera desvanecido.

Ella y Sam se habían reído un montón durante la ceremonia de su boda. «Nunca había visto a unos novios reírse tanto», había dicho la oficiante con acritud, como si no se estuvieran tomando la boda lo suficientemente en serio. Sam no podía parar de reírse del pelo de Morticia que llevaba Clementine. A ella también le había hecho reír, por lo que había dejado de tener importancia.

Pero era imposible reírse de todo. Habían tenido ocho años de risas, lo cual no estaba nada mal. Se habían prometido fidelidad en lo bueno y en lo malo, pero lo habían hecho riéndose, porque en realidad les parecía gracioso. Creían que un peinado horroroso era lo peor que podía depararles la vida. La oficiante tenía razón en enfadarse. Debería haberlos cogido por las pecheras de sus trajes y haberles gritado que aquello iba en serio, que la vida era dura y que ellos no se estaban concentrando.

—Dame un par de minutos —le pidió Clementine a Helen.

35

El día de la barbacoa

Vid ya me conocía porque me había visto actuar —le dijo Tiffany a Clementine.

—¡Mamá! —gritó Holly desde la silla colgante en forma de huevo—. ¡Ven a ver esto!

—¡Un momento! —le respondió Clementine, sin dejar de mirar a Tiffany—. ¿Así que eras artista?

—¡Una artista como tú, Clementine! —comentó Vid, encantado.

—De eso nada —replicó Tiffany, con un bufido.

—¡Mamá! —vociferó Ruby.

—¡Un momento! —gritó Clementine, y miró fijamente a Tiffany—. ¿Eres música?

—No, no, no —dijo Tiffany, empezando a amontonar los platos—. Era bailarina.

—Era una bailarina famosa —aseguró Vid.

—No era famosa —señaló Tiffany, aunque en ciertos círculos sí lo había sido.

—¿Eras una bailarina de limbo famosa? —preguntó Sam, con los ojos brillantes.

—No, pero a veces también había una barra de por medio —respondió Tiffany, mirándolo con los ojos igualmente centelleantes.

En la mesa se hizo el silencio. Vid sonrió.

—¿Quieres decir que eras bailarina de barra vertical? —preguntó Clementine, bajando la voz—. ¿Como una..., una *stripper*?

—Clementine, claro que no era *stripper* —intervino Erika.

—Bueno... —contestó Tiffany.

Todos se quedaron callados.

—Oh —dijo Erika—. Lo siento, no me refería a...

—Desde luego, tienes cuerpo para ello —comentó Clementine.

—Bueno... —repitió Tiffany. Aquí es donde se ponía complicado. No podía decir simplemente: «Ya lo creo que sí, bonita». No estaba bien visto mostrarse orgullosa del propio cuerpo. Las mujeres esperaban humildad al respecto—. A los diecinueve lo tenía.

—¿Te gustaba? —le preguntó Sam a Tiffany.

Clementine le lanzó una mirada.

—¿Qué? —reaccionó Sam, levantando las manos—. Solo le estoy preguntando si le gustaba su anterior ocupación. Es una pregunta válida.

—Me encantaba —admitió Tiffany—. La mayor parte del tiempo. Era como cualquier otro trabajo. Tenía sus cosas buenas y sus cosas malas, pero en general me gustaba.

—¿Mucho dinero? —continuó preguntando Sam.

—Muchísimo —repuso Tiffany—. Por eso lo hacía. Estaba estudiando y ganaba mucho más dinero con eso que como cajera de supermercado.

—Yo trabajé como cajera de supermercado —dijo Clementine—. Y no me emocionaba demasiado, por cierto, por si a alguien le interesa.

—Es una lástima. Habrías sido una *stripper* estupenda, cariño —señaló Sam.

—Gracias, cielo —replicó Clementine sin alterarse.

—Habrías podido poner la cara de tocar el violonchelo para bailar alrededor de la barra. Eso te habría hecho ganar buenas propinas —comentó Sam, antes de echar la cabeza hacia atrás, cerrar los ojos y subir y bajar las cejas, supuestamente imitando la cara que ponía Clementine cuando tocaba el violonchelo.

Clementine bajó la vista hacia la mesa y apretó las yemas de los dedos contra la frente. Todo su cuerpo se estremeció. Tiffany se quedó mirándola. ¿Estaba llorando?

—Se está riendo —dijo Erika, con desdén—. En los próximos minutos no conseguirás sacarle nada coherente.

Oliver se aclaró la garganta.

—Hace poco leí un artículo en el que decían que querían convertir el baile en barra vertical en deporte olímpico. Al parecer, hay que estar muy en forma. Es necesario tener mucha fuerza.

A Tiffany no le quedó más remedio que sonreír. El pobre estaba intentando que la conversación volviera a los cauces adecuados de una inocua cena de clase media.

—Claro que sí, Oliver, hay que estar muy en forma —dijo Vid, levantando una ceja en un gesto insinuante. A Clementine le dio otro ataque de risa.

Tiffany pensó que el mundo sería mucho más fácil si todos compartieran el punto de vista casi infantil de Vid acerca de todo lo relacionado con el sexo. A Vid le gustaba el sexo como le gustaba la música clásica, el queso azul y los coches rápidos. Para él, era todo lo mismo. Una de las cosas buenas de la vida. Solo eran chicas guapas desnudas que bailaban en un bar. Tampoco era para tanto.

Erika se giró enfáticamente para mirar hacia atrás, hacia las niñas.

—¿Y tu hija...? —le preguntó a Tiffany.

—Dakota sabe que fui bailarina —respondió la mujer, levantando la barbilla. «No te atrevas a cuestionar mis decisiones como madre»—. Esperaré a que sea mayor para darle más detalles.

Las hijas mayores de Vid y su exmujer tampoco lo sabían. Dios santo. Sus hijas, que se vestían como las Kardashian, pero que delante de Tiffany se comportaban como si tuvieran la estatura moral que normalmente se reservaba para las monjas, serían implacables. Si algún día lo descubrían, se abalanzarían sobre ese secreto como perros rabiosos.

—Claro —dijo Erika—. Normal. Claro.

Clementine levantó la cabeza y se pasó las yemas de los dedos por debajo de los ojos. Todavía le temblaba la voz de la risa.

—Lo siento. Supongo que yo tengo una vida muy convencional —se excusó.

—¿Qué quieres decir? —replicó Sam—. ¿A qué te refieres? Yo he leído *Cincuenta sombras de Grey*. Me lo he estudiado. Hasta intenté decorar el estudio como el cuarto rojo del dolor.

Clementine le dio un codazo.

—Estoy fascinada. ¿Te resultaba...? ¡A ver, es que no sé ni por dónde empezar! ¿Los hombres no te miraban de forma un poco... sórdida?

—Algunos sí, claro, pero la mayoría eran tíos normales y corrientes.

—Yo no era de los sórdidos —dijo Vid—. Bueno, puede que un poco. ¡Pero en el buen sentido!

—¿Ibas a menudo a esos sitios? —le preguntó Clementine, y Tiffany percibió el esfuerzo que estaba haciendo para eliminar el tono de censura de su voz.

Aquello era lo que Vid nunca había entendido y que Tiffany siempre olvidaba: la gente tenía sentimientos encontrados cuando se enteraban de que había sido bailarina. Entraban en juego sus implicaciones emocionales en relación con el sexo, algo que por desgracia para la mayoría estaba inextricablemente unido a la vergüenza, a la falta de clase y de moralidad (algunos hasta pensaban que estaba confesando un acto ilegal). Las mujeres solían tener conflictos relacionados con el aspecto físico, los celos y la inseguridad, y los hombres no querían parecer demasiado interesados, aunque solían estarlo. Algunos adoptaban una actitud de indignación y defensa, como si ella estuviera intentando engañarlos para que revelaran una debilidad, y la mayoría de la gente, hombres y mujeres, querían reírse como adolescentes, pero no sabían si debían hacerlo. Era un puñetero campo de minas. Nunca más, Vid, nunca más.

—¡Claro, iba un montón! —reconoció Vid con naturalidad—. Cuando mi matrimonio se rompió, mis amigos querían sacarme de casa, ¿sabes? Y ellos no iban a conciertos de música clásica, ¿sabes? Iban a clubes nocturnos. Cuando vi bailar a esta mujer, aluciné. Me quedé muerto —aseguró, mientras se llevaba una mano a la cabeza como si fuera un arma y fingía que apretaba el gatillo y se volaba los sesos con la punta de los dedos—. Por eso la reconocí de inmediato en aquella subasta. Aunque iba vestida.

Vid se dio una palmada en la rodilla y soltó una carcajada. Clementine y Sam se rieron un tanto horrorizados, mientras que Erika fruncía el ceño y el pobre Oliver se ruborizaba.

—En fin —dijo Tiffany—. Creo que ya es suficiente.

De repente se oyó un chillido estridente.

—¡Mamá!

36

*Ll*ovía tanto que Clementine no oyó que se abría la puerta principal. Se sobresaltó cuando vio aparecer a Sam en el umbral del cuarto de Holly, con la camisa de raya diplomática azul y blanca tan empapada que estaba transparente.

—¡Me has dado un susto de muerte! —exclamó Clementine, con la mano en el pecho—. ¿Por qué has vuelto tan temprano? —preguntó, consciente de que aquello sonaba a acusación. Tal vez tendría que haber dicho: «¡Qué agradable sorpresa!», y luego haber añadido amablemente, como quien no quiere la cosa: «¿Por qué has venido tan temprano, mi amor?».

Nunca en la vida le había llamado «mi amor».

Sam tiró de la tela empapada de la camisa.

—¿Qué estás haciendo? —preguntó su marido.

—Buscando una cosa. Como siempre —respondió Clementine, que estaba sentada sobre la cama de Holly con un montón de ropa delante, mientras buscaba la camiseta de la fresa de Holly, una sudadera con una fresa enorme delante que Holly necesitaba de inmediato si querían que volviera a ser feliz algún día y que, por supuesto, no aparecía por ningún lado.

Clementine se sintió extrañamente cohibida. ¿En circunstancias normales se habría puesto de pie de un salto al ver a Sam y le habría dado un beso de bienvenida? No lo recordaba. Era todo tan raro que hasta se estaba planteando cuál era el protocolo correcto para saludar a su marido.

No le apetecía demasiado abrazarlo porque volvía a estar empapado. A nadie en Sídney podía sorprenderle ya la lluvia. Si te pillaba el chaparrón, es que eras tonto. La gente solo hablaba de eso. La venta de paraguas se había disparado un cuarenta por ciento. Pero desde que las lluvias habían empezado, Sam salía cada día hacia el ferry sin paraguas ni chubasquero. Ella lo veía irse cada mañana desde la ventana de la cocina, cruzando a toda prisa el camino bajo la lluvia, con el maletín sobre la cabeza, y el mero hecho de ver su cuerpo subiendo y bajando mientras desaparecía a lo lejos hacía que le entraran ganas de reír y de llorar. Tal vez era algún tipo de masoquismo. Creería que no se merecía un paraguas. Y seguramente creía que ella tampoco se lo merecía.

—¿Por qué has vuelto tan pronto? —preguntó de nuevo Clementine.

—Bueno, recibí tu mensaje —replicó Sam. Su rostro era una máscara ansiosa con un toque de agresividad defensiva—. Así que he salido antes de trabajar.

—¿Mi mensaje que decía que Holly estaba perfectamente? —preguntó Clementine—. ¿El que decía que no había por qué preocuparse?

—Es la segunda vez que le pasa lo del estómago —replicó Sam.

—Supongo que la habrás visto en la sala, jugando encantada con el iPad, tan tranquila —dijo Clementine.

—Deberíamos llevarla al médico. Podría ser el apéndice, o algo. A lo mejor el dolor va y viene.

—Sí, viene cuando está en el colegio y se va cuando juega con el iPad. Nos está tomando el pelo —replicó Clementine—.

En cuanto la metí en el coche, se puso bien. Vino hablando todo el camino hasta casa de su fiesta. Quiere invitar a Dakota, por cierto —añadió la mujer rápidamente, sin mirar a Sam.

—A Dakota —repitió su marido, mientras se tensaba como si percibiera algún peligro—. ¿A esa Dakota?

—Sí, a esa Dakota.

—Obviamente, no puede invitarla —replicó Sam—. Por favor.

—Le he dicho que Dakota es demasiado mayor para ir a una fiesta de una niña de seis años y ha tenido una pataleta. Ha dicho que le habíamos prometido que podría invitar a quien quisiera y es verdad que se lo dijimos. A bombo y platillo.

—Ya, bueno, nos referíamos a cualquiera menos a Dakota —repuso Sam.

—Estaba desconsolada.

—Si ni siquiera conoce a Dakota —insistió Sam, mientras se sacaba la camisa de los pantalones, la retorcía entre las manos y se paraba a pensárselo—. Solo la ha visto una vez. Y como bien has dicho, es demasiado mayor. ¡No querrá venir a la fiesta de Holly!

—Bueno, de todos modos, me he rendido —anunció Clementine—. Se estaba poniendo histérica. Me estaba dando miedo.

—Tú misma acabas de decir que estaba fingiendo con lo del estómago. Pues también está fingiendo con lo de Dakota. Te ha tomado el pelo, Clementine —dijo Sam, con sorna. Siempre le había gustado burlarse de ella en broma, pero nunca lo había hecho con sarcasmo.

—No creo —señaló Clementine—. Oye, si Holly quiere invitarla, es su fiesta. Obviamente está pasando por una etapa difícil, lo que no debería sorprendernos, así que, si quiere que Dakota venga a su fiesta, Dakota vendrá a su fiesta. ¡Tampoco es para tanto!

Sam apretó los dientes.

—No va a venir.

Clementine levantó las manos.

—Va a venir.

Se miraron a los ojos.

¿Cómo se salía de aquello? ¿Cómo resolvía una pareja algo así, cuando no existía un término medio, cuando uno de los dos tenía que ceder? ¿Y si ninguno cedía?

—Hoy he llamado a Erika —dijo Clementine, para cambiar de tema—. Le he dicho que donaré mis óvulos.

—Muy bien —respondió Sam.

Su marido empezó a quitarse la camisa. Clementine se sorprendió casi apartando la mirada con educación, como si fuera el marido de otra el que se estuviera desnudando.

—Reaccionó de un modo muy raro —comentó Clementine—. Está claro que oyó las barbaridades que dije aquel día, cuando estábamos en el piso de arriba.

—Tengo que cambiarme —dijo Sam, distraído, como si lo estuviera aburriendo.

—¿Entonces te parece bien que done los óvulos? —preguntó Clementine sin establecer contacto visual, como si fuera una pregunta intrascendente.

—Eso es cosa tuya —contestó Sam—. Es tu amiga. No tiene nada que ver conmigo.

Su desinterés le resultó a Clementine casi deliciosamente doloroso, como si necesitara aquel dolor, como si fuera un forúnculo que necesitaba una punción.

—Entonces, ¿definitivamente no quieres tener otro bebé? —preguntó Clementine. Ahí estaba otra vez. Como en la cena, la noche anterior en el restaurante. Ese deseo de presionarlo, de empujarlo del saliente en el que estaban varados.

—¿Otro bebé? —dijo Sam, mientras colgaba la camisa mojada en la manilla de la puerta de Holly—. ¿Nosotros? ¿Tener otro bebé? Estás de broma.

—Ya. Vale —repuso Clementine, amontonando las prendas una encima de otra—. No habrás visto la sudadera de la fresa de Holly, ¿verdad? Ha desaparecido —comentó, mirando a su alrededor con frustración, intentando no llorar—. Ya estoy harta, ¿por qué todo desaparece?

37

El día de la barbacoa

amá! —Era Holly, que reclamaba la atención de su madre.

—¡Holly! —Clementine suspiró—. ¡Me has asustado! No es necesario que me llames siempre como si te fuera la vida en ello.

Se levantó de la mesa, evitando conscientemente mirar a Sam. Estaba deseando estar a solas con él en el coche para comentar los acontecimientos de la noche. Recordarían lo sucedido para siempre. Cada vez sentía más curiosidad. Se habían caído en la madriguera del conejo. Erika, que nunca había querido tener hijos, ahora deseaba tenerlos. Oliver quería los óvulos de Clementine. Y su anfitriona había sido *stripper.*

—¿Has oído hablar de *Pedro y el lobo?* —le dijo a Holly.

—No conozco a ningún Pedro. Te he llamado un millón o un trillón de veces —respondió Holly, levantando la vista hacia ella con mirada acusadora desde la silla colgante, donde estaba sentada al lado de Dakota.

—Lo siento —se disculpó Clementine—. ¿Qué sucede?

—¿Por qué tienes la cara tan roja? —preguntó Holly.

—No lo sé —contestó Clementine. Se presionó la cara acalorada con las yemas de los dedos fríos. Ya no hacía tanto calor—. ¿No tenéis frío?

—No —dijo Holly—. ¡Mira qué juego nos ha enseñado Dakota! ¡Es alucinante! —exclamó la niña, señalando un juego colorido y animado en la pantalla del iPad que Dakota tenía en la mano.

—¡Vaya! —exclamó Clementine, mirando el juego pero sin fijarse en él—. Es increíble. Gracias por cuidarlas tanto —le dijo a continuación a Dakota—. Avísame cuando estés harta, ¿vale? Cuando te aburras.

—¡Ruby y yo no somos aburridas! —protestó Holly.

Dakota le sonrió a Clementine con complicidad. Parecía una niña muy seria y buena. Era increíble que fuera la hija de dos personas tan extravagantes como Vid y Tiffany.

—¿Todo en orden por aquí? ¿Os estáis portando bien? —preguntó Sam, acercándose a Clementine.

Su mujer levantó la vista y lo miró a los ojos. Tenían un brillo especial. Un brillo que hacía tiempo que no veía. Puede que esa noche tuvieran sexo del bueno, como era debido, como solía ser antes, no ese sexo extrañamente incómodo y por cumplir que habían estado practicando los últimos dos años. Su vida sexual hacía aguas desde que Ruby había nacido, al menos eso opinaba Clementine. A veces tenía una sensación de pérdida, de verdadero pesar por la pérdida de su vida sexual, y en otros momentos se preguntaba si no estaría todo en su mente, si estaba montando el típico drama por algo natural e inevitable. Le pasaba a todo el mundo, se llamaba «estancarse», se llamaba «matrimonio».

Otras veces tenía una sensación horrible durante el sexo, como si fuera algo inadecuado, casi como un sentimiento de incesto. Era como si ella y Sam fueran amigos de toda la vida y, por alguna razón religiosa, legal o médica, estuvieran obligados a practicar sexo cada equis semanas delante de un pequeño jurado de observadores imparciales. No es que fuera desagradable acostarse con un viejo amigo guapo, pero era raro, y resultaba un alivio para todos cuando se acababa.

Nunca había hablado de aquello con Sam. ¿Cómo iba a explicarlo con palabras? «A veces nuestra vida sexual me resulta un tanto incestuosa, con matices religiosos y un poco repugnante, Sam. ¿A ti qué te parece? ¿Alguna sugerencia?».

No tenía palabras para hacerlo y, además, odiaba hablar de sexo. Le recordaba a su madre y, lo que era más curioso aún, a Erika. A todas aquellas charlas sin tapujos en el coche, sobre los anticonceptivos y el respeto a una misma.

Sabía que parte del problema era que las niñas dormían fatal. Lo que significaba que tanto ella como Sam estaban constantemente en la cuerda floja, esperando el inevitable grito que podría romper el hechizo en cualquier momento. Si el tiempo era limitado, no podías entretenerte. Tenían que ponerse a ello de inmediato, y recurrir a los movimientos y a las posturas de eficacia probada, porque si no tendrían que volver a abortar la misión. Aquello hacía que siempre hubiera cierta tensión para seguir con presteza el procedimiento. (A veces hasta se sorprendía deseando para sus adentros que Sam se diera prisa). Aquello también impedía que dejaran de ser «mamá» y «papá», y lo cierto era que resultaba bastante cutre, ordinario y poco glamuroso que papá y mamá practicaran sexo rápido y furtivo mientras sus hijas dormían. Últimamente, Sam no proponía tener sexo demasiado a menudo y Clementine se sentía dolida por ello: daba por hecho que aún la encontraba atractiva; sería demasiado fácil permitirse caer en el abismo del odio hacia su propio cuerpo —aunque la vida estaba deseando darle un empujón—, pero por el momento se mantenía firme. Al mismo tiempo, muchas veces se sentía aliviada cuando los dos se giraban hacia diferentes lados, porque, la verdad, ¿para qué molestarse? Clementine sospechaba que él sentía la misma mezcla de dolor y alivio, y la idea de que él se sintiera aliviado por no tener que practicar sexo con ella le dolía más aún, aunque ella se sintiera igual. Y así estaban las cosas.

Pero en ese momento le brillaban los ojos, y ella se sentía eufórica y aliviada. ¡Así que aquello era lo que necesitaban! Una barbacoa con una antigua *stripper* encantadora y un electricista amante de la música que se parecía a Tony Soprano. Siempre le había gustado Tony Soprano.

—¿De qué te ríes, mamá? —le preguntó Holly.

—No me estoy riendo —dijo su madre—. Solo sonrío, porque soy feliz.

Clementine sorprendió a Dakota mirándola con suspicacia, e intentó recuperar la compostura.

—Papá también se ha puesto rojo —apuntó Holly.

—Rosa —puntualizó Ruby, después de quitarse el pulgar de la boca para hacer el comentario—. Papá está rosa.

—Rosa —admitió Holly.

—Debe de estar un poco acalorado y alterado —comentó Clementine.

—¿Por qué? —preguntó Holly.

—Creo que necesito una ducha de agua fría —dijo Sam, pellizcando discretamente a Clementine en la parte superior del brazo—. Podría meterme en la fuente.

—Papá tonto —dijo Ruby.

38

El día de la barbacoa

¿Estás bien? —preguntó Oliver en voz baja, posando la mano sobre el brazo de Erika.

De pronto, Erika se sintió indignada.

—Sí. ¿Por qué? ¿Tengo pinta de no estarlo?

¿Estaba bizqueando? No era culpa suya. La luz difusa del crepúsculo hacía que todo se desdibujara. La falta de visibilidad también le estaba afectando al equilibrio. No paraba de inclinarse hacia delante o hacia atrás y tenía que estabilizarse agarrándose al borde de la mesa.

La música en el cenador estaba altísima y la cabeza le iba a estallar. Tiffany había puesto *November Rain*, que era una canción importante para ella por algo relacionado con su sórdido pasado; Erika prefería no saberlo.

—Me ha dado la sensación de que estás bebiendo más de lo habitual —explicó Oliver y, por un instante, Erika se enfureció, porque ella era siempre, siempre, la persona más sobria de cualquier fiesta. Muchas veces ni siquiera se molestaba en beber. De hecho, no le gustaba demasiado el sabor del alcohol. Pero el vino de esa noche era muy bueno, suave y delicioso, y seguramente tendría un precio prohibitivo.

—¡Pues no! —replicó ella.

—Perdona —dijo Oliver.

Su enfado se desvaneció. No era culpa de Oliver que sus padres fueran alcohólicos.

—Estoy bien —le aseguró Erika, y se inclinó hacia él con la vaga intención de abrazarlo, aunque estuvieran sentados cada uno en una silla. Quería abrazarlo por su infancia, por cuando tenía siete años y no había podido despertar a sus padres borrachos para que se levantaran de la cama y lo llevaran al colegio porque tenía examen de matemáticas, y se había sentado en el borde de la cama y se había puesto a llorar de frustración, una anécdota que ahora sus padres contaban como si fuera algo divertido: el día en que Oliver se había echado a llorar porque se había perdido un examen de matemáticas. ¡El pequeño aspirante a contable! Y cada vez que lo contaban, Oliver se reía por educación, pero con la mirada más triste que había existido jamás. Pero mientras se inclinaba hacia él, Oliver levantó las manos como para evitar que se cayera, con una expresión de horror en la cara, como si ella estuviera a punto de montar un espectáculo, y Erika se volvió a echar hacia atrás, chascando imperceptiblemente la lengua. Ella no podía darle un abrazo a su marido, pero Tiffany podía hablar tranquilamente en una barbacoa familiar de que había sido bailarina de barra vertical, una *stripper,* nada menos.

Clementine y Sam estaban encantados con todo aquello. Clementine tenía el rostro encendido. Siempre le habían afectado las emociones. De adolescente, Clementine solía alterarse cuando iban juntas a alguna fiesta. Ciertos tipos de música la volvían loca de alegría, como ciertos tipos de cócteles: no sabía si la embriagaba más la música o el alcohol. Más de una vez

Erika, la conductora designada, había tenido que quitarle de encima algún tío. A veces esos tíos se ponían agresivos y a la mañana siguiente Clementine le daba las gracias y decía que menos mal que no se había acostado con ellos, y Erika sentía un cálido rubor de satisfacción, como la mejor amiga de una película, solo que ellas no eran como las mejores amigas de las películas, ¿verdad? ¿Cuáles eran las palabras exactas que había oído? «Es como si siempre necesitara un pedazo más de mí».

La vergüenza le sobrevino como la bilis y Erika posó la copa de vino vacía con demasiada fuerza sobre la mesa. Tiffany, como era de esperar, cogió la botella de vino para rellenársela. Debía de haber sido camarera además de bailarina. A lo mejor era de esas que trabajaban en toples. ¿Por qué no? Maravilloso. Qué interesante. ¡Qué divertido!

—Está sonando tu teléfono, Vid —dijo Tiffany, mientras servía el vino.

Vid cogió el móvil y puso mala cara cuando vio el nombre.

—Es nuestro amigo Harry —comentó—. El vecino de al lado. Será por la música, ¿sabes? Seguro que le molesta. No soporta que la gente sea feliz.

—Será mejor que contestes —le aconsejó Tiffany.

—¡Hoy le ha dado una patada a mi perro! —exclamó Vid—. No tengo por qué contestarle. Siempre ha sido desagradable, ¡pero hacerle daño a un animal inocente! Hasta ahí podíamos llegar, ¿sabes?

—¿De verdad Harry le dio una patada al perro? —preguntó Oliver.

—Solo lo sospechamos —aclaró Tiffany—. No tenemos pruebas —añadió, antes de responder al teléfono—. Hola, Harry. ¿Estamos haciendo demasiado ruido?

—De ruido nada —gruñó Vid—. Aún es de día.

—Sí —dijo Tiffany al teléfono—. No, tranquilo. La bajaremos. Sentimos haberle molestado.

Le devolvió el teléfono a Vid y bajó el volumen de la música.

—Pufff —bufó Vid—. Deberías haberla subido.

—La verdad es que estaba demasiado alta —dijo Tiffany—. Es un hombre mayor. Tenemos que ser respetuosos con él.

—Él no nos respeta a nosotros —refunfuñó Vid. Luego se volvió hacia Clementine. Obviamente, estaba medio colado por ella—. Oye, dime, ¿tocas el violonchelo en bodas? Mi hermana mayor se casa esta primavera, ¿sabes?

—Toco en un cuarteto de cuerda —dijo Clementine—. Nos llamamos Passing Notes. Puedes contratar nuestros servicios, si quieres. ¿La comida estará bien?

—¿Que si la comida estará bien? —repitió Vid, con un énfasis desmesurado—. ¡Pues claro que la comida estará bien, la comida será espléndida!

—Así nos conocimos Clementine y yo —comentó Sam—. Ella estaba tocando en la boda de un amigo.

—¡Ah, claro! —exclamó Vid, como si hubiera estado allí—. Y tú pensaste: «¿Quién es esa violonchelista tan guapa?».

Clementine fingió que se atusaba el cabello.

—Sí, es verdad.

—¿Con qué frase la conquistaste? —le preguntó Tiffany a Sam.

«Seguro que te arrepientes de no haber elegido la flauta», pensó Erika con amargura, mientras vaciaba la copa. Ella y Oliver podrían perfectamente irse a casa y dejar allí a aquellos cuatro. Estaban todos ocupadísimos flirteando y encontrándose fascinantes los unos a los otros.

—Esperé a que acabaran de tocar y empezaran a recoger los instrumentos. Y como Clementine no es muy alta, y el violonchelo es casi tan grande como ella, le dije una frase que me pareció muy ingeniosa: «Seguro que te arrepientes de no haber elegido la flauta».

—¡Menudo genio! —exclamó Vid, dándose una palmada en la pierna.

—No creas —replicó Sam—. La gente les dice eso a los violonchelistas constantemente. Fue el peor tópico que podía haber elegido.

—¡Y que lo digas! —comentó Vid—. ¡Yo nunca habría dicho eso!

—Pero se apiadó de mí igualmente —concluyó Sam.

—Mamá, tengo frío —dijo Ruby, apareciendo de repente al lado de Clementine, con Batidora bajo el brazo, como si fuera un osito de peluche.

—¿Quieres ponerte el abrigo especial que la abuela te ha regalado? —le preguntó Clementine.

La madre de Clementine les había comprado a las niñas unos abriguitos preciosos de invierno que había visto de rebajas en David Jones. Erika lo sabía porque estaba de compras con Pam cuando los había visto. A Erika le gustaba ir de compras con Pam porque raras veces compraba algo. Aquello sacaba de sus casillas a Clementine, sin embargo a Erika le encantaba cómo Pam fruncía el ceño mientras le daba la vuelta a una prenda para analizar la calidad del forro, antes de sacar las gafas de leer del bolso para comprobar la etiqueta del precio, resoplar, dudar y finalmente decir: «¡No!».

Sin embargo, Pam había sido incapaz de resistirse a aquellos abriguitos de lana, con sus botones alargados negros y sus capuchas, y Erika la había apoyado, aunque con el clima de Sídney no les darían mucho uso.

Mientras Clementine le quitaba a Ruby las alas de hada y la ayudaba a ponerse el abrigo rosa (el de Holly era verde), Erika no comentó que había estado presente en el momento de la compra de los abrigos. Con los años, había aprendido que, aunque Clementine no quería ir de compras con su madre, tampoco le hacía demasiada ilusión que Erika la acompañara.

Nunca le había dicho nada, solo era una percepción. La percepción de que Clementine pensaba: «Deja de robarme a mi madre. Tú ya tienes una».

Erika comprobó con satisfacción que el abrigo rosa le quedaba de maravilla a Ruby. Ella le había aconsejado a Pam que eligiera una talla más.

—Pareces Caperucita Rosa —dijo Oliver, mientras Ruby hacía piruetas con el abrigo puesto.

Ruby se rio. Había pillado la broma. Era una niñita lista. La pequeña trepó al regazo de su madre y se acurrucó feliz, como si Clementine fuera su sofá favorito. Luego, se metió el pulgar en la boca.

—¿Batidora bate algo alguna vez? —le preguntó Tiffany a Clementine.

—No, cuando Batidora se convirtió en Batidora se le relegó de un trabajo tan ingrato —explicó Clementine—. Ya no tendrá que batir nada nunca más.

Ruby se quitó el pulgar de la boca.

—Chist. Batidora está durmiendo —dijo la niña, acariciando a Batidora como si fuera un bebé. Todos se rieron, como ella había supuesto. Ruby volvió a meterse el dedo en la boca con una sonrisa de suficiencia y satisfacción.

—Creo que Ruby y Batidora están cansadas —señaló Clementine—. Deberíamos irnos pronto.

—Antes tenéis que tomar el postre —replicó Vid con firmeza—. He hecho *cremeschnitte*. Es otra antigua receta familiar que he sacado de internet.

—Es un pastel de vainilla y crema pastelera —explicó Tiffany—. Está de muerte.

—Entonces sería una lástima perdérselo —comentó Clementine.

—También tenemos esas almendras cubiertas de chocolate tan ricas que has traído tú, Erika —dijo Tiffany—. A mí me encantan. Mi abuelo las compraba en Navidad. Me traen buenos recuerdos.

Erika esbozó una leve sonrisa. Recuerdos. Sí, claro. Seguro que las almendras con chocolate iban a quedar fenomenal al lado del puñetero *schnitte* de crema que estaba de muerte.

—¡Mirad! —exclamó Oliver, animándose de repente—. ¡Niñas! —gritó, mientras señalaba hacia un árbol que había al fondo del jardín—. ¿No es eso de ahí una zarigüeya?

39

$\mathcal{L}$a maldita lluvia volvía a oírse con más fuerza. Empezaba a hacer mella en la cabeza de Tiffany. Vid y Tiffany,
que habían cancelado sus respectivas citas para poder quedarse en casa el resto del día, tomaban café en la cocina mientras
Dakota veía la televisión en la habitación de al lado con Barney
acurrucado en el sofá junto a ella. La habían dejado en casa, sin
que fuera al colegio, claro.

—Que los demás chicos tengan la oportunidad de alcanzar su nivel —dijo Vid.

Tiffany seguía dándole vueltas a la confesión de Dakota
entre sollozos en la parte de atrás del coche en el lateral de la
carretera.

Era muy poca cosa. Era algo serio. Cualquiera podría
haberlo visto y, aun así, era posible que Tiffany no se hubiese
dado cuenta nunca. Si Vid no hubiese sugerido que Clementine le diera clases de violonchelo, probablemente Dakota no
hubiese roto a llorar y ellos nunca habrían sabido la verdad.

Tiffany y Vid se habían preparado para sentarse a cada lado
de Dakota durante todo el día y dejarla hablar o simplemente

estar a su lado, pero Dakota había dicho al final: «Oíd, chicos, no os lo toméis a mal, pero ¿podéis dejarme un poco de espacio?». Y había hecho un movimiento circular con las manos para señalar el espacio que necesitaba a su alrededor. Ya volvía a tener un aspecto más normal, como si esa burbuja de cristal en la que se había metido se estuviese diluyendo y resquebrajando.

Era hora de ponerse a pensar en la cena, pero, de repente, Tiffany había sentido un antojo de chocolate con el café y se acordó del tarro de almendras con chocolate que estaba al fondo de la despensa.

Vid resopló mientras trataba de abrir la tapa.

—¿Qué coj...? —Tenía la cara roja. Jamás había perdido una batalla ante una tapadera. Levantó el tarro en el aire y miró la etiqueta—. ¿Dónde compramos esto?

—Erika lo trajo a la barbacoa —respondió Tiffany.

La cara de Vid se ensombreció al instante y Tiffany vio con sorprendente claridad lo afectado que seguía estando por lo que había pasado, aun después de todas esas semanas y pese a que había dicho que ya no pensaba en ello. Qué tonta había sido al creer sus palabras. Vid usaba siempre cortinas de humo. Cuanto más angustiado estaba, más bromas gastaba.

—Creo que esta tapa tiene pegamento —dijo Vid haciendo un último intento—. Te lo digo en serio.

—Maldita sea —repuso Tiffany—. Tenía verdadero antojo de comerme una.

Cogió el tarro de sus manos y empezó a dar golpes en el borde de la tapa con un cuchillo de mantequilla, como hacía siempre su madre.

—Eso no va a funcionar —se mofó Vid—. Dámelo. Deja que lo intente de nuevo.

—¿Te ha devuelto ya Clementine la llamada? —preguntó Tiffany.

—No —respondió Vid.

—¿Le has dejado algún mensaje? ¿O simplemente has colgado?

—He colgado —confesó Vid—. ¿Por qué no contesta? Creía que le caía bien.

Querían que Clementine hablara con Dakota para dejar las cosas claras.

—Claro que le caíste bien —dijo Tiffany—. Le gustaste mucho. Esa es una parte del problema.

Vid cogió el tarro de las manos de Tiffany y empezó a retorcer la tapa de nuevo entre resoplidos y palabrotas.

—Mierda. Ábrete, cabrón. Deberíamos... volver a vernos todos. Eso nos haría sentir mejor, creo yo. Este... silencio... hace que todo se agrande y empeore... ¡A la mierda con esto!

Giró la tapadera con tanta fuerza que el tarro se le escurrió de las manos y cayó al suelo, donde se hizo añicos al instante, lanzando chocolatinas y trozos de cristal por todas las baldosas.

—Ahí tienes —dijo Vid malhumorado—. Ya está abierto.

40

El día de la barbacoa

¿La ves? Acércate más. —Oliver estaba bajo un árbol justo al lado del cenador, levantando en el aire a Holly, sujetándola por las pantorrillas, como si fuese una pequeña artista de circo.

Hubo un agitar de hojas y un destello de luminosos ojos sorprendidos cuando, de repente, salió la zarigüeya.

—¡Ya la veo! —gritó Holly.

—Es una zarigüeya de cola anillada —le explicó Oliver—. ¿Ves la punta blanca de su cola? Un pequeño dato para ti: tiene dos pulgares en cada pata delantera que le sirven para trepar. ¡Dos pulgares! ¿Te lo puedes imaginar?

Dios mío, Oliver sería un padre maravilloso, pensó Clementine apretando sus labios contra la cabeza de Ruby. Quizá sí pudiera hacerlo. Darles sus óvulos. Era donante de sangre, ¿por qué no de óvulos? Y luego, podría olvidarse sin más de que el niño era biológicamente suyo. Era cuestión de hacerse a la idea.

«Sé generosa, Clementine, sé buena. No todos tienen tu buena suerte». Clementine pensó en aquella vez en que su madre invitó a Erika a ir con ellos de vacaciones a la playa cuando tenían trece años, unas vacaciones que Clementine había estado esperando con desesperación porque serían dos semanas sin esa sensación vergonzosa e irritante que había sufrido todos los días en el colegio, cuando Erika iba corriendo hasta ella a la hora de comer y se colocaba demasiado cerca para hablarle en voz baja y cómplice: «Vamos a comer allí. En algún lugar retirado». Clementine solo era una niña. Las negociaciones necesarias, todas ellas enmarcadas por los parámetros del importantísimo código de bondad de su madre, le parecían increíblemente complejas. A veces, le prometía a Erika que pasaría solamente la mitad del almuerzo con ella. Otras, convencía a Erika de que se acercara con ella a otras niñas, pero Erika solo se mostraba contenta cuando estaban las dos solas. Clementine tenía otras amistades que quería cultivar: amistades normales y fáciles. Era como si Clementine tuviera que tomar una decisión diaria: ¿mi felicidad o su felicidad?

Había deseado pasar las vacaciones solamente con sus hermanos mayores, porque así la habrían incluido en sus aventuras, pero, al final, habían sido unas vacaciones en las que los chicos se habían ido por un sitio y las chicas por otro y cada día Clementine se había visto obligada a contener su rabia y disimular su egoísmo porque la pobre Erika nunca había pasado unas vacaciones en familia como aquellas y había que compartir lo que se disfrutaba.

Observó a Erika, que se había hundido en su silla y miraba su copa de vino con el ceño fruncido. No había duda alguna. Erika estaba achispada.

¿Estaba bebiendo más de lo habitual debido a las cosas tan desagradables que había oído? Clementine estiró el brazo alrededor del cuerpecito curvado de Ruby para volver a coger su copa de vino.

Vid y Tiffany apilaban platos para llevarlos dentro.

—Deja que lo haga yo —le dijo Sam a Tiffany. Se levantó y extendió las manos para coger los platos—. Tú descansa un poco.

—De acuerdo —respondió Tiffany dándole los platos y volviendo a sentarse en su silla—. No hace falta que me lo pidas dos veces.

—¿Te encargas tú de las niñas? —le preguntó Sam a Clementine mirando hacia atrás mientras salía del patio detrás de Vid.

—Sí, yo me encargo de las niñas —respondió Clementine señalando a Ruby en su regazo y a Holly, que seguía con Oliver mirando a la zarigüeya.

—Creo que Dakota se ha metido dentro a leer —dijo Tiffany mirando a su alrededor—. Lo siento. A veces lo hace. Desaparece y te la encuentras tumbada en la cama leyendo.

—No hay problema —repuso Clementine—. Ha sido estupendo que haya estado jugando con ellas tanto tiempo.

—Últimamente, Dakota está obsesionada con la lectura —dijo Tiffany. Por el modo en que los labios de Tiffany se curvaban hacia abajo, Clementine estuvo segura de que estaba tratando de ocultar su orgullo—. Cuando yo tenía su edad, lo que me obsesionaba era el maquillaje, la ropa y los chicos.

Sí, y apuesto a que los chicos estaban obsesionados contigo, pensó Clementine.

—¿Tú estabas obsesionada con la música? —Tiffany se apartó un mechón de pelo que se le había pegado al labio. Literalmente, todo lo que hacía resultaba sensual. ¿Cómo sería cuando fuese una anciana? Era imposible imaginarse a Tiffany de mayor, mientras que Clementine solo tenía que echar un vistazo a Erika con el ceño fruncido y la mirada perdida para ver a la anciana que algún día sería, con las líneas entre sus ojos convertidas en profundas arrugas y el ligero encorvamiento de su espalda convertido en una joroba.

Imaginar a Erika como una anciana gruñona, siempre quejándose y rebatiendo, hizo que Clementine la mirara con cariño. En cierto modo, sabía que habría una tregua tácita en su batalla tácita por Dios sabe qué cosas cuando fuesen viejas. Las dos podrían renunciar a su innato mal humor. Sería un encantador alivio.

—Supongo que era importante para mí —contestó Clementine. La música no era tanto su obsesión como su vía de escape. No tenía que compartir ese mundo con Erika, salvo cuando esta iba a verla actuar, pero, en esos momentos, había suficiente espacio entre ellas, tanto literal como figurado.

—¿Eran tus padres aficionados a la música? —preguntó Tiffany.

—En absoluto —contestó Clementine. Se rio un poco—. Todo lo que me rodea no tiene nada de musical. Mis padres, Sam. ¡Mis hijas!

—¿No resulta delicado? —preguntó Tiffany.

—¿Delicado? —repitió Clementine.

Qué curiosa palabra había elegido. ¿Resultaba delicado estar rodeada por gente nada musical?

Nadie podía acusar a los padres de Clementine de no haberla apoyado. La habían ayudado con el dinero para comprar su bonito violonchelo vienés (ella les había devuelto poco más de la mitad y, después de que Ruby naciera, su padre le había dicho que no se preocupara del resto, que «se lo quitaría de la herencia»): un instrumento que había provocado tantas sensaciones opuestas en Clementine que, a veces, parecía como un matrimonio. Su padre mostraba por Clementine un orgullo distante y fascinado. Ella se había sentido muy conmovida al descubrirle viendo el tenis con un ejemplar de *Música clásica para tontos* boca abajo a su lado en el sofá. Pero Clementine sabía que nada de lo que ella tocara se acercaría nunca a lo que para su padre representaba una canción de Johnny Cash.

La madre de Clementine también la había apoyado, claro. Al fin y al cabo había sido ella la que la había llevado en coche a las clases, a las audiciones y a las actuaciones sin quejarse una sola vez. Pero, con el paso de los años, Clementine había llegado a pensar que su madre tenía sentimientos encontrados en cuanto a su música. No era desaprobación —¿por qué iba a serlo?—, pero a menudo lo parecía. A veces, se preguntaba si Pam veía la carrera de Clementine más como un acto caprichoso o autocomplaciente, como un pasatiempo, sobre todo, en comparación con la profesión sensata y sólida de Erika. Cuando Pam hablaba con Erika sobre su trabajo asentía con expresión de respeto, mientras que el trabajo de Clementine parecía considerarlo divertido, un poco extravagante. «Son imaginaciones tuyas», le decía siempre Sam. Él pensaba que se debía más bien al resentimiento de Clementine hacia su madre por hacer que Erika formara parte de su familia y, por tanto, obligarla a ser su amiga.

«Es probable que te sintieras suplantada por Erika», le había dicho una vez.

«No», había contestado Clementine. «Yo solo quería que se fuera a su casa».

«Exacto», había zanjado Sam, como si eso demostrara lo que él estaba diciendo.

¿Y qué pasaba con Sam? ¿Resultaba «delicado» que él no fuese músico? A veces, después de una actuación, él le preguntaba cómo había ido. Ella respondía: «Bien», y él decía: «Qué bien», y eso era todo. Y ella sentía cierta melancolía porque, si él hubiese sido también músico, ella habría tenido muchas más cosas que contarle. Clementine conocía a muchas parejas que trabajaban juntas en orquestas y hablaban constantemente del trabajo. Ainsley y Hu, por ejemplo, tenían un pacto por el que solo se permitían hablar del trabajo hasta que cruzaban el puente de Anzac porque, de lo contrario, sería «demasiado intenso». Clementine no podía imaginarse cómo podía ser eso. Ella y Sam hablaban de otras cosas. Las niñas. *Juego de tronos.* Sus familias. No necesitaban hablar de música. No importaba.

Ahora Erika estaba sentada con la espalda erguida, como si estuviese animándose.

—Yo estaba presente cuando Clementine oyó un violonchelo por primera vez —le dijo a Tiffany. Había un inconfundible descuido en su forma de hablar—. Uno de los chicos de nuestra clase tenía una madre que tocaba el violonchelo y vino un día y tocó para nosotros. A mí me pareció bonito pero, entonces, miré a Clementine y parecía como si hubiese alcanzado el nirvana.

Clementine recordaba la primera vez que había oído aquel sonido tan exquisito. No sabía que fuese posible que existiera un sonido así. ¡Ni tampoco que una madre de aspecto tan corriente pudiera producirlo! Fue Erika la que le dijo a Clementine que le preguntara a sus padres si podría ir a clases de violonchelo y, a menudo, Clementine se preguntaba si se le habría ocurrido a ella pedirlo. Pensaba que quizá no. Habría tratado de buscar el modo de oír de nuevo el violonchelo, pero nadie en su amplia familia tocaba instrumentos de cuerda.

Erika no debía de recordar que había sido ella la que lo había sugerido. De lo contrario, habría encontrado la forma de mencionarlo cada vez que se le presentara la oportunidad, para hacerse con la titularidad de la carrera de Clementine.

—Entonces, vosotras os conocéis desde que erais niñas —dijo Tiffany—. Es estupendo que una amistad dure tantos años.

—Se puede decir que la madre de Clementine me adoptó —contestó Erika—. Porque yo no tenía muy buen «ambiente hogareño». —Dibujó unas comillas en el aire al pronunciar las palabras «ambiente hogareño»—. Lo cierto es que no fue por decisión de Clementine, ¿verdad, Clementine?

41

Gracias por hacerme un hueco hoy. —Erika se sentó en el sillón reclinable de cuero azul de su psicóloga, que estaba sentada en un sillón a juego colocado enfrente de ella, como si Erika fuese la invitada de un programa de entrevistas. Había una gran otomana redonda entre ellas con una caja de pañuelos de papel encima, como si la otomana fuera una mesita de centro. (Un diminuto incordio. ¿Por qué no comprar una mesita?).

—No ha sido un problema en absoluto. He tenido muchas cancelaciones por la lluvia. Están aconsejando a la gente que se aleje de las carreteras, si es posible. —El nombre de la psicóloga era, al parecer, Merilyn. Así es como se había presentado y ese era el nombre que aparecía en su material de oficina pero, en opinión de Erika, se trataba de un error de apreciación. Merilyn era un nombre de lo menos indicado para ella. Parecía cualquier cosa menos una Merilyn. Parecía más una Pat.

Merilyn tenía un sorprendente parecido con una secretaria que había trabajado para Erika durante muchos años y que tenía el apropiado y correcto nombre de Pat. Ese tipo de cara en particular (redonda y rosada) y el nombre de Pat estaban, por tanto, unidos para siempre en el subconsciente de Erika y, cada vez que miraba a su psicóloga, tenía que recordarse: «No Pat».

—Esta lluvia es de lo más insólito, ¿verdad? —dijo No Pat mirando por la ventana.

Bajo ningún concepto iba Erika a desperdiciar un minuto del tiempo que había pagado en hablar de la meteorología, así que no hizo caso de aquel comentario necio y fue directa al grano.

—Cuando me invitan a casa de alguien siempre llevo un tarro de frutos secos cubiertos de chocolate. Almendras con chocolate.

—Qué ricas —dijo No Pat con tono alegre.

—A mí no me gustan tanto —repuso Erika.

No Pat inclinó la cabeza.

—Y entonces, ¿por qué las llevas?

—La madre de Clementine llevaba a menudo frutos secos con chocolate siempre que iba a casa de alguien —contestó Erika—. Creo que los compraba a granel. Era bastante ahorradora.

—Era como un modelo para ti —sugirió No Pat.

—Solían invitarme a ir con ellos —dijo Erika—. A barbacoas y... sitios. Yo siempre aceptaba. Siempre me sentía feliz por salir de mi casa.

—Es comprensible —comentó No Pat. Miraba a Erika con curiosidad.

—Estoy haciendo eso que hace siempre mi madre cuando cuenta una historia —continuó Erika—. Divaga. No puede ir directa al grano. He leído que es bastante común entre los acumuladores compulsivos. No pueden mantener el orden en sus conversaciones como tampoco pueden mantenerlo en sus casas.

—Divagar está bien —apuntó No Pat—. Lo cierto es que creo que estás dando vueltas alrededor de algo. Creo que estás llegando a algún lugar.

—Bueno, ya sabes..., la verdad es que los frutos secos con chocolate ya no son un regalo apropiado. Por las alergias. Hoy en día todo el mundo tiene alergias. Una vez, Clementine vio mi tarro de frutos secos y dijo: «Está claro que no tienes hijos, Erika».

—¿Eso te ofendió?

—No especialmente —contestó Erika tras pararse a pensar—. Podría suponerse que sí porque ese día acabábamos de saber que habíamos fracasado en otro intento de fecundación *in vitro*. Clementine no lo sabía, claro. Se habría sentido fatal por haber dicho eso de haberlo sabido.

No Pat inclinó aún más la cabeza, como una preciosa ardillita de Disney que estuviese escuchando algo en el bosque.

—¿Te sometiste a FIV o te estás sometiendo a FIV?

—Sé que resulta extraño no haberlo mencionado hasta ahora —dijo Erika poniéndose a la defensiva.

—No es extraño —contestó No Pat—. Pero me parece interesante.

—Hace unas ocho semanas tuvimos una barbacoa en la casa de nuestros vecinos.

—Bien.

«Mira cómo doy vueltas, No Pat».

—Ayer, mi marido encontró el cadáver de nuestro vecino —continuó Erika. Se preguntó si lo estaba haciendo a propósito. Eso era lo que hacía su madre. Desequilibraba a la gente solo por el placer de verles tambalearse. Era divertido.

Sin duda, No Pat se estaba tambaleando. Probablemente ahora mismo se estaba arrepintiendo de haber aceptado esa visita de urgencia.

—Eh..., ¿el vecino de la barbacoa?

—No —contestó Erika—. Este vivía al otro lado de ellos. Era un anciano. No era un hombre especialmente agradable. No tenía amigos ni familia. Todos se sienten mal porque su cadáver llevaba varias semanas allí. Pero yo no me siento mal.

—¿Y a qué crees que se debe?

—No quiero sentirme mal —respondió Erika con impaciencia—. No tengo tiempo para sentirme mal. No tengo... espacio en mi cabeza. Oye, ni siquiera sé por qué lo he dicho. No es relevante. En fin, ya hemos dejado lo de la FIV porque mis óvulos están podridos y, antes de la barbacoa, le pedimos a Clementine si podría donarme sus óvulos. Donarnos.

No Pat asintió con valentía.

—¿Cómo reaccionó?

—Pasó algo en la barbacoa —respondió Erika.

—¿Qué pasó? —La pobre No Pat parecía estar a punto de echarse a sudar.

—Antes que nada, lo que pasó es que me tomé una de esas pastillas que me recetaste —contestó Erika—. Una entera. Sé que dijiste que debía empezar con media o incluso un cuarto, pero me tomé una entera porque no podía romperla y, luego, en la barbacoa, creo que es posible que bebiera más de lo que suelo beber normalmente. —Vio a Clementine corriendo de un sitio a otro mientras trataba de recoger el champán que se escapaba de la botella.

—Dios mío —dijo No Pat con una mueca tan exagerada que resultaba casi cómica.

—Como ya sabrás, hay una gran advertencia en la parte delantera de la caja —continuó Erika—. Dice que las pastillas pueden aumentar los efectos del alcohol, pero yo pensé: Bueno, nunca bebo mucho, no pasará nada, pero tomé una copa de champán y puede que me la bebiera demasiado rápido. Estaba sintiendo cierto nivel de estrés. En fin. Creo que me emborraché, la verdad, cosa que no me había pasado nunca, y tengo lagunas en la memoria sobre aquella noche. Puntos negros. Como bloqueos.

—Probablemente sean más como apagones parciales —la corrigió No Pat—. El alcohol afecta a la capacidad de transferir recuerdos de la memoria a corto plazo a la memoria a largo plazo.

—Entonces, ¿crees que han desaparecido del todo?

No Pat se encogió de hombros. Erika la fulminó con la mirada. No le pagaba para que se encogiera de hombros.

—Puede que haya algo que desencadene un recuerdo —dijo No Pat—. Un sabor. Un olor. Algo que alguien pueda decir y te haga recordar. O, a veces, volver al mismo lugar puede servir de ayuda. Podrías «regresar a la escena del crimen», por así decirlo. —Se rio un poco al pronunciar las palabras «escena del crimen», pero Erika no le devolvió la sonrisa. La sonrisa de No Pat desapareció.

—Vale.

Pensaría sobre ello más tarde.

—En fin, que llevé frutos secos cubiertos de chocolate a la barbacoa. Como hago siempre.

No Pat esperó.

—Supongo que simplemente pensé en todas esas veces en que la madre de Clementine me pidió que les acompañara a celebraciones familiares —dijo Erika—. Su padre conducía el coche, su madre llevaba el tarro de frutos secos en el regazo y yo iba en el asiento de atrás con Clementine. Entonces sus hermanos mayores ya iban a lo suyo la mayoría de las veces, así que, a menudo, solo íbamos las dos. Yo miraba por la ventanilla, encantada, feliz, fingiendo que Clementine y yo éramos hermanas y que sus padres eran mis padres.

Levantó la vista hacia No Pat, sorprendida al descubrir que era eso alrededor de lo que había estado dando vueltas, este pequeño dato no especialmente impactante, como diría Oliver.

—Clementine no iba tan feliz ni fingía que era mi hermana. Clementine no quería que yo estuviese allí.

—Ah —dijo No Pat.

—Por supuesto, yo siempre lo he sabido. En el fondo, lo sabía. Pero últimamente he intentado ponerme en su lugar, ser la que miraba por la otra ventanilla, la hija *de verdad,* con la impostora siempre alrededor. —Erika tenía la mirada perdida sobre la superficie afelpada y acolchada de la otomana de No Pat—. Me pregunto qué sentiría.

42

El día de la barbacoa

Erika tenía la mirada peligrosa y agresiva de una borracha que está a punto de revelar un secreto.

Clementine sintió un nudo en el estómago.

—Seguimos siendo amigas, ¿no? —dijo con tono alegre.

Erika emitió un sonido que fue casi como una carcajada.

Dios mío, contar las complejidades de su amistad con Erika le parecía una revelación más íntima e inadecuada socialmente que la noticia de que Tiffany había sido *stripper*.

Tiffany se aclaró la garganta y Clementine vio cómo movía a un lado la botella de vino para apartarla de Erika.

—Perdonad —dijo Erika. Se puso de pie. No se tambaleó, pero adoptó la postura cautelosa de un inexperto pasajero que va en un barco, alguien muy consciente de que el suelo podría moverse en cualquier momento—. Voy a entrar al baño. —Pestañeó con rapidez—. Solo un momento.

—Hay uno aquí mismo —le indicó Tiffany apuntando hacia una puerta que había en la parte posterior del cenador.

Claro que había un baño. Toda la familia de Clementine podría haberse mudado tranquilamente a ese cenador.

Pero Erika se estaba dirigiendo ya al interior de la casa.

—Creo que va un poco achispada —comentó Clementine con tono de disculpa, pues era claramente responsable del extraño comportamiento de Erika. Pensó en sus años de juventud cuando Erika tomaba el control, parando taxis y preparando café en las ocasiones en que Clementine bebía demasiado. Resultaba extraño tener que disculparse por Erika.

—Probablemente sea culpa mía por haberle rellenado la copa varias veces —repuso Tiffany—. Me voy a quedar sin mi licencia para servir alcohol.

—¿La tienes? —preguntó Clementine. Quizá fuese un requisito para las *strippers.*

Tiffany sonrió levemente.

—No. Solo era una broma.

Clementine notó que le dolía el brazo, así que cambió el peso de Ruby en un intento por adoptar una postura más cómoda. A juzgar por el ruido que hacía al chuparse el dedo estaba a punto de quedarse dormida, pero el movimiento del brazo fue suficiente para despertarla, y, de repente, sacudió la cabeza.

—Holly —balbuceó confundida, hablando por encima de su pulgar.

—Está allí. —Clementine señaló a Oliver y Holly, que seguían con su caza de zarigüeyas.

Ruby se deslizó por el regazo de Clementine.

—Adiós —dijo moviendo en el aire su batidora, y fue tambaleándose hacia ellos.

—El abriguito rosa le queda precioso —comentó Tiffany mientras las dos miraban cómo Oliver se agachaba para coger a Ruby.

—Probablemente dentro de un momento se estará quejando de que tiene demasiado calor —repuso Clementine—. Pesa una tonelada.

Clementine miró a Tiffany, que estaba rascándose el lateral del cuello pero que, de algún modo, lograba que incluso eso pareciera erótico. ¿Cómo sería tener un cuerpo así? ¿Te convertía automáticamente en una persona sexualmente más osada porque con solo mirarte al espejo te ponías caliente? ¿Y, por tanto, estabas destinada a convertirte en una *stripper*? ¿O había bibliotecarias con cuerpos así? Por supuesto, había bibliotecarias exactamente iguales en las películas porno.

Sentía mucha curiosidad e interés por esta mujer. Dio otro sorbo al vino y se inclinó sobre la mesa.

—¿Puedo hacerte una pregunta?

—Claro —contestó Tiffany.

—Es obvio que muchos de los hombres que te veían... bailar... estarían casados, ¿no?

—No hacíamos encuestas en la puerta —repuso Tiffany—. Pero sí, es probable.

—¿Crees que estaban traicionando a sus esposas de mediana edad, que se quedaban con sus hijos mientras ellos se sentaban allí sintiendo deseo por una preciosa chica de diecinueve años? ¿No es eso, en definitiva, infidelidad?

—Sus esposas de mediana edad estaban probablemente en casa leyendo *Cincuenta sombras de Grey* —respondió Tiffany—. O teniendo fantasías con el protagonista de una película romántica.

—Pero eso es ficción —replicó Clementine.

—Yo era ficción —señaló Tiffany.

—Vale —dijo Clementine vacilante. «No, no lo eras»—. ¿Pero...? ¡Oh! —Cientos de lucecitas diminutas se encendieron y transformaron el patio trasero en un centelleante y mágico país de las hadas. Parecía el decorado para una obra de teatro.

—Esto es lo que pasa cuando te casas con un electricista loco. Están programadas para encenderse a las cinco y media en esta época del año —le explicó Tiffany—. Quizá podríamos encenderlas antes incluso. Oye, mira tus hijas.

Holly y Ruby se habían vuelto locas. Daban vueltas delirantes por el patio, riéndose y señalando con los dedos, con sus luminosas caritas hipnotizadas y extendiendo las manos hacia arriba, abriéndolas y cerrándolas, como si quisieran atrapar las luces como burbujas. Barney corría con ellas, moviendo la cola, dando ladridos de felicidad. Oliver las miraba con las manos metidas en los bolsillos, con una gran sonrisa.

Vid y Sam volvieron a aparecer en el cenador cargados con bandejas de comida. Tiffany y Clementine se levantaron para ayudarles.

—Y entonces, se hizo la luz —dijo Sam—. Deberíamos llevar a Vid a casa para que haga algo con nuestro triste y viejo patio trasero. Las chicas están como si nunca antes hubiesen visto la electricidad.

Oliver se acercó a la mesa.

—¿Este es el plato que has mencionado antes, Vid? —preguntó con su tono torpe y serio—. ¿Cómo decías que se llamaba?

—*Cremeschnitte* —contestó Vid—. Pero espera. Tú solo espera.

—¿Habéis traído platos? —le preguntó Tiffany.

—Erika va a sacar tus platos azules, los buenos —respondió Vid—. Venía detrás de nosotros. Y si a las niñas no les gusta mi postre tenemos helados en el congelador, aunque, por supuesto, les gustará.

—Tiffany, ¿has dicho antes que hay un baño por ahí? —preguntó Oliver señalando hacia la parte posterior del cenador.

—Sí, eso es —respondió Tiffany. Oliver salió a toda velocidad. Ahora estaban solo los cuatro de pie alrededor del extremo de la mesa.

—También he elegido la música para acompañar a mi postre —anunció Vid. Volvió a coger su teléfono—. Ya basta de esta cosa machacante que le gusta a mi mujer. Clementine, ¿has oído alguna vez a un músico que se llama Yo-Yo Ma? —Pronunció el nombre con claridad—. Es bastante bueno, me parece.

Clementine le sonrió. Era adorable.

—Sí, Vid. Sé quién es Yo-Yo Ma. Es bastante bueno.

—Vale. Es este, ¿no? Y permitid que os diga que este es el sonido para degustar mi *cremeschnitte*.

El indescriptible sonido de Yo-Yo Ma interpretando el primer movimiento del *Concierto para violonchelo* de Elgar inundó el cenador. Clementine se estremeció. Era espléndido.

—¿Abro estos frutos secos con chocolate que ha traído Erika? —preguntó Sam.

—Sí, por favor —respondió Tiffany—. Almendras es justo lo que me apetece.

—Así que te gustaría probar un buen par de almendras, ¿eh? —preguntó Sam.

—Un buen par de almendras dulces —contestó Tiffany.

—Ah, ¿sí? —dijo Sam con la mano sobre la tapa.

—Dejadlo ya. Sois unos groseros —protestó Clementine a la vez que sentía una explosión de calidez al ver ya que estaba a punto de surgir una amistad divertida y de coqueteo entre todos ellos. Sería una amistad que implicaría buena comida, buen vino y buena música y habría un toque sexual en todo lo que hicieran. Y bien sabía Dios que a su vida le vendría bien cierto toque sexual.

(¿Cuándo había sido la última vez que ella y Sam habían tenido sexo? ¿Hacía una semana? No, hacía dos semanas. ¿Habían llegado hasta el final? No. Holly había pedido a gritos «¡un vaso de agua, por favooooor!». Su don de la oportunidad era increíble e hilarantemente preciso).

Tras el penoso cuarteto con Erika y Oliver, habían pasado a ser un relajado sexteto. Sería mucho más fácil estar con Erika y Oliver teniendo cerca a Vid y Tiffany como amortiguadores. Vid y Tiffany eran más provocadores y brutos (y más ricos) que el resto de sus agradables y normales amigos de clase media. Vid y Tiffany abrían la puerta a otras posibilidades. ¿Posibilidades de qué, exactamente? No lo sabía. No importaba. Era como ese inespecífico sentimiento de anticipación de la adolescencia.

—Pues no sé cómo puede superar este *cremeschnitte* a tu strudel —le dijo Clementine a Vid mientras la música ondeaba y llegaba a su apogeo a su alrededor.

—Ay, Clementine, ya sabes que yo no soy de los que se dan autobombo, como se suele decir. ¡Ja, ja! ¡Sí que lo soy! Me encanta darme autobombo. ¡Ja, ja! Se me daría muy bien tocar el bombo porque tengo una fuerza impresionante —dijo a la vez que se golpeaba el pecho al estilo de King Kong.

—Tienes la personalidad de un percusionista —aseguró Clementine.

—¿Lo dices porque es un presumido? —preguntó Tiffany.

—¿Cuántos percusionistas son necesarios para cambiar una bombilla? —preguntó Clementine.

—¿Cuántos?

—Cinco. Uno para cambiarla y cuatro que se pongan alrededor y digan: «Yo puedo hacerlo mejor».

—¿Cuántos electricistas son necesarios para cambiar una bombilla? —preguntó Vid.

—¿Cuántos?

—Uno —respondió Vid.

—¿Uno?

—Sí, uno —repitió. Se encogió de hombros—. Soy electricista.

Clementine se rio.

—Eso no tiene gracia.

—Pues te estás riendo, ¿sabes? Bueno, escucha, Clementine. Tú serás la juez —dijo Vid. Hincó una cuchara en el exquisito postre y la acercó a la boca de Clementine—. Pruébalo.

Ella se lo metió en la boca. Estaba muy bueno. Ese hombre cocinaba como nadie. Clementine fingió desvanecerse llevándose la mano a la frente. Se dejó caer sobre el brazo de él y Vid la agarró. Desprendía un delicioso olor a humo de cigarro y alcohol. Olía a bar caro.

—Dios mío, la tapa está muy dura —exclamó Sam apretando los dientes con el tarro de frutos secos debajo del brazo, como si fuese un balón de rugby.

—Vamos, Músculos —dijo Tiffany.

—¡Escuchad! —exclamó Vid inclinando la cabeza a un lado mientras empezaba el segundo movimiento.

—Pero esto no sirve precisamente para bailar, ¿no? —comentó Tiffany.

Clementine trató de imaginarse a Tiffany bailando en una sala oscura y llena de humo con bolas de espejos colgando del techo. ¿De dónde había sacado esa idea? Lo cierto era que nunca había estado en un club de *striptease*. Todo lo que sabía era por la televisión. Miró a su alrededor. Erika y Oliver no estaban allí para mostrar su desaprobación. Esta era su oportunidad para averiguar más. Estaba un poquito achispada, lo sabía, pero le resultaba fascinante, divertido, y quería contar con algún chismorreo vulgar y entretenido para contárselo a sus amigos intelectuales. Bajó la voz y se acercó a Tiffany.

—¿Solías hacer...? Ya sabes. ¿Cómo se llaman? —Sabía perfectamente bien cómo se llamaban—. ¿Bailes privados?

Tiffany giró la cabeza con una mirada sugerente.

—Claro —contestó—. ¿Por qué? ¿Quieres uno?

43

No encontramos las cosas porque tenemos demasiadas —protestó Sam—. Tenemos que hacer limpieza con regularidad. Tenemos que ordenar.

Fue a la cómoda de Holly, sacó un cajón entero, vació el contenido sobre su cama y cogió una camiseta al azar.

—¿Ves? Esto nunca se lo pone. Dice que le pica.

—Esto no me ayuda a encontrar la sudadera de la fresa —dijo Clementine mirando el montón de ropa. Le recordó a la madre de Erika. Casi podía entender cómo se puede perder el control de las posesiones hasta que se convierte en algo tan abrumador que no se sabe por dónde empezar—. Esto no es más que desordenar.

Sam trató de sacar otro cajón, pero se atascó. Tiró con más fuerza mientras maldecía. La cómoda se sacudió. Había algo inquietante en el hecho de verlo allí con sus pantalones del trabajo pero sin camisa, tirando con fuerza del cajoncito blanco, con la mandíbula apretada y los músculos en tensión. ¡Por el amor de Dios!

—¡Déjalo! —exclamó Clementine—. ¡Vas a romperlo!

Él no le hizo caso y volvió a tirar. Y esta vez el cajón se soltó por fin y él vació otro montón de ropa sobre la cama.

—¿Sabes lo que estaba haciendo? —preguntó él de pronto, allí de pie con el cajón vacío colgando de sus manos—. ¿Justo antes de que ocurriera?

Dios mío.

—Estabas tratando de abrir un tarro de frutos secos —respondió Clementine con voz débil. Lo sabía. Él ya se lo había recordado. Ella no entendía por qué no dejaba de sacar a relucir el tarro de frutos secos. No tenía nada que ver con el resto.

—Estaba tan desesperado por abrir el puto tarro que me caían gotas de sudor por la frente, porque sabía que Vid me lo quitaría y lo abriría con un simple giro de su rolliza mano y tú no podías apartar los ojos de él.

—¿Qué? —exclamó Clementine. Aquello era nuevo—. No finjas que lo hacías por mí. Era por ella. ¡Era para impresionar a Tiffany!

—Sí, ¿y qué estabas haciendo tú? ¡Dímelo! ¿Qué estabas haciendo tú? —Golpeó el cajón vacío contra la cama de Holly, se acercó y se inclinó sobre ella. Clementine sintió pequeñas salpicaduras de saliva que aterrizaban sobre su cara.

Pégame, pensó. Levantó la cara. Sería lo más apropiado. Sería el comienzo de algo. Y el final de algo. Por favor, pégame. Por favor. Pero él dio un repentino paso atrás, con las manos levantadas, como un tipo que en una pelea de un bar deja claro que él no está implicado.

—¡Todos lo estábamos haciendo! —gritó Clementine—. ¡Los cuatro!

44

El día de la barbacoa

¿Por qué? ¿Quieres uno? —Tiffany no pudo resistirse. Esa gente era increíblemente encantadora y muy fácil de escandalizar.

—¿Un baile privado? —Los ojos de Clementine se iluminaron. Tiffany sabía que simplemente estaba un poco borracha y, sí, que era lo bastante convencional como para convertirse en el objetivo perfecto—. ¡No!

—Sí. Un baile privado.

Dios mío. Tiffany había olvidado lo mucho que le gustaba aquello. Había pasado demasiado tiempo desde la última vez que sintió esa oleada de poder sexual directa hacia su cabeza como una raya de cocaína.

—¿Nos haces descuento? —preguntó Sam.

—No os cobro —contestó Tiffany—. Invita la casa.

—Disfruta del baile de mi mujer —le dijo Vid a Clementine. Sacó una silla—. Insisto.

—Déjalo —repuso Clementine entre risitas—. Además, la música no es la adecuada. No puede hacer un baile sentada en mi regazo con un concierto para violonchelo.

—Puedo intentarlo —dijo Tiffany. No tenía intención de hacer un número erótico para la amiga de sus vecinos de al lado. Era una broma. Un poco de simple diversión.

—Sabe adaptarse bien —añadió Vid.

—Es muy amable por tu parte, pero de verdad que no quiero —insistió Clementine—. Gracias de todos modos. —Su voz sonaba ronca. Se aclaró la garganta avergonzada.

—Yo creo que sí quieres —rebatió Sam.

—¡Sam! —exclamó Clementine.

Tiffany vio que Sam y Clementine se miraban, con los rostros encendidos y las pupilas dilatadas. Sería un acto de bondad. Un servicio público. Podía ver exactamente en qué punto se encontraba la vida sexual de ellos dos. Eran unos padres de niñas pequeñas agotados. Pensaban que todo había acabado y no era así. No estaban teniendo una aventura ni una crisis de la mediana edad. Todo seguía en su interior, seguían sintiéndose atraídos el uno por el otro. Solo necesitaban una pequeña descarga eléctrica en su sistema, un pequeño estímulo, quizá algunos juguetes sexuales, un poco de porno suave de calidad. Ella podría ser su porno suave de calidad.

Tiffany miró a Vid a los ojos. Él levantó una ceja. Estaba encantado con esto, por supuesto. Movió el mentón de manera sutil. Quería decir: «Adelante. Haz que exploten sus pequeñas mentes de barrio residencial».

Sam se colocó detrás de Clementine y la empujó de los hombros hacia abajo para que se sentara. Clavó la mirada en los ojos de Tiffany. Él era su tipo de cliente preferido. Agradecido, simpático, que no se lo tomaba demasiado en serio pero sí lo suficientemente en serio. Daría una generosa propina de agradecimiento.

Y de verdad quería ver cómo le hacían a su esposa un baile erótico. Por supuesto que sí. Era simplemente humano. Tiffany miró a Clementine, que estaba tan debilitada por la risa (y el deseo, Tiffany lo sabía, aunque Clementine no) que apenas podía mantenerse erguida en la silla.

Tiffany no iba a hacerlo, no como se tiene que hacer, no en aquel patio trasero y con las niñas cerca, pero como broma, por diversión, se movió, despacio, al compás del extraño *concerto* (sí se puede hacer un baile erótico al compás de un concierto de violonchelo, ningún problema), casi parodiándose a sí misma, pero no demasiado, pues aún conservaba su orgullo profesional y había sido una de las mejores de su gremio. Nunca fue solo por el dinero. Se trataba de conseguir una conexión, una conexión humana, e interpretarla con la cantidad justa de teatralidad, realidad y *poesía*.

Vid silbó con admiración.

Clementine se colocó una mano sobre los ojos y miró a través de los dedos.

Se oyó un tremendo estruendo de platos y un fuerte grito que se abrió paso en la noche:

—¡Clementine!

45

&Espero que se recupere pronto —dijo la agente de policía mientras Oliver se quedaba en la puerta de la casa para despedirla a ella y a su compañero.

—Gracias —contestó Oliver, quizá con excesiva gratitud, pues la agente le miró como si hubiese algo que no entendiera. Simplemente se había sentido conmovido por el hecho de que ella tuviera el detalle de preocuparse por su salud. ¿Su gratitud parecía sospechosa? ¿Culpable? No había sido nunca una de esas personas que se sienten culpables cuando ven un coche de policía pasando por su lado. Normalmente, tenía la conciencia tranquila. La mayoría de la gente conducía diez kilómetros por hora por encima del límite de velocidad mientras que él acostumbraba a ir cinco kilómetros por debajo.

La policía había acudido tras la muerte de Harry. Les estaba resultando complicado encontrar a sus familiares más cercanos. Oliver deseaba poder ser de más ayuda. Confesó que sus conversaciones con Harry nunca pasaron al terreno personal. Hablaban del tiempo, del jardín y del coche abandonado en la calle. Había creído, fuera verdad o no, que a Harry no le habría gustado que le hicieran preguntas personales.

La policía quiso confirmar de nuevo la última vez que había visto a Harry y él pudo darles la fecha exacta: el día anterior a la barbacoa. Dijo que Harry parecía estar en buen estado. No mencionó que Harry se había quejado del perro de Vid. No le pareció relevante. No quería empañar la imagen de Harry.

—Parece estar muy seguro de la fecha —dijo la simpática policía.

—Pues sí —contestó Oliver—. Es que el día posterior hubo... un incidente. En la casa de al lado.

Ella le miró sorprendida y él se lo contó, aunque brevemente, porque, para su sorpresa, vio que le costaba respirar al hablar de ello. La agente no hizo ningún comentario. Quizá ya lo supiera. Al fin y al cabo, había un informe policial.

Por supuesto, la policía no vio conexión alguna ni referencia cruzada entre la muerte de Harry y la barbacoa, pero mientras Oliver cerraba la puerta y volvía a entrar en la cocina para enchufar el hervidor y prepararse una taza de limón con miel caliente, se descubrió pensando en esos dos minutos.

Calculó que habían sido unos dos minutos. Dos minutos de autocompasión. Dos minutos que podrían haberlo cambiado todo, porque, si hubiese estado ahí afuera, habría visto lo que estaba pasando. Estaba bastante seguro.

Venga ya. Estaba siendo exagerado. Melodramático. Se estaba colocando en el centro de la escena. «Tú no eres responsable de todo lo que pasa en el mundo, Oliver», le había dicho una vez su madre en un momento de sobriedad o embriaguez. Siempre había resultado difícil establecer la diferencia.

Oliver encendió el hervidor eléctrico.

Pero no era ninguna exageración, porque lo que había pasado en la barbacoa había atravesado sus vidas como un meteorito y, de no haber estado tan distraído, si la vida hubiese seguido con su rutina normal y predecible, seguramente habría notado mucho antes que Harry no estaba por allí y podría haber llamado a su puerta unas semanas antes.

Es probable que Harry siguiera muerto, pero no habría estado muerto durante un tiempo tan imperdonable y trágicamente largo.

O puede que incluso le hubiese salvado.

El hervidor burbujeó y emitió un silbido y Oliver recordó que había estado en aquel pequeño baño tan lujoso al fondo del cenador dejando correr el agua caliente de una forma tan tonta sobre sus manos mientras miraba su triste y estúpido rostro.

46

El día de la barbacoa

Oliver se encontraba en el baño del cenador lavándose las manos. Era un baño sofisticado, con iluminación suave y perfumado. La lámpara era un candelabro de imitación, todo brillos y destellos. Si su madre hubiese estado en la barbacoa, en la desagradable etapa de su avance hacia la intoxicación etílica, habría susurrado: «¡Qué vulgar!» al oído de Oliver, lo suficientemente fuerte como para que él se sintiese aterrado por que alguien la pudiese oír.

Dejó correr el agua innecesariamente sobre sus manos. Estaba retrasando el momento de tener que volver a salir. Sinceramente, estaba harto. Le gustaban bastante todos los presentes, pero tener que relacionarse suponía un esfuerzo mental y físico que le dejaba exhausto y agotado, y no se trataba de un tipo de cansancio agradable, como cuando el ácido láctico se acumulaba en sus músculos tras un fuerte entrenamiento.

Oyó risas fuera. La fuerte y atronadora risa de Vid. Oliver se preparó colocando una sonrisa en su rostro, listo para compartir la broma. Ja, ja. Muy bueno. Lo que quiera que fuese. Probablemente, no le parecería divertido.

Erika estaba borracha. Quería llevar a Erika a casa y meterla en la cama como si fuese una niña y esperar a la mañana, entonces volvería a ser su amada esposa de nuevo. Nunca antes la había visto arrastrando las palabras al hablar y mirándole con ojos vidriosos y desenfocados. No es que fuera para preocuparse. Erika no se había caído ni estaba tirando cosas ni vomitando en el jardín. Era una borrachera normal. Algunas personas lo hacían todos los fines de semana. Clementine también estaba «un poco alegre», con manchas sonrosadas en sus mejillas, pero a él no le importaba lo que hiciese Clementine.

Cuando era niño, sentía como si sus padres desaparecieran cuando se emborrachaban. A medida que los niveles de sus copas iban bajando, notaba que se iban separando de él, como si estuviesen juntos en el mismo barco y, despacio, se alejaran de la costa en la que habían dejado abandonado a Oliver, que seguía siendo el mismo, que seguía siendo el aburrido y sensato Oliver. Y él pensaba: por favor, no os vayáis, quedaos aquí conmigo. Porque su verdadera madre era divertida y su verdadero padre era inteligente, pero siempre se marchaban. Primero, su padre se ponía estúpido y a su madre le daba la risa tonta, y, luego, su madre se volvía desagradable y su padre se enfadaba. Y así, hasta que no tenía sentido seguir allí y Oliver se iba a su habitación a ver películas. Tenía su propio reproductor de vídeo en su dormitorio. Había tenido una infancia privilegiada, nunca le había faltado nada.

Miró sus ojos en el espejo. Vamos. Recupera la compostura. Vuelve a salir.

No se suponía que hoy iba a ser el día en que Erika se emborrachara por primera vez en su vida matrimonial. Hoy era el día en que se suponía que iban a hacer su propuesta a Cle-

mentine, y Oliver había esperado..., sabía que no era realista...,
pero de verdad que había esperado que ella...

Oyó el grito de Erika: «¡Clementine!».

No se detuvo a cerrar el grifo.

47

El día de la barbacoa

El aire se escapó de los pulmones de Clementine. Más tarde, todos dirían: «Pasó todo muy rápido», y sí que pasó rápido pero, al mismo tiempo, se ralentizó. Cada segundo una imagen congelada en un inolvidable tecnicolor, iluminado por lucecitas doradas.

Clementine se puso de pie de un salto, tan rápido que la silla se cayó. ¿Qué? ¿Dónde? ¿Quién?

Su primer pensamiento fue que alguna de las niñas se había hecho daño. Mucho. Sangre. Habría sangre. No soportaba la sangre. Puede que necesitaran puntos. O que un hueso roto sobresaliera por la piel. Dientes. Dientes rotos. ¿Holly o Ruby? Probablemente, Holly. El patio trasero daba vueltas alrededor de ella en un torbellino de colores. No oía llantos. ¿Dónde estaban los llantos? Las dos solían llorar con mucha fuerza. Holly se ponía rabiosa cuando se hacía daño. Ruby quería asegurarse de que expresaba la necesidad de una urgente reacción de sus padres.

Vio primero a Holly, de pie junto al pabellón con su bolsito de lentejuelas, en perfecto estado y mirando impávida a... ¿qué?

Erika corría. Miraba a Erika correr.

Erika corría hacia la fuente. La «Fontana di Trevi» de Vid. ¿Qué estaba haciendo? Parecía como si fuese a zambullirse en ella.

Erika había perdido la cabeza. Estaba teniendo una crisis nerviosa, algún tipo de brote psicótico. Clementine sabía que esa noche no se encontraba bien. Nunca se emborrachaba y se había estado comportando de forma extraña. Era culpa de Clementine.

Erika dio un salto sobre la fuente con un movimiento veloz y atlético. Estaba sumergida en el agua hasta la cintura. Se resbaló, estuvo a punto de caerse, se incorporó y avanzó por el agua hacia el centro. ¿Qué narices estaba haciendo? Clementine sintió vergüenza por ella.

Y ahora, Oliver corría desde el cenador hacia la fuente para sacar a rastras a Erika. Para que dejara de ponerse en evidencia. Ni siquiera se detuvo cuando llegó al lateral de la fuente y saltó por encima.

Él y Erika avanzaban, se resbalaban, se deslizaban desde lados opuestos de la fuente, como dos amantes de una película que corren para abrazarse tras una larga ausencia.

Pero no se abrazaron. Levantaron el diminuto cuerpo inerte de Ruby entre los dos.

48

El día de la barbacoa

La cabeza de Ruby caía hacia un lado. Su cuerpo chorreaba agua. Su abriguito rosa pesaba y estaba empapado. Los brazos le colgaban sin vida como los de una muñeca de trapo.

Clementine pensó: «Frío. Debe de tener mucho frío».

Ruby odiaba el frío. Los dientes le castañeteaban como un juguete de cuerda cuando tenía mucho frío. El agua de las clases de natación nunca estaba lo suficientemente caliente para ella, incluso en pleno verano. «¡Fría, fría!», gritaba.

Clementine corrió a coger a Ruby de los brazos de Oliver y a abrazarla contra su pecho para calentarla. Podía sentir ya cómo su cuerpo mojado le empapaba la ropa. Llegó a un lado de la fuente y extendió las manos, pero Oliver la ignoró mientras salía de la fuente acunando a Ruby entre sus brazos.

—Yo —dijo Clementine con torpeza. Quería decir: «Dámela».

Oliver colocó a Ruby boca arriba sobre las incómodas baldosas de terracota junto a la fuente.

—¡Ruby! —dijo en voz alta, como si estuviera a punto de regañarla. Agitó su pequeño hombro. Con demasiada brusquedad—. ¡Ruby! ¡Despierta, Ruby! —Parecía enfadado. Nunca parecía enfadado.

Clementine cayó de rodillas sobre las baldosas al lado de los dos.

—¡Dámela! —dijo con desesperación, pero no podía acercarse. Oliver y Erika ocupaban todo el espacio.

La piel de Ruby estaba blanca. Sus labios estaban violetas. La cabeza le colgaba. Tenía los ojos abiertos, pero miraban al frente. No le castañeteaban los dientes. Oliver colocó la mano bajo la nuca de Ruby y la otra sobre la frente y le echó hacia atrás la cabeza, como para que mirara hacia el cielo. Le puso el dedo pulgar en el mentón, le abrió la boca y, después, metió dos dedos, como si estuviese intentando sacar algo.

—Oliver, dámela —le exigió Clementine. Solo necesitaba agarrarla entre sus brazos para poder curarla.

Oliver acercó su cabeza a la cara de Ruby y puso su oreja sobre la boca de la niña, como si quisiera oír si estaba susurrando algo. Miró a Erika y meneó la cabeza. Un ligero movimiento que quería decir: «No». Desabrochó los botones negros del abriguito rosa.

Clementine lo entendió todo de repente al mismo tiempo que la música se cortaba de forma abrupta. Hubo un momento de absoluto y escalofriante silencio en el patio trasero antes de que Sam empezara a gritar, como si estuviese teniendo una fuerte discusión con alguien.

—¡Necesitamos una ambulancia! —Corría de un lado a otro, estúpidamente, como un loco, dándose palmadas en los bolsillos—. No encuentro mi teléfono. ¿Dónde está mi teléfono? ¡Mi teléfono!

—Estoy llamando yo a la ambulancia, Sam —dijo Vid con voz calmada. Levantó el móvil desde su oreja para demostrarlo—. Está sonando. Está dando la señal ahora mismo.

—Diles que no respira —le indicó Erika. Ella y Oliver se movían uno junto al otro al lado de Ruby—. Es importante que sepan que no respira.

—¿Qué le pasa a Ruby? —preguntó Holly. Se acercó, se puso junto a Clementine y le tiró de la manga. Clementine trató de responder, pero tenía un nudo tan fuerte en el pecho que no podía hablar.

—¿Quiere a Batidora? —preguntó Holly—. Aquí está Batidora, mamá. Rápido, dásela a Ruby. Eso hará que se sienta mejor.

Clementine cogió a Batidora. Rodeó los fríos cables con los dedos.

—Ven aquí conmigo, Holly. —Tiffany agarró a Holly de la mano y la apartó.

—Quince y dos, ¿no? —le preguntó Oliver a Erika. Tenía la cara mortalmente pálida. Había gotas de agua en sus gafas como si lloviera y otras le caían por la cara, como si estuviese sudando. Tenía la mirada clavada en Erika, como si fueran las dos únicas personas que estaban allí.

—Sí. Quince y dos —respondió Erika. Se apartó el pelo empapado de los ojos.

Oliver entrelazó los dedos, dobló los brazos por los codos y colocó sus grandes manos sobre el pecho de Ruby.

—Dios mío —dijo Sam. Apretó las manos por detrás de su cuello y dejó caer la cabeza, como si se estuviese protegiendo de un golpe, y empezó a caminar en círculos—. Ay, Dios mío.

Oliver empezó a balancearse adelante y atrás, contando en voz alta mientras comprimía el pecho de Ruby siguiendo el ritmo. Un, dos, tres, cuatro, cinco.

—¡Oliver le está haciendo daño a Ruby! —gritó Holly.

—No —respondió Tiffany—. No le hace daño. La está ayudando. Él y Erika están haciendo exactamente lo que se debe hacer. La están ayudando. —La voz le temblaba.

—Doce, trece, catorce y quince, una y dos.

Al contar quince, Erika apretó con los dedos la nariz de Ruby y bajó la cara hacia la de la niña con la boca abierta, como si fuese a besarla como una amante, con un movimiento sensual e íntimo, aterrador y desacertado, familiar y espeluznante. Eso es lo que hay que hacer. Todos sabían que eso es lo que hay que hacer para salvar una vida, pero nunca se ve en directo, no en la vida real, no en el patio trasero de nadie, no con tu propia hija, que apenas unos momentos antes estaba corriendo por allí mientras trataba de alcanzar las luces.

No pasó nada.

Erika respiró una vez más dentro de la boca de Ruby mientras Oliver seguía balanceándose y recitando: «Un, dos, tres, cuatro, cinco».

Clementine notó que ella se balanceaba al mismo tiempo que él, murmurando una y otra vez: «Porfavorporfavorporfavorporfavorporfavorporfavor».

Así que es así, pensaba una parte de ella mientras se balanceaba y suplicaba. Esto es lo que se siente. No cambias. No hay una protección especial cuando se cruza esa línea invisible desde tu vida normal hasta ese mundo paralelo donde ocurren las tragedias. Ocurre así, sin más. No te conviertes en otra persona. Sigues siendo exactamente la misma. Todo lo que te rodea huele, parece y se siente exactamente igual. Aún podía saborear el postre de Vid. Aún podía oler la carne asada de la barbacoa. Podía oír al perro ladrando sin cesar y podía sentir una delgada línea de sangre cayéndole por la espinilla desde el punto donde sus rodillas habían golpeado las baldosas.

—Oh, Dios mío. Por favor, Dios —gemía Sam, con una voz débil y desesperada. Y no creía en Dios. Era ateo. Y su terror era el terror de ella, pero ella no quería saber nada de él. Clementine pensaba rabiosa: «Cállate, Sam. Cállate».

Pudo oír a Vid hablar:

—Tenemos una niña pequeña que no respira. ¿Me entiende? No respira. Les necesitamos ahora mismo. Por favor, envíen una ambulancia ahora mismo. —Clementine sintió una inmensa animosidad hacia él por decir aquello, como si estuviese diciendo algo desagradable de Ruby, como si al decir que no respiraba estuviese provocando que fuera así—. Tenemos que ser los primeros de su lista, somos la máxima prioridad. Si tenemos que pagar más no hay problema. Pagaremos lo que sea.

¿De verdad pensaba que podía pagar por una ambulancia más rápida? ¿Los ricos podían solicitar un servicio de ambulancias VIP?

—Nueve, diez, once, doce, trece, catorce y quince.

Erika inclinó la cabeza una vez más.

Sam se agachó junto a Clementine y le agarró la mano. Ella la apretó como si él pudiera arrastrarla al antes, como si pudiera devolverla a tan solo unos minutos antes.

¿No acababa de pasar? ¿Justo entonces? ¿Justo en el momento anterior a este? Seguramente, ella solo había apartado la vista un minuto. No podía haber sido más de un minuto.

—La ambulancia viene de camino —anunció Vid—. Voy a esperarla en la calle para que sepan por dónde es.

—Nosotras vamos también —dijo Tiffany—. Ven a ayudarnos a buscar la ambulancia, Holly.

Holly fue sin resistirse, sin mirar hacia atrás, con la mano agarrada con total confianza a la de Tiffany, como si fuesen a ver otro animalito.

Por supuesto que un minuto era suficiente.

Nunca apartes los ojos de ellas. Nunca mires a otro lado. Ocurre muy deprisa. Ocurre sin que se oiga ningún sonido. Todas esas historias de las noticias. Todos esos padres. Todos esos errores sobre los que había leído. Ahogamientos en los patios traseros. Piscinas sin vallas. Niños que no son vigilados en el baño. Niños con padres estúpidos, tontos, descuidados. Niños que morían rodeados por personas que se consideraban adultos responsables. Y, cada vez, ella fingía no juzgarlos pero, en realidad, en el fondo, pensaba: «A mí no. Eso nunca podría pasarme a mí».

Erika levantó la cabeza tras la segunda respiración y sus ojos se cruzaron con los de Clementine con una mirada de atroz desesperación. Unas gotas diminutas de agua le colgaban de las pestañas. Sus labios, los labios que había apretado contra los de Ruby, estaban agrietados.

La voz de Oliver no cambió.

—Un, dos, tres, cuatro, cinco.

49

El día de la barbacoa

Seis, siete, ocho, nueve, diez.

Erika escuchaba a Oliver contar, esperando su turno. El número quince.

Tenía la blusa pegada al cuerpo. Los vaqueros fríos y húmedos contra las piernas.

El rostro de Clementine parecía una calavera. Era como si le hubiesen tirado hacia atrás de la piel. Era una extraña versión de Clementine, que miraba a Erika como si le suplicara clemencia.

Ruby no reaccionaba.

No estaba funcionando a pesar de que estaban haciendo exactamente lo que había que hacer. Dos respiraciones boca a boca cada quince compresiones, pero «no hay que detener las compresiones». Habían cambiado las normas desde la última vez que habían hecho un curso de primeros auxilios. Ahora las compresiones no se detenían. Ella sabía que era así.

Erika y Oliver habían hecho un curso de perfeccionamiento de primeros auxilios en marzo. Fue un curso gratis que habían ofrecido en el trabajo de Oliver. El socio gerente de la nueva empresa contable de Oliver era un defensor apasionado de la formación en primeros auxilios. Le gustaba interrumpir las reuniones apuntando a alguien y diciendo: «¡Sanjeev está teniendo un infarto!». Y entonces, mientras Sanjeev se veía obligado a fingir que se agarraba el pecho, el socio gerente se giraba en su silla y apuntaba hacia otra persona, a menudo, un becario desprevenido: «Tú, el de allí. ¿Qué hay que hacer? ¡Salva a Sanjeev!». Y entonces, contaba hacia atrás antes de que Sanjeev estuviese muerto y fuera demasiado tarde.

El curso había sido divertido. Oliver y Erika fueron los alumnos estrella. Los dos habían acudido ya antes a otros cursos de primeros auxilios. Por supuesto que sí. Tenían sus medallas de bronce, sus certificados de buceo de salvamento. Eran del tipo de personas que creían en los cursos de primeros auxilios y, de todos modos, cualquiera que fuera la materia, Oliver y Erika habían sido siempre los alumnos estrella. Incluso cuando la materia no era un asunto de vida o muerte, se lo tomaban tan en serio como si lo fuera.

Erika podía ver ahora a su profesor. Paul, un hombre de rostro rubicundo y respiración pesada que parecía él mismo una víctima en potencia de un ataque al corazón. «Lo habéis conseguido a la primera», les decía siempre Paul a Erika y Oliver con un chasquido de dedos de aprobación cada vez que hacían algo bien.

Quince compresiones y dos respiraciones boca a boca. Lo estaban haciendo bien. Lo estaban haciendo exactamente como había que hacerlo. Estaban siguiendo las normas, Paul. Entonces, ¿por qué Ruby seguía allí tumbada? ¿Por qué no respondía, Paul, hombre detestable, estúpido, rubicundo, con sus chasquidos de dedos?

—... trece, catorce, quince y uno...

—¿Dónde está la ambulancia? —preguntó Sam—. No oigo ninguna sirena. ¿Por qué no se oye ninguna sirena?

Erika apretó las fosas nasales de Ruby de nuevo, inclinó la cabeza y exhaló un grito silencioso de furia en el interior del cuerpo de Ruby. «Haz lo que te digo, Ruby. Respira». Era la voz de su madre; su madre en su versión más maniaca, salvaje y aterradora; su madre cuando descubría a Erika tratando de tirar algo a la basura. «Respira ahora mismo, Ruby, no te atrevas a no hacerme caso, respira, ahora, ya».

Erika levantó la cabeza.

El pecho de Ruby se sacudió. Salió agua de su boca. Oliver emitió un fuerte sonido de sorpresa como el gemido de un perro y levantó las manos.

«A la primera», dijo Paul dentro de la cabeza de Erika, con un chasquido de dedos, y Erika colocó la cabeza de Ruby hacia un lado, igual que habían hecho con el maniquí de plástico que sabía a goma. Y Ruby vomitó más agua, una y otra vez, mientras Clementine sollozaba y sufría arcadas como si también estuviese vomitando. El largo y débil bramido de una ambulancia atravesó la conciencia de Erika como si hubiese estado allí todo el tiempo, y juntos, ella y Oliver, pusieron a Ruby de lado, en posición de recuperación, tal y como les habían enseñado.

«Buena chica», pensó Erika mientras pasaba una mano suavemente por la cabeza de Ruby, apartándole los mechones de pelo mojado de los ojos a la vez que la niña seguía vomitando agua. «Buena chica».

50

*E*rika?

—Eh... —Erika se movió nerviosa y se concentró en la lluvia que caía por fuera de la ventana de No Pat. ¿Podría ser que estuviese amainando?

Por primera vez, estaba deseando que su sesión con No Pat terminara. Normalmente, la terapia le parecía un proceso tranquilizador, como si le dieran un masaje, un agradable masaje de autoafirmación, pero ese día No Pat no hacía más que fastidiarla. Se había aferrado al tema de la amistad de Erika y Clementine como un perro a su hueso.

Cada vez que No Pat pronunciaba el nombre de Clementine, Erika sentía como si le diesen un fuerte pellizco.

Oye, estaba pagando aquello. No tenía por qué tolerarlo.

—¡No quiero seguir hablando de Clementine! —exclamó con tono tajante.

—De acuerdo —contestó No Pat con su tono simplón antes de escribir algo en su cuaderno. Erika tuvo que contenerse para no extender el brazo y quitarle el cuaderno del regazo. ¿Tenía derecho legal a exigir acceso a las notas de No Pat? Lo averiguaría.

Mientras tanto, distrajo a No Pat contándole la historia del incidente de Ruby.

—¡Ay, Dios santo! —No Pat se apresuró a llevarse la mano a la boca. Cuando Erika hubo terminado, No Pat dijo—: ¿Sabes, Erika? Es perfectamente comprensible que tu recuerdo de esa tarde esté deshilvanado. Sufriste una conmoción. Debió de ser traumático.

—Yo creía que eso haría que mi recuerdo fuese más claro —contestó Erika y, de hecho, había partes de su memoria que le parecían terriblemente vívidas. Podía sentir la impresión del agua alrededor de sus piernas cuando saltó a la fuente, empapándola como la lluvia.

—¿Por qué crees que te preocupa tanto tu recuerdo de esa tarde? —preguntó No Pat.

—Tengo la impresión de que hay algo importante que he olvidado —contestó Erika—. Siento como si me hubiese olvidado de hacer algo. Como cuando la gente habla de que empieza a tener la molesta sensación de haberse dejado la plancha encendida al salir de casa.

—Conozco esa sensación —dijo No Pat con una irónica sonrisa.

—Pero ahí está la cuestión. ¡Yo no conozco esa sensación! —repuso Erika—. No soy de ese tipo de personas. ¡Tengo una memoria excelente! Nunca me olvido de cosas así.

Nunca le preocupaba haberse dejado la plancha encendida porque sabía que nunca haría algo así. En una ocasión, Clementine había salido de su casa con dos hornillos enchufados a toda potencia. «¡La casa no salió ardiendo!», decía como si se hubiese tratado de un fascinante experimento. «¡No se quemó nada!». En otra ocasión, se había dejado la puerta abierta de par en par al salir. «Una clara invitación para los ladrones del barrio», dijo Sam. «Entrad, chicos. Tenéis a vuestra disposición mi violonchelo de trescientos mil dólares. Lo tenéis aquí mismo, apoyado en la cama. ¡Un lugar estupendo para dejarlo!».

La excusa de Clementine había sido que estaba «muy sumida en sus pensamientos».

«¿En tu música?», había preguntado Oliver, respetuoso con su talento. Clementine le había respondido: «No, estaba tratando de averiguar por qué las chocolatinas de Caramello Koala ya no son tan ricas como antes. Iba pensando: ¿ha cambiado la chocolatina o he cambiado yo?». A continuación, ella y Sam habían iniciado una conversación sobre las chocolatinas de Caramello Koala, como si tuviesen importancia. El descuido de Clementine no tuvo consecuencias. Los descuidos de Clementine no tuvieron consecuencias hasta ese domingo por la tarde y Erika nunca había deseado que eso pasara.

Puede que solo una multa económica. Una quemadura por el sol. Una resaca. Clementine ni siquiera tenía nunca resacas.

—Solo necesito tenerlo claro en mi cabeza —le explicó a No Pat.

—Bueno, como te he dicho antes, podrías intentar volver al patio de tu vecino, si es que aún no lo has hecho, y podrían servirte de ayuda unos ejercicios de relajación. Podrías probar alguno de esos ejercicios de meditación que te di hace tiempo. Pero sinceramente, Erika, quizá estés librando una batalla perdida si tienes en cuenta la medicación que tomaste esa tarde mezclada con el alcohol. Es posible que ya hayas recordado todo lo que podías recordar. Puede que incluso te estés protegiendo inconscientemente, que una parte de ti no quiera recordar.

—¿Quieres decir que lo estoy reprimiendo? —preguntó Erika con tono desdeñoso—. ¡No hay estudios empíricos sobre la validez de la represión de la memoria! De hecho, puedo enviarte algunos enlaces de artículos sobre el síndrome del falso recuerdo si quieres...

Pero en ese momento, el pequeño cronómetro del escritorio de No Pat hizo su breve clic para indicar que la sesión había terminado. No Pat se puso de pie de un salto, como el muñeco de una caja sorpresa. Normalmente, no era tan rápida en ponerse de pie. Puede que tampoco a ella le hubiese gustado mucho esa sesión.

Erika salió rápidamente hacia su coche aparcado en la tranquila calle, frente a la puerta de la consulta de No Pat, y se quedó sentada un rato con la llave puesta en el contacto, escuchando la estruendosa lluvia sobre su capó y viendo cómo sus limpiaparabrisas se movían incansables.

—Tranquilos —les dijo a los limpiaparabrisas. Su maniático ritmo le recordó a su madre, cuando se ponía nerviosa por algo que no tenía importancia. No quería volver a la casa de su madre. Se había tomado todo el día libre para ayudarla, pero no creía tener fuerzas para ir dos veces en un mismo día. Era demasiado. Como pedirle a alguien que vuelva a meterse en una piscina congelada para hacer cien largos después de haber hecho ya cien largos esa mañana, haberse duchado y estar calentito y seco de nuevo.

Cerró los ojos y probó a hacer algunos ejercicios de respiración que No Pat le había enseñado en una sesión anterior. Inhalar. Aguantar. Exhalar. Inhalar. Aguantar. Exhalar. Dejó que sus recuerdos dieran vueltas en su cabeza: las lucecitas de los árboles. El olor de la carne marinada. El sabor ácido de demasiado vino.

Vio aquella cara de nuevo. Aquel rostro espantoso y sin facciones que había visto el día anterior en su despacho. Como un demonio.

De repente, pensó: «Harry». Es la cara de Harry. El viejo y gruñón de Harry. ¿Había algo importante que necesitaba hacer *por* Harry? No. *Debido a* Harry. Algo que tenía que ver con Harry. No vayas detrás del recuerdo porque desaparecerá.

Lo había aprendido. Relájate, respira. El pelo blanco y bien peinado de Harry. No, eso no era un recuerdo. Eso era una imagen que Oliver le había introducido en la mente: el pelo de Harry, bien peinado aun después de muerto.

Harry junto al buzón, murmurando algo mientras miraba un sobre. Barney corriendo por el jardín. Vid saliendo a la puerta de su casa.

Una obligación. Una petición. Una responsabilidad. Algo que Harry necesitaba de ella. Fragmentos de loza azul sobre baldosas de terracota.

Levanta la vista. Levanta la vista.

Abrió los ojos en el interior del coche empañado y levantó los ojos. No se veía nada más que lluvia.

Por el amor de Dios, solo pensaba en Harry porque estaba muerto. Era un ejemplo claro de síndrome de falso recuerdo. Si Erika tuviese una personalidad más débil, una mente más maleable, un terapeuta demasiado entusiasta podría ayudarla a fabricar un recuerdo entero de la barbacoa y de Harry. Después, ella quedaría convencida de que Harry había estado en la barbacoa y había abusado de Ruby o cualquier otra cosa sin sentido.

Giró la llave del motor, puso el intermitente y se giró hacia atrás para ver el tráfico. Probaría con la idea de No Pat de «regresar a la escena del crimen». Cuando llegara a casa les preguntaría a Vid y a Tiffany si podía quedarse un rato sola en su patio trasero bajo la lluvia. Eso no tendría nada de raro. Ja, ja. No. Lo mejor sería ir cuando supiera que habían salido.

Probablemente no serviría de nada, pero tampoco haría ningún mal.

51

El día de la barbacoa

Los dos técnicos en emergencias sanitarias, de uniforme azul, entraron en el patio trasero con la autoridad absoluta de unos directores de orquesta que suben a un escenario. No corrían, pero se movían con rapidez, con una rigurosa serenidad.

Era como si el resto ya hubiesen dejado de ser adultos. Era como si todos hubiesen estado participando en un juego, un juego en el que habían fingido tener el control de sus vidas, un juego en el que habían fingido que tenían profesiones interesantes, cuentas corrientes saneadas, familias sanas y barbacoas en el patio, pero ahora se había apartado un telón de repente y habían entrado los adultos porque no se habían cumplido las reglas.

Las reglas se habían incumplido de una forma grave. El círculo de personas que rodeaba a Ruby se apartó al instante para que los técnicos en emergencias pudieran llegar hasta ella. Ruby balbuceaba cosas incoherentes, terroríficas. Parecía adormilada y drogada, como si estuviese saliendo de una anestesia.

Los técnicos se movían como si siguiesen una coreografía que habían bailado muchas veces con antelación. Mientras examinaban a Ruby con guantes de plástico, el mayor de ellos hacía preguntas rápidas sin levantar la vista, seguro de que le iban a dar las respuestas. Hablaba con una voz ligeramente más alta y lenta de lo habitual, como si se estuviese dirigiendo a unos niños.

«¿Qué ha pasado?».

«¿Cómo se llama?».

«¿Y qué edad tiene Ruby?».

«¿Cuándo han visto a Ruby por última vez?».

«Entonces, ¿nadie la ha visto caerse? ¿No saben si se ha golpeado la cabeza?».

«¿Tenía pulso cuando la sacaron de la fuente?».

«¿Son ustedes los padres?».

Levantó brevemente los ojos hacia Erika y Oliver al hacer la última pregunta. Una suposición lógica. Ellos eran los que tenían la ropa mojada.

—No —contestó Sam—. Somos nosotros. —Señaló a Clementine.

—Ellos la han salvado —dijo Clementine. Parecía importante dejar eso claro—. Nuestros amigos. Le han hecho la reanimación cardiopulmonar. Han conseguido que respirara.

—¿Durante cuánto tiempo le han practicado la reanimación? —preguntó el técnico.

—Habrán sido unos cinco minutos —contestó Oliver. Miró a Erika para que lo confirmara.

—Como mucho —añadió Erika.

—Hemos hecho dos respiraciones cada quince compresiones —continuó Oliver con nerviosismo.

¿Cinco minutos? Eso no era posible, pensó Clementine. Había sido un rato insoportablemente largo.

Había algo en la boca de Ruby, un tubo en su nariz, una mascarilla sobre su cara. Se había convertido en una paciente cualquiera. No era su traviesa y divertida Ruby.

—¿Tienen toallas? —preguntó el técnico más joven. Estaba usando unas grandes tijeras dentadas para cortar la ropa de Ruby: su tutú, su camiseta de manga larga, y apartó las capas de ropa para dejar al aire el diminuto y blanco pecho de Ruby.

—Por supuesto. —Vid entró rápidamente y volvió con un montón de esponjosas toallas blancas perfectamente dobladas.

—¿Qué van a hacer? —preguntó Sam con brusquedad mientras el técnico secaba con fuerza el cuerpo de Ruby y le colocaba en el pecho dos parches adhesivos.

—Son almohadillas desfibriladoras —contestó el técnico—. Por si vuelve a sufrir otro paro. Solo nos estamos preparando para el peor de los escenarios. También puede aportarnos información útil.

Ruby agitaba sus pequeños brazos.

—Vamos a sedarla —dijo el técnico de más edad—. ¿Hay alguna alergia de la que debamos estar al corriente?

—Ninguna —contestó Sam.

—¿Está tomando alguna medicación? ¿Cuál es su historial médico?

—Ni siquiera ha tomado nunca antibióticos —respondió Clementine.

El técnico dio unos golpecitos en el lateral de una aguja. Clementine vio puntos blancos delante de sus ojos.

—Vigílela —dijo el técnico con sequedad y Clementine se dio cuenta de que se refería a ella cuando Sam la agarró del brazo.

Sam siempre había sido el que llevaba a las niñas a que les pusieran las inyecciones. Clementine no podía soportar las agujas.

—La cabeza entre las piernas —añadió el técnico.

—Estoy bien —repuso Clementine a la vez que respiraba profundamente.

—¿Por qué ha venido la policía? —preguntó Sam. Clementine levantó los ojos y vio que Vid hablaba con una agente de policía de aspecto muy joven y con el pelo recogido en una fina coleta. Tomaba notas mientras Vid hablaba. ¿Qué le decía? «La madre no estaba pendiente. Estaba hablando conmigo. Estaba contando chistes».

Clementine vio que Erika se había levantado de su posición junto a la fuente al lado de Ruby sin que se diera cuenta y se había metido en el cenador. Tenía dos toallas blancas sobre los hombros y otra en el regazo, donde ahora estaba sentada Holly, de espaldas a Clementine, con la cabeza apoyada en el hombro de Erika.

—Es lo habitual en estos casos—explicó el técnico mientras seguía encargándose de Ruby—. Solo harán unas preguntas para aclarar lo sucedido. También necesitamos que nos ayuden a cortar la calle para el helicóptero de emergencias.

—¿Un helicóptero? —preguntó Sam—. ¿Van a enviar un helicóptero? ¿Dónde va a aterrizar?

—Prácticamente en la puerta de la casa —contestó el técnico. Se inclinó sobre el brazo de Ruby. Clementine apartó la mirada.

—Debe de ser una broma —dijo Sam.

—Aterrizan en autopistas, patios, canchas de tenis. Este lugar es perfecto. Una calle bien ancha y sin salida. Tendido eléctrico subterráneo. Lo hacen continuamente.

—Vaya —dijo Sam.

—Sí. Las aspas son más cortas que las de los helicópteros normales.

Por el amor de Dios, ¿estaban manteniendo una tonta conversación masculina sobre helicópteros?

Pero Clementine vio que, aunque la voz de Sam parecía normal, estaba completamente alterado, pues abría y cerraba los puños, rápida y compulsivamente, una y otra vez, como si estuviese congelado de frío o loco de furia.

—Pero ¿por qué necesitan un helicóptero? —preguntó Clementine. El pánico, que había disminuido un poco cuando había visto que el pecho de Ruby se movía y aún más cuando llegaron los técnicos de emergencias, volvió a dispararse—. Ya está bien, ¿no? ¿Va a ponerse bien? Ya respira. ¿No respira?

Miró a Sam y vio el miedo en sus ojos. Él siempre iba un paso por delante de ella a la hora de ver un posible peligro. El vaso medio vacío, decía ella. Estar alerta, decía él. Dos palabras burdas y feas aparecieron por primera vez en su cabeza: daño cerebral.

—Es un procedimiento bastante habitual para casos de pediatría grave. Habrá un médico a bordo. Imagino que la intubarán y se asegurarán de que está estabilizada antes de que suba al helicóptero —explicó el técnico. Levantó la vista hacia ella. Su piel tenía el aspecto curtido de alguien que pasa mucho tiempo al aire libre. Había una especie de cansancio profesional en sus ojos, como un veterano de guerra que ha visto cosas que un civil jamás entendería—. Sus amigos lo han hecho todo bien.

52

odos lo estábamos haciendo». Las palabras de Clementine se quedaron flotando en el aire mientras ella y Sam se miraban por encima del montón de ropa de Holly respirando con fuerza.

Clementine oyó cómo la lluvia golpeaba la ventana de Holly y se preguntó si su pequeña casa podría soportar ese aguacero mucho más tiempo. Quizá las paredes terminarían por ablandarse, se combarían y se hundirían.

—Ya sé que todos lo estábamos haciendo —dijo Sam—. Los cuatro. Actuando como idiotas. Como adolescentes. Nuestro comportamiento fue repugnante. Me dan ganas de vomitar cuando lo pienso.

La extrema violencia de sus palabras hizo que Clementine deseara defenderlos. No habían sido más que personas en una barbacoa, riéndose, flirteando, haciendo el tonto. No significaba nada. Si las niñas hubiesen seguido corriendo tras las lucecitas, no habría tenido mayor consecuencia. Recordarían ese día con risa, no con vergüenza.

—Tuvimos mala suerte —dijo—. Muy mala suerte.

—¡De eso nada! —explotó Sam—. ¡Fue imprudencia! Nuestra imprudencia. Yo debería haber estado vigilando a las niñas. Debería haber sabido que no podía depender de ti.

—¿Qué? —Clementine sintió que una sensación loca y casi eufórica de rabia e injusticia le atravesaba el cuerpo como una llama al rojo vivo, y casi notó que podía elevarse del suelo. Por fin, después de todas esas semanas, iban a pelearse.

—Fue la única vez —dijo él con frialdad—. La única vez que desvié mi atención.

—Sí, puede que yo creyera que podía sentarme y relajarme —replicó Clementine. La voz le temblaba por la rabia—. ¡Porque el mejor padre estaba allí, porque Don Perfecto de los cojones estaba de guardia!

Sam contestó con una amarga carcajada.

—Muy bien, entonces fue culpa mía.

—Por el amor de Dios, no te hagas el mártir —repuso Clementine—. Los dos estábamos allí. Los dos teníamos la misma responsabilidad. Esto es una estupidez.

Se miraron el uno al otro con absoluto desagrado. Sus distintos estilos para cuidar a sus hijas siempre habían sido un leve motivo de disputa, una mínima grieta en un matrimonio que, por lo demás, era sólido, pero ahora esa grieta se había convertido en un abismo.

—Creo que ya me he hartado —dijo Sam.

—Es una conversación que no conduce a ninguna parte —se mostró de acuerdo Clementine.

—No —la corrigió Sam—. Creo que quizá me he hartado de nosotros.

—¿Que te has hartado de nosotros? —repitió Clementine despacio. ¿Era a esto a lo que se referían las víctimas de disparos de arma cuando decían que, al principio, no sentían ningún dolor?—. Te has hartado de nosotros.

—Creo que deberíamos considerar separarnos —dijo Sam—. Posiblemente. No sé. ¿No te parece?

53

El día de la barbacoa

Tiffany estaba en su patio trasero respondiendo a las preguntas de una joven agente de policía. Miró hacia atrás, hacia los técnicos de emergencias que se encontraban junto a la diminuta silueta de Ruby. Sam y Clementine estaban hablando con los técnicos y parecían personas completamente distintas a las que habían estado sentadas a la mesa apenas unos minutos antes. Sus rostros se habían derrumbado, como globos que hubiesen explotado.

—¿Qué ha pasado aquí? —le preguntó la agente a Tiffany. Apuntó con el pie hacia la vajilla rota que estaba en el sendero que salía desde la puerta trasera de la casa. Por todas partes había esquirlas y trozos de porcelana azul con aspecto de ser peligrosos. A Tiffany le encantaban aquellos platos azules.

—Ah. —Tiffany trató de imaginar la escena a través de los ojos de la agente de policía. ¿Parecía el escenario de un crimen? ¿Creía que había habido una pelea? ¿O que todos estaban borrachos? La agente había hablado ya con Vid, por lo que era de suponer que ya sabía exactamente qué había pasado. Estaba comprobando sus versiones, asegurándose de que coincidían. Aquello puso nerviosa a Tiffany.

—Nuestra invitada, Erika..., nuestra vecina de al lado..., estaba sacando los platos y creo que fue entonces cuando se dio cuenta de que Ruby estaba en la fuente... —La voz de Tiffany se quebró. Pensó en el diminuto cuerpo de bebé de Ruby, sus rizos rubios—. Y entonces creo que los dejó caer, porque salió corriendo para sacarla.

¿Qué había estado haciendo Tiffany? Había estado distrayendo a los padres de Ruby. Les había hecho olvidarse de que eran padres.

—Pasó muy deprisa —le dijo a la agente de policía.

—Por desgracia, no es inusual —repuso la agente—. Niños que se ahogan a la vista de todos, rodeados de personas. Es silencioso. Es rápido. La falta de vigilancia de los padres es la causa más habitual de los ahogamientos.

—Sí —confirmó Tiffany. Quería decir: No, no lo entiende. No somos ese tipo de personas. Sí que las estábamos vigilando. Solo que no entonces. Solo que no en ese preciso instante. Fue silencioso. Fue rápido. Por un momento, todos miraron para otro lado.

Tiffany pensó en sus hermanas mayores. Nunca podría contarles esto. «Joder, Tiffany», dirían, pues las hermanas Collins se enorgullecían de tener los pies en la tierra. De su sentido común. Eran de los barrios periféricos del oeste y se sentían orgullosas de ello. No cometían errores así. Las consternaría que algo así pudiera ocurrir en casa de su hermana menor. Lo relacionarían con el dinero. Con su inflada cuenta corriente. No escatimarían en sus reproches.

Si alguna vez se enteraban de que ella había estado fingiendo hacer un baile erótico sentada encima de la madre de la niña en el momento en que ocurrió se mostrarían todas unidas en el horror. La carrera de bailarina de Tiffany aún las desconcertaba y avergonzaba. «El simple hecho de imaginarte en ese antro me da ganas de vomitar», le gustaba decir a su hermana Emma, la dramática de la familia, después de tantos años. Y lo cierto era que no estaba siendo dramática. Lo decía en serio. De verdad le daban ganas de vomitar. «Fue una deshonra para las hermanas», añadía Louise, que recientemente había descubierto el feminismo. Y también lo decía en serio. Pero las palabras de sus hermanas siempre le habían resbalado a Tiffany, como si estuviese hecha de Teflón. Ahora en cambio se le quedarían pegadas, aunque su intención no había sido nunca más inocente, porque la seguridad de un niño estaba por encima de todo, tal y como debía ser.

Tiffany miró hacia el cielo cuando el sonido frenético y dramático de las aspas de un helicóptero invadió el aire de repente.

—¿Ese helicóptero es... para nosotros?

—Sí, es para nosotros. —La agente levantó también la vista y sacó una radio del bolsillo de su pantalón—. Perdone.

Salió rápidamente.

—¿Dónde va a aterrizar? —se preguntó Tiffany. El helicóptero se cernió sobre ellos como un ave gigante y el sonido se intensificó. Por el rabillo del ojo vio al pobre Barney corriendo por el jardín para huir del fuerte sonido.

—¡Mamá! —Dakota apareció a su lado en el patio trasero con los ojos abiertos de par en par. Sostenía un libro en la mano, con el dedo aún marcando la página—. ¿Qué ha pasado? ¿Qué hace aquí ese helicóptero? He oído antes a la ambulancia pero no creía que fuese por nosotros.

Tiffany la rodeó con el brazo y la atrajo hacia sí. Deseaba sentir su cuerpecito delgaducho un momento. Se había olvidado por completo de ella hasta ahora.

—Ruby se ha caído a la fuente. Casi se ahoga.

Dakota se apartó de ella de inmediato y agarró a su madre del brazo. Dijo algo, pero Tiffany no pudo oírla por el volumen cada vez más fuerte del helicóptero.

Vio a Vid al fondo del camino que recorría el lateral de la casa haciéndole gestos para que saliera a la parte delantera. Había otro agente de policía con él. Eso no le debía de estar gustando. Vid tenía fobia a la policía. Uno de sus mayores miedos, auténticos pero divertidos, era entrar en la cárcel por un delito que no había cometido. «Todos los días va a la cárcel gente inocente», solía decirle a Tiffany con expresión de absoluta seriedad, como si fuese más que probable que eso pudiera ocurrirle a él. Eso hacía que fuese excesivamente respetuoso con la ley. Pagaba demasiados impuestos hasta que Tiffany había empezado a ocuparse de sus asuntos financieros. Aun así, él siempre quería pagar dinero de más al fisco, por si acaso.

—Papá me necesita. ¡Entra en la casa y espera ahí! —le gritó a Dakota—. No pasa nada.

Dakota volvió a agarrar el brazo de Tiffany, apretándolo con demasiada fuerza. Tiffany se soltó agitándolo.

—¡Luego! —gritó—. ¡Entra!

Dakota salió corriendo, con los hombros caídos y la cara entre las manos, y Tiffany pensó con impaciencia: «Por Dios, no tengo tiempo para estas cosas, Dakota. No se trata de ti».

54

Tiffany y Vid escuchaban la lluvia y miraban sin entusiasmo el estropicio en el suelo de la cocina provocado por el tarro de frutos secos con chocolate.

—¿Quién iba a pensar que había tanto cristal en ese tarro? —preguntó Vid.

—O tantos frutos secos —añadió Tiffany—. ¡No pasa nada, Dakota! —gritó—. ¡Por si te lo estabas preguntando! ¡A tu padre se le ha caído un tarro!

Hubo silencio. Tiffany solo pudo entreoír el zumbido de la televisión bajo el ruido de la lluvia.

—¡Nadie ha resultado herido! —gritó Vid—. ¡No necesitamos ayuda!

Hubo una pausa.

—¡Vale! —respondió Dakota con un tono tremendamente despectivo.

Tiffany y Vid se sonrieron el uno al otro.

—Debería haber adivinado por qué se estaba comportando de un modo tan extraño —se lamentó Tiffany—. Ahora me parece muy obvio que ella se echase la culpa.

—No parabas de decirme que pasaba algo —dijo Vid—. Pero ¿por qué no nos dijo antes cómo se sentía? —Bajó la voz, aunque era imposible que Dakota pudiera oírles—. ¿Por qué guardárselo de esa forma? Eso no está bien.

—Es como si le preocupara que nosotros también la culpáramos. Creía que estábamos enfadados con ella.

—¡Qué locura! —exclamó Vid con rabia.

—Lo sé. Bueno, sí que estábamos alterados, es obvio. Y distraídos. Y eso es lo que hacen los niños. Suponen que tienen la culpa de todo. Así que todo lo que hacíamos ella lo malinterpretaba.

—¡Pero si ni siquiera estaba allí cuando pasó!

—Esa es la cuestión. —Tiffany intentó que no se le notara su impaciencia. Vid también había estado presente cuando Dakota había explicado entre sollozos exactamente por qué creía que todos la culpaban del accidente de Ruby, pero él estaba tan ocupado levantando las manos en el aire para expresar su incredulidad que no había oído nada de lo que ella había dicho—. Se le había metido en la cabeza que Clementine creía que ella se estaba encargando de las niñas. Y, encima, nosotros no paramos de decirle que se le daba muy bien cuidar de ellas.

—Sí, pero...

—Lo sé —le interrumpió Tiffany—. Desde luego, Sam y Clementine no la culparon. Nadie lo hace. Tiene diez años, por el amor de Dios. Todos sabíamos que se había metido en casa a leer su libro. Si alguien en esta familia tiene la culpa, soy yo. Yo fui quien les estaba haciendo a nuestros invitados un baile erótico.

—Déjalo ya —se apresuró a decir Vid, como era de esperar. Había abortado toda conversación parecida a esa desde la barbacoa—. Fue un terrible accidente.

Sí, hablando de guardarse las cosas. No era de extrañar que Dakota pensara que lo que había sucedido en la barbacoa era un secreto vergonzoso. ¡Nunca le habían hablado de ello! Eso le debió de parecer de lo más raro a la pobre niña. Cómo no iba a pensar que era por su culpa.

Recordó que la semana justo después de la barbacoa había estado muy preocupada con el trabajo. Esa maldita casa adosada que no le había dado más que problemas desde el principio había entrado en subasta y la decisión del Tribunal de Territorio y Medio Ambiente no fue en su favor. Había sido una semana de mierda en general y, bajo todo aquel estrés, estaba el auténtico horror de lo que había pasado. No había pensado en Dakota en ningún momento. Ni una sola vez. Dakota no había sido más que otra tarea que cumplir en su lista. Siempre que tuviera su uniforme y su almuerzo y fuera depositada a salvo en el colegio, la tarea estaba hecha. Vid había estado igual. También para él había sido una semana de mierda. Había perdido aquel contrato con el gobierno, lo cual había resultado ser más tarde una bendición, pero en aquel momento no lo sabía. Cuando Vid y Tiffany salieron de sus nieblas y empezaron a comunicarse adecuadamente de nuevo con Dakota, el daño ya estaba hecho. La pobre niña había interpretado la reaparición de sus padres como si la estuvieran perdonando.

¡Perdonándola!

—Voy a por el recogedor —dijo Vid—. No te muevas. Vas descalza.

Fue a por el recogedor y el cepillo.

Tiffany se quedó mirando la enorme espalda de Vid mientras él se agachaba para recoger con cuidado los cristales y los frutos secos. Pensó en los secretos y en el daño que provocan.

—Hoy he reconocido en el colegio a uno de los padres —dijo.

—Ah, ¿sí? ¿Quién era? —Vid siguió barriendo.

—De mis tiempos de bailarina —añadió Tiffany.

Vid levantó la vista.

—¿De verdad?

—Uno de mis habituales. Una especie de amigo, la verdad. Un buen tipo.

—¿Daba buenas propinas? —preguntó Vid.

—Muy buenas —contestó Tiffany.

—Estupendo.

—Reservaba muchos pases privados —continuó Tiffany con cautela.

—Bien hecho —dijo Vid—. Ese hombre tenía muy buen gusto. —Miró con atención el suelo y siguió barriendo los diminutos fragmentos de cristal.

—Vid. Vamos. Resulta un poco... incómodo, ¿no? Estar en esa cancha de baloncesto junto a un hombre que ha visto a tu mujer desnudarse.

—¿Por qué me iba a incomodar? —Levantó la mirada hacia ella desde el suelo—. Yo estoy orgulloso de ti. Es probable que a mí no me gustara ver a su mujer desnuda. ¿Te acostaste con él?

—Nunca me acosté con ninguno de ellos —contestó Tiffany—. Ya lo sabes.

Vid se quedó mirándola pensativo.

—Entonces, ¿dónde está el problema? —dijo por fin—. No eras ninguna puta.

—Pero se trata de una escuela privada prestigiosa. Para algunas de esas mujeres es probable que no haya mucha diferencia entre una bailarina y una puta. Si alguien se entera, si él se lo cuenta a su mujer...

—No va a contárselo a su mujer —aseveró Vid. Se puso de pie y fue a otro rincón del suelo, hasta donde habían ido rodando los frutos secos.

—Puede que sí se lo diga y, entonces, todas las niñas se enterarán y Dakota sufrirá acoso y eso la llevará a la depresión y, después, a la adicción a las drogas.

—La metanfetamina, esa sí que es una droga terrible —comentó Vid—. Habrá que decirle que se limite a las drogas buenas, las que te relajan, no las que te dan ganas de arrancarte la piel a bocados.

—Vid.

—No va a contárselo a su mujer —repitió Vid—. Me apuesto un millón de dólares a que no se lo cuenta a su mujer. ¿Y qué pasa si se lo cuenta? Lo único que dirán las niñas es: «Dakota, qué suerte tienes de que tu madre tenga tantos talentos y sea tan guapa y tan flexible».

—Vid.

—No has hecho nada malo. ¿Robaste un banco? No, no lo hiciste. Y si al final pasa lo que te preocupa, cosa que no pasará, pero si pasara que Dakota no estuviese contenta, la sacaríamos de ese colegio. Fácil. La enviamos a otro lugar. Venga. No todos los hombres de Sídney te han visto bailar. Buscaremos otro colegio donde nadie te conozca.

—Las cosas no son tan sencillas —dijo Tiffany.

—Lo son si queremos que lo sean —repuso Vid. Barrió los últimos fragmentos de cristal y se enderezó—. Te estás preocupando demasiado por tonterías. Solo ves catástrofes. Es como con el viejo gruñón de Harry, nuestro vecino...

—Eso no es ninguna tontería —protestó Tiffany—. Nuestro vecino de al lado muere y nosotros ni siquiera nos enteramos. Eso no es ninguna tontería.

Vid se encogió de hombros.

—Vale. ¿Qué es lo que ha dicho Dakota hoy en el coche? Sentimos remordimientos. Sí, es así. Claro que sí. Sentimos remordimientos por Harry. Deberíamos haberle visitado más veces, aun cuando él nos diera con la puerta en las narices. Y, si quieres, puedes sentir remordimientos por tu trabajo de bailarina, aunque se te daba bien y te gustaba y no hacías daño a nadie y ganabas mucho dinero, ¿sabes? Así que lo que yo pienso es que hiciste bien. Pero, vale, si quieres, ten remordimientos. Igual que tenemos remordimientos por la pequeña Ruby, ¿sabes? Claro que sí. Todos nos sentimos fatal. Todos deseamos que las cosas hubiesen sido de otro modo. Lo deseamos mucho. Ojalá..., yo desearía... no haber invitado nunca a esa gente, para empezar, y desearía haber vigilado mejor a esas niñas para no tener que recordarlo cada vez que salgo a mi patio trasero...

Se detuvo. La boca se le movía como si estuviese masticando un trozo duro de filete.

—Nunca me olvidaré de su carita pálida —dijo por fin. Controló su voz, pero los ojos le brillaban mucho. Agarró con fuerza el recogedor azul lleno de frutos secos con chocolate y cristales—. Sus labios azules. Durante todo el tiempo que estuve llamando a la ambulancia, pensaba: «Es demasiado tarde. Es demasiado tarde. Está muerta».

Se dio la vuelta y Tiffany cerró los ojos un momento.

La semana pasada había llegado una multa de tráfico y ella reconoció de inmediato la fecha. Debió pillarla una cámara circulando por encima del límite de velocidad cuando llevaba a Clementine al hospital. Nunca olvidaría ese trayecto. Fue como una pesadilla que no se borra nunca de la mente. Ella y Clementine habían sufrido aquello juntas. No estaba bien que Tiffany y su familia fuesen apartados sin más de la vida de Clementine.

Pensó en Dakota y en cómo había enterrado sus remordimientos infundados tan profundamente que se había convertido en un espeluznante fantasma de sí misma.

—Muy bien —dijo. De repente, sentía muchísima rabia—. ¿Dónde están las llaves? Nos vamos.

55

El día de la barbacoa

Tiffany notó el repentino e inquietante silencio de su barrio. La policía, los técnicos de emergencias y el helicóptero se habían marchado. Domingo por la noche en un barrio residencial. Hora de hacer deberes, planchar y ver el programa *60 Minutos.*

Ya había oscurecido. Las farolas de la calle estaban encendidas. Se encontraban en el jardín delantero. Tiffany estaba a punto de llevar a Clementine al hospital. Tenía las llaves del coche listas en la palma de la mano. Solo se permitía ir a un padre en el helicóptero con Ruby y había ido Sam, lo cual quería decir que Clementine tenía que llegar al hospital por su cuenta.

—Puedo ir en mi coche —dijo Clementine. Debía haberse estado pasando los dedos por el pelo, porque tenía un absurdo halo alrededor de la cabeza, como si hubiese sufrido un calambre.

—No, tú no puedes conducir. Además, es probable que superes el límite de alcoholemia —repuso Tiffany.

—¿Tú no has bebido?

—Solo he tomado una cerveza *light* —respondió Tiffany.

—Ah. —Clementine se mordió el labio y Tiffany vio que se había hecho sangre—. Muy bien.

El plan era que Oliver y Erika se encargaran de Holly. En realidad, solo Oliver, pues estaba claro que Erika no se encontraba bien, aunque por fin había dejado de temblar.

—Voy a sentar a estas dos damas en el sofá con un DVD y palomitas —dijo Oliver. El pobre seguía aún con la ropa mojada.

De repente, Clementine rodeó a Oliver con sus brazos con tanta fuerza que casi le hace perder el equilibrio.

—Ni siquiera te he dado las gracias —dijo con la boca sobre el pecho de él—. No os las he dado a ninguno de los dos. —Su voz estaba tan inundada de auténtica emoción que casi resultaba doloroso oírla.

Extendió un brazo hacia Erika para abrazarla también, pero esta se apartó.

—Arréglate el pelo, Clementine —dijo. Alisó los mechones de pelo que Clementine tenía alrededor de la cara con las dos manos—. Vas a asustar a Ruby. Pareces una bruja.

—Gracias —respondió Clementine con la respiración agitada—. Está bien.

Se agachó para ponerse a la altura de Holly.

—Sé una niña buena con Erika y Oliver, ¿vale? Y... es posible que te quedes esta noche con la abuela.

—¡Hurra! —exclamó Holly. Se detuvo en seco—. ¿Y Ruby también?

—Creo que esta noche irás tú sola, Holly —respondió Clementine. Levantó la vista hacia donde el helicóptero acababa de desaparecer y se apretó con más fuerza la rebeca. Holly levantó los ojos hacia su madre y el labio inferior le tembló.

—Vamos, Holly —dijo Oliver a la vez que la agarraba de la mano. Miró a Tiffany—. Eh..., gracias por vuestra hospitalidad, Tiffany. Vid.

Vid le dio una palmada en el hombro.

—Colega.

Oliver sacó rápidamente a Holly por el camino de entrada de la casa mientras le hablaba de la película que iban a ver.

—¿Nos llamarás? —Erika colocó la mano sobre el brazo de Clementine y Tiffany pudo ver que aquella era su versión de un abrazo. Su hermana Karen era exactamente igual.

—No puedo creer que vaya en ese helicóptero ahora mismo. —Clementine miraba fijamente al cielo—. Debería haber ido yo con ella. No sé por qué he dejado que fuera él. ¿Y si...? ¿Y si...?

—Tranquila —dijo Erika—. ¿Qué más da quién esté en el helicóptero? Está sedada. Ni siquiera lo va a recordar. Vete ya. ¿Voy a tener que darte una bofetada?

—¿Qué? —Clementine parpadeaba—. ¡No!

—Pues entonces, llámanos, ¿de acuerdo?

—Claro que os llamaré —contestó Clementine con brusquedad.

Eran como verdaderas hermanas.

Mientras Erika iba detrás de Oliver y Holly por el camino de entrada, descalza, con los zapatos mojados en la mano, Vid salió de la casa con el monedero de Tiffany seguido de Dakota.

—Bueno. En fin, esperemos que la pequeña Ruby se ponga bien del todo y vuelva a ser pronto el diablillo de siempre. Estoy seguro de que será así —le dijo Vid a Clementine—. Tenéis cobertura de seguro privado, ¿no? Diles que queréis a los mejores médicos. No a novatos.

Pobre Vid. No brillaba en ocasiones así. Tiffany podía notar la tensión de sus hombros, como si se estuviese preparando para una pelea. Era como si todo su cuerpo se resistiera a las emociones negativas.

Clementine se quedó mirando a Vid. Su rostro se retorció con una emoción imposible de interpretar.

—Sí —respondió al fin con tono formal—. Gracias. —Miró a Tiffany—. ¿Podemos...?

—Claro —respondió Tiffany. Apuntó con el mando de su llavero hacia la puerta del garaje para abrirla y, mientras lo hacía, vio que Dakota abría la boca para decirle algo a Clementine, pero esta pasó directamente por su lado con la mirada fija en el coche, claramente desesperada por llegar al hospital lo más rápido posible.

56

*S*olo voy a la casa de al lado un momento —le dijo Erika a Oliver cuando llegó a casa—. Mi psicóloga cree que lo mejor para recuperar mi memoria es «regresar al escenario del crimen», por así decirlo.

—No hubo ningún crimen —respondió Oliver con voz ronca. Estaba levantado y vestido y chupaba un caramelo para la tos.

—Es una forma de hablar —repuso Erika—. Por eso he dicho lo de «por así decirlo».

—Creo que Vid y Tiffany no están en casa ahora —le advirtió Oliver—. He visto que su coche salía cuando tú llegabas.

—Lo sé. Yo también lo he visto. Lo cierto es que prefiero ir cuando ellos no estén —confesó Erika—. Menos distracción.

—¿Qué? No puedes entrar cuando ellos no están en casa —protestó Oliver—. Eso es allanamiento de morada.

—Por el amor de Dios, a Vid y Tiffany no les va a importar. Les explicaré... En fin, simplemente les explicaré lo que estaba haciendo. —Resultaría extraño, pero merecía la pena.

Quería algo a cambio del dinero que había invertido en la sesión con No Pat.

—Y está lloviendo —observó Oliver. Ahora estaba mordiendo el caramelo entre los dientes—. No tiene sentido ir cuando llueve. Ese día no estaba lloviendo. —De repente, se tragó el caramelo de golpe y la miró con seriedad—. No vas a recordar nada yendo a ese patio. Estabas borracha, eso es todo. Ya te lo he dicho. Los borrachos olvidan cosas. Es perfectamente normal.

—Y yo ya te he dicho que me emborraché por la medicación —protestó Erika. «No descargues en mí tus problemas de la infancia».

—No importa cómo ni por qué te emborrachaste. Solo digo eso —replicó Oliver—. No va a servir de nada. Vamos. Es una locura. Quédate aquí. Háblame de la casa de tu madre. ¿En qué estado estaba?

—No voy a tardar ni un minuto —dijo Erika mientras iba hacia la puerta delantera—. Volveré en un momento. Después te cuento lo de mi madre.

—He preparado pollo al curry para cenar. —Oliver continuó hablando mientras la seguía. Sostuvo la puerta cuando ella la abrió—. Esta tarde he empezado a sentirme un poco mejor y no estaba seguro de si teníamos leche de coco, pero sí teníamos. ¡Ah, y casi se me olvida! Ha venido la policía. Por lo de Harry. Les está costando encontrar...

—¡Guárdate todo eso para después! —Erika cogió su paraguas. Normalmente, Oliver no era tan locuaz, pero un día de baja en casa y solo siempre le provocaba ganas de conversar. Además, ella tenía la sensación de que esas pastillas para el resfriado y la gripe que tomaba le ponían un poco hiperactivo. Ella no pensaba decírselo nunca por el horror que él sentía a verse alguna vez afectado por las drogas y el alcohol. Resultaba encantador verle tan charlatán.

Erika atravesó rápidamente su jardín delantero bajo la lluvia y avanzó por el camino de entrada de Vid y Tiffany. Llamó primero al timbre de la puerta, por guardar las formas, por si había alguien en casa o si alguien, en algún lugar, la estaba observando, aunque el único vecino que posiblemente lo hubiera hecho habría sido Harry y estaba muerto. Esperó un minuto y, a continuación, dio la vuelta hacia el patio de atrás. Mientras ella iba por el lateral de la casa, se encendieron automáticamente las luces de seguridad, convirtiendo la lluvia en oro. Rezó por que no saltara ninguna alarma.

Todas las lucecitas del patio estaban encendidas y recordó que Tiffany había dicho que tenían una especie de temporizador automático. La sola visión de las lucecitas le provocó una avalancha de recuerdos sensoriales de aquella tarde. Pudo oler las cebollas caramelizadas de Vid que Clementine había celebrado tanto. Pudo notar cómo el suelo se había tambaleado suavemente bajo sus pies. La sensación de confusión en su cabeza. Esto estaba funcionando. No Pat era una genio y valía cada céntimo que le pagaba.

No te distraigas, pensó. Concéntrate, pero no demasiado. Relájate y recuerda.

Ella había recorrido ese camino desde la puerta de atrás. Llevaba los platos azules y blancos. Estaba mirando los platos. Le gustaban los platos. Deseaba aquellos platos. Dios mío, no se había llevado los platos, ¿verdad? No. Se le habían caído los platos. Eso lo recordaba.

La música. Había música y, por debajo de la música, o por encima, había un sonido, un sonido de urgencia, un sonido que estaba relacionado en cierto modo con... Harry. ¿Por qué siempre volvía a acordarse de Harry? ¿Qué quería decir aquello? ¿Solo por la llamada de teléfono para pedir que bajaran la música?

Caminó un poco más por el sendero. No podía ver la fuente desde aquí. Necesitaba ver la fuente. El corazón le palpitaba al ritmo de la lluvia que golpeaba su paraguas.

Se detuvo, confundida. ¿Dónde estaba la fuente? Se giró a la izquierda. Se giró a la derecha. Dejó que el paraguas cayera por detrás de su cabeza y entrecerró los ojos para ver a través de la lluvia.

La fuente había desaparecido. No había más que una fea losa de cemento vacío donde había estado antes y los recuerdos de Erika se disolvieron, desaparecieron, se limpiaron como un dibujo a tiza sobre la acera bajo la lluvia, y ahora mismo solo se sentía fría, mojada y estúpida.

57

Clementine siguió a Sam a su dormitorio, donde él sacó una camiseta de un cajón y se la puso. Se quitó los pantalones del trabajo y se puso unos vaqueros. Sus movimientos eran bruscos, como un drogadicto nervioso que necesitara un chute. Evitaba mirarla a los ojos.

—¿Lo dices de verdad? ¿Hablas en serio? ¿Lo de separarnos? —preguntó ella.

—Probablemente no —respondió él encogiéndose de hombros, como si el estado de su matrimonio ya no le importara.

Ella estaba tan agitada que no podía controlar su respiración. Era como si no pudiera recordar cómo se hacía. Contenía la respiración y, después, daba repentinos jadeos.

—¡Por el amor de Dios, no puedes decir cosas así! Tú nunca..., nosotros nunca...

Lo que quería decir era que ellos nunca usaban palabras como «separación» o «divorcio» aun en sus peores discusiones a gritos. Se gritaban cosas como: «¡Eres exasperante!», «¡No piensas!», «¡Eres la mujer más insoportable de la historia de las mujeres insoportables!», «¡Te odio!», «¡Yo te odio más!» y siempre, siempre usaban la palabra «siempre», aunque la madre de Clementine había dicho que nunca se debe utilizar esa palabra en una discusión entre esposos, como, por ejemplo: «¡Siempre te olvidas de llenar la botella de agua!». (Pero Sam sí que se olvidaba siempre. Era verdad).

Pero nunca se habían abierto a la posibilidad de poner fin a su matrimonio. Podían dar zapatazos, gritar y enfadarse con la seguridad de que los andamios de sus vidas eran sólidos. Paradójicamente, eso les daba permiso para gritar con más fuerza, increparse cosas más estúpidas, tontas e irracionales, dejando que sus sentimientos se arremolinaran libremente a través de ellos, porque por la mañana no pasaría nada.

—Lo siento —se disculpó Sam—. No debería haberlo dicho. —La miró y en su rostro apareció una expresión de auténtico agotamiento y, por un momento, volvió a ser él de nuevo, no ese desconocido tan frío y extraño—. Solo estaba enfadado por la idea de que Dakota viniera a la fiesta de Holly. No quiero que Holly tenga relación alguna con esa familia.

—No son malas personas —replicó Clementine, saliéndose por un instante del asunto que tenían entre manos por el odio que percibió en el tono de Sam. Clementine no quería ver a Vid y a Tiffany porque le recordaban al peor día de su vida. Solo pensar en ellos le hacía estremecerse, lo mismo que ocurre cuando se piensa en comida o bebida de la que te has atiborrado hasta caer enfermo. Pero ella no les odiaba.

—Mira, no son el mismo tipo de gente que nosotros —dijo Sam—. Si te soy sincero, no quiero que mi hija tenga relación con personas como ellos.

—¿Qué? ¿Porque ella era antes bailarina? —preguntó Clementine.

—Porque era una *stripper* —la corrigió Sam con tal desagrado que Clementine se puso al instante a la defensiva tomando partido por Tiffany.

Resultaría demasiado fácil meter a Tiffany en una categoría específica de «cierto tipo de persona» y decidir que el fuerte deseo que Clementine había sentido cuando Tiffany le ofreció hacerle un baile encima no había sido más que un engaño de su cuerpo, una reacción involuntaria, como si usara un vibrador. Sería fácil decidir que el comportamiento de Clementine fue desagradable y que Tiffany era desagradable y que lo que había pasado había sido desagradable. Pero eso no era más que una mala excusa. Era como decir que lo que le había pasado a Ruby nunca habría ocurrido si hubiesen estado en una barbacoa con el «tipo adecuado de personas». Por supuesto que podría haber pasado si hubiesen estado distraídos por una conversación sobre filosofía, política o literatura reconocida.

—Tiffany es simpática. ¡Muy simpática! ¡Son personas simpáticas! —dijo. Pensó en Vid y Tiffany y la calidez y amabilidad que habían mostrado esa noche. Los dos se habían mostrado tal cual eran. Sin ningún subterfugio ni confusión—. Son gente agradable de verdad.

—¡Agradable! —explotó Sam—. ¿Estás loca? No tienes ni idea de lo que dices. Yo he estado en esos clubes de *striptease*. ¿Has ido alguna vez a alguno?

—No, pero ¿y qué?

—Son sitios repugnantes y deprimentes. No son glamurosos. No son sensuales. Estás muy alejada de la realidad. En serio. —Eso no era más que otra versión de la discusión que estaban manteniendo sobre su matrimonio. Sam sí tenía contacto con la realidad. Al parecer, Clementine no. Sam quería llegar temprano al aeropuerto. Clementine quería ser la última en subir a bordo. Sam quería reservar con antelación. Clementine quería improvisar sobre la marcha. Solían encontrar el equilibrio. Solía ser gracioso.

—En serio. —Ella imitó el tono de él entre susurros.

—En serio —repitió él—. Nadie quiere estar en esos lugares. Ni las chicas ni los puteros.

—Ah, muy bien. Nadie quiere ir —repitió Clementine. ¿La palabra «putero» la irritaba (una palabra de viejo conservador) o era que simplemente todo lo que tenía que ver con él la irritaba ahora?—. Entonces, supongo que tú y los demás *puteros* os visteis obligados a ir.

—La mayoría de las veces es un grupo de tíos borrachos y uno dice: vamos a divertirnos, y tú vas con ellos y resulta gracioso. Pero luego ves a todas esas mujeres de expresión seria haciendo piruetas y te das cuenta de que es sórdido, es asqueroso...

—Sí, eso es, Sam, porque esa noche tú parecías estar sintiendo mucho asco con Tiffany —repuso Clementine. Esto estaba siendo una locura. Estaba siendo el colmo del revisionismo histórico. ¿No había sido *siempre* esa la especialidad de Sam? ¿No había dicho siempre ella que ojalá hubiese una cámara que grabara permanentemente sus vidas para poder dar marcha atrás y demostrar que sí que había hecho eso que ahora él negaba?—. Te estabas riendo. La estabas animando a seguir. Te estaba gustando. No finjas que no te gustaba porque sé que sí.

Se arrepintió nada más decirlo porque le conocía tan bien que podía ver ahora cómo sus palabras le destrozaban.

—Tienes razón. Y tendré que vivir con ello —contestó él—. Tendré que vivir con ello toda la vida, pero eso no significa que quiera tener relación con ella. Sabes que probablemente fue puta, ¿no?

—¡No lo fue! Lo de bailarina era solamente un trabajo. No era más que un trabajo divertido.

—¿Cómo lo sabes? —preguntó Sam.

—Hablamos de ello. Cuando me llevó al hospital.

Sam se detuvo.

—Así que estuviste charlando alegremente sobre la época de *stripper* de Tiffany de camino al hospital mientras Ruby..., mientras Ruby... —La voz se le quebró. Respiró y, cuando volvió a hablar, había retomado el control de su voz—. Qué bonito. Y qué inocente.

La rabia llegó de una forma tan poderosa, descontrolada y extraordinaria como una contracción. Tardó un momento en recuperar la respiración. Él estaba cuestionando su amor por Ruby. Estaba dando a entender que, de algún modo, había traicionado a Ruby, que no la quería, que su amor era inferior al de él y, de hecho, ahora que lo pensaba, ¿no había dado a entender eso siempre, que él quería a las niñas más que ella porque se preocupaba más, porque las vigilaba más?

—No tienes ni idea de cómo fue aquel trayecto hasta el hospital —dijo ella detenidamente. Podía oír la rabia que estaba tratando de contener saliendo a través de sus palabras, de modo que cada una sonaba con un tono diferente—. Fue el peor...

Sam levantó la mano como una señal de stop.

—No tengo interés en escucharlo.

Clementine levantó las dos manos a modo de frustración y, después, las dejó caer. Su relación se estaba volviendo tan retorcida y enrevesada que era como si se hubiesen perdido en el bosque frondoso de un cuento de hadas y ella no pudiera ver cómo retomar el camino que los llevaba al lugar que ella sabía que seguía estando ahí, el lugar donde seguramente seguían queriéndose el uno al otro.

58

El día de la barbacoa

Tiffany conducía hacia el Hospital Infantil de Westmead lo más rápido que se atrevía, mientras Clementine llamaba por teléfono a sus padres y sus suegros. Fueron llamadas breves pero terribles de escuchar. En cuanto Clementine oyó la voz de su madre, rompió a llorar. Tiffany pudo oír cómo la pobre mujer gritaba a través del teléfono: «¿Qué es? ¿Qué ha pasado? ¡Por el amor de Dios, Clementine, deja de llorar y cuéntamelo!».

Después de las llamadas, continuaron el viaje en silencio, mientras Clementine se sorbía la nariz con fuerza con el teléfono en su regazo y la cara girada hacia la ventanilla.

Tiffany habló por fin.

—Lo siento mucho —empezó a decir.

—No es culpa tuya —respondió Clementine—. Es culpa nuestra. Mía.

Tiffany se quedó en silencio con la mirada fija en la carretera. ¿Y si la niña moría porque a Tiffany le seguía gustando que la admiraran? ¿Porque sabía que a Vid le gustaba? ¿Porque creía que resultaba muy atrevida?

—Yo te estaba distrayendo —dijo. Quería que eso quedara claro antes de que nadie la acusara.

—Yo empecé —repuso Clementine con voz queda. Se giró y miró por la ventana—. Mi hija. Mi responsabilidad.

Tiffany no sabía qué decir. No era como discutir por la cuenta de la cena. «No, insisto. Deja que pague yo».

—He estado vigilando a las dos toda la tarde —continuó Clementine—. He sabido exactamente dónde estaban las dos en cada momento. Salvo en ese. Sam cree que no soy tan cuidadosa como él, pero yo las estaba vigilando. De verdad.

—Por supuesto que sí. Sé que lo estabas haciendo —repuso Tiffany.

—Ha debido de asustarse tanto —dijo Clementine—. Cuando el agua... —Tiffany la miró y vio que Clementine se balanceaba, con el cinturón de seguridad tensándose en su pecho y el puño apretado contra su boca—. Ha debido de estar tragándose toda esa agua y sintiendo pánico y...

Tiffany se esforzaba por saber qué decir cuando se detuvo en un semáforo.

Clementine se inclinó hacia delante y apoyó los brazos sobre el salpicadero, como si se colocara en posición de impacto antes de un accidente aéreo. Después, se volvió a apoyar en el respaldo y se apretó las manos con fuerza sobre la parte inferior del abdomen y gimió, haciendo que a Tiffany le recordara a una mujer que estuviese de parto.

—Respira hondo —le aconsejó Tiffany—. Inhala por la nariz y exhala por la boca. Suéltalo con un suspiro fuerte. Así: «Aaaa».

Clementine obedeció.

—A veces, hago yoga —comentó Tiffany. Distraerla. Era lo único que podía hacer—. ¿Tú haces yoga?

—Siempre digo que quiero hacerlo —respondió Clementine.

—Yo llevé a Vid una vez. Fue lo más gracioso que he visto nunca.

—¿Qué es eso de ahí delante? —preguntó Clementine—. Por favor, dime que no es un atasco.

—Seguro que no lo es —respondió Tiffany. Miró la fila de luces de freno parpadeantes delante de ella y se le cayó el alma a los pies—. No a esta hora de la noche. Seguro que no.

Clementine no podía creer lo que estaba viendo. Era como si el universo estuviese jugando con ella, riéndose de ella, castigándola.

—Debe de ser una broma —dijo, mientras se detenían detrás de un coche parado. Se giró en su asiento. Había coches deteniéndose detrás de ellas, uno tras otro, todos ellos bajando de velocidad hasta quedarse inmóviles. En el carril de al lado los coches también iban parando. Estaban atrapadas en un mar metálico.

—Si aparece alguna bocacalle podríamos salirnos y buscar otro camino, pero no veo... —comentó Tiffany mientras daba golpecitos con el dedo en el navegador por satélite del coche.

—Debería haber ido yo con Ruby —dijo Clementine.

Ella y Sam ni siquiera lo habían hablado cuando el médico anunció que solo podía ir un padre en el helicóptero. «Voy yo», había dicho Sam sin ni siquiera mirar a Clementine. Seguramente era la madre la que solía ir. Los niños necesitan a sus madres cuando están enfermos. Solo porque Sam llevara a las niñas a ponerse las inyecciones no le colocaba el primero de la cola en las urgencias médicas. Gritaban «¡Mamá!» si se ponían enfermas por la noche y era Clementine la que iba a sentarse y acunarlas mientras Sam les daba la medicina. ¿Por qué se había hecho a un lado pasivamente y había permitido que fuera él? Ella era la madre. Debería haber ido Clementine. Se odió por no haber insistido. Odió a Sam por no brindarle la posibilidad.

—Dios mío —dijo en voz alta. Sentía fuertes calambres en el estómago—. No nos estamos moviendo nada.

Las luces de freno del coche de delante se apagaron y Tiffany se agarró esperanzada al volante. Avanzaron unos centímetros y se detuvieron de inmediato. Por detrás de ellas, un coche hizo sonar el claxon y otro respondió con un pitido furioso y absurdo.

—Joder —se quejó Clementine—. Joder, joder, joder.

No podía quedarse quieta. Tiró de la correa diagonal del cinturón de seguridad. Era como si estuvieran impidiendo físicamente que viera a Ruby. La necesidad de estar con ella en ese momento era abrumadora. Quería gritar. Podía sentir cómo los brazos se le tensaban por el deseo de abrazarla.

—Está en buenas manos —la tranquilizó Tiffany—. Mi sobrina estuvo una vez en los cuidados intensivos del Westmead y mi hermana me dijo que estuvieron increíbles. Estaba muy..., eh..., impresionada y... —Se quedó en silencio.

Clementine miraba por la ventanilla y, después, la abrió para dejar que entrara el aire. Se imaginó abriendo la puerta de golpe y echando a correr. No por la acera. Simplemente, correría por la autovía y adelantaría a todos esos estúpidos y horribles coches de metal gritando: «¡Apartaos!».

—Voy a ver si encuentro algún informe del tráfico. —Tiffany encendió la radio.

Apretó algunos botones y pasó por distintos fragmentos de sonido antes de encontrar por fin lo que parecía ser un programa de noticias.

—Vamos —le dijo Tiffany a la radio.

Por fin lo oyeron.

—Un accidente en cadena —anunció alegremente «Vince, el corresponsal encargado del tráfico» desde su posición en un helicóptero. Otro que iba en helicóptero—. El tráfico está detenido. ¡Es increíble! ¡No es como una noche de domingo cualquiera! Parece un lunes por la mañana en la hora punta.

Tiffany apagó la radio.

—Esto confirma que estamos en un atasco —dijo.

Se quedaron en silencio.

El coche de delante se movió y, a continuación, se detuvo casi de inmediato.

—No puedo... Tengo que... —Clementine se desabrochó el cinturón de seguridad. El techo del coche le quedaba muy cerca de la cabeza—. Tengo que salir de aquí. No puedo quedarme sentada.

—No puedes ir a ningún sitio. —Tiffany la miraba asustada—. Nos movemos. ¡Mira! Nos movemos. Se va a solucionar.

—¿Has visto lo blanca que estaba? —preguntó Clementine—. Tenía la cara muy blanca. Normalmente tiene las mejillas sonrosadas. —Notaba cómo iba perdiendo el control, como un pie resbalando por la gravilla. Miró a Tiffany—. Háblame de otra cosa. Lo que sea.

—Vale —respondió Tiffany—. Eh...

Clementine no podía soportarlo.

—Tengo pronto una audición. Una audición muy importante. Esta mañana era lo más importante de mi vida. ¿Tuviste que presentarte a pruebas para ser bailarina? —Se apretó las manos contra la cara y habló a través de los dedos—. ¿Y si deja de respirar otra vez?

—No creo que pueda dejar de respirar porque está intubada —contestó Tiffany—. Para ayudarla a respirar.

La cola de coches volvió a moverse. Se detuvo.

—¡Jooooder! —Clementine golpeó con el puño sobre el salpicadero.

—Sí que tuve que presentarme a pruebas —se apresuró a decir Tiffany—. Para mi trabajo en el club. Fui con mi amiga Erin. Si no, no me habría atrevido.

Dejó de hablar.

—Continúa —dijo Clementine—. Sigue hablando. Por favor, sigue hablando.

—Así que aparecimos en el club y yo pensé que nos iba a costar tomárnoslo en serio, pero allí había una mujer que se encargaba de las audiciones. Se llamaba Emerald Blaze*. Lo sé. Suena cómico pero, francamente, era formidable. En cuanto la vimos nos lo tomamos completamente en serio. Era una bailarina extraordinaria. Se movía a cámara lenta. Me recordaba a la seda. A la seda escurridiza. Resultaba casi demasiado sensual. Como si estuvieses viendo algo que no se debe ver. Dijo: «Chicas, esto no consiste en fantasiosos bailes de *striptease*. Se trata de provocar». Ese consejo me hizo ganar mucho dinero. Así que lo primero que tuvimos que hacer fue subir al escenario, rodear la barra y bajar. No parece gran cosa, pero fue aterrador saber que todas aquellas chicas te estaban mirando y juzgando y, por supuesto, nosotras no estábamos todavía acostumbradas a los tacones. Creía que me iba a caer. ¿Y qué más? Recuerdo que Emerald insistía mucho en que no había que ser una misma. Había que pensar en un nombre artístico e inventarse un pasado. ¿Quieres que pare?

—¿Qué? —Clementine se amasaba el vientre con los puños. El tráfico avanzó un poco—. No. Por favor, no pares. Sigue hablando. ¿Cuál era tu nombre artístico?

—Barbie. Me da un poco de vergüenza. A mí me encantaban mis muñecas Barbie.

—Sigue hablando, por favor.

---

* Nombre que en castellano podría traducirse como «Resplandor Esmeralda». *[N. de los T.]*.

Y Tiffany continuó.

Habló del ritmo grave de la música, de la neblina del humo de los cigarros, de las drogas, de las chicas, de las normas y de lo buena que era bailando en la barra. Podía hacer muchos giros y sostenerse en perpendicular a la barra, aunque luego le dolían los hombros, pero de niña había sido gimnasta de competición, así que...

Clementine pensó en las clases de gimnasia de Holly. Quizá era hora de que empezara a dar clases de violín.

El coche avanzó unos centímetros.

—Sigue.

Tiffany siguió.

Habló de la vez en que tuvo que apretar el botón de alarma en un baile privado pero que, sinceramente, aquella fue la única vez que no se había sentido segura, y de aquel abogado que solo quería sentarse allí y acariciarle los pies y que lo vio unas semanas después cuando lo entrevistaban en la televisión sobre un caso, y de otro hombre de aspecto desaliñado con un desgastado polo que resultó ser un hombre megarrico que daba montones de propinas, no como los banqueros con sus trajes caros que te engañaban con una simple ficha, que costaba solo dos dólares, por el amor de Dios, y de los jóvenes campesinos que no paraban de ir al cajero automático en busca de más dinero y no paraban de encargarle bailes privados hasta que, por fin, ella les dijo: «Chicos, ya está. No tengo nada más que enseñaros», y del famoso de segunda que solía reservar números de ducha de Erin y ella y decía: «¡Bravo! ¡Bravo!», como si estuviese en la ópera.

—O en la sinfónica. —Tiffany miró de reojo a Clementine.

—¿Números de ducha? —preguntó Clementine.

—Sí, te duchabas mientras tu cliente se sentaba en un sofá y veía cómo te dabas con la esponja o nos enjabonábamos la una a la otra, en caso de que fuéramos dos. A mí me gustaban los números de ducha. El club se llenaba de calor y humedad. Era un alivio poder refrescarse.

—Claro —dijo Clementine. Dios mío. Números de ducha. Se preguntó si se iba a marear. Era un muy buen momento para marearse.

—¿Quieres que deje ya de hablar? —preguntó Tiffany.

—No —contestó Clementine. Cerró los ojos, vio a Ruby y volvió a abrirlos—. ¡Sigue hablando! —dijo en voz alta.

Y así, durante los siguientes veinte surrealistas minutos, mientras Clementine mantenía la mirada fija en las luces de freno del coche que tenía delante deseando que se apagaran, Tiffany habló y habló y las palabras envolvían a Clementine y ella perdía el hilo y solo oía fragmentos: «los podios de las habitaciones privadas eran muy duros, por lo que llevaba una alfombra acolchada... algunas chicas necesitaban beber para trabajar, pero yo... competitiva y esa noche yo pensé que me daba igual...».

Hasta que por fin llegaron hasta los conos de tráfico y las brillantes e intermitentes luces blancas y una grúa que levantaba despacio un pequeño coche rojo aplastado por el parachoques formando un extraño ángulo y un policía les hacía señales para que siguiesen avanzando y Tiffany dijo, con un tono de voz muy diferente de repente: «Muy bien», y apretó con fuerza el pie sobre el acelerador y ninguna de las dos dijo una palabra más hasta que entraron en el aparcamiento del hospital.

59

Y ha funcionado? ¿Has recordado algo más? —preguntó Oliver. Estaban sentados a la mesa del comedor comiendo el pollo al curry que él había preparado. Fuera, la lluvia se convirtió en una llovizna, como si estuviese pensando en parar, pero Erika no iba a tragarse ese cuento. No había nada más sobre el pulido tablero de caoba que lo que necesitaban: cubertería brillante, manteles individuales, vasos sin manchas con agua fría sobre posavasos. Sentados a la mesa para comer como si aquello fuese algo que ninguno de los dos daba nunca por sentado. Antes de comer, ambos se miraban con completa complicidad, un momento de silencio para dar las gracias por el espacio y el orden.

—No —respondió Erika—. La fuente ya no está. Lo han cubierto con cemento. Parece una cicatriz en el patio. Da un poco de pena.

—Supongo que no querían tener ese recuerdo —dijo Oliver.

—Pero yo sí que quería ese recuerdo —repuso Erika. Dejó cuidadosamente el cuchillo y el tenedor («¡Dejad de mover los cubiertos en el aire!», solía decirles Pam a Clementine y a sus hermanos. Erika era la única que le hacía caso. A Clementine seguía gustándole subrayar algún comentario con su tenedor).

—Sí —dijo Oliver—. Lo sé.

—Lo he escrito, ¿sabes? Todo lo que recuerdo y lo que no. —De hecho, lo había escrito en un documento de Word (guardado como «Memoria.doc») con la esperanza de que tratarlo como un problema profesional traería consigo una solución profesional.

—Buena idea —dijo Oliver. La estaba escuchando, pero Erika estaba segura de que también estaba escuchando el gorgoteo de la lluvia cayendo por los canalones rebosantes sobre el porche de atrás. Le preocupaba que la madera se empezara a pudrir.

—Recuerdo salir de la casa con platos en las manos —dijo Erika. Sus recuerdos eran como rápidos destellos de una luz estroboscópica: encendida, apagada, encendida, apagada—. Y después, lo siguiente es que estoy dentro de la fuente y tú estás allí y levantamos a Ruby entre los dos, pero no recuerdo lo que hubo entre medias. Es un completo vacío. No recuerdo ver a Ruby ni meterme en la fuente. De repente, estoy dentro.

—Dejaste caer los platos y echaste a correr —le explicó Oliver—. Le gritaste a Clementine y, a continuación, saliste corriendo. Yo te vi correr.

—Sí, pero ¿por qué no puedo recordarlo? ¿Por qué no puedo recordar pensar: Dios mío, Ruby está en la fuente? ¿Cómo he podido olvidarlo?

—La conmoción, el alcohol, la medicación..., todas esas cosas —contestó Oliver—. Sinceramente, creo que deberías dejarlo estar.

—Sí —repuso Erika suspirando. Cogió de nuevo los cubiertos—. Lo sé. Tienes razón.

Debería contarle ahora que Clementine había accedido a ser su donante de óvulos. Era una crueldad ocultar una información que le haría muy feliz.

—¿Estaba muy mal la casa de tu madre hoy? —preguntó Oliver.

—Hacía tiempo que no estaba tan mal.

—Lo siento —contestó Oliver—. Y siento que hayas tenido que ocuparte tú sola.

—No pasa nada. No he hecho mucho. Casi me he rendido. La mala noticia es que la mujer de al lado va a vender su casa.

—Vale —dijo Oliver masticando despacio—. Eso sí que es un problema. —Ella vio cómo él lo iba asimilando.

—Ha sido simpática cuando me lo ha dicho —continuó Erika.

—Tendremos que ponernos de acuerdo con ella —decidió Oliver—. Averiguar qué días exactamente tiene visitas, las horas en las que la va a enseñar.

—Es posible que mi madre quiera sabotearla deliberadamente —dijo Erika—. Por simple maldad.

—Es posible —convino Oliver. Él también se había criado entre comportamientos maliciosos sin motivo, pero lo aceptaba como quien acepta el tiempo mientras que Erika seguía resistiéndose, ofendiéndose, tratando de buscar un sentido que se ocultara tras ello. Pensó en la risa de su madre cuando la bolsa de la basura se había roto. ¿Por qué se había reído? ¿Qué tenía de divertido? —. Lo solucionaremos —dijo Oliver—. Nos olvidamos del interior y nos centramos en el exterior. Eso es lo único que importa hasta que la vecina venda.

Él siempre se había mostrado extraordinariamente calmado en lo referente al problema de Sylvia.

Cuando se dio cuenta de lo mucho que Erika se angustiaba siempre que visitaba a su madre en su casa, cosa que solía hacer un par de veces a la semana, había insistido al principio en que simplemente dejara de ir allí, pero el sentido de la responsabilidad de Erika hacia su madre no le permitía algo así. Necesitaba asegurarse de que las condiciones de vida de su madre no se convertían en un peligro de incendio o un riesgo para la salud. Así que Oliver ideó un plan, con una hoja de cálculo, claro, en la que establecía un calendario de visitas. La idea era que Erika fuera a la casa de su madre solamente seis días al año, acompañada por Oliver, y cada vez le dedicarían al menos seis horas e irían armados y listos para la batalla, con guantes, mascarillas y bolsas de basura. Se acabó eso de ir a cenar, como si Sylvia fuese una madre normal. Aquellas invitaciones a cenar habían sido siempre una broma de mal gusto. Sylvia prometía preparar algún plato de la infancia de Erika —muchísimo tiempo antes de que la cocina desapareciera, había sido una buena cocinera—, pero la comida jamás se había materializado y, aun así, cada una de las veces, una parte de Erika había creído que sí estaría, a pesar de que sabía perfectamente que la cocina de Sylvia ya no podía utilizarse. «Estaba un poco cansada», decía Sylvia. «¿Pedimos algo de comida a domicilio?». Esas noches habían terminado siempre con gritos sobre el estado de la casa. Ahora Erika ya no le suplicaba a su madre que buscara ayuda profesional. Oliver la había ayudado a entender que Sylvia no iba a cambiar nunca. Jamás se curaría. «Busca tú la ayuda profesional», le dijo Oliver a Erika. «No puedes cambiarla, pero sí puedes cambiar tu forma de reaccionar ante ella». Así que eso era lo que había hecho.

Él sería el padre más maravilloso, calmado y sabio. Ella se lo imaginaba explicándole el mundo a un hijo, a un niño con los increíbles ojos azules de Ruby y Holly, sentado a la mesa con ellos, con su propio mantel individual y su propio vaso de agua. Su hijo no tendría que comer nunca sentado en su cama porque el comedor había desaparecido bajo montones de basura. Los amigos de su hijo podrían venir a casa a jugar en cualquier momento. ¡En cualquier momento! Incluso a cenar. Tendrían más manteles individuales.

Ese era el plan. Ese era el sueño. Darle a un niño el valioso regalo de una infancia normal. Lo único que pasaba era que podía ver a Oliver en ese sueño con mucha más claridad que a sí misma.

Cuéntaselo, se dijo a sí misma. Cuéntaselo ya. Se lo merece.

—Clementine ha llamado hoy otra vez —dijo. Una inocente mentirijilla—. Mientras yo estaba en casa de mi madre.

Oliver levantó la cabeza y ella vio la esperanza, tan desnuda y auténtica que la hizo sentirse mal.

—Estará encantada de hacerlo —prosiguió—. Donar los óvulos.

Deja que lo haga. Ellos habían salvado la vida de Ruby. Una vida por otra vida. Clementine se lo debía a los dos. Deja que lo haga.

Oliver dejó con cuidado su cuchillo y su tenedor a cada lado de su plato. Los ojos le brillaban.

—¿Crees que...? —empezó a decir—. ¿Te preocupa que ella se esté ofreciendo por motivos equivocados? ¿Por lo de Ruby?

Erika se encogió de hombros. El movimiento de sus hombros pareció poco natural. No iba a contarle lo que les había oído decir a escondidas. Eso no haría más que disgustarlo. Y ella se sentía avergonzada. No quería que Oliver supiera que su mejor amiga, en realidad, no la quería.

—Dice que no tiene nada que ver con eso pero supongo que nunca lo sabremos de verdad, ¿no? En cualquier caso, es un intercambio justo. Nosotros salvamos a Ruby, ella nos da un bebé.

—Eh..., ¿estás de broma? —preguntó Oliver.

—No sé si estoy de broma —contestó Erika pensativa—. Puede que hable en serio. Es verdad que le salvamos la vida a Ruby. Eso es así. ¿Por qué no iban ellos a recompensarnos haciendo algo a cambio? ¿Y qué importa cuáles sean sus motivos?

Oliver se quedó pensando.

—Sí que importa —repuso—. ¿No? ¿Y si no se siente de verdad cómoda con este asunto? ¿Y si de haber sido otras las circunstancias no lo hubiese hecho?

—Bueno, de todos modos, tiene que ir a ver al asesor de la clínica —dijo Erika—. Antes de que todo se ponga en marcha. Seguro que el asesor habla con ella de ese tipo de cosas. Sus motivos. Su... estado psicológico.

El ceño fruncido de Oliver desapareció. Había que seguir un procedimiento. Había expertos que tomaban la decisión.

—Tienes razón —contestó con tono alegre. Cogió sus cubiertos—. Es una noticia estupenda. Una noticia increíble. Un paso en la dirección correcta. Llegaremos al final. Seremos padres. De un modo u otro.

—Sí —estuvo de acuerdo Erika—. Lo seremos.

Él volvió a dejar el cuchillo y el tenedor y se limpió el lateral de la boca.

—¿Puedo preguntarte algo que tal vez te suene raro?

Erika se puso en tensión.

—Claro.

—El día de la barbacoa, Clementine dijo que tú siempre le habías dicho que no querías tener hijos. No estás haciendo todo esto por mí, ¿verdad? —Las gafas se le deslizaron un poco hacia delante cuando arrugó la frente—. Todo eso por lo que has tenido que pasar estos últimos años...

—No ha sido tan malo —contestó Erika.

La FIV había sido un proceso bien ordenado. Ella agradecía su rigor, las normas y la ciencia. Disfrutaba especialmente de la asepsia: las batas que iban directamente a un cesto después de habérselas puesto solamente una vez, las fundas que se ponían sobre los zapatos, las redecillas de papel azul para el pelo. Y había sido agradable pasar tiempo con Oliver, trabajar juntos en ese importante proyecto secreto. Recordaba cada extracción y traspaso, respirando aquella hermosa fragancia antiséptica, agarrada a la mano de Oliver, sin tener otra cosa que hacer más que someterse al proceso. Oliver se había responsabilizado de toda la medicación. Le había puesto todas las inyecciones, suavemente, con profesionalidad. Nunca le había dejado un solo moretón. A ella no le importaban los análisis de sangre de primera hora de la mañana, el mareo. «Sí, eso es, ese es mi nombre», decía mientras la enfermera levantaba el tubo de sangre correctamente etiquetado con una mano envuelta en un guante azul para que ella lo mirara.

Clementine odiaba aquellas agujas. El terror de Clementine a cambio de la alegría de Oliver. Era un trato justo, ¿no?

—Sí, pero tú también quieres tener un bebé, ¿no? —preguntó Oliver—. Por ti. No solo por mí.

—Claro que sí —contestó Erika. Siempre había sido por él. Siempre. Aquel deseo codicioso que había sentido por tener una Holly o una Ruby propias ya había desaparecido. No estaba segura del todo del motivo. Probablemente por lo que había oído a escondidas y quizá por algo más: la sensación tenebrosa de esos momentos perdidos de su memoria.

Pero nada de eso importaba. Se comió su pollo al curry y dejó que su mirada recorriera su hermoso salón ordenado.

—¿Qué es eso? —preguntó de repente.

Se puso de pie y fue a la estantería. Había un destello azul entre los lomos de dos libros. Oliver se giró para mirarla.

—Ah —dijo él mientras ella sacaba el bolsito de lentejuelas azules de Holly—. Eso.

Erika abrió el bolso lleno de piedras de Holly.

—Debió de dejárselo aquí —comentó, a la vez que sacaba una pequeña piedra blanca y pulida.

—La noche de la barbacoa —añadió Oliver.

—Se lo devolveré a Clementine —dijo Erika.

—Holly no quiere que se lo devolvamos —repuso Oliver.
Abrió la boca como si estuviese a punto de decir algo más pero,
a continuación, cambió de idea y, en lugar de ello, tomó un
sorbo de agua y dejó el vaso con cuidado sobre el posavasos.

—¿De verdad? Yo creía que le encantaba...

—Quizá estemos embarazados para Navidad —dijo Oliver distraído—. Imagínatelo.

—Imagínatelo —repitió Erika. Y dejó caer la piedra de
nuevo en el interior del bolso.

60

El día de la barbacoa

¿Ruby está muerta? —preguntó Holly, jugando con el asa de su bolsito de lentejuelas azules lleno de piedras que sostenía con ambas manos en su regazo.

—No —contestó Erika—. No está muerta. Ha ido con tu padre en el helicóptero al hospital. Ya habrá llegado allí y los médicos harán que se ponga mejor.

Estaban sentadas bajo una manta en el sofá mientras Oliver preparaba chocolate caliente. En la televisión estaban viendo *Madagascar*. Erika se había quitado las lentes de contacto, así que lo único que veía era destellos de color en la pantalla.

Tenía una sensación de estar a punto de quedarse dormida, como una enorme ola negra que estuviera a punto de arrollarla. Pero no podía quedarse dormida. No mientras Holly estuviese ahí. Y eran solamente... ¿qué? Las seis o siete de la tarde. Parecía mucho más tarde. Era como si fuese plena noche.

—Quizá se muera. —Holly miraba fijamente la televisión.

—No creo que eso pase, pero está muy enferma. Es muy grave. Sí. Quizá.

—Erika —dijo Oliver al entrar en la sala con una bandeja con los chocolates calientes.

—¿Qué? —¿No decías que había que ser con los niños lo más sinceros posible? Nadie sabía cuánto tiempo llevaba Ruby sumergida antes de que la sacaran. No había ninguna garantía. Podría tener un grave daño cerebral. Hipotermia. Quizá no lograra sobrevivir esa noche. ¿Por qué sentía Erika que debería saber exactamente cuánto tiempo llevaba Ruby debajo del agua? ¿Por qué tenía la extraña sensación de ser responsable, como si en cierto modo hubiese cometido un fallo? Ella había sido la primera en llegar hasta Ruby. Había sido la primera en actuar. Ella no era madre de Ruby. Pero había algo. Algo que había hecho o que no había hecho.

—Aquí tenéis —anunció Oliver. Aún llevaba la ropa mojada. Iba a caer enfermo. Le pasó a Holly la taza de chocolate caliente—. No lo he hecho demasiado caliente pero dale un sorbo pequeño por si acaso, ¿vale?

—Gracias —dijo Holly en voz alta.

—Qué buenos modales, Holly —contestó Oliver.

—Cámbiate —le recomendó Erika mientras cogía de sus manos la taza de chocolate caliente—. Te vas a resfriar.

—¿Estás bien tú? —preguntó Oliver.

—¿Por qué? ¿No tengo buen aspecto? —Dio un sorbo a su chocolate caliente y se le derramó un poco. Se pasó un dedo por el mentón.

—No —respondió él—. No lo tienes.

—Esos modales —le dijo Holly a Erika.

—¿De qué estás hablando? —repuso Erika con brusquedad. La niña estaba diciendo tonterías. Se le ocurrió que acababa de responder a Holly exactamente de la misma forma que Sylvia solía responderle a Erika de pequeña. En cuanto Erika empezaba a contarle algo a su madre, esta saltaba: «¿De qué estás hablando?». Y Erika pensaba: ¡déjame terminar y entonces sabrás de qué estoy hablando!

—Te has olvidado de dar las gracias —explicó Holly. Parecía asustada—. A Oliver.

—Ah. Por supuesto. Tienes razón. Lo siento, Holly. No quería hablarte con ese tono.

Erika vio dos gotas gigantescas que temblaban por debajo de las pestañas de los grandes ojos azules de Holly. Ahí había algo más que el hecho de que le hubiese hablado con mal tono. Holly no era tan sensible.

—Holly —dijo—. Holly. Cariño. No pasa nada, todo va a ir bien, dame un abrazo, vamos, aunque la verdad es que creo..., quizá..., lo siento. —No pudo aguantar. Holly necesitaba su consuelo en ese momento pero ella no podía dárselo. Le devolvió la taza a Oliver y él extendió la mano sorprendido para cogerla a tiempo antes de que se le cayera de las manos—. Tengo mucho sueño.

Dejó que ese enorme charco de vacío se la llevara, la arrastrara. Oyó que sonaba el teléfono, pero era demasiado tarde. Ya no podía volver. Era demasiado grande e intenso como para resistirse.

Oliver miró a su comatosa esposa con una expresión gris y asqueada de reconocimiento. Ella había quedado inconsciente, borracha. Lo que quería decir que no estaba allí de verdad. No volvería hasta la mañana. Nunca antes había mirado a su mujer con desagrado pero, al ver su cabeza caída y su boca abierta, sintió que en su rostro aparecía una expresión de animadversión. Ni siquiera sabían aún si Ruby iba a ponerse bien. ¿Cómo podía quedarse dormida? Pero, por supuesto, los borrachos siempre pueden dormirse.

No es una borracha, se recordó a sí mismo. Simplemente está borracha. Por primera vez desde que la conoces.

—Debe de estar exhausta —dijo Holly mirando a Erika con fascinación.

Oliver sonrió ante la utilización de Holly de la palabra «exhausta».

—Creo que tienes razón —respondió—. Está exhausta. ¿Qué tal está tu chocolate? ¿Demasiado caliente?

—No. No está demasiado caliente —contestó Holly. Dio un sorbo con mucho cuidado y vacilación. Tenía un pequeño bigote de leche en el labio superior—. Oliver —dijo Holly en voz baja. Levantó su bolsito azul y los ojos se le llenaron con más lágrimas.

—¿Quieres que te lo guarde en un lugar seguro? —Oliver extendió la mano.

—Oliver —repitió ella, pero esta vez con voz mucho más baja.

—¿Qué pasa, cariño? —Oliver se acuclilló delante de ella. Seguía teniendo la ropa mojada y sucia por el agua de la fuente.

Holly se inclinó hacia delante y empezó a susurrar con tono de urgencia en su oído.

61

El día de la barbacoa

Los cuatro abuelos llegaron al hospital a la vez.

Clementine había salido de la UCI para hacer una llamada rápida a Erika, informarle sobre los avances de Ruby y asegurarse de que Holly podía quedarse con ellos un poco más hasta que decidieran dónde pasaría la noche.

Para su sorpresa, Oliver había respondido al teléfono de Erika. Holly se encontraba bien, dijo él. Estaba en el sofá debajo de una manta y viendo un DVD con Erika. Le dijo que Erika se había dormido y pareció avergonzado por ello, o perplejo, pero, aparte de eso, habló exactamente como siempre, con educada e insegura reticencia, como si se tratase de una noche cualquiera, como si él y Erika no acabaran de salvarle la vida a Ruby.

Desde el lugar donde se encontraba Clementine en el rellano de la primera planta, podía ver la planta baja del hospital y las puertas correderas de la entrada. Reconoció primero a los padres de Sam que entraban deprisa, con su preocupación claramente reflejada en su forma de moverse, entre corriendo y caminando. Debían de haber estado atrapados en el mismo atasco que ella y Tiffany y habrían sentido la misma frustración demencial. El padre de Sam se había criado en el campo y aborrecía los semáforos.

Vio cómo los cuatro se agarraban entre sí, como los supervivientes de un desastre natural que corren a abrazarse en un campamento de refugiados. El padre de Clementine, vestido con su ropa de «estar en casa», vaqueros y una camiseta deformada que normalmente no mostraría en público, abrazó a la diminuta madre de Sam y ella levantó los brazos y se agarró a la espalda de él de una forma que casi daba miedo ver, pues no era propia de ella. Clementine vio cómo el padre de Sam colocaba la mano sobre el brazo de la madre de Clementine y los dos se giraban y levantaban sus rostros para fijarse en los carteles del hospital en busca de alguna pista sobre dónde ir.

La madre de Clementine vio primero a Clementine y apuntó hacia ella a la vez que Clementine levantaba su mano y, a continuación, todos ellos corrieron por la larga y ancha pasarela en dirección a ella.

Clementine avanzó para reunirse con ellos a mitad de camino. Su madre fue la primera, seguida por los padres de Sam, y su padre al final. Le habían operado la rodilla tras un accidente de esquí hacía unos meses. Las expresiones de sus rostros resultaban dolorosas de ver. Cada uno de ellos parecía aterrado, mareado, como si les costara respirar, como si aquella pasarela elevada hubiese sido una montaña que Clementine les hubiese obligado a escalar. Se trataba de cuatro abuelos con buen estado de salud que estaban disfrutando de su jubilación, pero ahora parecían mucho mayores. Por primera vez, parecían ancianos.

Ruby y Holly eran las únicas nietas por ambas partes de la familia. Las adoraban y mimaban y Sam y Clementine disfrutaban de esa adoración con una alegre vanidad, pues ¿no habían sido ellos los creadores de aquellos exquisitos angelitos? Desde luego que sí, por lo que merecían que hicieran de niñeros gratis y sentarse a disfrutar de las delicias caseras cuando iban a visitarlos porque mira qué ofrecían ellos a cambio: ¡a estas magníficas nietas!

—Está bien —dijo. Por bien quería decir «viva». Quería que supieran que Ruby seguía estando viva. Pero habló demasiado pronto, antes de que pudieran oírla bien, y vio cómo a los cuatro les costaba entender por la ansiedad de llegar hasta ella lo más rápido, y la madre de Sam se agarró a la barandilla, como si se tratara de una mala noticia—. ¡Ruby está bien! —gritó de nuevo, más fuerte, y, a continuación, la rodearon haciéndole preguntas y bloqueando el paso a la gente que trataba de subir—. La han sedado —continuó Clementine—. Y sigue... intubada.

Le costó pronunciar aquella aterradora palabra y pensó en la carita blanca de Ruby y el enorme tubo que le salía de la boca. Parecía como si la estuviese ahogando en vez de ayudarla a respirar.

—Le han hecho un escáner del cerebro y no hay señales de inflamación ni daño cerebral. Todo parece bien —explicó. «Inflamación y daño cerebral». Trató de hacer que aquellas expresiones médicas parecieran no tener sentido, como si estuviesen en otro idioma, simples sonidos que salían de su boca, pues no podía arriesgarse a permitir que la embistiera su significado completo—. Le han hecho radiografías torácicas y hay algo de líquido en los pulmones, pero eso era de esperar, no les preocupa demasiado. Han empezado a tratarla con antibióticos. Las costillas las tiene bien. Sin fracturas.

—¿Por qué iba a tener mal las costillas? —preguntó su padre.

Clementine se maldijo. Estaba tratando de contarles todo lo positivo, no había necesidad de contarles las cosas que podrían haber ido mal.

—A veces, la fuerza de las compresiones, la reanimación... Pero está bien, no ha pasado. —Oyó a Oliver contando en voz alta y, por un momento, no pudo hablar—. Por la mañana le reducirán la medicación, la despertarán y harán que respire por sí sola.

—¿Podemos verla? —preguntó la madre de Clementine.

—No lo sé —respondió—. Voy a preguntar. —No debería haber permitido que fuesen al hospital. Habría sido más sensato dejar que esperaran en casa, que era lo mejor para sus ancianos corazones. No lo había pensado. Simplemente había esperado que fueran, como si aún fuese una niña y necesitara de los adultos.

En una ocasión, ella y Sam habían salido a cenar con Erika y Oliver y habían empezado una conversación sobre si se sentían como adultos. Ella y Sam habían dicho que no. No del todo. Erika y Oliver se habían mostrado perplejos y casi horrorizados.

«Por supuesto que yo me siento adulta» había dicho Erika. «Soy libre. Soy la que está al mando».

«Yo estaba deseando ser adulto», había dicho Oliver.

—Y bueno —dijo la madre de Clementine jadeando con fuerza. ¿Le estaba dando un infarto? De repente, arremetió contra Clementine—: ¿Por qué no la estabas vigilando? —Estaba tan cerca de Clementine que pudo oler el aliento fuerte de lo que fuera que había tomado para cenar—. No deberías haber apartado los ojos de ella. Ni un solo segundo. No cuando hay agua cerca, por el amor de Dios.

—Pam —dijo el padre de Clementine. Fue a agarrar a su mujer por el brazo pero ella se desasió. Una joven embarazada se abrió paso junto a ellos y se quedó mirando con curiosidad.

—Eres una mujer inteligente. ¡Sabes que no se debe hacer! —continuó Pam con la mirada fija en Clementine con tanta intensidad que era como si Clementine fuese una desconocida, como si estuviese tratando de averiguar quién era esa persona que le había hecho daño a su nieta—. ¿Estabas borracha? ¿Cómo has podido? ¿Cómo se puede ser tan estúpida? —Su cara se arrugó con un millón de líneas antes de cubrírsela con las dos manos.

Clementine ni siquiera le había contado todavía que había sido Erika la que había salvado a Ruby. Erika. La hija mejor. La hija agradecida. La hija que nunca cometería un error así.

El padre de Clementine rodeó a su mujer con un brazo.

—Ya está —murmuró por encima de su cabeza. Siguió avanzando con ella por la pasarela—. Vamos a sentarnos.

—Es la conmoción —dijo Joy, la madre de Sam. Era una mujer que nunca salía de casa sin «su cara», pero esta noche la llevaba sin maquillar. Clementine no la había visto nunca con los labios sin pintar, puede que nadie. Parecía como si no tuviera labios. Seguramente estaba disfrutando de su lectura nocturna en la bañera cuando la llamaron. Clementine imaginó su pánico. Vistiéndose antes incluso de estar bien seca—. Vamos, cariño, anímate.

Clementine apenas podía aguantar la vergüenza.

62

La mañana posterior a la barbacoa

Clementine.

—¿Qué?

Debía de haberse quedado dormida. Había creído que no podría cerrar los ojos en toda la noche, pero Sam estaba inclinado sobre ella, agitándole el hombro, y ella estaba sentada en el sillón de piel verde al lado de la cama de Ruby.

Había unas sombras púrpura por debajo de los ojos enrojecidos de Sam, una barba incipiente negra a lo largo de su mandíbula y una delgada línea blanca alrededor de sus labios. Se había negado a sentarse. «Querido, no va a ayudar a su hija quedándose de pie toda la noche», le había dicho la enfermera. Pero Sam parecía estar psicóticamente decidido a quedarse de pie, como si la vida de Ruby dependiera de ello, como si la estuviese protegiendo de algún daño, y, al final, la enfermera se había rendido, aunque, de vez en cuando, le lanzaba a Sam una mirada como si estuviese a punto de clavarle una aguja en el brazo para que perdiera el conocimiento.

La enfermera se llamaba Kylie. Era neozelandesa y les hablaba despacio y con sencillez, diciéndolo todo dos veces, como si la lengua materna de ambos no fuera el inglés. Probablemente, todos los padres se mostraban torpes por la conmoción. Kylie les explicó que en cuidados intensivos cada paciente tenía su propia enfermera: «Yo solo tengo una tarea esta noche y es Ruby». Les dijo que había una habitación disponible en la misma planta donde podrían dormir y les dio pequeñas bolsas de aseo con cepillos de dientes y peines, del estilo de las que se suelen entregar en la clase turista superior de los vuelos nocturnos. Les aconsejó que intentaran dormir algo porque Ruby estaba sedada y no iba a saber si estaban allí o no, pero ya le habían fallado a Ruby una vez. No iban a volver a dejarla.

Sam pasó la noche observando a Ruby y a las pantallas que controlaban su ritmo cardiaco, su temperatura, su respiración y sus niveles de oxígeno, como si supiera interpretarlas, y, de hecho, le había pedido a Kylie que se lo explicara. Clementine no había prestado atención a aquellas explicaciones. Pasó la noche mirando alternativamente el rostro de Ruby y el de Kylie. Sentía que por la expresión de Kylie sabría si había algo por lo que preocuparse, aunque se equivocó, pues durante la noche cayeron los niveles de oxígeno de Ruby y la cara de Kylie siguió exactamente igual mientras llamaban al médico de guardia y Sam se apartaba en silencio al rincón de la habitación con el puño cerrado apretado con fuerza contra su mejilla, como si estuviese listo para darse un puñetazo. Los niveles de oxígeno de Ruby volvieron a recuperar un valor aceptable pero la adrenalina estuvo recorriendo el cuerpo de Clementine durante las siguientes horas. Había sido un aviso de que no podían, no debían relajarse ni siquiera un momento.

—Ha venido el médico —dijo Sam ahora mientras Clementine se frotaba los ojos y tragaba saliva, con la boca seca y agria—. Van a desentubarla y a despertarla.

—¡Buenos días! —dijo el doctor de pelo blanco y piel pálida—. A ver si podemos despertar a la pequeña bella durmiente, ¿de acuerdo?

Fue rápido. Los tubos salieron. Le quitaron la mascarilla.

Veinte minutos después, Ruby frunció el ceño con fuerza y sus párpados se movieron nerviosos.

—¿Ruby? —preguntó Sam, como si estuviera suplicando por su vida.

Los ojos de Ruby se abrieron por fin. Se quedó mirando la cánula de su brazo con una expresión de auténtico desagrado. Por suerte, tenía libre la mano del pulgar que solía chuparse y se metió el dedo en la boca. Levantó la mirada y vio a sus padres. Parecía aún más enfadada.

—Batidora —exigió con voz ronca.

El alivio que sintió Clementine mientras corría a darle a Batidora era exquisito, maravilloso; como el cese de un dolor agonizante, como una bocanada de aire cuando te has visto obligado a contener la respiración.

Buscó a Sam con la vaga expectación de que ocurriría algo entre ellos, algo importante y apoteósico. Se agarrarían de las manos, por ejemplo, con los dedos entrelazados con una alegría mutua, y los dos sonreirían a Ruby mientras las lágrimas recorrían sus rostros.

Pero no ocurrió. Se miraron y, sí, sonrieron, y, sí, tenían los ojos llenos de lágrimas, pero algo no iba bien del todo. Ella no sabía quién había apartado antes la mirada, no sabía si había sido la frialdad de ella o la de él, si ella le culpaba a él o él a ella, pero, entonces, Ruby empezó a llorar, angustiada por su dolor de garganta por culpa del tubo y el médico empezó a hablar y ya fue demasiado tarde. Fue otro momento que nunca recuperarían para hacer bien las cosas.

63

La cena está lista! —gritó Sam con tono perfectamente normal, no como el desconocido que menos de una hora antes había hablado de separarse. «Creo que me he hartado de nosotros». Ahora volvía a hablar como papá, como Sam, como él mismo.

El olor del plato estrella de Sam, el pastel de carne con patatas, invadió la casa. A Clementine le encantaba ese pastel, pero las niñas lo odiaban, lo cual era un fastidio porque parecía el tipo de comida nutritiva y adecuada para niños que les debería gustar, así que cada semana seguían haciéndose ilusiones y volvían a intentarlo.

—¿Cuándo va a dejar de llover? —preguntó Holly mientras apagaba su iPad con toda la indiferencia tecnológica de un niño del nuevo milenio—. Me está volviendo loca de verdad.

—A mí también —dijo Clementine—. ¡Ruby! ¡Vamos! A cenar.

Ruby levantó los ojos desde donde estaba sentada, en medio de un círculo de muñecas y animales de peluche. Los había colocado alrededor de ella como si imitara la posición que adoptaban los niños cuando les iban a contar un cuento en la guardería y había estado fingiendo que les leía un libro de *Jorge el Curioso*, sosteniéndolo en alto obviamente igual que hacía su profesora y lamiéndose con cuidado el dedo cada vez que pasaba la página.

—¡Es la hora de la siesta! —exclamó alegremente Ruby mientras tiraba a los muñecos con un manotazo despreocupado, tumbándolos para dormir. Era de desear que no hubiese aprendido eso también en la guardería.

—¿Qué hay para cenar? —Holly corrió a la mesa y se sentó. Agarró su tenedor y su cuchillo con absoluto entusiasmo—. ¿Pasta? Es pasta, ¿verdad?

—Es pastel de carne —contestó Sam mientras Clementine ataba a Ruby a su elevador de asiento de «niña grande» que usaba ahora en lugar de la trona.

—¿Qué? —Holly se desplomó como si acabara de enterarse de una gran injusticia—. ¿Pastel de carne? ¿Otra vez? Ya lo comimos anoche.

—No lo comiste anoche —repuso Sam con tono sereno a la vez que colocaba el plato delante de ella—. Anoche comiste pasta con la abuela mientras mamá y papá salían a cenar.

—¡Aún queda un poco en el frigorífico! —exclamó Holly con excitación—. ¡Ya me acuerdo! ¡No nos lo comimos todo! Y la abuela dijo que...

—No queda nada en el frigorífico —le aclaró Clementine—. Yo me la comí anoche.

—¿Qué? —gritó Holly. La vida no era más que una parodia—. ¡Pero si fuisteis a un restaurante!

—No era un restaurante muy bueno, así que volvimos pronto a casa —dijo Clementine. Mamá y papá no aguantan ya salir a cenar juntos. Mamá y papá ya no se gustan mucho. Mamá y papá quizá se «separen».

—¿Qué?

—Siéntate recta, Holly —le ordenó Clementine con tono mecánico.

Holly empezó a graznar.

—Por favor, no hagas ese sonido —le pidió Clementine—. Por favor.

Holly volvió a hacerlo pero más suave.

—Holly.

—Puaj —dijo Ruby. Cogió su cuchara y la sostuvo sin fuerza entre sus dedos por encima del plato. Dejó que se balanceara a un lado y a otro—. No, gracias.

—Ya te daré yo un «no, gracias» —replicó Sam—. Vamos, niñas. Solo un poco.

—¡Mmm, delicioso! —exclamó Clementine dando un bocado—. Bien hecho, papá.

—Pues yo no pienso comer nada —protestó Holly. Se cruzó de brazos y apretó los labios—. Tengo demasiadas papilas gustativas.

—¿Qué quieres decir con que tienes demasiadas papilas gustativas? —preguntó Sam mientras se metía con determinación la comida en la boca.

—Los niños tienen más papilas gustativas que los mayores, por eso sabe a bazofia —explicó Holly.

—Lo ha visto en ese programa de la televisión —señaló Clementine—. ¿Te acuerdas? El de...

—No me importa cuántas papilas gustativas tengas —dijo Sam, ignorándola—. Puedes probar un bocado.

—Es asqueroso —insistió Holly.

—A ver esos modales —la amonestó Clementine.

Sam no la miró.

Era como si simplemente hubiese estado esperando durante todos esos años la excusa perfecta para odiarla y por fin la hubiese encontrado. Se le encogió la garganta. El pastel de carne no estaba tan bueno como solía estar. Demasiada salsa inglesa.

Clementine dejó el tenedor en la mesa y bebió agua.

—Me duele la barriga —se quejó Holly.

—No te duele —dijo Clementine.

La madre de Clementine creía que su matrimonio tenía un problema que podía solucionarse con una buena dosis de sentido común y esfuerzo. ¡Los matrimonios requerían un serio esfuerzo! Pero ¿qué podrían decirle a un consejero matrimonial? No estaban peleándose por el dinero, el sexo ni las tareas del hogar. No había asuntos espinosos que desenmarañar. Todo estaba igual que antes de la barbacoa. Solo que nada parecía igual.

Miró a Ruby, que estaba sentada delante de ella con una salud perfecta, sus mejillas sonrosadas, riéndose y haciendo travesuras, y recordó lo rara que se sintió cuando sacaron a Ruby del entorno silencioso y serio de la UCI para meterla en un pabellón normal con pacientes normales y enfermeras ocupadas y distraídas. Ninguna Kylie encantadora solo para ellos. Fue como pasar de un hotel de cinco estrellas a un albergue juvenil. Después, tras dos noches en aquel pabellón normal, el médico anormalmente joven y cansado repasó el historial de Ruby y dijo: «Podrán llevársela a casa mañana». La niña tenía el pecho limpio. No había necesitado fisioterapia. Los antibióticos habían combatido con éxito la infección del pecho antes de que la invadiera. Por supuesto, habría revisiones neurológicas, consultas de ambulatorio, estaría vigilada, pero estaba bien.

La atención médica del primer mundo implicaba que no tuvieran que pagar por su negligencia del primer mundo. La llevaron a casa, donde la esperaban un montón de regalos y una hermana mayor excesivamente cariñosa que, a cada rato, trataba de cogerla en brazos y acunarla, cosa que no había hecho antes con mucha frecuencia, e inevitablemente la apretaba con demasiada fuerza y Ruby soltaba un chillido y Holly se llevaba un grito.

Nadie se comportaba con normalidad excepto Ruby, quien claramente estaba deseando que acabara todo ese alboroto. No quería dormir en la cama grande con ninguno de sus padres. Quería su propia cuna. Y no quería que uno de sus padres durmiera en el suelo de su dormitorio. Se ponía de pie en la cuna tambaleándose, con el pulgar en la boca, y señalaba con Batidora al fastidioso padre. «¡Vete!», le decía. Y se iban. Ruby parecía notar si alguien se ponía demasiado pegajoso o sensiblero. A veces, Clementine se sentaba con ella en brazos y lloraba en silencio y, si Ruby se daba cuenta, levantaba la mirada y decía con rabia: «Para ya». No quería que la mimaran, muchas gracias, a menos que hubiese una galleta de más de por medio.

Deberían haberse sentido como los ganadores de la lotería. Habían recibido un indulto, un perdón en el último momento. Se les permitía regresar a sus vidas normales y a sus preocupaciones normales, a las discusiones por el pastel de carne. Entonces, ¿por qué no vivían sus vidas en un permanente estado de júbilo y alivio?

—No voy a comerme un solo bocado de esto —dijo Holly. Se cruzó de brazos con un gesto exagerado—. Ni. Un. Solo. Bocado.

—Pues, en ese caso, no voy a dejarte que uses un solo minuto mi iPad —le avisó Sam—. Ni. Un. Solo. Minuto.

—¿Qué? —gritó Holly, sorprendida y enfadada, como era de esperar, como si aquella fuese una amenaza completamente nueva y no la hubiese oído prácticamente todos los días de su vida—. ¡No es justo!

—Solo un bocado —le dijo Sam a Holly—. Tú también, Ruby.

—¿Has jugado hoy con Isabel en Las abejas de la miel? —le preguntó Clementine a Ruby.

—Eh..., sí —contestó Ruby. Levantó los ojos y se llevó los dedos a la boca, como si tratara de recordar—. Quiero decir, no.

Decían que estaba bien en la guardería. Sin ningún trauma ni nada que le afectara por lo que podían ver, simplemente contenta de estar de vuelta. Durante aquel primer mes después del accidente, Clementine había decidido, y esta vez lo decía en serio, que dejaría su carrera y se convertiría en una madre que se quedaría en casa. (Incluso había tenido en consideración el hecho de que no podrían permitirse los pagos de hipoteca, que venderían la casa, que vendería el violonchelo y alquilarían un piso modesto donde Clementine pasaría el día cortando verduras, haciendo manualidades y sin apartar nunca los ojos de sus hijas). Le había preguntado a Ruby: «¿Te gustaría no ir más a Las abejas de la miel y quedarte en casa con mamá todos los días?». Ruby la había mirado como si le hubiese pedido una golosina y le estuviese ofreciendo una zanahoria cruda. «No, gracias», contestó con claridad. Así que, de ese modo, quedó zanjada esa forma de expiación.

—Vale, tomaré un bocado. —Holly agarró su tenedor y cogió el trozo más diminuto posible. Su cara se contrajo con un ataque de asco.

—¡Por el amor de Dios! —Sam golpeó la mesa con la palma de la mano con tanta fuerza que todos los platos traquetearon y todas dieron un respingo. Se puso de pie, cogió los platos de las dos niñas y entró en la cocina para dejarlos caer en el fregadero con un fuerte ruido.

Hubo un silencio. Holly y Ruby miraban boquiabiertas. Esto no formaba parte de la rutina del pastel de carne con patatas. Se suponía que no iba en serio. Ellos no eran una familia que se gritara ni diera golpes en las mesas.

A Ruby le temblaba el labio. Los ojos se le llenaron de lágrimas.

—No pasa nada, Ruby —la tranquilizó Clementine.

Ruby bajó la cabeza y se cubrió la cara con las manos como si estuviese tratando de esconderse.

—Dios mío, Ruby, lo siento mucho, cariño —dijo Sam desde la cocina. Parecía estar a punto de echarse a llorar—. Es que me he desesperado. Lo siento mucho. Lo siento muchísimo.

Ruby levantó su rostro bañado en lágrimas y se puso a chuparse el dedo de manera ruidosa y con determinación.

—Has levantado mucho la voz, papá —le reprochó Holly con voz temblorosa—. Me duelen los oídos.

—Lo sé. Lo siento. ¿Quién quiere helado? —preguntó Sam—. ¡Un montón de helado!

—¿Qué? No pueden tomar helado para cenar. —Clementine, cuya silla estaba de espaldas a la cocina, se giró para mirarle.

—Claro que pueden —repuso Sam febrilmente—. ¿Por qué no? —Fue hacia el congelador.

—Al menos, deberían comerse un panecillo antes.

—¡Yo quiero helado! —exclamó Ruby, repentinamente recuperada y frenética, levantando en el aire su pulgar rosado y mojado para hacer más hincapié.

—¡Yo también! —gritó Holly.

—Maldita sea, Sam —protestó Clementine—. No van a comer helado para cenar.

La forma de criar a sus hijas esos días era un verdadero lío. Pasaban de la excesiva indulgencia a la excesiva severidad y vuelta a empezar.

—Van a tomar helado —dijo Sam. Colocó el cubo de helado sobre la encimera y le quitó la tapa. Estaba frenético, agitado. Era como si estuviese colocado—. ¿A quién le importa si comen helado para cenar? No dejes para mañana lo que puedas hacer hoy. Vive el momento. La vida es corta. Baila como si nadie te estuviese viendo o como quiera que sea el dicho.

Clementine se quedó mirándole.

—¿Por qué estás tan...?

—¿Dónde está la pala del helado? —preguntó Sam con la cabeza agachada mientras buscaba en el cajón de los cubiertos—. La que tiene el oso polar...

—¡Se ha perdido! —gritó Clementine—. ¡Igual que todo lo demás!

64

La mañana posterior a la barbacoa

*D*akota sintió su desdicha antes de abrir los ojos. Era como si todo su cuerpo fuese diferente, más plano, más pesado y, aun así, más vacío, como si le hubiesen aspirado algo. El día anterior había hecho algo horrible, asqueroso e irresponsable. Había jugado con una preciosa niña pequeña como si fuese una muñeca y, después, la había apartado cuando se había aburrido de ella y se había puesto a jugar con otra cosa y la niña pequeña casi se había ahogado. Pensó en la mujer de la esquina que iba a tener un bebé. Dakota y su madre se la habían encontrado de compras la semana anterior y la madre de Dakota había dicho que Dakota podría cuidar algún día del niño cuando fuese mayor y la señora había respondido con un «¡Eso sería estupendo!» y todo habían sido sonrisas y más sonrisas sin saber que Dakota era tan irresponsable que nunca podría hacer de niñera, pues dejaría que el niño se electrocutara o se quemara con una plancha o se tirara por encima una cacerola de sopa caliente y burbujeante o...

¡Pum!

Dakota dio un salto. Se oyó un ruido de golpetazos y un estruendo que venía del patio trasero. Se quitó de encima las sábanas y corrió a la ventana de su dormitorio. Se puso de rodillas sobre el asiento de la ventana y apartó la cortina.

Su padre estaba dentro de la fuente, pero había desaparecido toda el agua y no quedaba más que un feo suelo lleno de barro. Estaba balanceando una gran barra metálica como si fuese un bate de béisbol hacia la estatua gigante que había en el centro de la fuente. A Dakota le recordó a unas viejas imágenes que había visto una vez en televisión de una guerra, una revolución o algo así en donde cientos de personas se servían de cuerdas para echar abajo la estatua gigante de un hombre y todos lanzaron vítores cuando se fue desplomando despacio.

Solo que en este caso solo había una persona: su padre. Y nunca le había visto actuar así: rabioso, en silencio y violento, como si quisiera matar a alguien o algo. Vio la cabeza de mármol de un angelito volando por el aire y, después, ya no aguantó seguir mirando. Volvió corriendo a la cama y se escondió bajo las sábanas como un niño que tratara de esconderse de una tormenta de truenos.

65

¿Adónde vamos, mamá? —preguntó Dakota por tercera vez desde el asiento trasero del coche.

—¿Quizá a ese restaurante japonés nuevo del que te he hablado esta mañana? —dijo Vid con voz esperanzada desde el asiento del pasajero—. Está por aquí, ¿no? Al parecer, tienen la mejor tempura de Sídney. ¿Has hecho reserva? Apuesto a que has hecho una reserva, ¿eh? ¿Como sorpresa?

—No vamos a ningún restaurante —contestó Tiffany mientras pasaba por una rotonda y mantenía la atención en las señales de la carretera.

Sabía exactamente adónde iba porque había rehabilitado varias casas de aquella zona. También le había ido muy bien con ellas. Resultaba muy fácil darles a los *hipsters* lo que querían: sus corazoncitos de *hipsters* estallaban con los techos ornamentados (aparentemente) originales.

—Solo vamos a hacer una visita rápida —añadió Tiffany—. Vamos a dejarnos caer sin avisar.

—La verdad es que la gente ya no hace eso —dijo Vid con tristeza. Le encantaría que la gente siguiera haciendo visitas sorpresa. Soltó un suspiro—. ¿Sabes? Si vamos adonde creo que vamos, no es buena idea. ¿Vamos adonde creo que vamos?

—Sí —respondió Tiffany. Le miró y él se encogió de hombros. Evitaba los enfrentamientos. Vid solo quería que todo el mundo fuera feliz. La expresión de compromiso en el rostro de Vid en los velatorios (tenía una familia muy extensa; había muertes con regularidad) resultaba siempre impagable: «¡No se me permite parecer feliz aun estando en una fiesta con una gente tan estupenda!».

—¿Adónde vamos, papá? —Dakota se inclinó hacia delante y metió la cara entre los dos asientos.

—Vamos a ir a cenar. —Vid sacó su teléfono—. Voy a hacer una reserva ahora mismo.

—Aquí es —dijo Tiffany con tono triunfante. Se metió despacio por una calle estrecha con coches a ambos lados. Ese era el problema de estos lugares tan chulos del interior de la ciudad. Todo era muy moderno, pero nunca había un maldito hueco para aparcar.

—No vas a conseguir aparcar —le advirtió Vid. Tenía el teléfono en la oreja—. Olvídalo. No es buena idea. ¡Sí, hola! Me han dicho que tienen la mejor tempura de Sídney, ¿es cierto? ¡Estupendo! Pues, ¿podríamos probarla esta noche? ¡No! Venga ya, ¿seguro que no puede meternos en algún rincón? ¡Solo somos tres personas!

—¿Dónde estamos? —preguntó Dakota.

—¡Vamos a hacer una visita a la casa de Clementine y Sam! —anunció Tiffany con alegre tono bravucón. La convicción que antes había sentido, de repente, se tambaleaba. Tenía la dirección porque Erika se la había dado para que pudieran enviarle a Ruby un regalo con sus deseos de que se recuperara y por el que habían recibido una cortés pero distante tarjeta de agradecimiento que lo dejaba claro: no queremos veros nunca más.

—¿Qué? —preguntó Dakota—. ¿Por qué?

—¿Hay un sitio ahí? ¿Puedo? —preguntó Tiffany mientras metía marcha atrás el Lexus entre dos híbridos—. ¡Claro que puedo! ¡Soy una campeona!

—¡He conseguido una reserva! —Vid movía en el aire su móvil con expresión de triunfo. Miró a su alrededor—. Así que has encontrado un sitio.

—Voy a ir a llamar a la puerta —dijo Tiffany—. A asegurarme de que están en casa.

—Sí, nosotros nos quedamos aquí —contestó Vid—. Mira a ver si están... de humor.

—¿Saben que venimos? —preguntó Dakota.

—No —respondió Tiffany—. Es una visita sorpresa. Voy a decirles que estábamos por la zona.

Vid soltó un bufido.

Tiffany salió del coche, abrió su paraguas y se colgó el bolso al hombro. Había cogido uno de los strudels de Vid del frigorífico y lo había metido en el bolso antes de salir.

Se detuvo. La lluvia caía con suavidad, de una forma resignada y aburrida, como si también estuviera ya harta. Tiffany se tomó un momento. ¿Estaba haciendo lo correcto? Al final todos se olvidarían. Seguirían adelante con sus vidas.

—¿Mamá? —Tiffany se giró. Dakota había bajado su ventanilla y sacaba la cabeza por fuera. Parecía sonrojada y jadeante—. Si Holly y Ruby están ahí y... quieren verme..., eh..., me gustaría entrar.

—A mí también. —Vid se inclinó sobre el asiento—. Yo también quiero entrar.

Estaba haciendo lo correcto.

Se enderezó y fue en dirección a la casa. Se acordó, de repente, de la noche en que había hecho la prueba para el trabajo en el club, el terror de caminar por esa pasarela con aquellas plataformas tan altas. Recordó que le había hablado a

Clementine de ello. Sí, lo había comparado con las audiciones para la Real Orquesta de Cámara de Sídney, pero es que Clementine necesitaba que la distrajeran, así que Tiffany le contó la primera tontería que le vino a la cabeza y, después, se había sentido avergonzada, como si hubiese obligado a Clementine a escuchar anécdotas sucias y sórdidas de su pasado.

El número nueve era una bonita y encantadora casa estrecha de dos plantas con fachada de arenisca. Estaba metida entre otras dos casas adosadas casi idénticas. Tiffany las estudió y se preguntó si estarían protegidas como patrimonio histórico. Se imaginó una bola de demolición destrozando aquel encanto y la construcción de un bloque de tres plantas de apartamentos en su lugar. ¡Mal! ¡Estaría muy mal y sería una maldad! Pero de lo más rentable.

Mientras daba golpecitos con el llamador en forma de cabeza de león, se preguntó si se oiría música de violonchelo pero, en su lugar, oyó la voz de un hombre dando gritos. ¿Sam? Seguro que no. Él era demasiado afable. Ahora oía los gritos de una mujer. Madre mía. Qué don de la oportunidad. Se había «dejado caer» cuando estaban en medio de una discusión. Se dio la vuelta vacilante hacia la calle. ¿Abortamos misión? Vamos a comer la mejor maldita tempura de Sídney.

La puerta se abrió de pronto.

Era Holly. Llevaba puesto un uniforme de colegio azul y blanco, unos calcetines largos y mullidos de color morado y unos collares de colores alrededor del cuello.

—Hola —dijo Tiffany sonriendo—. ¿Te acuerdas de mí?

—Eres la mamá de Dakota —respondió Holly—. Voy a invitar a Dakota a mi fiesta de cumpleaños. Mi papá ha dicho que no iba a querer venir.

—Yo creo que le encantaría venir —repuso Tiffany.

Holly la miró con una expresión de auténtico triunfo en el rostro. Se giró y salió corriendo.

—¡Papi!

—¡Tiffany! —Clementine apareció en el recibidor. Parecía horrorizada—. Hola... ¿Cómo...? Ni siquiera he oído que llamaras a la puerta... ¿Cómo estás?

—Estoy bien —respondió Tiffany.

Clementine parecía más delgada que la última vez que la había visto Tiffany y más apagada y mayor.

—Hemos salido a cenar —explicó Tiffany—. Y sabía que vivíais cerca, así que he pensado dejaros un strudel de Vid. Recuerdo que te gustó. Dakota y Vid están en el coche.

Cogió el recipiente con el strudel congelado de su bolso y se lo dio a Clementine, quien lo recibió con recelo, como si fuese radiactivo.

—Gracias —dijo—. Y gracias de nuevo por la preciosa muñeca que le enviaste a Ruby.

—No hay de qué —respondió Tiffany—. Recibimos vuestra tarjeta de agradecimiento. Creo que Vid ha intentado llamarte...

Clementine frunció el ceño.

—Lo siento, sí, lo sé. Tenía la intención de llamaros, pero...

—Pero no deseáis mantener ningún contacto con nosotros porque no queréis acordaros de ese día y porque, en realidad, tampoco nos conocéis tanto —dijo Tiffany. Estaba harta de tanta tontería—. Lo entiendo. De verdad que lo entiendo.

Clementine se estremeció.

—Pero la cuestión es que Dakota se culpa por lo que le pasó a Ruby ese día. Casi cae enferma por el sentimiento de culpa.

Clementine se quedó boquiabierta. Parecía estar a punto de llorar.

—¿De verdad? ¿En serio? Lo siento mucho. Hablaré con ella. Le diré que no tuvo nada que ver con ella.

—Dakota necesita ver a Ruby —dijo Tiffany—. Necesita ver que está bien. Y lo cierto es que creo que Vid también necesita verla. Solo un minuto. Sé que no conocemos tanto a vuestra familia, pero ocurrió en nuestra casa y tenéis que entender que esto también nos afectó a nosotros, y..., y...

Se detuvo porque, de pronto, Ruby había venido corriendo por el pasillo con su batidora en la mano. Cuando vio a la inesperada visita en la puerta de la casa se abrazó a la pierna de su madre, se llevó el pulgar a la boca y se quedó mirando a Tiffany.

—Hola, Ruby. —Tiffany se agachó para ponerse a la altura de Ruby y colocó el dorso de la mano sobre su suave mejilla rosa. Ruby la miró con grandes ojos indiferentes. Alguna mujer mayor que no parecía traer ningún regalo.

Tiffany levantó la vista a Clementine y sonrió. Al final, resultaba que ella también había estado necesitando ver a Ruby.

—Tiene un aspecto estupendo —dijo.

Clementine abrió la puerta un poco más.

—¿Por qué no vas a por Vid y Dakota? —preguntó.

66

*O*tra mañana de lluvia. Otra charla con un grupo de ancianos. Los ojos de Clementine parecían ardientes y secos mientras entraba en el aparcamiento del salón de actos donde la Asociación de Jubilados de Hills District celebraba su reunión mensual. Había estado de pie toda la noche con la palabra «separación» dándole vueltas en la cabeza hasta que por fin se había sentado, había buscado un cuaderno y un bolígrafo y había escrito en él: «Me preocupa que mi matrimonio esté acabado». Porque ¿no había un estudio que decía que el hecho de escribir las preocupaciones reducía el estrés? De hecho, le sorprendió verlo escrito de una forma tan clara. No le había ayudado en nada a reducir el nivel de estrés. Había arrancado la hoja de papel y la había roto en diminutos pedazos.

Cuando Vid, Tiffany y Dakota se hubieron marchado la noche anterior tras su inesperada visita, Clementine se había sentido casi contenta. Había habido una clara sensación de alivio: la suave sensación de liberación tras un hecho que se esperaba con temor y que finalmente había ocurrido. La idea de ver a Vid y Tiffany había sido mucho más traumática que la realidad. Había exagerado todas sus cualidades en su recuerdo de aquella noche cuando, en realidad, no eran más que gente normal y simpática. Tiffany no era tan sensual como recordaba Clementine. Vid no era tan carismático. No tenían poderes sexuales especialmente hipnóticos. Y la pobre Dakota no era más que una niña que había llevado sobre sus hombros una terrible carga de culpa que no debía haber sufrido.

Pero quedó claro de inmediato que Sam no pensaba lo mismo. En cuanto se marcharon, él se había dado la vuelta y había ido directo a la cocina para llenar el lavavajillas. Se había negado a hablar de nada que no fuera la actual administración de sus vidas: iba a llevar a Holly a su clase de taekwondo antes del colegio, ella pasaría dinero a la tarjeta de crédito, no tenían que preocuparse de la cena del día siguiente porque iban a la casa de los padres de Clementine. Después, se habían ido a sus camas separadas. Durante la larga noche, a Clementine se le había ocurrido que ella y Sam ya estaban separados. La gente podía separarse legalmente y seguir viviendo bajo el mismo techo. Eso era exactamente lo que ellos estaban haciendo.

Fue un alivio cuando apagó el despertador y pudo olvidar la idea de intentar dormir. Se había levantado y había practicado para su audición y, después, había dado una clase a primera hora de la mañana a Logan, de trece años, al que llevaba dos años dándole clases y que no quería estar allí pero le sonreía tan cortésmente como si de verdad le gustara. El profesor de música de Logan le había dicho a su madre que tenía talento y que «sería un crimen no fomentárselo». Logan era competente a nivel técnico pero su corazón estaba con la guitarra eléctrica. Esa era su pasión. Mientras Logan tocaba esa mañana, siguiendo obedientemente las instrucciones de Clementine, ella se descubrió preguntándose si así era como la oía Ainsley cuando le tocaba sus piezas para la audición. ¿Cuál era esa palabra tan espantosa que usaba? «Robótico». ¿Debería decirle al pobrecito Logan que parecía robótico? Pero ¿de qué serviría? Estaba segura de que no parecería nada robótico con su guitarra eléctrica.

Eran tan solo las once y media y sentía como si llevara levantada muchas horas.

Porque, en realidad, llevaba muchas horas levantada, se recordó a sí misma mientras levantaba su paraguas para atravesar el abarrotado aparcamiento.

—¿Dónde tienes tu violín, querida? —preguntó la directora de la Asociación de Jubilados de Hills District cuando Clementine se presentó.

—¿Mi violín? —preguntó Clementine—. En realidad soy violonchelista, pero...

—Entonces, tu violonchelo —dijo la mujer con cierto giro de ojos hacia arriba como para indicar la innecesaria atención de Clementine a los detalles sin importancia: ¡un violonchelo no era más que un violín grande, al fin y al cabo!—. ¿Dónde está tu violonchelo, querida?

—Pero no voy a tocar el violonchelo —repuso Clementine incómoda—. Soy una ponente. Vengo a dar una charla.

Sintió un momento de repentino terror. Iba a dar una charla, ¿no? Esto no era una actuación, ¿verdad? Claro que no. Iba a dar una charla.

—Ah, ¿sí? —preguntó la mujer con tono de decepción. Miró el papel que tenía en la mano—. Aquí dice que eres violonchelista. Creíamos que ibas a tocar para nosotros.

Miró a Clementine con expectación, como si pudiera haber alguna solución. Clementine levantó las manos.

—Lo siento —dijo—. Voy a dar una charla. Se titula «Un día como otro cualquiera».

Por el amor de Dios.

Se sentía agotada. ¿De verdad tenía algún sentido todo esto? ¿Servía realmente de algo o simplemente lo hacía por sentirse mejor, por hacer una penitencia, por cumplir con su deber, por nivelar las cosas en la balanza universal de lo que está bien y lo que está mal?

Las charlas para la comunidad habían surgido porque había tratado de redimirse ante los ojos de su madre. Unos días después de que trajeran a Ruby del hospital, Clementine había estado tomando un té con su madre y había dicho —aún podía oír el tono aflautado y vacilante con el que había hablado— que sentía que debía hacer algo por concienciar a la gente de la facilidad con la que podía ocurrir un accidente como ese y asegurarse de que nadie más cometía el error que ella había cometido. Sentía que debía «contar su historia».

Tenía la intención de escribir una de esas publicaciones conmovedoras de Facebook que luego se compartían y se convertían en virales. (Probablemente nunca lograría hacerlo).

Pero su madre se había mostrado encantada. «¡Qué idea tan maravillosa!». Clementine podría dar charlas a grupos de la comunidad, a grupos de madres, a asociaciones... Siempre buscaban ponentes. Podía «asociarse» con algún centro que impartiera cursos de primeros auxilios, como el ambulatorio de St. John, repartir folletos al terminar y, quizá, ofrecer un descuento para el curso. Pam lo arreglaría todo. Tenía todos los contactos necesarios. Contaba con un amplio círculo de amistades que pertenecían a grupos comunitarios de ayuda de todo Sídney. Siempre estaban desesperados por invitar a ponentes. Ella sería algo así como la «representante» de Clementine. «Esto podría salvar vidas, Clementine», había dicho Pam con aquella mirada evangélica tan familiar en sus ojos. «Ay, Dios», había pensado Clementine. Pero ya era demasiado tarde. Como diría su padre: «El tren de Pam ha salido de la estación. Ya nada puede detenerlo».

Sí que sentía que era lo que tenía que hacer. Solo que le resultaba difícil encajar esas charlas en una vida que ya estaba demasiado saturada, sobre todo cuando atravesaba con el coche todo Sídney para darlas entre actuaciones, clases, recogidas de las niñas del colegio y ensayos para la audición.

Y luego estaba el hecho de tener que revivir el peor y más vergonzoso día de su vida.

—Esta historia comienza con una barbacoa —les decía ese día a los miembros de la Asociación de Jubilados Hills District que estaban comiendo cordero en salsa con patatas asadas y guisantes mientras ella hablaba—. Una barbacoa en un patio corriente de un barrio corriente.

Tienes que convertirlo en una historia, le había dicho su madre. Las historias tienen más poder.

—¡No se oye! —gritó alguien desde la parte posterior de la sala—. ¿Podéis oírla? Yo no oigo nada de lo que dice.

Clementine se acercó más al micrófono.

Oyó que alguien de la mesa más cercana al atril decía: «Yo creía que hoy venía una violinista».

Unas gotas de sudor le corrían por la espalda.

Siguió hablando. Contó su historia mientras se oía el ruido de los cubiertos sobre los platos. Les dio datos y cifras. Un niño puede sumergirse en diez segundos, perder la conciencia en dos minutos y sufrir daños cerebrales en entre cuatro y seis minutos. Nueve de cada diez niños que han muerto ahogados en el agua estaban bajo la vigilancia de adultos. Un niño puede ahogarse en apenas cinco centímetros de agua. Habló de la importancia de las clases de primeros auxilios y de que treinta mil australianos morían cada año por un paro cardiaco porque no había nadie alrededor con conocimientos básicos sobre reanimación cardio-pulmonar para salvarles la vida. Habló del maravilloso trabajo que realizaba el servicio de transporte aeromédico de CareFlight y de que siempre les venían bien las donaciones.

Cuando hubo terminado, la presidenta de la asociación le regaló una caja de bombones y animó a los demás miembros a que se unieran a su aplauso para la interesante ponente invitada de hoy. Muy informativa y, por fortuna, su hija se había recuperado del todo y quizá la próxima vez Clementine podría ir a tocar el violonchelo para ellos.

Después, mientras se dirigía hacia la puerta, con el vestido mojado por la espalda, un hombre se acercó a ella a la vez que se limpiaba la boca con la servilleta. Ella se armó de valor. A veces, la gente no podía resistirse a acercarse para echarle la bronca, para informarle de que jamás debía haber apartado los ojos de su hija pequeña.

Pero, en cuanto vio la cara de aquel hombre, supo que no se trataba de uno de esos. Era de los otros. Tenía la autoridad sosegada de alguien que ha sido el jefe, pero los ojos amoratados de quien ha sufrido una pérdida devastadora. El contorno de sus ojos era como una fruta que se ha vuelto blanda y que está a punto de pudrirse.

Él tenía una historia que necesitaba contar. La labor de ella era la de escuchar. Esta era su verdadera penitencia.

Probablemente, ese hombre se echaría a llorar. Las mujeres no lloraban. Las ancianas eran duras como una roca pero parecía que los hombres se iban ablandando con la edad. Sus emociones los pillaban con la guardia baja, como si alguna barrera protectora se hubiese desgastado con el tiempo.

Clementine se preparó.

—Mi nieto habría cumplido treinta y dos años este fin de semana —dijo él.

—Ah.

Esperó a que le contara la historia. Siempre había una sucesión de acontecimientos que era necesario explicar: si tal cosa no hubiera sucedido, si tal otra sí hubiera sucedido. En este caso todo había comenzado con un teléfono estropeado. El teléfono de abajo de su hija estaba estropeado, así que corrió arriba para responder y, en ese momento, el vecino de al lado llamó a la puerta de la casa y se puso a hablar con su yerno y, mientras tanto, el pequeñín salió. Arrastró una silla hasta la valla de la piscina. Había una pelota de tenis flotando en la piscina. Estaba tratando de coger la pelota. Le gustaba jugar al críquet. Se le daba muy bien. Era como un rabo de lagartija. Nunca se quedaba quieto. Nadie podría imaginar que era lo bastante grande como para arrastrar esa silla, pero lo hizo. Estaba decidido.

—Lo siento mucho —dijo Clementine.

—Bueno, solo quería decirle que lo que usted está haciendo es bueno —concluyó el hombre. No había llorado, gracias a Dios—. Concienciar. Eso es bueno. Hace que la gente se lo piense. Las familias a las que les pasa esto no lo superan. El matrimonio de mi hija se rompió. Mi mujer nunca más fue la misma. Era ella la que llamaba por teléfono, ¿sabe? Nunca se perdonó haber llamado en aquel momento. No fue culpa suya, claro, ni culpa del vecino. Solo fue mala suerte. Una terrible coincidencia. Es lo que hay. Los accidentes ocurren. En fin. Lo que ha hecho usted hoy ha sido bueno, muchacha. Ha hablado muy bien.

—Gracias —contestó Clementine.

—¿Seguro que no quiere quedarse con nosotros para el postre? Aquí hacen un Pavlova delicioso.

—Es muy amable. Pero tengo que irme.

—No pasa nada. Márchese. Seguro que está muy ocupada —dijo el hombre dándole una palmada en el brazo.

Ella se dirigió a la puerta, liberada.

—Tom —dijo él, de repente.

Ella se giró, armándose de valor. Ahí venía.

Los ojos de él se llenaron de lágrimas. Se desbordaron.

—El nombre del pequeño. Por si se lo estaba preguntando. Se llamaba Tom.

No dejó de llorar durante todo el camino a casa: por el pequeño, por la abuela que había llamado por teléfono, por el abuelo que le había contado la historia y por los padres, porque el matrimonio no había sobrevivido y porque parecía que el matrimonio de Clementine tampoco iba a sobrevivir.

67

Era la última hora de la tarde del jueves cuando Tiffany entró en la sala de estar y vio a Dakota sentada con las piernas cruzadas en el asiento de la ventana. Estaba leyendo un libro dentro de un pequeño círculo de luz de la lámpara, con la esponjosa manta azul sobre las piernas, mientras las gotas de lluvia se deslizaban por la ventana detrás de ella. Barney estaba acurrucado en su regazo. Dakota le acariciaba distraída una de sus orejas mientras leía.

Tiffany se detuvo justo antes de exclamar: «¡Estás leyendo!» para decir, en su lugar: «¡Estás... ahí!».

Dakota levantó los ojos del libro confundida.

—No sabía dónde estabas —dijo Tiffany.

—Estoy aquí —repuso Dakota. Volvió a dirigir los ojos al libro.

—Sí, estás aquí. —Tiffany se alejó—. Sí, sin ninguna duda, aquí..., ahí.

Encontró a Vid sentado a la mesa de la cocina con el portátil viendo una «clase magistral» sobre la preparación del rebozado perfecto para la tempura. Estaba claro que se había obsesionado después de que la cena de anoche le dejara extasiado.

—Está leyendo otra vez —susurró Tiffany señalando hacia atrás.

Vid contestó con un breve movimiento de pulgares hacia arriba y siguió mirando la pantalla.

—Se fríe por el sonido, no por la vista —dijo él—. Interesante, ¿eh? Tengo que escuchar. —Se llevó la mano al oído para dejarlo claro.

Tiffany se sentó a su lado y vio la demostración del chef de cómo «estirar suavemente» una gamba.

—Hicimos bien en ir anoche —comentó ella.

Vid se encogió de hombros.

—Estaban raros. No decían nada. Estuvieron en silencio.

—Eso es porque no les diste oportunidad de hablar —repuso Tiffany. Cuando Vid se ponía nervioso, hablaba. La noche anterior había parecido que ni respiraba durante los diez minutos que duró su extraña visita.

Solo las tres niñas se habían comportado con normalidad. Holly y Ruby estaban emocionadas de ver a Dakota y la habían llevado a que viera los dormitorios, los juguetes y todo lo demás que tenían en casa. «Este es nuestro frigorífico», había dicho Holly. «Esta es nuestra televisión. Ese es el violonchelo de mi mamá. ¡No lo toques! No está permitido tocarlo bajo ninguna *circo-estancia*».

Mientras tanto, los cuatro adultos se habían quedado formando un extraño e incómodo cuarteto en la sala de estar. Sam había evitado todo contacto visual con Tiffany, como si fuese ilegal mirarla. Parecía tener todos sus músculos contraídos.

—¡Ni siquiera nos ofrecieron algo de beber! —exclamó Vid. Eso no lo podía soportar. Él ofrecería algo de beber incluso durante un terremoto.

—Sí, bueno —dijo Tiffany—. No querían que estuviéramos allí.

—Uf. La pequeña tenía buen aspecto. Muy sana. Mejillas rosadas. Deberíamos haber estado todos felices. Celebrándolo.

—Creo que se echan la culpa —observó Tiffany.

—¡Pero si está bien! ¡Está perfecta! ¡Está preciosa! —exclamó Vid enérgicamente—. Gracias a Erika y Oliver. Todo está bien. No eran necesarias esas caras tristes. Calla ahora, estoy intentando concentrarme en mi tempura.

—Eres tú el que habla. —Tiffany le dio un capirotazo en el cuello cuando se puso de pie. Él le dio a cambio una palmada en el trasero. Fue al fregadero para servirse un vaso de agua y se quedó allí mirando a Dakota leer. Se sentía inmensamente feliz, como si hubiese sacado adelante un acuerdo difícil. Visitar a Clementine y a Sam había sido lo correcto. Socialmente incómodo pero, desde luego, lo mejor para su familia.

La noche anterior, mientras estaban en el pasillo a punto de marcharse y Vid seguía hablando sin parar sobre tarima flotante moteada, Clementine había llevado aparte a Dakota, le había cogido la mano, la había colocado entre las suyas de una forma casi ceremoniosa y le había dicho: «Tu madre me ha contado que te sentías mal por lo que le pasó a Ruby en vuestra casa. Dakota, te prohíbo que te sientas mal un solo minuto o un solo segundo más, ¿vale? Era mi responsabilidad».

Tiffany había esperado que Dakota no dijera nada, simplemente que asintiera sin hablar, pero, para su sorpresa, Dakota había hablado, claramente, aunque sus ojos habían permanecido fijos en su mano retenida.

«Debería haberle dicho que me iba dentro a leer».

«Pero yo ya sabía que tú te habías ido dentro, ¿sabes?», había dicho Clementine. «Lo supe en el momento en que entraste porque tu madre me lo dijo, así que no tuvo nada que ver con... ¡nada! ¡Tú no eras su niñera! Cuando seas mayor, probablemente harás de niñera y serás muy responsable. Maravillosa, en realidad. De verdad, yo lo sé. Pero mis hijas no eran tu responsabilidad esa tarde. Así que debes prometerme que no vas a preocuparte por esto nunca más, porque... —la voz de Clementine vaciló un momento—, porque sinceramente no podré soportar que tú también te sientas mal por ese día. De verdad, no podré soportarlo».

Tiffany vio cómo Dakota se ponía en tensión ante el nivel de emoción pura y adulta que había en la voz de Clementine. Clementine le soltó la mano y, en ese instante, casi pudo verse que Dakota tomaba una decisión: la decisión de aceptar la absolución y volver a ser una niña.

Y ahora había vuelto a leer.

Dakota le había dicho a Tiffany que había dejado de leer como «un castigo que se hacía a sí misma» porque era lo que más le gustaba en el mundo. «¿Ibas a renunciar a la lectura para siempre?», le había preguntado Tiffany, y Dakota se había encogido de hombros. También le había confesado que había destrozado su ejemplar de *Los juegos del hambre* porque era el libro que estaba leyendo cuando Ruby estuvo a punto de ahogarse. Tiffany había pensado decirle que no debía destrozar sus cosas, que los libros costaban dinero, que el dinero no crecía en los árboles, etcétera, pero, en lugar de eso, le dijo: «Yo te compraré otro», y, al principio, Dakota murmuró en voz baja: «Ah, vale», pero cuando Tiffany insistió, contestó: «Gracias, mamá. Sería estupendo porque la verdad es que es un libro increíble».

Tiffany la miraba ahora pasar la página, sumida en su mundo. Ni una sola vez diría una palabra sobre cómo se había sentido de verdad durante todas esas semanas mientras su culpa secreta se enconaba. Dios santo, iba a tener que vigilar a esa niña como un halcón. Era como Louise, la hermana de Tiffany, que «tenía mucho mundo interior», como solía decir su madre, mientras que, supuestamente, Tiffany era más superficial.

Sonó el timbre de la puerta.

—Yo voy —dijo Tiffany, innecesariamente, pues estaba claro que ni Vid ni Dakota se iban a mover.

Tuvo una sensación de *déjà vu*. Dakota sentada en el banco de la ventana. El timbre sonando. La mañana de la barbacoa.

—Hola, soy... —El hombre de la puerta se quedó callado. Su mirada recorrió en línea recta el cuerpo de Tiffany. Ella llevaba unos pantalones de yoga y una camiseta vieja, pero aquel hombre la miraba como si llevara puesto el uniforme de colegiala de su época como bailarina. Tiffany sacó hacia fuera una cadera y esperó (francamente, estaba disfrutando de aquello, pues estaba de buen humor).

Los ojos de él regresaron a su cara.

«Esto te costará diez dólares, amigo».

—Hola —repitió el hombre tras aclararse la garganta. Debía de quedarle poco para cumplir treinta años, era muy rubio y se había ruborizado. Resultaba adorable. «Vale, lo tendrás gratis».

—Hola —lo saludó Tiffany con voz ronca, mirándolo a los ojos, solo para ver si era capaz de hacer que se ruborizara más, y sí, al parecer, sí que lo era. El pobre hombre estaba ya de color carmesí.

—Soy Steve. —Alargó la mano—. Steve Lunt. —Era un poco pijo. Una de esas voces que pronunciaba con cuidado y que uno se sentía obligado a imitar—. Mi tío, mi tío abuelo, Harry Lunt, vivía al lado.

—Ah, sí. —Tiffany se puso en tensión mientras le estrechaba la mano. Mierda—. Hola. Yo soy Tiffany. Sentimos mucho lo de su tío.

—Bueno, gracias. Pero lo cierto es que yo solo le vi una vez, cuando era niño —explicó Steve—. Y si le soy sincero, me dio mucho miedo.

—No sabía que tuviera familia —dijo Tiffany.

—Estamos todos en Adelaida —respondió Steve. Su color había vuelto ya a la normalidad—. Y, como seguramente sabe, Harry no era precisamente sociable.

—Bueno...

—Nosotros éramos los únicos parientes de Harry y mi madre hacía lo que podía, pero lo cierto era que solo le enviaba alguna tarjeta por Navidad y le hacía alguna llamada. La pobre mamá se sentaba allí mientras él la insultaba entre gritos.

—Nosotros, todos los vecinos, nos sentimos fatal por que pasaran tantas semanas antes de que nos diéramos cuenta de... —Tiffany se interrumpió.

—Tengo entendido que usted encontró su cuerpo —dijo Steve—. Debió de ser terrible.

—Sí —respondió Tiffany—. Lo fue. —Recordó haber vomitado en el macetero. ¿Qué habría pasado con ese macetero? ¿Se habría encargado de él este pobre hombre?—. Me siento mal por no haberle prestado más atención.

—Dudo que él hubiese aceptado que nadie le vigilara —replicó Steve—. Si eso le hace sentir mejor, parece que él le dijo a mi madre que ustedes eran simpáticos.

—¿Él dijo que éramos simpáticos? —Tiffany se quedó pasmada.

Steve sonrió.

—Creo que sus palabras exactas fueron «bastante simpáticos». En fin, solo quería informarles de que vamos a hacer algo de obra en la casa antes de ponerla en venta. Esperamos no causar demasiado ruido ni molestias.

—Gracias —contestó Tiffany. Hizo un cálculo rápido sobre el valor de la casa de Harry. ¿Quizá debería hacerle una oferta?—. Estoy segura de que no habrá problema. Nos levantamos temprano.

—Bien. Bueno. Me alegro de conocerla. Será mejor que me vaya.

Tiffany cerró la puerta y pensó en la vulnerable espalda encorvada de Harry mientras arrastraba los pies por el césped camino de su casa. Recordó la furia de sus ojos cuando le gritó: «¿Es usted estúpida?».

Resultaba interesante que la furia y el miedo pudieran ser tan parecidos.

68

Al final parece que mi madre no va a cancelar —dijo Erika, que llevaba todo el día esperando una llamada de su madre diciendo que tenía dolor de cabeza, que «no le apetecía», que llovía demasiado o que, contra todo pronóstico, «iba a limpiar un poco la casa», para evitar ir a cenar con ellos a casa de los padres de Clementine.

Pero la llamada no se produjo. En un minuto recogerían a Sylvia y descubrirían qué personalidad había elegido para la velada.

Solía adoptar la pose de mujer soñadora y bohemia cuando iba a ver a los padres de Clementine, como si fuera una especie de artista y ellos una pareja estirada de las afueras que había decidido hacerse cargo de su hija mientras ella estaba distraída con su arte. Otra opción muy popular era la de tigresa hastiada y alcohólica (en plan Elizabeth Taylor), solo que Sylvia no bebía y se limitaba a sujetar el vaso de agua con descuidada elegancia, como si fuera un martini, y a hablar en voz baja y sensual. Fuera cual fuera la personalidad elegida, la cuestión era dejar claro que ella era alguien especial y diferente, y que por lo tanto no tenía por qué sentirse culpable ni especialmente agradecida por la gran cantidad de tiempo que Erika había pasado en casa de Clementine cuando era niña.

—Qué bien —respondió Oliver, que estaba de muy buen humor. Clementine había rellenado todo el papeleo provisional, se había hecho un análisis de sangre y había pedido cita para ver a la consejera de la clínica de FIV. Las cosas iban progresando. Cada vez que Clementine le pasara algo de la mesa esa noche, seguramente él analizaría su estructura ósea e imaginaría su esperma supereficaz (las pruebas indicaban una movilidad perfecta) zumbando por la placa de petri con sus óvulos—. Los padres de Clementine saben cómo tratarla.

El móvil de Erika emitió un tono de aviso justo cuando Oliver entraba en la calle de su madre. El corazón le dio un vuelco.

—¡Va a cancelar en el último momento! —exclamó con cierto aire de triunfo. Pero su madre solo quería que la avisaran cuando estuvieran cerca para esperarlos fuera.

Erika le envió un mensaje de texto: «Ya estamos cerca».

Su madre respondió con un: «Genial!! Bss».

Madre de Dios. Doble exclamación y besos. ¿Qué significaría aquello?

—Parece que los vecinos ya han puesto el cartel de «Se vende» —comentó Oliver, mientras aparcaba—. ¡Vaya! —exclamó a continuación—. Se ha superado a sí misma.

—Te lo dije —contestó Erika. El jardín delantero de su madre estaba igual que la última vez que la había visitado. ¿O tal vez peor? Ya no se acordaba.

—Creo que deberíamos llamar a unos profesionales —comentó Oliver, mirando fijamente el jardín—. Sacarla de ahí y hacerlo mientras no está.

—No volverá a colar —dijo Erika. Una vez se había llevado a su madre de fin de semana y había enviado a un equipo de limpieza que había dejado la casa de su madre impoluta e irreconocible. A la vuelta, la mujer le había dado un tortazo y se había pasado seis meses sin hablarle porque la había «traicionado». Erika sabía que la había traicionado. De hecho, se había sentido como Judas todo el fin de semana.

—Lo solucionaremos. Ahí viene. Está... Madre mía, está guapísima —declaró Oliver, antes de salir del coche de un salto bajo la lluvia para abrirle la puerta de atrás a Sylvia, que se protegía con un enorme paraguas blanco con el mango de madera y llevaba puesto un bonito traje sastre de color crema como el que Jane Fonda se pondría para recibir un premio a toda su carrera. Tenía el pelo limpio y brillante, como si hubiera ido a la peluquería, y al entrar en el coche lo único que Erika olió fue su perfume, ni rastro de humedad, moho o podredumbre.

Aquello tenía truco. Se trataba de una argucia nueva. Esa noche no iban a fingir que había una razón por la que los padres de Clementine prácticamente habían adoptado a Erika. Esa noche iban a fingir que aquello en realidad nunca había sucedido y, por supuesto, todos le seguirían la corriente y le permitirían salirse con la suya. Todos se comportarían como si Sylvia viviera en una casa que encajara con su nuevo modelito.

—Hola, cariño —dijo la mujer un tanto sofocada, con un tono de voz femenino y de madre entregada.

—Estás muy guapa —señaló Erika.

—¿Sí? Gracias —respondió su madre—. He llamado a Pam para preguntarle qué podía llevar y se ha negado en redondo a que lleve nada. Ha dicho algo muy misterioso sobre que la cena era en vuestro honor, aunque sabe que a vosotros no os gusta hablar del tema, pero que por supuesto os estará eternamente agradecida. De hecho, me he planteado si la buena de Pam no estará perdiendo la cabeza.

Oliver se aclaró la garganta y esbozó una sonrisa triste mientras miraba a Erika.

Obviamente, su hija no le había contado ni una palabra de lo que había pasado en la barbacoa. No había sido para tanto, pero ¿quién sabía cómo reaccionaría ella?

—Fuimos a una barbacoa a casa de los vecinos de al lado y Ruby se cayó en una fuente —explicó Erika—. Oliver y yo la salvamos, por así decirlo. Le hicimos reanimación cardio-pulmonar y se recuperó.

En el asiento de atrás se hizo el silencio.

—Ruby es la pequeña, ¿no? —dijo Sylvia, con su voz normal—. ¿Cuántos años tiene? ¿Dos?

—Sí —contestó Oliver.

—¿Qué pasó? ¿Nadie la vio caerse? ¿Dónde estaba su madre? ¿Qué estaba haciendo Clementine?

—Nadie la vio caerse —respondió Erika—. Fue mala suerte.

—¿Y cuando la sacasteis no respiraba?

—No —repuso Erika, y vio cómo las manos de Oliver se tensaban sobre el volante.

—¿La salvasteis entre los dos?

—Oliver le hizo el masaje cardiaco y yo el boca a boca.

—¿Y cuánto tardó en reaccionar?

—A mí me pareció una eternidad —confesó su hija.

—No me extraña —dijo Sylvia en voz baja—. No me extraña —añadió, antes de inclinarse hacia delante y darles unas palmaditas en el hombro—. Bien hecho. Estoy muy orgullosa de los dos. Muy orgullosa —aseguró. Ni Erika ni Oliver abrieron la boca, pero Erika pudo sentir cómo la alegría de ambos llenaba el coche; los dos reaccionaban como plantas sedientas ante el agua en lo que se refería a la aprobación parental—. ¡Así que doña Perfecta no lo es tanto, después de todo! —exclamó Sylvia, con un tono de voz triunfante y malicioso, mientras se recostaba en el asiento—. ¡Ja! ¿Y qué le ha parecido todo eso a Pam? ¡Mi hija le ha salvado la vida a su nieta!

Erika suspiró y Oliver dejó caer los hombros. Por supuesto, había echado a perder el momento, ¿cómo no?

—Pam se siente muy agradecida —repuso Erika, inexpresivamente.

—Bueno, está claro que eso iguala los marcadores, ¿no? Por todo lo que supuestamente esa familia hizo por ti.

—De «supuestamente» nada, mamá —replicó Erika—. Su casa era un refugio para mí.

—Un refugio —resopló Sylvia.

—Sí, así es, un refugio con agua corriente, electricidad y comida de verdad en la nevera. Ah, y sin ratas. Era agradable que no hubiera ratas.

—Déjalo —susurró Oliver.

—Bueno, lo único que digo, querida hija, es que ya no tenemos que estarles tan agradecidas, ¿no? Les has pagado con un favor. Es como si fueran nuestros señores feudales. ¡Le has salvado la vida a esa niña!

—Sí, bueno, y ahora Clementine va a donar sus óvulos para ayudarnos a tener un bebé, así que volveremos a estarles agradecidos —contestó Erika con rabia.

Aquello fue un error. En cuanto lo dijo, se dio cuenta de que era un error.

Se hizo el silencio. Erika miró a Oliver, que meneaba la cabeza mientras ponía con resignación el intermitente para girar a la derecha.

—Perdona..., ¿qué acabas de decir? —preguntó Sylvia, inclinándose hacia delante todo lo que el cinturón de seguridad le permitía.

—Joder, Erika —dijo Oliver, suspirando.

—Llevamos dos años con tratamientos de fecundación *in vitro* —explicó Erika—. Y mis óvulos están... podridos. —«Por tu culpa», pensó. «Porque crecí en medio de la basura, rodeada de podredumbre, descomposición y moho, así que los gérmenes, las esporas y todo tipo de sustancias nocivas se me metieron en el cuerpo». A Erika no le había sorprendido en absoluto el hecho de no poder quedarse embarazada. Era normal que sus óvulos se hubieran estropeado. ¡No le había sorprendido lo más mínimo!

—No están podridos —murmuró Oliver, apesadumbrado—. No digas eso.

—No me habías contado lo de la fecundación *in vitro* —dijo Sylvia—. ¿Se te olvidó mencionarlo? ¡Soy enfermera! ¡Podría haberte apoyado! ¡Podría haberte aconsejado!

—Sí, claro —repuso Erika.

—¿Cómo que «sí, claro»?

—No se lo hemos contado a nadie —le explicó Oliver—. Lo hemos mantenido en secreto.

—Ya sabemos que somos raros —añadió Erika.

—Si siempre decías que no querías tener hijos —manifestó Sylvia.

—Pues he cambiado de idea —repuso Erika. ¿Por qué la gente seguía recordándole aquello? Ni que hubiera firmado un contrato.

—¿Y Clementine se ha ofrecido a donar sus óvulos? —preguntó Sylvia.

—Nosotros se lo hemos pedido —dijo Erika—. Se lo pedimos antes de..., de lo de Ruby.

—Pues puedes apostar la cabeza a que lo hace por eso —señaló Sylvia.

—Mira, esto aún no es definitivo —comentó Oliver—. Estamos en las etapas iniciales. Clementine aún tiene que hacerse pruebas, ver a una asesora...

—Es una idea terrible —dijo la madre de Erika—. Una idea espantosa. Seguro que hay otras opciones.

—Sylvia —la interrumpió Oliver.

—¡Mi nieto no va a ser mío, en realidad! —exclamó la madre de Erika. Era una narcisista. Así la describía la psicóloga de Erika. La típica narcisista—. Mi nieto va a ser el nieto de Pam —siguió diciendo Sylvia—. No le basta con haberme quitado a mi hija, sino que ahora además me dirá con prepotencia que solo quieren ayudar. Esa mujer condescendiente y engreída. ¡Es una idea terrible! No lo hagas. Será un desastre.

—Esto no tiene nada que ver contigo, Sylvia —replicó Oliver, y Erika notó cierta rabia en su voz. Aquello la puso nerviosa. Él raras veces se enfadaba y siempre era educado y amable con su suegra.

—¿Por qué demonios se lo habéis pedido? —se lamentó Sylvia—. Buscad a una donante anónima. ¡No quiero que mi nieto tenga el ADN de Pam! ¡Tendrá orejas de elefante! ¡Erika! ¿Y si tu hijo hereda las orejas de Pam?

—Por el amor de Dios, mamá. He leído que hay un gen asociado al síndrome de acumulación compulsiva y, definitivamente, prefiero que mi hijo tenga las orejas grandes.

—Por favor, no vuelvas a decir eso. Lo odio. Es tan...

—¿Preciso? —murmuró Erika.

Se quedaron en silencio unos segundos, pero Sylvia se la devolvió rápido.

—¿Y qué le dirás cuando Clementine vaya a verte? «¡Mira, cariño, aquí está tu verdadera madre! Id a tocar el violonchelo juntos».

—Sylvia, por favor —dijo Oliver.

—Es antinatural, eso es lo que es. La ciencia ha llegado demasiado lejos. Que se pueda hacer algo no quiere decir que haya que hacerlo.

Entraron en la calle de los padres de Clementine. Erika tardaba solo diez minutos en llegar a pie hasta allí cuando era niña, en dejar atrás la suciedad y la vergüenza. Miró por la ventanilla mientras aparcaban delante del pulcro chalé de estilo californiano con la puerta verde oliva. El mero hecho de ver aquella puerta hacía que se le ralentizara el pulso.

Oliver apagó los limpiaparabrisas, giró la llave en el contacto, se desabrochó el cinturón y se volvió para mirar a su suegra.

—¿Te importaría no hablar de esto durante la cena? —le dijo—. ¿Podrías hacerme ese favor, Sylvia?

—Por supuesto que no sacaré el tema —aseguró su suegra, bajando la voz—. Pero tú fíjate en las orejas de Pam, no digo más —añadió, acariciándose un lóbulo—. Yo sí que tengo unas orejas elegantes.

in, tin, tin!».

Pam golpeó el vaso de agua con la cuchara y se puso en pie.

—¿Podéis prestarme atención, por favor?

Clementine debería haberlo supuesto. Iba a haber discurso. Cómo no. Su madre llevaba toda la vida dando discursos. Cualquier cumpleaños, fiesta, o logro académico, deportivo o musical, por pequeño que fuera, merecía un discurso.

—Vaya, ¿nos vas a cantar algo, Pam? —dijo Sylvia, mientras se giraba en la silla para mirar a la madre de Clementine. Luego le guiñó un ojo a esta.

Clementine meneó la cabeza, mirándola. Sabía que Sylvia había sido una madre horrible para Erika, que había hecho y dicho cosas imperdonables todos aquellos años, y que además tenía síndrome de acumulación compulsiva, pero siempre había sentido un afecto desleal hacia ella. Le divertía su rebeldía, le hacían gracia sus comentarios estrafalarios, sus historias enrevesadas y sus pullas sarcásticas y astutas. Era el polo opuesto a su madre, que siempre se comportaba de forma muy seria y formal, como si fuera la santa mujer de un clérigo. Pero lo que más le divertía a Clementine eran los modelitos de Sylvia. Tan pronto parecía una intelectual bohemia, como una princesa rusa o una sin techo. (Por desgracia, para la boda de Erika había elegido el modelo «sin techo», para reivindicar algún objetivo olvidado, enrevesado e inútil).

Esa noche, Sylvia parecía la típica señora que iba por ahí a comer con sus amigas. Hasta tenía pinta de vivir en una elegante mansión y de tener un marido banquero.

—Espero que no os importe que diga unas palabras —continuó Pam—. Hay dos personas aquí esta noche que solo pueden describirse como... —Se interrumpió para respirar hondo y de forma entrecortada—. Unos verdaderos héroes.

—Sí, señor —exclamó el padre de Clementine, en voz demasiado alta. Había bebido más de lo normal. La madre de Erika le ponía nervioso. Una vez, ella se había sentado a su lado en un concierto del colegio y, mientras hablaban de política local, al parecer le había puesto la mano «demasiado cerca de... Bueno, ya sabes de qué» (así era como lo había descrito Pam). Y aquello había hecho que el padre de Clementine emitiera un sonido de lo más peculiar, una especie de aullido.

—Sí, eso es lo que son, héroes silenciosos, modestos y no reconocidos, pero héroes al fin y al cabo —prosiguió Pam.

Sylvia inclinó la cabeza hacia un lado en plan humilde, como si Pam estuviera hablando de ella.

Erika rotó el hombro como si le doliera el cuello. Oliver se ajustó las gafas y se aclaró la garganta. Los dos parecían sentirse realmente incómodos.

Antes de que llegaran, Clementine le había preguntado a Pam por qué había invitado a la madre de Erika. «Creí que a Erika le parecería bien», había respondido Pam, a la defensiva. «Hace mucho que no vemos a Sylvia y su síndrome de acumulación ha empeorado últimamente, así que creí que podría venirle bien». «Pero Erika odia a su madre», le había dicho Clementine. «No la odia», había asegurado Pam, aunque parecía disgustada. «Cielo santo, a lo mejor no debería haberla invitado, tienes razón. Erika disfrutaría más de la velada sin ella. Una intenta hacerlo lo mejor posible, pero las cosas no siempre salen bien».

Ahora Pam los miraba a todos, radiante de alegría.

—No quieren elogios. No quieren medallas. ¡Seguramente, ni siquiera quieren este discurso! —exclamó, riendo feliz.

—Yo quiero una medalla —dijo Holly.

—Silencio, Holly —murmuró Sam, que estaba sentado a su lado. El hombre apenas había tocado la comida del plato.

—Aun así, hay cosas que no se pueden pasar por alto —señaló Pam.

—¡Pero yo sí que quiero una medalla! —insistió Holly.

—No hay ninguna medalla —susurró Clementine.

—¿Y por qué la abuela dice que la hay?

—¡No lo ha dicho! —repuso Sam.

La madre de Erika emitió una deliciosa risita nerviosa.

—Tenemos una deuda tan grande con Erika y Oliver, y nos sentimos tan agradecidos, que no sé siquiera por dónde empezar a...

—¿Te importaría pasarme el agua, Martin? —dijo Sylvia susurrándole en tono bien audible al padre de Clementine. Pam se quedó callada y observó cómo su marido se levantaba un poco para dejar incómodamente la jarra de agua al lado de Sylvia evitando cualquier tipo de contacto visual—. Perdona, Pam —añadió Sylvia—. Continúa. Bonitos pendientes, por cierto.

Pam se llevó una mano a la oreja, confundida. Llevaba los sencillos pendientes de oro que se ponía siempre.

—Gracias, Sylvia. ¿Por dónde iba?

—Por la deuda y la gratitud —apuntó Sylvia, solícitamente, mientras se servía un vaso de agua.

Oliver echó hacia atrás la cabeza y se concentró en el techo, como si buscara inspiración o algo que lo salvara.

—Ah, sí, la deuda —recordó Pam.

Ruby, que estaba sentada sobre un cojín en la silla al lado de Clementine, de repente posó la cuchara con aire decidido y bajó al suelo.

—¿Adónde vas? —susurró Clementine.

Ruby se puso la mano a un lado de la boca.

—Me voy a sentar en el regazo del abuelo.

—Yo quería sentarme en el regazo del abuelo —resopló Holly—. Estaba a punto de ir a sentarme en el regazo del abuelo.

—Hay una cita —dijo Pam. (Siempre había una cita). Hizo un amplio gesto con las manos, las palmas apuntando al techo. Le gustaba pronunciar las citas con ese particular gesto de estadista—. «Los amigos son la familia que nosotros mismos elegimos».

—Y tanto —comentó Sylvia—. Eso es bien cierto.

—No tengo muy claro quién lo decía —admitió Pam. Le gustaba proporcionar la fuente de sus citas—. Tengo que comprobarlo.

—No te preocupes, Pam, podemos buscarlo después —la tranquilizó el padre de Clementine.

—¡Oliver podría buscarlo ahora mismo! —propuso Sylvia—. ¡Oliver! ¿Dónde tienes el teléfono? Es muy rápido. ¡En un abrir y cerrar de ojos tiene la respuesta!

—Mamá —dijo Erika.

—¿Qué? —repuso Sylvia.

—Los amigos son la familia que nosotros mismos elegimos —repitió Pam—. Y estoy encantada de que Clementine y Erika eligieran ser amigas —añadió, antes de mirar a su hija y apartar la vista de inmediato—. Erika. Oliver. Vuestra increíble actuación de ese día le salvó la vida a nuestra querida Ruby.

Obviamente, nunca podremos agradecéroslo lo suficiente. La deuda que tenemos con vosotros es...

—Creo que nosotros ya hemos saldado nuestra deuda —la interrumpió Sylvia—. ¿No? Y, por lo que tengo entendido, la nueva deuda pronto quedará saldada...

—Sylvia —dijo Oliver.

Sylvia miró a Clementine con picardía. Luego se acercó a ella y susurró de forma que Oliver y Erika no pudieran oírla: «Así que con Oliver, ¿eh?». Clementine frunció el ceño, sin entenderla.

—¡Vais a hacer un bebé! —le aclaró Sylvia, con un brillo malicioso en los ojos. Clementine vio que Erika apretaba los dientes como si estuviera soportando un tratamiento médico doloroso pero necesario.

—Erika y Oliver. Os queremos. Os estamos muy agradecidos. A vuestra salud —dijo Pam, levantando la copa—. Por Erika y Oliver.

Se produjo un alboroto mientras todos buscaban sus copas de vino o de agua para levantarlas.

—¡Salud! —gritó Holly, e intentó hacer chocar su vaso de limonada contra la copa de vino de Clementine—. ¡Salud, mami!

—Salud, sí. Ten cuidado, Holly —contestó Clementine, consciente de que Holly estaba fuera de sí. Últimamente nunca sabía cómo iba a reaccionar y, en ese momento, estaba bebiendo demasiada limonada.

—¡Salud, papi! —dijo Holly. Sam no le hizo caso. Seguía con la copa levantada, pero miraba fijamente a Ruby, que estaba sentada en el regazo de Martin y le susurraba algo a Batidora—. ¡He dicho salud, papi! —insistió Holly enfadada. Acto seguido, la niña se puso de rodillas en la silla, y golpeó su vaso de agua con tal fuerza contra la copa de vino de su padre, que esta se le rompió en la mano.

—¡Dios! —exclamó Sam, levantándose de un salto de su asiento, como si le hubieran disparado. Luego se volvió hacia Holly para gritarle—. ¡Eso no se hace! ¡Eres una niña muy traviesa y muy mala!

Holly se encogió, asustada.

—Lo siento, papá. Ha sido un accidente.

—¡Un accidente estúpido! —rugió su padre.

—Vale, ya basta —dijo Clementine.

—Madre mía —susurró Pam.

Sam se levantó. Le sangraba la mano. Por un momento, solo se oyó el perpetuo repiqueteo de la lluvia.

—¿Quieres que le eche un vistazo al corte? —se ofreció Sylvia.

—No —contestó Sam bruscamente. Luego se lamió el borde de la mano. Respiraba con dificultad—. Necesito un poco de aire —anunció, antes de salir de la habitación. Aquello era lo único que Sam hacía últimamente: irse de la habitación.

—¡Bueno! Un poco de drama para darle emoción —comentó Sylvia.

Oliver se levantó y empezó a recoger los trozos de cristal en la palma de la mano.

—Ven a sentarte conmigo, Holly —dijo Erika, echando la silla hacia atrás y dándose unas palmadas en las piernas. Para sorpresa de Clementine, Holly se bajó de la silla y corrió hacia ella.

—Te había dicho que tuvieras cuidado, Holly —la reprendió Clementine, consciente de que aquel reproche se debía únicamente a que esperaba el consuelo de sentir el cuerpo de Holly contra el suyo. Quería que Holly se sentara en su regazo, no en el de Erika, y eso era muy infantil. Todas sus emociones se habían vuelto diminutas y enrevesadas. Debería cancelar la audición. Estaba demasiado tocada emocionalmente para llegar a ser una buena música. Se imaginó el arco chirriando y arañando las cuerdas como si de pronto hubiera vuelto a convertirse en una principiante. Unas notas desagradables y chirriantes a juego con sus desagradables y chirriantes emociones.

—En fin. ¿Una taza de té? ¿Café? —preguntó Pam—. Erika ha traído unos frutos secos cubiertos de chocolate deliciosos que irán fenomenal con el té. ¡Perfecto!

—Qué lista —comentó Sylvia.

—Sí, soy lo más —replicó Erika.

Mientras Pam iniciaba el complicado proceso de confirmar los pedidos de té y café de todos, Clementine recogió los platos y los llevó a la cocina. Su padre la siguió con Ruby, que tenía esa mirada confiada y de superioridad típica de los niños que van en brazos de un hombre alto, como si fueran pequeños sultanes de mejillas rechonchas.

—¿Estás bien? —le preguntó su padre.

—Sí —respondió Clementine—. Siento lo de Sam. Es que está estresado por el trabajo, creo.

—Sí que parece estresado por el nuevo trabajo —dijo Martin, y dejó a Ruby en el suelo cuando la niña empezó a retorcerse—. Pero creo que es algo más que eso.

—Bueno, lo del accidente ha sido muy duro para él —admitió Clementine. No tenía muy claro si se le permitía llamarlo «accidente», si aquello implicaba que no se consideraba responsable—. Sam se culpa a sí mismo por no haber estado vigilando a Ruby y creo, bueno, sé, que también me culpa a mí —explicó. En cierto modo era más fácil admitir aquello llanamente delante de su padre, que simplemente se tomaría lo que decía al pie de la letra, que ante su madre, que la escucharía con demasiada atención y empatía y filtraría todo a través de sus propias emociones—. Y supongo que yo lo culpo a él —reconoció Clementine—. Y al mismo tiempo ambos fingimos que no nos culpamos el uno al otro.

—Ya —repuso su padre—. Bueno, eso se llama estar casado. Siempre estás culpando al otro de algo —comentó, mientras abría un armario de la cocina y empezaba a sacar tazas—. ¿Qué te apuestas a que saco las que no son? —preguntó, volviéndose hacia Clementine con dos tazas colgadas de los dedos por el asa—. Pero creo que le pasa algo más. No está bien. Tiene algún problema mental.

—Esas no, Martin —dijo Pam, irrumpiendo en la cocina—. Coge las buenas —añadió, mientras le quitaba las tazas y se las llevaba rápidamente—. ¿Quién tiene un problema mental?

—Sam —contestó Clementine.

—Llevo semanas diciéndolo —repuso Pam.

70

*H*ola de nuevo.

Tiffany levantó el paraguas para ver quién le hablaba. Estaba cruzando el patio hacia la tienda del Saint Anastasias para comprarle a Dakota el uniforme del próximo año.

Era otra vez la mujer de Andrew. Cómo no. La ley de Murphy se aseguraría de que se tropezara con aquella mujer y/o su marido cada vez que pusiera un pie en aquel colegio y en cualquier evento escolar hasta que Dakota acabara el instituto. No iba a ser nada incómodo. ¡No! Iba a ser una puñetera maravilla. Cara y Dakota se convertirían en amigas íntimas. Los invitarían a una barbacoa. «¿Cómo os conocisteis, chicos?», preguntaría inocentemente la mujer, y su marido se llevaría la mano al pecho y caería muerto de un ataque al corazón. Qué oportuno. Solo que entonces Oliver llegaría corriendo desde la casa de al lado y lo resucitaría.

—Tiffany, ¿verdad? Soy Lisa —dijo la mujer de Andrew, mientras inclinaba también el paraguas para que se le viera la cara. Tenía unas bolsas rosadas bajo los ojos. Una de las varillas del paraguas se había soltado de la tela y le había dado directamente en la cara como un látigo—. ¿No te acuerdas de mí? Estaba sentada a tu lado en la jornada informativa.

—Claro que me acuerdo. ¿Cómo estás? —preguntó Tiffany.

—No demasiado bien. Esta lluvia constante me está volviendo loca —comentó Lisa. Luego examinó a Tiffany—. Tú estás estupenda. ¿Tomas algún suplemento secreto?

—¿Cafeína? —respondió Tiffany.

—En serio, da gusto verte.

Tiffany se rio, incómoda. Casi parecía que estaba a punto de decirle: «No me extraña que mi marido pagara una pasta solo por mirarte».

—¿También vienes a comprar el uniforme de Cara? —preguntó. Sabía que la tienda de uniformes, gestionada por «nuestras queridas voluntarias», ahora abría solo durante cuarenta y cinco minutos, «ni un minuto más», y su política era «la primera en llegar será la mejor vestida (literalmente)».

¿Parecería extraño que recordara el nombre de la hija de Lisa? ¿Resultaría sospechoso?

—La verdad es que ya se lo había comprado, pero vengo a devolverlo —dijo Lisa—. Nos vamos a vivir cinco años a Dubái, así que Cara al final no vendrá al Saint Anastasias.

—Vaya, eso es... —Tiffany intentó pensar en una forma más adecuada de acabar la frase que no fuera «una noticia maravillosa», aunque, paradójicamente, irracionalmente, casi se sintió decepcionada. Le caía bien Lisa. «Da gusto verte». ¿Quién decía ese tipo de cosas? Resultaba agradable.

—¿Y cómo lo llevas? —preguntó Tiffany.

—Estoy intentando llevarlo bien —repuso Lisa—. Ya hicimos lo de expatriarnos cuando los niños eran pequeños y no hubo problema, pero no creo que tenga la energía suficiente para volver a hacerlo. Estamos muy asentados en Sídney y todo ha sido muy repentino. En realidad fue el miércoles, el mismo día de la jornada informativa... Mi marido se enteró de una oportunidad estupenda y maravillosa que no podía dejar pasar, o..., o alguna mierda así —explicó Lisa, antes de taparse la mano con la boca—. No debería decir palabrotas en un colegio católico. Dios me va a castigar —añadió, mirando hacia arriba.

—¿Y tú no tienes ni voz ni voto? —preguntó Tiffany.

Lisa alzó una mano con gesto derrotista.

—Algunas batallas son imposibles de ganar y esta es una de ellas. No creo que llueva mucho en Dubái. Algo es algo. —De pronto, la mujer le tendió a Tiffany la bolsa que llevaba en la mano—. Toma. Quédatelo. Está el equipo completo. Nuestras hijas deben de usar más o menos la misma talla. No me apetece pasar por todo el lío para que me devuelvan el dinero. Roxanne Silverman es la que lleva la tienda de uniformes. Siempre me pregunta si he perdido peso, que es su forma pasivo-agresiva de decirme que necesito adelgazar.

Tiffany cogió la bolsa a regañadientes.

—Te lo pagaré.

—¡Ni se te ocurra! —exclamó Lisa—. Quédatelo. Insisto. Al parecer podemos permitirnos perder el depósito no recuperable de las tasas escolares.

—Por favor. Deja que te dé... —dijo Tiffany, mientras ponía la bolsa a sus pies e intentaba sacar la cartera del bolso sin soltar el paraguas.

—Me voy. Cuídate —se despidió Lisa, antes de dar media vuelta y alejarse con el paraguas sacudiéndose hacia los lados.

—¡Gracias! —gritó Tiffany.

Lisa levantó el paraguas a modo de respuesta y siguió caminando.

Tiffany la observó mientras se alejaba. Sonó un timbre y en el edificio más cercano se oyó un bullicio de voces femeninas e infantiles. Parecía una bandada de gaviotas. De gaviotas con un elegante acento de colegio femenino privado.

Tiffany pensó en el marido de Lisa.

Era un hombre educado de voz suave. Se interesaba por los estudios de Tiffany. Cuando más le gustaba era cuando iba vestida de colegiala, con un uniforme de cuadros verdes y blancos no muy diferente al que estaba aún envuelto en celofán dentro de la bolsa que ahora ella llevaba en la mano; el que su hija se hubiera puesto si fuera a aquel colegio. El marido de Lisa bebía Baileys con leche. Ella le tomaba el pelo diciéndole que aquella era una bebida de chicas. Él solía ponerle un gran fajo de billetes de propina en la liga, todos de una vez, en lugar de hacerle trabajar para ganárselos uno a uno o, peor aún, en vez de provocarla como si los billetes de propina fueran galletas para perros. Qué cabrones.

El marido de Lisa había quedado con ella unas cuantas veces al salir del trabajo. Una vez había ido a verla actuar durante el día y cuando acabó de trabajar no encontraron nada abierto para comer, así que habían reservado una habitación de hotel «solo para poder pedir comida al servicio de habitaciones». Para Tiffany había sido toda una revelación la forma en que se podía usar el dinero para manejar el mundo. Cuando algo iba mal, bastaba con agitar la tarjeta de crédito como si fuera una varita mágica. Después de comer, él había vuelto al trabajo y ella se había quedado con una noche de hotel gratis en la ciudad. De hecho, había invitado a algunas amigas de la «uni» a pasar la noche con ella. Ninguna se creía que no se hubiera acostado con él, pero era verdad. Simplemente habían comido unos sándwiches y habían visto una película. Se había comportado como un amigo. Como si ella fuera su peluquera, solo que, en lugar de cortarle el pelo, bailaba para él. Tenían una relación sana.

Más o menos un año después de aquello, tras haberle hecho un pase privado, el marido de Lisa le había preguntado a Tiffany, con la educación y la prudencia que lo caracterizaban, si había visto *Una proposición indecente.* Aquella película de Robert Redford y Demi Moore. En la que Robert Redford le pagaba una cantidad obscena de dinero a Demi Moore por acostarse con ella.

Tiffany había visto la película. Y entendía la pregunta.

«Cien mil dólares», le había dicho ella, antes siquiera de que él le preguntara.

Era una cifra lo suficientemente baja como para ser una posibilidad, pero lo suficientemente elevada como para que siguiera siendo una broma, un reto, una fantasía, sin convertirla en una puta.

Él no vaciló. Le preguntó: «¿Aceptarías un cheque?». Era un cheque de empresa, «holding no sé qué», y con él Tiffany pagó la entrada del apartamento que compró en la subasta donde conoció a Vid. Había sentado las bases de su fortaleza financiera.

Siempre le decía a Vid que nunca se había acostado con ningún cliente —era *stripper,* no puta— y en el fondo seguía siendo cierto. Lo de Andrew había sido una excepción con un viejo amigo rico. Una broma. Un reto. Una idea divertida. Podría haberlo hecho a cambio de un par de copas si se lo hubiera encontrado en un bar y la hubiera hecho reír. Incluso después de haberse acostado con él, seguía teniendo la sensación de que, de alguna manera, su relación seguía siendo íntegra. Habían practicado sexo normal y corriente en la posición del misionero y con condón. Con Vid tenía una relación más sucia.

Recordaba que, después, mientras aún estaban juntos en la cama, Andrew había empezado a hablar de un apartamento de una habitación que tenía en la ciudad, había comentado algo sobre un fideicomiso y sobre ventajas fiscales. A Tiffany le llevó un rato entender que le estaba ofreciendo una «oportunidad»; un trato a largo plazo beneficioso para ambos, que ella había rechazado educadamente. Él le había pedido que, si alguna vez cambiaba de opinión, se lo hiciera saber.

Seis meses después, había ido al club y había pedido un pase privado con ella. Le había dicho que se iba con su familia fuera un año. Poco después de eso, Tiffany acabó la carrera, dejó de bailar y consiguió su primer trabajo de jornada completa.

En todo el tiempo que duró su relación con Andrew, ella nunca pensó en su mujer. «¿Y las mujeres, qué?», le había preguntado Clementine en el coche aquella noche. «Las mujeres se quedaban en casa con los niños», le había respondido Tiffany, encogiéndose de hombros.

Las mujeres sin rostro de mediana edad nunca habían sido responsabilidad suya. No les deseaba ningún mal. Pero tampoco les debía nada. Puede que ellas no tuvieran un cuerpo maravilloso, pero tenían maravillosas tarjetas de crédito.

Su trato con Andrew fue el único secreto que nunca le contó a Vid. No se sentía avergonzada y ni siquiera estaba segura de que aquello fuera necesario pero, en todos aquellos años, cada vez que decidía compartir aquella historia, su instinto le gritaba: «Cierra la puta boca». Hasta Vid, que era un espíritu libre, tenía sus límites, y ella no quería descubrir cuáles eran sobrepasándolos.

Así que no, nunca se había sentido avergonzada por lo que había pasado con Andrew, salvo en ese momento, de pie bajo la lluvia y con una pesada bolsa reciclable llena de uniformes escolares caros, mientras observaba cómo su mujer, cansada, decepcionada y un poquito regordeta, se encaminaba bajo la lluvia hacia su Porsche negro todoterreno, porque tal vez lo de su inesperada mudanza a Dubái fuera una maravillosa coincidencia, pero también cabía la posibilidad de que no.

71

*L*a lluvia era la culpable.

Si la lluvia hubiera parado, Erika no estaría allí de pie, un sábado por la mañana, en la sala de estar, con el sonido de los latidos de su corazón atronándole en los oídos, sintiéndose como si la fueran a detener. Solo que el policía era su propio marido.

En realidad, Oliver no parecía un policía. Parecía más bien triste y confuso. Erika se preguntó si tendría aquella misma expresión en la cara de niño, cuando encontraba las botellas de vodka y de ginebra que sus padres escondían por toda la casa, antes de que dejara de creerse sus enérgicas promesas de que lo iban a dejar. (Unas promesas grandilocuentes que aún seguían haciendo. «¡Vamos a estar todo el mes de julio sin beber!». «¡En noviembre no beberemos ni gota!»).

Había sucedido mientras ella estaba fuera, renovando el carné de conducir. Había vuelto a casa de buen humor. Le gustaba empezar el fin de semana solucionando las tareas administrativas del día a día que su madre normalmente dejaba sin hacer: facturas impagadas, avisos de corte de servicio ignorados, autorizaciones sin firmar que se perdían inmediatamente en el caos.

Pero Oliver la recibió en la puerta.

—Hay una gotera en el techo. En el trastero.

Tenían un pequeño trastero donde guardaban las maletas, el material de camping y los esquíes.

—Bueno, tampoco es el fin del mundo, ¿no? —dijo ella, aunque el pulso se le aceleró. Tenía una corazonada.

Con su disposición habitual, Oliver se había puesto manos a la obra, había empezado a sacar todo al pasillo y se había topado con una vieja maleta cerrada con llave que había bajo una manta. Estaba llena y no tenía ni idea de lo que había dentro. Solo tardó un segundo en encontrar la única llave sin marcar que había en el cajón de las llaves.

Claro. Si de verdad fuera digna hija de su madre, nunca habría encontrado la llave.

—Así que la abrí —dijo Oliver, antes de cogerla de la mano suavemente y llevarla al comedor, donde había vaciado todo el contenido de la maleta en hileras ordenadas, como si fuera un investigador exponiendo las pruebas de la escena del crimen. Prueba uno. Prueba dos.

—No es más que una costumbre absurda —aseguró Erika, a la defensiva. Y, para su horror, se dio cuenta de que su cara era el fiel reflejo de una que solía poner su madre: una mirada furtiva y de disimulo—. Eso no es síndrome de acumulación, si es lo que estás pensando.

—Al principio solo me parecieron cosas al azar —dijo Oliver—. Pero luego reconocí la zapatilla de Ruby. —Levantó el zapato para golpearlo con la palma de la mano y hacer que las luces de colores parpadearan—. Y recordé que Clementine y Sam habían dicho que no encontraban una de sus zapatillas con luces. Es la zapatilla de Ruby, ¿verdad? —preguntó Oliver. Erika asintió, incapaz de hablar—. Y esta pulsera —continuó su marido, levantando una cadena—. Es de Clementine, ¿verdad? Es la que le compraste en Grecia.

—Sí —contestó Erika, mientras notaba una sensación de ardor y picazón subiéndole por el cuello, como si estuviera teniendo una reacción alérgica—. No le gustaba. Sabía que no le gustaba.

—Todo esto es de Clementine, ¿verdad? —preguntó Oliver, levantando un par de tijeras. Eran las tijeras con mango nacarado de la abuela de Clementine. Erika ni siquiera recordaba el día que se las había llevado.

Acarició con un dedo la sudadera de Holly de la fresa. A su lado había una bolsa de tela con una clave de sol: el primer novio de Clementine, el trompetista, se la había regalado cuando había cumplido veinte años.

—¿Por qué? —preguntó Oliver—. ¿Puedes explicármelo?

—Es solo una costumbre —respondió Erika. No tenía palabras para explicar el porqué—. Una especie de... compulsión. No hay nada de valor —se justificó Erika.

«Compulsión». Una de esas palabras sólidas y respetables del ámbito psicológico para enmascarar la realidad: estaba como una cabra, como una regadera.

¡Como si no hubiera tenido suficiente de eso en la vida! Erika se rascó el cuello.

—No me obligues a tirarlo —exclamó de repente.

—¿Tirarlo? —dijo Oliver—. ¿Bromeas? ¡Lo que tienes que hacer es devolverlo todo! Tienes que contarle que has estado... ¿Cómo decirlo? ¿Afanándole sus cosas? ¿Es eso? ¿Eres cleptómana? Por el amor de Dios, Erika, ¿vas a las tiendas a robar?

—¡Claro que no! —replicó su mujer. Ella nunca haría nada ilegal.

—Clementine debe de creer que se está volviendo loca.

—Bueno, no le vendría mal ser más ordenada y organizada —comentó Erika pero, por alguna razón, aquello hizo que Oliver se cayera por el precipicio al borde del cual ella no se había dado cuenta que estaba.

—Pero ¿qué diablos estás diciendo? ¡Lo que no le vendría mal es una amiga que no le robe sus cosas! —gritó Oliver. Estaba gritando, literalmente. Nunca antes le había gritado. Siempre había estado de su lado.

Por supuesto, Erika era consciente de que tal vez lo que hacía no era del todo normal. Era una costumbre rara, despreciable, como mordisquearse las cutículas o meterse el dedo en la nariz, y sabía que tenía que mantenerla bajo control, pero en cierto modo siempre había dado por hecho que Oliver la entendería, o que al menos lo aceptaría, como lo había aceptado todo de ella. Había visto la casa de su madre y seguía queriéndola. Nunca la había criticado como sabía que otros maridos solían hacer con sus mujeres. «Esta mujer es incapaz de cerrar la puerta de un armario», solía decir Sam de Clementine. Oliver era demasiado leal para decir algo como eso de Erika en público, pero en ese momento no solo parecía ligeramente irritado, sino realmente horrorizado.

La habitación se volvió borrosa mientras los ojos de Erika se llenaban de lágrimas. La iba a dejar. Ella había intentado mantener su locura a raya dentro de una pequeña maleta, pero en el fondo siempre había sospechado que era inevitable que él acabara marchándose y el hecho de ver aquellos objetos esparcidos, en todo su inútil y ajado esplendor, lo confirmaba: ella era igual que su madre.

Erika sintió un ataque de rabia que, por alguna razón, tenía su origen en Clementine.

—Sí, bueno, ella tampoco es tan maravillosa. Clementine no es tan maravillosa —dijo Erika entrecortadamente, con una actitud tonta e infantil, incapaz de reprimir sus palabras—. ¡Deberías haber oído lo que le oí decirle a Sam en la barbacoa, cuando subí al piso de arriba! Le estaba diciendo que la idea de donarnos sus óvulos le parecía «repulsiva». Esa fue la palabra que usó. «Repulsiva».

Oliver no la miró. Cogió una pala para servir helado de la mesa y jugueteó con el mecanismo. Tenía la imagen de un oso polar en el mango. Erika se la había metido en el bolso un caluroso día del pasado verano. Estaban tomando unos helados en el patio trasero de la casa de Clementine, después de su actuación en el festival «Sinfonía bajo las estrellas». Erika acababa de recibir una llamada para informarle de que la FIV había vuelto a fracasar, pero aquello no tenía nada que ver con la FIV. Se había llevado la primera pieza de su colección, un collar que Clementine se había comprado en unas vacaciones en Fiyi, cuando solo tenía trece años. ¿Dónde estaba? Ah, allí. Erika tuvo que echar hacia atrás su propio brazo derecho porque necesitaba desesperadamente tocarlo y sentir su textura áspera en la palma de la mano.

—¿Por qué no me lo contaste? —le preguntó Oliver.

—¿Esto? Porque sé que es raro, que está mal y que...

—No. ¿Por qué no me contaste lo que le oíste decir a Clementine?

—No lo sé —dijo Erika, antes de quedarse callada un instante—. Supongo que me daba vergüenza... No quería que supieras que mi mejor amiga siente eso por mí.

Oliver dejó la pala del helado. El gesto de su boca se suavizó un milímetro, lo suficiente para que las piernas de Erika se aflojaran y se tambalearan de alivio. Cogió una silla, se sentó y levantó la vista hacia su marido, para analizar la barba de varios días que le cubría la mandíbula. Recordó el momento en que se habían sentado juntos por primera vez para hacer las tablas de la competición de squash, hacía tantos años. Él era el friki de gafas, afeitado perfecto y camisa de raya diplomática que fruncía el ceño delante de la hoja de cálculo, tomándoselo demasiado en serio, exactamente igual que ella, que quería hacerlo a la perfección, como era debido. Erika había observado la incipiente barba de su mandíbula y había pensado que, aunque parecía Clark Kent, tal vez en realidad era Superman.

Oliver se sentó a la mesa enfrente de ella, se quitó las gafas y se frotó los ojos.

—Yo soy tu mejor amigo, Erika —dijo apesadumbrado—. ¿No lo sabías?

72

*S*iento lo de la cena del otro día en casa de mis padres —se disculpó Clementine, mientras le pasaba a Erika una taza de café. Estaban en la sala de estar de Clementine, que conservaba la chimenea original (aunque no funcionaba), los ojos de buey con vidrios de colores y los suelos de tablones anchos de madera. Cuando ella y Sam habían visto por primera vez aquella habitación, habían intercambiado brillantes miradas de satisfacción a espaldas del agente inmobiliario. Aquel cuarto tenía carácter y era totalmente de su estilo. (En otras palabras, lo contrario del tipo de casa «moderna, estéril e impersonal» que habían elegido Erika y Oliver. Clementine estaba empezando a preguntarse si su personalidad no sería algo artificial, una mera reacción a la personalidad de Erika: como tú eres así, yo soy así).

En ese momento, su sala de estar le parecía ordinaria, oscura y muy húmeda. Clementine olfateó el aire.

—¿No te huele a humedad? Tenemos moho por todas partes. Nos está invadiendo. Es repugnante. Si no para de llover pronto, no sé qué vamos a hacer. Erika cogió la taza de café y la sujetó entre ambas manos como para entrar en calor.

—¿Tienes frío? —le preguntó Clementine, haciendo ademán de levantarse—. Puedo...

—Estoy bien —respondió Erika, con tono cortante.

Clementine se volvió a hundir en el sofá.

—Recuerdo cuando compramos esta casa; el informe de construcción decía que había un problema de humedad. Tú dijiste que deberíamos pensarlo bien y yo respondí: «¿A quién le importa la humedad?». Pues tenías razón. Es horrible. Tenemos que solucionarlo. Le he pedido presupuesto a...

Clementine se quedó callada. Se estaba aburriendo a sí misma de tal forma que ni siquiera pudo molestarse en terminar la frase. De todos modos, aquello no era más que un claro intento de exculpación. Tú le has salvado la vida a mi hija y lo único que yo he hecho ha sido quejarme de ti. Tú eres buena, yo soy mala, pero seguro que me dan puntos extra por autoflagelarme y que me reducen la sentencia por declararme culpable, ¿no?

—La cena en casa de tus padres estuvo bien —dijo Erika—. A mí me gustó.

—Ah, vale —repuso Clementine. Ahora se sentía fatal. No quería que Erika pensara que ella creía que no merecían la cena de los héroes—. Me refería a lo del vaso roto, cuando Sam se fue echando chispas y...

Clementine volvió a dejar la frase sin terminar y se bebió el café, mientras esperaba que Erika le contara para qué había ido a verla. La había llamado hacía un rato y le había preguntado si podía pasarse por allí. La verdad era que le venía fatal. Sam se había llevado a las niñas al cine para que ella pudiera practicar —faltaban solo diez días para la audición, empezaba la cuenta atrás—, pero, claro, Clementine no podía negarse. Suponía que tendría algo que ver con el siguiente paso del proceso de donación de óvulos.

Erika señaló el violonchelo de Clementine, que estaba en un rincón.

—¿Le afecta toda esta lluvia a tu violonchelo?

Erika tenía esa mirada ligeramente defensiva que siempre ponía cuando miraba el violonchelo de Clementine, como si fuera una amiga glamurosa que la hacía sentirse inferior.

—Últimamente tengo más problemas de lo normal con mi lobo —dijo Clementine.

—¿Con tu lobo? —preguntó Erika, distraída.

Clementine se sorprendió. Estaba segura de haberle hablado a Erika con anterioridad de la nota lobo de su violonchelo y su amiga solía quedarse con esas cosas, sobre todo porque era algo negativo. Le encantaban las malas noticias.

—Les pasa a muchos violonchelos, es como una nota falsa, supongo que es la forma más sencilla de explicarlo. Es un sonido horrible, como el de una taladradora o una pistola de juguete —explicó Clementine—. Probé durante un tiempo con un eliminador de notas lobo, pero me daba la impresión de que perdía resonancia y entonación, así que lo dejé. Puedo controlarlo solo tengo que apretar el violonchelo con cuidado entre las rodillas, y a veces puedo reajustar la forma en que muevo el arco para que el lobo quede en la parte inferior y...

—Ah, sí, lo recuerdo, creo que ya me lo habías comentado —dijo Erika, antes de cambiar bruscamente de tema—. Por cierto, ahora que lo pienso, el otro día encontré en casa un zapato de Ruby.

Erika sacó del bolso la zapatilla con luces en la suela y la dejó sobre la mesa de café. Las luces se iluminaron. Parecían especialmente chillonas en aquella sala oscura.

—¡No me lo puedo creer! —exclamó Clementine, al tiempo que cogía el zapato para examinarlo—. Hemos buscado por todas partes este maldito zapato. ¿Estaba en tu casa? No recuerdo habérselo puesto para...

—De todos modos, quería hablarte de la donación de óvulos —dijo Erika.

—Vale —respondió Clementine, con aire responsable, volviendo a dejar la zapatilla en su regazo—. Como te he dicho, tengo la cita con la...

—Hemos cambiado de idea —la interrumpió Erika.

—¡Ah! —exclamó Clementine, quedándose de una pieza. Era lo último que esperaba—. ¿Por qué? Si yo estoy encantada de...

—Por motivos personales —repuso Erika.

—¿Por motivos personales? —repitió Clementine. Aquel era el tipo de frase que se le decía a un empleado.

—Sí, siento haberte hecho perder el tiempo con los análisis de sangre y todo eso —continuó Erika—. Sobre todo cuando falta tan poco tiempo para la audición.

—Erika —dijo Clementine—. ¿Qué pasa?

El rostro de su amiga era impenetrable.

—Nada —respondió esta—. Solo que no queremos seguir adelante.

—¿Es por lo de...? —preguntó Clementine, con el estómago revuelto—. ¿Por lo del día de la barbacoa? Yo estaba hablando con Sam y al principio no estaba segura de qué me parecía tu propuesta, y estaba un poco preocupada por si me habías oído y malinterpretabas...

—No oí nada —la interrumpió Erika.

—Claro que sí —replicó Clementine.

—Vale, sí que lo oí, pero eso no importa, no se trata de eso —le aseguró su amiga, mirando a Clementine con unos ojos francos enmarcados por un rostro impenetrable. Esta no tenía ni idea de qué sentía.

—Lo lamento. Lo lamento mucho —se disculpó Clementine. Erika encogió un hombro de la forma más imperceptible posible—. Pero ahora quiero hacerlo —insistió—. No solo por lo de Ruby. Le he estado dando vueltas. Me apetece hacerlo —le aseguró. Se preguntó si estaría mintiendo. Puede que aquello fuera cierto. Que estuviera emocionadísima con la perspectiva de que en el fondo fuera digna hija de su madre, una persona amable y generosa, después de todo—. De verdad quiero hacerlo.

—No ha sido decisión mía —declaró Erika—. Oliver es el que prefiere buscar otras opciones.

—Ah —dijo Clementine—. ¿Por qué?

—Por motivos personales —volvió a responder Erika.

¿Le habría contado su amiga a Oliver lo que le había oído decir? El hecho de imaginarse al amable y honesto Oliver, que siempre había sido indefectiblemente cordial con ella, cuya cara se iluminaba cuando veía a sus hijas, oyendo lo que ella había dicho, le hizo sentir ganas de llorar. Pensó en el sonido que Oliver había emitido cuando había revivido a Ruby. En aquel gemido animal de alivio.

Clementine dejó su taza en la mesa de café y se deslizó por el sofá hasta caer de rodillas delante de Erika. La zapatilla se cayó al suelo.

—Erika, por favor, déjame hacerlo. Por favor.

—Para —replicó su amiga, horrorizada—. Levántate. Me recuerdas a mi madre. Esas son exactamente el tipo de cosas que hace. Por cierto, la zapatilla está debajo del sofá. Vas a volver a perderla —le dijo Erika. Parecía de mal humor, pero en cierto modo más animada. Volvía a tener color en las mejillas. Clementine buscó la zapatilla y volvió a sentarse. Luego cogió el café, le dio un sorbo y miró a Erika por encima del borde de la taza—. Idiota —añadió Erika.

—*Dummkopf* —musitó Clementine, dentro de la taza.

—*Arschlich* —contestó Erika—. No. Eso no. *Arschloch*.

—Muy buena —dijo Clementine—. Grandísima *Vollidiot*. Erika sonrió.

—Me había olvidado de esa. Y *verpiss dich,* por cierto.

—Que te den —dijo Clementine.

—Creía que significaba «que te jodan» —comentó Erika.

—Tú sabrás —replicó Clementine—. Sacaste mejor nota que yo.

—Eso es verdad —confirmó Erika.

Clementine parpadeó para retener unas lágrimas de risa o de pena, no lo tenía muy claro. Era extraño, porque siempre había tenido la sensación de que se escondía de Erika, de que era más «ella misma» con sus «verdaderos» amigos, con los que la amistad fluía con normalidad, de un modo adulto y sin complicaciones (correos electrónicos, llamadas telefónicas, copas, cenas, charlas intrascendentes y bromas que todos entendían), pero en aquel momento tenía la sensación de que ninguno de esos amigos conocía su esencia, su personalidad terrible, infantil y básica. Nadie la conocía como Erika.

—De todos modos, la verdad es que yo también tengo sentimientos encontrados —confesó Erika, antes de echar la cabeza hacia atrás y beberse el café de un trago, literalmente. Aquella era una de sus particularidades. Se bebía el café como si se estuviera tomando un chupito.

—¿Qué quieres decir?

—Yo nunca he tenido especial interés en tener hijos, como tú bien sabes, y como la gente no deja de recordarme. Por eso Oliver es el que lleva esto. Yo tengo sentimientos encontrados —repitió Erika, como si acabara de aprender la expresión «sentimientos encontrados» y quisiera sacarle el mayor partido posible. Se estaba ciñendo al guion, como los políticos. Señaló a Clementine con un dedo de advertencia—. Lo de los sentimientos encontrados es confidencial, por cierto.

—Sí, claro. ¡Pero si en realidad no quieres tener un bebé, deberías decírselo! No deberías tener un hijo solo por él. ¡Es tu elección!

—Sí, y elijo mi matrimonio —respondió Erika—. Eso es lo que yo elijo —recalcó, poniéndose de pie—. El sueño de

Oliver es tener un bebé y no haré que renuncie a él —aseguró, mientras cogía el bolso—. ¡Por cierto! —añadió, con voz quebrada—. El otro día estuve hurgando en una caja vieja de recuerdos y encontré este collar. Creo que era tuyo.

Erika sacó un collar de conchas realmente horrible y lo levantó.

—No es mío —dijo Clementine—. Siempre he odiado esos collares.

—Estoy segura de que... Da igual, puede que esté equivocada —repuso Erika, volviendo a guardar el collar en el bolso—. Pero a lo mejor a las niñas les gusta.

Erika miró fijamente a Clementine de forma extraña, como si aquello fuera importante. Era una mujer muy rara.

—Claro, gracias —dijo Clementine, cogiendo el collar. No pensaba dejar que las niñas jugaran con él. No parecía muy limpio y sería como si se pusieran alambre de espino alrededor del cuello.

Erika parecía aliviada, como si se hubiera resarcido de algo.

—Espero que te vayan bien las prácticas. Solo faltan diez días para la audición, ¿no?

—Sí —respondió Clementine.

—¿Y cómo va la cosa?

—No muy bien. Me cuesta concentrarme. Con todo lo que ha pasado... Sam y yo... En realidad... Bueno, ya sabes.

—Es el momento de darle duro, entonces —dijo Erika, vigorosamente—. Este es tu sueño, *Dummkopf.*

Y, dicho eso, se fue caminando bajo la lluvia con su calzado práctico y cómodo. Sin besos, abrazos, ni despedidas, porque a ninguna les gustaban. Los insultos en alemán habían sido su versión de un abrazo.

«Te has librado», pensó Clementine, mientras recogía las tazas de café. Adiós a las inyecciones diarias. Pensó en el vídeo de *¡Así que estás pensando en hacerte donante de óvulos!* que había visto el día anterior, y en cómo su tripa se había encogido de horror al ver a aquella mujer amable y generosa pinchándose en la barriga los medicamentos que harían que su cuerpo produjera multitud de óvulos.

Clementine se sentó con el violonchelo, cogió el arco y se centró en abrirse paso entre las escalas cromáticas.

Durante los últimos días, había permitido que una imagen se formara en su cabeza: la imagen de un niño pequeño con los ojos almendrados de Ruby y el pelo negro azabache de Oliver.

Aquella imagen tembló como un reflejo sobre el agua y luego se desvaneció.

Por el amor de Dios, Clementine, cómo te atreves. Su mano se tensó sobre el arco. Aquella imagen ni siquiera tenía sentido, porque los ojos de Ruby eran una herencia de la familia de Sam.

Ahí estaba de nuevo. Su amiga, la nota lobo. Era un sonido realmente espeluznante. Le daba dentera.

Sam siempre le decía que era especialmente sensible a los sonidos porque era música, pero ella no creía que fuera cierto. Lo que pasaba era que él era increíblemente insensible a ellos. Eran pocos los sonidos que le daban dentera: su nota lobo, cierto chillido agudo que usaba Holly cuando Ruby la hacía enfadar y el gemido de la alarma antitiburones de Macmasters Beach.

De pronto, Clementine recordó la última vez que había oído esa alarma. Había sido durante las vacaciones y tenía trece años. Ella y Erika estaban juntas donde rompían las olas cuando sonó la alarma. Su amiga era buena nadadora, mejor que ella. La alarma había hecho que Clementine entrara en pánico (maldito sonido), se había resbalado mientras caminaba por el agua hacia la orilla y Erika la había cogido del brazo. «Estoy bien», le había dicho Clementine, soltándose con esa rabia espantosa que llevaba sintiendo esas dos semanas pero, entonces, un segundo después, le había parecido notar algo resbaladizo y raro en una pierna e instintivamente había extendido el brazo hacia Erika. «No pasa nada», le había dicho su amiga con calma, amabilidad, tranquilizándola y sujetándola. Clementine aún podía ver el brazo húmedo de Erika sobre el suyo, el agua salada pegada como diamantes a su blanca piel y tres marcas rojas de feroces picaduras alrededor de su muñeca delgada y huesuda, como si fueran una pulsera. Las pulgas iban y venían de la casa de Erika como las estaciones.

Clementine dejó el arco e intentó imaginar su vida sin Erika: sin aquella exasperación a la que siempre seguía un sentimiento de culpa. Una melodía con solo dos notas: exasperación, culpa, exasperación, culpa. Cogió el arco y tocó deliberadamente la nota lobo una y otra vez, dejando que aquel sonido la exasperara y reptara por su canal auditivo, vibrando sobre su tímpano, colándose en su cerebro, zumbando en el centro de su frente.

Se detuvo.

«No tienes por qué soportar una nota lobo», le decía Ainsley. «Soluciónalo».

Al principio, cuando había probado el eliminador de notas lobo, había sido un alivio. Le llevó cierto tiempo darse cuenta de que, además de la nota lobo, algo más había desaparecido. Su sonido ya no era tan rico. Las notas que rodeaban a la nota lobo se habían enfriado, eran menos precisas. Se preguntó si aquello se parecía a la forma en que la gente se sentía cuando empezaba a tomar antidepresivos y su dolor desaparecía, pero el resto también se volvía más apagado: más monótono, más insulso, más anodino.

Al final, había llegado a la conclusión de que la nota lobo era el precio que tenía que pagar por el sonido de todos aquellos siglos que guardaban las curvas cobrizas de su violonchelo.

Tal vez Erika fuera su nota lobo. Tal vez sin ella a la vida de Clementine le habría faltado algo sutil pero esencial: cierta riqueza, cierta profundidad.

O tal vez no. Tal vez su vida habría sido maravillosa sin la presencia de Erika.

Clementine se dio cuenta de que tenía hambre. Dejó a un lado el violonchelo y, de camino a la cocina, cogió el horrible y nudoso collar de conchas y lo tiró directamente a la basura. Luego fue hacia la nevera y cogió un yogur, sacó una cucharilla del cajón y lo primero que vio fue la pala de helado con el oso polar que Sam había estado buscando la noche anterior. Hombres. Seguro que había estado delante de sus narices todo el tiempo.

Clementine abrió el yogur y se comió una cucharada. La verdad era que estaba buenísimo. Tan cremoso como prometían en el anuncio. Ella era bastante sensible a la publicidad, pero lo cierto era que aquel yogur estaba espectacular. Le recordó a la primera cucharada de comida después del ayuno.

Pero no había ayunado.

Una sensación creció en su interior. Una sensación de inquietud. Empezó a introducir la cuchara en el yogur y a comérselo demasiado rápido. Pensó en la melodía de apertura de *La consagración de la primavera*, de Stravinski. En el agudo fagot. En aquellos instantes extraños y erráticos que progresaban hacia un despliegue de euforia. Quería oír aquella obra. Quería tocar aquella obra, porque así era exactamente como se sentía en ese momento. Una emoción se arremolinaba en su pecho. ¿El yogur llevaría alguna droga? ¿O simplemente se sentía deliciosamente aliviada porque había demostrado que estaba más que dispuesta a donar sus óvulos pero en realidad no había tenido que hacerlo? Altruismo sin acción, ¡no había nada mejor que eso!

¿O sería que ya se había hartado de fustigarse por lo que había pasado? Nunca olvidaría aquella tarde, pero podía perdonarse a sí misma. Podía perdonar a Sam. Si él quería poner fin a su matrimonio por aquello, ella lo lloraría como si hubiera muerto, pero, qué demonios, lo superaría, sobreviviría. Clementine siempre había sospechado aquello sobre sí misma, que justo en el centro de su alma había una piedra irrompible, un instinto de autoconservación frío y duro. Moriría por sus hijas, pero por nadie más. No permitiría que un error, que una metedura de pata definiera su vida, y menos cuando Ruby estaba bien y la vida estaba ahí para vivirla.

Pensó en lo que le había dicho Erika: «Este es tu sueño, *Dummkopf*».

Aquel trabajo era suyo. Aquel trabajo le pertenecía. Clementine tiró el envase de yogur vacío, se chupó los dedos y volvió con el violonchelo, pero esa vez no para trabajar la técnica, sino para tocar música. En algún momento del camino se le había olvidado que lo importante era la música, el gozo puro y sin complicaciones de la música.

o va a robar! —anunció Holly, en voz alta y clara.

—¡Chis! —dijo Sam. Era imposible conseguir que Holly estuviera callada durante las películas.

—¡Que sí, mira! —exclamó la niña.

—Tienes razón, pero... —respondió Sam, antes de llevarse un dedo a los labios, aunque en realidad daba igual porque el cine estaba a rebosar de niños inquietos, parlanchines y fuera de sí por la lluvia, y de padres exhaustos.

Holly se metió un puñado de palomitas en la boca y se recostó en el asiento, con la mirada clavada en los colores parpadeantes de la película de Pixar. Ruby estaba al otro lado de Sam, chupándose el pulgar y acariciando las aspas de Batidora. Se le estaban cerrando los ojos. Pronto se quedaría dormida y se despertaría cinco minutos antes del final de la película, pidiendo que volvieran a ponerla desde el principio.

A Sam solían encantarle las películas buenas de animación, pero ni siquiera sabía de qué iba aquella. Estaba pensando en el trabajo y en cuánto tiempo más podría seguir evitando lo inevitable. Era el nuevo y todavía estaba «pillándole el tranquillo», aunque ya tendría que habérselo pillado. La gente debía de estar empezando a darse cuenta. El jefe de su departamento le había dicho que a lo mejor iba siendo hora de que invirtiera en un paraguas, mientras observaba perplejo la ropa empapada de Sam el día anterior. Todo iba a desmoronarse. Alguien acabaría diciendo que el tío raro nuevo no estaba haciendo nada.

«Lo pasado, pasado está, Sam. Tienes que superarlo, asumirlo, dejar un maldito paraguas en la entrada». ¿Por qué los pequeños detalles como aquel se le hacían tan cuesta arriba, últimamente? La cabeza de Ruby le golpeó suavemente el brazo. Él levantó el reposabrazos y la niña se acurrucó a su lado.

Clementine estaba empezando a superarlo. Había percibido algún cambio en ella tras la visita de Vid, Tiffany y Dakota. «Me siento mejor después de haberlos visto. ¿Tú no?», había dicho su mujer. Y a él le habían entrado ganas de gritar: «¡No! ¡Me siento peor! ¡Mucho peor!».

¿Se lo había gritado, en realidad? No lo recordaba. Se estaba convirtiendo en un gritón, como lo era su padre antes de que la edad lo suavizara.

Sam se revolvió en su asiento.

—Te estás retorciendo —susurró a gritos Holly.

—Perdón —dijo Sam. Las palomitas sabían a cartón con sal y mantequilla, pero no podía dejar de comerlas.

Sí, definitivamente algo estaba cambiando en Clementine. Parecía más impaciente y delicada, salvo que la delicadeza implicaba fragilidad y ella no parecía frágil, sino harta. Quería pasar página después de lo del accidente de Ruby y hacía bien. No tenía sentido mortificarse. No tenía sentido revivirlo una y otra vez. Sam siempre se había considerado el más resiliente de la relación, emocionalmente hablando. Clementine era la que se ahogaba en un vaso de agua, la que se ponía dramática, a veces incluso histérica, con nimiedades como sus audiciones, por ejemplo, aunque por supuesto las audiciones no eran una nimiedad, eran algo importante y estresante, él lo entendía, pero ella solía dejar que pudieran con ella. Una vez, Sam había oído cómo Holly le decía a Ruby: «Mamá está enferma de audición». Y él se había echado a reír porque eso era exactamente lo que le pasaba. Las audiciones le afectaban como un virus.

Pero ese no parecía ser el caso de esta última, aunque era una de las más importantes de su carrera. No comentaba absolutamente nada sobre ella. Se limitaba a ponerse a practicar. Sam ni siquiera tenía muy clara la fecha de la audición, aunque sabía que sería pronto.

Hace tiempo, habría sabido exactamente cuántos días faltaban para una audición, porque esos eran los días que pasarían hasta que volvieran a acostarse. Pero eso había sido hacía mucho tiempo, cuando el sexo aún era una parte natural y normal de la ecuación, antes de que se complicara. Era raro que el sexo se hubiera complicado tanto, porque durante muchos años para él era el aspecto menos complicado de su relación. Y habría apostado la cabeza a que seguiría siendo así.

Desde el principio, desde su primera vez, había sido algo muy natural. Sus cuerpos y sus libidos estaban perfectamente sincronizados. Él había tenido las suficientes relaciones como para saber que el sexo a menudo empezaba siendo incómodo antes de ser bueno, pero con Clementine había sido bueno directamente. Había otras señales de alerta en su relación: a él no le gustaba la música, ella nunca había salido con alguien que no fuera músico; él quería una gran familia y a ella le habría bastado un solo hijo. Pero nunca había habido una señal de alerta en relación con el sexo. De hecho, recordaba haber pensado, en su juvenil y estúpida inocencia, que su increíble compatibilidad sexual demostraba que estaban hechos el uno para el otro, porque durante el sexo eran honesta, real y verdaderamente ellos mismos. Lo demás eran meros detalles.

Sam y Clementine nunca habían necesitado hablar de sexo y eso había sido un alivio después de lo de Daniella, su anterior novia, con la que había estado a punto de casarse. A ella le encantaba discutir y diseccionar su vida sexual y a cada encuentro le seguía inmediatamente un interrogatorio sobre cómo alcanzar juntos mejores resultados la próxima vez. (Ella era asesora empresarial y, aunque no usaba exactamente esas palabras, Sam podía percibir su intencionalidad). Daniella no tenía ningún reparo en empezar una conversación en la mesa del desayuno con un comentario como: «Cuando te la estaba chupando anoche...», lo que hacía que Sam se atragantara con los cereales y se ruborizara como un monaguillo. («¡Qué mono!», gritaba Daniella).

Le encantaba que su vida sexual con Clementine siguiera teniendo cierto aire de misterio. Lo trataban con timidez y respeto. El sexo era como un bonito secreto que guardaban entre ellos.

Tal vez la actitud de Daniella era la correcta. Tal vez todo ese maldito respeto había sido su perdición, porque cuando su vida sexual fue cambiando poco a poco y empezó a ser superficial y apresurada, no encontraron las palabras para hablar de ello. Ni siquiera sabía si a Clementine seguía gustándole el sexo (y tampoco quería oír la respuesta si esta era negativa). Estaba empezando a venirle a la cabeza la idea de la «actuación». Todo seguía funcionando como debería, pero por primera vez en la vida había empezado a preguntarse cómo era él en comparación con los exnovios de Clementine; si su habilidad musical se traducía de alguna manera en su habilidad sexual.

Él sabía que probablemente no era nada. Que todos los padres con hijos pequeños pasaban por eso. Era tan común, que se había convertido en un tópico. Se decía a sí mismo que todo volvería a ser como antes. Cuando las dos niñas empezaran a dormir toda la noche de un tirón. Cuando ellos no estuvieran tan cansados y estresados. Llevaba tiempo esperando a que todo volviera a ser como antes.

Y la noche de la barbacoa parecía que Tiffany les estaba ofreciendo la llave de la puerta que sin querer se habían cerrado en las narices. Era la guapa maestra de ceremonias que gritaba: «¡Pasen y vean, amigos, si quieren volver a tener relaciones sexuales increíbles!». De repente todo había vuelto a parecer tan fácil. Lo había visto en la cara de Clementine. Y en la suya propia.

Y entonces el universo había considerado adecuado castigarles por su egoísmo de la forma más cruel imaginable.

Sam volvió a visualizarlo: Oliver y Erika levantando a su pequeña. Lo veía una docena de veces al día. Cien veces. Nunca, nunca lograría superarlo. No veía la forma de dejarlo atrás. No había solución. Tenía que cambiar algo. Arreglar algo. Romper algo. Recordó la cara de horror de Clementine cuando él le había hablado de separarse. Por un instante había parecido una niña asustada. Sam se había sentido mal, o era consciente de que debería haberse sentido mal, pero en realidad no había sentido nada. Se sentía extrañamente indiferente, como si fuera otra persona la que le estuviera diciendo aquellas cosas crueles a su mujer.

—Papá —dijo Holly—. ¡Te lo has comido todo!

Sam miró el cubo vacío de palomitas.

—Lo siento —susurró. Ni siquiera recordaba habérselas comido.

—¡No es justo! —exclamó Holly, con su rostro iracundo iluminado por la luz de la pantalla.

—¡Chis! —le dijo su padre, con impotencia. Le picaba la garganta y tenía trocitos de maíz entre los dientes.

—¡Pero casi no he comido ninguna! —se quejó la niña, con un tono de voz demasiado elevado. Alguien murmuró contrariado en la fila de atrás.

—Si no puedes estar callada, nos vamos —le dijo Sam en voz baja y temblorosa.

—¡Papá comilón! —gritó la niña, antes de coger el envase y tirarlo al suelo del pasillo, a su lado. Lo había hecho con premeditación y alevosía. No podía pasarlo por alto.

Mierda. Cogió el paraguas empapado que tenía a sus pies, se puso el peso muerto de Ruby sobre el hombro, se levantó y agarró a Holly por la muñeca. Sam notó un dolor punzante en la parte baja de la espalda.

Holly se puso hecha una fiera cuando la levantó del asiento y la sacó al pasillo.

«Consecuencias». Él y Clementine se burlaban de ese tipo de jerga parental, pero Holly y Ruby tenían que aprender lo que a Sam le había llevado tantos años descubrir: que la vida era una sucesión de consecuencias.

74

*O*liver decidió salir a correr bajo la lluvia.

Se arriesgaba a resbalar en las aceras mojadas y a recaer en el catarro que había tenido, pero en ese momento necesitaba urgentemente aclararse las ideas porque su mujer era una vulgar ladrona y por culpa de eso nunca sería padre.

Estaba relacionando erróneamente la causa y el efecto, pero estaba muy enfadado. Cabreado. Conmocionado.

Se ató con doble nudo los cordones de las zapatillas, se levantó, hizo unos cuantos estiramientos, abrió la puerta principal y a punto estuvo de volver a cerrarla porque llovía a cántaros, pero no podía soportar estar dando vueltas por casa mientras sus pensamientos correteaban como ratones acorralados.

Correr le despejaría la mente. Su sistema nervioso liberaría una proteína que estimulaba partes del cerebro relacionadas con la toma de decisiones.

Oliver respiró hondo y salió afuera. Vid y Tiffany tenían invitados, naturalmente. Había una hilera de coches en el camino de acceso a su casa y a los lados de la calle sin salida. Eran unas personas extremadamente sociables.

Mientras salía corriendo del callejón sin salida, Oliver valoró su propio círculo de amistades, notablemente menor que el de sus vecinos. Le vendría bien hablar de aquello con alguien, pero no tenía a nadie.

No tenía ningún amigo al que llamar para tomarse «una cerveza en silencio». En realidad, ni siquiera bebía cerveza. Y sus amigos bebían batidos de proteínas en la cafetería de la tienda de dietética del barrio tras un paseo en bici matutino de treinta kilómetros, mientras comentaban sus rutinas de entrenamiento para la próxima media maratón. Le gustaban sus amigos, pero no tenía ningún interés en escuchar sus problemas personales y, por lo tanto, no podía compartir los suyos con ellos. No podía inclinarse sobre su batido de proteínas y decir: «Mi mujer le roba cosas a su mejor amiga desde que era una niña. ¿Qué me recomendáis? ¿Debería preocuparme?».

De todos modos, tampoco sería capaz de traicionar así a Erika hablando de ella con otro hombre.

Si fuera una conversación confidencial con una mujer, sería otra cosa. Tal vez si tuviera una hermana, o una madre. Técnicamente sí tenía una madre. Pero no era del tipo adecuado. Los robos de Erika le parecerían para morirse de risa o para llorar de pena, dependiendo de dónde se encontrara en aquel momento el péndulo de su estado de ánimo.

Pasó un coche y tocó el claxon. Le resultó difícil distinguir si lo hacía para animarlo o para burlarse de él.

Si Erika hubiera empezado a acumular cosas, podría haberlo asumido. Incluso se había preparado mentalmente para aquella remota posibilidad, a pesar de su obsesión constante por el orden. Estaba preparado para la depresión (muy frecuente durante la FIV), para el cáncer de mama, para un tumor cerebral, para una muerte accidental e incluso para una aventura con alguien de su trabajo (confiaba en ella, pero al parecer su director era un mujeriego), pero no para eso. No para el hurto. Eran personas de moral intachable. Sus finanzas estaban escrupulosamente en orden. A Erika y a él no les importaría que les hicieran una auditoría. Incluso animarían a Hacienda a hacérsela.

Necesitaba unas gafas con limpiaparabrisas. Oliver se las quitó sin parar de correr e intentó secarlas con el borde de la camiseta, pero no sirvió de nada.

Erika le había afanado sus cosas a Clementine como un carterista de las novelas de Dickens. Aquello era incomprensible. Le había prometido que iba a dejar de hacerlo y que, poco a poco, le iría devolviendo lo que pudiera pero, en el mundo de Oliver, la gente nunca dejaba de hacer nada. Sus padres habían prometido dejar de beber. La madre de Erika había prometido dejar de acumular cosas. Y en el momento lo creían de verdad. Él lo sabía. Pero no podían parar. Era como pedirles que aguantaran la respiración. Podían hacerlo solo durante un rato, antes de tener que volver a coger aire.

Pasó otro coche y un adolescente sacó casi medio cuerpo por la ventana para gritarle: «¡Fracasado!».

Allí el deporte era una actividad de riesgo. Los coches podían reírse de ti e incluso insultarte.

Dobló la esquina en Livingston. Volvió a notar una punzada en la rodilla izquierda.

En ese momento, Erika estaba en casa de Clementine diciéndole que al final no necesitarían que donara sus óvulos. Lo habían hablado y estaban de acuerdo en que sería más correcto decírselo en persona. Ella había invertido su tiempo en hacerse analíticas y en rellenar todo el papeleo. Y a ellos no les gustaba hacer perder el tiempo a la gente.

Había sido decisión de Oliver, por los desagradables comentarios que Erika había oído hacer a Clementine. Aquella idea le repugnaba. «Menuda zorra», pensó mientras pisaba un charco y se salpicaba con el agua. Clementine no era una zorra.

Clementine le caía bien, pero lo que había dicho era de lo más desagradable e innecesario.

Pensó en la carita de Erika (tenía una carita preciosa) y en su expresión mientras estaba allí de pie, en medio del pasillo, escuchando aquellas horribles palabras. Oliver apretó los puños. Sintió la imperiosa necesidad de pegarle a Sam porque, evidentemente, no podía pegarle a Clementine.

Pero se le pasó, como solía suceder con los deseos primarios. Nunca en la vida le había pegado a nadie.

De todos modos, aunque Clementine no hubiera dicho lo que dijo, estaba claro que la relación de Erika con ella era demasiado... ¿extraña?, ¿complicada?, ¿disfuncional?, para seguir adelante con aquello.

«De ninguna manera», le había dicho a Erika. «No puede ser nuestra donante. Eso no va a suceder. Se acabó. Fin».

No sabía si se sentía aliviado o si estaba destrozado.

Había sido muy inflexible pero ahora, mientras corría y sentía su ropa cada vez más pesada y húmeda (cualquiera habría supuesto que existía un punto de calado total en que no se podría mojar más, pero al parecer no era así), empezaba a lamentar su decisión. Tal vez se había precipitado.

Era como otra pérdida más. Siempre pensaba que hacía bien al evitar la esperanza. Siempre se decía a sí mismo que no tenía expectativas, pero cada nuevo fracaso le dolía tanto que se daba cuenta de que en realidad la esperanza estaba allí, revoloteando seductoramente en su subconsciente. Y no resultaba cada vez más fácil. Cada vez era peor. Tenía efecto acumulativo. Pérdida sobre pérdida. Como el esguince que tenía en el ligamento de la rodilla izquierda.

Bueno, ¿y ahora qué? ¿Una donante anónima? Eran demasiado difíciles de encontrar, a no ser que cruzaran el charco. La gente lo hacía. Ellos también podían hacerlo. Él podía hacerlo. Haría cualquier cosa por tener un hijo biológico. Lo que no tenía tan claro era si Erika sería capaz. Tenía la terrible sospecha de que si él le decía que se olvidaran del bebé, la primera expresión que vería en su cara sería de alivio.

Se le puso el corazón a mil. Se oía jadear a sí mismo. Normalmente no se oía jadear. Aquel catarro había afectado a su forma física. Se concentró en respirar al ritmo de sus pisadas.

Vio venir un coche azul hacia él por el lado contrario de la calle y se dio cuenta de que era Erika, que volvía a casa después de ir a ver a Clementine.

Oliver se detuvo, con las manos en las caderas, para recuperar el aliento mientras la veía acercarse. Todavía no le veía la cara, pero sabía perfectamente cómo iría conduciendo, encorvada sobre el volante como una ancianita, con dos profundas arrugas en el entrecejo. No le gustaba nada conducir con lluvia.

Aquel entrecejo fruncido había sido lo primero que le había llamado la atención de ella cuando trabajaban juntos, mucho antes de que hicieran las tablas para el campeonato de squash. No sabía por qué le atraía tanto. Tal vez porque aquello indicaba que se tomaba la vida en serio, como él, que se preocupaba y se concentraba, que no iba por ahí flotando sobre la superficie, pasándoselo de miedo. Él nunca se lo había contado. Las mujeres querían que se fijaran en sus ojos, no en su entrecejo.

No debía de haberse entretenido en casa de Clementine después de darle la noticia.

El coche se detuvo a un lado de la carretera. Erika bajó la ventanilla y se inclinó sobre el asiento del copiloto para levantar la vista hacia él, alarmada.

—¡No deberías correr con este tiempo! —le gritó—. ¡Podrías resbalar! Ni siquiera has acabado de tomar los antibióticos.

Oliver fue hacia el coche, abrió la puerta y se sentó a su lado. En el coche hacía calor. Erika llevaba puesta la calefacción.

Él estaba chorreando y el agua se acumulaba en charcos a su alrededor sobre el asiento de cuero. La oía chapotear. Recordó la noche que sacaron a Ruby de la fuente; cómo habían trabajado conjuntamente sin necesidad de hablar, simplemente habían actuado. Formaban un buen equipo.

Erika seguía encorvada sobre el volante y lo miraba en silencio, frunciendo ferozmente el ceño. Oliver le puso una mano sobre la mejilla.

—Lo siento —dijo, y se dispuso a retirar la mano—. Estoy empapado.

Pero Erika se lo impidió e inclinó su cara cálida sobre la palma de su mano helada.

75

La casa de Vid estaba llena de gente y de música, y olía a buena comida, que era lo que a él le gustaba, lo que a él le encantaba. ¿Qué sentido tenía tener una casa tan grande como aquella si no la llenabas de gente?

No hacía falta ningún motivo especial. ¿Por qué iba a hacer falta alguno? ¡De eso nada! Era algo espontáneo. Había hecho algunas llamadas y la casa estaba llena. Seguía lloviendo, por supuesto, pero eso no significaba que hubiera que dejar de divertirse, allí dentro estaban calentitos y secos. ¡La lluvia no les impediría vivir sus vidas! ¡Deberían hacer aquello más a menudo! ¡Deberían hacerlo todos los fines de semana!

Esa tarde sus cuatro hijas estaban allí y en ese momento hablaban todas con él, un acontecimiento poco frecuente y maravilloso. Por supuesto, las mayores lo hacían de forma interesada, pero ¿qué importaba? Así era la paternidad.

Adrianna quería que accediera a hacer una coreografía padre-hija en su boda. La grabarían y luego la colgarían en YouTube. Su sueño era que se hiciera viral. Él la complacería, desde luego, aunque estuviera fingiendo que le parecía una idea horrible. (De hecho, ya tenía algunos pasos en mente).

Dio por hecho que Eva y Elena querían dinero y por supuesto lo conseguirían. Se lo transferiría a sus cuentas esa misma noche, en cuanto se fueran. Lo único que no tenía claro era qué cantidad. Así podría calibrar la habilidad para negociar de sus hijas. Eva se pondría histérica en cuestión de segundos, aunque él había intentado explicarle que la histeria dejaba de ser una táctica de negociación eficaz a partir de los dos años de edad.

Su bebé, Dakota, no quería nada. Volvía a estar contenta, aunque él en realidad no se había dado cuenta de lo triste que había estado su pequeño angelito. La idea de Tiffany de aparecer por sorpresa en casa de la violonchelista había sido excelente, aunque ni siquiera les habían ofrecido algo para beber. Había sido maravilloso ver a Ruby tan contenta y sana después de aquella noche terrible. Se había quitado un enorme peso de encima. Había salido de aquella casa diminuta y estrecha más erguido y ligero (y más sediento).

Clementine y Sam no habían estado muy comunicativos y se habían comportado de forma extraña, ¡pero habían invitado a Dakota a la fiesta de cumpleaños de Holly! Ojalá se acordaran de alimentar a los invitados. Llevaría algo de comida, por si acaso. Tenía la esperanza de que todavía pudieran volver a ser todos amigos. Tiffany no era tan positiva como él. Dijo que solo habían invitado a Dakota al cumpleaños, no a ellos. Que seguramente tendrían que dejar a la niña en su casa y marcharse. Pero a él eso le parecía un disparate. Llevaría albóndigas. Y una caja de champán.

—¿Te diviertes? —le preguntó Tiffany cuando se lo encontró en la cocina. Ambos iban a buscar más platos de comida para repartir.

—¡No! ¿Por qué hacemos esto? ¡Yo solo quería una noche tranquila en casa y mira! ¡Está llena de gente hambrienta! ¿Cómo ha sucedido?

—No tengo ni idea. Es un misterio —respondió Tiffany, cerrando la puerta de la nevera con la cadera y sonriéndole, con ambas manos llenas de bandejas—. Al parecer, mañana saldrá el sol. Deberíamos invitar a todo el mundo a quedarse a dormir para hacer una barbacoa a mediodía. ¡Todo el fin de semana de fiesta!

—¡Excelente idea! —exclamó Vid. Sabía que su mujer bromeaba, pero se preguntaba si aquello era una posibilidad.

La besó y le metió la lengua lo justo para que ella exclamara «¡Vid!», pero ella le devolvió lo mismo que había recibido. Le gustaba sorprenderlo.

—¡Por favor, id a una habitación! —gritó el primo de Vid, mientras entraba en la cocina y volvía a salir directamente.

Tiffany arqueó una ceja y se fue moviendo las caderas de forma exagerada, solo para él.

Había algo más que hacía feliz a Vid y que también tenía que ver con Tiffany. ¿Qué era? ¿Estaría perdiendo la cabeza? ¡No! Su mente era infalible, sin duda. Se trataba de la pequeña cuestión de aquel capullo. Estaba bajo control. El día anterior, Tiffany había vuelto del nuevo colegio de Dakota y le había contado que se había encontrado a la mujer de aquel antiguo cliente suyo y que al final su hija no iba a ir al Saint Anastasias.

Lo cual estaba muy bien, porque él sabía que ella se había acostado con aquel capullo.

Y lo sabía por su fosa nasal izquierda.

Vid jugaba al póquer una vez al mes con un grupo de amigos. Su colega Raymond le había contado hacía años cómo los jugadores de póquer intentaban captar las «señales» de los demás: los pequeños gestos que hacían cuando se tiraban un farol. Raymond le había dicho: «Tú, amigo mío, haces como una docena de señales. Parpadeas, guiñas los ojos, tienes tics, prácticamente te da un ataque, eres el peor farolero del mundo».

Sin embargo, a Vid le iba bien en el póquer porque, por muy malo que fuera echando faroles, era el que más suerte tenía. Se llevaba manos buenísimas. Siempre había sido un hombre afortunado. Tenía muchísima suerte en los negocios, tenía un montón de buenos amigos, se había casado con dos mujeres maravillosas, aunque la primera había resultado ser una zorra chalada que había intentado poner a sus hijas en contra de él, pero no pasaba nada, porque con su segunda mujer había tenido aún más suerte. Era una Viagra andante y él la amaba con locura.

Tiffany era una gran jugadora de cartas. No tenía tanta suerte como él, pero sí tenía una maravillosa «cara de póquer». Con él le había funcionado durante años, pero un día descifró su código.

Tiffany tenía una señal reveladora. La fosa nasal izquierda. Cuando mentía o se tiraba un farol, su fosa nasal temblaba. Una sola vez. Era un movimiento imperceptible. Como el ala de una mariposa.

Vid lo había confirmado analizando a su esposa en aquellas ocasiones en las que sabía a ciencia cierta que no decía la verdad. Por ejemplo, cuando respondía a las preguntas de Dakota sobre Papá Noel, o cuando les decía a sus hermanas que volaba en clase turista, cuando en realidad había reservado billetes en primera. Sus hermanas tenían un extraño problema con lo de volar en primera, como si fuera un pecado.

Era una prueba concluyente. La fosa nasal nunca mentía. Por supuesto, nunca se lo había dicho a Tiffany, porque aquello le venía fenomenal. Era su superpoder secreto para ver más allá de su cara de póquer. (Por desgracia, la lencería roja que le había regalado en Navidad no le había gustado nada).

Así que cuando le había preguntado a su mujer si se había acostado con él, lo único que tuvo que hacer fue observar su fosa nasal para saberlo.

Ella le había dicho que no, pero la respuesta era sí. Sí, se había acostado con él.

¡No pasaba nada! ¡No había problema!

Salvo uno sin importancia. Que si Vid iba, por ejemplo, a un concierto del colegio y veía a aquel capullo mirando a su mujer de forma irrespetuosa, podía sentir la tentación de partirle la cara. Lo acusarían de amenazas y agresión.

O si, por ejemplo, él y aquel capullo acababan cocinando juntos salchichas a la brasa para venderlas (las ventas de salchichas a la brasa eran un clásico, aunque pagaras un millón de pavos en tasas escolares) y él hacía algún comentario sobre Tiffany. Aunque fuera un comentario inocente, Vid podía tomárselo a mal por lo que ya sabía y podía llegar a casa sin parar de darle vueltas al tema, porque a veces la mente era así, y, en un arrebato de locura, podía llamar por teléfono a su amigo Ivan para hacer que le rompiera las piernas a aquel capullo.

Ivan siempre le decía a Vid que, si necesitaba partirle las piernas a alguien, él era su hombre. Tiffany decía que bromeaba. Ivan no bromeaba.

¡Pero...! Todo había salido bien porque aquel capullo iba prudentemente de camino a Dubái con las piernas intactas. Así que Vid no acabaría en la cárcel. Nunca había quebrantado las normas intencionadamente, pero podía hacerlo. Tenía el potencial necesario. Tal vez no para matar a nadie, pero desde luego sí para dejarlo lisiado, y no quería ir a la cárcel. La comida. La ropa. Vid se estremeció al pensarlo.

Así que, de momento, Vid no corría peligro de infringir la ley. Menos mal que tenía suerte. Por eso estaba tan feliz. Y la reputación de Dakota en el colegio estaba a salvo. Podría ser la delegada, si quería. Seguro que a aquella gente le encantaba Dubái. ¡Era un lugar muy interesante! Justamente el otro día había leído un artículo sobre el Festival Gastronómico de Dubái. Tenían una cosa que se llamaba «La gran parrilla». Sonaba estupendamente.

—¿Por qué estás tan contento? —le preguntó Dakota—. ¿Y tan tontito?

Vid miró a su hija, que acababa de entrar en la cocina para devolver una bandeja vacía. La niña levantó la vista hacia él y su padre se fijó en los hoyuelos de sus mejillas. Estaba realmente guapa en ese momento. «Santa María, madre de Dios, por favor no dejes que cuando crezca sea tan sexy como su madre».

—Porque soy feliz, ¿sabes? —respondió Vid, y levantó a Dakota por las axilas y empezó a darle vueltas. A sus hermanas mayores ya no podía darles vueltas. (De hecho, Eva debía de pesar lo mismo que una camioneta)—. Y tú, ¿eres feliz?

—Bastante —repuso Dakota—. ¿Cuántos minutos faltan para que pueda irme a mi cuarto a leer el libro un rato? —le susurró a su padre al oído a continuación.

—Treinta —contestó Vid.

—Diez —dijo Dakota.

—Veinte —repuso Vid—. Es la última oferta.

—Trato hecho —señaló Dakota, tendiéndole la mano.

Cerraron el trato con un apretón de manos y Vid volvió a dejar a su hija en el suelo. El volumen de la música en la parte delantera de la casa subió hasta el nivel de una discoteca.

—¡Hala! —exclamó alguien, en un tono escandalizado. Aquello solo podía significar que Tiffany estaba bailando.

—¿Dónde está Vid? —gritó otra persona.

—¡Ya voy! —bramó Vid.

Era una suerte que Harry, el vecino de al lado, descansara en paz.

76

Clementine se despertó con una maravillosa ausencia de sonido.

Lo único que se escuchaba era silencio y la familiar y efervescente melodía de la risa de un cucaburra que le puso la piel de gallina, como si llevara mucho tiempo fuera de Australia y por fin hubiera vuelto a casa. Clementine abrió los ojos y se topó con una luz límpida, deslumbrante y llena de significado.

—Ha parado —le dijo en voz alta a Sam—. Por fin ha parado.

No se había permitido creer la promesa del meteorólogo de que el domingo haría sol. Se dispuso a despertar a Sam, sacudiéndole el brazo, pero luego vio su lado de la cama vacío y recordó que él no estaba allí. Estaba durmiendo en el estudio, como hacía últimamente. Se sintió humillada por haber hablado en voz alta. Su ausencia aquella mañana alegre y esperanzadora le volvió a causar dolor, como si fuera algo nuevo.

Suspiró y se puso boca abajo para levantar el borde de la cortina y ver el nuevo color azul claro del cielo.

Llevarían a las niñas a pasear al sol. Un momento, no podían, porque Sam y ella tenían un curso de primeros auxilios en el instituto del barrio. Ya lo habían aplazado varias veces y estaba decidida a hacerlo ese día. No podía ir por Sídney dando charlas, contándole a la gente lo importante que era hacer un curso de primeros auxilios, como si fuera una especie de representante del bien mundial, y dándole sus folletitos, cuando ella nunca había hecho ninguno.

Los padres de Sam iban a cuidar a las niñas durante el día. «¡La verdad es que será muy divertido y estimulante aprender algo nuevo juntos!», había dicho la madre de Sam, esperanzada. En el tono de Joy había un regusto a Pam bastante sospechoso. Sus madres habían estado cotilleando. Seguro que la madre de Clementine había llamado a la de Sam, preocupada por el estado de su matrimonio.

Era curioso cómo un matrimonio se volvía público en cuanto se tambaleaba.

Clementine miró el reloj y vio que había dormido más de lo habitual. Eran más de las seis, pero no pasaba nada. Todavía tenía tiempo para dos buenas horas de práctica antes de que las niñas se despertaran. Ya solo faltaba una semana para la audición. Aquella era la recta final. Había que programarla bien, como un atleta, para rendir al máximo el día de la prueba. Se puso su vieja chaqueta de punto azul deforme sobre el pijama (por alguna razón, aquella chaqueta se había convertido en su chaqueta de practicar) y bajó sigilosamente las escaleras. La ausencia del sonido de la lluvia hacía que tuviera la sensación de encontrarse en un espacio enorme, como si acabara de salir del diminuto cuarto de calentamiento de una sala de conciertos. No se había dado cuenta de lo opresivo que era aquel sonido de fondo.

Mientras Clementine cogía el arco, el sol moteado de polvo del amanecer creaba diminutos destellos de luz que parecían gemas por toda la habitación: sobre el cristal del reloj de péndulo, sobre el marco de un cuadro, sobre un jarrón. De repente, Clementine sintió una profunda sensación de paz en relación con su evolución. Le vino a la cabeza la extraña idea de que no se estaba resistiendo a aquella audición, como tantas veces había hecho en el pasado. No estaba invirtiendo una energía preciosa en quejarse de lo injusto que era el sistema: del exceso de músicos cualificados en el circuito de audiciones, del hecho de que una audición no tenía nada que ver con la habilidad para tocar de un músico. El accidente de Ruby, de alguna forma, la había despojado de lo que ahora le parecía una especie de orgullo quisquilloso, de un miedo camuflado de rabia.

—Buenos días —dijo Sam, de pie en el umbral de la puerta.

—Buenos días —respondió Clementine, bajando el arco—. Has madrugado.

—Ha parado de llover —comentó su marido, con aire taciturno, antes de bostezar abriendo la boca de par en par. Bajo la luz del sol se le veía muy pálido y demacrado. Clementine tenía ganas de abrazarlo y, al mismo tiempo, de darle un bofetón—. Puedo llevarme a las niñas al parque, para que puedas practicar.

—Hoy tenemos el curso de primeros auxilios, ¿no te acuerdas? —dijo Clementine.

—Creo que paso —replicó Sam. Cada una de sus palabras era un suspiro, como si el mero hecho de hablar le supusiera esfuerzo—. Me quedaré en casa con las niñas. Ya lo haré en otro momento. No me encuentro demasiado bien.

—Estás perfectamente y lo vas a hacer —dijo Clementine, como si Sam fuera una de sus hijas—. Las niñas están emocionadas por pasar el día con tus padres. Han hecho planes.

Su marido emitió un sonido, una exhalación de agotamiento, como un anciano que ve un tramo más de escaleras que debe subir.

—Vale. Tú misma —repuso Sam, antes de dar media vuelta y largarse. Era como estar casada con un octogenario que hablaba como un adolescente.

—¡Empieza a las diez! —le gritó Clementine, con energía. Esa mañana se sentía muy enérgica, era la pura esencia de la energía, y como él no recuperara la compostura pronto, pensaba decirle enérgicamente que él no era el único capaz de ir por ahí soltando palabras dramáticas y dolorosas como «separación».

77

No es precioso? —dijo Oliver.

—¿El qué? —preguntó Erika. Estaban en el repugnante y cenagoso jardín delantero de su madre; no parecía muy probable que allí hubiera nada bonito que ver. Miró hacia donde estaba mirando Oliver y vio el liquidámbar de su madre, que tenía las hojas cubiertas de brillantes gotas de lluvia que se estremecían bajo el sol.

—Mira cómo brillan. ¡Parecen diamantes pequeñitos! —comentó Oliver.

—Estás en plan poético —replicó Erika. Debía de ser porque la noche pasada lo habían hecho por primera vez en una semana.

Erika volvió a centrarse en las pertenencias de su madre. Ahora que había salido el sol, todo parecía aún más deprimente que el día que había estado allí bajo la lluvia. Le dio una patada a una caja de cartón cerrada, blanda y hundida que tenía una etiqueta de Amazon y el charco de agua sucia que tenía encima le empapó el pie. Una hoja se le quedó pegada a un zapato e intentó sacudírsela.

—¿Qué haces, cariño? ¿Bailar *country*?

La madre de Erika apareció en el jardín delantero con un pañuelo de lunares rojo y blanco atado a la cabeza y un mono vaquero, como un ama de casa de los años cincuenta dispuesta a hacer la limpieza de primavera. Llevaba los pulgares enganchados en los bolsillos del mono (que parecía nuevo) e hizo un paso de baile mientras tarareaba una estridente canción.

—A ti sí que se te da bien el baile, Sylvia —dijo Oliver.

—Gracias —respondió la mujer—. Tengo un DVD para aprender a bailar *country* en algún sitio, por si te interesa.

—Seguro que no te cuesta nada encontrarlo —señaló Erika.

Sylvia encogió ligeramente los hombros.

—En fin —dijo. Luego observó el jardín y suspiró—. Madre mía. Qué desastre. Qué cantidad de lluvia, ¿verdad? Tenemos una ardua tarea por delante —añadió. El delirio del día de Sylvia era que su jardín delantero estaba así por culpa de la lluvia—. Bueno, no somos los únicos —comentó, elevando con valentía la barbilla—. Todo el estado está ahí fuera arrimando el hombro, limpiándolo todo.

—Mamá. A esas personas se les han inundado sus casas. Esto no es por culpa de una inundación, ni por la lluvia. Es una riada de basura.

—Esta mañana estaba viendo la televisión y me he sentido inspirada —continuó diciendo su madre, ajena a todo—. Los vecinos ayudándose entre sí. Se me llenaron los ojos de lágrimas.

—Oh, por el amor de Dios —exclamó Erika.

Oliver le puso una mano en el hombro.

—Las cosas que no podemos cambiar —susurró.

Aquella era la plegaria de la serenidad. Oliver iba a reuniones de Alcohólicos Anónimos para familiares. Pero Erika no quería aprender a serenarse.

—¿Qué es eso, Oliver? —preguntó Sylvia—. Por cierto, ¿cómo están tus maravillosos padres? ¿No les ha afectado la lluvia? —añadió. Aquella mujer era punzante como una chincheta—. Hace tiempo que no los veo. Deberíamos quedar para tomarnos una copa.

—Mamá —dijo Erika.

—Pues sí —respondió Oliver—. Aunque, como bien sabes, mis padres se tomarían diez o veinte copas.

—Ay, son divertidísimos —exclamó Sylvia con cariño.

—Sí —repuso Oliver—. Lo son. Mira, ahí viene nuestro contenedor de basura.

—Muy bien. ¿Qué puedo hacer? —preguntó Sylvia, mientras el camión aparcaba en el camino de acceso y bajaba lentamente el enorme contenedor.

—Quitarte de en medio —propuso Erika.

—Ya, pero me necesitaréis para aseguraros de no tirar sin querer algo importante. ¿Sabes qué encontré el otro día, dentro de una caja de periódicos viejos? ¡Una fotito divertidísima en la que salíamos tú, Clementine y yo!

—Eso sí que es raro —dijo Erika.

—¿Cómo que es raro? ¡Espera y verás! Seguro que te ríes. ¡Imagínate que hubiéramos tirado ese recuerdo maravilloso! Clementine y tú debíais de tener unos doce años, creo yo. Clementine está jovencísima y muy guapa. La otra noche parecía un poco cansada, la verdad, no está envejeciendo bien. Deberías fijarte en ella, Oliver. ¡Así sabrás el aspecto que podría llegar a tener tu futura hija!

La cara de Oliver se ensombreció.

—Eso ya no va a pasar.

—¿Qué? ¿Se ha echado atrás? ¿Después de haberle salvado la vida a su hija?

—Nosotros nos hemos echado atrás —dijo Erika—. No ella. Nosotros. Hemos cambiado de opinión.

—Ah —repuso Sylvia—. Pero ¿por qué? Qué mala noticia. ¡Estoy destrozada! —Erika observó sorprendida cómo su madre olvidaba convenientemente lo que había dicho el jueves por la noche para hacerse la víctima—. ¡Dejasteis que me hiciera ilusiones! Creía que iba a ser abuela. Y yo mirando a esas preciosas niñitas en casa de Pam y pensando lo bien que estaría tener una nieta propia. Quería enseñarle a coser, como me enseñó mi abuela a mí.

—¿Enseñarle a coser? —exclamó Erika—. ¡Tú nunca me enseñaste a coser!

—Porque seguro que nunca me lo pediste —dijo Sylvia.

—No te he visto con aguja e hilo en toda mi vida.

—Voy a pagarle el contenedor al conductor —dijo Oliver.

—Voy adentro a ver si encuentro esa fotito tan graciosa —anunció Sylvia rápidamente por si acaso, Dios no lo quisiera, alguien esperaba que ella pagara algo.

Erika aprovechó para sacar unos guantes de goma, agacharse y recoger un cesto de la colada roto lleno de porquerías varias: una muñeca sin cabeza, una toalla de playa empapada, una caja de *pizza*. Lo llevó todo al contenedor de basura y lo tiró dentro con fuerza, como si fuera una granada. La basura aterrizó golpeando el metal. Al tirar cosas, siempre notaba una sensación de miedo y de emoción, como si estuviera corriendo para entrar en batalla con un grito de guerra.

—Vaya, tenéis para rato —comentó el tipo del contenedor de basura mientras doblaba el impreso amarillo que Oliver le había dado y se lo metía en el bolsillo de atrás. Luego cruzó los brazos sobre su enorme pecho y observó el jardín delantero con cara de auténtica repugnancia.

—¿Quieres echar una mano? —le preguntó Oliver.

—¡Ja, ja! Qué va, yo paso, tío. ¡A mí no me líes! —respondió el hombre, que seguía allí plantado meneando la cabeza, como si hubiera ido a supervisarlos.

—Pues ya te estás largando —le espetó Erika, enfadada. Oyó cómo Oliver reprimía una carcajada mientras ella daba media vuelta para coger el viejo árbol de Navidad. Un árbol de Navidad, ni más ni menos. Erika no recordaba haber tenido nunca un árbol de Navidad de niña y, sin embargo, allí estaba aquel árbol viejo y destrozado con una triste tira de espumillón dorado.

El conductor se alejó estruendosamente en su camión, y Erika tiró el árbol de Navidad al contenedor mientras Oliver cogía un ventilador de pie roto con una mano y una bolsa de basura con la otra.

La madre de Erika salió por la puerta principal triunfante, sujetando una pequeña foto entre los dedos índice y pulgar. Era un milagro que hubiera encontrado algo.

—¡Mira la foto! —le dijo a Erika—. ¡Verás cómo te ríes!

—Verás cómo no —replicó Erika, cortante.

Su madre se inclinó y le quitó un pedacito de espumillón dorado de la camisa.

—Seguro que sí. Mira.

Erika cogió la foto y se echó a reír a carcajadas. Su madre empezó a danzar a su alrededor, abrazándose a sí misma, encantada.

—¡Te lo dije, te lo dije!

Era una foto en blanco y negro, con mucho grano, en la que salían ella, su madre y Clementine en una montaña rusa. La había hecho una de esas cámaras automáticas que ponían para inmortalizar las reacciones de los pasajeros en el momento más aterrador de todo el recorrido. Las tres tenían la boca abierta de par en par, inmortalizadas para siempre en pleno grito. Erika estaba inclinada hacia delante, aferrándose con ambas manos a la barra de seguridad, como si la estuviera empujando para ir aún más rápido mientras echaba la cabeza hacia atrás. Clementine tenía los ojos cerrados y apretados, y su cola de caballo flotaba en posición vertical sobre su cabeza como si fuera el gorro del papa. Sylvia tenía los ojos como platos y ambos brazos levantados en el aire, como una chica borracha bailando. Una mezcla de diversión a raudales y miedo. Eso era lo que se veía en aquella foto. Daba igual lo poco realista que fuera, no podías mirarla sin reírte. Ella y Clementine llevaban el uniforme del colegio.

—¿Lo ves? ¿No te alegras de que la haya guardado? —dijo Sylvia—. Enséñasela a Clementine. ¡A ver si se acuerda de ese día! ¡La verdad es que yo no recuerdo ese día en concreto, pero se ve lo felices que estábamos! ¡No finjas que tuviste una infancia horrible, tuviste una infancia maravillosa! Con todas aquellas montañas rusas, ¿recuerdas? Madre mía, me encantaban las montañas rusas. Y a ti también. —De repente, algo le llamó la atención—. Oliver, ¿qué tienes ahí? ¡Déjame verlo! —exigió. Oliver, que rodeaba con ambos brazos una caja de cartón que se estaba desintegrando, se apresuró a ir hacia el cubo de basura, mientras Sylvia corría detrás de él, gritando—. ¡Oliver! ¡Oliver!

Así era la vida con Sylvia: absurda, grotesca, exasperante y, en ocasiones, muy de vez en cuando, maravillosa. Ese día se suponía que tenían que estar en clase. Era a finales de noviembre y el verano estaba a la vuelta de la esquina. Erika cumplía doce años ese día. No, hacía una semana que Erika había cumplido doce años y su madre se había olvidado de su cumpleaños. Sylvia tenía problemas con las fechas, pero esa vez había decidido redimirse con un gesto espontáneo y extravagante. Había aparecido en el colegio y había hecho salir a las dos niñas de clase para ir de excursión a Luna Park sin el permiso o el consentimiento de los padres de Clementine, por cierto. Algo que hoy en día era impensable; a Erika le horrorizaba que el colegio lo hubiera permitido. Las consecuencias legales serían abrumadoras.

A Clementine no le dejaban montarse en las montañas rusas porque a su madre le daban pánico. Le había afectado mucho un accidente que había habido en una atracción de una feria en el campo, en el que habían muerto ocho personas, años antes de que nacieran Clementine y Erika. «No revisan esos trastos», decía siempre Pam. «Son trampas mortales. Desgracias en potencia».

Pero a Erika y a Sylvia les encantaban las montañas rusas y cuanto más aterradoras, mejor. Nada de decisiones, de control, ni de discusiones: solo la ráfaga de aire en los pulmones y el sonido ensordecedor de sus propios gritos antes de que el viento se los llevara. Aquella era una de las pocas cosas, raras y casuales, que tenían en común: el gusto por montar en montañas rusas aterradoras. Aunque tampoco es que se subieran a ellas muy a menudo. Erika solo recordaba un puñado de ocasiones, y aquella había sido una de ellas.

Erika sabía que a Clementine también le había encantado aquel día. Ella estaba loca de contenta. Aquel día no se había cuestionado a sí misma ni la amistad de Clementine. Había días como aquellos, días en los que su madre era su madre y su amiga era su amiga.

Erika se guardó la foto en el bolsillo trasero de los vaqueros y se dio cuenta de que Sylvia ya se había metido dentro del contenedor para rescatar algo que a punto estuvo de tirarla al suelo. La mujer recuperó el equilibrio, se ajustó el pañuelo de lunares de la cabeza y miró a Oliver, con las manos en las caderas.

—¡Oliver! ¡Ese ventilador está bien! ¡Devuélvemelo, por favor!

—Imposible, Sylvia —repuso Oliver.

Erika se dio la vuelta para ocultar su sonrisa. Analizó la luz que brillaba sobre el árbol cubierto de gotas de lluvia. Sí que era precioso. Parecía un árbol de Navidad.

Inclinó la cabeza hacia atrás para disfrutar del calor del sol en la cara y vio a la mujer que vivía al otro lado de la calle, la que amaba a Jesús, pero que obviamente no amaba a Sylvia. Estaba en la ventana del piso de arriba con una mano en el cristal, como si lo estuviera limpiando. Parecía que aquella mujer miraba fijamente a Erika.

Y en ese momento, sucedió: Erika lo recordó todo.

78

El día de la barbacoa

Erika estaba de pie en la entrada del patio trasero, con el montón de platos azules de porcelana que Vid le había dado en la cocina. Eran unos platos preciosos y caros, decorados con intrincados motivos. «Porcelana china», pensó Erika. Su abuela tenía unos exactamente iguales. De hecho, tenía cosas preciosas pero Erika no tenía ni idea de qué había sido de ellas. Probablemente se habían perdido, estaban rotas o enterradas bajo las capas sedimentarias de basura de la casa de su madre.

Eso era lo irónico: a su madre le gustaban tanto las cosas que no tenía nada.

Erika apretó los platos con más fuerza, mientras sentía el irresistible deseo de quedárselos. Se imaginó estrechando los platos contra el pecho y corriendo hacia la puerta de al lado para esconderlos en el armario de su propia cocina. No lo haría. Claro que no lo haría. Aunque, por un momento, temió ser capaz de hacerlo.

Se quedó inmóvil unos instantes. Cuando era niña, le gustaba ir al patio trasero y girar y girar hasta que el mundo daba vueltas. Así era exactamente como se sentía en ese momento. ¿Por qué había hecho aquello deliberadamente? No era una sensación agradable. Debía de estar borracha. ¿Por qué a los padres de Oliver les gustaba sentirse así? ¿Lo planeaban? ¿Lo echaban de menos? Era horrible.

Se fijó en las niñas pequeñas. Ruby estaba saliendo del pabellón tambaleándose, con Batidora en una mano y el bolsito azul de lentejuelas de Holly en la otra. A Holly no le haría ninguna gracia. No dejaba que nadie tocara su colección de piedras. Por cierto, ¿dónde estaba?

Como era de esperar, Holly apareció de repente detrás de Ruby, gritando algo que Erika no consiguió oír por encima de la música clásica que volvía a brotar del sistema de sonido de Vid. Ruby miró hacia atrás y apuró el paso. Era tan mona. Y estaba decidida a escapar con el botín.

«Cuidado», pensó Erika. «¿Tus padres te están vigilando?».

Miró hacia donde estaban los adultos. No veía a Oliver por ninguna parte. Clementine estaba hablando con Vid. Tiffany estaba hablando con Sam. Los cuatro estaban absolutamente fascinados los unos con los otros. Ella y Oliver no pintaban nada allí. No hacían más que aguarles la fiesta. Ni Sam ni Clementine estaban vigilando a las niñas en ese momento. Aquello era una irresponsabilidad, una negligencia.

Erika vio que Vid cogía un cuchillo y fingía dirigir la música. Vio que Clementine se reía alegremente. ¿Qué había dicho exactamente en el piso de arriba, hacía un rato? ¿Cuál era la palabra que había usado? «Repulsivo». El hecho de donar sus óvulos a Erika le parecía repulsivo. Con todo el tiempo que habían perdido Oliver y ella discutiendo el tema. Pensó en Oliver diciéndole a su doctora de FIV: «Se lo pediremos a la mejor amiga de Erika. Son como hermanas».

Como hermanas. Sí, seguro. Menudo cuento.

Erika observó cómo Clementine se retiraba el pelo detrás del hombro mientras Vid le ofrecía una cucharada de algo, y luego se inclinaba hacia delante para comerlo. Su amiga era como aquellas princesas de cuento de hadas que recibían un montón de dones de sus madrinas el día de su bautizo. ¡Tendrás unos padres que te adoren! ¡Din! ¡Tendrás talento musical! ¡Din! ¡Vivirás en una casa limpia y confortable! ¡Din! ¡Te quedarás embarazada de forma natural en cuanto te apetezca y darás a luz a dos preciosas niñas! ¡Din, din!

Pero siempre había un hada malvada a la que no enviaban invitación. Una arpía que se quedaba sin ir a la fiesta. Cuando era niña, había muchas fiestas a las que no la invitaban. ¿Y qué hacía el hada malvada? Le echaba algún maleficio a la princesa. Se pincharía el dedo con una rueca y moriría, así que cuidado con las agujas. Pero entonces llegaba un hada buena y lo modificaba. La princesa solo dormiría durante cien años. No estaba tan mal. Un momento. Aquello era *La bella durmiente*. ¡El cuento de hadas era *La bella durmiente!*

Estaba muy borracha. Debería moverse de allí, pero no lo hizo.

La bella durmiente. A Clementine le gustaba dormir. La maldita bella durmiente, claro. Ahora mismo estaba dormida. Ni siquiera se molestaba en vigilar a sus hijas.

Se oyó un ruido en algún sitio. Un ruido que intentaba colarse entre la música clásica que brotaba atronadora del equipo de sonido de Vid.

¿Clementine estaba tocando? «Claro que no, Erika, estás en el patio trasero del vecino, estás borracha, así es la embriaguez, tu cerebro se ha convertido en agua y tus pensamientos se escurren y se derraman por todas partes».

Volvió a oírlo.

Era un golpeteo. Ese era el sonido. Un golpeteo rápido. Erika vio la cara de su madre con el dedo en los labios. No se podía abrir la puerta. Sí, mamá, ya sé lo que tengo que hacer. Ni un ruido. Nosotras nunca jamás abrimos la puerta. No queremos que la gente descubra nuestro asqueroso secreto. No es cosa suya. ¿Cómo se atreven a llamar a la puerta sin haber sido invitados? Qué maleducados. No tienen derecho a hacernos sentir así. Nos quedamos muy calladas y muy quietas hasta que se vayan. Algunas personas llaman de forma ruidosa, irritada, acusadora, como si supieran que las estás engañando y eso les molesta, pero al final se dan por vencidas y se van.

Obviamente, los golpes se volvían más fuertes e iracundos. Los ojos de su madre ardían de rabia. No tienen derecho. No hay derecho.

Erika se espabiló. No había nadie llamando a la puerta. Estaba en la barbacoa. ¿Y las niñas? Vio un destello azul en un rincón del patio. Holly estaba sentada con las piernas cruzadas sobre la hierba con su bolso, sacando con cuidado las piedras y colocándolas en fila una por una. Le gustaba catalogar su colección cada cierto tiempo.

Desde la mesa llegó una carcajada.

Otra vez aquel golpeteo. ¿De dónde venía?

Erika miró hacia aquella fuente ridícula. Dentro había basura flotando. El abrigo viejo de alguien giraba lentamente en círculos.

Su madre tenía montones y montones de abrigos. Abrigos enormes de invierno. Como si vivieran en Siberia en vez de en Sídney. En fin, no pensaba sacar aquel abrigo de la fuente. No era responsabilidad suya. Ya estaba harta de limpiar.

«Toc, toc, toc». ¿Cómo te atreves a llamar a nuestra puerta con ese descaro? El sonido venía de las alturas. Erika levantó la vista y vio a Harry, aquel viejo gruñón, delante de una ventana del piso de arriba. Era como si estuviera atrapado dentro y en vez de golpear, estuviera aporreando el cristal, como si intentara escapar. El hombre vio que lo miraba. Estaba señalando algo. Apuntaba violentamente con el dedo hacia la fuente, con la boca abierta en un grito silencioso. Dedujo por la postura de su cuerpo y por sus gestos que estaba enfadado con ella. Le estaba gritando algo. Quería que recogiera la basura. Los vecinos siempre estaban enfadados. Siempre querían que ella recogiera la basura. Pero no lo haría. No era su responsabilidad.

Erika miró hacia la fuente y observó el viejo abrigo rosa que giraba lentamente en círculos.

Batidora estaba tirada allí al lado.

Aquello no era un abrigo viejo. No era basura.

Sintió la descarga de adrenalina como un disparo en el corazón. Le había robado muchas cosas a Clementine, pero nunca había pretendido hacer aquello. Era culpa suya, suya, suya.

Los platos se le cayeron de las manos, mientras gritaba el nombre de Clementine.

79

El curso de primeros auxilios se impartía en el instituto del barrio al que algún día acabarían yendo sus hijas, aunque a Clementine le parecía ciencia ficción que algún día fueran lo suficientemente mayores como para eso. La profesora era una mujer grande, alegre y ligeramente condescendiente llamada Jan, que a Clementine le recordó a una flautista insufrible que veía todos los años en el campamento de música.

Jan empezó la jornada dando una vuelta por la clase y pidiéndoles a todos que dijeran su nombre y la razón por la que estaban allí y, «a modo de pequeño ejercicio divertido para romper el hielo», que respondieran a la pregunta: «Si fueras un vegetal, ¿qué vegetal serías?».

Empezó por un entrenador personal joven y musculoso llamado Dale, que estaba allí porque necesitaba el diploma de primeros auxilios para obtener la licencia de entrenador personal, y que si pudiera elegir sería una miniberza, porque era una gran fuente de energía (al decir aquello flexionó un bíceps impresionante) y porque tenía cara de niño pequeño.

—¡Excelente respuesta! —dijo Jan, que parecía momentáneamente abrumada por el bíceps de Dale, lo que hizo que a Clementine le cayera simpática.

La siguiente fue una mujer achaparrada de mediana edad que estaba allí porque había presenciado un fatídico accidente en la oficina donde trabajaba. Un operario había muerto electrocutado y la mujer nunca se había sentido tan inútil e incapaz en su vida, y no quería volver a sentirse así, aunque no creía que le hubiera servido de nada al pobre operario.

—Si fuera un vegetal, sería una patata, obviamente —dijo la mujer, señalando su cuerpo y todos se rieron con fuerza y luego pararon de repente, por si se suponía que no debían reírse.

El siguiente fue Sam y habló con seguridad y claridad, mientras permanecía recostado de manera informal en la silla, con las piernas extendidas delante de él. Dijo que él y su mujer —señaló a Clementine— estaban haciendo el curso por sus hijas pequeñas. Clementine lo miró. Ella habría contado la verdad. Habría contado que su hija había estado a punto de ahogarse. Ella siempre estaba dispuesta a contar la historia, pero incluso cuando estaban con Ruby en el hospital, Sam evitaba contarle a la gente por qué estaban allí, como si fuera un secreto de lo más vergonzoso.

—Sería una cebolla —dijo su marido—. Porque soy muy complejo. Tengo muchas capas.

La gente también se echó a reír y Clementine cayó en la cuenta de que Sam hacía aquello constantemente —talleres de capacitación, actividades para fomentar el espíritu de equipo—; aquel tío bromista era su álter ego empresarial. Seguro que siempre elegía la cebolla.

Cuando le tocó a ella, no se molestó en decir por qué estaban allí, dado que Sam ya se había ocupado de aquello. Dijo que sería un tomate porque iba muy bien con la cebolla y Sam sonrió pero con cautela, como si ella fuera una extraña intentando ligar con él. Clementine recordó la humillación que había sentido al levantarse esa mañana y haber hablado con él, cuando él no estaba allí.

—Ohhh —dijo todo el mundo, salvo la persona que estaba detrás de ella, que dijo que el tomate era una fruta.

—Hoy será una verdura —respondió Jan con sequedad y Clementine decidió que no se parecía en nada a la flautista.

Cuando acabaron con toda la clase, Jan dijo que si ella fuera una verdura sería un aguacate, porque tardaba poco en ablandarse («El aguacate es una fruta», susurró el experto en frutas que estaba detrás de Clementine), y que estaba allí porque «los primeros auxilios eran su pasión», lo que hizo que Clementine se emocionara. Era maravilloso que hubiera gente en el mundo como Jan, cuya «pasión» fuera ayudar a desconocidos.

Se pusieron manos a la obra y Clementine y Sam empezaron a coger apuntes diligentemente mientras Jan les explicaba cómo llevar a cabo el «soporte vital básico», intercalando anécdotas de su propia experiencia con los primeros auxilios, como la vez que había dado un curso y se había encontrado con un caso real cuando uno de los participantes se había desmayado.

—¿Lo usaste de ejemplo? —preguntó alguien.

—No, tuve que desalojar la sala —dijo Jan—. Las personas empezaron a caer como moscas. Caían como fichas de dominó: pum, pum, pum —comentó con deleite, para subrayar la debilidad de la población en general—. Por eso hay que dar a todos una tarea: llamar a la ambulancia, pedirles que traigan hielo... O echarlos directamente, porque si no la gente entrará en pánico. Es un suceso traumático. Puedes sufrir estrés postraumático. Hablaremos de eso más tarde.

Clementine miró a Sam para ver si estaba recordando su propio «suceso traumático», pero su rostro permanecía impasible. Su marido anotó algo en el bloc de notas.

Jan hizo que Dale, el musculoso entrenador personal, se tumbara en el suelo y luego llamó a dos atractivas jovencitas (zanahoria y coliflor) para que intentaran colocar a Dale en posición de recuperación, cosa que lograron, y como eran tres personas jóvenes y atractivas resultó bastante agradable verlo. A Dale se le podía ver el borde de sus calzoncillos sobresaliendo de la cintura de los pantalones cortos cuando las chicas lo giraron.

—Me alegra ver que hoy te has puesto los Calvin Klein —dijo la profesora.

Se lo pasaron de maravilla. Fue interesante e instructivo. Sam hizo varias preguntas inteligentes y el chiste adecuado en el momento preciso. Por eso resultó tan inesperado cuando sucedió.

Clementine tuvo que respirar hondo cuando Jan hizo una demostración de reanimación cardiopulmonar con un muñeco de plástico de color azul intenso compuesto por una cabeza y un torso. El movimiento oscilante de las manos de Jan, apretando con fuerza y rapidez, lo trajo todo de vuelta: el duro pavimento bajo sus rodillas, las mejillas cerúleas de Ruby y sus labios azules, las alas de hada que veía pulular por el rabillo del ojo. Pero lo superó y cuando miró a Sam él también parecía estar bien.

Luego Jan les pidió que se pusieran de dos en dos y le dio a cada pareja un muñeco azul y dos máscaras de reanimación desechables. (Ella siempre llevaba una de llavero: así de dispuesta estaba a ofrecer sus servicios). Tuvieron que buscar un sitio libre en el suelo para poder tumbar al muñeco.

La profesora se paseó por la sala para comprobar cómo iban evolucionando.

—¿Quieres hacerlo tú primero? —le preguntó Clementine a Sam. Estaban los dos de rodillas, uno a cada lado del muñeco.

—Vale —respondió su marido, que parecía estar perfectamente mientras seguía metódicamente el acrónimo que Jan acababa de enseñarles: AAA DRRD, de «amenaza, acción, ayuda, despejar vías, respirar, RCP y desfibrilador».

Sam le desobstruyó las vías respiratorias al muñeco, observó, escuchó y buscó signos de respiración, empezó con la RCP presionando rítmicamente su pecho con las manos entrelazadas y, mientras lo hacía, miró a Clementine a los ojos. Su mujer vio cómo una gota de sudor le rodaba por un lado de la cara.

—Sam, ¿estás bien? —le preguntó su mujer.

Él meneó la cabeza ligeramente para indicar que no, pero no paró de hacer las compresiones de la RCP. Estaba palidísimo. Y tenía los ojos rojos. Clementine no sabía qué hacer.

—¿Te duele el pecho? —le preguntó. Al menos estaban en el lugar adecuado. Jan parecía tan competente como cualquier médica o enfermera y, desde luego, mucho más entregada.

Él volvió a negar con la cabeza.

Se inclinó, apretó las fosas nasales del muñeco y le insufló aire dos veces. El pecho del muñeco se hinchó para indicar que lo había hecho correctamente. Sam levantó la cabeza y siguió con el masaje cardiaco mientras Clementine observaba, tan conmocionada como si le hubieran dado una patada en el estómago, cómo le rodaban las lágrimas por las mejillas y caían sobre el muñeco. Nunca había visto llorar a su marido, al menos no llorar como era debido, ni el día de su boda, ni cuando nacieron sus hijas, ni cuando Ruby no estaba respirando, ni cuando se despertó al día siguiente. Y ella nunca lo había cuestionado porque tampoco había visto nunca llorar a su padre, y sus hermanos mayores no eran llorones, eran de los que daban portazos y pateaban las paredes durante sus años de adolescentes enfadados. A su madre a veces se le saltaban las lágrimas, pero ella era la única verdadera llorona de la familia, siempre estaba hecha un mar de lágrimas por algo. Tal vez todos aquellos hombres contenidos y estoicos que la rodeaban habían hecho que interiorizara aquel antiguo tópico de que los chicos no lloraban, porque le resultaba realmente increíble que Sam pudiera llorar así, incluso que su cuerpo fuera capaz de hacer aquello, de generar tantas lágrimas. Mientras miraba cómo sus lágrimas goteaban sobre el muñeco, Clementine sintió que algo se desgarraba en su interior y un gran manantial de compasión brotó en su pecho, mientras se le ocurría la terrible idea de que tal vez ella siempre había creído inconscientemente que, como Sam no lloraba, no sentía nada o sentía menos, que no lo hacía de forma tan profunda e intensa como ella. Clementine siempre se había centrado en cómo los actos de él afectaban a los sentimientos de ella, como si su papel fuera hacer cosas por ella y para ella, como si lo único que importara fuera su respuesta emocional a él; como si un «hombre» fuera un producto o un servicio y ella por fin hubiera elegido la marca correcta para obtener la respuesta adecuada. ¿Era posible que ella nunca lo hubiera visto o lo hubiera amado realmente de la forma que merecía que lo vieran y lo amaran? ¿Como una persona? ¿Como una persona normal, con debilidades y sentimientos?

—Oh, Sam.

Su marido, que estaba de rodillas, se levantó tan rápido que a punto estuvo de caerse hacia atrás. Apartó la mirada mientras se frotaba con fuerza la mejilla con la palma de la mano, como si le hubiera picado algo en la cara. Dio media vuelta y abandonó la sala.

80

$\mathcal{P}$erdón —le dijo Clementine a la profesora—. Voy a ver cómo está mi marido, creo que no se encuentra bien.

—Claro —repuso Jan—. Avísame si me necesitas —añadió la mujer, esperanzada.

Clementine salió de la clase y miró hacia la izquierda. Su marido ya casi estaba al final del pasillo.

—¡Sam! —gritó, mientras pasaba trotando por delante de aulas llenas de adultos superándose a sí mismos. Le dio la sensación de que su marido aceleraba el paso—. ¡Sam, espera! —volvió a gritar.

Lo siguió hasta un pasadizo desierto con el techo de cristal que conectaba dos edificios. Las paredes estaban llenas de taquillas grises. Sam se detuvo súbitamente, al encontrar un estrecho espacio entre dos bloques de taquillas, el tipo de escondite que atraería a sus hijas, y se sentó allí, con la espalda apoyada en la pared. Luego apoyó la frente sobre las rodillas. Tenía una marca redonda de sudor en la camisa. Clementine iba a acariciarle el hombro, pero su mano vaciló durante unos segundos y cambió de opinión.

En lugar de ello, se sentó frente a él, al otro lado del pasadizo, con la espalda apoyada en el frío metal de una taquilla. Había cuadrados de luz solar a lo largo de todo el pasillo, como si fuera un tren de rayos de sol. Clementine esperó con extraña tranquilidad a que Sam dejara de llorar, mientras inspiraba la nostálgica fragancia del instituto. Por fin, Sam levantó la vista con la cara húmeda e hinchada.

—Lo siento —dijo—. Vaya, lo he hecho a lo grande.

—¿Estás bien? —preguntó Clementine.

—Ha sido el masaje cardiaco —explicó Sam, antes de frotarse la nariz con el dorso de la mano y aspirar con fuerza.

—Ya —dijo Clementine.

—He tenido la sensación de que estaba allí —comentó su marido y empezó a mover en círculo las palmas de las manos sobre los pómulos.

—Ya —repitió ella.

Sam levantó la vista hacia el techo e hizo un gesto con la lengua, como si fuera a quitarse comida de entre los dientes. El sol brillaba sobre la pared detrás de él y hacía que sus ojos parecieran azulísimos en contraste con su sombría cara. Parecía a la vez muy joven y muy viejo, como si sus «yos» pasado y futuro se superpusieran sobre su cara.

—Siempre había creído que se me daban bien los momentos de crisis —confesó.

—Y se te dan bien —señaló Clementine.

—Creía que si me ponían a prueba, si había un incendio, un tiroteo o un apocalipsis zombi, podría salvar a mi familia. Que sería «el hombre» —explicó Sam, diciendo la palabra «hombre» con voz ronca y despectiva.

—Sam...

—No solo dejé de vigilar a Ruby. No solo estaba intentando abrir un tarro de frutos secos para impresionar a una maldita *stripper*, ni más ni menos, mientras mi hija pequeña se ahogaba justo a mi lado... —dijo Sam, antes de inspirar profundamente de forma entrecortada—. Sino que encima me quedé paralizado. Me quedé allí, mirando cómo otro hombre sacaba a mi niñita de aquella fuente espeluznante, sin hacer nada, como un besugo anonadado.

—No te quedaste paralizado —replicó Clementine—. Es solo que ellos llegaron antes y sabían lo que hacían. No fue más que una fracción de segundo. Pero parece más tiempo. Y luego sí hiciste algo, te prometo que lo hiciste.

Sam se encogió de hombros. Una expresión de odio absoluto hacia sí mismo le cruzó la cara.

—Da igual. No puedo cambiar lo que hice o lo que dejé de hacer. Solo tengo que dejar de pensar en ello. Tengo que quitármelo de la cabeza. No paro de revivirlo una y otra vez. Soy un idiota, un inútil. No puedo trabajar, no puedo dormir y lo estoy pagando contigo. Tengo que recuperarme.

—A lo mejor nos vendría bien hablar con alguien —le propuso Clementine, con indecisión—. Con un profesional.

—¿Con un loquero? —preguntó Sam, sonriendo con hastío—. Porque estoy perdiendo la cabeza.

—Con un loquero —confirmó Clementine—. Porque parece que estás perdiendo la cabeza. Solo un poquito. Estaba pensando que cuando la profesora mencionó lo del estrés postraumático...

Sam parecía horrorizado.

—Estrés postraumático —repitió—. Como un veterano de guerra. Solo que yo no vengo de Irak ni de Afganistán, donde he visto a gente volar por los aires. No, yo solo vengo de una barbacoa en un patio trasero.

—Donde viste a tu hija medio ahogada —dijo Clementine.

Sam cerró los ojos.

—A tu hija medio ahogada —repitió Clementine—. Y te sientes responsable por ello.

Sam levantó la vista hacia el techo y suspiró.

—Esto no es estrés postraumático, Clementine. Por favor. Eso es humillante. Es patético.

Clementine se sacó el móvil del bolsillo de la chaqueta.

—No lo busques en Google —le pidió Sam—. Hazme caso. Tú siempre me estás diciendo que deje de buscar cosas en Google. Nunca pone nada bueno.

—Por eso lo busco —dijo Clementine y sintió que la respiración se le aceleraba porque de repente estaba viendo todo su comportamiento desde la barbacoa desde un ángulo totalmente distinto, a través de una lente totalmente nueva. Pensó en lo que había dicho su padre la otra noche de que no estaba bien de la cabeza y en cómo ella no le había hecho caso, al menos no como si le hubieran dicho que su marido estaba enfermo—. Síntomas de estrés postraumático —leyó en voz alta Clementine—: rememorar el suceso una y otra vez. ¡Justo lo que tú acabas de decir!

—Me alegra que eso te ponga tan contenta —comentó Sam, casi esbozando una sonrisa.

—¡Sam, el tuyo es un caso de libro! Insomnio: sí. Irritabilidad: sí. ¿Solución? Buscar ayuda profesional —dijo Clementine, hablando de forma irónica y absurda, como si todo aquello fuera una gran broma, como si nada de aquello realmente importara, como si no se le estuvieran retorciendo las entrañas, como si no sintiera que aquella era su única oportunidad, porque luego el estado de ánimo de Sam podía cambiar de repente y dentro de una hora tal vez se negaría a volver a hablar de aquello, y lo volvería a perder.

—Oye. No necesito ayuda profesional —empezó a decir Sam.

—Sí la necesitas —replicó Clementine, mirando fijamente el teléfono—. Efectos a largo plazo: divorcio. Abuso de sustancias. ¿Estás abusando de sustancias?

—Yo no estoy abusando de sustancias —protestó Sam—. Deja de leer esas cosas. Guarda el teléfono. Vamos a volver a clase.

—En serio, creo que deberías hablar con alguien, con un profesional —insistió Clementine. Se había convertido en su madre. Lo siguiente sería sugerirle a algún «psicólogo encantador»—. Por favor, ¿hablarás con alguien?

Sam echó la cabeza hacia atrás y volvió a observar el techo. Finalmente, miró otra vez a Clementine.

—Tal vez —respondió.

—Bien —dijo Clementine.

Luego apoyó la cabeza sobre las taquillas y cerró los ojos. Tenía una sensación de inevitabilidad, como si su matrimonio fuera un barco gigante y fuera ya demasiado tarde para cambiar el rumbo: podría chocar contra el iceberg o no, pero nada que ella hiciera o dijera en ese momento influiría en absoluto. Si su madre hubiera estado observando aquella interacción, le diría a Clementine que se equivocaba, que tenía que seguir hablando, decir lo que tenía en la cabeza, comunicarse, no dar lugar a malinterpretaciones. Y si su padre estuviera allí, se llevaría un dedo a los labios y diría: «Chis». Clementine se inclinó por decir dos palabras.

—Lo siento —dijo.

Se refería a que sentía que aquello hubiera pasado. Que sentía no haberse dado cuenta de lo que él estaba sufriendo. Que sentía no haberlo querido de la forma que él merecía que lo quisieran. Que sentía que, al enfrentarse a su primera crisis, se hubieran fijado en todo lo malo de su matrimonio, en vez de en lo bueno. Que sentía que se hubieran dado la espalda el uno al otro, en lugar de mirarse de frente.

—Ya, yo también lo siento —dijo Sam.

81

Así que, en realidad, Harry le salvó la vida a Ruby —dijo Oliver.

Erika y Oliver estaban dando la vuelta a la manzana de la casa de Sylvia. En cuanto recordó lo que había pasado, Erika quiso compartirlo con su marido y, como lo último que quería era que Sylvia la oyera, insistió en que Oliver la acompañara a dar un paseo.

—Sí. Y nadie le dio las gracias nunca. Yo ni siquiera creo que volviera a levantar la vista hacia su ventana —comentó Erika. Pasaron al lado de una joven pareja con un carrito de bebé y Erika esbozó una sonrisa de desdén para hacerles saber que no había necesidad alguna de comentar el tiempo y lo maravilloso que era que la lluvia por fin hubiera parado.

—Tuvo que ver cómo la sacábamos —dijo Oliver.

—Eso espero —respondió Erika—. Pero nadie le dijo que Ruby estaba bien. Nadie fue a darle las gracias. Debió de creer que éramos unos maleducados. Era de los que creen que la gente no tiene educación y debió de morir convencido de ello.

—Supongo que, si estaba preocupado, podría haber venido a preguntarnos —replicó Oliver.

Ambos saltaron por encima de un brillante charco marrón que ocupaba la mayor parte de la acera.

—Me llevó un rato darme cuenta de que era Ruby —confesó Erika, sintiendo como si de repente tuviera la boca llena de canicas—. Creía que era un abrigo viejo flotando en la fuente y me quedé mirándolo. Se me ocurrió la idea ilógica y extraña de que Harry quería que limpiara la fuente. Ruby se estaba ahogando mientras yo la miraba fijamente.

Oliver se quedó callado unos instantes antes de decir nada.

—Yo siempre me siento mal porque cuando sucedió estaba escondido en el baño, mirándome en el espejo —dijo—. Creo que todos hicimos algo aquella tarde por lo que sentirnos mal.

—Salvo Harry —señaló Erika.

—Salvo Harry —reconoció Oliver.

Una mujer de mediana edad vestida con ropa deportiva poco favorecedora pasó corriendo a su lado.

—¿No es maravilloso volver a ver el sol? —dijo la mujer, en éxtasis, al tiempo que bajaba el ritmo, como si quisiera hablar más del tema.

—¡Es fantástico! —respondió Oliver, mientras él y su mujer aceleraban al paso como por un acuerdo tácito—. ¡Que tenga un buen día!

—¿Crees que debería contárselo a alguien? —preguntó Erika—. Lo que acabo de recordar —añadió. Ahora que sabía lo que había pasado, sentía un deseo abrumador de aclarar las cosas, de enviar un informe modificado a las autoridades.

—Bueno, no sé a quién podrías decírselo —comentó Oliver—. Ni de qué serviría.

—Podría contárselo a Clementine —dijo Erika, aunque no tenía ninguna intención de hacerlo.

—No. No puedes contárselo a Clementine. Sabes que no puedes —repuso Oliver. Ya casi habían completado la vuelta a la manzana y se estaban acercando a la casa de la madre de Erika.

—Por el amor de Dios —suspiró esta.

—¿Qué? —inquirió Oliver.

—Se ha metido dentro del contenedor de basura.

82

Había parado de llover. ¡Por fin! ¡Ya era hora! Dakota apenas podía creerlo. Toda su vida y el mundo entero parecían completamente distintos.

—Esto va a ser divertidísimo —comentó su madre, mientras abrían la puerta principal y salían al porche delantero.

—No entiendo por qué no podemos ir en coche —dijo su padre por millonésima vez—. ¿Por qué tenemos que caminar por las calles para ir allí? Ni que fuéramos vagabundos.

—¡Porque tenemos la suerte de tener un paseo precioso a menos de diez minutos de la puerta de casa! —contestó su madre. Tenía la correa de Barney en la mano y este saltaba intentando morder el aire, tratando de atrapar una mosca invisible.

Últimamente, a la madre de Dakota le había dado por «practicar la gratitud». (Su padre decía que pronto se le pasaría, con un poco de suerte). Tenía un tarro especial llamado «el tarro de la felicidad». Tenías que escribir tus recuerdos felices en trozos de papel y luego meterlos en el tarro. Luego, el día de Fin de Año lo abrías y te dabas cuenta de lo afortunado que eras, o algo así. Ya estaban en octubre, así que tenían que ponerse manos a la obra y hacer acopio de recuerdos familiares felices.

—Pero también tenemos la suerte de tener un Lexus —señaló su padre—. No deberíamos restar valor a nuestro Lexus.

Su madre había descubierto que había un bonito paseo por el bosque a través de un parque nacional en su mismo vecindario. ¡Allí al lado! Al parecer, aquello era una gran suerte. Como tener un asiento al lado de la ventana. Al parecer, Erika y Oliver, los vecinos de al lado, hacían aquel paseo «todo el rato» y les había sorprendido que la madre de Dakota ni siquiera supiera que existía y esta se había sentido avergonzada por ello, o eso había dicho, aunque seguramente no era cierto, porque Erika y Oliver eran unos frikis majos y nadie se sentía avergonzado delante de unos frikis majos. Por eso era tan relajante estar con ellos.

—Creo que yo os veré allí —dijo su padre—. Tengo que hacer algunos recados. Algunos recados importantes, ¿sabéis?

—De eso nada. Mueve el culo, por el amor de Dios —le ordenó Tiffany.

Su madre estaba intentando que su padre se pusiera en forma. (Tenía una barriga enorme y peluda, pero decía que podía ponerla más dura que una roca, si quería, y entonces invitaba a Dakota a darle un golpe. «¡Más fuerte!», rugía, como una especie de lunático. «¿Eres una persona o un ratón?»).

—¿Tú qué opinas, Dakota? ¿No preferirías ir en coche? ¿No te parecería mucho más cómodo? Así después podríamos parar a tomar un helado —propuso su padre.

—Me da igual. Mientras estemos de vuelta a las tres —respondió Dakota. Iba a una fiesta de *Los juegos del hambre* por la tarde, así que aquello no le parecía nada relevante. Era la fiesta de su amiga Ashling, y la madre de Ashling se tomaba muy en serio las fiestas temáticas. Probablemente no moriría nadie, no llegaría tan lejos, pero seguro que había tiro con arco, o algo así de guay.

Mientras recorrían el camino de su casa para salir a la calle, oyeron que alguien los llamaba desde la vieja casa de Harry.

—¡Hola!

—¡Barney! —exclamó la madre de Dakota. El perro estaba tirando con tal fuerza de la correa que casi le estaba arrancando el brazo. Además, no paraba de dar saltos de emoción y de ladrar. Si Dakota pudiera traducir el idioma perruno se daría cuenta de que estaba diciendo: «¡Otro ser humano! ¡Es maravilloso!».

El padre de Dakota se detuvo en seco.

—¡Hola! —gritó, literalmente. Como si hubiera una montaña entre él y aquella otra persona, en lugar de un jardín—. ¿Qué tal? Qué día tan maravilloso, ¿verdad?

A su padre le hacía tanta ilusión como a Barney ver a otro ser humano. En serio.

Un hombre con un polo de color rosa claro abrochado hasta arriba y unos pantalones cortos de un blanco deslumbrante se acercó a ellos con algo en los brazos. Estaban haciendo una gran limpieza en la casa de Harry. Era extraño ver cómo se llevaban algunos de los muebles: un viejo sofá, una pequeña televisión, un colchón viejo y amarillento lleno de manchas. Dakota había mirado para otro lado. Era como ver la ropa interior de Harry.

—Hola —repitió el hombre sin aliento, como si se hubiera acercado corriendo—. Nos conocimos el otro día. Soy Steve. Steve Lunt.

—¡Vid! ¡Encantado de conocerle! —dijo su padre—. Vamos a dar un paseo, ¿sabe? Justo estábamos saliendo por la puerta —comentó, mientras hacía con la mano un golpe de kárate—. Somos así. Nos gusta la naturaleza.

Dakota se revolvió, inquieta.

—Hola, Steve —saludó Tiffany—. ¿Cómo va la limpieza? Por cierto, estos son nuestra hija Dakota y nuestro perro loco Barney.

Dakota levantó la mano con el movimiento más imperceptible posible para compensar la voz atronadora y estridente de su padre. Intentó no establecer contacto visual para que él no se sintiera obligado a charlar con ella y fingir interés en su vida, en plan: «¿En qué curso estás en el colegio?».

—Hola, Dakota —la saludó Steve—. En realidad era a ti a quien quería ver. Me preguntaba si te gustaría quedarte con este viejo globo terráqueo. A lo mejor quedaría bien en tu cuarto.

El hombre levantó un globo terráqueo antiguo que se sostenía sobre una peana de madera. Era de color crema dorado y tenía unas letras intrincadas, como salidas del viejo mapa de un tesoro pirata. Dakota se sorprendió al descubrir que deseaba con todas sus fuerzas quedarse con él. Ya lo podía ver sobre su mesa, con sus brillos dorados y su misterio.

—Es precioso —dijo su madre—. Pero parece una antigüedad. Podría tener algún valor. Debería hacer que lo tasaran.

—No, no. Quiero que se lo queden. Quiero que tenga un buen hogar —declaró Steve, antes de sonreírle a Dakota mostrando sus bonitos dientes blancos y darle el globo terráqueo.

—Gracias —dijo la niña. La esfera pesaba más de lo que creía.

—Pero no te fíes de él para hacer los deberes de Geografía —le advirtió el hombre, mientras tocaba la bola con el dedo y la hacía girar suavemente—. Salen Persia y Constantinopla, en vez de Irán y Estambul.

—Pues sí que es antiguo —dijo Vid—. Es un regalo muy valioso para que se lo dé a Dakota. Gracias.

Persia. Constantinopla. Dakota estrechó el globo contra ella.

—Creo que perteneció al hijo de Harry —comentó Steve. Luego bajó la voz y giró un poco la cara hacia la madre de Dakota, como para evitar que la niña lo oyera, aunque eso solo hizo que Dakota aguzara más el oído—. Parecía como si nadie hubiera tocado la habitación de su hijo desde el día de su muerte. Mi madre cree que fue al menos hace cincuenta años. Ha sido lo más espeluznante que he visto en mi vida. Como retroceder en el tiempo. Había un libro —reveló Steve, con la voz vibrante por la emoción—, *Biggles aprende a volar*. Estaba boca abajo, sobre la cama. Y toda su ropa seguía en el armario.

La madre de Dakota se tapó la boca con la mano.

—Dios mío. Pobre hombre.

Genial. Ahora su madre se sentiría aún más culpable por lo de Harry, el horrible viejo escupidor.

—Hemos hecho fotos —dijo Steve, con solemnidad.

A Dakota aquello le pareció de lo más inapropiado. ¿Pensaba subir las fotos del cuarto del niño muerto a Instagram, o qué?

El padre de Dakota se estaba poniendo nervioso. Hizo repiquetear las llaves de casa en el bolsillo.

—Vamos a poner a salvo ese precioso globo terráqueo dentro de casa, ¿eh, Dakota?

—Gracias —volvió a decirle la niña a Steve—. Muchísimas gracias por regalármelo, de verdad.

—Muchísimas de nadas —respondió Steve—. Seguro que a Harry le gustaría que lo tuvieras tú.

—El viejo Harry quería mucho a Dakota —dijo Vid. Aquello era una mentira tan gorda, que Dakota apenas podía creerlo—. Aunque no siempre lo demostraba, ¿sabe? —añadió, mirando a Steve—. Amigo, ¿necesita un descanso? ¿Quiere tomar un café? ¿Le apetece comer algo? Tenemos...

—Vamos a dar un paseo, Vid —lo interrumpió Tiffany.

—Es verdad —dijo el padre de Dakota, con tristeza—. Casi lo había olvidado.

83

El día de la barbacoa

Harry subió las escaleras, apoyando una mano detrás de otra en el pasamanos, como si estuviera trepando por una cuerda. Era inadmisible que no pudiera siquiera subir por sus propias escaleras sin que le dolieran las piernas de aquella manera. En su día había sido fuerte como un buey y siempre se había cuidado. Se preocupaba por su salud. Se mantenía al tanto de las cosas. En cuanto las autoridades sanitarias publicaron el informe sobre la relación entre el cáncer de pulmón y el tabaco, Harry dejó de fumar. Ese mismo día.

Conocía la pirámide alimenticia. La seguía lo mejor que podía. Hacía ejercicio con regularidad. Tomaba un complejo vitamínico, como le había recomendado su médico de cabecera, que parecía que aún estaba en el instituto y tal vez lo estuviera, porque el complejo vitamínico había sido un desperdicio de dinero. No le había hecho ningún efecto. Cada día se sentía un poco peor. Los fabricantes de aquellas vitaminas eran unos estafadores. Harry se estaba planteando escribirles una carta de reclamación. Escribía de media dos o tres cartas de reclamación a la semana. Las empresas australianas tenían que hacerse responsables de sus actos. Cuando él trabajaba en el mundo empresarial, había ciertas normas. A la gente le preocupaba la calidad. Los productos de pacotilla que había en la actualidad eran una vergüenza.

Harry se detuvo a medio camino para descansar.

Por eso los vejetes tenían que irse de sus casas a esas terribles residencias de ancianos: porque no podían subir las malditas escaleras de sus casas. Ni en broma. Él no pensaba irse a ninguna parte. Solo lo sacarían de allí en una caja.

Todavía podía oír la música de los vecinos. Qué gente tan egoísta y maleducada. Llamaría a la policía, si era necesario. Llamaba constantemente a la policía, cuando el hijo daba fiestas mientras sus padres estaban fuera en sus malditos cruceros por el río en el maldito sur de Francia. El hijo de pelo largo y grasiento, que parecía un mono. Qué criatura tan repugnante.

Pero aquella gente ya no vivía allí, ¿no? Él lo sabía. Por supuesto que lo sabía. Se habían mudado hacía unos diez años. Lo sabía perfectamente. Hacía un sudoku cada día. Su mente estaba en forma. Aunque a veces se hacía un lío con el tiempo.

Era aquel tipo grande que parecía árabe, o algo así. Seguro que era un terrorista. Hoy en día no se sabía. Harry tenía su número de móvil. Había guardado meticulosamente todos sus datos por si tenía que pasárselos a la policía. Lo tenía vigilado. Su mujer le había dicho que bajarían la música, pero Harry tenía la poderosa sospecha de que la habían subido. ¿Qué se podía esperar de un hombre que llevaba una maldita pulsera? La mujer no era nada fea, pero no tenía clase. Se vestía como una fulana. Esa muchacha podía haber aprendido un par de cosas sobre la clase y la elegancia de su propia esposa. Elizabeth la habría enderezado.

Su hija le recordaba a Jamie. Era por la forma de su cabeza. Y por algo más. Era sigilosa como una observadora de aves, como si estuviera estudiando el mundo, desentrañándolo meticulosamente. Jamie era un pensador. A Harry le ponía nervioso mirar a aquella niña. ¿Cómo se atrevía a parecerse a Jamie? ¿Cómo se atrevía a estar allí, cuando él no lo estaba? Le sacaba de sus casillas. A veces, cuando la miraba, literalmente ardía de rabia. Como una hoguera.

Siguió subiendo las escaleras, apoyando una mano tras otra en el pasamanos. Harry solía correr. Ya corría mucho antes de que correr se pusiera de moda. «Este cuerpo corría». Ya no reconocía sus viejas piernas mustias; era como si pertenecieran a otra persona. ¿Por qué nadie había inventado algún fármaco para evitar que aquello sucediera? No podía ser tan difícil. Lo que pasaba era que todos los investigadores eran jóvenes y no sabían lo que les esperaba. ¡Eran unos inconscientes! Creían que sus cuerpos serían suyos para siempre y, cuando se daban cuenta, era demasiado tarde, estaban jubilados y su mente ya no funcionaba, aunque la mente de Harry sí funcionaba, hacía sudokus.

«¡No corras, no corras!», le gritaba Elizabeth a Jamie, cuando corría por los caminos del bosque. Le preocupaba que se cayera, pero él nunca se caía. Era muy ágil. Salían por la puerta de atrás con la cesta de pícnic y llegaban a la cascada en menos de una hora.

Ahora Harry estaba atrapado en su propia casa, al igual que estaba atrapado en su propio cuerpo. Ni siquiera sabía si aquel sendero seguía existiendo, el sendero por el que solía correr Jamie. Podía averiguarlo, pero si estaba debajo de un centro comercial se enfadaría y si seguía allí, si otros niños corrían por él mientras sus madres les gritaban «¡No corras! ¡No corras!», se enfadaría aún más.

Estaba arriba del todo. Tanta historia para subir un tramo de escaleras. Pero ¿qué hacía allí arriba? ¿Qué necesitaba?

La mente le fallaba. A veces no recordaba cómo se llamaban las cosas, aunque Elizabeth a veces tampoco encontraba la palabra correcta. «¿Dónde está ese chisme?», decía. Era tan joven, tan hermosa y maravillosamente joven, ella no tenía ni idea de lo joven que era y él no tenía ni idea de por qué había subido al piso de arriba.

Seguía oyendo la música de la casa de al lado. Ahora estaba aún más alta. ¿Quiénes se creían que eran aquellos mindundis con pretensiones artísticas? A Elizabeth le encantaba la música clásica. Tocaba el violín en el colegio. Tenía más clase en el dedo meñique de la que tenía aquella pelandusca del tres al cuarto en todo el cuerpo. Le habría enseñado un par de cosas. ¿Cómo se atrevían a poner la música tan alta? Qué desconsiderados.

Se imaginó llamando a la policía para decirles que los vecinos lo estaban dejando sordo con el maldito Mozart. ¿Mozart no era sordo? Normal que escribiera esa mierda de canciones. Elizabeth se reía de su irritabilidad. Ella tenía un gran sentido del humor. Y Jamie también. Los dos solían reírse de él. Cuando se fueron, nadie volvió a reírse de él. Todo su humor se esfumó con ellos.

Era culpa de los vecinos que no recordara por qué estaba allí. Lo habían distraído. Entró en el cuarto de Jamie para tranquilizarse y encendió la luz.

Miró por la ventana. Los vecinos tenían encendidas todas las luces exteriores. Aquello parecía la maldita Disneylandia.

Había dos niñas pequeñas corriendo por el patio. Una de ellas llevaba unas alas en la espalda, como si fuera un hada diminuta. La otra llevaba puesto un abriguito rosa de corte clásico. A Elizabeth le habría gustado aquel abrigo rosa.

Vio al maldito perro corriendo como un loco de aquí para allá y ladrando. Había estado escarbando en su jardín ese mismo día, tan tranquilo. Harry le había dado una patada en el trasero, para enseñarle lo que valía un peine. No le había dado fuerte, pero la verdad era que ni a Elizabeth ni a Jamie les habría hecho gracia. Seguramente, habrían dejado de hablarle. Él y Elizabeth iban a regalarle a Jamie un perro por su noveno cumpleaños. Deberían habérselo regalado por el octavo.

Se asomó a la ventana. La factura eléctrica por todas aquellas lucecitas debía de ser exorbitante.

Vio a las personas que vivían dos puertas más allá. Oliver, que a pesar de ese nombre tan ñoño era un tipo bastante agradable. Se podía mantener una conversación sensata con él. (Aunque montaba en bici y se ponía unos pantalones cortos negros, ajustados y brillantes, con los que parecía un maldito idiota). No recordaba el nombre de su esposa. Era una de esas mujeres flacuchas e inquietas.

No tenían hijos. Tal vez no querían tenerlos. O tal vez no podían. La esposa no tenía unas buenas caderas para traer hijos al mundo, eso estaba claro. Aunque ahora los hacían en tubos de ensayo.

A Elizabeth le habría gustado darle a Jamie una hermanita. Siempre miraba a las niñas pequeñas. Le gustaban sus vestidos. «Mira qué vestido tan bonito lleva esa niñita», le decía a Harry, como si a él le importaran un comino los bonitos vestidos de las niñas pequeñas.

Aquel día estaba mirando a una niña, a una niñita que llevaba un palo con una bola gigante de algodón de azúcar. Elizabeth le había dicho: «Mira, es casi tan grande como ella», pero Harry había gruñido a modo de respuesta, porque estaba de mal humor, quería irse, era domingo por la tarde y aún les quedaba un largo camino de vuelta y estaba pensando en el trabajo y en la semana que tenía por delante. El sindicato les estaba causando problemas. A Harry no le gustaba tener prisa los domingos por la noche. Le gustaba sentirse preparado para la semana.

No le había hecho ninguna gracia tener que conducir hasta el culo del mundo para llegar a aquella miniferia tan cutre. No debería haberle dicho «hasta el culo del mundo» a Elizabeth porque ella lo odiaba, le molestaba muchísimo, pero él estaba pensando en el representante del sindicato, en aquel chaval fuerte, y en la batalla que se avecinaba. (El representante sindical fue al funeral. Abrazó a Harry y Harry no quería que lo abrazaran, pero tampoco quería estar en el funeral de su mujer).

Debería haber sido más amable con Elizabeth y con Jamie aquel día. Habría sido más agradable si hubiese sabido que sería el último día que estarían juntos. No habría dicho «hasta el culo del mundo». No le habría dicho a Jamie que todos los juegos estaban amañados y que nunca podría ganar. No habría gruñido cuando Elizabeth le había enseñado a la niñita del algodón de azúcar.

Pero, por otro lado, debería haber sido más cascarrabias. Debería haber sido más firme. Debería haber dicho que no cuando quisieron subirse en aquella atracción por tercera vez.

De hecho, sí dijo que no, pero Elizabeth lo ignoró. Cogió a Jamie de la mano y dijo: «Solo una vuelta más». Y allá fueron.

Si volviera a verlos, les gritaría. Les gritaría: «¡He dicho que no y yo soy el hombre de la casa!». Luego los estrecharía entre sus brazos y no los dejaría marchar nunca más.

Si volviera a verlos. Elizabeth creía en el más allá y Harry esperaba que no se equivocara. No solía equivocarse casi nunca, salvo aquel día que sí se había equivocado.

Se llamaba «La araña». Tenía ocho largas patas con una cabina al final de cada una en la que cabían hasta ocho personas. Las patas subían y bajaban, subían y bajaban, mientras el artefacto giraba en círculos.

Cada vez que pasaban por delante de él, veía sus rostros rosados y sonrientes, y sus cabezas golpeando el asiento. Aquello le revolvía el estómago.

La araña había sido construida hacía diez años por un fabricante australiano con nombre alemán. El mantenimiento que hacía Atracciones Flugzeug de La araña era muy rudimentario. La empresa que gestionaba el parque de atracciones se llamaba Sullivan e Hijos. Sullivan e Hijos estaban de mierda hasta el cuello, financieramente hablando. Habían hecho recortes de personal. Despidieron a un entregado jefe de mantenimiento llamado Primo Paspaz. Primo tenía apuntados los planes de mantenimiento de todas las atracciones en un cuaderno rojo. El cuaderno rojo desapareció cuando perdió su empleo. Primo se dio un puñetazo en la rodilla cuando testificó en el tribunal. Tenía los ojos llenos de lágrimas.

Uno de los cojinetes mecánicos de La araña había fallado y una de las cabinas se había soltado.

Sus ocho sonrientes y vociferantes pasajeros habían muerto. Cinco adultos y tres niños.

Los procesos judiciales se habían alargado años. Consumieron a Harry. Todavía tenía los archivos: varias carpetas enormes llenas de folios que narraban una historia de negligencia, incompetencia e imbecilidad. Nunca nadie se levantó y asumió su responsabilidad. Solo Primo Paspaz le dijo a Harry que lo sentía. Y le aseguró que aquello no habría pasado si él hubiera estado allí.

La gente tenía que asumir su responsabilidad.

Harry se alejó de la ventana e hizo girar el globo terráqueo de Jamie. Todos los lugares que su hijo nunca iba a ver pasaron veloces bajo su dedo.

Volvió a mirar por la ventana hacia la casa de los vecinos. Se le ocurrió que, si Elizabeth estuviera viva, él estaría allí abajo, en aquella barbacoa, porque ella era muy sociable y el árabe siempre estaba invitando a Harry a que fuera a visitarlos, como si de verdad lo dijera en serio. Era curioso. Por un instante, Harry vio con claridad cómo debería ser aquella noche: Elizabeth sentada a la mesa disfrutando de la música, Harry fingiendo que le molestaba todo y los demás riéndose porque Elizabeth hacía que su irritabilidad pareciera graciosa.

Harry observó cómo las dos niñas pequeñas corrían por el patio. Parecía que estaban jugando a perseguirse.

La más pequeña se subió al borde de la fuente. Llevaba en la mano un bolsito azul. Empezó a correr por el borde. La fuente era del tamaño de una piscina.

—Cuidado, niña —dijo Harry en voz alta—. Te vas a caer dentro —le advirtió. ¿Es que nadie la estaba vigilando?

Harry echó un vistazo al patio. Todos los adultos estaban reunidos alrededor de la mesa, ignorando a las niñas. Se estaban partiendo de risa, pero la música le impedía oír sus carcajadas. No veía a Oliver, pero sí vio a su mujer, Erika, ese era su nombre, de pie en el camino que iba hasta la puerta de atrás. Ella podría ver a la niña.

Harry volvió a mirar hacia la fuente y el corazón le dio un vuelco.

La niña pequeña había desaparecido. ¿Se habría bajado del borde? Entonces lo vio. El abrigo rosa. Dios todopoderoso, estaba boca abajo. Se había caído. Era como si él hubiera hecho que aquello pasara, al vaticinarlo.

Buscó a un adulto. ¿Dónde estaba la tal Erika? Tenía que haberla visto. Seguía de pie, justo en su línea de visión.

Pero se limitó a quedarse allí parada. ¿Qué estaba haciendo aquella idiota?

—¡Se ha caído dentro! —gritó Harry, golpeando el cristal con las manos.

La mujer de Oliver no se movió. Siguió allí plantada. Como una estatua. Apartó la vista como si no quisiera ver nada, como si estuviera mirando hacia otro lado deliberadamente. Por el amor de Dios, ¿qué le pasaba? ¿Qué les pasaba a todos aquellos idiotas? Dios santo, Dios santo, Dios santo.

A Harry le ardía la cara de rabia. La niña se estaba ahogando delante de las narices de aquellos cretinos irresponsables. Pegarles un tiro sería poco.

Intentó abrir la ventana para gritar, pero estaba atascada. Hacía años que nadie la abría. Golpeó tan fuerte los cristales con los puños, que empezaron a dolerle. Gritó con más fuerza de la que había gritado en años.

—¡Se está ahogando! —Por fin, la mujer levantó la vista hacia él. Era la mujer de Oliver. Sus miradas se encontraron. Gracias a Dios, gracias a Dios—. ¡Se está ahogando! —gritó Harry, señalando hacia la fuente con el dedo—. ¡La niña se está ahogando!

Vio cómo la mujer se volvía hacia la fuente, lentamente. Como si no tuviera prisa. Pero, aun así, siguió sin moverse. Aquella majadera estúpida ni se movió. Se quedó allí plantada, mirando hacia la fuente. Parecía una escena sacada de una pesadilla. Harry se oyó sollozar de frustración. El tiempo se acababa.

Se alejó de la ventana y salió corriendo de la habitación. Era la única solución. Tenía que darse prisa. Tenía que ser ágil. Tenía que ir corriendo a la casa de al lado y sacar él mismo a la niña. La niñita del abrigo rosa se estaba ahogando. A Elizabeth le habría encantado aquella niña. Podía oír a Elizabeth gritándole: «¡Corre, Harry, corre!».

Salió corriendo del cuarto de Jamie y fue hasta el rellano. Era como si hubiera recuperado su antiguo cuerpo. El dolor había desaparecido. Estaba enardecido por la urgencia de la misión. Estaba corriendo con agilidad y fluidez, como un veinteañero con unas rodillas perfectas y flexibles. Podía hacerlo. Era rápido. Era ágil. La salvaría.

En el segundo escalón, se cayó. Intentó agarrarse al pasamanos para salvarse, pero era demasiado tarde, estaba volando, como su mujer y su hijo.

84

Aúltima hora de la tarde de otro hermoso día, Sam volvía andando a casa desde el ferry bajo un cielo azul añil. Ya casi llevaban una semana de buen tiempo. Todo estaba ya más que seco y la gente había dejado de hablar de lo maravilloso que era ver el sol. La suave brisa de primavera empezaba a borrar de las mentes el recuerdo del «Gran Remojón».

Sam había tenido otro día de trabajo bastante productivo. Algo era algo. Le daba vergüenza pensar en lo satisfecho que se había sentido al completar con éxito el plan estratégico que se había propuesto para evitar la pérdida de más cuota de mercado en el segmento de las bebidas energéticas con sabor a frutos del bosque con cafeína y sin azúcar. Como si fuera un niño empollón. Tampoco es que hubiera compuesto una sinfonía, pero sí una estrategia bien pensada que haría ganar dinero a la empresa, lo cual compensaría las últimas semanas en las que había estado sentado en su mesa cobrando por no hacer nada. Había usado el cerebro. Prueba superada. Se sentía bien por ello.

Tal vez fuera debido a los efectos increíbles y mágicos de su primera sesión de terapia. Tras el humillante incidente del curso de primeros auxilios del domingo, Clementine le había pedido cita con un terapeuta el lunes después del trabajo. Sam no le había preguntado cómo había conseguido que le dieran una cita tan rápidamente. Probablemente había metido a su madre en el ajo. Pam era una gran fan de la terapia. Seguro que tenía línea directa con algún terapeuta. Sam se avergonzó al imaginarse la cara ligeramente compasiva de su suegra, mientras Clementine le contaba lo de las lágrimas y lo de su presunto «estrés postraumático». Por el amor de Dios.

El terapeuta era un hombrecito alegre y parlanchín, con pinta de jinete, que tenía muchas opiniones, lo que sorprendió a Sam. ¿No se suponía que debía decir cosas enigmáticas como «tú qué crees»? Había dicho que creía que Sam tenía un cuadro leve de TEPT. Y lo había hecho con el mismo tono despreocupado que si estuviera diciendo «creo que tiene una leve sinusitis». Luego había comentado que solo necesitaría tres o cuatro sesiones «como máximo» para «cortar aquello de raíz».

Sam había salido de su despacho casi riéndose. ¿A aquel tío le habían dado el título en una tómbola? Pero mientras volvía a bajar en ascensor al vestíbulo, se había sorprendido al darse cuenta de que estaba experimentando una leve sensación de alivio, como cuando estabas en la zona de recogida de equipaje después de un largo vuelo y se te destaponaban los oídos, aunque no eras del todo consciente de que los tenías taponados. No es que se sintiera fenomenal, pero sí ligeramente mejor. Puede que fuera el efecto placebo, puede que aquello fuera a acabar sucediendo igualmente, o puede que su pequeño terapeuta tuviera superpoderes.

Se detuvo en un paso de peatones y observó a una mujer que llevaba un bebé en un carrito y a un niño en edad preescolar. El bebé tendría un año. Iba sentado bien erguido, con sus rollizas piernas estiradas y sujetando una gran hoja verde en su rechoncha mano, a modo de bandera.

¿Sería una hoja flotante lo que había atraído la atención de Ruby aquel día? Lo visualizó, como ya había hecho tantas veces, y como tal vez seguiría haciendo durante el resto de su vida. La vio trepando por el borde de la fuente, orgullosa de sí misma, caminando por el perímetro, tal vez incluso corriendo. ¿Se habría resbalado? ¿O habría visto algo que quería? Una hoja flotante o algún palo de aspecto interesante. O algo brillante. Se la imaginó de rodillas al borde de la fuente, con su abriguito rosa, la mano extendida y, de pronto, cayendo silenciosamente dentro, de cabeza, aterrorizada, sacudiéndose, con sus pulmones llenándose de agua mientras intentaba gritar «¡papá!» y con el pesado abrigo tirando de ella hacia abajo y luego, la calma, su pelo flotando alrededor de su cabeza.

Por un instante, el mundo de Sam se vino abajo. El hombre se concentró en la luz roja que ponía «Espere», mientras aguardaba a que cambiara a «Pase». Los coches pasaban zumbando. La madre que esperaba a su lado estaba hablando por el móvil.

—Se me está cayendo el zapato —gimió el niño pequeño.

—No se te está cayendo —le dijo su madre, distraída, mientras seguía hablando por teléfono—. Lo sé, esa es la cuestión, no habría problema si lo hubiera dicho desde el principio, pero... ¡Lachlan, no! ¡No te quites aquí el zapato! —gritó la mujer. El niño se había agachado de repente en la acera y se estaba quitando el zapato—. Se está quitando el maldito zapato en medio de la calle. Lachlan, para. He dicho que pares —insistió la madre, mientras se agachaba para volver a ponerle el zapato en el pie al niño. Su mano se separó del asa del carrito, que estaba en una cuesta que daba directamente a la calle. El carrito empezó a rodar.

—¡Huy! —exclamó Sam, mientras extendía una mano para sujetar el asa.

La mujer levantó la vista.

—¡Santo Dios! —chilló la madre y, mientras se levantaba rápidamente para sujetar el carrito poniendo la mano sobre la de Sam, el teléfono se le escurrió por detrás de la cabeza y del hombro, y aterrizó en el suelo. La mujer observó los coches que pasaban rugiendo y volvió a mirar el carrito—. Podía haber... Podía haber...

—Ya —dijo Sam—. Pero está todo bien. No ha pasado nada —la tranquilizó, mientras sacaba la mano de debajo de la de la madre, que ahora se estaba aferrando al carrito con todas sus fuerzas.

—¡Mamá, el teléfono está todo roto! —dijo el niño de preescolar, levantando el teléfono que había rescatado del suelo, con cara de absoluto horror.

Sam oyó una voz metálica que salía del teléfono: «¿Hola? ¿Hola?».

El semáforo cambió a «PASE». La mujer no se movió. Todavía estaba procesándolo, visualizando lo que podía haber pasado.

—Buenas noches —le dijo Sam, y cruzó la calle para irse a casa, con aquel cielo enorme y optimista por delante.

85

No tienes que volver corriendo a la oficina, ¿no? —preguntó Oliver, mientras se metía las orejas en el gorro de natación, clanc, clanc, y se ponía las gafas de nadar sobre los ojos. A Erika le pareció un alienígena bobo.

Habían quedado a la hora de comer en la piscina de Sídney Norte, a la que ambos podían ir andando desde sus respectivas oficinas, para volver a nadar por primera vez después del breve «hiato de invierno», como a Oliver le gustaba llamarlo. Durante los meses de invierno, cambiaban la natación por una clase de treinta minutos de «cardio» de alta intensidad en el gimnasio.

—Con tal de estar de vuelta a la una y media —respondió Erika, poniéndose también las gafas. Su mundo se volvió azul turquesa.

—Bien —dijo Oliver. Estaba muy serio.

Mientras Erika hacía su primer largo, se preguntó qué tendría en la cabeza su marido. Desde que había descubierto su «hábito», se sentía como si la hubieran degradado a socia minoritaria en su matrimonio. Además, Oliver le había hecho prometer que hablaría con su psicóloga de su «cleptomanía». «¡No es cleptomanía! Solo es...», había gritado Erika. «¡Robar las cosas de tu amiga!», había dicho Oliver, acabando brillantemente la frase por ella.

Últimamente, había algo distinto en Oliver. Una especie de insensatez, aunque tampoco era eso, porque Oliver nunca sería insensato. ¿Casi agresividad? Tampoco. ¿Combatividad? El caso era que aquello a Erika le resultaba bastante atractivo, a decir verdad. Estaban teniendo un montón de sexo furioso. Era genial.

Erika aún no le había hablado a su psicóloga de su «cleptomanía» porque aún no la había visto. Últimamente, No Pat había cancelado varias sesiones *in extremis.* Seguramente ella también tenía sus propios problemas personales. Erika albergaba secretamente la esperanza de que tuviera que tomarse un año sabático.

Al girar la cabeza, cada dos respiraciones, Erika miraba hacia arriba para ver los arcos grises del puente de la bahía de Sídney, que se recortaban sobre el brillante cielo azul que se cernía sobre ellos. Era un lugar increíble para nadar. Aquello sí que era vida. Buen trabajo, buen ejercicio, buen sexo. Se dio la vuelta para ver a Oliver. Iba muy por delante de ella, cruzando la piscina con esfuerzo. Menos mal que no había mucha gente, porque iba demasiado rápido hasta para la calle rápida.

Debía de ser por lo del bebé. Seguro que era eso de lo que quería hablar. El bebé era su proyecto y él tenía una excelente capacidad para gestionar proyectos. Ahora que Clementine ya no formaba parte de la ecuación, él querría «explorar otras opciones, otros caminos». Querría hablar de los pros y los contras.

El cuerpo de Erika se ralentizó en el agua solo de pensarlo. Sus piernas se convirtieron en pesos muertos que tenía que arrastrar. «Ya estoy harta. Estoy harta del proyecto del bebé», pensó. Pero claro, no podía estar harta, no hasta que Oliver lo estuviera.

Aquello no era más que un muro. Cada vez que corrías una maratón te topabas con un muro. Ese muro era una barrera física y mental, pero podía superarse con ingesta de carbohidratos, hidratación y centrándose en la técnica. Erika siguió nadando. No creía que pudiera superarlo, pero esa era la naturaleza del muro.

Después de nadar, se sentaron al sol fuera, en una cafetería con vistas a la bahía, y se tomaron sendas ensaladas de atún y berza para comer, de nuevo con los trajes puestos, las gafas y las puntas del pelo ligeramente húmedas.

—Te voy a enviar el enlace de un artículo —dijo Oliver—. Lo leí ayer y he estado dándole vueltas. Muchas vueltas.

—Vale —repuso Erika. Alguna técnica reproductiva nueva. Genial. «Solo es el muro», se dijo a sí misma. «Respira».

—Es sobre la acogida —señaló Oliver—. Sobre acoger a niños mayores.

—¿Sobre la acogida? —preguntó Erika y su tenedor se detuvo a medio camino de su boca.

—Habla de lo duro que es —explicó Oliver—. De que la gente tiene una idea romántica sobre la acogida que no se parece en nada a la realidad. De que la mayoría de las personas que acogen no tienen ni idea de en qué se están metiendo. Es un artículo descarnadamente honesto.

—Ah —dijo Erika. Aunque no le veía los ojos a Oliver porque llevaba las gafas puestas, tenía la sensación de que en ellos brillaba una chispita de esperanza contenida—. ¿Y por qué me lo vas a mandar?

—Porque creo que deberíamos hacerlo —contestó Oliver.

—Crees que deberíamos hacerlo —repitió Erika.

—He estado pensando en Clementine y Sam —comentó su marido— y en cuánto les ha afectado el accidente de Ruby.

¿Quieres saber por qué para ellos fue un drama tan grande? —le preguntó Oliver, aunque no esperó a la respuesta—. ¡Porque nunca les había pasado nada malo!

—Bueno —replicó Erika, mientras lo consideraba—. No sé yo si eso es del todo...

—¡Pero tú y yo nos esperamos lo peor! —señaló Oliver—. Tenemos las expectativas muy bajas. Somos fuertes. ¡Sabemos apañárnoslas!

—Ah, ¿sí? —preguntó Erika, dudando si recordarle que ella estaba en terapia.

—Todo el mundo quiere a los bebés —continuó Oliver, ignorándola—. A los bebecitos monos. Pero lo que de verdad hacen falta son familias de acogida para niños mayores. Para los que están enfadados. Para los que están destrozados —explicó. Luego se quedó callado, como si de repente hubiera perdido la confianza y cogió su batido hecho con superalimentos—. He pensado... Bueno, creía que podríamos planteárnoslo porque a lo mejor nosotros podríamos entender, o al menos intuir, por lo que están pasando esos niños —comentó Oliver, antes de sorber por la pajita.

Erika podía ver la bahía reflejada en sus gafas de sol. Siguió comiéndose la ensalada y pensó en los padres de Clementine. Vio a Pam preparando la cama de campaña para que ella se quedara a pasar la noche, una vez más, haciendo que las crujientes sábanas blancas flotaran en el aire con un golpe de muñecas y liberaran la limpia fragancia de la lejía, que seguía siendo el olor favorito de Erika con diferencia. Vio al padre de Clementine sentado en el asiento del copiloto de su coche mientras Erika se sentaba en el del conductor por primera vez. Le estaba enseñando a poner las manos sobre el volante en la posición de las «tres menos cuarto». «Todos dicen las dos menos diez, pero están equivocados», le había dicho. Y ella seguía conduciendo con las manos en las tres menos cuarto.

¿Cómo le llamaba a aquello la gente? «Cadena de favores».

—Imaginemos que lo hacemos —dijo Erika—. Que nos hacemos cargo de uno de esos niños destrozados.

Oliver levantó la vista.

—Imaginemos que lo hacemos.

—Según ese artículo, sería terrible.

—Eso dicen —declaró Oliver—. Traumático, estresante, horroroso. Podríamos enamorarnos de un niño que acabara volviendo con uno de sus padres biológicos. Nos podría tocar un niño con problemas de comportamiento terribles. Nuestra relación podría ponerse a prueba de maneras que nunca habíamos imaginado.

Erika se limpió la boca con la servilleta y estiró los brazos muy por encima de la cabeza. El sol le calentaba la coronilla y le hacía notar una sensación de calor fundido.

—O podría ser genial —dijo.

—Sí —declaró Oliver, sonriendo—. Creo que podría ser genial.

86

*P*refieres distraerte charlando? —le preguntó Sam a su mujer, mientras la llevaba a la ciudad—. ¿O relajarte en silencio?

—No lo sé —respondió Clementine—. No lo tengo muy claro.

Eran poco más de las diez de un sábado por la mañana. La audición no era hasta las dos de la tarde. Habían decidido salir a las diez y diez por si algo se torcía. «Puedo ir yo sola», le había dicho Clementine a Sam la noche anterior. «Pero ¿qué dices? Si siempre te llevo yo a las audiciones», había respondido Sam. Clementine se había preguntado, ligeramente sorprendida, si aquello quería decir que seguían siendo una pareja. Tal vez sí, aunque siguieran durmiendo en cuartos separados.

Algo había cambiado la última semana, desde el curso de primeros auxilios. No había sido nada radical, más bien todo lo contrario. Era como si una sensación de trivialidad absoluta se hubiera cernido sobre ellos, como el inicio de una nueva estación, fresca y familiar a la vez. Toda la rabia y las recriminaciones habían desaparecido, se habían esfumado. A Clementine le recordaba a la sensación de cuando te recuperas de una enfermedad, cuando los síntomas han desaparecido pero todavía te sientes mareado y raro.

Las niñas estaban en buena forma y se habían quedado con los padres de Clementine. Holly había llegado el día anterior de clase con un premio por «comportamiento excelente en clase», aunque Clementine sospechaba que más bien era un premio por «dejar de comportarse como una loca en clase». «La antigua Holly ha vuelto», le había dicho la profesora en el patio, antes de pasarse discretamente el dorso de la mano por la frente en un gesto de alivio que a Clementine le hizo pensar que el comportamiento de Holly en el colegio debía de haber sido mucho peor de lo que ella y Sam creían.

Ruby había dicho que Batidora podía quedarse en casa todo el día para descansar un poquito. Parecía que ya no le interesaba tanto. Clementine ya podía ver cómo la pobre Batidora iba a desaparecer de sus vidas sin pena ni gloria, como pasaba a veces con los amigos.

—Bueno, que no cunda el pánico. Hemos salido con tiempo de sobra precisamente por si pasaba esto —dijo Sam, mientras el tráfico en el puente se detenía y una señal luminosa empezaba a parpadear con unas letras rojas de alarma: «ACCIDENTE MÁS ADELANTE. SE ESPERAN RETENCIONES».

Clementine respiró hondo por la nariz y exhaló por la boca.

—Estoy bien —dijo—. No estoy encantada, pero estoy bien.

Sam levantó las palmas de las manos como si estuviera meditando.

—Somos maestros zen.

Clementine analizó las nítidas curvas blancas de las velas de la Ópera recortadas sobre el cielo azul. Por suerte, sabía que allí le darían su propia sala de calentamiento y que no tendría que compartirla con otros violonchelistas o, lo que era peor, hablar con los parlanchines. Había un montón de camerinos disponibles, algunos con vistas a la bahía. Sería un proceso cómodo y agradable. La audición sería en el exclusivo ambiente de la sala de conciertos.

Clementine volvió a mirar hacia la carretera. Los vehículos avanzaban centímetro a centímetro, dejando atrás dos coches con los capós abollados. Había policía y una ambulancia con las puertas de atrás abiertas, y un hombre de traje sentado en el bordillo con la cabeza entre las manos.

—Erika dijo algo el otro día que se me quedó grabado —comentó Clementine. No tenía pensado decir aquello, pero de repente se encontró diciéndolo, como si su subconsciente lo hubiera planeado.

—¿Qué? —repuso Sam, con cautela.

—Dijo que elegía su matrimonio.

—¿Que elegía su matrimonio? ¿Y eso qué quiere decir? —preguntó Sam—. No tiene sentido. ¿Elige su matrimonio en lugar de qué?

—Yo creo que sí tiene sentido —comentó Clementine—. Consiste en decidir que tu matrimonio es lo principal, que es el número uno de la lista, como una especie de declaración de intenciones, o algo así.

—Clementine Hart, ¿de verdad estás usando esa impersonal jerga empresarial? —le preguntó Sam.

—Cállate. Solo quiero aprovechar esta oportunidad para decir...

Sam resopló.

—Ahora pareces tu madre dando uno de sus discursos.

—Quiero aprovechar esta oportunidad para decir que yo también elijo mi matrimonio.

—Eh... ¿Gracias?

Clementine siguió hablando, acelerada.

—Así que si, por ejemplo, tener un tercer hijo es lo que más deseas en el mundo, entonces al menos lo discutiremos. No puedo ignorarlo, ni esperar que te olvides de ello, que era lo que estaba haciendo, la verdad. Sé que cuando te lo pregunté hace un par de semanas dijiste que no querías otro hijo, pero eso fue cuando todavía estabas... o cuando todavía estábamos un poco...

—Locos —dijo Sam, acabando la frase por ella—. ¿Tú quieres tener otro hijo?

—No es que me muera de ganas —reconoció Clementine—. Pero si tú te mueres de ganas, hablaremos del tema.

—¿Para qué? ¿Para descubrir si yo tengo más ganas de tenerlo que tú de no tenerlo? —dijo Sam.

—Exacto —repuso Clementine—. Creo que eso es exactamente lo que haremos.

—Sí que quería otro hijo —reconoció Sam—. Pero bueno, ahora no es algo que me plantee.

—Ya —dijo Clementine—. Lo sé. Pero algún día podríamos, no olvidar, obviamente, pero sí perdonar. Podríamos perdonarnos a nosotros mismos. Bueno, da igual, no sé por qué he sacado el tema. Si ya ni siquiera... —Clementine se quedó callada. «Nos acostamos. Dormimos en la misma cama. Nos decimos "te quiero"»—. Supongo que solo quería poner las cartas sobre la mesa.

—Considéralas puestas —respondió Sam.

—Genial.

—¿Sabes qué es lo que más deseo ahora mismo en este mundo? —dijo Sam.

—¿Qué?

—Que consigas ese trabajo.

—Ya —repuso Clementine.

—No quiero que te subas a ese escenario pensando en bebés. Quiero que pienses en lo que se supone que tienes que pensar: en la entonación, el tono, el *tempo,* o en lo que sea que los mariquitas de tus exnovios te dijeran que pensaras.

—Bueno, haré lo que pueda —repuso Clementine—. Eres un buen hombre, Samuel —añadió, con voz queda.

—Ya lo sé. Cómete el plátano —replicó su marido.

—No —respondió Clementine.

—Pareces tu hija.

—¿Cuál?

—Cualquiera de las dos, la verdad.

Los coches empezaron a circular con normalidad. Al cabo de un rato, Sam se aclaró la garganta.

—Me gustaría aprovechar esta oportunidad para decir que yo también elijo mi matrimonio —declaró.

—Ah, ¿sí? ¿Y qué significa eso? —preguntó Clementine.

—No tengo ni idea. Solo quería dejar clara mi postura —contestó Sam.

—A lo mejor quiere decir que no quieres seguir durmiendo en el estudio —sugirió Clementine, con los ojos clavados en la carretera.

—Puede ser —reconoció Sam.

Clementine analizó el perfil de su marido.

—¿Quieres volver? —le preguntó.

—Quiero volver —dijo Sam, mientras miraba hacia atrás para cambiar de carril—. De donde demonios haya estado.

—Vale —señaló Clementine—. Estaré encantada de valorar tu solicitud.

—Podría hacer una audición. Tengo algunos ases en la manga —dijo Sam, antes de hacer una pausa—. Deberías llevar los ojos vendados. Será una audición a ciegas para que no haya preferencias —propuso su marido. Clementine notó que una sensación de alegría desbocada y pura crecía dentro de ella. Solo estaban bromeando, flirteando y diciendo cursilerías, pero eran ellos los que bromeaban, flirteaban y decían cursilerías.

Ya sabía cómo sería esa noche: la dulce familiaridad y las afiladas aristas por las que casi se habían perdido. No sabía lo cerca que había estado su matrimonio de chocar contra ese iceberg. Lo suficiente como para notar su gélida sombra. Pero lo habían evitado—. Sí, elijo mi matrimonio —confirmó Sam, cambiándose al carril de la derecha—. Y también elijo temporal e ilegalmente este carril bus porque estoy como una puta cabra.

Clementine metió la mano en el bolso, sacó el plátano y lo peló.

—Te van a poner una multa —dijo, antes de darle un bocado a la fruta y esperar a que los betabloqueantes naturales surtieran efecto. Y la verdad era que la temporada de plátanos debía de haber sido muy buena, porque aquel era el mejor plátano que se había comido en su vida.

87

A las tres y media, por fin la llamaron.

Clementine recorrió la larga alfombra con el violonchelo y el arco hasta llegar a la solitaria silla. Parpadeó ante la luz blanca brillante y cálida. Una mujer tosió detrás de la pantalla negra, parecía Ainsley.

Clementine se sentó. Abrazó el violonchelo. Asintió mirando al pianista. Él sonrió. Había contratado a su propio pianista para acompañarla. Grant Morton era un hombre entrañable que vivía solo con una hija adulta que tenía síndrome de Down. Su mujer había fallecido el día después de su cincuenta cumpleaños. Aunque eso había sido el año pasado, él seguía teniendo la sonrisa más dulce de todas las personas que Clementine conocía y ella estaba encantada de que estuviera disponible, porque quería empezar su audición con aquella dulce sonrisa.

Clementine notó que el corazón le latía con rapidez mientras afinaba, aunque no de forma desbocada. Respiró hondo y tocó las pegatinitas metalizadas que llevaba en el cuello de la camisa. «Esto es para que te dé suerte en la audición», le había dicho Holly cuando se iban, y le había pegado con cuidado una pegatina de una mariposa morada en la camisa a su madre. Luego le había dado un beso en la mejilla con gran ceremonia, como si fuera una adulta.

«¡Yo también quiero buena suerte!», había gritado Ruby, como si fuera un don que otorgara Clementine. Luego había imitado todo lo que había hecho su hermana, solo que su pegatina era una carita sonriente amarilla y su beso era húmedo y tenía restos de mantequilla de cacahuete. Su madre aún notaba su rastro pegajoso en la mejilla.

Clementine respiró hondo y miró la partitura del atril. Todo aquello estaba en su interior. Las horas de prácticas a primera hora de la mañana, los análisis de las grabaciones, las decenas de decisiones técnicas que había tenido que tomar.

Vio a sus pequeñas corriendo bajo las lucecitas, a Vid echando hacia atrás la cabeza, riéndose, la silla en el suelo, de lado, las manos de Oliver entrelazadas sobre el pecho de Ruby, la sombra negra del helicóptero, la cara encolerizada de su madre al lado de la suya. Vio a su «yo» de dieciséis años levantándose y yéndose del escenario. Vio a un chico con un esmoquin barato observando cómo guardaba su violonchelo y diciéndole: «Seguro que te arrepientes de no haber elegido la flauta». Vio la cara de incredulidad de Erika cuando Clementine se sentó por primera vez enfrente de ella en el patio del colegio.

Recordó a Marianne diciendo: «No te limites a tocar para ellos, interpreta». Recordó a Hu diciendo: «Tienes que buscar el equilibrio. Como si caminaras por una cuerda floja entre la técnica y la música». Recordó a Ainsley diciendo: «Sí, pero en algún momento tienes que dejarte llevar».

Clementine levantó el arco. Y se dejó llevar.

88

La noche de la barbacoa

*P*am y Martin se detuvieron delante del pequeño chalé impoluto de Erika y Oliver.

—Holly ya debe de estar dormida —le dijo Pam a su marido. Eran casi las nueve.

—Puede que sí o puede que no —respondió Martin.

—Ahí debió de ser donde sucedió —dijo Pam, señalando la enorme casa de al lado con desprecio. Todas aquellas torretas, florituras y agujas. Siempre le había parecido una casa recargada y ostentosa.

—¿Donde sucedió qué? —preguntó Martin, sin entender a su mujer.

A veces Pam juraría que tenía inicios de demencia precoz.

—Donde fue el accidente —le aclaró su mujer—. Estaban en casa del vecino. Al parecer tampoco los conocen demasiado.

—Ah —respondió Martin, mirando para otro lado mientras se desabrochaba el cinturón de seguridad—. Ya.

Salieron del coche y recorrieron el camino pavimentado con los bordes cuidadosamente podados.

—¿Cómo te encuentras? —le preguntó a Martin.

—¿Quién, yo? Bien —respondió su marido.

—Solo quería asegurarme de que no te duele el pecho ni nada, porque en momentos como este es cuando la gente de nuestra edad cae muerta de repente.

—No me duele el pecho —dijo Martin—. ¿Y a ti? Tú también eres una persona de nuestra edad.

—Yo juego al tenis tres veces por semana —repuso Pam, remilgadamente.

—Me preocupa más que nuestro yerno muera de un ataque al corazón —comentó Martin, metiéndose las manos en los bolsillos—. Tenía un aspecto terrible.

Tenía razón, Sam tenía un aspecto horrible en el hospital. Parecía imposible que algo pudiera afectar tanto a una persona. Habían visto a Sam el día anterior, cuando se había pasado para ayudar a Martin a sacar la lavadora vieja, y estaba en muy buena forma, charlando de la audición de Clementine, de un plan que tenía para ayudarle a controlar sus nervios, y emocionado con su nuevo empleo. Pero esa noche parecía que lo habían rescatado de algún sitio, como esa gente que salía en las noticias envuelta en mantas plateadas, con los ojos enrojecidos y pálidos como fantasmas. Estaba muy conmocionado, obviamente.

—Fuiste muy dura con Clementine —dijo Martin en voz baja, mientras Pam pulsaba el timbre y oían su campanilla a lo lejos.

—Debería haber estado vigilando a Ruby —repuso su mujer.

—Por el amor de Dios, podría haberle pasado a cualquiera —replicó Martin. «A mí no», pensó Pam—. Y ambos deberían haber estado vigilándola. Cometieron un error y han estado a punto de pagar un precio terrible. Errar es humano.

—Sí, eso ya lo sé —contestó Pam, pero en sus ojos se reflejaba el error de Clementine. Por eso se estaba enfrentando a esa rabia terrible y en absoluto propia de una madre hacia su amada hija. Sabía que acabaría desvaneciéndose, desde luego ella esperaba que así fuera, y que probablemente se sentiría fatal por cómo le había hablado en el hospital, pero por el momento seguía estando muy, pero que muy enfadada. Era la labor de una madre cuidar de su hija. Ni feminismo, ni nada. Pam era capaz de reivindicar la igualdad salarial gritando desde los tejados, pero todas las mujeres sabían que no podían fiarse de un hombre en una reunión social. ¡Estaba científicamente demostrado que no podían hacer dos cosas a la vez!

Clementine siempre había estado demasiado dispuesta a confiar en Sam. El mero hecho de ser música, una persona creativa, una «artista», no le daba derecho a dejar a un lado sus responsabilidades como madre. Su trabajo de madre iba primero.

A veces Clementine tenía exactamente la misma expresión distraída y soñadora en la cara que el padre de Pam solía tener en la mesa mientras cenaban y Pam intentaba contarle algo. No le dejaba ni acabar la frase y ya se ponía a divagar. Por Pam como si era el maldito Ernest Hemingway. Todo aquel tiempo perdido, escribiendo aquella novela que nunca nadie leería, ignorando a sus hijos, encerrándose en su estudio, cuando podría estar viviendo la vida. «Podría haber sido una obra maestra», decía siempre Clementine, como si fuera una tragedia, como si aquello fuera lo importante, cuando no lo era. Lo importante era que Pam nunca había tenido un padre y que le hubiera encantado tenerlo. Aunque solo fuera de vez en cuando.

¿De qué le servía a Ruby que su madre fuera la mejor violonchelista del mundo? Clementine tendría que haber estado vigilándola. Debería haberla oído. Debería haber estado concentrada en su hija. Aunque, por supuesto, la música de

Clementine no había tenido nada que ver con lo que había pasado ese día. Eso lo sabía.

Si Ruby no sobrevivía a esa noche, si sufría algún tipo de secuela permanente, Pam no sabía qué haría con toda aquella rabia. Tendría que sacar fuerzas de flaqueza para dejarla a un lado y ayudar a Clementine. Pam se llevó la mano al pecho. Se recordó a sí misma que Ruby permanecía estable. Esa carita rosada de mejillas regordetas. Esos pícaros ojitos rasgados de gato.

—¿Pam? —dijo Martin.

—¿Qué? —exclamó ella. Su marido la estaba observando de cerca.

—Parece que te está dando un ataque al corazón.

—Pues no, muchas gracias, estoy perfectamente —le aseguró su esposa. La puerta se abrió y apareció Oliver, vestido con un pantalón de chándal y una camiseta.

—Hola, Oliver —lo saludó Pam, que nunca antes lo había visto vestido de manera informal. Solía llevar bonitas camisas de cuadros metidas por dentro del pantalón. Pam lo había visto un montón de veces en todos aquellos años, pero no lo conocía demasiado bien. Él siempre la felicitaba por su plato estrella, la tarta de zanahoria y nuez. Al parecer se le había metido en la cabeza que la tarta no llevaba azúcar, lo cual no era cierto, pero ella no se molestaba en corregirlo. Estaba demasiado flacucho y un poco de azúcar no le venía mal.

—Holly está viendo una película —dijo Oliver—. Por supuesto, puede quedarse a dormir aquí —añadió, con tristeza.

—A ella le encantaría, Oliver —contestó Pam—. Pero nos hemos estado peleando por ella, ¿sabes? Para distraernos por lo de Ruby.

—Tengo entendido que has sido el héroe del día —comentó Martin, tendiéndole la mano a Oliver.

Oliver se dispuso a estrechar la mano de Martin.

—No sé yo...

Pero para sorpresa de Pam, su marido cambió de idea en el último momento sobre lo del apretón de manos y en vez de eso rodeó a Oliver con los brazos en un torpe abrazo, al tiempo que le daba unas palmadas en la espalda, probablemente con demasiada fuerza.

Pam le frotó el brazo cariñosamente a Oliver para compensar los porrazos de Martin.

—Eres un héroe —le dijo, con la voz rebosante de emoción—. Tú y Erika sois unos héroes. Cuando Ruby esté en casa y se encuentre mejor, haré una cena especial para que vengáis. ¡Una cena digna de héroes! Haré esa tarta de zanahoria que tanto te gusta.

—Qué delicia, vaya, eres muy amable —respondió Oliver, retrocediendo y bajando la cabeza como si tuviera catorce años.

—¿Dónde está Erika? —preguntó Pam.

—Pues está durmiendo —respondió Oliver—. No se sentía muy bien.

—Seguramente por el susto —comentó Pam—. Todos estamos... ¡Anda, mira quién está aquí! Hola, cariño. ¡Pero qué alas de hada tan bonitas!

Holly fue directamente hacia ella y enterró la cara en la barriga de Pam.

—Hola, abuela —dijo la niña—. Estoy «exhausta» —añadió, entrecomillando la palabra con los dedos. Ese hábito suyo tan gracioso.

—Bueno, voy a buscar tu colección de piedras, Holly —dijo Oliver.

—No. No la quiero —repuso Holly, casi con hostilidad—. Ya te he dicho que no la quiero. Quédatela.

—Vale, cuidaré de ella por ti —respondió Oliver—. Si cambias de idea, te la devolveré.

—Ven con el abuelo, Holly —dijo Martin, extendiendo los brazos hacia la niña. Holly trepó a sus brazos, le rodeó la cintura con las piernas y recostó la cabeza en su hombro. No tenía sentido decirle a Martin que no le convenía llevarla así estando recién operado de la rodilla. Necesitaba hacerlo.

Holly se quedó dormida en el coche y no se despertó cuando Martin la cogió en brazos, ni cuando Pam le puso un pijama que siempre tenía en casa por si acaso. Martin dijo que no veía por qué tenía que cambiarla, pero ella sabía que siempre se estaba más cómodo en pijama. Pero cuando Pam se inclinó para darle un beso de buenas noches a Holly, la niña abrió los ojos de golpe.

—¿Ruby está muerta? —preguntó Holly. Estaba tumbada boca abajo, con la cabeza de lado sobre la almohada. Una maraña de pelo le tapaba la cara.

—No, cariño —dijo Pam. Le quitó el pelo de la cara a Holly y se lo echó hacia atrás, alisándoselo—. Está en el hospital. Los médicos la están cuidando. Se va a poner bien. Vuelve a dormir.

Holly cerró los ojos y Pam le acarició la espalda.

—Abuela —susurró Holly.

—¿Sí, cariño? —respondió Pam, que también empezaba a acusar el cansancio. Holly susurró algo inaudible—. ¿Qué has dicho? —le preguntó su abuela, inclinándose hacia delante para oírla.

—¿Están mamá y papá muy, muy enfadados conmigo? —susurró Holly.

—¡Claro que no! —exclamó Pam—. ¿Por qué iban a estar enfadados contigo?

—Porque yo la empujé —dijo la niña. Pam se quedó helada—. Yo empujé a Ruby —repitió Holly, en voz más alta.

La mano de Pam seguía extendida e inmóvil sobre la espalda de Holly y, por un momento, no la reconoció; era demasiado vieja y arrugada como para ser la suya.

—Me quitó el bolso con las piedras —continuó Holly—. Estaba al lado de la fuente con mi bolso y no me lo quería dar, y es mío, y quería quitárselo y se lo quité y la empujé porque estaba muy, pero que muy enfadada.

—Holly —susurró Pam.

—No quería que se ahogara. Creía que me perseguiría. ¿Va a ir al cielo? No quiero que vaya al cielo —dijo la niña.

—¿Se lo has contado a alguien? —preguntó Pam.

—A Oliver —murmuró Holly sobre la almohada, como si le preocupara que aquello también fuera algo malo—. Se lo he dicho a Oliver.

—¿Y él qué te ha dicho? —preguntó Pam.

—Que cuando viera a Ruby en el hospital le dijera muy bajito al oído que lo sentía y que no volviera a empujarla nunca más.

—Ah —dijo Pam.

—Dijo que era nuestro secreto y que no se lo contaría nunca a nadie en el mundo entero.

Era un hombre encantador, Oliver. Un buen hombre. Siempre intentando hacer lo correcto.

Pero ¿y si Holly nunca tenía la oportunidad de pedirle perdón al oído a Ruby? Ruby estaba estable. Ruby no iba a morir esa noche. Pero si lo hacía, Pam se negaba a que su preciosa e inocente nieta pagara por el descuido de Clementine.

—¿Sabes qué? No creo que se cayera cuando tú la empujaste —le dijo su abuela, convencida—. Seguro que pasó más tarde. Cuando te fuiste corriendo. Probablemente se resbaló. Yo creo que se resbaló. Sé que se resbaló. Se cayó sola, cariño. Tú no la empujaste. Sé que no fuiste tú. Tuvisteis una pequeña pelea por lo del bolso al lado de la fuente y la pobre Ruby se cayó dentro. Solo fue un accidente. Ahora, duerme. —La respiración de Holly se ralentizó—. Quítate eso de la cabeza. Fue un accidente. Un terrible accidente. No fue culpa tuya. No fue culpa de nadie.

Pam siguió acariciando la espalda de Holly, cada vez en círculos más grandes, como las ondas interminables creadas por un pequeño guijarro al caer en aguas calmas, y mientras ella hablaba y hablaba para hacer desaparecer aquel recuerdo, como las ondas, curiosamente su rabia hacia Clementine se fue desvaneciendo, como si nunca hubiera existido.

89

Cuatro meses después de la barbacoa

Clementine volvía del buzón hojeando el correo, cuando se topó con un sobre blanco liso, dirigido a ella. Era la letra de Erika.

Se detuvo en medio del camino para analizar aquellos garabatos apiñados tan familiares. Erika escribía como si tuviera que ahorrar espacio. ¿La habría echado al correo antes de irse al aeropuerto?

Erika y Oliver habían salido de viaje el día anterior por la mañana. Iban a estar fuera seis meses. Ambos habían pedido una excedencia en el trabajo y habían comprado dos billetes para dar la vuelta al mundo. Sus planes eran «flexibles», al menos para lo que eran ellos. De hecho, había algunas noches para las que no habían reservado hotel. Menuda locura.

A la vuelta, esperaban convertirse en padres de acogida permanente. Ya habían iniciado el proceso de idoneidad, cuando de repente Erika había anunciado (por correo electrónico, no por teléfono) que antes se iban a ir de viaje. Según la madre de Clementine, no habían dispuesto nada con relación a Sylvia. Si los vecinos llamaban a la policía cuando la casa estuviera demasiado mal, que la llamaran. «Eso fue exactamente lo que me dijo», le comentó Pam a Clementine. «Pues vale. Casi me caigo de la silla».

Por supuesto, los padres de Clementine le echarían un ojo a la madre de Erika.

«Podría haberme pedido a mí que me pasara a ver cómo estaba», había dicho Clementine. Y, tras una pausa, como si estuviera reflexionando sobre sus palabras, Pam había respondido: «Sabe que estás muy ocupada».

Su amistad con Erika estaba cambiando, transformándose de alguna forma. Pasaban semanas sin hablar y cuando Clementine la llamaba, Erika siempre tardaba unos días en responder. Era como si se estuviera distanciando. De hecho, aunque pareciera increíble, irónico e imposible, casi parecía que Erika estaba abandonando gradualmente a Clementine. Se estaba comportando como un buen chico cuando quería dejar a una chica que le gustaba como amiga, pero nada más. Clementine estaba siendo degradada a un nivel más bajo de amistad y lo aceptaba con una extraña mezcla de sentimientos: diversión, alivio, tal vez una pizca de humillación y una clara sensación de melancolía.

Clementine abrió el sobre. Dentro había una breve nota:

Querida Clementine: aquí tienes una copia de una vieja foto que encontró mi madre. Ella dice que es una «prueba». Creo que de lo buena madre que fue. He pensado que te reirías al verla. ¡Nos vemos en seis meses!
Con cariño, Erika.

¿Y la foto? Se le había olvidado meterla. Clementine le dio la vuelta al sobre y cazó al vuelo un cuadradito que salió volando hacia el suelo.

Era una fotografía en blanco y negro de Erika, Sylvia y ella en una montaña rusa de Luna Park, tomada en el momento de la bajada desde el punto más alto. Clementine recordaba lo atónita que se había quedado cuando la madre de Erika las había sacado del colegio ese día. (¿Cómo lo habría hecho? Se habría inventado alguna historia. Sylvia era capaz de cualquier cosa). Clementine estaba loca de contenta. ¡Aquello era algo escandaloso! ¡Era pura vida!

Recordaba que Erika estaba igual de emocionada que ella y que todas se lo habían pasado fenomenal hasta el final del día, cuando el estado de ánimo de Erika había cambiado inexplicablemente. De camino a casa se había alterado muchísimo por un libro de la biblioteca que no encontraba. «Sé perfectamente dónde está», repetía Sylvia una y otra vez, y Erika le decía: «No, no lo sabes». Clementine, en su inocencia, se preguntaba por qué aquello tenía tanta importancia. Seguro que el libro acabaría apareciendo. Al fin y al cabo, Sylvia nunca tiraba nada. Ojalá su amiga dejara de echarlo todo a perder, había pensado Clementine con resentimiento. Claro que ella podía disfrutar de la anarquía de ese día porque volvía a una casa ordenada y limpia, con espaguetis a la boloñesa y mochilas preparadas la noche anterior.

Clementine miró de cerca la foto y analizó la cara de Erika: el absoluto abandono, casi sensual, con el que inclinaba la cabeza hacia atrás mientras se reía y gritaba con los ojos cerrados. Erika tenía un lado salvaje secreto. Pocas veces salía a la luz. Ella se ocupaba de mantenerlo a raya. Tal vez Oliver sí lo conocía. Era como aquel sentido del humor seco y subversivo que de vez en cuando se le escapaba casi sin querer. Mientras Clementine volvía a entrar en casa analizando la foto, se preguntó qué tipo de persona habría sido Erika, qué tipo de persona podría haber sido si hubiera tenido el privilegio de tener un hogar normal y corriente.

—¿Qué es eso? ¿Qué estás mirando? —le preguntó Holly a su madre, en cuanto esta cruzó la puerta.

Clementine levantó la foto para alejarla de aquellos deditos que la querían coger.

—Nada —dijo.

Clementine volvió a leer la carta y vio que Erika había garabateado algo en la esquina de abajo:

P. D. Ya me he enterado de las noticias. Bien hecho, *Dummkopf.* Sabía que lo lograrías.

—¿Es algo «precioso»? —preguntó Holly, haciendo un gesto con los dedos para darle más énfasis. «Precioso» era la palabra del momento.

—Sí —respondió Clementine, antes de mirar de nuevo la pequeña foto. Tenía que ponerla a buen recaudo. Podría perderla con facilidad—. Es algo precioso.

AGRADECIMIENTOS

Me gustaría dar las gracias a toda la gente de Pan Macmillan, especialmente, como siempre, a la maravillosa Cate Paterson. También a Mathilda Imlah, Brianne Collins, Tracey Cheetham y Lara Wallace. Gracias también a mis editores de Estados Unidos y Reino Unido: Amy Einhorn y Maxine Hitchcock.

Desde que soy escritora, no deja de maravillarme la amabilidad con que la gente comparte sus vivencias en una obra de ficción. Gracias a Fenella por compartir tan generosamente su tiempo y su experiencia. Gracias a Rowena Macneish por responder pacientemente a mis preguntas sobre su vida como violonchelista, y a Cat Seekins sobre su antigua vida como bailarina. Gracias a Chris Jones por solventar mis dudas médicas. Y como este libro habla de los vecinos, me gustaría señalar que fueron los padres de Chris, Sue y Ken Jones, los mejores vecinos que podría tener, los que me pusieron en contacto con él. Gracias a Liz Frizell por resolver mis toscas dudas musicales. Cualquier error es tristemente mío y solo mío.

Gracias a mis amigos y compañeros escritores Ber Carroll y Dianne Blacklock por su amistad y por apoyarme en esta novela.

Gracias a mi querida agente literaria, Fiona Inglis, y a mis agentes de Estados Unidos y de Reino Unido, Faye Bender y Jonathon Lloyd. Gracias a Jerry Kalajian por introducirme en el maravilloso mundo de Hollywood.

Gracias a mamá, papá, Jaci, Kati, Fiona, Sean y Nicola, y sobre todo a Kati y Fiona por ayudarme con las correcciones, y a Fiona por la frase que le robé. Gracias, Adam, George y Anna, por ser como sois. Soy afortunada por teneros a los tres. Gracias, Anna Kuper, por todo lo que has hecho por nuestra familia.

En este libro hay dos personajes que llevan el nombre de personas reales. Steven Lunt fue el mejor postor de la subasta benéfica «Get in Character» organizada por la asociación CLIC Sargent Cancer Support for the Young. Robyn Byrne fue el ganador del concurso «Be Immortalised in Fiction» de los premios Sisters in Crime Australia Davitt.

Le he dedicado este libro a mi hermana, la increíble novelista Jaclyn Moriarty, porque no podría haberlo acabado sin su ayuda y apoyo. De hecho, sé que no habría acabado ninguno de mis libros sin Jaci.

Estas son las obras que he consultado para investigar sobre el síndrome de acumulación compulsiva: *Dirty Secret: A Daughter Comes Clean About Her Mother's Compulsive Hoarding* (2011), de Jessie Sholl, y *Coming Clean: A Memoir* de Kimberly Rae Miller (2014). La página web www.childrenofhoarders.com también me resultó de gran ayuda.

Este libro se publicó en España
en el mes de noviembre de 2017